本著作是国家社科基金项目
"东方现代民族主义文学思潮研究"（02BWW005）的
最终成果之一

比较文学与世界文学研究丛书

孟昭毅 主编

东方现代民族主义文学思潮发展论

黎跃进 著

Dongfang Xiandai Minzu Zhuyi
Wenxue Sichao Fazhanlun

中国社会科学出版社

图书在版编目（CIP）数据

东方现代民族主义文学思潮发展论/黎跃进著.—北京：中国社会科学出版社，2011.3（2015.3 重印）

（比较文学与世界文学）

ISBN 978-7-5004-9621-2

Ⅰ.①东… Ⅱ.①黎… Ⅲ.①文艺思潮—研究—东方国家 Ⅳ.①I109.9

中国版本图书馆 CIP 数据核字（2011）第 044624 号

出 版 人	赵剑英	
责任编辑	王　茵	
责任校对	林福国	
责任印制	王　超	

出　　版	中国社会科学出版社	
社　　址	北京鼓楼西大街甲 158 号（邮编 100720）	
网　　址	http://www.csspw.cn	
发 行 部	010－84083685	
门 市 部	010－84029450	
经　　销	新华书店及其他书店	
印　　刷	北京君升印刷有限公司	
装　　订	廊坊市广阳区广增装订厂	
版　　次	2011 年 3 月第 1 版	
印　　次	2015 年 3 月第 2 次印刷	
开　　本	710×1000　1/16	
印　　张	26.75	
插　　页	2	
字　　数	420 千字	
定　　价	55.00 元	

凡购买中国社会科学出版社图书，如有质量问题请与本社联系调换
电话：010－84083683
版权所有　侵权必究

天津师范大学比较文学与世界文学研究丛书

编 委 会

主　任：王延文
副主任：孟昭毅　杜　勇
委　员：（按姓名拼音顺序）
　　　　甘丽娟　郝　岚　吕　超　黎跃进
　　　　赵利民　曾思艺　曾艳兵

序

乐黛云

随着全球化的进展，保护文化生态，发扬各民族文化特色，比过去任何时候都显得更为重要。正如著名学者恩伯特·埃柯最近在欧洲高层论坛上的发言"裂缝、熔炉，一种新的游戏"中所提出的，在全球化的过程中不同文化不会像在熔炉中一样，变成同一的"合金"，必须保护原有的文化生态，保持各自的文化基因，即原有的根本不同特点，形成不能复合，不相覆盖的"裂缝"，才能在比较中互为"他者"，促进发展。因此，恩伯特·埃柯认为在一个全球化的世界中，对多元文化理解能力的培养应当在国家的政治议程上占据重要位置，特别是教育应该从一开始就建立在多样性的"对视"之上，他坚持的是一个全球化了的世界在未来要承担的必不可缺的任务。

即将出版的"天津师范大学比较文学与世界文学研究丛书"在上述语境中可说是开风气之先，无论在理论或实践方面都有新的突破。丛书第一辑将出版5本，其中吕超的《比较文学新视域：城市异托邦》在福柯新空间理论的基础上大大拓展了跨文化和跨学科研究的视野。所谓"异托邦"大体是指在不同空间的边缘处或交叉处，会产生不同于原有空间的新的多变的不确定的空间，研究和言说这种新的空间，必须有特殊的方式方法，并将因此获得新的哲学构思和新的哲学能力。吕超以英语长篇小说对北京和上海两个城市不同时期的不同描写所构成的张力为例，从精神气质、城市空间和城市人三个方面剖析了老上海和老北京两个异域空间的相异、交叉和重叠，很能发人深思。

孟昭毅等的《20世纪东方文学与中国文学》除对过去研究较多的日、

韩、蒙古、朝鲜、越南等国文学进行了新的解读外，对过去接触较少的泰国、缅甸、新加坡、菲律宾、印尼等国家的文学都有所分析；特别是辟专章讨论了南亚和西亚、北非各国当代文学与中国文学的关系。前者深入讨论了中国文学与印度、巴基斯坦、尼泊尔文学的关系；后者包含了埃及、波斯、土耳其和其他阿拉伯国家的文学状况，多是发前人所未发，带来了过去人们较少关注，但对文化多元发展十分重要的新知识。

如果说孟昭毅等的《20世纪东方文学与中国文学》是对当前东方文学现状及其与中国文学的关系作了相当全面的"散点"研究，那么，黎跃进的《东方现代民族主义文学思潮发展论》则是将150年来的东方文学作为一个地区性整体，进行了纵向的区域性历史研究，特别是对这一区域的文化发展源流、现代民族主义文学的形成、启蒙思潮的影响以及当代后殖民主义的展现都作了详尽的探讨。这种"区域史"的探讨不仅是研究"已成事实"，而且是把重点放在文化交流过程中形成的种种新的空间的交叉上，通过"自我"与"他者"的互动，人物之间的交往和物质文化的交流等，进行动态的研究，为后来者提供了新的思考平台。

另外，曾艳兵的《价值重估：西方文学经典》对一些重要的西方文学名著进行了新的现代诠释；曾思艺的《俄苏文学及翻译研究》对俄苏的诗歌、小说、文学翻译也有新的论述，都能收开卷有益之功，值得一读。

丛书第二辑列入出版计划的是赵利民的《对话与交流：中国传统文学与外国文学关系研究》、郝岚的《世界文学与20世纪天津》、甘丽娟的《纪伯伦在中国》、黎跃进的《多重对话：比较文学专题研究》和孟昭毅的《外国戏剧经典文化诗学阐释》。这些著作也是各位作者在各自研究领域的新成果，相信这批成果对文化的多元对话和比较文学的学术研究将产生促进作用，大家拭目以待吧。

于北京大学朗润园

2011年3月16日

前　言

"比较文学"就名称而言是舶来品，它随着改革开放的春风，在中国学术研究传统的基础上，如雨后春笋般地在学界勃发、成长。在20世纪70年代末80年代初的学术大潮中，我校的比较文学教学与研究也如鱼得水般地发展起来。

最初我校中文系是在恢复高考后的七七级、七八级中文系学生中开设了与比较文学相关的课程。自1982年开始，在收集、学习和研究当时所能得到的各种原始资料的基础上，中文系开始编写《比较文学概论》讲义，并于1983年初完成初稿。与此同时，中文系也正式开设比较文学课程。这是针对大学四年级学生开设的选修课，课时为一学期。自此以后，相继开设了"比较文学概论"、"比较诗学"等比较文学课程。1983年6月，我校教师与南开大学等单位联合召开了新中国成立以来第一次全国性的比较文学学术会议，从此拉开了中国比较文学腾飞的序幕。这次与会的百余名专家学者不仅讨论了比较文学的一般原理，而且提出了"中外文学关系"、"东方比较文学"和"中国学派"等亟待深入探讨的问题。通过一系列学术活动，我校的比较文学研究进一步明确了方向，并逐步形成了自己的学术传统。

经过中文系相关教师多年的艰苦努力和各级领导的支持与关心，在季羡林先生和乐黛云先生的积极支持下，我校的比较文学学科在1993年国务院第五批学位点申报工作中取得突破性进展，成为全国最早独立申报并获批的比较文学硕士点之一（部分院校原有外国文学硕士点，当时这两个学科尚未合并）。"九五"期间，比较文学成为学校重点学科并获得了稳定快速的发展，培养了不少优秀的毕业生，出版了一批学术专著和论文，获得了不少省部级奖励和科研项目。这些比较文学的研究实绩，使学科在不事声张、实事求是、刻苦钻研的学风中茁壮成长。"十五"期间再次成为我校重点学科的比较文学，再接再厉，在领导的关怀和帮助下，引进了赵利民、曾艳兵、曾思艺、黎跃进等中青年学者，形成东方比较文学研究、中西比较文学研究和中日文学与文化比较研究三个相对稳定、特色鲜明的研究方向，在国内比较文学界产生了广泛的影响。随之在2003年国务院第九批学位点申报时，我校独立申报比较文学与世界文学博士学位授予权成功获批。

2006年，我校比较文学学科获批天津市重点学科，以该二级学科为基础，2009年中国语言文学一级学科申报设立博士后科研流动站的申请获得批准，2011年初我校中国语言文学一级学科博士学位授予权也通过审批。"十一五"期间该学科12名教授中已有6位博士生导师，并特聘美国讲座教授一名；国家级精品课一门、天津市精品课两门，出版学术专著30余部、教材20余部，其中国家"十一五"规划教材4部。现有省部级在研项目20余项，其中国家级科研项目8项。2010年，比较文学与世界文学学科获得天津市优秀教学团队。比较文学现在已经成为我校学科建设和发展的又一支生力军。

该学科独力承办过多次国际、国内学术会议，与美国、英国、俄罗斯、日本、韩国、印度、越南、土耳其及我国台湾和澳门等国家和地区的多所大学进行学术交流，扩大了国内外的学术影响。

该学科多年来培养的数百名博士生和硕士毕业生，遍布祖国各地。除天津市各地方高校外，他们有的还工作在北京外国语大学、南开大学、天津大学、陕西师范大学、河北大学、湘潭大学、湖南师范大学、河北师范大学、山西师范大学、辽宁师范大学、杭州师范大学、广州大学、青岛海洋大学等高等学府。优秀毕业生分别考入中国社会科学院、北京大学、北京师范大学、南开大学、南京大学、复旦大学、山东大学、华东师范大学、中山大学等名校，继续攻读博士学位。其中相当一部分人还成为教授、硕博士生导师和学术骨干。此外还培养了一批日本、韩国、马来西亚、泰国、越南、哈萨克斯坦、波兰、我国台湾和澳门等国家和地区的硕士、博士生，在国内外赢得了良好的学术声誉。

为了集中展示我们近年来的科研成果，学校支持和鼓励我们编辑出版"天津师范大学比较文学与世界文学研究丛书"，丛书共十本，分两辑出版。第一辑五本分别为孟昭毅等的《20世纪东方文学与中国文学》、曾艳兵的《价值重估：西方文学经典》、曾思艺的《俄苏文学及翻译研究》、黎跃进的《东方现代民族主义文学思潮发展论》和吕超的《比较文学新视域：城市异托邦》。

《20世纪东方文学与中国文学》全面梳理和分析了中国文学与其他东方国家文学之间相互影响、互涵互动的关系，对于确立中国文学本位意识、构筑东方文学统一性、参与世界文学对话，具有重要的理论价值和现实意义。著作既有对贯穿整个20世纪的纵向梳理，又有涵盖东亚、东南亚、南亚、西亚北非等整个东方范围的横向比较剖析；既有立足于中国文学与东方文学关系的宏观立论，又有针对文学流派、作家作品间相互影响的微观探析。

《价值重估：西方文学经典》立足于中国立场和比较文学的视野，对西方文学的部分经典之作做出新的阐释。作者从变态心理分析角度阅读和阐释陀思妥耶夫斯基，获得新的体验和收获；从现代性、后现代性等角度打量和思考西方传统文学经典，对古老的文学经典有新的认识和发现；对近年来似乎已经说尽，但其实不然的卡夫卡话题加以新的审视，获得谛听卡夫卡的新方式。作者的研究表明：所有的西方文学经典，之所以是"西方"经典，皆因为我们站在东方土地上言说，重评西方文学经典，既是重评"西方"，也是重评"我们"。

《俄苏文学及翻译研究》是作者多年来在俄国文学与俄国文学翻译方面科研、教学心血的结晶，其主体部分对俄国诗歌和小说进行了研究，对俄国中古著名史诗和一些重要诗人及其创作提出了自己的思考；对普希金、果戈理、屠格涅夫、契诃夫、肖洛霍夫等人的小说内涵和风格做出了全新的阐发；对新中国成立以来的俄苏文学翻译，做出全面而简要的概述，并对一些成就突出、很有特色的翻译家进行了较为深入的评析，具有理论思考的独到性和资料的丰富性。

《东方现代民族主义文学思潮发展论》在19世纪中期以来现代化全球扩散、东方社会做出回应的背景下，探讨150余年间在亚非地区盛行的民族主义文学思潮，对这一文学思潮的文学渊源和纵向发展演变进行了系统的论述，将东方启蒙文学当作民族主义文学的早期形态，以20世纪初期至60年代东方的民族主义文学为思潮发展最为成熟、典型的阶段，20世纪60年代至世纪末的后殖民主义文学视为思潮的延伸形态，这样把整个东方文学作为一个整体加以研究，视野开阔，并有理论的创新。

《比较文学新视域：城市异托邦》开拓了比较文学研究的新视域，该书创造性应用法国思想家米歇尔·福柯提出的异托邦概念，整合比较文学形象学、城市文化、后殖民等理论，将研究对象聚焦到文学中的异域城市个案形象，重点论述城市异托邦的理论谱系、生成机制和研究范畴；以西方文学（特别是英语长篇小说）中的老北京和老上海形象作为案例剖析，重点分析它们分别体现的城市异托邦的两副典型面孔。

第二辑五本分别为赵利民的《对话与交流：中国传统文学与外国文学关系研究》、郝岚的《世界文学与20世纪天津》、甘丽娟的《纪伯伦在中国的传播与影响研究》、黎跃进的《多重对话：比较文学专题研究》和孟昭毅的《外国戏剧经典文化阐释》。

《对话与交流——中国传统文学与外国文学关系研究》对古代中国文学在欧洲主要国家和东方诸国的传播与影响给予比较全面的梳理与探讨，同时还注意文学交流中的个案研究。对处于中西文化激烈碰撞、相互交融过程中的中国近代文学及其观念做出了颇有创新性的研究，是该学术领域的一项新收获。

《世界文学与20世纪天津》从比较文学与比较文化的视角出发，系统总结了20世纪天津与世界文学的关系：包括以近代天津文化名人、当代天津小说家与世界文学、天津翻译家与翻译活动、天津在西方戏剧进入中国进程中充当的角色等内容，将地域学术活动对世界文学的传播接受纳入研究视野加以讨论，富于创新意识。

《纪伯伦在中国的传播与影响研究》全面考察纪伯伦作品在中国的译介和研究等情况，梳理纪伯伦作品中国之行的主要脉络，展示纪伯伦及其《先知》如何在中国被确立为经典的事实，进一步分析纪伯伦在中国的多重影响，对纪伯伦创作与生活的多元文化背景进行解读，为纪伯伦研究的更加深入奠定扎实的基础，具有一定的填补空白的意义。

《多重对话：比较文学专题研究》立足于多元对话的文化立场，对中外文学大量彼此交流互动的文学现象进行清理和研究；对中外文学史上具有价值联系的类同现象做出平行的考察和分析；对不同文化体系的文学加以审美层面的深层思考，得出具有启发性的认识和结论。著作中对文化研究与比较文学关系的探讨，显示出理论前沿的色彩。

《外国戏剧经典文化阐释》对东西方主要戏剧文本进行文化和诗学两个层面的解读，得出学理上的一些规律，是作者继《东方戏剧美学》和《印象：东方戏剧叙事》之后又一部戏剧文化的力作。

这套丛书的出版，不仅是该学科教师近年学术科研的总结，更是该学科"十一五"期间学科发展的一次检阅。其中包括三个国家社科基金课题，两个省部级项目，三篇博士学位论文。它虽然难免这样或那样的不足，但它们是每位作者在各自研究领域的最新研究成果，体现了他们的研究特色和专长。随着比较文学与世界文学学科建设的发展，我们的学术研究将进一步深入展开，丛书出版也还将继续。我们也愿意将它奉献给广大读者，为的是请他们和我们一起分享学术研究带来的快乐。

回顾我校比较文学学科发展，三十年来，伴随着祖国改革开放的历史脚步，涌动于人民解放思想的时代潮流，在天津市和学校各级领导的关怀与帮助下，在文学院全体教师的支持与鼓励下，在全院学生的理解与欢迎中，从零起步，从无到有，从小到大，由弱变强，筚路蓝缕，艰辛异常，走出一条顽强拼搏、努力奋斗的科学发展之路。作为整个历史发展的一个侧面，反映了祖国各项事业蒸蒸日上的大好局面。而贯穿其中的正是勇气、前瞻和向历史交代的使命感和责任感。虽然在学科的发展和建设方面，与兄弟院校相比，我们还有这样或那样的不足，但是我们相信，天津师范大学的比较文学学科在不远的将来，和全国的比较文学研究事业一样，一定会取得更大的进步，不辜负所有关心它、支持它成长的朋友们的期望。

天津师范大学比较文学与
世界文学研究丛书编委会
2011 年 3 月 18 日

目 录

绪论：民族主义理论与东方民族主义思潮产生发展的背景 …………（1）
 第一节　民族与民族主义 ………………………………………（1）
  一　"民族"的内涵 …………………………………………（1）
  二　"民族主义"的概念 ……………………………………（8）
  三　民族主义的类型 ………………………………………（13）
 第二节　东方民族主义及其特点 ………………………………（18）
 第三节　产生发展的背景："现代化"的挑战与回应 …………（26）
  一　世界"现代化"进程 ……………………………………（27）
  二　东方被裹挟着进入"现代化"历程 …………………（29）
  三　民族国家独立：东方现代化的前提 …………………（32）
  四　上层改革、思想启蒙与现代化探索 …………………（36）
 第四节　本课题研究现状与基本思路 …………………………（40）

第一章　东方现代民族主义文学思潮的内涵与外延 ……………（45）
 第一节　时空范围："东方"和"现代" …………………………（45）
 第二节　思潮·社会思潮·文学思潮 …………………………（48）
  一　思潮与意识焦点、思维结构 …………………………（48）
  二　社会思潮 ………………………………………………（51）
  三　文学思潮 ………………………………………………（52）
 第三节　东方现代民族主义文学思潮 …………………………（54）
  一　"东方现代民族主义文学思潮"是一个非常复杂的综合

　　　　开放体系 …………………………………………………… (54)
　　二　"东方现代民族主义文学思潮"时间跨度长,而且
　　　　还在继续 ……………………………………………………… (58)
　　三　创作宗旨:民族国家的生存与发展 …………………………… (60)
　　四　创作原则:功利性、现实性和民族性 ………………………… (62)

第二章　东方古代文学中的民族意识 ………………………………… (68)
　第一节　东方古代民族类型 …………………………………………… (68)
　第二节　部族意识的神话表达 ………………………………………… (71)
　第三节　文学类型的考察:颂诗与史传文学 ………………………… (74)
　第四节　西亚:民族主义的演示舞台 ………………………………… (81)

第三章　第一阶段(19世纪后半期至20世纪初):与启蒙思潮
　　　　同根并发 ……………………………………………………… (87)
　第一节　东方现代启蒙运动 …………………………………………… (88)
　　一　东亚的启蒙运动 ………………………………………………… (88)
　　二　南亚的启蒙运动 ………………………………………………… (91)
　　三　西亚、北非地区的启蒙运动 …………………………………… (95)
　第二节　东方现代启蒙文学 ………………………………………… (104)
　　一　日本启蒙文学的演进 ………………………………………… (104)
　　二　印度启蒙文学的成就 ………………………………………… (112)
　　三　西亚、北非地区的启蒙文学 ………………………………… (115)
　第三节　东方现代民族主义文学的早期形态 ……………………… (126)
　第四节　黎萨尔:启蒙与救亡的困惑 ……………………………… (141)
　　一　英雄的选择 …………………………………………………… (141)
　　二　迷茫与矛盾 …………………………………………………… (143)
　　三　矛盾的文化机制 ……………………………………………… (149)
　　四　矛盾的艺术表现 ……………………………………………… (153)
　第五节　伸张国权:东海散士与《佳人奇遇》 …………………… (156)

第四章　第二阶段(20世纪初至60年代):成熟与高潮 …………… (163)

第一节 民族解放运动持续高涨与民族主义思潮 …………… （163）
  一 第一时期(20世纪初至第一次世界大战前夕) ………… （164）
  二 第二时期(第一次世界大战至第二次世界大战) ……… （166）
  三 第三时期(二战后至60年代) …………………………… （178）
第二节 民族主义文学的主要成就 …………………………… （183）
  一 东亚地区 ………………………………………………… （183）
  二 南亚地区 ………………………………………………… （187）
  三 东南亚地区 ……………………………………………… （196）
  四 阿拉伯地区 ……………………………………………… （211）
  五 撒哈拉以南非洲地区 …………………………………… （227）
第三节 东方现代民族主义文学的典型形态 ………………… （240）
  一 反对殖民统治,高扬民族意识,要求民族独立的
    主题思想 ………………………………………………… （240）
  二 功用性、现实性的审美追求 …………………………… （250）
  三 民族传统的弘扬与民族灵魂的呼唤 …………………… （256）
第四节 高潮:亚非作家会议 ………………………………… （261）
  一 亚非作家会议的基本情况 ……………………………… （261）
  二 三大中心命题 …………………………………………… （265）
  三 民族主义的审视 ………………………………………… （278）
第五节 慕依斯:民族激情与文化抗拒 ……………………… （285）
  一 独立战士与业余作家 …………………………………… （286）
  二 民族激情与艺术规律 …………………………………… （287）
  三 汉纳菲:先行者的悲剧 ………………………………… （291）
第六节 陶菲格·哈基姆:民族灵魂的呼唤 ………………… （295）
  一 陶菲格·哈基姆:勤奋、深邃的作家 ………………… （296）
  二 以"爱"为核心的农业文明 …………………………… （299）
  三 神话象征结构与民族意识 ……………………………… （303）
  四 社会价值与文化审视 …………………………………… （307）
第七节 《失败》:钱达尔对印度民族传统文化的反思 …… （309）
  一 爱情悲剧:美与真的毁灭 ……………………………… （309）
  二 文化思考:揭示民族传统无意识 ……………………… （313）

  三 象征意象:森林、僵尸与灰烬 …………………………（317）

第五章 第三阶段(20世纪60年代至世纪末):后殖民文学 ………（321）
 第一节 东方民族主义的新发展与后殖民思潮兴起 …………（321）
  一 20世纪60年代以后东方民族主义的特点………………（322）
  二 后殖民思潮相关的概念 …………………………………（336）
 第二节 后殖民主义思潮的成熟形态:后殖民理论 ……………（340）
  一 后殖民主义理论的产生与发展 …………………………（340）
  二 后殖民主义的原创性理论 ………………………………（343）
  三 后殖民理论的价值把握 …………………………………（349）
 第三节 东方后殖民文学 ………………………………………（352）
  一 "东方后殖民文学"的定义 ………………………………（353）
  二 东方后殖民作家的类型 …………………………………（354）
  三 东方后殖民文学的基本特征 ……………………………（356）
 第四节 耶谢巴尔与《虚假的事实》:本土作家的后殖民创作 ……（370）
  一 民族文化熏陶的一生与创作 ……………………………（371）
  二 《虚假的事实》的主旋律:寻求独立后的民族自我 ………（374）
  三 达拉与布兰:理想民族自我的"寓言" …………………（378）
  四 创作构思:突现民族自我 ………………………………（382）
 第五节 库切与《耻》:后殖民世界种族关系的寓言 ……………（384）

简短的结语 ……………………………………………………………（394）

主要参考书目 …………………………………………………………（397）

后 记 ……………………………………………………………（409）

绪 论

民族主义理论与东方民族主义思潮产生发展的背景

在进入东方现代民族主义文学思潮的讨论之前,我们必须对几个相关的概念作一番清理与审察,它们是"民族"、"民族主义"、"民族主义类型"和"东方民族主义"等。这些概念的具体内涵在学界没有定论,必须有我们自己的理解与辨析,以此作为论题展开的基础。

第一节 民族与民族主义

"民族"和"民族主义"的研究是世纪之交学术研究的热门课题,人们从不同的角度对这一命题展开探讨,但对"民族"、"民族主义"和"东方民族主义"这几个概念却众说纷纭。但要对"东方现代民族主义文学思潮"做出考察,不能不对它们有一个基本的、学理的把握。

一 "民族"的内涵

一个民族在现实中好像是确定的、客观的。但在理论的抽象上对"民族"给出一个定义却相当困难。因为民族的形成是一个动态的历史发展过程,在这一过程中影响民族形成的因素又是多种多样的;每个民族有每个民族的历史传统和文化精神;再加上研究者的知识结构限阈与主观价值诉求不同,自然是五花八门、各有其词。

汉语古词汇中没有"民族"这个名词。"民族"一词是梁启超从日语中借用来的，1899 年，在他的《东籍月旦》一文中最早使用"民族"一词。在这篇文章中，出现了"东方民族"、"泰西民族"、"民族变迁"和"民族竞争"等新名词。而日语中的"民族"（みんぞく）是英语的 nation 的翻译。据学者的研究，英语的"民族"，"实际上经历了一个从生物学、人种学到社会学、政治学演变的历史过程。随着 nation 概念本身的不断演变，人们的看法也在不断地发生变化"①。

英文中"民族"（nation）一词来源于拉丁文"natio"，意为"生存之物"，而 natio 又来源于古希腊文 ansci 的过去分词 natus，意思是"生育"，后进一步衍生为 natio，指具有同一出生地的居民团体，即拥有某一特定地理区域具有血缘关系的一群人，他们在一块面积不大的土地上共同生活，而且生活方式比较落后，近似于"种族"、"土著"之类的含义。中世纪初期，natio 仍被用来指生活在同一地区、具有血缘关系的人群，或被用来表示村里的亲属集团。但到中世纪后期，natio 逐渐失去了"血缘"的含义而强调区域的意义。当时的大学依据学生出生地的不同，将学生分成若干个 natio。还有人认为，大约在 1400 年时，natio 就有了"领土"的含义。② 之后，natio（nation）的用法比较乱，有时用来指称非人类的集合群，如 a nation of birds（鸟族）；有时指称具有轻蔑意味的特殊人群，如孟德斯鸠称僧侣为"一群伪装虔诚的人"（a pietistic nation）；有时用来指具有特殊政治权力的一群人，17 世纪甚至用"the nation"专指统治阶级，以区别平民。

在 1500 年到法国大革命期间，natio 的另一用法渐成趋势。natio 开始以 nation（nacion，nazione）的面目出现在当地的语言中，且赋予其政治的含义。16 和 17 世纪，nation 一词便开始被用来描述一国之内的人民而不管其种族特征如何。法国大革命时，nation 开始成为 country（国家）的同义语，③ 并且开始具有与"人民"（people 或 peuple）相对立的意义。

---

① 王联：《关于民族和民族主义的理论》，《世界民族》1999 年第 1 期。

② Philip L. White, What Is a Nationality? *Canadian Review of Studies in Nationalism*, XII, 1, 1985, p.7.

③ Louis L. Snyder, *The Meaning of Nationalism*, op. cit. p.29.

总的来说，nation"意味着全部的政治组织或国家（state）"①。法国大革命后的《人权和公民权宣言》中就明确宣布："所有主权的来源，本质上属于国家（nation）。"② 此后出版的词典也开始采纳 nation 早先已经具备的政治含义："民族意味着流着相同的血液、出生在相同的国家，而且生活在同一个政府之下的众多家庭。"③ 而这个 nation 实际上是指某个社会群体，"集体"或"国家"的概念在这个 nation 中显然占有主要的地位。④ 这样，nation 完全失去了原有的"血缘"、"种族"的含义，完成了由生物学意义向政治学意义的演变。

正由于"民族"概念的历史演变，导致人们对"民族"的界定认识不一。这里列举一些重要的"民族"定义：

（1）法国学者勒南（Ernest Renan）1880 年在巴黎大学作了题为《什么是民族》的演讲，认为"民族不是种族，不是宗教，不是语言，不是文明或经济利益。民族观念建立在英雄的历史上，伟大的人物和真正的光荣基础之上。由共同的经验达到社会一致的形成。而共同的忧伤比共同的胜利更能把民族团结一致。所以，民族是一个伟大的团体，在过去的牺牲和将来更愿意牺牲的志愿上建立起来的团体"⑤。

（2）美国政治学家雷加（Mostafa Rejai）认为，民族是"相当大的一群人，他们由于具有共同种族、文字、文化、历史以及共同的一套习俗或传统等特性中的一个或一个以上的特性，因而具有共同的归属感"⑥。

（3）英国政治学家巴克（E. Barker）认为："民族乃各种不相同的种族，具有共同的思想与情感者，居处于某土地之上，其思想与情感乃自一共同的历史过程中获得而来、传导而来，大半含有共同的宗教信仰（此

---

① Hans Kohn：*The Idea of Nationalism*，*A Study in Its Origins and Background*，New York：The Macmillan Company，1946，p. 580.

② Walker Connor, A nation is a nation, is a state, is an ethnic group, is a…, *Ethnic and Racial Studies*, Vol. 1, No. 4, October 1978, p. 382.

③ Philip L. White, What Is a Nationality? *Canadian Review of Studies in Nationalism*, XII, 1, 1985, p. 8.

④ 参见王联主编《世界民族主义论》，北京大学出版社 2002 年版，第 4—5 页。

⑤ 参见 Ernest Renan, What Is a Nation? 见 John Hutchinson & Anthony D. Smith ed. *Nationalism*, Oxford, Oxford University Press, 1994, pp. 17 – 18。

⑥ 莫斯塔法·雷加：《意识形态与现代政治》，张明贵编译，台北桂冠图书公司 1981 年版，第 34 页。

种现象过去比现在为甚），使用共同的文字供作表示其思想与情感之工具。并怀抱一个共同的意志，形成一个独立国家，以发表其意志、实现其意志。"①

（4）美国学者海斯（Carltion. J. H. Hayes）指出："一个部族，由于得到政治统一和主权独立，遂成为一个民族或民族国家（nation state）。"②

（5）英国历史学家布莱士（James Bryce）认为："一个部族乃是一大群人，由于语言文字、风俗习惯以及各项传统的种种维系而团结在一起，自己感觉得构成一个系统的统一单位，而见别于其他同样受着种种类似维系的许多人群。一个民族乃是一个自己组成的政治团体的部族，或是独立，或是正在企求独立。"③

（6）斯大林在其名著《民族问题和社会民主党》中提出的民族定义是："民族是人们在历史上形成的一个有共同语言、共同地域、共同经济生活以及表现于共同文化上的共同心理素质的稳定的共同体。"④

西方当代的一批学者，更是明确从政治意义来理解"民族"，将"民族"与"国家"的外延等同。英国学者安东尼·史密斯认为，民族是"具有名称，占有领土的人类共同体，拥有共同的神话，共享的历史和普通的公共文化，所有成员生活在单一经济之中并且拥有同样的权利和义务"。⑤吉登斯则认为，民族是指"居于拥有明确界限的领土上的集体，此集体隶属于统一的行政机构"⑥。霍布斯鲍姆认为："'民族'的建立跟当代基于特定领土而创生的主权国家是息息相关的，若我们不把领土主权国家跟'民族'或'民族性'放在一起讨论，所谓的'民族国家'将会变得毫无意义。"⑦ 美国著名学者卡尔·多伊奇指出："一个民族（nation）

---

① E·巴克：《民族性》，王世宪译，台湾商务印书馆1965年版，第26—27页。
② Carlton J. H. Hayes, *Essays on Nationalism*, New York：The Macmillian Co., 1928, p. 5.
③ 引自浦薛凤《现代西洋政治思潮》，台北正中书局1979年版，第168—169页。
④ 《斯大林全集》第2卷，人民出版社1953年版，第294页。
⑤ [英]安东尼·史密斯：《民族主义：理论，意识形态，历史》，叶江译，上海世纪出版集团、上海人民出版社2006年版，第14页。
⑥ [英]安东尼·吉登斯：《民族国家与暴力》，三联书店1998年版，第144页。
⑦ [英]埃·霍布斯鲍姆：《民族与民族主义·导论》，上海人民出版社2000年版。

就是一个拥有国家的人民（people）。"① 在马克斯·韦伯看来："人们可以通过下列途径来界定'民族'这一概念，即：民族是一个可以用它自己的方式充分显示它自己的感情共同体；而且一个民族是通常趋向于产生它自己的国家的共同体。"② 本尼迪克特·安德森说："遵循着人类学的精神，我主张对民族作如下的界定：它是一种想象的政治共同体——并且它是被想象为本质上有限的（limited）、同时也享有主权的共同体。"③

这是由于"民族"概念最初产生于近代西方，是伴随着现代民族国家的确立而流行，因而绝大多数学者将"民族"与"民族自决权"连在一起，是一个具有浓郁的政治色彩的概念。事实上，"民族"自身产生很早，在人类文明的初期，群居于某一地域空间的群体与相邻的另一群体冲突、接触过程中就产生了早期民族，其重要标志是区别内外族群的辨族意识的产生。这种早期"民族"是在具有血缘关系的氏族、部落联盟的基础上不断融合而形成。无论对"民族"怎样界定或者怎样描述，对"民族"的理解有几点很重要：

第一，"民族"是一个历史范畴的概念。在不同的历史时期，"民族"的内涵和外延都不相同。从人类社会的纵线发展看，"民族"至少有三个阶段性的概念：①原初性民族。这种民族形成于原始社会后期和文明社会初期，具有部落联盟的性质，有血缘的基础但又突破血缘的关系而开始进入文化关系的社会；②次生性民族。这种民族形成于成熟的奴隶制社会和整个封建化过程中，地缘代替了血缘，以对祖先遗留的土地归属、共同认同一种或一种以上的文化要素和对王朝政权的服从为特征；③现代民族。这种民族形成于19、20世纪传统社会向现代社会转型的过程中，其特征是超越族类观念和传统的共同文化，由对民族国家和民主政治的认同代替对王朝政权与制度的服从。"民族"不是自然现象，而是人们社会实践的结果。必须以动态的眼光来考察"民族"，才

---

① Peter Alter, *Nationalism*, London, Edward Arnold, 1994, p. 6. 原文为 "A nation is a people in possession of a state"。

② Max Weber, The Nation, in From Max Weber: *Essays in Sociology*, trans. Anded. By H. H. Gerthand C. Wright – Mills, London: Rout ledge & Kegan Paul, 1948, p. 179.

③ ［英］本尼迪克特·安德森：《想象的共同体：民族主义的起源与散布》，上海人民出版社2003年版，第5页。

不至于走向褊狭和机械。

第二,"民族"的本质是文化关系。人类按不同关系的组合形成不同的群体,如阶级关系形成政党,血缘关系形成家庭,业缘关系形成行会组织,政治关系形成国家。而民族形成的根本要素是文化关系。有论者认为:"民族与人种不同,民族的结合大半是文化性的。……基于血缘的人种成分,固然是民族构成的重要分子,但是更重要的是那形成的程序。……我们可以从单纯的血缘单位所构成的'种',演化为综合的文化单位所形成的'族'这一过程中,看出每一民族经过的一般历史。"① 文化的创造性和继承性决定着民族的创造性和继承性,人们在实践活动中不同的目标确立和价值选择形成不同的民族性格和民族精神。文化内在结构的复杂性、多层性导致对"民族"界说的多义性。处在文化结构最核心的"精神文化"是民族的灵魂。表层的物质文化、中间层次的制度文化固然是民族构成的一些要素,但关键性的要素是"精神文化"。"民族的诸特征不是平列的,而是至少形成两个层次的结构:表层的是地域、经济、语言等方面的联系与源流关系,深层的则是以民族精神和民族认同意识为核心的观念文化系统。……深层的观念文化系统,是诸特征中最'坚硬的内核',少了它民族就不是自己,而表层的文化特征却是有'弹性'的因素,有的民族突出这一因素,有的民族突出另一些因素;同一民族,在这时期突出这个因素,在另一时期突出另一因素。"②

第三,在实际运用中,"民族"是一个相对的概念,其外延是不确定的,根据论述问题范围的大小而有所变化。可以大到把地球人类分成东、西两半,称为"东方民族"、"西方民族";可以按海洋对陆地的分割形成的洲,把人类称为"亚洲民族"、"非洲民族"、"欧洲民族"、"美洲民族"、"大洋洲民族"等;还可以在一洲内按方位再划分出"民族",如亚洲的"东亚民族"、"西亚民族"、"南亚民族"、"东南亚民族"、"中亚民族"等;还有由于重大的历史文化活动而形成的跨越洲际的民族,如由于历史上的阿拉伯帝国而形成的"阿拉伯民族"就跨越亚洲和非洲,流

---

① 李济:《北京人的发现与研究及其所引起之问题》,《李济考古学论文集》,文物出版社1985年版,第120页。

② 伍雄武:《中华民族的形成与凝聚新论》,云南人民出版社2000年版,第217页。

散世界的"犹太民族"遍布世界各地;再到以国家命名的民族,如"中华民族"、"法兰西民族"、"不列颠民族"、"美利坚民族"、"日本民族"、"印度民族"等;还有由于历史上种族的流徙而形成的跨国民族,如"突厥民族"、"斯拉夫民族"等;再到基于种族的国内各民族,如中国的汉族、藏族、维吾尔族、壮族、蒙族、傣族、苗族等,印度的印度斯坦族、泰鲁固族、孟加拉族、马拉地族、泰米尔族等。这样形成外延由大到小的不同层级的"民族"体系,成员之间的文化关系也相应于由大到小的不同民族层级而呈现出由粗疏趋向精密的梯度。

正是在这样的维度上,有论者不主张给"民族"下明确、清晰的定义,而是强调它们之间的一种模糊的文化关系。当代英国学者盖尔纳就有这样的表述:"在我们这个时代似乎是普遍存在的和规范的民族的概念究竟是什么呢?对以下两个权宜的、临时的定义进行分析,将有助于明确这个难以捉摸的概念。(1)当且只当两个人共享同一种文化,而文化又意味着一种思想、符号、联系体系以及行为和交流方式,则他们同属一个民族。(2)当且只当两个人相互承认对方属于同一个民族,则他们同属一个民族。换言之,民族创造了人;民族是人的信念、忠诚和团结的产物。如果某一类别的人(比如某个特定领土上的居民,操某种特定语言的人),根据共同的成员资格而坚定地承认相互之间的权利和义务的时候,他们便成为一个民族。使他们成为民族的,正是他们对这种伙伴关系的相互承认,而不是使这个类别的成员有别于非成员的其他共同特征。"①

第四、现代民族与现代国家外延重合,但内涵有本质区别。在当代学界,许多学者强调民族的政治含义,将"民族"与"国家"等同,以至于很多场合下 nation 被用来表示国家。但民族之所以与政治或国家、政治组织有关,是有它的现实的政治背景的。从前文民族一词的发展演变过程看到,nation 到法国大革命时成为有关政治的词汇。"作为资产阶级的一种思想工具和斗争武器,民族主义对建立资产阶级的民族国家起了至关重要的作用,在维护资产阶级的民族利益,打倒封建王权,推翻专制统治的斗争中,民族主义促进并巩固了民族国家的观念,民族、民族主义、民族自决、民主等口号都是从那时候开始的。而这些口号都有一个共同的特

---

① [英]盖尔纳:《民族与民族主义》,韩红译,中央编译出版社2002年版,第9页。

点，即要求个人自己管理自己，本民族自己管理本民族。在这中间，民族与民主和公民个人的关系相当密切。它是由当时的欧洲政治现实所规定了的。"① 的确，现代民族与现代民族国家相生相伴的关系，赋予了现代民族许多不同于古代民族的新内容。但作为学术研究，我们必须看到，"民族"（nation）和"国家"（state）是两个概念，他们的内涵有着本质的区别。

英国学者安东尼·史密斯认为："民族不是国家，因为国家的概念与制度行为相关，而民族的概念则指的是某种类型的共同体。国家的概念可以被定义为一套与其他制度不同的自治制度，拥有在给予的疆界内强制性和家世（extraction）的合法垄断。这与民族的概念非常不同。就如我们已经说过的那样，民族是被感觉到的和活着的共同体，其成员共享祖国与文化。"② 也就是说"国家"指的是不同于其他社会机构的、在一块既定领土上垄断性地实施强迫和压制的公共机构（public institutions），而"民族"指的是依靠文化和政治契约而统一在一起的一个政治共同体，成员们分享其历史文化和领土。"民族"的成员们分享共同的文化传统，这与"国家"公民们之间存在的纯粹法律和层级制联系纽带是完全不同的。当然，在两者之间确实存在着重合的部分，如都强调领土，在民主国家中也都强调人们的权利。但是其内涵和着重点是很不相同的。"国家"主要指一整套具有公共认可的权威性社会行政管理组织体系，这套国家机器由于受执政集团控制，所以与执政集团的意识形态背景密切相关。人们通常忠于自己的"民族"（nation），但不一定忠于执政的"国家"政权（state）。

二 "民族主义"的概念

"民族主义"比"民族"的概念出现得更晚，但其含义同样纷繁复杂。据研究者考证，"民族主义"一词，最先在15世纪出现于莱布茨格大学的校园里，围绕"波希米亚人"和"非波希米亚人"的"出生地"（Nations）问题曾进行了一场学术争论。争论中，双方使用了"National-

---

① 王联主编：《世界民族主义论》，北京大学出版社2002年版，第6页。
② [英] 安东尼·史密斯：《民族主义：理论，意识形态，历史》，叶江译，上海人民出版社2006年版，第12页。

ism"这个词。当时这个词仅仅指莱布茨格的教授为了保卫相同出生地同胞的共同利益而组成的联合组织。1836 年这个词首次出现于《英国牛津词典》①。1844 年意大利学者首次将"民族主义（nationalism）"运用于社会文本中，其基本含义是对于一个民族的忠诚与奉献，体现为一种突出的民族认同意识。即认为自己的民族比其他民族优越，特别强调促进和提高本民族文化和本民族利益，以对抗其他民族的文化和利益。②

对于民族主义的内涵，学界有不同的理解，不同的学者从不同的侧面加以论述。E. B. 哈斯曾比喻："民族主义是只大象，研究者是瞎子，每个研究者只摸到'民族主义'大象的一个部分。"③ 我们列举一些主要的观点：

英国历史学家爱德华·卡尔在他于 20 世纪 30 年代主编的关于民族主义的研究报告中指出："民族主义通常被用来表示个人、群体或一个民族内部的成员的一种意识，或者是增进民族的力量、自由或财富的一种愿望。"④

汉斯·科恩在著名的《民族主义的观念》一书中指出："民族主义首先而且最重要的应被认为是一种思想状态……在这一状态中，体现了个人对民族国家的高度的忠诚。"⑤

G. P. 古奇说："民族主义是一个民族成员的觉醒……它作为一种意识形态，是指一种心态，即一个人以民族作为最高效忠对象的心理状况，它包含着本民族优越于其它民族的信仰。"⑥

马克斯·H. 玻赫姆认为："从广义上说，民族主义指的是在整个价值系统中将民族的个性放置于一个很高的位置（类似于爱国主义）的态度"；而"从狭义上讲，民族主义意味着在损害其他价值的情况下的一种

---

① 李宏图：《西欧近代民族主义思潮研究》，上海社会科学院出版社 1997 年版，第 5 页。
② 徐迅：《民族主义》，中国社会科学出版社 1998 年版，第 40 页。
③ E. B Hass, *What is nationalism and why should we study it*? 国际组织，International Organization, 第 40 卷第 3 号 1986 年夏 4. pp. 707—744。
④ The Royal Institute of International Affairs, *Nationalism*, A report by A Study Group of Members of the Royal Institute of International Affairs, London: Frank Cassand Co. Ltd., 1963, p. xviii.
⑤ Hans Khon, *The Idea of Nationalism*: A Study of Its Origins and Background, New York: The Macmillan Company, 1946, pp. 10 – 11.
⑥ ［英］G. P. 古奇：《民族主义》（*Nationalism*）纽约，1920 年版。

特别过分、夸张和排外的，强调民族价值的倾向，结果导致自负地过高评价自己的民族而贬损其他民族"①。

赫伯特·吉本斯认为民族主义有具体和抽象之分："具体来说，民族主义可以被看作是显示民族精神（如历史、传统和语言）的特定的方式；而抽象意义上的民族主义是制约一个民族的生活和行动的观念。"②

马克思和列宁等人认为：民族主义是一种狭隘的民族意识，是一种对自己民族的偏爱。在他们看来，民族主义可以分为进步与反动的两种类型，但从本质上讲，民族主义是资产阶级民族观的核心，因而作为一种历史现象，它会随着社会的发展和进步而逐步消亡。③我国很长时期是用阶级观点理解"民族主义"，20世纪90年代初出版的《中国大百科全书》上就是这样写的：民族主义是"资产阶级思想在民族关系上的反映，是资产阶级观察和处理民族问题、民族关系的指导原则"④。

有论者综合性地概括"民族主义"的内涵，提出多义性的定义。

英国学者安东尼·史密斯提出五义说："确实直到20世纪，'民族主义'一词才获得了我们今天所能联想到的含义。在这些用法中最重要的几个含义是：（1）民族的形成和发展过程；（2）民族的归属情感或意识；（3）民族的语言和象征；（4）争取民族利益的社会和政治运动；（5）普通意义或特殊性的民族信仰和（或）民族意识形态。"⑤

海恩斯认为"民族主义"大致有四种含义：①作为一种历史进程的民族主义，在这一进程中，民族主义成为创建民族国家政治联合体的支持力量；②作为一种理论的民族主义，它是提供给实际历史过程的理论、原则和观念；③民族主义包含着一种政治行动，如特定的政治党派的行动；

---

① Max Hildebert Boeham, *Nationalism: Political, Encyclopedia of the Social Sciences*, New York, 1937, XI, pp.231-232, 转引自 Louis L. Snyder (ed.), *The Dynamics of Nationalism, Readings in Its Meaning and Development*, New York, D. Van Nostr and Company, Inc., 1964, p.25.

② Herbert Adams Gibbons, *Nationalism and Inter nationalism*, New York: 1930, p.2、转引自 Louis L. Snyder (ed.), *The Dynamics of Nationalism, Readings ints Meaning and Development*, New York: D. Van Nostr and Company, Inc., 1964, p.25.

③ 《马克思恩格斯全集》第1卷，第270页；《列宁全集》第22卷，第319页。

④ 《中国大百科全书》（政治学卷），中国大百科全书出版社1992年版，第285页。

⑤ [英]安东尼·史密斯：《民族主义：理论，意识形态，历史》，叶江译，上海人民出版社2006年版，第6页。

④民族主义是一种情感,意指一个民族的成员对本民族国家有着超越于其他的忠诚。①

中国学者余建华把"民族主义"含义归纳为三重:"首先,民族主义是一种心理状态或思想观念……其次,民族主义是一种思想体系或意识形态……再次,民族主义是一种社会实践或群众运动。"对三重含义做出分析后,概括出"民族主义"的定义:"民族主义是民族共同体的成员在民族意识的基础上所形成的对本民族至高无上的忠诚和热爱,是关于民族和民族问题的理论政策,以及在这种理论政策指导或影响下的追求、维护本民族生存和发展权益的社会实践和群众运动。"②

综合以上各种观点,我们认为民族主义作为一种"主义",其核心内涵是有关民族生存和发展的观念体系。它以民族历史和文化的强烈认同、归属、忠诚的情感与意识为基础,追求民族政治独立的民族运动,维护民族权益、实现民族与民族国家发展的纲领和政策,致力于民族文化统一性的文化变革和措施,等等,都是民族主义观念体系应用于民族现实问题的具体表现和行为取向。

对于这样的民族主义界说,必须进一步把握几点:

第一,民族情感和民族意识是民族主义的基础,但不是民族主义本身。"民族情感"源于一定的民族文化,同一民族的成员生活在共同的文化氛围中,长期的耳濡目染,会形成共同的心理倾向和行为方式,成为民族共同体中的情感维系,随着民族形成、发展过程而积淀于民族成员的心灵世界。这种民族情感使得各个民族的成员,天然地具有对于本民族的亲近之感和忠诚之心。"民族意识"产生于民族之间的交往与冲突过程中,在"他族"的参照下,形成"本族"的自我意识,而且在民族发展过程中通过民族的物质文化和精神文化表现出来,如艺术风格、语言、文字、音乐、舞蹈、戏曲、饮食、服饰以及社会风尚、节日和民族传统等,并不断得到强化。这种"民族意识"一旦形成,就具有很强的生命力和稳定性。即使民族的共同地域、共同经济生活甚至共同语言等特征发生了变

---

① Calton H. Heyes. *Essays on Nationalism*, New York: The Macmillan co. 1928. p. 5 – 6.
② 余建华:《民族主义:历史遗产与时代风云的交汇》,学林出版社 1999 年版,第 11—13 页。

化，而民族意识仍然明显存在（如海外华人和犹太民族）。这样的民族情感和民族意识是民族主义产生的前提和心理基础，但它们是情绪化的、本能直觉式的、零散片段化的，民族主义是将它们升华、理性化后而形成的观念体系。

第二，政治上的民族认同是连接民族情感、民族意识与民族主义的中间环节。民族认同往往在与异民族及异文化的相互关系中显露、强化和发挥作用。它是民族情感、民族意识的主体性追求，其基本职能在于族属上我与他的主观区分。任何民族与民族社会（民族国家）的形成与发展过程中，都处于一定的民族关系过程之中。因而民族认同对民族的生存和发展始终是必需的。人类各民族正是通过认同与排斥的机制来区分本民族与异民族。民族认同对于加强民族内部团结和凝聚力，促成民族内部一体化，抗拒民族同化，保持民族传统，都具有重要的作用。民族认同首先是心理的、情感的、文化的、宗教的、血缘的，等等。但这样的民族认同还不是现代意义上的民族认同，作为与现代民族国家一同产生的民族主义意义上的民族认同，是一种政治上的民族认同，具有合法性的政治意义。当然政治、法律意义上的民族认同并不排斥文化、心理、宗教、情感等方面的认同和归属，但作为民族主义形态上的民族认同，主要是政治和法律意义上的，也就是说，这种认同是建立在民族共同体的政治合法性这一基点上的，没有民族国家的建构，民族认同便失去了基础。因而，政治上的民族认同是民族情感、民族意识升华到民族主义的重要环节。

第三，民族主义与世界现代化的产生发展相生相伴。民族意识的觉醒和世界的现代化进程是同步的，现代意义上的民族国家的诞生就是它的直接结果。民族主义产生于欧洲由中世纪向现代社会转化的时候，民族主义日渐演化成一种不可抗拒的社会思潮。同一地域、同一语言、同一风俗习惯的自在的民族急切地向自为的民族过渡，民族自觉、民族独立成为时代的潮流。这种民族自觉以创建现代民族国家和铸造自强、自立的新国民为目标：由中世纪的姓氏国家转化成新型的民族国家，由专制的皇权政体转化成民主的共和政体，由奴隶主义的臣民转化成具有自主意识的国民。在这样的民族主义理念导引下，欧美的许多民族成功地创建了新的民族国家，实现了传统社会的现代转换。随着现代化浪潮的全球性扩散，在殖民与反殖民、传统与现代的剧烈冲突中，欧洲之外的美洲、亚洲、非洲各地的民族意识觉醒，各具特色的民族主义思潮兴起，民族主义也是这些地区现代化进程中的重要动力。梁启超在总结这种历史性的社会变革时精辟地指出："民族主义，实制造近世国家之原动力也。"①

事实上，论述民族主义必然涉及民族、国家、共和、民主、独立、自由、平等这些人类普遍价值，自然启示人们对现代社会的向往和追求。民族主义和现代化进程紧密相连，民族主义具有强烈的民族整体忧患意识、自强意识和赶超意识，它能激发起强烈的民族自豪感、奋进心和凝聚力，在各国、各民族的现代化建设中，一直是重要的精神资源。

三 民族主义的类型

正由于民族主义的内涵丰富复杂，民族主义产生演变的背景和因素多种多样，人们在论述、研究民族主义时，往往作出分类的理解和把握。

卡尔顿·海斯从民族主义纵向演变的层面，提出了著名的"人道主义的民族主义"、"雅各宾民族主义"、"传统的民族主义"、"自由主义的民族主义"、"整合的民族主义"以及"经济民族主义"② 六种类型。海斯的分类，实际上将有史以来的民族主义的发展类型作了一个梳理，使我们清晰地看到了民族主义的发展和演变的过程。

L. 威尔斯把民族主义分为四个类型：①掌权的民族主义，如19世纪中期的德国和意大利的民族主义；②特殊性的民族主义，主张分裂而成立独立主权国，如爱尔兰民族主义；③国际边境民族主义，如介于几国之间的库尔德民族主义；④少数派民族主义，即在一国之内处于少数地位的民族主义。③

也有的学者跨越了时空的限制，综合了历史上已有的民族主义类型，认为民族主义可以划分为"压迫型的民族主义"、"领土收复型的民族主义"、"预防型的民族主义"和"威望型的民族主义"等。④

---

① 梁启超：《论民族竞争之大势》，《饮冰室合集·文集》，中华书局1988年版，第11页。
② 参见 Carlton J. H. Hayes, *The Historical Evolution of Modern Nationalism*, New York: Richard R. Smith, Inc, 1931.
③ 参见彭树智《东方民族主义思潮》，西北大学出版社1992年版，第9页。
④ Max Sylvius Handman, The Sentiment of Nationalism, *Political Science Quarterly*, vol. 36, No 1, 1921, p. 104 – 121.

国内学者结合当代民族主义的不同表现形式,从类型学的角度出发,提出了"民族分离主义"、"宗教民族主义"、"国家民族主义"、"部族主义"、"种族主义"和"新法西斯主义"等6种民族主义的类型。① 还有学者认为:"从类型或形态方面来看,可以将民族主义辨析为一般意义上的民族主义、文化民族主义、地方民族主义、政治民族主义、经济民族主义、语言民族主义,甚至体育民族主义等几大类。"②

余建华在论著《民族主义:历史遗产与时代风云的交汇》下篇中有"现当代民族主义若干类型的阐析",分7章具体论述了"反殖民主义"、"民族社会主义"、"文化民族主义"、"经济民族主义"、"跨国民族主义"、"民族分离主义"、"种族主义"等民族主义类型。③

上述分类是研究者依据不同的标准进行分类的结果,显得有些纷乱。着眼于民族主义的内涵和目标,学界一般将民族主义分为政治民族主义、经济民族主义、文化民族主义三种基本类型。

(一) 政治民族主义 (Political Nationalism)

政治民族主义就是把强调民族主义的政治属性放在第一位,这是民族主义中最具代表性的一种类型,也是民族主义兴起的最显著的特征。"它的主要内涵就是强调民族国家的构成不仅仅在于共同文化,更在于共同政治和民主、自由、人权等政治观念。"④ 民族主义现象通常表现在政治领域,民族统一、民族分离、民族扩张、民族解放等主要都是以政治的形式表现出来,虽然其动因可能根源于经济或者其他问题。政治民族主义与民族国家紧密相连,其最经常的表现是,特定民族要求建立独立的或统一的民族国家。其基本目标就是要求建立一个属于本民族的国家和政府,它与"追求国家身份"的政治实践紧密联系在一起,很多学者实际上也是将民

---

① 魏光明:《当代民族主义的类型学分析》,《中南民族学院学报》(人文社会科学版) 2001年第2期。

② 阮炜:《政治民族主义与文化民族主义》,载《知识分子立场——民族主义与转型期中国的命运》,时代文艺出版社2000年版,第116页。

③ 余建华:《民族主义:历史遗产与时代风云的交汇》,学林出版社1999年版,目录第2页。

④ 杨思信:《文化民族主义与近代中国》,人民出版社2003年版,第9页。

族主义的这种政治属性放在第一位来进行论证的。卡明卡（Eugene Kamenka）基本上将民族主义当作一种政治意识形态，"认为民族主义基本上是一种现代的、欧洲的政治现象"。① 盖尔纳（Earnest Cellner）说："民族主义首先是一条政治原则，它认为政治的和民族的单位应该是一致的。"② 1919年美国总统威尔逊在巴黎和会上提出民族自决原则，使欧洲的政治地图基本上按照民族原则重新划定，这是政治民族主义原则的典型应用。其实，政治民族主义不仅仅表现在欧美（西方），现代亚非的民族主义在反帝反殖的民族解放运动中也有发展，摆脱殖民统治、建立独立的民族国家，是东方现代民族主义首要的政治诉求。这些都反映了将民族主义的政治属性放在第一位，而将其他的属性放在其次来考虑的倾向。

（二）经济民族主义（Economic Nationalism）

经济民族主义是以经济为取向，强调经济权益的民族主义。它是现代政治民族主义的伴生物，"经济民族主义的最早源头，可以追溯到18、19世纪汉密尔顿和里斯特倡导的争取民族工业独立和发展的关税理论，以及其影响下的美国和德国的保护关税运动"。③ 20世纪经济民族主义主要指发展中国家以经济独立为主要内容的民族主义，他反对外国资本对本国经济命脉的控制，要求形成统一的民族市场，建立独立的国民经济体系，要求改变不合理的国际经济秩序，进行民族之间公平合理的经济交往。独立后的民族国家在经济上的"民族化"，包括采取多种方式接收外国人的财产与企业；制定有关关税和政策法规，保护民族经济利益或民族资本企业；优先发展作为支柱和基础产业的有关部门（为使本国经济能形成独立体系）等，反映出经济目标和政治目标的配合，国家利益和民族尊荣的一致。也有论者概括经济民族主义的内涵："经济民族主义具有如下含义：其一是民族主义通常沿着特定路线——导引经济发展政策的取向，此一特定路线指足以展示'民族认同'概念与国家经济内容的符号性价值，如钢铁工业、汽车工业、资讯工业、石油工业等都是可供选择的民族工业

---

① 姜新立：《民族主义的几种类型》，《二十一世纪》1993年4月号。
② ［英］厄内斯特·盖尔纳：《民族与民族主义》，韩红译，中央编译出版社2002年版，第1页。
③ 余建华：《民族主义：历史遗产与时代风云的交汇》，学林出版社1999年版，第282页。

符号性价值。其二是民族主义易将经济政策引向'精神收益'的生产路线上去,为求取民族满足感而牺牲应有的'物质收益'……其三是民族主义倾向重新分配各个阶级的物质收益。但其分配走向是由下层阶级而中层阶级,特别照顾中产阶级。由此,民族主义实际强化了各民族国家的现代化走向。"[1] 实际上,经济民族主义是一种在发展阶段上各个国家取得政治独立后必然产生的结果,即一个民族在完成自己取得独立的政治任务后,必须进一步发展经济才能使自己真正地站起来。

(三) 文化民族主义 (Cultural Nationalism)

文化民族主义,是民族主义在文化问题上的观念体系。"它坚信民族固有文化的优越性,认同文化传统,并要求从文化上将民族统一起来。"[2] 换言之,文化民族主义强调保持和发展本民族文化的因素,主张以同质性的文化传统为纽带,力图建立民族认同的文化空间单位,并进而达到巩固或分解政治实体的目标。有学者认为文化民族主义有三个特征:文化民族以文化整合、文化标志而显形;文化民族是一种非暴力非军事扩张的民族;文化民族具有"推崇文化"的内涵。由此而衍生的文化民族主义"反映了一种认为本民族文化和历史传统精神高于优于别人的居高临下的态度"[3]。文化民族主义实际上有两种不同的倾向:一种是积极的,它强调本民族文化的优点,但并不排斥其他民族的优秀文化;一种是消极的,它一味强调本民族文化的优越性,并盲目排斥其他民族的文化。鲁迅先生曾说:"汉唐虽然也有边患,但魄力究竟雄大,人民具有不至于为异族奴隶的自信心,或者竟毫未想到,凡取用外来事物的时候,就如将彼俘来一样,自由驱使,绝不介怀。一到衰弊陵夷之际,神经可就衰弱过敏了,每遇外国东西,便觉得仿佛彼来俘我一样,推拒,惶恐,退缩,逃避,抖成一团,又必想一篇道理来掩饰,而国粹遂成为孱王和孱奴的宝贝。"[4] 这后一种心态正是消极的文化民族主义的表现。文化民族主义有个合理的

---

[1] 姜新立:《民族主义的几种类型》,《二十一世纪》1993年4月号。
[2] 郑师渠:《近代中国的文化民族主义》,载《知识分子立场——民族主义与转型期中国的命运》,时代文艺出版社2000年版,第261页。
[3] 王逸舟:《当代国际政治析论》,上海人民出版社1995年版,第117页。
[4] 鲁迅:《坟·看镜有感》,《鲁迅全集》第1卷,人民文学出版社1981年版,第198页。

度，一旦超出了这个度，文化民族主义就可能成为民族自我封闭的理由。

　　无论何种民族主义，都具有民族主义最基本的一些特性。但由于强调的着重点不同，具有的社会功能和作用也就不同。"政治民族主义强调国家利益与个人利益的一致性，他的功能在于唤起国民对'国家是自己的国家'的觉悟认识，从而最大限度地调动普通国民的政治热情，参与'民族国家'的构建；经济民族主义强调摆脱对外国经济的依附，建设民族经济，它的主要功能在于为民族经济的发展提供一个合理运作的目标；文化民族主义主张弘扬本民族历史文化传统，抵御外来文化冲击，它的主要功能在于增强人民的民族自豪感与团结力，这同样是一个民族发展、进步所必不可少的动力和源泉"①。

　　对民族主义进行分类研究，不仅具有一般的学理意义，更对深入理解民族主义的内在复杂性提供了理论平台。政治民族主义、经济民族主义和文化民族主义三者的协调一致，正是一种理想状态。事实上由于各自的价值取向的差异，三者常常呈现出矛盾状态。比如"政治民族主义一般不在意民族的文化认同，但很在乎民族的政治认同。它可以摆出一副彻底否定民族文化认同的姿态，但对民族的主权和独立，对国家在政治、经济、军事上的荣衰强弱十分关心。这意味着，对民族、国家的忠诚可以同对民族文化的认同分离。明治维新时期的日本、五四时期以来的中国、一战后一二十年间的土耳其所出现的就是这么一种一方面激烈反对西方帝国主义的压迫和扩张，另一方面又激烈否弃本民族传统文化，同时积极引进、消化西方文化和制度的民族主义。这些都是典型的政治民族主义"②。民族主义的分类，对现代社会移民现象的研究也具有启示意义。移民公民的政治身份和文化身份是多重的，既可能导致接受移民的社会文化杂糅甚至解构，也导致移民者的无根漂泊感，产生身份认同的危机。

---

　　① 杨思信：《文化民族主义与近代中国》，人民出版社2003年版，第14页。
　　② 阮炜：《政治民族主义与文化民族主义》，载《知识分子立场——民族主义与转型期中国的命运》，时代文艺出版社2000年版，第116页。

第二节　东方民族主义及其特点

东方民族主义是从空间层面对民族主义分类，与西方民族主义相对应的类型。

在东方的亚非大地上，生息过众多的古老民族，古埃及、古巴比伦、古波斯、古印度、希伯来、古中国……都有各自独立发展的久远文明，有的一直传承至今。这些古老民族在数千年前的民族交往中，就形成了以血缘、地缘、种族为基础的原生态民族，并形成早期的民族意识：一套反映"我族"以区别"他族"的风俗习惯、原始信仰和行为规范。而且在早期的民族意识中，往往体现出"我族中心"的色彩，古代埃及人认为埃及是世界的中心，中国古人也一直以"天朝上国"自居，视他族为"夷狄蛮番"，希伯来人称自己是上帝的特选子民。这种"我族中心"意识，是人的自我意识在族群关系中的反映，在西方的古希腊、罗马文化中也有体现，只是东方民族文化传承悠久，这种原始性质的族体意识更为醒目。

现代意义上的"东方民族主义"诞生于反殖民主义、反帝国主义的斗争之中。有论者粗线条地描述"民族主义"的演进脉络："民族主义作为一种思想意识形态大致经历了三个历史的发展阶段，呈现出三种基本的表现形态。第一个历史阶段是文艺复兴以来西方民族国家形成过程中所逐渐锻造出来的对于西方各主要民族的政治认同，以及围绕着这种认同所日渐丰富的文化形态。这一政治与文化双重推进的民族主义伴随着、促进着欧美各主要民族国家的建立与发展。民族主义的第二个历史阶段是 20 世纪以来亚非拉各弱小民族在摆脱西方政治奴役的过程中所产生出来的民族独立运动和民族文化认同意识，这一时期的民族主义与前一种形态的民族主义有着重大的区别，它对于民族国家的政治诉求和各个民族传统文化的认同，呈现出全权主义的强势特征。民族主义的第三个阶段可以说是 20 世纪末随着美苏两大阵营的解体以及当今政治、经济、文化的全球化进程所表现出来的对于各自民族全方位的政治和文化认同，这一阶段目前还刚刚开始，它的发展趋势以及内在的问题虽尚未明朗，但端倪却已出现。"① 这里说的"第二个历史阶段"大体上就是东方民族主义。我们要提出的是：第一，从习惯的区域概念来看，东方是指亚洲和非洲地区，拉丁美洲不属东方的范筹；第二，从时间上看，19世纪中叶开始，东方的民族意识开始觉醒，民族主义思想已经开始确立。

西方民族主义在深入传播和发展的进程中出现了向外侵略扩张的殖民主义。由于殖民体系的建立和各宗主国对殖民地的争夺，使民族主义思想开始在欧美以外的东方广泛传播。在帝国主义入侵以前，东方诸民族对民族沦亡没有休戚相关的感受。现在面对民族的灾难和受辱，欧洲民族主义思想启发了东方民族的知识精英，他们逐渐形成明确的民族主义意识。

对于东方民族主义的独特内涵，东方民族主义研究专家彭树智教授曾介绍了国外的几种观点。"第一种主要观点认为，东方民族主义是反殖民主义的'现代化意识形态'……第二种观点认为，东方民族主义是'涵化'过程的结果……第三种观点认为，东方民族主义现象是反殖民主义的革命理论的一部分，是东方各民族用武装斗争进行反殖民统治的革命结果。"② 彭教授还从"思潮"的层面对东方民族主义作了自己的概括："民族主义思潮是20世纪东方国家和地区的主要政治思想倾向，又是盛行的政治信仰、情感、思维方式和伦理价值观，也就是说，它是一种政治文化。它在共性上集中表现于政治文化的核心——国家观，在共同任务上表现于反帝反殖和发展民族经济方面；同时在内容和形式方面又表现为个性各异、绚丽多彩。"③

西方学者常在西方民族主义的参照下论述东方民族主义。其中的代表人物是汉斯·科恩（Hans Kohn）和约翰·普拉莫纳茨（John Plamenatz）。汉斯·科恩在《民族主义思想》一书中认为，西方民族主义以启蒙运动的理性和普遍人道主义为基础，旨在建立开放、多元、前瞻的社会。它是和民主、自由主义以及宪政联系在一起的，其目标是解放个人，因而是政治的、理性的。而东方民族主义是对西方理性主义文化的效仿式回应，是

---

① 高全喜：《论民族主义——对民族主义问题的一种自由主义考察》，《学海》2004年第1期。
② 彭树智：《东方民族主义思潮》，西北大学出版社1992年版，第10—13页。
③ 同上书，第5页。

一种权威制度，它封闭、仇外，以特殊论对抗普遍论，是后进社会面对科学上更先进文化时用以弥补心理自卑和落后感的武器，因而是文化的、神秘的。①

普拉莫纳茨也将东方民族主义与西方民族主义加以比较。他以在西方民族主义中次生形态的德国和意大利的民族主义为例，认为德意志和意大利人成为坚定的民族主义者时，他们拥有的民族文化足以与英国人、法国人放在同一水平上比较，他们在文化上不需要借鉴相异民族的文化来武装自己。他们最迫切需要的是获得自己的民族国家。但东方民族主义产生于一种"转变国家社会结构以便增强在世界水平上竞争能力的欲望"②，源于在文化上既想模仿西方文明又想抵制西方侵略的矛盾心态。东方民族被迫分享西方文明时，不得不在文化上重新装备自己或转换自己。同时，东方民族想要将自己提高到比他们先进得多的民族水平，仅仅从祖先那里获得的技能、思想和生活习俗是不够的。"东方民族主义既是对西方社会的模仿，又是同西方文化的竞争，是社会结构相关变化的一种结果。"③ 普拉莫纳茨将东方民族主义概括为"接受—回拒"型。所谓"接受"指模仿西方的科技文明成就，尤其是科技启悟，后来还包括西方的典章制度；"回拒"指反对西方入侵与殖民统治，而这些正好又是东方人在文明上模仿的对象主体。④

从这些西方学者对东方民族主义的论述中，不难感受到他们处于"高位文化"中对东方民族文化的居高临下心态。但东方民族主义确实是在特定的历史文化语境中产生发展，具有不同于西方民族主义的独特个性。东方现代民族主义的特点，可以从几个方面理解：

第一，被动应对性。东方民族主义是在西方殖民扩张、民族生存面临危机时不得不做出的反应。西方民族主义的产生，是重商主义与自由主义理念相结合而促成；东方民族主义的产生则是基于19世纪中叶以来西方

---

① Hans Khon, *The Idea of Nationalism*, New York: The Macmillan Company, 1946, p. 18 – 20, 329 – 331.

② Marc Williams, *International Relations in the Twentieth Century*, A Reader Mac Mill an Education Ltd 1989. p. 43.

③ Ibid., p. 45.

④ 参看姜新立《民族主义的几种类型》，《二十一世纪》1993年4月号。

列强的威逼与侵略，东方各国面临空前的生存危机。这种由于民族危机而激发，并作为对西方挑战的回应而产生的民族主义具有被动应对的性质。从根本上说，这种民族主义缘于本民族的危机意识以及由此产生的"避害反应"。

这一特点决定了东、西方民族主义的政治诉求是不一样的。在革命时代的西欧，民族主义的政治诉求首先是以民众立政代替君主专制，当民族国家建立和巩固后，会导致向外扩张，在世界范围谋求民族的最大利益，在几个世纪的时间里，西方民族国家纷纷成了宗主国加殖民地，拥有各自明确的权力中心和大片边缘地带的帝国；东方民族主义的政治诉求只是建立统一、独立的民族国家，通过自立自强来维护民族的生存和发展，就是在这样的意义上，东方民族主义被称为"守成的民族主义"、"防御内敛型民族主义"或"内涵式的民族主义"[①]。在西方，民族主义的兴起和民族国家的建立，是以自由民主的精神唤起每个人的公民意识，反对封建割据和专制统治；在东方，现代民族身份的确定和现代国家的创立，则一般是一个与反对殖民主义和帝国主义的斗争同一的历史过程，而且在这一过程中，民族主义用来动员不同社区、不同宗教、不同语言的民众，通过共同抵御外来势力、改变共同命运而创立多民族的现代国家。西方学者有一个著名论断：西方的民族主义运动是建立"民族国家（nation-state）"，东方的民族主义运动建立的是"国家民族（state-nation）"[②]。

东方民族主义多具有自卫倾向，强调集体的利益、意志和目标，在与西方深入接触之后，虽然也汲取了西方民族主义的若干内容，产生新的特点，但集体倾向进一步强化，原有的内部族类界限和民族冲突退居次要地位乃至淡化，共同以民族救亡、民族独立为目标，反对西方民族主义的扩张。东方现代民族国家中，只有日本例外地走上了侵略扩张式的民族主义

[①] 韩国政治家金大中认为："民族主义从大的方面讲可以分为两种形态，一种是和过去殖民地国家一样，为了本民族的利益去镇压、搜刮其他民族的帝国主义、扩张至上主义的外延式的民族主义，另一种是为了使本民族从殖民地、半殖民地的桎梏中解放出来，为了自由、独立和生存而进行斗争的正当的、自主的、独立至上的内涵式的民族主义。"（金大中：《21世纪的亚洲及其和平》，北京大学出版社1994年版，第22页。）

[②] 参见张晓刚《民族主义、文化民族主义、第三世界民族主义》，李世涛主编《知识分子立场：民族主义与转型期中国的命运》，时代文艺出版社2000年版，第107页。

道路。

第二，民族文化认同性。有学者认为："在亚洲和非洲，所有现代民族主义运动都有其本土文化传统根源，特别是对于西方入侵以前本民族悠久历史及其成就的强烈意识和自豪。舍此，就难以想象它们有那样的激情和精神动力。"[1] 的确，东方古老民族有自己独具特色的悠久文化资源，东方国家的政治精英和思想家们试图通过挖掘传统文化的资源，培植起本民族的文化与精神禀赋，来迎战西方文化扩张和文化霸权，以保持或恢复民族自尊心，获取政治号召力。因而，文化民族主义在东方民族主义中占据中心地位。

在东方，文化民族主义是政治民族主义和经济民族主义的基础。东方民族主义兴起的早期，在缺乏政治、经济吸引力的情况下，首先从文化上确立起民族的认同是一种积极的战略选择。民族传统文化是反帝反殖、建立民族国家的精神后盾。民族身份是文化范畴的问题，涉及思维方式、伦理道德、价值观念、哲学思想、风俗习惯等。一个人的民族性特点，深深地植根于文化结构里。"民族认同是由特定的历史过程决定的，其文化建构非常复杂，因为树立新的文化认同的过程与价值、伦理、道德的重构是相关的。民族认同往往锁定在一些特定历史事件和历史人物身上。这些历史事件和人物被提炼为文化符号，既发挥认同的对象物的功能，又诠释一个民族的品格。"[2] 民族成员的民族自我意识，即从属某一个特定民族的意识，具有很强的生命力和稳定性。同样，民族文化认同形成的凝聚力，是民族经济建设的巨大推动力。

20 世纪后半期，东方社会面对全球化进程中日益强大的文化同化力量。如何保持个性，避免被文化霸权吞噬，已经成为关系到国家生存的重大问题。对于许多东方国家而言，赶超发达国家，实现现代化是不得不做出的必然选择，但在具体的道路上却常常面临或者放弃民族传统文化以跟随潮流，或者固守传统对抗西化的两难处境。在这种背景下文化民族主义再度复兴，并且表达着东西方文化冲突与抗拒这一持久不衰的主题。东亚

---

[1] 时殷弘：《造反和学习——20 世纪非西方世界的现代民族主义》，《近代中国与世界——第二届近代中国与世界学术讨论会论文集》第 1 卷，2000 年。

[2] 徐迅：《民族、民族国家和民族主义》，李世涛主编《知识分子立场——民族主义与转型期中国的命运》，时代文艺出版社 2000 年版，第 28 页。

对"新儒家"的重视、阿拉伯世界的伊斯兰复兴运动、印度人民党的"大印度教主义"等都是近期东方文化民族主义的突出表现。

当然，文化民族主义有积极和消极两种倾向。东方有些国家和地区在有些时段的文化民族主义具有消极的一面，出于反对殖民文化扩张而走向自我封闭，具有反现代化的因子。这一点可以在中国的太平天国革命、义和团运动、朝鲜的东学道农民起义和一些国粹主义、原教旨主义的学说中明显看出，其灵魂是文化主义的：或者盲目地排斥西方文明；或者直接倒退到传统；或者把一种理想化的制度突兀地强加于现实，而这种理想化的制度又恰恰与古老的农业社会平均主义观念重合。

第三，错综复杂性。东方民族主义是一个内涵丰富、矛盾复杂的集合体。这种错综复杂性根源于东方民族主义的后发性和东方传统文化的多样性。东方民族主义的错综复杂性表现在许多层面。

第一，对西方殖民统治及其文化的矛盾态度与艰难选择。西方殖民主义者身上既有侵略扩张的殖民性，又有优良的科学技术并成功地建造了现代民族国家的先进性，在抵御其侵略的时候还必须学习其先进的东西。诚如马克思在《共产党宣言》中所论述的，在资本主义将世界连成一片的时候，如果这个民族不想灭亡，就必须采用西方的生产方式和社会体制。也就是说侵略性和先进性共存于殖民主义者身上，东方国家的人民要实现民族独立和国家富强，理智的选择是在移植西方殖民主义者的先进性的过程中抵御资本主义的血腥侵略。抵抗敌人，又要学习敌人，这种本来互相矛盾的东西却逼着东方人民必须将其科学地统一起来，显然有悖常理，其难度可想而知。相对来说，反抗侵略比较容易做到，在反抗中又不忘向被反抗者学习则一不小心就会遗忘。或者说，笼统的弘扬民族主义较易，在宣传和实施民族主义过程中不忘对其现代性的追求就相当困难了。

在东方民族主义实践过程中，对西方文化的矛盾选择转换为现代化追求与本土文化弘扬的矛盾。现代化的本质是西方社会理念在世界范围内的扩散，东方民族主义运动的主要目标，在于把自己的社会建设成为与西方社会相同的国家。在这个前提下，东方社会出现了对现代化和现代性的追求。充满东方学偏见的社会进化论等理论，以各种形式成为东方政治的指导思想。西方社会理念作为一种"异文化"，成为东方社会文化发展的目标。这样自然出现民族认同危机，而民族认同危机的解决，又依赖于本土文化的弘扬，因为本土文化可以提供东方民族在认同感危机时赖以自我安慰的工具。现代特性和本土意识的"二元交错"，成为现代东方社会徘徊式的发展模式以及文化的"人格分裂"。

第二，对民族传统的困惑与矛盾。文化对民族具有决定性的意义，当代"民族主义仍具有强大的威力，就是因为它是具体的，也就是说，它深植于每个地区特定的社会背景和特点鲜明的文化遗产之中"①。东方深厚的民族文化资源，使得东方民族主义从传统文化中寻求力量。随着东方民族主义的深入和世界现代化的进程，东方民族主义意识到民族传统中的一些因素是阻碍社会进步的障碍，因而提出否定民族传统、反对东方老祖宗的激进思想。但在文化价值上，民族传统为人们普遍认同，是形成民族凝聚力的基础。"这种心态十分矛盾，既要存旧又要立新，还要打倒传统以立新。"②

第三，双重任务带来的矛盾。要实现建立自由、独立、民主、富强的现代民族国家的目标，东方民族主义肩负着对内反对封建主义，对外反对殖民主义的双重任务。对于民族主义的最终宗旨而言，这两方面的任务缺一不可。但孰先孰后、孰主孰次？在东方的民族运动中却成了矛盾。这些矛盾演化成救亡与启蒙、现实利益与长远利益等矛盾。同是印度的民族主义，尼赫鲁和泰戈尔的看法就很不一样。尼赫鲁认为"我们压倒一切的愿望就是争取独立"③。因为"我们认为享受自由，享受自己的劳动果实，并且具有生活必需品，以便有充分发展机会，这是印度人民不容侵犯的权利……在印度，英国政府不仅剥夺了印度人民的这种权利，而且把自己建立在剥削群众的基础上，在经济、政治、文化和精神方面摧残印度。因此，我们认为印度必须跟英国断绝关系，完全独立"④。而泰戈尔则认为，印度之所以受外族的奴役，根源在于内部。他说，"英国就像一条大章鱼缠住印度，不是因为他有特别大的力量，而是因为印度的落后、愚昧、分

---

① ［英］安东尼·D. 史密斯：《全球化时代的民族与民族主义》，龚维斌等译，中央编译出版社2002年版，第4页。
② 姜新立：《民族主义的几种类型》，《二十一世纪》1993年4月号。
③ 尼赫鲁：《印度的发现》，世界知识出版社1956年版，第497页。
④ 尼赫鲁：《尼赫鲁自传》，世界知识出版社1956年版，第703页。

裂，不改变印度社会这种状况，争取独立不可能获胜，胜利了也不可能巩固"。他在一篇文章中说："印度人民在没有摆脱个人的和集体的愚昧，普通的人民不被当作真正的人看待的情况下，在地主把他们的农奴仅仅看作是一部分财产，强者践踏弱者被认为是永恒法则的情况下，在高级种姓蔑视低级种姓，对待后者就像对待牲畜一样的情况下，是永远不能获得独立的。"[①]

第四，从革命到建设、由破而立的纵向演变产生的纠葛。由于东方民族主义产生、发展的特殊历史背景，一般都要经历两个特定的历史阶段，即从反对外来殖民侵略和本国的腐朽统治阶段，到致力于经济发展和社会重建的阶段。两个阶段的基本任务和社会目标有着巨大差异，决定了前后两个时期的思想主张和政治实践必须做出重大的、系统的调整。东方国家都程度不同地存在着从革命到建设的角色转换问题。这种社会目标的转型，要求东方民族主义必须及时改变理论思路和策略手段。但思维的习惯性和社会运作的承传性往往给东方国家独立后的建设和发展带来损害，革命时期的民族英雄有可能成为经济建设的绊脚石。

第五，"国家民族"的内部冲突。正如前面所述，西方的民族主义运动是建立"民族国家（nation - state）"，东方的民族主义运动建立的是"国家民族（state - nation）"。西欧民族国家建立的动力来自其内部，亦即反抗封建统治的资产阶级革命；东方民族国家建立的动力来自外部，亦即殖民统治压力下产生的独立运动。西欧民族国家建立的过程就是其民族整合的过程，一旦国家建立，其民族性也就是其公民性，或者说"民族乃是全体公民的集称"，而"族群特性、历史渊源以及语言（或家中所说的方言），都与这种'民族'的概念无涉"[②]。东方民族国家建立的时候，其民族整合过程远未完成，加上殖民统治者时期的一些人为因素，其居民除了"具有先天上显著不同于外国人的共同性"[③] 之外，并未形成兼具民族性与公民性的民族意识。东方国家除极个别之外，绝大多数是多民族国家。民族解放运动期间，在分散的经济基础上形成的地方民族主义和族群

---

① 引自林承节《印度民族独立运动的兴起》，北京大学出版社1984年版，第456—458页。
② ［英］埃克里·霍布斯鲍姆：《民族与民族主义》，李金梅译，上海人民出版社2000年版，第104页。
③ 同上书，第25页。

民族主义被统合进更高层次的民族主义当中，成为凝聚人民、缔造国家的黏合剂，反帝反殖的共同目标遮蔽了这些内部的矛盾。当反帝反殖的目标达成之后，内部的民族矛盾爆发。如印尼东帝汶独立运动，菲律宾南部穆斯林的分离运动，斯里兰卡僧加罗人和泰米尔人的冲突，巴基斯坦的信德运动，土耳其、伊拉克境内的库尔德人独立运动，非洲的部族、种族冲突等都是这种新的民族主义形态。

第六，东方民族主义与其他社会思潮的彼此渗透交错。东方各国在西方文化的冲击下，不得不打开国门，西方的各种思想学说一起涌入。从当时东方的现实需求出发，民族主义成为现代东方的主体性思潮。但东方社会的纷繁复杂，西方涌入的各种理论形态学说都可能产生影响，这就导致东方民族主义与其他的思潮相互交错。在西方也许是前后相续的思潮，甚至是观念相对的思潮，却可能同是东方民族主义的要素。东方现代民族主义与启蒙主义、国粹主义、自由主义、社会主义、马克思主义、现代主义、后殖民主义等思潮都有程度不同的联系。

东方地域辽阔、民族众多、文化传统各异，我们还可以从其他许多方面去分析东方民族主义的复杂性。这些构成了东方现代民族主义的不同流派、不同的理论主张、不同的民族运动形态。

在理论研究中，与"东方民族主义"相关的概念还有"第三世界的民族主义"、"发展中国家的民族主义"、"非西方民族主义"等。这些概念与"东方民族主义"有部分重合，但不完全相等，在运用时要注意辨析和区分。

第三节　产生发展的背景："现代化"的挑战与回应

无论东方还是西方，作为思潮的"民族主义"的产生和"现代化"密切相关。是"现代化"的世界背景与目标追求，确立起现代的国家政治体制，以"国家"、"公民"的概念代替了以往的"君主"、"臣民"，从而唤起民族意识和爱国热情，民族主义思潮才有了滋生的温床和诉求的明确对象。

一 世界"现代化"进程

何谓"现代化"?"从历史的角度来透视,广义而言,现代化作为一个世界性的历史过程,是指人类社会从工业革命以来所经历的一场急剧变革,这一变革以工业化为推动力,导致传统的农业社会向现代工业社会的全球性的大转变过程,它使工业主义渗透到经济、政治、文化、思想各个领域,引起深刻的相应变化;狭义而言,现代化又不是一个自然的社会演变过程,它是落后国家采取高效率的途径(其中包括可利用的传统因素),通过有计划的经济技术改造,和学习世界先进,带动广泛的社会改革,以迅速赶上先进工业国和适应现代世界环境的过程。"①

这种以工业化为核心的"现代化",经历了三次浪潮。

第一次出现在 18 世纪末到 19 世纪中期。主要表现为英国工业革命并向西欧范围扩散的工业化过程。这次浪潮以煤和铁为物质技术基础,从纺织工业开始,逐步实行机器大生产和蒸汽火车、轮船的运行。英国成为人类历史上第一个初步工业化国家。

第二次现代化浪潮出现在 19 世纪后半期到 20 世纪初期。主要表现为欧洲核心地区工业化获得巨大成功并向全球扩散。这次浪潮以电汽和钢铁为物质技术基础,以铁路建设为中心,生产、贸易规模大大拓展,跨国、跨洲的世界市场形成。苏伊士运河(1869)和巴拿马运河(1914)开通,使世界距离大大缩短;欧洲铁路干线陆续建成,1888 年欧洲连接君士坦丁堡的铁路通车,1904 年穿过西伯利亚的欧亚大陆桥铁路建成;用于通讯的地中海、大西洋和印度洋海底电缆铺设成功,1901 年无线电波跨越大西洋,将各大陆紧密连在一块。欧洲和北美的新兴工业国成为世界列强,他们为了争夺商品市场、资本市场和原材料基地,在原殖民地的基础上,大肆瓜分东方世界。

东方世界作为回应,开始探索防御性的现代化道路,但只有日本获得成功,跻身列强行列。

第三次现代化浪潮出现在 20 世纪 20 年代至今。主要表现为发达工业国家的工业化升级,增加科技含量,将基础工业转向高技术工业;同时随

---

① 罗荣渠:《现代化新论》,北京大学出版社 1993 年版,第 16—17 页。

着产业结构新变化将工业化浪潮袭向世界的每个角落，成为一次真正的全球性变革浪潮。这次浪潮以石油能源、人工合成材料、微电子技术为物质技术基础，科学技术成为生产力的核心要素。20世纪科学技术经历了两次巨大变革：第二次和第三次科技革命。第二次科技革命虽然兴起于19世纪末期，但它的广泛应用和普及是在20世纪的前30年，以至有人称20世纪20年代奠定了现代人生活的基础。第二次世界大战后兴起的第三次科技革命的影响至今方兴未艾。20世纪80年代以来，又兴起了以信息技术为核心的新经济。因而有论者提出"第二次现代化"的概念，认为现代化已经开始由农业社会向工业社会的转变（第一次现代化）进入由工业社会向知识社会的转变（第二次现代化）。"第二次现代化"不同于"第一次现代化"的"工业化、城市化、民主化"的特征，它是"指从工业时代向知识时代、工业经济向知识经济、工业社会向知识社会、工业文明向知识文明的转变过程，它是20世纪90年代提出的新的现代化，以知识化、信息化、网络化和全球化为基本特征"[①]。生产力的变化导致产业结构变化，新兴产业不断涌现，产业结构不断高级化。20世纪先是电力、汽车、化工、航空等部门，后是计算机、航天、生物工程、信息技术等部门兴起，产业由劳动密集型转向资本密集型，再转向技术密集型。新兴产业取代传统产业。

20世纪中期随着殖民体系瓦解而获得政治独立的东方国家，面对世界性的现代化浪潮，出于民族生存和发展的需要，不得不把现代化作为自己的目标来追求。到20世纪末，世界上几乎所有国家都主动加入或被动卷入了现代化的历史潮流。东方发展中国家都提出了各自的"现代化"口号，探索各自的现代化发展道路。但他们距离第一次现代化目标还很遥远，又不得不面临第二次现代化的挑战。

200多年的现代化进程，给世界带来了翻天覆地的变化，人类社会发展到了一个崭新的时代。总观这场从西欧发端，遍及全球的"现代化"巨变，有几点是很明显的：第一，生产社会化。生产力的发展是现代化进程的根本动力和标志，而生产社会化达到一定高度的生产力即现代生产力，区别于传统的小农、分散的生产力水平。它是现代化过程中最根本的

---

① 何传启：《东方复兴：现代化的三条道路》，商务印书馆2003年版，第91页。

最活跃的因素，是决定其他方面进步的第一位因素。在不同时期所表现的生产力发展尺度上，又区分为工业化、信息化、智能化等不同水平。第二，经济市场化。现代经济是一种社会化程度越来越高的经济类型，其基本模式必然是对社会资源实行市场配置，即市场经济。在不同的地区、不同国家有不同的市场经济形式，但在现代化过程中，与经济全球化相联系的市场化是本质性的内涵。第三，社会结构城市化。伴随着现代化进程的推移，传统的乡村逐步建成现代城市，城乡差别在逐步消失。城市化不仅是居住地和居住条件的改变，更重要的是生活方式的转变，是工业化过程所造成的物质生产方式拓展到社会生活，直至精神生活方面的一系列转变过程。第四，政治民主化与法制化。社会的物质技术和经济结构的进步，亦将在上层建筑领域引起相应变化，政治民主化与法制化逐步成为现代社会的制度规范。

二 东方被裹挟着进入"现代化"历程

从上面对世界现代化进程的简略描述中可以看到：现代化进程最早始于西欧，并不断向全球扩散，东方国家就是在现代化的第二、第三次浪潮中被裹挟着进入现代化历程。

19世纪之前，东方世界处于相对封闭、稳定的农业文明阶段。尤其是发源于西亚北非，从地中海东岸向东延伸、经波斯、南亚次大陆，一直到中国、日本的欧亚大陆古典文明带，是人类第二次变革——农业革命的中心地区，很长时期处于人类文明的领先地位，在几千年中创建了多种不同模式的农业文明。但建立在具有东方共性的亚细亚生产方式基础上的农村公社自然经济，其生产范围限于自给自足，农业和简单的手工业结合，生产的目的不在创造价值以换取他人的产品，而主要是为满足个人及整个共同体生存的需要及为生存再生产的需要。这种农业和手工业相结合，自给自足的自然经济一方面使得农村公社完全能够独立存在，从而每个公社是一个独立封闭的实体；另一方面，这种经济形式只是满足于生存的不断重复生产，没有发展生产的紧迫需要和强大动力。再加上东方社会在长时期的社会演变中形成极强的自我整合的超稳定社会结构与力量，因而东方社会发展缓慢，难以从自身产生变革农业文明的革命性因素。换言之，东方自身现代因素不充分，依靠内部因素走上现代化道路的条件不成熟。

随着现代化进程的全球扩散,西方先进工业国以殖民统治的方式,将东方国家卷进现代化浪潮中,东方传统社会发生了结构性震动。19世纪后半期西方第二次工业革命过程中,西方对东方实行以硝烟炮火挟带商品进军的新的殖民侵略,这比原始积累时期的掠夺性侵略更为深刻,不仅仅触动社会表面,而是触动了东方社会的经济基础。东方生产方式有着小农业和家庭手工业的牢固结合,既造成经济上的自给自足,又能具有以满足生存为目的生产灵活性。因而对外在的掠夺具有顽强的抵抗力。千百年来东方社会政治风云变幻,内外统治者来而复去,自给自足的农业经济和村社结构从未深刻触动。但西方工业发展对东方的渗透,廉价商品的入侵却给农业经济基础以摧毁性的打击,促进东方城乡商品经济发展,破坏农业和手工业的牢固结合,造成东方社会进程的断裂性震荡,促使东方民族经济片面、畸形发展,成为西方工业原料的附庸。除个别国家外,东方国家大都附属于西方资本主义经济体系。

因此,东方的现代化启动不是自身发展的结果,不是自觉自愿地登上这趟"工业快车",其动力源是对欧美现代化挑战的回应,是缘于向西方学习挽救民族危亡的愿望。学界将西方的现代化称为"内源性现代化",将东方的现代化对应的称为"外源性现代化"。两种"现代化"的差异不仅在于他们处于现代化进程中的不同时段,其差异是本质性的、内在的、深刻的。有学者以西欧和东亚为例,列举两种现代化的种种差异[①]:

两种不同类型现代化启动的不同历史背景与方式

序号	事项	西欧——内源性现代化	东亚——外源性现代化
1	前现代传统结构的状况	多元型等级结构,封建庄园主与自治城市并立,新生的资本主义因素从内部应其旧制度转变	一元性专制结构,王权与小农经济牢固结合,旧制度在外来因素的冲击下逐渐解体

---

① 罗荣渠:《现代化新论》,北京大学出版社1993年版,第172—173页。

续表

序号	事项	西欧——内源性现代化	东亚——外源性现代化
2	外部环境	面对相对稳定的分散的农业世界，国际发展差距和技术差距都不大	面对激烈竞争不断扩大的资本主义世界，国际发展差距和技术差距都愈来愈大
3	人口背景	人口增长出现在工业化启动之后，年平均增长率大约是0.5%—1.5%	人口增长出现在工业化启动之前，年平均增长率大约是2%—3%
4	文化背景	同质文化（犹太—基督教文化）的自我革新与扩散	外来异质文化（现代西方文化）对本土传统文化的挑战与渗透
5	现代化启动的内部条件	内部资本主义因素的增长，英法长期的渐进性的社会内部变革	内部资本主义因素微弱，外来挑战造成民族危机和社会危机，自我转型困难
6	现代化启动的外部条件	开辟海外市场，拥有通过殖民扩张进行资源掠夺、资本积累、移民等先占优势	被西方殖民主义边缘化或半边缘化，但可利用外资、外债和外国先进技术，发挥迟发展优势
7	现代化启动的顺序	一般以商业革命和工业革命为先导，推动政治改革或革命，变革总趋势是自下而上	一般以政治革命改革运动为先导，推动经济改革与技术革新，变革总趋势是自上而下
8	现代化的中心角色	新型的市民、商人、企业家、制造商等分散的社会群体扮演中心角色	现代民族国家、改革政党等有组织的社会力量扮演主导力量
9	现代化的主流模式与战略	自主性市场经济 从轻工业到重工业的工业化道路	非自主型的中央统制经济或混合经济 强制性的赶超型工业化战略

从上表中可以看到在外力推动下而启动的东方现代化的特点：处于边缘位置、先天准备不足、经济和技术基础差、畸形的产业结构、文化转型的冲突、沉重的人口负担等。东方国家的现代化面临种种困难，而在启动阶段，更是有着两大突出的障碍：一是本国竭力维护传统、反对变革的强大的保守势力；二是西方先行现代化国家的阻挠。西方现代化的扩散，虽然一方面客观上刺激落后东方国家模仿欧美的现代化，但另一方面现代化扩散是以殖民主义为载体的，殖民统治者出于自身利益的需要，又阻碍东

方国家的独立富强。对于东方国家来说，建立民族国家是走上现代化道路的前提条件。

三 民族国家独立：东方现代化的前提

东方现代化起步的基础和背景完全不同于西方现代化起步时的情景，因而东方的现代化必须选择和探索不同于西方现代化的道路。

一个必须强调的事实是，从某种意义上说，"现代化"是不同群体在全球范围内的一场激烈竞争，各自利用自己的势能，尽可能多地占有地球有限的资源。在竞争中，最为有效的群体单位是"民族国家"。"国家"作为拥有主权的政治实体，能最大限度地保护民族成员的利益；现代化的不均衡发展造成不同民族间的差距日益明显，竞争更加激烈，因而愈加需要"国家"提供的保护和支持。马克思在《共产党宣言》中描述了工业化的这一特点："资产阶级日甚一日的消灭生产资料、财产和人口的分散状态。它使人口密集起来，使生产资料集中起来，使财产聚集在少数人手里。由此必然产生的结果就是政治的集中。各自独立的、几乎只有同盟关系的、各有不同利益、不同法律、不同政府、不同关税的各个地区，现在已经结合为一个拥有统一的政府、统一的法律、统一的民族阶级利益和统一关税的统一民族。"[①] 西方的资本扩张和殖民扩张都是在国家的旗帜下进行。

西方的现代化进程自然给后发的东方现代化以深刻的启示。东方民族的精英们意识到：沦为西方殖民地的东方，只有从殖民统治下获得解放，建立独立的民族国家，才能与先进工业国家进行平等的政治对话，才能摆脱西方列强的政治压迫与经济控制，才有走上现代化道路的可能。因而东方国家的现代化运动与民族独立运动同步进行，在现代化启动阶段，首要的任务是民族独立解放和建立民族国家。西方列强依靠先发现代化的武力优势和制度优势，迫使东方国家打开国门，丧权辱国，签订一系列不平等条约。东方国家要想走向现代化，必须挣脱西方列强的殖民主义枷锁，争取民族独立。民族独立成为现代化的必备条件。民族不独立，国家就不可能实现现代化。

---

① 《马克思恩格斯选集》第1卷，人民出版社1995年版，第277页。

19世纪中期以来，东方反帝反殖的民族解放运动普遍展开。这既是东方对现代化扩散的回应，也是对西方殖民统治的回应。西方殖民主义、帝国主义的东进，伴随着对东方民族的政治、军事、经济、文化上的压迫，东方民族奋起反抗，开展以民族独立为目标的反帝反殖民族解放运动。

19世纪下半叶，东方的民族解放运动往往在宗教的旗帜下进行，"圣战"成为民族自卫战争的主要形式，如波斯巴布教徒起义（1848—1852）、印度民族大起义（1857—1859）、中国太平天国革命（1850—1860）、卡迪尔领导的阿尔及利亚15年抗法战争（1832—1847）、狄奥多尔领导的埃塞俄比亚抗英战争（1867—1868）、奥马尔领导的塞内加尔抗法战争（1857—1859）、埃及阿拉比领导的抗英斗争（1879—1882）、苏丹的马赫迪起义（1881—1885）、德属东非人民起义（1889）、埃塞俄比亚抗意卫国战争（1895—1896）等。在这些战争或运动中，领导者或维护正统宗教，或创立新宗教，但都是以宗教为精神武器，号召组织民众反抗异族入侵。

进入20世纪以后，随着东方民族自身现代因素的增强，民族解放运动持续高涨。与19世纪东方的民族解放运动相比，20世纪东方的民族解放运动获得深入展开，主要表现在：（1）19世纪民族解放运动主要是在部分民族知识分子当中展开，是以思想运动的形式唤起民众的民族意识；20世纪民族解放运动深入到普通民众，以武装起义和政治革命的形式展开。（2）19世纪民族解放运动是以保存民族文化传统，维护民族宗教，争取与殖民国的平等权利为宗旨；20世纪民族解放运动的目的非常明确：建立独立的民族国家。（3）19世纪民族解放运动中的东方知识精英有民族主义思想的萌芽；20世纪民族解放运动中已有各自民族思想领袖提出比较系统的民族主义思想，形成东方现代的民族主义思潮。

20世纪初期的民族解放运动表现为"亚洲的觉醒"，包括印度第二次民族起义（1905—1908）、波斯资产阶级革命（1905—1911）、越南抗法斗争（1905—1911）、朝鲜抗日游击战争（1905—1911）、青年土耳其党人领导的革命（1908—1909）、中国辛亥革命（1911）、印尼反荷斗争（1912—1913）等。组织领导运动的是一批资产阶级先觉者，他们把反帝爱国斗争与新的社会制度探求结合在一起。第一次世界大战后东方的民族解放运动主要有：朝鲜的三·一抗日民族起义（1919）、缅甸反英民族解放高潮（1918—1922）、印尼抗荷武装起义（1926—1927）、印度两次反英高潮（1919—1921）、埃及华夫脱运动、摩洛哥解放战争、埃塞俄比亚抗意战争、中国抗日战争、越南抗击法日武装起义（1940—1945）等。

现代东方民族解放运动的深入，固然有东方社会发展的原因，但第一次世界大战也是一个重要的因素。第一次世界大战西方列强内部因战争而受到削弱，更重要的是殖民地民众参战，拓展了视野，对殖民者有了新的认识，"欧洲列强的一个集团同另一集团血战到底的惨状不可弥补地损坏了白人主子的威信。白人不再被认为几乎是天命注定的统治有色人种的人了"①。法国驻印度支那总督在1926年写道："这场用鲜血覆盖整个欧洲的战争……在距我很遥远的国度里唤起了一种独立的意识……在过去几年中，一切都发生了变化。人们、观念和亚洲本身都在改变。"②

第二次世界大战后，民族民主运动汹涌澎湃，殖民主义体系彻底瓦解。东方民族经过数十年的发展，民族资本主义经济有了一定积累，第二次世界大战，列强之间相互内耗，削弱了对殖民地的控制，而且在参战中东方民众得到锻炼。这样在二战后的20余年里，东方民族纷纷摆脱帝国主义的殖民统治而独立，世界范围内的殖民体系彻底瓦解。战后东方民族解放运动首先在亚洲取得胜利。叙利亚和黎巴嫩在战争中于1944年摆脱法国殖民独立，随后菲律宾、缅甸、印度、巴基斯坦、朝鲜、印尼、印度支那等国家都在40年代末50年代初独立。60、70年代，非洲地区的人民也陆续摆脱殖民统治，仅1960年就有17个非洲国家独立，被称为"非洲独立年"。到80年代，除个别地区外，世界殖民地几乎全部获得解放，不仅赶走了原殖民主义者，也结束二战后的托管制，改变半自治和自治地位，建立了新的主权国家。有西方学者描述："正如欧洲在19世纪最后的20年中迅速地获得其大部分殖民地那样，欧洲在第二次世界大战后同样短的时期内又失去了大部分殖民地。1944年至1970年间，总共有63

---

① ［美］斯塔夫里阿诺斯：《全球通史1500年以后的世界》，上海社会科学院出版社1992年版，第615页。
② 转引自K.M.潘尼卡《亚洲和西方的统治》，纽约，1953年，第262页。

个国家赢得了独立……欧洲人在海外取得那么多非凡的胜利和成就之后,到20世纪中叶似乎又退回到500年前他们曾以那里向外扩张的小小的欧亚半岛上去了。"①获得独立的新兴国家无不致力于以赶超发达国家为目标,发展本民族的现代经济。

在反帝反殖的民族解放运动中,东方国家出现了一批民族主义的思想家,如中国的孙中山、印度的甘地(1869—1948)、阿富汗的塔尔齐(1865—1933)、土耳其的凯末尔(1881—1938)、阿拉伯的萨提·胡斯里(1882—1968)等,他们的理论和思想,形成东方现代民族主义思潮。"民族主义思潮是20世纪东方国家和地区的主要政治思想倾向,又是盛行的政治信仰、情感、思维方式和伦理价值观……它在共性上集中表现了政治文化的核心观——国家观上,在共同任务上表现于反帝反殖和发展民族经济方面;同时在内容和形式方面又表现为个性各异、绚丽多彩。"②东方现代各国的民族主义思想与各自民族的文化传统相结合,扎根于民族的社会现实,成为指导各国民族解放运动和民族国家体系建立的理论基础。

东方许多民族国家政治独立后,其思想家、政治家们出于国家和民族发展的考虑提出许多清算殖民统治的经济、文化后果,反对西方文化霸权,以与西方世界平等对话的方式探索新的民族文化建设的思想和方略。如印度尼赫鲁谋求巩固政治独立,实现"印度人化",改革发展印度传统文化的思想;埃及纳赛尔维护民族独立,实行社会全面改革、寻求阿拉伯世界的团结统一和不结盟思想;印度尼西亚苏加诺的"建国五原则"理论;加纳恩克鲁玛的新殖民主义理论;利比亚卡扎菲的"世界第三理论";南非曼德拉的"种族平等"理论等。这些理论是战前东方民族主义思潮的延伸,是东方民族主义思潮在殖民体系瓦解后的新形态。这些理论也是后殖民主义理论的组成部分。20世纪80、90年代,一批具有东方血统和文化背景、活跃于西方学界的学者,如:萨伊德、斯皮瓦克、霍米·巴巴、阿里夫·德里克、艾贾兹·阿赫默德等,他们就是在原殖民地本土

---

① [美]斯塔夫里阿诺斯:《全球通史1500年以后的世界》,上海社会科学院出版社1992年版,第812页。

② 彭树智:《东方民族主义思潮》,西北大学出版社1992年版,第5页。

理论家的思考和探索的基础上，提出了"后殖民主义"、"东方主义"、"文化帝国主义"等一套核心概念，形成自觉形态的后殖民理论的理论体系。

19世纪中期至今的一百多年里，东方民族主义思潮产生并不断发展，无论是现实政治层面的民族解放运动，还是理论层面的各种思想学说，都与现代东方民族的生存发展紧密相连。在一定意义上可以说，东方的民族主义思潮是全球现代化进程的产物，以殖民主义为载体的现代化扩散促使着殖民体系的瓦解。

四　上层改革、思想启蒙与现代化探索

东方世界对西方现代化挑战的回应，不仅表现为民族解放运动和谋求民族独立国家的建立，还表现为社会上层进行的社会改革、知识精英发动的思想启蒙和独立后的现代化道路探索。

伴随着殖民统治的现代化扩散，引出东方社会的深刻变化。东方文明古国的封建统治者当然感受到统治的危机，不得不做出对现代化的"适应性"改革。这些改革具有如下特点：第一，改革的直接原因是在与西方列强的战争中，面对西方强大的军事力量，屡屡惨败，原有社会体制的种种弊端暴露出来，往往以签订丧权辱国的不平等条约结束；第二，改革的目的是为加强、维护封建统治，在本质上没有脱离封建主义的范畴；第三，改革的主要内容是"富国强兵"，加强军备；第四，改革方式是学习借鉴西方先进的科学技术，引进某些先进生产力要素；第五，这些改革往往遭到国内强大的保守力量的反对，或在改革派与保守派的论争、较量中推进改革，或由于保守势力过于强大而导致改革夭折。

这样的上层改革大都在19世纪中叶前后展开，主要有奥斯曼帝国百年系列改革，埃及穆罕默德·阿里的改革，伊朗密尔札·塔吉汗的改革，缅甸曼同王的改革，泰国拉玛四世、五世的改革，日本的明治维新，中国的洋务运动和清末新政等。

其中奥斯曼帝国的改革最早，在18世纪末已经开始。奥斯曼帝国（土耳其）是与西方关系最近的东方国家，1453年奥斯曼攻下拜占庭都城君士坦丁堡，随后建立起横跨亚非欧的大帝国，16世纪苏莱曼大帝统治时期（1525—1564）达到鼎盛。之后西欧经过文艺复兴，不断发展，奥

斯曼却逐渐衰落。"西力东渐",奥斯曼首当其冲,17、18世纪在与欧洲国家的较量中,签署了一系列割地、让权的条约。为了不至沦为被西方列强瓜分的境地,奥斯曼统治者意识到:必须实施社会改革,借鉴西方的军事技术和战争经验。1789年即位的谢里姆三世尝试改革,组建新军,聘请西方教官,以西法加以训练。之后的马哈茂德二世继续改革,开办军事学院,改善交通,促进商业发展,发展出版印刷业,创办了第一份土耳其报纸。19世纪中期(1839—1876)在改革家雷希德帕沙的推动下,土耳其还进行了"君主立宪"的改革实践。但终因整体体制的束缚、国内保守势力的反对和国外列强的阻挠,改革虽取得一定成效,却是历经艰难,难以完成现代转型。直到20世纪20年代凯末尔领导的"青年土耳其革命",才迎来一个新生的"土耳其共和国"。

日本是唯一一个通过上层改革获得成功转型的东方国家。日本1868年明治维新后迅速发展,经过甲午战争(1894—1895)和日俄战争(1904—1905),成为世界强国。20世纪上半期,日本走上了侵略扩张的道路。

社会转型必然以思想启蒙为先导。现代东方的一批先进知识分子,以西方文化为参照反观民族传统,用近代理性和人的观念,破除东方封建文化价值系统中的蒙昧,力图确立人的自我价值和平等、独立意识。这样在东方不少国家和地区,出现了规模不等的启蒙运动。如印度以罗姆·罗易(1772—1833)为代表的"梵社"的改革活动、以般吉姆(1838—1894)为代表的"新毗湿奴运动",日本"明六社"成员的活动和稍后的"自由民权运动",菲律宾的"宣传运动"(1880—1895),朝鲜的开化派改革,埃及20世纪初穆斯塔法·卡米尔(1874—1908)领导的启蒙运动等。近代东方启蒙运动以创办报刊、兴办教育、改革宗教和传统习俗为主要内容。

东方近代启蒙运动在西方殖民统治和东、西方文化冲突的背景下展开,既是个人自我意识的呼唤,又是民族意识的觉醒;既是对西方文化的借鉴,又是对民族传统的复兴。因而近代东方文化的发展交织着民族化与世界化、救亡与启蒙的种种矛盾与困惑。在民族历史"愈来愈大的程度上成为世界历史"的近代,东方古老文化和西方近代文明发生剧烈冲撞。在冲撞中东方民族面临着艰难的选择:情感上选择民族传统,理性上选择西方文明。理性的看，以资本主义制度和科学技术为集中体现的西方文明，相对于东方封建制度和落后生产力，它是一种高位文化。但西方对东方的殖民统治，使得东方民族在情感上难以接受来自西方的文明。出于反帝反殖的需要而把民族传统当作武器，抵制西方文化。因而在东方许多国家中，"东西之争"、"新旧之辩"表现得异常激烈。

在东方文化发展和建设过程中，回归传统还是走向世界？随着时间的推移，现代化成为不可阻挡的潮流。但现实行为选择中的"救亡和启蒙"却更具紧迫性。是首先争取政治上的民族解放？还是首先唤起民众的现代意识？这既是民族解放道路的选择，也是民族文化建设的大计。这个问题始终困扰着现代的东方民族，也鲜明地体现在现代东方民族主义文学中。

这种复杂矛盾的社会现实与民族文化的困惑毕竟表现在民族独立前，即使独立后，东方各国依然面临种种复杂的现实矛盾与困境，甚至矛盾更突出。东方社会被裹挟着进入现代历程，不是按其自身的发展轨迹自然步入现代世界。独立前，在反帝反殖的目标下，东方社会的固有矛盾没有暴露，一旦赶走了殖民统治者，作为主权国家来运作和管理，各种矛盾就会充分表现出来。加上殖民统治所造成的各种后患和当代国际局势的复杂，使东方国家的社会矛盾加剧。在经济方面，东方国家经济落后，[①] 现代化的经济成分和原始经济成分并存，民族资本弱小，缺乏先进的科技手段，在很大程度上依附西方发达国家。政治上，东方专制独裁与民族力量的冲突，民族矛盾、宗教纠纷、政党冲突等都比较严重。东方国家与国家之争的利益冲突，边界纷争也常常导致兵戎相见。文化上，新旧文化冲突、传统与外来文化的矛盾依然存在，普通民众的教育程度不高，国民的整体综合素质有待提高。东方社会的思想启蒙是一个长期的过程。

20世纪上半期，东方的部分国家经过艰苦的斗争，取得了民族独立，开始走上现代化道路，其中较有影响的有土耳其的凯末尔革命。不过，在这一时期，大多数殖民地半殖民地国家仍然处于殖民统治之下，现代化的启动仍然举步维艰。二战之后，殖民主义体系瓦解，亚、非的一大批国家先后独立，新兴的东方国家都开始探寻民族发展道路和现代化建设的

---

① 1944年底联合国发展委员会确定48个最低收入国家（最不发达国家）中亚洲9个，非洲33个。

构想。

东方的民族主义运动包括政治上的独立、经济上的改革和文化上的整合三个方面。一旦民族独立的政治目标明确，经济和社会的改革也会受到关注。现代东方一些得到殖民国承认独立的国家，率先一步进行现代化建设的探索，如土耳其的凯末尔改革（1923—1938）、阿富汗的阿马努拉改革（1919—1929）、伊朗的礼萨汗改革（1925—1937）、里夫共和国的凯利姆改革（1921—1924）、埃及的柴鲁尔改革（1924）、埃塞俄比亚的塞拉西一世改革（1930—1935）等。他们改革的方式、内容、成效都不一样，但目的都是试图改变民族的落后面貌，世俗化、民族化、现代化是其共同的追求。一些尚在争取独立的民族和地区，也有一些思想领袖在探索未来国家的发展道路。如印度尼赫鲁的"中间道路"，印尼苏加诺的互助合作"五原则"等民族发展道路的理论，都在独立前已经形成，这样才保证了印度、印尼独立后付诸社会实践，比较顺利地推进民族国家的现代化进程。

战后东方国家在现代化建设过程中，都充分意识到相互团结合作的重要性，以更大的群体力量重组世界政治、经济格局。在反帝反殖争取民族独立的斗争中，东方国家深深感到：殖民主义、帝国主义是一种强大的国际力量，要巩固民族地位、发展民族经济和文化，必须联合起来，形成一个有组织的国际力量。东方国家战后的团结合作有不同层次。首先是区域性合作组织。如"阿拉伯国家组织"（1945年创建）、"东南亚国家联盟"（1961年创建）、"非洲统一组织"（1963年创建）、"南亚区域合作联盟"（1985年创建）、"亚太经济合作组织"（1991年创建）等。其次是世界性规模的合作。1955年在印尼的万隆召开"第一次亚非会议"，29个东方国家和地区的政府代表团与会，会议讨论了东方新兴独立国家面临的形势和反抗帝国主义的新殖民统治要略，提出了影响深远的和平共处十项原则。随后在美、苏两霸冷战对峙的格局下，东方国家联合欧美的发展中国家，将亚非会议精神弘扬光大为"不结盟运动"（1961年开始到1996年"不结盟运动"成员国已达132个），进而发展为"七十七国集团"（1964年开始），提出经济发展的"南北对话"和"建立国际经济新秩序"。这些表明，东方国家经过战后几十年的合作与发展，已成为与原殖民国平等对话的重要政治力量。

东方各国在民族独立后的自豪感和自信心的激励下，克服重重困难，探索着适合各自传统和现实的发展道路，有痛苦、有教训，也有成功、有欢乐，虽然艰难，但确实在向前发展。

第四节　本课题研究现状与基本思路

20世纪90年代以来，民族主义的研究在国内、国外都成为学术热点，对民族主义的内涵、演变、作用等都有比较深入的研究。但对19世纪中叶以来东方文学中的民族主义问题没有系统、完整的研究。而事实上19世纪中叶以来在东、西文化冲突，政治上的殖民与反殖民的背景下，东方文学形成了民族主义文学思潮，而且是19世纪中叶以来和整个20世纪150余年间东方文学的主潮。

国内东方文学学界只有在个别作家及其创作的研究中涉及到民族意识或民族主义思想，如泰戈尔的民族主义思想，巴拉蒂的民族主义诗歌，伊克巴尔的宗教民族主义，巴哈尔、哈基姆、纪伯伦、黎萨尔等作家创作中的民族意识等。这些都是个案研究，没有上升到东方现代文学整体和文学思潮层面上的把握和研究。东方其他国家有些对各自国家现代文学中的民族主义文学的研究成果，但没有对整个东方作整体把握的研究。西方学界前些年的"文化帝国主义"、"东方主义"、"后殖民主义"、"文明冲突论"的讨论中，作为回溯性研究，涉及到东方现代文学中的一些民族主义作家作品或问题，但也不系统，只是作为论证其文化理论的例证而已。

20世纪90年代以来，国内对东方的民族主义思想的研究有一批成果。其中有四本著述必须谈及：

彭树智教授的《东方民族主义思潮》（西北大学出版社1992年出版）。彭教授在1957年北大历史系亚洲史专业硕士毕业后一直从事东方历史研究，研究重点在中东史和现代东方史，是东方民族主义问题研究的权威专家。该著作以治史专家的深厚学养和资料积累的功力，对东方现代的孙中山（中国）、苏加诺（印度尼西亚）、甘地（印度）、塔尔齐（阿富汗）、凯末尔（土耳其）、阿富汗尼（中东）、胡斯里（叙利亚）、纳赛尔（埃及）等民族主义思想家的生平思想进行深入的研究，结合各自所处的文化传统和时代现实,纵横展开,重点研究他们民族主义思想的内涵和特点,是一本很有见地和分量的著作。但作为"思潮"研究,对东方民族主义的整体、宏观把握不够。书中的"卷首叙意:东方民族主义思潮与政治文化"有一万余字,引入了"政治文化"的概念,介绍了西方关于民族主义的相关概念,也对"东方民族主义思潮"作了尝试性的归纳,显示出著者试图对东方民族主义思潮作出整体把握的努力。但这一课题涉及的面太广,不是一万余字能解决的,一些问题涉及了但未能展开。

李安山教授的《非洲民族主义研究》(中国国际广播出版社2004年出版)。该著作运用理论探讨与个案研究相结合、系统把握与专题研究相结合的方法,对非洲民族主义思想和运动的演变、特点作出了概括,然后就"非洲民族主义与知识分子"、"非洲民族主义与农民"、"非洲民族主义与宗教运动"、"非洲民族主义的当代困境"、"非洲地方民族主义"、"非洲国家民族建构"、"非洲民族进程与民族问题"等专题进行深入系统的探讨。著作吸收了国内外相关的研究成果,抓住了非洲社会文化的普遍问题和独特性,是该领域的领先成果。

陈衍德教授的《对抗、适应与融合——东南亚的民族主义与族际关系》(岳麓书社2004年出版)。这是著者研究东南亚民族主义问题的论文汇集,没有对东南亚民族主义的产生发展、共性个性、价值意义等作系统研究,但所论述的问题却很有深度和自己的见解。如对东南亚民族主义从民族解放运动转换到民族分离运动的论述,菲律宾民族主义的亚洲影响,东南亚华人的文化身份问题,东南亚民族文化与不同层次的民族主义的关系的分析,都不乏精辟之见。

刘中民博士的《挑战与回应——中东民族主义与伊斯兰教关系评析》(世界知识出版社2005年出版)。这是著者的博士论文,虽然论述的侧重点在中东民族主义与伊斯兰教的关系,但对中东民族主义的类型(泛阿拉伯民族主义、地区阿拉伯民族主义、国家阿拉伯民族主义)、主要代表人物和基本理论等作了比较全面的梳理。著述中探讨中东民族主义对伊斯兰教的态度、形成的冲击,也研究了伊斯兰教对民族主义的挑战,重点分析了原教旨主义对民族主义思想的冲击;还从民族国家建构、政治合法性、政治制度、政治民主化等角度论析中东民族主义与伊斯兰教互动关系对中东现代政治进程的深刻影响。著作的构架和论述体现了中东现代社会政治、宗教的复杂关系。

后三种著述都是论述东方某一区域的民族主义问题,不是东方整体的论述,也不是着眼于思潮层面的探讨。但其中的一些观点、对区域民族主义特质的理解等很有启发,而且为我的课题研究提供了大量的相关材料。

我们的研究在理解、消化、吸收前人已有研究成果的基础上展开,从"文学思潮"的层面将东方19世纪中期以来的民族主义文学作整体的研究,探讨东方现代民族主义文学思潮的纵向发展,按时序分阶段阐述文学思潮产生发展的社会文化动因,从东方现代文学史上大量看似散乱的现象中梳理民族主义文学的主要成就和脉络,分条缕清民族主义文学的具体表现形态和共同原则,研究民族主义代表作家在共性中的个性化表现,论证东方现代民族主义文学思潮既有统一性,又具丰富性的实现程度。力图对"东方现代民族主义文学思潮"做出科学的表述与理解。同时,对东方现代不同地区的民族主义文学表现的区域特色进行探讨;进一步将东方现代民族主义文学思潮与同时期东方的其他文学思潮加以比较;将现代东方民族主义文学中的历史题材作专题性研究;还对东方现代文学中的几个突出现象:禁书、国歌、宗教问题、移民作家与民族主义的关系作出我们的思考。

课题分"绪论"和五章展开论述:

"绪论"对与课题相关的民族、民族主义、民族主义类型、东方民族主义几个概念做出理论的论析,进而对东方民族主义产生发展的世界文化背景加以宏观的描述,突破"帝国主义侵略"的传统表述,从"现代化的挑战与回应"的层面立论,淡化意识形态色彩,获取人类文化的视角。

第一章论述本文的核心概念"东方现代民族主义文学思潮"的内涵和外延。"东方"指的是亚洲和非洲;"现代"是"现代化"意义上的现代,具体指19世纪后半叶和整个20世纪。在辨析"思潮"、"社会思潮"、"文学思潮"几个术语的基础上对"东方现代民族主义文学思潮"的含义展开论述:它以东方现代民族主义思潮为内在精神冲动,是19世纪后半期和20世纪150余年间在亚洲和非洲地区盛行,以民族国家的生存发展为创作宗旨,以功利性、现实性和民族性为创作原则的文学思想、创作潮流。

第二章从文学渊源传承的层面论述东方古代文学中的民族意识。东方现代文学是东方古代文学的继承与发展，东方古代文学中的民主意识成为现代东方民族主义文学思潮的艺术资源。东方古代的原初性民族神话传说中已显示出内外族群的"辨族意识"，次生性民族的颂诗和史传文学表现出对故土和王朝政权的认同，西亚地区特定的历史文化，使之成为东方文学中最早产生民族主义文学的区域。

后面的三章分三个阶段论述150余年里东方现代民族主义文学思潮的纵向发展。

第三章论述第一阶段（19世纪后半期至20世纪初期）。这一阶段东方各国普遍出现启蒙运动和启蒙文学，但东方启蒙运动源于寻求国家富强的民族主义目标，因而启蒙始终与民族主义相生相伴。在文学领域，东方的启蒙文学成为民族主义文学的早期形态，这从启蒙文学创作主体的民族运动领袖身份，爱国主义的创作主题，富于民族特色的创作题材得到充分体现。从菲律宾的黎萨尔和日本的东海散士的个案研究中也能得到充分的证明。

第四章论述第二阶段（20世纪初期至20世纪60年代）。这是东方现代民族主义文学思潮发展最为成熟和典型的阶段。两次世界大战和殖民体系的瓦解，东方民族解放运动此起彼伏，东方各具特色的民族主义思想体系形成。东方各民族在完成传统文学向新文学转型的过程中，民族主义文学思潮达到了自觉性、普遍性、实践性和统一性的程度，各国文学都产生了一批在文学史上占据显著地位的民族主义作家和理论家，他们的创作和理论活动，充分展现了东方现代民族主义文学思潮的共同原则和特征：（1）反对殖民统治，高扬民族意识，要求民族独立的主题思想；（2）功利性、现实性的审美追求；（3）民族传统的弘扬与民族灵魂的呼唤。这种典型形态的东方民族主义文学思潮以20世纪50年代末、60年代初两次亚非作家会议的召开达到高潮。黎巴嫩的纪伯伦、印尼的慕依斯、埃及的哈基姆、印度的钱达尔等作家的创作体现了东方现代民族主义文学思潮的特点及各具独特的个性。

第五章论述第三阶段（20世纪60年代至世纪末）。这是东方民族独立的政治目标已经达成后的民族主义文学，较之第二阶段发生了很大变化。其变异形态是东方后殖民思潮，包括后殖民理论和后殖民文学创作。后殖民理论既指活跃在西方的几位东方学者的理论，还包括一大批原殖民地的本土理论家、思想家的学说。东方后殖民作家包括四种类型：东方土生土长的本土作家；侨居西方的移民作家；留学西方或一度旅居西方，但长期生活于本土的东方作家；具有西方血统，但长期生活在东方的作家。这些理论家和作家的共同原则是"对殖民关系作批判性考察"，体现出共同的特点：（1）对殖民主义文化后果的审察；（2）新的民族自我建构；（3）民族意识与世界意识的渗透与融合。这种新的历史境遇中的后殖民文学，其创作宗旨与审美风格与第二阶段的民族主义文学一脉相承。印度耶谢巴尔的《虚假的事实》、南非库切的创作从不同侧面典型地体现了东方后殖民文学的特征。

在研究方法上，本课题突出四点：第一，文化批评的角度。文学是文化的全面投影，而且东方现代民族主义文学是在东、西文化剧烈撞击下发展的，具有浓烈的文化意味。研究中运用唯物主义文化观和辩证方法论原则及人类学、文化学理论审视对象。"民族主义"本身是一个政治色彩浓郁的话题，但课题研究努力突破单一政治模式的框范。第二，宏观研究与微观研究相结合。本课题重视规律性的把握，但不是离开文本作空泛的发挥，而是文本研究和规律把握同时并重。文本研究是基础，但又把文本研究摆在思潮演变过程中进行研究。以文本的艺术感悟和理性分析来发现规律，总结规律；又以把握规律的宏阔视野来指导、深化文本研究。这样宏观、微观结合，相互促进，逐步深入。第三，影响分析方法。借用比较文学研究中的影响分析法，影响分析法是通过对跨文化的文学现象之间的"影响"关系和具体的文学批评与文本分析，来论证这些文学现象之间的精神联系，目的是研究跨文化的文学现象相互影响的规律，研究外来影响与接受主体的文化期待与冲突，影响与创造的辩证关系。东方现代民族主义文学首先受到西方文学的深刻影响，接受中又有拒斥；同时，东方各国内部之间文学的影响与交流也很突出。第四，中国文学的参照。中国现代文学与东方各国的现代文学面临同样的问题，经历了大致相似的历史进程。但限于专业范围，本课题不把中国现代民族主义文学作为研究对象。但借鉴已有的研究成果，把中国民族主义文学作为东方现代民族主义文学思潮整体的一部分，作为参照系纳入研究视野。

第一章

东方现代民族主义文学思潮的内涵与外延

"东方现代民族主义文学思潮"是本课题的核心概念。它规定着本著作论述对象的时空范围和论题的本质方面。本章在辨析"东方"、"现代"、"思潮"、"社会思潮"、"文学思潮"几个术语的内涵的基础上,对东方现代民族主义文学思潮的复杂性、时间跨度、创作宗旨、审美原则等几个问题进行探讨。

第一节 时空范围:"东方"和"现代"

"东方"是一个有着多种内涵,具有几分模糊又广泛使用的概念。它至少有下列几种含义:

第一,方位概念。讲方位就有一个立足点的问题。以中国为立足点,中国的东面称为东方,中国的西面称为西方。因而长时期把印度当作西方。唐代高僧玄奘从凉州出玉门关赴天竺,称为"西天取经",以此为题材创作的小说名为《西游记》。

第二,地理学概念。按照国际的地理疆域规定,以西经20°和东经160°的经线圈,把地球分为东、西两个半球。这样,亚洲和非洲的大部分都属于东方范围。非洲的阿尔及利亚、尼日利亚不在东方圈内,又把欧洲的原苏联、东欧部分国家包括进来,大洋洲也属东方。

第三，政治学概念。20世纪国际政治关系演变，"东方"、"西方"又具有政治的内容。二战后长时期形成两大阵营的冷战对峙，发达资本主义国家属于西方，曾沦为殖民地半殖民地的国家属东方。因而地处亚洲的日本却是"西方七国首脑会议"的成员。

第四，历史文化概念。古代西亚两河流域的亚述人把太阳升起的地方称为"亚细"（意为日出之地），古代希腊、罗马人把地中海东岸地区称为"亚细亚"，还分为近东、中东、远东。历史文化概念的东方指除了古希腊罗马之外的几大古代文明发源地，因而包括亚洲和非洲北部地区。

我们所说的"东方"，是指亚洲和非洲。它综合上述的历史文化概念和地理学概念的"东方"，外延有所拓展。

"现代"作为历史时间概念，在人们的运用中有"虚"和"实"两种用法。虚化的"现代"，就是不确指具体的哪一个时间段，而是相对"古代"而言的概念，这个"现代"是一个动态的、不断延伸的时间单元，从这样意义上说，每个时代作为历史过程，都曾经是"现代"，而每一个当时的"现代"又会成为"古代"。实化的"现代"是通行的历史分期的用法，即把人类历史分为古代、中古、近代、现代和当代，而"现代"的具体时段是20世纪第一次世界大战爆发到第二次世界大战结束的30来年时间。

"现代"还是一个哲学的和文化的概念，那就是"现代性"和"现代化"的"现代"。对于"现代性"，西方现代哲学家福柯不赞成用来指称一个历史时期，而认为是"一种态度"，他说："所谓态度，我指的是与当代现实相联系的模式；一种由特定人们所作的资源的选择；最后，一种思想和感觉的方式，也就是一种行为和举止的方式，在一个相同的时刻，这种方式标志着一种归属的关系并把它表述为一种任务。"[①] 而对于"现代性态度"的内涵，有论者归纳："现代性态度是在启蒙运动过程中形成的。文艺复兴以来科学观念的传播以及人文主义思潮的发展，使科学、自由和追求世间的幸福成了推动启蒙的主要因素。与科学革命和启蒙运动的开展相伴随的，是对宗教的猛烈批判。这使社会表现为一个世俗化的过程，或者用韦伯的话来说，是一个'世界的祛魅'过程，他改变了人们

---

① [法]福柯：《何谓启蒙》，《文化与公共性》，三联书店1998年版，第430页。

的思维方式与世界观，形成了人们的理性意识，推动了反宗教蒙昧迷信运动，催生了主体性意识，产生了现代的自由、平等、博爱等价值观念，所有这些为现代资本主义社会的产生提供了思想基础，它们也因此构成了哲学意义上的现代性的基本特征。"[1] 这里的"现代性"，是用来区别"前现代"的社会价值体系，即从文艺复兴开始，到18世纪启蒙运动时期确立的理性精神、个人主体意识、自由、平等、博爱等，而它们是资本主义社会的思想基础。这里的"现代"就是指资本主义社会。

从学理上讲，"现代性"和"现代化"是密切相关、相辅相成的一对概念。现代化是现代性形成与实现的过程，现代性是现代化所形成的不同于现代化之前的社会价值体系。就是说，现代性是在现代化过程中实现的。但在实际运用中，"现代性"的指向偏重精神价值的内涵，"现代化"的指向偏重社会文化的内涵。我国现代化研究专家罗荣渠先生认为："现代化主要是指自工业革命以来现代生产力导致社会生产方式的大变革，引起世界经济加速发展和社会适应性变化的大趋势；具体地说，这是以现代工业、科学和技术革命为推动力，实现传统的农业社会向现代工业社会的大转变，是世界历史的必然进程。"[2] 具体说，现代化的特点表现为：①大工业生产。现代化的生产是社会化的大工业生产，突破以往自然形成的孤立状态，在世界范围内以自然资源、技术优长、资本力量的最佳组合进行生产，极大地提高生产力。它是现代化过程中最根本的最活跃的因素，是决定其他方面进步的第一位因素。②经济市场化。现代经济是一种社会化程度越来越高的经济类型，其基本模式必然是对社会资源实行市场配置，即市场经济。③居住城市化。传统的乡村或逐步建成现代城市，或为城市化所改造。城市化不仅是居住地的转变，更重要的是生活方式的转变，是工业化过程所造成的物质生产方式延伸到社会生活、直至精神生活方面的一系列转变过程。④政治民主化与法制化。社会的物质技术和经济结构的进步，亦将在上层建筑领域引起相应变化，政治民主化与法制化一步步提上现代社会的建设日程，并成为现代社会的制度规范。⑤历史活动的主体化。人是历史活动的主体，现代化运动的最后意义在马克思看来，

---

[1] 陈嘉明等：《现代性与后现代性》，人民出版社2001年版，第3页。
[2] 罗荣渠：《现代化新论》，北京大学出版社1995年版，第95页。

应当是人向其本质的回归和人的全面发展。无论是物质技术上、经济结构上，还是社会与政治层面上，现代化的目的都在于人的现代化，或人的解放，即人在历史活动中主体性的发挥。

这样的"现代性"和"现代化"起始于欧洲，以欧洲17—18世纪的资产阶级革命和工业革命为标志。随着欧洲先进工业国的"现代化"追求，力图拓展自己的原材料基地和世界市场，从而将这种"现代意识"传向全世界。在欧洲现代化的示范和刺激下，19世纪中期以来，世界各地区各民族国家都把现代化作为追求的目标。对有着古老文明而又相对落后、受到西方列强入侵和威胁的东方国家，更是把实现现代化作为民族复兴的出路，但"现代化"至今还是东方各国努力实现的目标。在西方嚷嚷"后现代"的今天，东方还在现代化的过程中。

本书中的"现代"，既是一个时间概念，又蕴含着上述的现代性、现代化的"现代"的内涵。它是东方在西方现代化扩散和启示下，"现代意识"自觉，努力实现各自的现代化的历程。具体的时间断限是19世纪中期和整个20世纪。

第二节　思潮·社会思潮·文学思潮

思潮、社会思潮、文学思潮是几个相关的概念。厘清它们的含义，对我们理解东方现代民族主义文学思潮有帮助。

一　思潮与意识焦点、思维结构

说到"思潮"，离不开"思维"、"意识"等概念，从哲学上讲，"思潮"是主体对客体反映的结果。

（一）夏目漱石的"F"说与思潮

日本现代著名作家夏目漱石在其理论著作《文学论》中提出文学内容的公式："F+f"。所谓"F"表示"焦点的印象或观念"，"f"代表"附随那观点或印象的情绪"。通俗讲，F就是经过作家选择加工过的生活或由生活而形成的观念，f则是与之相随的作家的情感。

夏目对"F"作了阐释,"F是焦点的印象或观念"。这里的"焦点的"就与人的"意识"相关。他用西方心理说的"意识波浪"来说明人的意识状态。意识在任何瞬间,种种心理状态不断地出现,不久又消失:它的内容是这样一刻也不停留在同一地方。比如仰视一座大教堂。先从下部的柱子,逐渐移到中部的栏杆,最后达到最高的半球塔和顶端。在知觉中,最初是柱子,其余部分不太清晰,但视线移到栏杆。柱子的知觉开始淡漠,而栏杆的知觉明晰起来……意识就是这样形成波浪形,其顶点即是焦点,是意识中最明确的部分。连续状态如下表示:

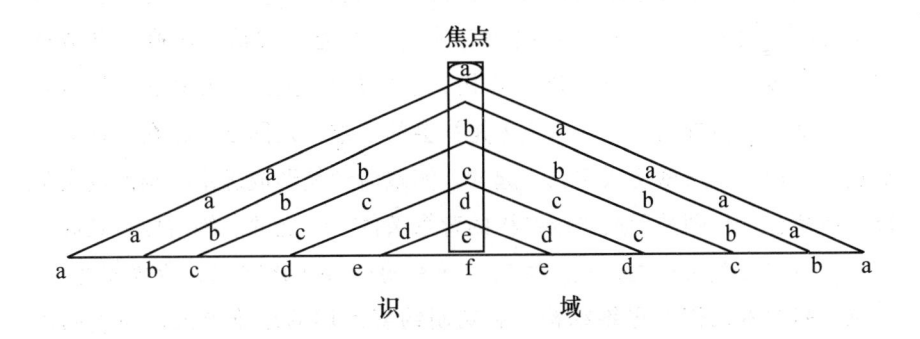

由上述瞬间的意识状态推及到更大范围,可以说瞬间有瞬间的F。一小时有一小时的F,一个人一生有一生的F,一个社会的某一个时期的意识也有它的F,一个时代有一个时代的F。这种时代性集合的"F",就是"思潮"。

(二) 思维结构与"思潮"

上述的"F"由瞬间意识的焦点看思潮显得单一、静态化,若从"思维结构"的角度可以在复杂的动态过程中加深对"思潮"内涵的理解。

思维结构是一个十分复杂的观念系统和精神世界。它是主体把握客体,主体和客体相互作用中的思维定式、格局、模式,是思维诸要素相对固定的联结方式、组合方式,因而是主体在认识特定客体之前的先在"框架"。从功能上说,思维结构把主体和客体联结起来,是主体和客体相互沟通、相互作用的观念"中介",主体通过思维结构对客体进行观念的加工、改造和转换,因而思维结构是主体对客体的观念加工厂和转换器。思维客体、思维材料通过思维结构的筛选、加工和整合而被同化和变形，产生思维结果。同时，思维结构又有指导实践的功能，是实践活动的观念准备状态和趋向性的观念框架。换句话说，人总是按照自己形成的思维定式去改造客体，使主观的东西、观念的东西对象化、客观化、实现主体客体化的实践过程。

人的思维结构、思维定式是在实践中形成的，但它一旦形成就具有"先入为主"的性质，仿佛是一个"先验的框架"，过滤、筛选、加工、整理和组合客体的信息材料，在此基础上创造出主体所需要的精神产品。

表面看，好像思维结果是头脑纯粹的主观创造，实际上它是在获得客体信息的基础上，主体思维结构对客体信息的能动改造、转换和创造过程，是主体对客体的能动反映和建构。按照马克思主义认识论的基本观点，思维作为精神活动，在本质上是社会的思维，是同社会存在、社会生活过程和社会实践密切联系在一起的。实践活动是形成思维结构的现实基础，而社会文化则是形成思维结构的背景条件。一定的思维结构总是同一定的社会文化密切相关。一个民族或国家的社会文化状况、传统和特点，影响、制约着人们的思维结构，影响制约着人们的思维方式，使不同民族、不同国家的人们的思维结构、思维方式具有自身的特点而彼此区别开来。人们的思维结构首先受到他们所处时代的社会文化的强烈影响，在这种影响下形成具有时代特征的认知结构和评价体系结构。

人们的思维结构不仅有它的时代的社会文化影响，而且有社会文化传统的作用。社会文化传统是一种巨大的趋向稳定的力量，它给思维结构以及思维方式打上鲜明的民族烙印。在人们的思维方式中，总是沉积着某些社会传统，有着以往社会文化的历史遗传。

人的思维结构总是在现实的和历史文化背景下发生和发展的，特别作为观念形态的社会文化，如意识形态、社会心理、民族传统等，对人的思维结构有着直接的影响。一个国家、民族历史形成的某些思想观念，如政治、法律、道德、哲学等的观点以及历史上形成的民族心理、民风民俗，必然或多或少地保留凝结在后来人间意识中，经过人们的筛选、过滤并改造，成为该国或民族的社会文化的组成部分，并作为社会文化的历史遗传内化为思维结构的成分和因素。

思维结构不是主体在孤立、封闭的状态中形成和发展的。主体总是处在一定的时代，一定社会文化氛围中，是属于一定的时代和一定社会文化氛围中的主体。因此，主体思维结构的形成和发展总是与时代、与社会文化环境紧密联系在一起，具有时代性和社会性。主体通过各种渠道，通过交往，与他所处的时代和社会相接触，时代和社会也就通过这些渠道将其特征赋予主体的思维结构，使之打上时代和社会的烙印。任何思维结构的发展都是从属于它的时代和社会的。

正是由于人的思维结构是以社会存在结构和实践活动为现实基础，以社会、文化为其背景，以时代精神作为变化依据，因而同时代人往往形成思维和意识的"焦点"，从而形成"思潮"，正因为思潮的这种社会性和时代的特征，又称之为"时代思潮"或"社会思潮"。

梁启超在《清代学术概论》中开头就提出"时代思潮"："今之恒言，曰'时代思潮'。此语最妙于形容，凡文化发展之国，其国民于一时期中，因环境之变迁，与夫心理之感召，不期而思想之进路，同超于一方向，于是相与呼应汹涌，如潮然。"[①]

二 社会思潮

社会思潮是在一定时、空里反映特定群体的某种利益或要求，并对社会生活产生广泛影响的思想趋势或倾向，社会思潮有时表现为由一定的理论形态的思想作主导，有时又表现为特定环境中人们的社会心理，是社会意识的综合表现形态。

凡称为"思潮"，其一，必须有"思"，其二，其思已形成为"潮"。所谓"思"，就是其思想观念必须有相当的价值，能够影响时尚。所以，并非每种思想学说，都可以称为思潮。所谓"潮"，就是一种思想学说，能够反映一部分群体在某些重大问题上的普遍心理，共同愿望，能凝聚并引导这种思想趋于同一方向。一种思想学说，有群体性的基础，又有强大的导向力，才能感召呼应，形成潮流。

在实际运用中，社会思潮有广义和狭义的两种理解。广义的社会思潮是从思潮的"社会性"而言，思潮总是一定群体的共同意识。因而社会思潮泛指所有思潮，包括哲学思潮、经济思潮、政治思潮、文化思潮、文

[①] 梁启超：《清代学术概论》，东方出版社1996年版，第1页。

艺思潮、史学思潮等。狭义的社会思潮是指在一定的理论观念指导下，以对社会的评价性认识为内容，以广大社会群众为载体的流行思想。这里强调社会思潮的内容指向对象是现实社会，是直接表达人们对于社会的理想、评价和要求。而不以现实社会为直接对象的思潮不属狭义的社会思潮。如一些学术理论思潮：唯意志主义、科学哲学等。狭义的社会思潮还强调其载体的主体是广大群众。学术理论思潮通常只在理论界和知识分子中流行，而社会思潮则是在整个社会中流行。

社会思潮从本质上说，是时代精神和社会心理的一种动态表现。什么是时代精神？时代精神是历史发展的客观趋势、历史时代的本质和主流在人们意识中的反映。时代精神是一个总体概念，它表现在这个时代所产生的各种意识形态、社会心理之中。有论者认为：社会思潮的构成因素主要有三个方面，即"（一）社会心理因素"、"（二）思想体系因素"、"（三）思想运动因素"；并认为："社会思潮的三种基本构成因素是相互制约不可分割的，其中思想体系因素是社会思潮的'硬核'，这种思想体系硬核是一定社会思潮的理论代表，通常也是人们直接考察的对象。而思想体系是对社会心理的概括和反映，社会思潮的形成也有着相应的社会心理基础。"[1]

三 文学思潮

在理解"社会思潮"的基础上，进一步把握"文学思潮"。

"从文学社会学的观点看，文学思潮是某个历史阶段社会思潮的组成部分和特殊形态。文学思潮不仅是诸多社会思潮中的一种，而且是社会思潮的'反映'或'表现'。"[2] 从文学批评的角度讲，文学思潮是社会批评的概念，西方对"流派"研究多，"思潮"研究少，在前苏联和我国虽不乏研究，但理解不太一致。

我国关于"文学思潮"从 30 年代初已开始探讨。但对其含义的理解各有侧重。有的侧重于从文学创作角度理解文学思潮；有的重视从文学思潮与社会思潮的关系角度来理解；有的把文学思潮理解为文学理论潮流；

---

[1] 王家忠：《社会思潮的起源、作用及发展趋势探析》，《齐鲁学刊》1997 年第 2 期。

[2] 王又平：《文学思潮史：对象与方法》，《新东方》2002 年第 4 期。

有的偏重从创作方法来把握文学思潮；有的注意到思想潮流和创作潮流并重的特点。在对"文学思潮"的众多界说中，有几点是共同的：①文学思潮具有群体性倾向；②文学思潮包含理论潮流和创作潮流；③文学思潮受一定的社会思潮，哲学思潮影响，并反作用于社会思潮，哲学思潮。①

在对"文学思潮"的理解中，有一点分歧是明显的：即文学思潮作为时代精神在文学领域中的反映，这种反映是否具有群体的理论自觉，即文学思潮是否要求有明确的理论纲领。

原苏联学者波斯彼洛夫描述"文学思潮"："是在某一个国家和时代的作家集团在某种创作纲领的基础上联合起来，并以它的原则为创作自己的作品的指导方针而产生的。这促进了创作的巨大组织性和他们作品的完整性。"② 对于这一界说中特别强调要有"某种创作纲领"，以此来指导创作，这一点我们持不同看法。我们认为：有了明确的创作纲领的作家群，是文学流派，而不是文学思潮。某一文学思潮的作家，就个体而言，当然有自觉的创作意识，但就群体而言，不一定自觉地意识到遵守着某一种创作纲领。如果用波斯彼洛夫的界定来衡量欧洲文学，大概只有法国的古典主义和前苏联的"社会主义现实主义"能称得上文学思潮。

我们认为，文学思潮是这样的一种文学现象：在某一特定的历史时期内，相同或相似的社会现实，形成某种鲜明的时代精神，成为一代作家和批评家普遍的精神冲动，从而在文学创作和批评中自觉或不自觉地产生一定的审美原则，并将这些原则具体体现为思想上和艺术表现上的共同特点，同时产生广泛的社会影响。

概言之，"文学思潮"必须具备三个条件：时代性、共同性、广泛性。"时代性"就是与特定历史时期内的社会变革紧密联系，是当代社会主导思想潮流在文学领域的投影，文学思潮必须具有坚实的现实性基础，其特征必须鲜明地体现时代的特征。"共同性"就是属于某一文学思潮的作家、批评家表现出共同的东西，包括审美原则和思想、艺术方面的创作特点。"广泛性"是指在社会上造成广泛的影响，不是少数理论家、作家

---

① 近年关于"文学思潮"的研究成果，可参阅卢铁澎博士的《文学思潮论》（青岛出版社2000年出版）和刘增杰教授的《云起云飞》（上海文艺出版社1997年出版）。

② ［俄］波斯彼罗夫：《文学原理》，三联书店1984年版，第173页。

的拼命呐喊，也不是转瞬即逝的过眼云烟，而是一大群卓有成就的作家、理论家长时期内活跃文坛，"通过各种各样的方式，同时来实践和表现某种思想主张，形成一种普及全社会的思想趋势"①。

第三节　东方现代民族主义文学思潮

至此，我们对本课题的核心概念"东方现代民族主义文学思潮"作出界定：

> 东方现代民族主义文学思潮是指19世纪后半期和整个20世纪150余年间在亚洲和非洲地区盛行，以民族国家的生存与发展为创作宗旨，以功利性、现实性和民族性为创作原则的文学思想、创作潮流。

对于这个尝试性的概念，我们稍作展开。

一　"东方现代民族主义文学思潮"是一个非常复杂的综合开放体系

对文学思潮考察"应当建立起'社会学的'和'文学的'双重视野。所谓社会学的视野就是把文学思潮同社会的变动、社会的一般意识形态背景、社会集团的精神冲动和价值取向等联系起来予以考察，简言之，就是社会既被视为文学思潮的发生学背景，又被视为文学思潮的宏观语境，通过社会去发现和阐释文学思潮产生和形成的缘由及其社会内涵。这是大多数文学思潮史和文学史著述都沿用的传统方法。所谓文学的视野就是从文学的'内部'（如美学原则、写作常规、话语构型等方面）去考察文学思潮生成、递嬗的文学缘由，即着眼于文学和文学思潮演化的自律和动势，去分析文学思潮如何建立或改变关于它自身的普遍意识，并以其特殊的意

---

① 刘梦溪：《文学的思考》，中国文联出版公司1985年版，第142页。

识形态形式去作用于社会"①。用这"双重视野"来审视东方现代民族主义文学思潮,它横跨两大洲,纵贯一个半世纪;它既有作为社会思潮的"东方民族主义"的全部复杂性,又有"文学思潮"自身特有的复杂因素。具体可以从几个方面来理解:

第一,东方民族主义文学思潮的产生和发展与东方现代的社会历史进程相伴相随,两者紧密相连,东方民族主义思潮是东方民族主义作家共同的精神冲动源泉,东方现代民族主义文学思潮是东方民族主义思潮的重要组成部分。因此,东方现代民族主义文学思潮的纵向发展经历了不同的发展阶段:19 世纪后半期到 20 世纪初与启蒙主义文学合流的早期阶段;20 世纪 60 年代前的发展成熟阶段和 20 世纪后半期的演变阶段。这几个阶段与东方现代民族主义的民族自我意识启蒙、建立独立国家的民族解放运动、独立后的民族国家建设和发展几个明显的阶段相对应。这样,长达一百多年的文学思潮在不同阶段具有不同的表现形态。

第二,东方现代的民族主义作家、批评家生存于东方复杂矛盾的社会文化中,他们的创作或理论在"民族国家的生存发展"这一主题的统摄下,呈现出各自不同的价值取向、不同的思想倾向,或不同的思考重点。有的着眼于民族的政治前景、有的着眼于民族的文化建构、有的着眼于民族的宗教复兴、有的着眼于民族的经济发展;对于民族前途有的充满信心向往未来、有的悲观消极满怀感伤、有的立足现实探索道路;在题材选择上有的沉迷民族历史或传统题材、有的放眼域外跟踪世界风云。这不同的思想倾向和不同的兴奋点,使得东方现代民族主义文学异彩纷呈,各具千秋。

第三,东方现代民族主义文学思潮的现实表现形态丰富多样,既有各具特色的民族主义文学理论,也有各种各样的文学运动和流派,更有大批优秀的民族主义作家的创作。这里我们仅就东方民族主义文学理论稍作议论。东方现代文学理论在我国的研究基本上是个空白,民族主义文论更是没人做过清理。事实上东方现代文学理论中有相当大的一部分属于民族主义文论。一些民族主义思想家的著述和文章中,常常涉及文

---

① 王又平:《文学思潮史:对象与方法》,《新东方》2002 年第 4 期。

学问题，一些诗人、作家、批评家在谈论文学的本质、功能、目的时，或对具体作品评论时，也经常论及文学对现实、对社会、对民族的建设和发展的能动作用。他们倡导文学的民族性，从理论的层面推动民族新文学的确立和发展。我们列举一些东方民族主义重要的文论著述：印度赛义德·艾哈迈德·汗被称为"乌尔都语文学发展史上的一个重要里程碑"[①]的《印度民族起义的原因》，穆罕默德·侯赛因·阿扎德的《诗与诗学》，阿尔塔夫·侯赛因·哈里的《诗歌导论》等论著，泰戈尔的《孟加拉文学的发展》、普列姆昌德的《文学在生活中的地位》等论文；埃及穆罕默德·阿布杜在《金字塔报》刊发的评论，塔哈·侯赛因的论著《论蒙昧时代的诗歌》、《埃及文化的前途》、《谈诗论文》、《文学与批评》，穆斯塔法·萨迪克·拉斐仪的论著《笔的启示》，陶菲格·哈基姆的《文学艺术》；非洲一批留学或旅居西方的诗人、作家和评论家也留下了一批著作，如桑戈尔的《自由一集：黑人性和人道主义》、《行动的诗歌》、《非洲性的基础；或"黑人性"和"阿拉伯性"》，艾梅·塞泽尔的《殖民主义话语》，弗朗兹·法农的《黑皮肤、白面具》和《地球上不幸的人们》，希努亚·阿契贝《非洲的一种形象——谈康拉德〈黑暗的心〉中的种族主义》等；还有20世纪80、90年代活跃在西方的后殖民理论，实际上也是一批旅居西方的东方学者、评论家所为，他们的论述是东方民族主义在全球化背景中的新变化。

第四，亚非地域辽阔，包括众多的民族和国家，每个民族都有他们各自的文化和文学传统。东方各民族虽然在现代有着历史类型的相似和大体相同的历史遭遇与命运，但在前现代时期，各自的文化、文学传统差异甚大，各有各的价值观念体系，各有各的社会管理模式，各有各的宗教信仰，各有各的语言系统，各有各的文学表达样式……从社会进程看，有的已进入高度成熟的封建社会，有的还处于原始部落时期；在文学方面，有的经历数千年的发展，成就辉煌，有的还停留在口头文学阶段。

东方社会经过长时期的演变，不同文化之间的冲突、交流与融合，到公元7世纪左右，形成了几个文化圈，各以一种古老文明为核心，向四邻

--

① [俄]尼·弗·格列鲍夫等：《现代乌尔都语文学》，王家瑛译，载《东方文学专辑》（二），中国社会科学出版社1981年版，第93页。

周边辐射而成，即儒家文化、以汉字和佛教为标志的东亚文化圈，以印度教、佛教为标志的南亚文化圈，以伊斯兰教、阿拉伯语为标志的西亚、北非文化圈。圈内各民族的文化和文学有其相同的共性，但也有各自的民族个性。

除了上述三大文化圈外的文化、文学，现代东方还有几种具有特殊性的文化和文学。一是东南亚地区的文化和文学，这里是三大文化圈延伸的边缘地带，因而是多种文化彼此交错渗透的地区；二是黑非洲地区的文化和文学，这里没有统一的文化联系，各种部族文化并存；三是日本文化和文学，日本本来是深受中国文化、文学影响的典型东亚文化，但它是东方唯一走上现代化道路的国家，很快发展为侵略扩张，其民族主义是东方民族主义的另类；四是以色列文化和文学，历史上的犹太人长期流散世界各地，备受欺凌与屈辱，是一个没有民族实体的民族，19世纪末开始"犹太复国运动"，到1948年建立以色列国，才结束了民族整体的流散漂泊。

第五，东方现代民族主义文学思潮是一个可以识别和描述的结构，但不是一个自我封闭的体系，社会和文学的变动，各种思潮（文学的和非文学的）、观念，都会对它产生影响，从而改变它的"形式"，这种变化最敏感、迅捷地表现在其具体的表现形态中。这既表现为东方现代民族主义文学思潮纵向演变的阶段性（前已述及），也表现在东方现代民族主义思潮整体中有最能代表其各方面特征的典型形态，还有具有某些异质因素的变异了的具体表现形态。比如说作家，现代东方有一批典型的民族主义作家，他们的思想观念和主要创作可以作为民族主义文学的范本（如：菲律宾的黎萨尔，塞内加尔的比拉戈·迪奥普、乌斯曼·桑贝内、利奥波德·桑戈尔，尼日利亚的钦努阿·阿契贝，喀麦隆的斐迪南·奥约诺，埃及的巴鲁迪、塔哈·侯赛因，印度的帕勒登杜·赫利谢金德尔、般吉姆·查特吉、迈提里谢崙·古伯德、纳兹鲁尔·伊斯拉姆、苏比拉马尼亚·巴拉蒂、普列姆昌德，印度尼西亚的迪尔托·阿迪·苏里约、穆罕默德·耶明、鲁斯丹·埃芬迪、阿卜杜尔·慕依斯等）；有的作家具有民族主义文学的部分特质，同时又有其他思潮的深刻印痕（如：泰戈尔、陶菲格·哈基姆、马哈福兹、赫达亚特、纪伯伦等），他们有些作品是民族主义创作，有些作品则不是民族主义创作，或者在一部作品中多种思潮的因素并存。

总之，东方现代民族主义文学思潮是一个复杂的、开放性的综合体系，对它的把握必须以宏阔的视野做多层面、多角度的审视，要做弹性的理解，容许边缘地带的模糊性，不要过于刚性和僵化，不能只做静态的、封闭的、定型化的研究。

二 "东方现代民族主义文学思潮"时间跨度长，而且还在继续

人们一般认为"思潮"（社会思潮、文学思潮）具有时代性和易变性，它是随着社会矛盾运动的发展变化和具体条件的改变而改变，一种思潮在一定时期可以迅速形成和传播，但也很可能很快地又被另一种思潮所取代。一种思潮不可能是稳固不变的，而是变动易逝的；并会由于条件或社会的变化而为另一种社会思潮所取代，呈现潮起潮落的景象，这也是思潮之"潮"的比喻意义。尤其是20世纪中国和日本文学思潮的发展，走马灯似的一波接一波，令人应接不暇。这样的文学史实强化了研究者对"文学思潮"变化迅捷的印象。

但东方现代民族主义文学思潮历经150余年，在新世纪还在以新的形态继续发展，这有悖于人们对文学思潮的一般印象。现代东方在西方的冲击下不得不打开国门，西方文学历经几百年的各种思潮几乎一起涌入东方文坛，启蒙主义、人文主义、现实主义、浪漫主义、古典主义、自然主义、现代主义、象征主义、表现主义等等都在东方文坛匆匆上演一遍。现代东方文学在借鉴中来不及好好消化，这些外来的文学思潮显示出东方现代文学浮泛躁动的一面。但东方社会的现实问题不能在这种浮泛躁动中解决，东方民族的生存发展与建设必须是多少代人长期努力才能获得成功的大事业。因而立足于东方本土社会需求的东方现代民族主义文学思潮一直绵延纵贯。

一个半世纪，甚至几个世纪，以有限的人生来衡量，是很长的时段。但摆到人类社会发展的长河中看，那只是其中的一小段。东方社会的现代化肯定不会一蹴而就，但人类历史在向东、西方社会平等对话、交流融合的势态发展。当然，真正平等的前提是东方民族的自身富强和人类一体意识的自觉。

国内有学者论述中国的"民族主义文学思潮"，"它与源远流长的传

统文化有千丝万缕的联系，虽然近百年来根据'救亡图存、振兴中华'的社会主题赋予了民族主义以新的内涵，但在文化层面上仍承续了民族文化的优秀传统，这不能不带来民族主义文学思潮的复杂性。具体来说，既有狭隘的民族主义又有开放的民族主义，前者如辛亥革命时期尊汉排满的文学思潮，后者如五四时期的民族自省意识或民族反思意识及反帝爱国主题，都体现了现代型的民族主义文学思潮，这种思潮蔓延至抗战时期形成高潮，演化为独特的战争文化思潮，出现了一代具有鲜明民族特色的战争文学；如果从政治上看既有反动的民族主义文学思潮又有进步的民族文学思潮，前者的突出代表是 30 年代的民族主义文学运动，后者主要体现于 40 年代文艺民族化大众化的讨论、抗战时期的救亡文学潮流乃至新时期的寻根文学思潮等"[1]。虽然论者不是专论中国民族主义文学思潮，但这段文字至少表明了几点：第一，中国民族主义文学思潮以"救亡图存、振兴中华"为基本宗旨；第二，中国民族主义文学思潮是复杂的，有"狭隘的民族主义"，也有"开放的民族主义"；有"反动的民族主义文学思潮"，也有"进步的民族文学思潮"；第三，中国民族主义文学思潮贯穿整个 20 世纪文学，从世纪初的"尊汉排满的文学思潮"，到世纪末的"寻根文学思潮"。要补充的是：中国现代（本书的"现代"）民族主义文学思潮的时间要往前推，应该是从 19 世纪中期开始。19 世纪后半期的洋务运动、维新运动和国粹保存运动，都是民族主义思潮的表现形态。在这样的普遍的精神冲动之中，民族主义文学思潮在 19 世纪后半期的中国文学中是重要思潮。比如鸦片战争中的诗歌潮流，有论者论述："不断加深的民族灾难和民族危机，逐渐唤醒中国人的生存危机意识，在一种避害自卫、报仇雪耻心境的支配下，探求民族自信和富强的道路，中国近代历史正是在这样一种逻辑顺序上逐渐展开的。鸦片战争是中国近代民族灾难和民族自信的起点，人们还无法预料战争将给中国带来何种结果，只是从西方的坚船利炮中感受到生存的威胁，从不平等条约的签订中品味到民族的耻辱，从清政府的软弱行为中认识到东方帝国正在走向衰微，由睥睨一切到忍辱签约造成的心理落差，由盛衰巨变所带来的沧桑之感，以及悲天悯人、救国救民、殄敌雪耻的情怀，构成了战争诗潮的情感基础。写史意

---

[1] 朱德发：《中国百年文学思潮研究的反观与拓展》，《烟台大学学报》1999 年第 1 期。

识支配着一代诗人的心胸,他们以手中的诗笔,记录了鸦片战争时期民族情绪的初潮与喧闹。"① 笔者曾将印度和中国近代的民族主义诗歌作比较研究,得出结论:"中、印近代诗人在民族压迫与反抗、侵略与反侵略的现实背景下,自觉承当民族解放'号角'的使命,'诗人'的身份被'民族成员'的身份压倒,使诗歌工具化,为民族的痛苦而痛苦,为民族的灾难而悲愤,为民族的前途和命运而鼓与呼。"② 中国现代民族主义文学思潮是东方现代民族主义文学思潮的组成部分,当然具有东方现代民族主义文学思潮的一般共性。

在世界文学史上,时间跨度大的文学思潮不是没有先例。欧洲的人文主义文学思潮与文艺复兴运动相依相随,一般认为始于14世纪,终于17世纪初,长达300多年。欧洲社会从中世纪的神权统治中解放出来,确立起人的自我意识;挣脱封建等级制的枷锁,树立平等人权的价值观念不是短时期能完成,而是经过几个世纪的努力才初见成效,这一目标的真正实现是18世纪启蒙运动的事情。与东方现代民族主义文学思潮几乎并行发展的西方文学思潮是现代主义文学思潮。西方现代主义文学思潮崛起于波德莱尔的《恶之花》(1857)③,随后经历唯美派、象征派,到20世纪成为西方文学的主潮,一直到至今还在发展的后现代主义诸流派(正像东方的后殖民主义是东方现代民族主义文学思潮的一个发展阶段一样,西方的后现代主义也是西方现代主义的一个阶段)。东方的民族主义文学思潮与西方的现代主义文学思潮双峰并峙,这是为东、西方现代社会文化的现实需求和历史进程所决定的。

三 创作宗旨:民族国家的生存与发展

"从文学社会学的观点看,文学思潮是某个历史阶段社会思潮的组成部分和特殊形态。文学思潮不仅是诸多社会思潮中的一种,而且是社会思潮的'反映'或'表现'。就是说,文学思潮不单是关于文学自身的,同

---

① 关爱和:《19—20世纪中国文学思潮史悲壮的沉落》第1卷,河南大学出版社1992年版,第112—113页。

② 黎跃进:《确立民族自我——中、印近代民族主义诗歌的共同宗旨》,《南亚研究》2005年增刊。

③ 廖星桥:《外国现代派文学导论》,北京出版社1988年版,第7页。

时它也总是社会的观念体系、思想原则的产物，它总是'反映'和表达着某个社会集团的精神冲动。文学思潮的这种一般性要求我们在研究它时必须将它同某个时期的社会思潮紧密地联系起来考察，也就是把种种社会思潮和观念体系当作理解文学思潮的社会—历史—文化的语境。"① 以此来看，探讨东方现代民族主义文学思潮，必须将它摆在东方民族主义思潮的社会文化语境中加以审视。事实上东方现代民族主义文学的作家、诗人和批评家，就是在文学领域以自己的情感体验来诉说民族主义，传播民族主义，推动民族向前发展。可以说，东方现代民族主义追求的目标，就是东方现代民族主义文学思潮的创作宗旨。东方现代民族主义文学思潮区别于其他文学思潮的根本性质，就在于它具有鲜明的民族主义政治文化诉求：唤醒民族意识、摆脱民族危机、维护民族尊严、建立民族国家、憧憬民族富强。

　　当然，东方现代民族主义文学思潮作为东方民族主义思潮的特殊形态，不仅是通过理论的、逻辑的方式（如理论批评的方式）来"反映"或表达民族主义的目标，更重要的是它还以审美的、感性的方式（如文学创作的方式）折射出东方民族主义的精神流向。文学创作的世界，是一个形象化的情感世界，民族主义政治文化诉求是在诗人、作家的艺术构思中得到表现，融凝在具体的画面、真实的场景和人物的悲欢离合当中。有学者把东方现代民族主义文学思潮称之为"东方文艺复兴"，并概括其"总的主题"和"主要内容"："亚非两大洲，土地辽阔、民族众多，各个国家文化传统不同，民族特色也各异，然而，在这个地区所兴起的现代进步文学，不仅汇合成一个文学潮流，而且表现为东方文艺复兴，原因何在？这不仅因为它们产生的历史背景相同，而且还在于它们具有新的主题和新的内容。历史相同，只是这种文学成为一个潮流的客观条件，主题和内容上的一致，才是构成这种文学潮流的基本因素。反帝反殖、争取民族独立和民主，是这种文学总的主题。它的主要内容表现在：充分地揭示了亚非被压迫民族同帝国主义、殖民主义的矛盾，深刻地描绘了亚非人民痛苦的生活和觉醒的过程，无情地鞭挞殖民主义侵略者，热情地歌颂亚非人

---

① 王又平：《文学思潮史：对象与方法》，《新东方》2002 年第 4 期。

民的斗争,预示亚非人民革命胜利的前景。"①

四 创作原则：功利性、现实性和民族性

从文学思潮的角度看,"创作原则"指的是在时代精神的感召下,一批作家、诗人和评论家自觉或不自觉地体现出来的创作立场和态度,即对写什么、怎样写、写出怎样的美学效果等一系列问题的认识和实践。东方现代民族主义文学思潮是以功利性、现实性和民族性作为其创作原则。

（一）功利性

东方现代民族主义文学思潮以民族国家的生存与发展为创作宗旨,文学成为达成民族主义目标的重要手段,其作家、诗人笔下奔涌的是民族集体的情感与意志,因而具有鲜明的社会功利价值。印度诗人伊克巴尔曾说:"我信奉,无论是散文、诗歌,还是绘画、音乐,或是建筑,这些艺术都应该服务于生活。我正是在此基础上视艺术为创造。"并说自己的诗歌是:"为一个民族的生活奠定基础。"② 埃及诗人穆特朗在诗集的序言中说:"我作诗是为了表达我独自思忖的心潮,是为了在发生重大的不测事件时,对我们人民进行教诲,我既像古代阿拉伯人那样抒发感情和忠于爱情,也适应时代的需要。"③ 缅甸的民族主义文学团体"红龙书社"于1937年成立,成立宣言中写道:"为了促使缅甸独立斗争目标早日实现,以使每个人能过上人的生活,书社每月出版一本介绍独立斗争策略的书,激励人们为争取独立而斗争的小说、剧本,或使人奋发向上的传记。"并明确宣布组织的宗旨,其中前两条就是:"（1）向全体缅甸人民灌输争取独立的思想；（2）引导人民早日实现民族独立的目标……"④

东方现代民族主义文学思潮这样强调文学的价值直接作用于文学之外的社会,体现出文学的功利性。对于文学的功利性,学界一直有不同的看

---

① 彭端智：《东方文艺复兴的曙光——关于亚非现代民族革命文学的几个问题》,《外国文学研究》1979年第2期。
② 季羡林主编：《东方文学史》,吉林教育出版社1995年版,第1298页。
③ ［埃及］邵武基·戴伊夫：《阿拉伯埃及近代文学史》,李振中译,人民文学出版社1980年版,第188页。
④ 高慧勤、栾文华主编：《东方现代文学史》,海峡文艺出版社1994年版,第523页。

法。有论者把文学的功利性与审美性对立起来,认为功利性必然损害审美性,因而功利性不可取。这在理论认识上,有两点值得考虑:一是对"功利"和"审美非功利"的理解;二是对"文学价值"的全面把握。

"功利"有两层含义:一、功效和利益;二、功名利禄。"功利"本身分为"社会功利"和"个体功利"两个方面。"社会功利"即有利于提高和增加社会某方面的功效和利益。"个体功利"则追求个体的功名利禄。"个体功利"又分为个体政治功利、个体经济功利及个体名誉功利等。东方现代民族主义文学思潮的功利性,当然属于社会功利,东方民族主义作家的创作,不是追逐个人的功名利禄,不是出于小集团利益的考虑,而是为了民族国家的生存和发展。这样的"功利"符合人类社会发展的价值取向,应该充分肯定。对于"审美非功利",有论者论述:"审美发生和审美规律的研究表明,所谓审美的'非功利性',指的是美的事物所引发的人的愉悦性情感体验,它不同于生理功能等功利性需求得到满足后的心理体验;当一个事物作为审美对象而存在时,同审美主体相联系的不是它的实用功利性,而是与人的形式知觉相对应的外形或形象。仅仅在这一意义上,审美的'非功利性'原则才可以成立。这一原则,决不意味着美的事物不可以具有功利内容和价值成分……人的审美意识是和生存环境与社会现实紧密相连的。文艺的创作和欣赏活动,其最终目的都是为了激发出有认识和教育意义的审美感……只有正面的、积极的、向上的社会功利性,才能成为审美感受、审美价值和审美属性的必备前提与精神支撑。"[①]

文学的功利性和审美性,是文学价值的范畴。文学价值的生成是一个动态的复杂过程,它是作家创作的作品作用于读者而产生的结果,而作家创作和读者阅读的目的都不会是单一的,因而对文学价值就不能是单向度的、非此即彼的把握,"应该看到文学价值动态的生成机制,看到在审美—功利、个人创造—社会审美文化价值等互动关系中所形成的文学价值多层面、多向度的现实构成……正是在文学价值的动态展开过程中,文学价值才获得多方面多层次的呈现,以创作主体的审美创造与接收主体对文本的审美把握为依托,形成了以审美价值为中心的文学的

---

① 董学文、李志宏:《"泛意识形态化"倾向与当前文艺实践》,《求是》2007年第2期。

多元价值"。① 以此来看,东方现代民族主义文学思潮的功利性与其审美价值不是一对矛盾的构成,它的社会功能正是以审美价值为基础而得以实现的。

(二) 现实性

从哲学层面讲,"现实性"是指所探讨的问题与人的社会实践密切相关并注重理论的价值指向和功能的实现。文学的现实性,指的是作家在其作品中对社会现实生活反映的真实程度以及由此体现出来的价值判断和思维倾向,它与真实性、深刻性、准确性等现实主义创作原则相关。一般而言,具有较强现实性的作品,都在真实、深刻、准确地反映社会生活本质的同时,也表现出与历史发展趋势相一致的价值判断与思想倾向。它是实现文学社会功能的重要环节。东方现代民族主义文学思潮作为实现民族国家生存与发展的宗旨,直接面对民族生存和发展的基本问题,选取当下社会现实的重大题材,从不同角度表现东方被压迫民族同帝国主义、殖民主义的矛盾,揭露殖民统治给东方人民带来的深重灾难,呼唤民族精神,探索民族独立和富强的道路。通过这些题材的描写,反映东方民族的呼声,表现东方人民的智慧和意志,维护民族尊严,关注民族命运。

从文学题材角度看,历史题材是东方现代民族主义作家喜好的题材。但他们写历史,并不是回避现实,而是用现实之光去烛照历史,从历史中吸取现实所需要的力量,或者用从历史中获得的文化哲学精神来审视现实生活、审视当下民族的命运。

对于这种"现实性",东方现代民族主义作家大都有一种自觉意识。20世纪30年代,在伦敦成立了"印度进步作家协会",主要作家有穆尔克·拉吉·安纳德、帕德、高士、森哈、达西尔、查希尔等,在协会成立宣言中有这样的文字:

> 本协会的目的是使我们的文学和其他艺术形式从婆罗门、吉斯和反动阶级的控制之下解放出来,让文学和其他艺术形式接近人民群

---

① 姜文振:《中国文学理论现代性问题研究》,人民文学出版社2005年版,第136—141页。

众，使之具有生命力和现实性，从而使我们能创造光明的未来……我们认为，印度的新文学应该协调我们对待现代生活的基本事实的态度，这就是我们的吃饭问题，我们的贫穷问题，我们的社会倒退和我们在政治上处于从属地位的问题。这样，我们才会对这些问题有所理解，从而产生积极的力量。①

埃及作家、第二次亚非作家会议筹备委员会主席尤素甫·西巴伊在第二次亚非作家会议的报告中说："当我们集会时，我们不光是讨论美学和文学批评的问题，我们尤其要讨论我们的生活和生存的问题。作为作家，我们不但要讨论文学上有关形式、内容及表达方法的问题，同时还要讨论有关当前生活、民族独立以及和平的问题。我们的问题和我们的历史以及人民目前和将来所进行的斗争有着根深蒂固的关系……我们的文学和作家面临的和要解决的问题是人在整个人类中如何生活。"②

（三）民族性

坚持文学的民族性，是东方现代民族主义文学思潮重要的创作原则。所谓文学的民族性，是指一个民族的文学相对于其他民族文学所具有的特性和个性特点所达到的鲜明程度。文学的民族性包含着内容和形式两个层面，而其灵魂和核心是民族精神和民族意识。其中包括民族的价值准则、信仰体系、生存智慧、审美意识、思维方式等，这些是民族成员身份认同的文化标识，是民族凝聚力形成的动力因素。当然，民族文学的传统风格特征、特有的体裁样式、富于民族风情的题材、历史上的英雄人物等都构成文学民族性的内容。

在文学创作实践中，民族性有两个维度。一个是作为客观存在的民族性，即"作为一个特定民族成员的作家，在他创作的过程中，不管它是否有意去追求本民族的风格，其创作出来的作品都是本民族文学的一部

---

① [印]普列姆昌德：《伦敦一个印度文学家的新组织》，《普列姆昌德论文学》，刘安武、唐仁虎译，漓江出版社1987年版，第118—119页。
② 亚非作家会议中国联络委员会编：《第二届亚非作家会议文件汇编》，作家出版社1962年版，第21页。

分，都不可能绝对脱离本民族的特色"①。这是因为作家总是生存活动于特定的民族文化之中，耳濡目染，为民族文化所浸染涵化，他的创作总会不由自主地以民族文化的有色眼镜透视描写对象，即使描写的是异域题材，也会体现出民族性。对此，别林斯基曾以莎士比亚、歌德和普希金的外国题材创作为例子作了充分的论述。②这种客观存在的民族性，不以任何人的意志为转移，是一个民族的文学长期发展、自然而然积淀所形成的。

文学的民族性的另一个维度是作为主观追求的民族性。这是作家在自觉的民族意识作用下，出于民族文学和文化建设、发展的自觉追求，有意识地去发掘、弘扬、突出、强化民族性，将民族性作为审美目标。毫无疑问，东方现代民族主义文学思潮的民族性属于后者。印度乌尔都语文学评论家萨利姆（1869—1928）强调："每一个国家的诗歌都必须代表这个国家和民族的特点及其价值观，诗歌的任务是发扬这些东西。"还批评当时文坛的不良倾向："看看我国的诗歌和散文就可以清楚地了解到其中没有我们本国的特色，我们的诗歌和全部散文只是外国文学的仿制品而已。"③在第二届亚非作家会议的一个决议中有这样的文字："一、研究反映民族斗争的当代亚非文学，保存、促进和发展民族文化，并吸取外国文化中的进步因素，这对亚非国家反对依附帝国主义文化是有好处的。二、很好地关心民族语言并以它作为文学表现的基础，使它们能在反对帝国主义的文化统治的斗争中发挥作用。三、复兴民族的，即民间的和传统的艺术和文学，收集和研究包括传说和民歌在内的民间文学。四、组织亚非展览会，展出民间艺术的范本，以便得到了解和同情。"④在这样的一次盛会上，东方作家是把复兴、弘扬民族文化、民族传统当作自觉的追求。

民族传统是一个动态发展过程，民族性也不是僵化不变的东西。事实上，东方现代民族主义文学思潮产生发展的一百多年里，正是在西方文学

---

① 胡良桂：《世界文学与国别文学》，湖南人民出版2004年版，第191页。
② 参见《别林斯基选集》第3卷，上海译文出版社1980年版，第203—204页。
③ 阿布赖司·西迪基：《乌尔都语文学史》，山蕴译，中国社会科学出版社1993年版，第377页。
④ 亚非作家会议中国联络委员会编：《第二届亚非作家会议文件汇编》，作家出版社1962年版，第78页。

冲击下，东方文学偏离民族文学传统，发生巨大变化的时期，由传统文学向现代新文学转型变革，逐步迈上世界文学的现代进程。民族性和世界性看上去矛盾，其实，都为东方现代民族主义文学思潮所追求。使民族文学和文化立于世界民族之林，以优秀的文学创作显示本民族的创造才能和成就，这是东方民族主义作家追求的目标，是民族文化发展的具体体现。民族性倒是成为实现目标的手段，以鲜活、独特的民族个性，成为世界文学史上独一无二的存在。从这样的意义上说，文学的民族性和世界性并不矛盾。而且任何民族文学都是世界文学的一个组成部分，任何民族都不可能放弃传统从零开始，离开传统的求变求新是不现实的。所谓"越是民族的越是世界的"，并不是不加选择地将民族中落后的、原始的东西展示出来就具有民族性；相反，弘扬的应该是民族传统的精华，代表着一个民族的民族精神和品格，而且是用现代意识镀亮的民族传统。因此越是民族性才越具有世界性，才为世界所认可。民族文学必须自觉地吸收、融化世界各民族一切优秀的文化遗产，才能使本民族的文学得到丰富与发展，获得永久的生命力。所以，在现代化、全球化时代的民族性，不是抱住祖宗传下来的某些信条、某种模式，更重要的是一种当下的民族立场和民族视野，一种崇高的民族责任感和使命感，对民族前途和命运的真切关怀。

综上所述，东方现代民族主义文学思潮从价值取向、功能实现和他我关系三个方面确立自己的创作原则，在功利性——审美性、现实性——超越性、民族性——世界性三个张力场域中有所倚重，从而规约着这一文学思潮的基本特征和风貌。

第二章

东方古代文学中的民族意识

民族意识是一个民族在发展过程中的集体自我意识。在一个民族与另一民族交往或冲突的过程中,民族意识成为一种巨大的精神力量,激发民族情感,形成民族聚合力。文学是"文化的缩影"。这种民族意识的演变和发展在各民族的文学中都有或隐或显的反映。这里把古代东方文学作为一个整体,试图对其民族意识的表现、特点和意义作一宏观的考察,从中透视东方古代文学的某些特质。

第一节 东方古代民族类型

西亚两河流域和北非尼罗河流域在公元前四千年的中后期就出现了较大规模的奴隶制城邦国家,印度河流域和黄河中下游也在公元前三千年初产生奴隶制国家,形成东方最早超越血缘关系,以地域和共同利益为基础,初步具有文化认同感的"民族"。这些古老民族(原初性民族)对周边地区民族或以文化渗透(文治)、或以战争征伐(武攻)的方式加以兼并融合;同时,这些以农耕定居文化为主的古老民族又常常遭到武力强盛的外来游牧族的侵扰,两者相互冲突又逐渐融合。经过几千年的演变,到公元前后,形成东亚的两汉(BC206—AC208)、中亚的帕提亚帝国(BC247—AC266)和南亚的孔雀帝国(BC324—BC187)、笈多帝国(320—550)。西亚、北非的古老民族却在希腊化和罗马统治下发生民族精神的变异。在之后不断封建化的过程中,东方的这些古老民族与一些后起民族进一步融合或分化，经过不断的分分合合，到公元10世纪前后出现唐（618—907）宋（960—1279）帝国、阿拉伯帝国（622—1258）和德里苏丹国（1206—1526）等。这些庞大帝国以语言、宗教习俗等文化手段和专制王权的政治统治，不断强化共同的民族意识和民族身份，确立起东方古代历史上的主要民族。着眼于文化关系，结合地域空间来把握东方古代的主要民族，大致可以看到几种不同的民族类型：

（1）层叠型。这种类型指在某一区域以某一原初民族为基础，之后不断有外来民族来到这一地区，原始民族不断与之融合后形成次生性民族。上古时期的西亚两河流域的民族和印度的民族属于这一类型。西亚两河流域的原初民族是苏美尔人，他们高度发达的农业文明将后来的阿卡德人、巴比伦人、加喜特人、亚述人、迦勒底人不断同化融合，形成一个既有统一性又有丰富性的古代美索不达米亚文化群体。印度的原初民族是创造古代印度河文明的达罗毗荼人，公元前1500年雅利安人来到印度，他们融合印度河文明而创造了恒河文明，成为印度文化的基础。之后有塞种人、鲜卑人、贵霜人、土耳其人、阿富汗人、匈奴人、蒙古人先后来到印度，融入印度文化而成为印度民族的组成部分。

（2）浸润型。这种类型以某一原始民族为核心，不断向四周辐射拓展，融合周边的部族而形成的民族。古代东方最为典型的浸润型是中华民族。中华民族以华夏族为核心，战国时期融合周边的夷蛮戎狄而形成汉族。魏晋南北朝的政治分裂和民族迁徙导致汉族与周边民族的再次大融合，匈奴、鲜卑、羯、氐、羌等周边民族汉化，隋唐达到汉族发展的鼎盛。宋时汉族政治、军事上呈颓势，辽金、西夏、大理与之对峙，至元朝蒙古人统一，后又有满人入关。高度发达的汉文化将这些游牧民族同化，形成以汉民族为主体，包括众多少数民族的中华民族。[①]

（3）单一型。这种类型指居住于某地域内的原初部族统一成民族后长时期没有其他民族融入其中，虽然在文化上受到异质文化的影响，甚至这种外来影响是建构民族文化的重要因素，但没有其他民族实体的加入。古代埃及、日本、朝鲜属于这一类型。古埃及在公元前3100年前上、下埃及统一，虽然王朝更替，但由于尼罗河谷两侧被广袤的沙漠荒地包围，

---

① 参见肖君和《中华学》第七章"中华民族论要"，民族出版社2000年版。

不易遭受异族的侵入，生活在古埃及的人们在长期生产生活实践中形成以农业文明、法老政治和亡灵崇拜为核心的统一民族文化。直到公元前18世纪末才有一些闪米特人移居下埃及，但不久后被赶出埃及。古代埃及文化虽然受西亚文化的某些影响，但古埃及民族长期独立发展。至于古希腊、罗马统治下的埃及以及中世纪阿拉伯人的移徙，导致埃及民族和文化的混融，最后融入阿拉伯世界，这已不是古代意义上的埃及民族和文化了。东亚的日本和朝鲜也是由各自原始初民融合而成的统一民族，他们的民族文化确立后，没有大规模的异族移入。他们的文化深受大陆汉文化影响，但各自的民族发展是独立的。

（4）扩张型。这种类型指某一游牧部族，走出原始居地，以武力征伐四方，建立庞大军事帝国，在综合征服地文化的基础上创建新的统一文化，形成次生性的统一民族。古代波斯和阿拉伯属于这一类型。公元前1300年左右伊朗部落离开第聂伯河岸和乌拉尔草原进入伊朗高原，与当地已经比较发达的埃兰文明融合，以米底帝国为基地统一伊朗全境，并向西推进，从公元前8世纪至公元7世纪中期建立起称霸西亚的波斯帝国，在多种文化融合的基础上形成以波斯语和祆教为表征的民族文化。公元7世纪初，穆罕默德在伊斯兰教的旗帜下统一阿拉伯半岛。阿拉伯人随后走出半岛，东征西伐，到8世纪初期建立起一个横跨亚非欧的庞大帝国，以伊斯兰教和阿拉伯语作为民族文化的标志。需要说明的是这种扩张型是不稳定的，一旦帝国统治的政治、军事削弱，被征服的民族就会寻求政治独立；而且统治民族和被统治民族的文化影响是双向的，甚至被征服民族已有的高度发达文明反而同化统治民族。

（5）露珠型。这种类型表现出地域空间的流动性，有如荷叶上的露珠，一有风吹草动就在叶面上滚动，甚至离开叶面，分离成更小的露珠撒落在大地。希伯来民族是典型的露珠型。希伯来历史上有过几次民族大迁徙，公元前2000年初在老族长亚伯拉罕率领下从两河流域下游的乌尔沿河北上至哈兰，越过叙利亚平原，进入迦南地区；公元前18世纪末随喜克索斯人举族迁往埃及，经400余年后又在摩西率领下离开埃及返回迦南。公元前8世纪后屡遭异族侵略，被迫四处流散，尤其是公元初年在罗马的严酷统治下不堪压迫而流散世界各地。尽管希伯来人长期没有统一领土，且饱受基督教世界的欺辱和迫害，但以《托纳克》（即通常说的《旧约》）和《塔木德》凝结的民族文化精神一直成为民族的灵魂。

（6）蜂窝型。这种类型指一些民族人种和地域都相关，但进入文明社会后不同的民族集团，有各自独立的政权，一起并列地发展，与蜂窝各蜂的蜂房相似。非洲和东南亚的大多数民族属于这一类型。非洲大陆的人种主要是含米人、尼罗特人、库希特人和尼格罗人。非洲大陆上现有60多个政治单位。东南亚的原始人是爪哇人和尼格利陀人，公元前5000年至公元前后，从东亚大陆的南方迁徙而来的有马来人、孟—高棉人、越人、缅人，"这些族群经过长期的融合、分化和发展，形成了操不同语言的民族"。[①] 古代东方民族的不同类型，说明了东方民族形成和演变具有不同的路径，从而赋予东方古代文化以丰富性和复杂性。然而，有一个共同点可以肯定：在东方古代民族产生、确立、演变过程中，伴随着政治上的压迫与反抗、文化上的冲突与融合、情感上的欢欣与哀伤。这种社会历史景观在古代东方文学中有着鲜明生动的表现。

第二节 部族意识的神话表达

每个民族的第一批文学遗产是神话传说。神话传说是初民对生存环境、祖先经历的幻想性和具象化的解说，大都产生在原始社会和文明社会初期。严格意义上的民族当时还没有形成，但各部族之间的联盟融合、兼并征服却很频繁，东方古代的部族意识在神话中有所体现。

部族向民族演化的过程，也是各民族神话体系化整合的过程。强盛的战胜部族成为神话叙述权力的拥有者，他们都竭力将自己部族的神推到主神位置，同时丑化、恶化异族的神。

在美索不达米亚南部的苏美尔地区，早在公元前3500年开始产生城邦文明，各个城邦都有自己的保护神。在城邦争霸的千余年里，乌鲁克、乌尔、基什、拉伽什、乌玛都先后成就霸业，这些城邦的保护神也先后成为主神。公元前1894年，游牧部落的阿摩利人统一美索不达米亚，建立了古代巴比伦王国，其神话直接继承苏美尔神话。在巴比伦神话系统中，

[①] 贺圣达：《东南亚文化发展史》，云南人民出版社1996年版，第37页。

那些苏美尔的主神依然居重要位置，巴比伦的保护神马尔都克成为开天辟地的神主，是他挺身而出战胜众神惧怕的女魔梯阿玛特，将其尸身撕为两半，上为天、下为地，然后建造日月星辰和世间万物，安排宇宙秩序。这里体现的是阿摩利人战胜苏美尔人、阿卡德人，政治上统一两河流域后部族意识的反映。马尔都克创世竣工之日，天庭众神赞美他的丰功伟绩，拥戴他为神主。其中洋溢着阿摩利人的部族自豪感。

古代埃及神话中塞特、印度神话中的罗波那和中国神话中的蚩尤明显是部族或民族冲突中被主流话语贬损、丑化的异族之神。塞特（seth）在古代埃及神话中有一个演变过程。在早期神话中，他是地神格卜和天神努特的儿子，与奥西里斯、伊西丝和奈芙蒂斯是兄弟姐妹。他是太阳神拉的得力助手，在拉神乘太阳舟航行地下之河时，他伫立船头，勇击各种妖魔，在与蛇妖阿波普的剧烈搏斗中，他勇猛无比，以渔叉刺死巨蛇。这时候的塞特还不是恶神。虽然在古王国的《金字塔铭文》中有他"在奈迪特之地杀害奥西里斯"的记述，但当时盛行的是太阳神崇拜，塞特杀兄的罪行还没有从宗教角度认识。到中王国时期，塞特还与荷鲁斯一起作为王权的庇护神。中王国时期奥西里斯崇拜兴起盛行，塞特杀兄罪行被夸大渲染，开始向恶神演化；同时亚细亚的希克索斯人入侵埃及建立起统治政权，"他们仿效埃及宗教，以阿里斯为中心，设立一个官方宗教，选择具有反叛性格的埃及神塞特作为主神。而塞特神逐渐与塞姆人的巴勒或拉舍夫，或者与赫梯的特舒布融合为一"①。塞姆人的巴勒和赫梯的特舒布是风暴雷雨之神。公元 1567 年埃及人把希克索斯人赶出埃及，追击到西亚，扩大埃及原有版图。这时候的塞特就成为异域之神、沙漠之神、邪恶之神。原始神话中塞特杀兄的情节衍化成觊觎埃及的富庶、奥西里斯的王位和伊西丝的美貌，几次残酷杀害奥里西斯、率军攻占底比斯王宫的情节，原有神话中与荷鲁斯共同作为王权保护者的内容发展成为争夺王权与荷鲁斯展开较量、上告天神法庭，以塞特失败告终。神话中突出塞特强悍暴虐、专横无道、卑鄙无耻的一面。在后来的演变中，塞特成为一切恶德之源，是灾难的象征。古代埃及历法中，塞特的生日是不吉之日。从中不难体会到古代埃及人仇视异族的民族情愫。

---

① 刘文鹏：《古代埃及史》，商务印书馆 2000 年版，第 367 页。

雅利安人来到印度，战胜了土著达罗毗荼人，把土著战俘作为奴隶，或者驱赶到印度的南部。在雅利安人的神话典籍——从《吠陀》、《两大史诗》到《往世书》中，以罗刹（Raksas）的魔鬼形象来描绘被征服的达罗毗荼人。罗刹"原为印度土著民族名；雅利安人征服印度后，成为恶人的代称，罗刹则演变为魔鬼"①。在古代印度神话中，罗刹危害人类，性情暴戾，形貌丑陋，罗刹常见的形象的是肤色黝黑、碧眼赤发，面目恐怖。罗刹以印度南端的楞伽岛（现斯里兰卡）为栖居地，首领是十首恶魔罗波那。史诗《罗摩衍那》中罗波那以苦修万年的功力，得到梵天让他统治三界的允诺，他自恃勇力，作恶多端，迫使天神做他的仆役，劫持罗摩的妻子悉多，威逼利诱，终被毗湿奴化身的罗摩所杀。

《黄帝与蚩尤的涿鹿之战》的神话在中国古代许多典籍中都有记载：

> 蚩尤作兵伐黄帝，黄帝乃令应龙攻之冀州之野。应龙蓄水，蚩尤请风伯雨师到，纵大风雨。黄帝乃下天女旱魃，雨止，遂杀蚩尤。魃不得复上，所居不雨。
>
> （《山海经·大荒北经》）

> 黄帝摄政，有蚩尤兄弟八十一人，并兽身人语，铜头铁额，食沙，造五兵，威振天下。黄帝以仁义，不能禁止蚩尤。天遣玄女下授黄帝兵符，伏蚩尤。
>
> （《龙鱼河图》）

对于这位敢于与黄帝挑战，且数战数胜的蚩尤，茅盾曾认为是原始神话中"比夸父更为凶恶的巨人族"②。但更多学者认为蚩尤是南方部落九黎的酋长，"涿鹿之战"是黄帝代表的中原部族与蚩尤代表的南方部族之间的一次凶猛的战争，最终获胜的是中原部族（即"华夏集团"）。"正是华夏集团记载和加工整理'涿鹿之战'的神话，因此整个神话故事的同情心明显地在黄帝一面。蚩尤被说成是肇事者、战争的发动者……蚩尤的形象被描写得十分凶恶，其行迹也十分暴戾，而黄帝则是正义的化身，气

---

① 魏庆征编：《古代印度神话》，北岳文艺出版社、山西人民出版社1999年版，第602页。
② 茅盾：《神话研究》，百花文艺出版社1981年版，第181页。

象雍容的'王者'。另外,蚩尤'兽身人语'、'人身牛蹄'等外观描绘,则表现了华夏集团对'荆蛮'、'苗蛮'的蔑视心理。"①

从上述的几位东方古代异族神的刻画中我们可以看到三点:第一,凶狠暴戾、品性邪恶、畸形丑陋是这些异族神的共性。这点正是话语叙述权拥有者对异族仇恨蔑视心态的表现。第二,对异族神的刻画都离不开战争的情节和场面,而且表现这些异族神的勇猛善战。这一方面说明远古时代部族融合的主要方式是战争;另一方面也说明古代东方神话的作者懂得:表现异族的强大和力量,能衬托出"我族"的更强大,因为战争的最终胜利者是"我族";同时也可以说,这种叙述正是古代部族融合的艰难过程的神话式写实,而且只有艰难的过程,才能刻骨铭心,才可能以神话的方式口口相传而流存。第三,这些神话谴责"他族"神、标榜"我族"神的标准或原则是道义。神话中谴责异族神的无道、邪恶,塞特的残忍狠毒、罗波那的刚愎傲慢、蚩尤的犯上作乱都给人以深刻印象;而相反,与之相对的奥西里斯、罗摩、黄帝却是正义磊落、仁慈善良的化身。这与古希腊神话注重力量和智慧的价值取向恰好相反,东方的这些被否定的异族神在体力和智力上往往比被肯定的本族神更胜一筹。而后者最终战胜前者往往是道义感动最高神、得其助力的结果。

其实,对古代东方神话中被否定的神作追根溯源的探究,都可以看到部族冲突与融合的痕迹。希伯来古代神话中的撒旦、古代波斯神话中的阿赫里曼也可以作如是观。这两位敢于挑战神主的恶魔有着浓郁的宗教色彩,但若剥开他们的宗教外衣,结合各自民族历史文化把握两位"魔头"在各自民族神话中的演变,依然可以看到寄寓其中的部族意识或民族观念。

第三节 文学类型的考察:颂诗与史传文学

从文类角度看,东方古代文学中民族意识最突出的是颂诗和史传文学。东方民族通过敬祖祭神、赞美故土山川风物、歌颂君王和民族英雄来

---

① 冯天瑜:《上古神话纵横谈》,上海文艺出版社1983年版,第201页。

增强民族凝聚力。文学，有意无意地成为东方民族共同意识形成的手段。东方各自民族的历代知识精英，把民族的神话、传说、真实的或臆想的祖先、民族历史的大事件或某些名山大川加以象征化的文学表现，赋予它们以民族文化的内涵，不断传承积淀，从而形成共同的民族意识。

颂诗传统在古代东方比西方发达。在神话时代，西方有奥林匹斯神系，但西方先民不及东方先民对神的敬仰和恐惧，颂神不如东方人经常和普遍。中世纪对上帝的赞颂，其根源来自东方，且西方只有一个上帝，不像东方的神灵众多。东方的宫廷政治比西方经历的时间长得多，宫廷诗人为君王歌功颂德的传统远远胜于西方。颂诗作为一种情感高尚、格调庄严的抒情诗，以神格灵迹、英雄壮举、君王功德、山川风光等为赞颂对象，抒发的情感往往是一种时代的集体情感，从而与一定时期的民族意识相通。

先看东方古代的颂神诗。古代东方大多属于农耕文明或被农耕文明同化的游牧文明，而普遍崇拜太阳神。许多民族都有太阳神颂诗。如古代埃及的《阿蒙颂歌》、《赫普里颂》、《阿吞大颂歌》，巴比伦的《沙玛什赞颂》，赫梯的《太阳神颂歌》，印度《吠陀》中有11首赞颂太阳神苏利耶的颂诗，日本把太阳神天照大神作为日本岛民的先祖加以赞美。然而，天宇中只有一个太阳，太阳普照大地的每一个角落，无所偏袒。因而在古代东方颂诗中的太阳神，往往是公正严明的形象，被描述为正义化身的审判者，慷慨无私的施予者。印度的苏利耶"无所不知、无所不见、眼观整个世界、洞察善与恶，且异常迅捷"[①]。

埃及的《阿吞大颂歌》中写道：

> 你使远方诸域国泰民安，创造了天界的尼罗河，尼罗河为他们从天而降。她在山间波涛汹涌，犹如在海上，在他们所居之地灌溉农田。噢，它们，你的意志，俱已付诸实现，永恒的主宰！天界的尼罗河，你为外域者以及一切野生走兽而创造；而地下尼罗河，你为埃及而创造。[②]

---

① 魏庆征编：《古代印度神话》，北岳文艺出版社、山西人民出版社1999年版，第794页。
② 同上书，第38页。

这些太阳神颂诗从太阳的本性出发,表现的不是民族意识,而是相反的普世观念。在太阳神之外,东方古代民族还有各自的民族神。在对民族神的赞美中,却有着明显的民族意识。在两河流域尼普尔城出土的《恩利尔,无所不在……》中有这样的诗行:

> 恩利尔!当他以其手在世间划定圣域,/当他为自己建造了尼普尔城邦,/基乌尔,丘阜、其洁净之地,皆为甘美之水,/在万城之中央,在杜兰基地方,为自身兴建!/异域诸邦在其面前俯首!/……让遥远的诸域在其面前折服!/犹如潮水漫流于世,/惠赠涌入仓廪,祭品聚集于库中,/贡品陈于主殿,/奉献于埃库尔,天蓝色的寺庙。①

恩利尔是尼普尔的守护神,曾成为宇宙的主宰。诗中表现了苏美尔时代诸雄争霸中尼普尔人的民族思想。

古埃及中王国时代奥西里斯崇拜盛行,奥西里斯成为埃及的民族神,刻写在公元前15世纪一块石碑上的《奥西里斯颂歌》描述其强大:

> 其力至强,将其仇敌打翻在地,
> 其威至大,使其仇敌望风披靡。
> 他令仇者胆战心寒,
> 他使心怀叵测者败逃,
> 他心如铁石,践踏敌对者。②

颂诗中"仇敌"、"心怀叵测者"、"敌对者"在神话中指塞特,在埃及的社会现实中指入侵埃及的希克索斯等异族人。这里奥西里斯的威力和"心如铁石",助我惩异,已完全不同于太阳神的宽大胸怀。因为古代埃及人在奥西里斯的神格中倾注了民族的血脉与灵魂。不仅苏美尔和古埃及

---

① 魏庆征编:《古代两河流域与西亚神话》,北岳文艺出版社、山西人民出版社1999年版,第228—229页。
② 魏庆征编:《古代埃及神话》,北岳文艺出版社、山西人民出版社1999年版,第99页。

的颂神诗如此，《吠陀》中对因陀罗的赞颂，《阿维斯塔》对玛兹达克的颂扬，都可以读出这样的民族意识。

　　再看古代东方文学中的君王和民族英雄颂诗。随着地缘性的利益群体出现，国家开始产生，但很长时期是专制君王管理下的国家政体。在古代东方，不论是君权神授，还是政教合一，或是世俗王朝，君王与国家和民族总是连在一起。君王贤明才高，则国家民族昌盛；反之则意味着社会动荡和遭受异族凌辱。说到古罗马，人们马上想到渥大维；说到马其顿，自然想到亚历山大；同样，汉谟拉比与巴比伦、居鲁士与波斯、大卫王与古代希伯来、阿育王与古代印度、哈伦·拉希德与阿拉伯等都是君王与民族命运连在一起的。对于历代君王，宫廷诗人都有诗作赞颂。大量的奉承帝王、艺术平庸的颂诗已被历史所汰洗，只有那些真正具有雄才大略、对民族发展作出巨大贡献的君王的颂诗，才受到后人的珍视而得以流传，也只有这样的颂诗才凝结着民族意识的内涵。如中国《诗经》"大雅"、"周颂"中对周文王、周武王的颂诗，古代南印度桑伽姆时期的《勋业诗四百首》、《十王颂诗集》，朝鲜李朝建国颂歌《龙飞御天歌》等都是这样的颂诗。这些诗作往往把君王的文治武功、才情智慧与国家兴衰、民族命运结合起来，抒写忠君爱国的情怀。古埃及第十二王朝的法老塞索斯特里斯三世是一位卓有建树的国王，他四次率军远征努比亚，拓展国土疆域；对内改革弊政，削弱地方贵族势力、强化中央集权，促进政治稳定；组织开凿阿旺斯运河，注重商贸和农业生产发展。他巡视埃及城镇，庆典上人们诵唱《塞索斯特里斯三世颂歌》："神多么高兴，／是你增加了他们的供品！／人们多么高兴，／是你保卫了他们的边疆！／祖先多么高兴，／是你增加了他们的遗产！／埃及多么高兴，／是你维护了它的风尚！"[①] 在"多么高兴"的反复咏唱中，洋溢着国泰民安的民族自豪感。

　　在民族发展中，君王固然有着重要作用，但在抗击异族侵略或征服异族的战争中，东方古代各民族都有一批勇猛善战，甚至捐躯沙场的英雄。东方诗人缅怀他们的功绩，把他们当作民族精神的象征加以颂扬。古波斯的扎里尔和鲁斯塔姆、阿拉伯的赛福·道莱、中国的张骞和文天祥、印度的地王和西瓦吉、日本的丰臣秀吉等都是这样的民族英雄。西瓦吉是印度

---

　　① 汉尼希、朱威烈等编：《古埃及文化求实》，浙江人民出版社1989年版，第80页。

17世纪反抗莫卧儿王朝外族统治的民族英雄,他联合马拉特人,坚持武装抗敌35年。诗人普生(1613—1715)创作了《西瓦吉王》和《西瓦吉五十二首》歌颂其英勇伟业和赫赫战功,其中有一节:"正象因陀罗制服金帕妖精,/罗摩摧毁罗波那的狂妄野心,/狂风驾驭云层,湿婆毁灭爱神,/毗湿奴降服了长着千只手臂的精灵,/正象天火毁灭森林、豹子威震鹿群,/雄狮战胜野象,海火使海水沸腾,/光明驱散黑暗,黑天杀死刚沙暴君,/猛虎一样的西瓦吉消灭了异族人。"① 诗作以大量的印度传统神话典故映衬出西瓦吉抗敌中的勇武,以形象叠加的方式突出西瓦吉抗敌壮举与印度民族传统的内在联系。

再看东方古代的自然颂诗。民族共同体常常是指人,但不应仅仅指人。民族成员对民族的认同是多方面的,其中作为民族生存的自然环境,尤其是那些让民族受惠或独具特色的山川风物就是民族情感寄托的重要方面。古代东方诗人往往把这些山川风物作为民族构成的一部分加以咏唱颂扬。古埃及的《尼罗河颂》、古代希伯来的《向锡安山欢呼》、阿拉伯尚法拉(510—?)的《沙漠之歌》、日本山部赤人的《咏富士山歌》、舒明天皇(629—641)的《天皇登香具山望国之时御制歌》、朝鲜权近(1352—1409)的《咏金刚山》等都是这类自然颂诗:

> 甲斐骏河两国间,当中屹立富士山,
> 山高入天云难过,飞鸟高翔也难攀,
> 燎原大火为雪灭,降雪又为火烧干,
> 山神有灵不可说,神灵何以欲难名,
> 堂堂有名石花海,包围全在此山中,
> 人人可渡富士河,此山之水注成功,
> 日本古国此大和,山神坐镇如宝库,
> 骏河高耸富士山,一生长见不知足。②

这类颂诗在自然风物的描绘中,渗透着爱国激情。也正是这些诗人通

---

① 刘安武:《印度印地语文学史》,人民文学出版社1989年版,第180页。
② [日]山部赤人:《咏富士山歌》,《万叶集》,湖南人民出版社1984年版,第79页。

过诗作在故国山水、自然景物中注入了民族情感,经历代文人反复咏叹而积淀,自然事物已不再只是"自然",作为民族的象征而存活于民族成员的心灵,成为民族凝聚力的一种触媒。

史传文学是东方古代各民族文学的重要组成部分。它包括历史人物传记、历史事故、历史小说、咏史诗、述史诗、历史剧等具体的样式,而它们共同的根本特点就是以一定时期的历史作为创作素材。这里的"历史",是群体的历史、民族的历史。即使是个人传记,也是以个体的方式展现的民族历史。能成为"传主"的人,不是普通的、一般的个体,往往是处于民族建设和发展过程中的关键性人物。对此,我们只要简略列举东方古代文学中重要的史传文学作品就能看出这一点:古埃及刻写在石碑墓壁、书写于纸草的传记文学;希伯来《旧约》中几个老族长的传说和王国兴衰的史述;波斯菲尔多西的叙事长诗《列王记》;印度波那的小说《戒日王传》、伯德姆那帕的叙事诗《冈赫尔德传》;阿拉伯穆格法的文学传记《波斯诸王传》;日本的历史演义小说《平家物语》、《荣华物语》;中国的《史记》、《三国演义》;朝鲜的历史散文《三国史记》、历史小说《壬辰录》;越南吴时志的历史小说《皇黎一统志》;缅甸吴格拉的历史散文《缅甸大史》;泰国昭披耶帕康的传记体历史小说《拉提叻》;斯里兰卡的叙事长诗《大史》;马来西亚历史故事《马来由本纪》、历史人物传记《杭·杜亚传》等。

这些史传作品的民族意识主要从两个方面表现出来:一是历史题材的选择,二是作者对历史事件或历史人物的态度。东方古代的作家、诗人往往选择民族生死存亡的事件和人物加以表现,赞美颂扬推动民族发展、挽救民族于危亡的英雄,谴责鞭挞导致民族衰亡、断送民族前程的败类。"民族利益"是史传文学作家评价历史人物、事件的基本价值取向。

苏美尔的《乌尔覆灭哀歌》是一篇富于艺术感染力的咏史诗。乌尔是当时苏美尔的五大城邦之一,曾经一度称霸苏美尔平原。但在公元前2000年初年,乌尔内有叛乱、外有强敌(埃兰人入侵),加上天灾而遭到毁灭性打击。这篇距今四千多年前的诗作以这一历史事件为素材,融入神话内容,却深切地表达了诗人对故国惨遭毁灭的沉痛哀思。先写诸神离弃乌尔,乌尔一片破败荒凉,人们为乌尔遭毁而哀伤;次写乌尔主神、月神之妻宁伽尔四处奔走,请求大神恩利尔宽宥乌尔;再写恩利尔不听请求,降灾乌尔的情景：恩利尔呼风唤雨，只见狂风大作、大雨倾盆、烈火熊熊、洪水滔天，埃兰人横行劫掠，人们妻离子散，痛苦不堪，死尸横陈，哀鸿遍野，宁伽尔面对惨景而悲伤哭泣；最后写人们向宁伽尔谴责暴风，祈求再建乌尔，诗作虽然对乌尔覆灭这一历史事件作了神话式解说，但通篇洋溢着对故土和故土民众的深挚之情，对宁伽尔女神倾注着赞美，而对大神恩利尔——尽管他是主宰苏美尔人命运的主神，却颇为不敬，对"暴风"的谴责，实际将矛头指向了大神（恩利尔就是风神）。

传记文学是古代埃及文学中最有特色的文类。古埃及传记文学盛行与亡灵崇拜有关，传记是为传主死后审判和复活准备的，因而往往以炫耀为目的，对传主的功名业绩往往夸大其词。但"夸大"不是"虚构"，还是以一定的史实作依据。从现存的古埃及传记文学看，传主主要是国王、大臣、学者（祭司）或将军，他们的功绩往往与民族的发展、命运相系，在他们的功劳、贡献的夸耀性描述中，常常透射出民族自豪感。《乌尼传》的传主是古王国第六王朝的一位大臣，他受命率军远征亚洲，凯旋而归，传中有诗："这支部队安全归来，/它夺取了沙漠的土地。/这支部队安全归来，/它把沙漠人的国家夷为平地。/这支部队安全归来，/它拔除了沙漠人的堡垒。/这支部队安全归来，/它砍掉了沙漠人的无花果树与葡萄树。/这支部队安全归来，/它放火烧掉了所有的建筑物。/这支部队安全归来，/它消灭了成千上万个沙漠人。/这支部队安全归来，/它带回无数俘虏。"[①] 诗中的炫耀自不待言，但确实洋溢着弘扬国威、征服异族的喜悦，基调与前述苏美尔的《乌尔覆灭哀歌》截然相反，但抒发的都是民族的情怀。古埃及新王国时期不断向外扩张，因而产生"军功传记"，其中的民族豪情更盛。

《马来由本纪》（敦·斯利·拉南著）是创作于17世纪初的历史故事，记述了马六甲王朝成败兴衰的历史过程。从中可以看出当时马来诸国的宫廷生活、王朝礼仪、外交活动、战事冲突、宗教信仰、风俗习惯等丰富内容。但表现得最突出的是马六甲昌盛时期在政治、外交、军事、文化方面扬名四海的成就和作为东南亚历史舞台中心的显赫地位，比较成功地塑造了勇谋兼具、武艺非凡，在外交场合和战场较量都多次维护民族尊严

---

① 汉尼希、朱威烈：《古埃及文化求实》，浙江人民出版社1988年版，第50页。

的民族英雄杭·杜亚的形象。

总之，与"颂诗"一样，东方古代的史传文学在历史人物与事件的艺术再现中，渗透着鲜明的民族意识。诗人、作家为民族历史上的"黑暗"而哀伤，为国家前途的"辉煌"而自豪；他们痛恨民族败类，颂扬民族英雄，字里行间跃动的是爱国热情和民族信念。正是这些史传文学作品，使民族的历史资源增值，使一些民族英雄走出历史、超越时代。

第四节 西亚：民族主义的演示舞台

从区域来讲，在古代东方，西亚古代文学的民族意识最为强烈。可以说，西亚是人类文明最早的发源地之一，也是民族主义的发源地。

西亚在地理学上指东起阿富汗、西至土耳其，包括地中海以东、两河流域、阿拉伯半岛和里海以南的伊朗高原的广大地区。这块陆地中心虽有波斯湾和扎格罗斯山脉似乎分割成两半，但山脉并没有构成巨大的自然屏障，东边的高原与两河流域，小亚细亚、地中海岸边联系紧密，进出往来比较方便。这里自古就是国际交通要道，古代著名的"丝绸之路"，就是从中国出发、越过帕米尔、经阿富汗、伊朗、抵两河流域，再经地中海东岸各国或小亚细亚半岛进入欧洲。西亚介于地中海、红海、阿拉伯海、里海和黑海之间，又是亚、非、欧三大洲的交界地带，有"五海三洲之地"的说法，历来是强国争夺的要地。历史上兴起的几个横跨欧、非、亚的大帝国：波斯帝国、亚历山大帝国、罗马帝国、阿拉伯帝国、蒙古帝国、奥斯曼帝国等，都将西亚或西亚的大部分纳入版图。至于以西亚为中心，延及北非的古代国家还有亚述、巴比伦、帕提亚等。随着这些世界性帝国和地区性国家的兴起与衰亡，交织渗透着民族矛盾、军事冲突和文化碰撞。

西亚的两河流域是人类最早的文明发源地，早在公元前5300年时进入欧贝德文化时期，开始了民族社会向文明社会的过渡。之后的苏美尔人创造了高度发达的城邦农业文明，游牧部落的融入，在两河流域又兴起了阿卡德、巴比伦、亚述文明，并带动周边的叙利亚、赫梯、波斯、乌拉尔图和希伯来文明的发展。这些西亚地区内发展的古代文明是源于美索不达米亚文明而又各具民族特色的古代文明。同时，在西亚周边又环绕着人类早期的中华文明、印度文明、古埃及文明和古希腊罗马文明。随着社会的发展、交往范围的扩大、国际性帝国的形成，西亚自然成为人类早期各大文明风云际会之地。

西亚的民族形态，如前所述，主要是层叠型（美索不达来亚）、扩张型（波斯、阿拉伯）和露珠型（希伯来）。这三个类型都以民族发展过程中的"混融"为特点。而在民族"混融"产生新的民族过程中，原生民族之间、原生民族与次生民族之间都有着剧烈的矛盾冲突，旧的民族认同意识的解体到新的民族认同意识的形成，必然伴随着社会的动荡、利益格局的调整和人的灵魂的撕裂，"几族欢乐几族愁"。

正是这样的地理位置、文化渗透和民族形态共同孕育出西亚古代文学中的民族主义倾向。民族主义是部族意识、民族意识的进一步发展。对于"民族主义"的理解，学界有不少分歧，有学者认为："民族主义表达了一种思想强烈的，通常已经意识形态化了的族际情感。它有时作为一种状态，吸引着族内每个个人忠诚和报效的热情；它有时变成一种系统化的理论和政策，为实际的民族成长过程提供原则和观念；它有时充当一个运动的口号和象征，起着支持或分裂民族国家的巨大作用；它还有多种变形，一切视具体的条件和场合而决定。"[①]

我们以此为据来看看西亚古代文学中的民族主义倾向。

古代西亚文学包括古代美索不达米亚文学（苏美尔、阿卡德、巴比伦、亚述文学），古代波斯文学，古代腓尼基、叙利亚文学，古代小亚细亚文学（赫梯、加喜特、奥斯曼文学），古代希伯来文学和古代阿拉伯文学。其民族意识和民族主义倾向表现得异常复杂，既有纵向的演变过程，也有各自民族文学的独特性。本文中不可能一一梳理剖析。我们只就两个典型作为个案提出，加以简单的议论：一是希伯来古代文学的代表《托纳克》（即《圣经·旧约》）；二是阿拉伯统治下波斯文学的"舒欧毕思潮"。

众所周知，希伯来是一个多灾多难的民族，历史上被迫经历了多次民族大迁徙、大流散，遭受过长期放逐和残酷迫害，灭族之灾、亡国之痛成

[①] 王逸舟：《民族主义概念的现代思考》，李世涛主编《知识分子立场——民族主义与转型期中国的命运》，时代文艺出版社 2000 年版，第 8 页。

为希伯来民族的集体情感体验。正是在这种民族生存所面临的抗争、挫折、哀伤和希望的种种情感体验中,"民族"成为希伯来人意识中一个非常神圣的概念,成为可以牺牲自己而必须加以维护的信仰。他们把这种民族情感抽象化为他们的民族神——亚卫。《托纳克》就是这种民族思想与宗教信仰彼此渗透的结晶。西方学者认为"圣经并不是一本书(就书的通常意义而言),而是一部文选集——其作品选自大约千余年间产生的一大批宗教和民族主义文献"[1]。民族主义贯穿整个《托纳克》的基本思想。自从远祖亚伯拉罕摧毁偶像确立一神信仰,亚卫把希伯来人作为"特选子民",一种民族激情便贯注其中。传说中几代老族长、史传文学中的民族英雄,都是作为民族精神加以歌颂。王国兴衰的艺术表现,更渗透着爱国意识和民族主义精神。参孙的复仇雪恨,体现的是希伯来民族反抗民族压迫的斗志。《耶利米哀歌》是亡国之恨的艺术记录。先知们奔走呼号、指陈时弊、预言未来,渗透字里行间的是呕心沥血的民族挚情。即使是宗教性的祈祷诗,其民族情感也经常可见。如题为《为击败仇敌祷告》中的一节:"我的上帝啊,求你驱散他们像扫荡灰尘,/使他们像糠秕一样被风卷走。/烈火怎样焚烧森林,火焰怎样烧遍山岭,/求你就怎样用狂风追赶他们;就怎样用暴雨恐吓他们。/亚卫啊,求你使他们满面羞愧,/教他们认清你的大能。/愿他们永远惊慌失措!/愿他们在耻辱中死亡!/愿他们知道唯有你是上帝!/唯有你是全地的至高主宰!"[2] 这是面对亚述等十国联军的进攻,诗人发出的"残酷"祷告。在民族存亡的关头,"残酷"和"仁慈"已不能用常理判断。

阿拉伯在公元7世纪初走出半岛,很快崛起成为国际性大帝国。阿拉伯在7世纪中期统治了波斯,具有悠久文化传统的波斯沦为刚从鸿濛中走来的阿拉伯的统治之下,自然激起波斯人情感上的不满与反抗。"舒欧毕思潮"就是阿拉伯统治后几百年里波斯人反抗异族统治的社会思潮。"舒欧毕"是阿拉伯语的"种族"、"部族"、"民族"的意思,"舒欧毕思潮"就是民族主义思潮。它以《古兰经》的条文为依据,争取"马瓦里"(新

---

[1] [美]加百列·威勒:《圣经中的犹太行迹——圣经文学概论》,上海三联书店1991年版,第8页。

[2] 梁工编译:《圣经诗歌》,百花文艺出版社1989年版,第156页。

穆斯林）的平等权利，宣扬波斯民族的历史传统和文化，增强民族意识，振奋民族精神。在文学领域，一批诗人作家表现了强烈的民族意识，以弘扬波斯古老的文化遗产为己任，创作富于民族主义激情的作品。文学领域的"舒欧毕思潮"以9世纪为界分为前后两个阶段。前一阶段的诗人作家运用阿拉伯语做了两方面的工作：一是把帕拉维语的波斯文学作品和文化典籍翻译成阿拉伯文，既向阿拉伯人显示其深厚的文化传统，也借此保存了大批民族文化遗产。如伊本·穆格发（724—759）翻译了《胡达叶那迈》（《波斯诸王传》）、《阿因那迈》（《波斯习俗与文化》）、《贤人传记》和《卡里莱与迪木乃》等一批波斯名著，向阿拉伯展示了波斯文化与文学的多姿多彩，为阿拉伯文学注入了新的因素。二是创作具有民族主义精神、不满阿拉伯统治的诗作。这批诗人包括伊斯玛伊尔·本·叶撒（？—719）、白沙尔·本·布尔德（714—784）、艾布·鲁瓦斯（756—813）、伊本·鲁米（836—896）等。如叶撒表明他的"舒欧毕"立场：

> 我的根基深厚，荣誉崇高，
> 我的语言犹如锋利的钢刀，
> 凭借这钢刀维护人的尊严，
> 哪一个头顶王冠的人也休想来侵扰。

布尔德也作诗为自己的波斯血统而自豪，嘲讽阿拉伯人的蒙昧："啊，你们这些牧驼汉、放羊婆的子孙，/竟敢向贵人后裔吹牛，别丢人！当初你们渴了，想要喝水时，/同狗一样在门前水沟里舔饮……"[①]这些具有波斯血统，维护波斯民族尊严的诗人、作家，大多因其民族主义思想遭到阿拉伯统治者的迫害。穆格发正当英年就被巴士拉总督残杀，布尔德被哈里发下令鞭挞致死，叶撒被哈里发投入水牢，鲁瓦斯也一度入狱，鲁米更是一生坎坷多艰，仕进无门，屡遭欺凌，以致诗人对生活和人生产生伤感乃至绝望："我穿百孔千疮的鞋子，/奴隶却有良驹快马骑，/与我交谈的是苦闷与焦虑，/我的园子里没有果子只有荆棘。/命运

---

① 季羡林主编：《东方文学史》，吉林教育出版社1995年版，第287页。

总是同我过不去——/母羊不下羔，奶羊是公的……"① 这批用阿拉伯语创作、屡遭阿拉伯统治者迫害的波斯诗人和作家的创作丰富了阿拉伯文学，但应该说是波斯文学的成就，就像泰戈尔、安纳德的英语创作属于印度文学一样。

9世纪初，阿拉伯帝国实力开始削弱，各地方王朝兴起，原波斯境内先后出现塔希尔王朝（820—872）、萨法尔王朝（867—903）、萨曼王朝（874—999）等。虽然名义上还是阿拉伯帝国统治，实际上地方王朝已开始独立地发展自己的文化。这时期的"舒欧华思潮"诗人用新兴的达里波斯语创作，依然表达的是反抗异族统治、弘扬民族传统的民族主义思想。代表性诗人是菲尔多西（940—1020），他的叙事长诗《列王记》以民族主义立场对波斯古代的神话传说和历史事件进行选择、加工和创造，侧重描述波斯历代王朝的文治武功，尤其突出表现历史上抗击异族侵略的民族英雄的高尚情操和勇猛无畏的精神，赋予历史题材以现实意义。

综上所述，从希伯来的《托纳克》和波斯的"舒欧毕思潮"的简略评介中可以看出，基于西亚独特的地理位置和民族冲突而形成的民族主义思想在文学中具有突出的表现。希伯来民族的特殊经历，使得希伯来人的民族自觉意识很早已经觉醒，一神教和"特选子民"的宗教体系蕴含了他们的民族主义思想体系。可以说，人类文化中体系化的民族主义思想最早产生于希伯来民族，《托纳克》是其民族主义思想的文本化体现。而阿拉伯阿拔斯王朝统治时期波斯的"舒欧毕思潮"大概是最早的自觉的民族主义思潮。这一思潮在当时的一批作家和诗人的创作中有着鲜明的表现。

东方古代文学的"民族意识"以河流农耕文明的"群体意识"为根基。外来游牧民族军事上的征服和文化上的被征服强化了东方民族的"民族意识"，东方民族发展的不同形态也导致了东方民族意识的丰富性和复杂性。相比较而言，西方古代文学的民族意识显得淡薄。西方民族的形成以古希腊文明和罗马化进程为重要内容，表现出文化的单源性。公元4世纪至7世纪的民族大迁徙，北方蛮族南下。这些蛮族在古希腊、罗马文化的同化后逐渐分化，形成西方的近代民族。西方民族的形成，伴随着

---

① 季羡林主编：《东方文学史》，吉林教育出版社1995年版，第295页。

西方社会的近代进程。在古代西方，民族的自觉意识只有和东方民族的交往与冲突中显示，缺少了像东方古代社会内部民族间的交往与冲突的丰富内容。

东方古代的"民族意识"经过长期的沉积，已内化为东方各民族的共同集体意识，发展到现代，面对西方的殖民入侵，东方古代的"民族意识"成为反帝反殖重要的精神财富。当然，这种长时期累积的"民族意识"，也可能成为东方民族现代化进程中的沉重包袱。

第 三 章

第一阶段(19世纪后半期至20世纪初)：
与启蒙思潮同根并发

从封建社会走向近代社会，各国都以不同形式经历过一场启蒙运动。先进的知识分子以近代理性和人的观念，破除封建文化价值系统中的蒙昧，确立起人的自我价值和平等、独立意识。欧洲在封建社会的末期产生资本主义因素，经过文艺复兴运动，在17、18世纪出现启蒙运动。洛克、伏尔泰、狄德罗、卢梭、赫尔德等启蒙思想家在理性的旗帜下批判封建传统，否定封建神学，倡导自由、平等、博爱等新的社会观念。东方社会的觉醒不同于欧洲，它是在西方对东方的殖民统治、东方的传统文化与西方文化发生剧烈冲撞的背景下而出现的，个人觉醒和民族觉醒同步，甚至是民族觉醒激发个人意识的觉醒。因而东方现代启蒙运动不像欧洲启蒙运动那样单纯地批判自身的传统文化以确立新的价值系统，而是出于反抗侵略和压迫的现实要求，先进知识分子弘扬复兴民族传统，以传统文化来唤起民众的民族意识；同时，在西方近代文化的参照下，又看到封建传统文化的落后和腐朽，为了民族的发展，必须对传统加以改革。因而，东方现代的启蒙思潮与民族主义思潮同根生发，并蒂开花。在19世纪后半叶，救亡与启蒙、个体与群体、复兴与变革、排斥与借鉴等复杂矛盾情形，构成东方社会文化的奇妙景观。这些在当时的东方文学中都有生动的表现。

第一节 东方现代启蒙运动

东方现代启蒙思潮萌芽于19世纪初期，但主体是在19世纪中后期。由于不同民族和地区不同的文化传统与殖民统治的现实状况的不同，启蒙运动展开的情形也不一样。我们先对几个主要地区的启蒙运动分别作综合概述。

一 东亚的启蒙运动

在西方先进的工业文明冲击下，东亚的中国、日本和朝鲜都在19世纪中后期出现启蒙思潮。中国的启蒙思潮从龚自珍、魏源首倡新学、变法开始，经康有为、梁启超、谭嗣同等人的变法维新，直到20世纪初的五四新文化运动，前赴后继，一浪高过一浪，由改良到革命。

日本于1868年实行明治维新，进行空前的改革，提出"富国强兵、殖兴产业、文明开化"的口号，大量输入西方文化，努力与西方文明接轨。但日本传统社会的政治制度、家族制度都具浓厚的封建性质。作为个体的人，同样封建意识浓厚，缺乏科学知识，缺乏独立的自主意识和人格平等的自觉性。日本要跟上现代化的进程，必须清除封建观念，在精神结构上确立起现代的自我意识。因而，在明治前20年，有两代知识分子掀起了一场声势颇大的启蒙运动。

日本启蒙运动的发展分前后两个阶段。前期主要是"明六社"成员的活动，后期表现为自由民权运动。

"明六社"是1874年（明治6年）成立的学术团体，拥有会员30余人，主要代表是森有礼、福泽谕吉、西周、中村正直、津田真道、加藤弘之等人。他们都是留学西方或研究洋学的思想家，在明治维新之前就致力于向日本输入西方政治、法律、哲学和自然科学等观念。维新后，他们以欧洲的经验哲学、实证哲学和社会进化论作为理论基础，力主社会变革，在推崇西方科学技术和物质文明的同时，注重西方的精神文明。他们接受西方启蒙思想家的"天赋人权"的政治学说，把自由、平等作为社会变革的基础，认为上至天子、下至乞丐，任何人都毫无差别地具有私欲，因而追求幸福是每个人自由自在的权利。由此出发对封建的家族制度进行批判，进而提出民主国家学说。在社会道德层面上、他们主张弘扬人欲，实现平等，尊重知识，肯定对利益、快乐和幸福的追求。

"明六社"的代表人物都是些卓识超群的名人，他们"以其卓识高论，唤醒愚氓，树立天下的模范"[1]。他们的启蒙思想和活动推动了日本的现代化进程，其首事之功不可埋没。但他们代表的是社会上层知识分子的思想，主要贡献在于理论的引进和倡导。当社会中下层的一代知识分子在他们理论的引导下，真正将其运用于日本社会，掀起自由民权运动时，"明六社"内部出现分裂，大多强调国权大于民权，成为自由民权运动的反对者。日本启蒙运动的主力由上层的"明六社"转到了中下层的自由民权主义者。

自由民权运动以1874年的"设立民选议院建议"为导火索而逐步展开，到1887年政府公布"保安条例"，自由民权主义者被驱逐出京城标志着运动的失败。十余年里围绕"国会开设"和宪法制定等社会现实中的实际问题，自由民权主义者与明治政府展开冲突。这一时期的启蒙运动不再停留于抽象的"天赋人权"和一般理论的自由、平等的探讨，而是将理论落实到社会生活的实际问题。运动中不同阶层的人们组织成不同的政党，创办各自的报刊杂志，提出各自的理论主张，采取各自的行为方式。其中自由党左派思想代表了自由民权运动的本质。

自由党左派的代表人物是大井宪太郎、中江兆民和植木枝盛。他们是运动的领导人和组织者，在运动中著书立说，指导运动的开展。他们的著作在前期启蒙思想的基础上，进一步表现出彻底的反封建色彩，"他们的思想基础是反抗封建制度的各种反人性的压迫和桎梏，根据先天天赋的'自由'和'参议政治'权利，主张人格和人权彻底解放的民主主义和人道主义"[2]。

"明六社"的分化和自由民权运动的失败，没有取得政治上的直接结果。然而日本启蒙运动对日本传统的冲击是深层次的，对于日本实现现代化有着重要的意义。

---

[1] 近代日本思想史研究会：《近代日本思想史》（一），商务印书馆1983年版，第38页。
[2] 同上书，第73页。

朝鲜（韩国）的启蒙运动是在中国和日本启蒙运动的影响下产生发展的，因而时间延续到20世纪初，主要表现为19世纪70年代"开化派"的活动和随后的独立协会运动以及20世纪初的爱国启蒙运动。

随着西方的殖民扩张，朝鲜的一批贵族青年知识分子，深感民族的落后与危机。19世纪70年代以金玉均、洪英植、徐光范为代表的"开化派"效法日本的明治维新，运用手中权力，对现实做出一定的改革：创办学校，从平民中选派青年留学日本，开办农场，出版发行报纸，介绍国内外形势，宣传改革思想，修筑道路，设立邮局等，并在1884年发动"甲申政变"。虽然"开化派"的改革缺乏系统性，影响的范围也不大，政变后新政府只维持了三天，但这是朝鲜现代化的开端。

1896年，甲申政变后亡命美国的徐载弼归来，以他为中心的改革派政府官僚、知识分子联合起来，成立"独立协会"，发行《独立新闻》和《独立协会报》，"开展了具有一种新形态的开化自强运动"。① 独立协会运动虽然是一个以团体为主导的运动，但它扩大到了社会的各个阶层，是汇集进步的政治势力和社会势力而掀起的国权保护运动和民权伸张运动。独立协会运动在国际上是提高国家地位的运动，在"称帝建元"的呼声中，成立大韩帝国，建筑独立门，完善独立国家体制，提高普通国民的独立意识；独立协会运动在国内的着重点是反对封建的专制势力和开展民权斗争，要求政府进行财政和法制改革，保护国民的生命和财产权，向政府提出"议会设立案"，召开大臣和民众数万人的集会，通过表达民众意愿的"献议六条"：（1）不依靠外来势力，官民齐心协力巩固皇权，（2）各大臣与中枢院议长共同与外国签署条约，（3）度支部负责国家财政，向国民公布预算与决算，（4）公开审理重大犯罪，（5）依据多数原则任命高级官员，（6）确定后实施。② 虽然运动最终以17名协会领袖被捕，独立协会被解散（1898年12月）而结局，但对朝鲜社会的民主进程和民族独立产生了深远的影响。

20世纪初的爱国启蒙运动是从独立协会解散6年以后（1904年）成

---

① [韩]姜万吉：《韩国近代史》，东方出版社1993年版，第224页。
② 《东亚三国的近现代史》共同编写委员会：《东亚三国的近现代史》，社会科学文献出版社2005年版，第37页。

立的保安会的活动开始的，1905年组织了研究和实践议会制度作为目的"宪政研究会"，1906年成立标榜开发教育、殖产兴业和反对外国势力的大韩自强会，1907年大韩自强会又与天道教势力联合，组织了大韩协会。爱国启蒙运动就是以这些组织、团体的知识分子为中心展开的。这时的朝鲜，已经成为日本的保护国。在保护国体制下的爱国启蒙运动，把社会运动、教育运动、产业开发运动、舆论运动等作为主流，政治运动的性质比较薄弱。但运动涉及的范围和参加的人数，比独立协会运动有进一步的扩大。大韩协会在全国设立70余个支会，拥有数万名会员。他们的主要活动是通过发行会报、讲演会和讨论会，对国民进行启蒙。爱国启蒙运动已不只限于这些社会团体的活动，而在各个领域开展多种多样的活动，对国民进行启蒙和培养实力。通过发行报刊的舆论运动、通过设立学校的教育运动等均有了广泛的发展。国文和国史研究也是运动的重要内容，周时经等学者开始对国语从语法方面进行研究，并设立了国文研究所。这样把固有的谚文提高到国文地位，并深化其研究，奠定了民族文化发展的基础。用国文写小说，刊行国文报纸，使国文的使用范围得到了扩大，从而确立国文的地位。

二 南亚的启蒙运动

南亚的启蒙运动主要表现在印度。从1757年英国侵入孟加拉到1849年兼并旁遮普，印度全部成为英国的殖民地。英国殖民统治者对印度政治上的压迫、经济上的掠夺和文化上的破坏，给印度人民带来了深重灾难。但正如马克思所说："英国在印度要完成双重的使命：一个是破坏性的使命，即消灭旧的亚洲式的社会；另一个是建设性的使命，即在亚洲为西方式的社会奠定物质基础。"虽然统治者的"建设性"使命是不情愿的，但他们"充当了历史的不自觉的工具",[①] 他们带来的西方近代文化冲击着印度古老的封建文化，使部分印度有识之士从停滞、封闭的传统中觉醒过来。

英国殖民者为了掠夺和统治的需要，在印度人中"努力造就一个英

---

① 马克思：《不列颠在印度统治的未来结果》，《马克思恩格斯选集》第2卷，人民出版社1972年版，第70页。

国人和他们统治的土著居民之间的媒介阶层，一个既有印度人血统和肤色，又有英国趣味、观点和智能性质的阶层"①。因而在19世纪初期，英国人推行"用英语统一印度民族语言"的政策，发行英语报纸期刊，通过传教士深入印度内地传教办学。这样，一批印度青年接触了西方近代文明。他们当中一些关心民族命运和前途的知识分子，成为印度近代启蒙运动的先驱。在先驱们的推动和影响下，19世纪20年代至80年代，印度出现了包括梵社、圣社、青年孟加拉派、罗摩克里希那教会和穆斯林文学社、科学社等众多团体领导和组织的启蒙运动。

宗教在印度社会传统中处于意识形态的中心，哲学、政治、法律等都纳入神学体系内。而19世纪印度社会现实的重大问题是殖民统治下的民族发展道路问题。因而印度近代启蒙运动以宗教改革与政治改良两个方面同时进行。两者各有侧重：宗教改革偏重对西方文化的借鉴和民族传统的变革，政治改良偏重对殖民统治的抗议和民族传统的复兴。但两者又互相缠绕交错，宗教改革运动中包含政治改良，政治改良离不开宗教改革，形成印度近代启蒙运动的错综纷繁局面。

罗姆·摩罕·罗易（1772—1833）是印度启蒙运动的先驱。他学识渊博，精通波斯语、阿拉伯语、梵语和英语，能运用拉丁语和希伯来语，广泛接触东、西方宗教经典、哲学和文学名著。同时他漫游印度各地，又长时期供职于殖民政府的税务部门，对殖民统治下的印度现实有深入了解。因而他能以开阔的视野，在不同文化体系的参照下观察思索印度的社会和政治问题。1828年罗易创立"梵社"，拉开了印度近代启蒙运动的序幕。他针对印度教多神，偶像崇拜、教派林立、种姓压迫和摧残人性的教义习俗，提出在吠檀多基础上恢复一神论代替多神论，认为梵是唯一的神，是非人格化的"最高实在"，因而敬神就可以悟到神，不需要崇拜仪式和祭司的中间媒介。同时，他积极从事革除印度教陈规陋习的实际活动，禁止殉焚制，反对种姓制、多妻制和寡妇不能再嫁等。西方学者认为："罗伊首先是一个理性主义者，认为印度教直接建立在理性之上。这

---

① 麦考莱：《印度教育情况纪实》，转引自《印度社会述论》，中国社会科学出版社1991年版，第102页。

一原则被确立后,他开始削减当时的印度教习俗,自由地借用西方的东西。因而,他给他的追随者们留下了一个信条,这一信条使追随者们能面对西方而不失去自己的特点和自尊。"①罗易在宗教改革之外,还倡导兴办近代学校、民族报刊,从多方面唤醒群众,给群众以政治启蒙教育。他在加尔各答创办了"印度学院"(1817),又促动孟买商人兴建了"爱尔芬斯顿学院"(1828)。他创办的《明月报》(1821)和《镜报》(1822)是印度最早的民族报刊。这些学校和报刊,为启蒙运动的进一步展开培养了力量,奠定了基础。总之,罗易作为印度"近代民族振兴的先知",主张吸收西方文化的先进因素,革除印度社会弊端,促进印度民族的发展。

罗易去世后,"梵社运动"由德宾德拉纳特·泰戈尔(1817—1905,诗人泰戈尔的父亲)领导,对教义的改革有进一步的发展,声势也日渐扩大,60、70年代遍及整个印度。只是由于梵社领导人主张的分歧而分裂成真梵社、印度梵社和大众梵社。

圣社是70年代北印度的宗教改革团体。领导人是达耶难陀·萨拉斯瓦蒂(1824—1883)。他主张"回到吠陀去",在"复古"的旗帜下改革印度教,在古代经典中寻找变革现实的依据。罗摩克里希那教会是斯米瓦·维韦克南达(1860—1902)领导的成立于80年代,旨在传播导师罗摩克里希那的宗教改革思想的宗教团体。他们师徒对各种具有现实意义的宗教改革思想加以综合,形成折中体系,以群众乐于接受的印度教传统形式加以传播,影响甚大。

"青年孟加拉派"是活跃于孟加拉的一群具有政治改良意识的青年知识分子,他们毕业于罗易创办的印度学院,在老师亨利·狄洛吉奥(1809—1831)的影响下从事政治改良活动。他们组建文化思想团体(如兰·戈高士创办的"文学社"、泰·罗克恰瓦提创办的"求知社"),创办传播新思想的报刊,大力宣传政治改革思想,批判英国殖民当局的掠夺性政策和制度,致力于印度民族复兴。他们于1843年建立了印度第一个地方性民族主义政治组织"孟加拉英印协会",章程规定组织目的:"搜集和提供关于英属印度人民的实际情况的材料","谋求福利,扩大权利,

---

① [美]斯塔夫里阿诺斯:《全球通史1500年以后的世界》,吴象婴等译,上海社会科学出版社1992年版,第452页。

并捍卫我们所有各阶层同胞的利益",活动方式是用"和平的、合法的手段"①。

"穆斯林文学社"和"科学社"是印度穆斯林的两个启蒙团体。前者由阿布杜尔·拉蒂夫于1863年创建于加尔各答,后者由赛义德·阿赫默德汗1864年创建于北印度。他们都主张以现代思想和知识来武装穆斯林,革政除弊,振兴民族。尤其是阿赫默德汗,领导了一场后人称之为"赛义德运动"的思想文化启蒙运动。他创立的"科学社"旨在把西方哲学、史学、经济学名著译成乌尔都语。他认为振兴伊斯兰的出路就是学习西方先进文明,培养一代穆斯林知识精英。1877年他创建了著名的"阿里加尔学院",培养既有民族文化素养又有西方科学知识的穆斯林,推动伊斯兰的改革和发展。

从整体上看,印度近代启蒙运动无论是宗教改革还是政治改良,都是西方文化启发的结果,或直接以西方近代文化为武器,或以西方近代文化去映照民族传统,其本质内容是近代理性意识和人道主义精神。理性和人道,是印度启蒙思想家改革宗教教义,变革民族传统,谴责殖民统治,要求政治改良的基本标准。但必须看到,在殖民统治的背景下,印度近代启蒙运动由较强的西化色彩开始,却呈现出向民族传统回归的运行轨迹。宗教改革由罗易的理性实体一神论,经萨拉斯瓦蒂的"回到吠陀去",到维韦卡南达的印度教传统形式,改革的不断调整是向传统靠近。政治改良也是如此,罗易把英国对印度的统治看成是印度的"幸运",感谢神"把这个国家从以往统治者的长期暴虐统治下解救出来,置于英国统治之下",②经"青年孟加拉派"的"和平、合法的"谴责,再到新一代改良主义者达达拜·瑙罗吉70年代得出英国是"最坏的外来入侵者"的结论。因而,整个启蒙运动的重心,是由宗教改革、对封建传统的批判,向政治改良、批判殖民统治、复兴民族文化的方向移动。

但是,无论是早期的"梵社"改革,还是后期改良主义者的民族化政治改良,都是以振兴印度民族为根本目的。因而,主张学习西方,仍是

---

① 比·普拉萨德:《奴隶与自由》,引自《印度独立运动的兴起》,北京大学出版社1984年版,第203页。

② [印]罗姆·摩罕·罗易:《罗姆·摩罕·罗易著作集》,加尔各答1928年(英文版),第84页。

立足于民族传统；复兴民族文化，也不乏对西方的借鉴。启蒙思想家、活动家们积极兴办民族报刊和出版事业，组织各种社会团体，创办近代新型学校，传播近代科学文化，揭露政治时弊，挖掘传统中的优秀遗产，对于启迪民族意识，唤醒沉睡的印度大地具有积极而深远的意义。

三 西亚、北非地区的启蒙运动

由于地理位置的接壤和历史文化的纠葛，西亚、北非阿拉伯地区是最早受到西方文化冲击的地区。

西亚、北非地区统属于封建的奥斯曼帝国。在15、16世纪，奥斯曼是一个横跨亚非欧的庞大帝国。之后，西方经过文艺复兴在不断发展，奥斯曼却逐渐衰落。在与西方世界的较量中，奥斯曼的统治者意识到西方工业文明的先进性。19世纪上半期虽经几代苏丹的上层改革，但已无力挽回颓势，一些地区脱离奥斯曼，成为独立国家；一些地区获得事实上的自治。到19世纪中后期，土耳其、叙利亚、埃及、阿富汗、突尼斯都出现各种形态的启蒙思潮，出现了活跃于西亚、北非的伊斯兰伟大启蒙思想家阿富汗尼。

土耳其是当时奥斯曼的中心，早就对西方现代化传播做出了回应。奥斯曼苏丹的百年改革，为现代启蒙思潮的发展准备了条件。1839年至1876年的"坦吉马特"（tanzimat，突厥语意为"整顿、改革"）运动，虽然是以苏丹"诏令"的形式进行的社会改革，但实际上是一场由倾心西方文化、立志社会改革的官僚知识分子设计和推行的启蒙运动，代表人物是雷什德帕夏、富阿德、阿利等。1839年以苏丹的名义颁布的《御园敕令》，"允许臣民不分民族和宗教，在法律面前人人平等，保证臣民的生命、名誉、财产的不可侵犯权"[①]。嗣后又颁发了深受西方影响的刑法和允许成立欧洲银行的敕令，商法、民法等系列法令相继出台，对伊斯兰传统形成很大的冲击，客观上推进了土耳其的现代化进程。"坦吉马特运动应该说为奥斯曼的社会生活带来了某种改善，帝国古老的大地上出现了新型的司法制度和一些现代的法令，现代教育得到长足发展，新闻媒介业已兴起，自由思想得到传播，现代通讯交通工具电报、铁路被引进，西方

---

① 彭树智、黄倩云：《第三世界的历史进程》，中国青年出版社1999年版，第65页。

的科学技术逐渐被人们所接受。"①

"坦吉马特"是自上而下的启蒙，19世纪60、70年代"青年奥斯曼党人"鼓动的宪政运动则是一些自由主义知识分子不满专制统治，要求民主自由，摆脱民族危机的启蒙运动。"青年奥斯曼党人"是一群既有西方知识背景，又热爱民族传统的青年知识分子，他们将孟德斯鸠的法学、卢梭的政治学、亚当·斯密和李嘉图的经济学理论应用于民族改革实践，并且从伊斯兰传统中寻求民族发展道路。他们仿效意大利的"烧炭党"秘密结社，于1867年大量印发至苏丹的公开信，指陈帝国现实弊端，提出实行宪政和社会改革方案，但遭到镇压，其成员大都流亡国外。他们在国外创办报纸、写文章，继续宣传他们的启蒙思想。1876年"青年奥斯曼党人"得到部分军人的支持，发动宫廷政变，拥立新苏丹，颁布宪法，实行君主立宪制。纳米克·凯马尔（1840—1888）被称之为"青年奥斯曼党人的灵魂"，他的思想代表了青年奥斯曼党人的观点。他说，"主权属于人民，而所有这些都只能在伊斯兰教的大框架内付诸实现"，流亡回国后他写道，"我们唯一真正的宪法，是伊斯兰法典"，并强调："奥斯曼帝国是建立在宗教原则之上的，如果违背了这些原则，国家的政治生存将处于危险之中。"② 青年奥斯曼党人的宪政理论和思想对20世纪的土耳其产生了深刻的影响。

埃及的启蒙运动在穆罕默德·阿里改革的基础上发展。阿里当政时期（1805—1849）实行富国强兵政策，进行了系列的内政改革：创办学校、发行报纸、注重向西方学习、大量派遣留学生。阿里的文化政策为启蒙运动的兴起打下了基础。学校培养出了一批新型知识分子，报刊成为传播启蒙思想的工具，归国留学生成为启蒙运动的主力军。埃及现代启蒙运动主要体现为塔赫塔维的启蒙思想、爱资哈尔大学的宗教改革维新派和卡米尔的启蒙活动。

埃及现代启蒙运动先驱拉法尔·塔赫塔维（1801—1873）是一个新型知识分子。塔赫塔维出生于上埃及苏哈支省的塔赫塔城，祖辈是先知穆圣的亲族，1817年塔赫塔维进入开罗的爱资哈尔大学经学院学习，

---

① 张铭：《现代化视野中的伊斯兰复兴运动》，中国社会科学出版社1999年版，第99页。
② 参见黄维民《奥斯曼帝国》，三秦出版社2000年版，第334页。

1826—1831年留学法国。他在留学期间广泛涉猎思想文化的各个领域，深入研读了孟德斯鸠、伏尔泰、狄德罗、卢梭等法国启蒙思想家的著作，深感西方思想理论、科学技术和行政体制的先进。他立志以西方文化为参照，启蒙埃及民众，推动社会变革。回国后，他撰写了记述法国社会风貌和政治情况的《巴黎掠影》，向国人传播科学民主思想。他的主要精力用于著译，翻译出版西方政治、社会、经济、思想、农业、水产、医学、工程学、建筑学、军事等学科的各类书籍，译著达2000多种。而且他不满足于直接的简单的译介，而是以自己的理解对原著进行编辑、加工和再创作。"塔赫塔维作为现代阿拉伯世界第一位启蒙思想家，为阿拉伯伊斯兰世界不仅留下了一大批译著，还为后人留下了宝贵的思想。"[①] 他在社会、政治、伦理、教育等领域都有独到的见解和理论。他推崇自由民主，认为建立在公正良好的法律之上的自由，是使国民生活幸福和国家强盛最主要的途径。塔赫塔维将自由分为五类：①自然属性自由，这种自由与生俱来，如吃、喝、行走；②行为自由，具有社会属性，包含社会行为，道德规范；③宗教自由，自由不应超出宗教（伊斯兰教）的根本精神；④民事自由，指个人的生存权利及人与人之间的相互关系；⑤政治自由，国家对其每一个公民的合法财产及自然属性自由的保护。他主张采用和借鉴西方现代科学技术，谋求伊斯兰社会的发展；他强调教育和舆论的积极作用，认为教育是传播知识和美德的最佳途径，政府应大力发展教育，启蒙民众心智，公众舆论是匡正时弊的重要武器。

爱资哈尔大学是有千年历史的著名伊斯兰大学。从19世纪70年代起，这所大学是阿拉伯"文艺复兴"的中心，是埃及民族独立运动的堡垒。之后的百余年里，埃及著名的学者、诗人、文豪和革命家，大都出自爱资哈尔大学。1871—1879年伊斯兰世界伟大的启蒙思想家哲马鲁丁·阿富汗尼来到爱资哈尔大学执教，其改革思想吸引了一批教师和青年学生，以阿富汗尼为中心，形成了改革传统伊斯兰教的维新派，代表人物是阿富汗尼的学生和朋友阿布杜。

穆罕默德·阿布杜（1849—1905）出生于下埃及一个农民家庭。1865年进入爱资哈尔大学学习，曾向校方要求改革教育制度。1872年在

---

① 刘一虹：《当代阿拉伯的哲学思潮》，当代中国出版社2001年版，第63页。

哲马鲁丁·阿富汗尼的影响下,开始宣传伊斯兰教的改革。1872年阿布杜获爱资哈尔大学学者称号。1877年毕业后,一面从事教育工作,一面探索埃及社会和宗教改革,发表文章抨击社会腐败,呼吁改革,以其唤醒民众的蒙昧。1881年因被指控参与埃及民族党人起义,被英殖民主义当局流放三年。流亡欧洲期间,与阿富汗尼在巴黎共同创立了旅欧穆斯林组织"伊斯兰团结协会",并创办会刊《最牢固的纽带》,号召"穆斯林从沉睡中苏醒,进行宗教改革,富国强兵",以反对西方殖民主义。1885年应聘去贝鲁特皇家学校任教,讲授伊斯兰哲学、逻辑学、文学、修辞学、伊斯兰教历史、教法等课程,同时进行教学改革、学术研究与著述。1889年阿布杜获准回到祖国,1895年以政府代表身份担任爱资哈尔大学校务委员,大力推行教务改革。阿布杜无论是在爱资哈尔大学学习,还是在爱资哈尔大学工作,改革弊端,推动进步是一以贯之的。尤其是对传统伊斯兰教的改革方面,阿布杜做出了巨大贡献。学界一般把阿布杜的宗教改革称为"现代主义的宗教改革","从实质上看,他所提倡的伊斯兰现代主义运动是一个带有资产阶级改良性质的宗教改革与复兴的思潮和运动"。①阿布杜宗教和社会改革的学说主要体现在几个方面:第一,改革伊斯兰教,使之回到早期的"纯真"状态;破除迷信和陈规陋习,根据《古兰经》和圣训原则,自由运用理智进行新的教法演绎,使伊斯兰教适应现代社会需要。第二,宗教与理性是互补的,宗教与科学之间也是一致的。科学是对自然的理性认识,而自然是真主的造物,宗教是真主的启示,它们都源自真主。相信以理性和科学原则为基础的人类行为能够改变人类现状,把伊斯兰教和现代科学糅合在一起。第三,按苏非派学说建立社会道德体系,提倡穆斯林之间互相支持。他不把礼拜、斋戒、天课、朝觐当作宗教仪式,而将其纳入苏非主义的道德范畴;在穆斯林家庭法中引进某些改革措施,提出很多权威性的法律见解,如批判一夫多妻制、赞成在有利息的邮政银行储蓄等,并颁布实施了相应的法律和法规。第四,主张通过人民革命和伊斯兰各国人民之间的联合,推翻殖民主义占领和本国的专制政体;通过恢复早期的伊斯兰信仰,提高民族自尊精神,在此基础上,建立新的社会秩序;改革教育,改革阿拉伯文风;学习和掌握现代科学,奋

---

① 蔡德贵主编:《当代伊斯兰阿拉伯哲学研究》,人民出版社2001年版,第113页。

发图强，反对"宿命论"。他的重要著作有《伊斯兰教一神论大纲》、《伊斯兰教与基督教》等。他的理论与实践对近现代穆斯林思想的发展和社会变化，起了推动作用。

爱资哈尔维新派的改革启蒙主要在宗教领域，是由宗教改革出发而涉及社会。19世纪末、20世纪初一批更年轻的知识分子活跃起来，他们在英国占领了埃及（1882）、民族运动高涨的情势下，以各种方式唤起民众的民族意识，在民族独立和个性自由的双重启蒙中推进社会变革。他们在阿拉比[①]领导的"祖国党"之后，于1907年组建新的"祖国党"，政党创建者和领袖是著名的青年政论家穆斯台法·卡米尔（1874—1908）。

卡米尔早年留学法国，受到法国启蒙思想家自由民主思想的影响。回国后以极大的民族主义热情，积极投身于民族运动。最初想利用奥斯曼统治者和法国的力量来反对英帝国主义，谋求埃及的独立，他游历欧洲各国和穆斯林国家，到处宣传他的理想。但几次碰壁之后，他意识到：只有依靠埃及国内民众的力量，只有使埃及从"愚昧"中解脱出来，向着联合、团结的方向努力，创造了辉煌灿烂的古代文明的埃及才能重新崛起。因而"改革教育"、"发展文化"、"解放妇女"等成为实现民族独立的重要途径。他专心致力于文化教育运动，编辑发行《旗帜报》，撰写富于激情的时评政论，还四处奔波，向青年们发表爱国启蒙的演说：

> 为祖国报效的道路很多，主要在于随时随地发扬真理，而"自由"乃是"真理"的根本。只有民气奋发的国家，真理才会获得发扬。真理就是强烈的光芒，当它放射之时，一切黑暗和野蛮便敛迹了，自由与公道也就出现了。小偷只有在沉沉的黑夜中才能横行无忌。一个民族国家也只有在真理消失、人民生活在愚昧无知之中的时候，它的领土才会受外敌侵略，它的主权才会被外人侵犯。……
>
> 一切忠于祖国的埃及人！起来把真理发扬在本国和外国吧！告诉每一个埃及人：他是人类的一分子，他应该享受人类的权利！他应该

---

① 阿拉比，埃及具有民族主义思想的爱国军官，1879年任祖国党主席，1881年发动兵变，改组政府，出任陆军部长，成为内阁的实际负责人。1882年英国军队占领了埃及，阿拉比率军抗击，战事失利后被捕，判处终身流放锡兰。

如每一个自由国家的人民一样,举起祖国的大旗,奋勇向前。告诉每一个埃及的农民:他和所有的人一样是一个人,他不是为了替别人工作而活着,而是为了替自己的祖国自己的本身工作而活着。他们是人类中最能保卫自己的民族国家的人![1]

卡米尔以其文才、口才和人格魅力,影响了一代青年。而他自己因为忘我工作而操劳过度,年仅34岁就英年早逝。但"在那个时代,有些人的思想和他相近,但没有一个人像他一样有如此巨大的影响力"[2]。

论及西亚、北非的启蒙思潮,不能不谈到阿拉伯世界现代伟大的启蒙思想家哲马鲁丁·阿富汗尼(1839—1898)。阿富汗尼是19世纪伊斯兰现代主义启蒙运动的奠基人和社会活动家。他生于阿富汗(一说波斯),青年时代游学伊斯兰世界各地,后又周游英、法、俄等欧洲国家。他学识渊博,视野开阔,以思想家的深邃和政治家的敏锐,从现代世界大局来关注、思考伊斯兰教、穆斯林世界的发展和前途。他一生以复兴伊斯兰文化精神为主旨,积极宣传宗教改革,倡导泛伊斯兰主义,在伊斯兰教各国进行各种方式的启蒙活动,"有人认为,它是阿拉伯世界最伟大的保卫者和亚洲团结的推动者,他为中东和南亚国家的伊斯兰改革立下了汗马功劳,是19世纪伊斯兰世界黑暗地平线上一颗闪闪发光的明星"。[3] 阿富汗尼的启蒙思想立足于宗教改革,西方有学者称他为"东方的路德"[4],但在阿拉伯世界,伊斯兰是宗教,也是政治;是文化传统,也是社会现实。因而他的启蒙思想有两个基本点:第一,他着力弘扬伊斯兰教的光荣历史和文化成就,希望宗教能成为团结穆斯林各民族共同抵抗西方侵略的精神纽带;第二,他同时又意识到,当时穆斯林正处于一种落后、衰退和缺乏觉悟的境地,这种状况已阻碍了穆斯林社会的发展,而扭转穆斯林落后的唯一方法就是"改革伊斯兰教"。他的宗教改革思想的具体内容,有论者概括为:"首先,从宗教改革指导思想来看,他坚持伊斯兰教只有经过宗教

---

[1] [埃及]泰浩·侯赛因:《阿拉伯文学选集》第2卷,开罗,1933年版,转引自纳忠《埃及近现代简史》,三联书店1963年版,第147页。
[2] 张秉民主编:《近代伊斯兰思潮》,宁夏人民出版社1998年版,第156页。
[3] 彭树智:《东方民族主义思潮》,西北大学出版社1992年版,第316页。
[4] 吴云贵:《近代伊斯兰运动》,中国社会科学出版社1994年版,第77页。

改革才能有新的前途，因此应当用时代的观点重新解释伊斯兰教。但这种改革只能在宗教文化传统的基础上进行，使之符合现代科学、哲学理性和社会发展的需要。其次，从宗教改革的观点来看，他以伊斯兰教原理和《古兰经》精神为基础以坚持方向，但对西方，在认清西方列强侵略本质后，既不盲目地模仿西方，又不盲目排外，而是应吸收西方先进的科学、技术、文化、艺术以促进发展。最后，从宗教改革的方法来看，他坚持以哲学理性和科学理性为宗教改革的方法。他否认中世纪广为流行的'创制之门关闭'之说，认为卡迪（宗教法官）和伊斯兰学者们根据当时的条件来解释经典、教义，这只是经典中全部智慧的极小一部分，后人完全可以修改他们的判决和解释。他特别强调团结，反对分裂。通过穆斯林及穆斯林民族的团结来达到改革伊斯兰、振兴伊斯兰的目的。"[1]

作为启蒙思想家，阿富汗尼用来传播自己的思想、唤醒民众觉悟的方式是多种多样的。首先是讲学和演讲。这是他宣传启蒙思想最重要的方式。为此他一生不断奔走于阿拉伯各国，足迹遍布阿富汗、土耳其、伊拉克、伊朗、印度、埃及、叙利亚等地，讲学、演讲的场所包括大学讲台、穆斯林集会、政党会议、官员聚会、论辩论坛、讲演会场等。他的讲学和演讲，深入浅出、富于激情和感染力，他走到哪里，就把思想和激情带到哪里，就在那里形成思想冲击波，影响一大批人。当然，他一生中影响最大的讲学是在埃及爱资哈尔大学任教期间，在那里他分析世界形势，宣讲改革思想，传播泛伊斯兰主义，吸引了大批激进的青年学生，培养了像穆罕默德·阿布杜这样的改革思想家。其次是创办报刊。报刊作为现代传媒手段，具有传播广、影响大的特点，被阿富汗尼充分利用。他一生创办了多种报刊，19世纪60年代在阿富汗创办了《喀布尔报》，70年代在埃及创办了《埃及报》、《商业报》，80年代在巴黎创办了政治周刊《最牢固的纽带》，90年代在英国创办了《环球时光》报。在这些报刊上，阿富汗尼发表了众多的政治、文化、思想评论，大量的读者是从报刊文章中了解阿富汗尼的思想而成为他的追随者的。《最牢固的纽带》是他创办的最重要的刊物，这是他与弟子穆罕默德·阿布杜联合创办的旅欧穆斯林组织"伊斯兰团结协会"会刊，创刊号有《本刊及其纲领》的文章，表明刊物

---

[1] 蔡德贵主编：《当代伊斯兰阿拉伯哲学研究》，人民出版社2001年版，第96页。

宗旨：服务穆斯林，分析伊斯兰世界盛衰变迁的情形与原因，指明复兴伊斯兰世界的途径与前景。文中呼吁穆斯林团结一致，互相支持，"全世界穆斯林，团结起来！环视你的周围，向你的世界学习，与时代同呼吸。像你们的先辈那样征服知识，寻求权力并恰如其分地使用权力；联合起来并寻求统一；联合一起，你们就会强大起来。只有采取这种方式，你们才能在一个即将到来的艰难时代生存下去。"[①] 刊物在伊斯兰世界广泛发行，阿富汗尼也因此成为国际著名的"泛伊斯兰主义"思想家。再次是组建、参加相关组织或政党，这是保证他的启蒙思想有效传播和理论实践的重要手段。阿富汗尼为了改革大业，活动于各个能促进他事业的社交圈，他几乎与北非、西亚伊斯兰国家的宗教改革、反专制、反殖民统治的各种团体、组织都有程度不同的联系。在埃及的8年里，它是"民族党"的领导者，还通过"东方之星共济会"介入埃及政治。周游西欧时，他组建了旅欧穆斯林组织"伊斯兰团结协会"。

阿富汗尼不是一个坐而论道的思想家，他总是利用一切机会，将自己的满腹经纶应用于社会现实的变革，设法介入阿富汗、奥斯曼、埃及、伊朗统治政权的内部，虽然每每碰壁，演绎出改革先驱者的政治悲剧。但毫无疑问，这些国家的现代进程中，都深深烙下了他思想启蒙的印痕。

在阿富汗尼的启蒙活动和奥斯曼、埃及启蒙运动的影响下，西亚、北非的叙利亚、黎巴嫩、伊拉克、突尼斯、阿尔及利亚等国家的启蒙运动也获得发展。19世纪中叶，叙利亚最重要的启蒙思想家是布特鲁斯·布斯塔尼（1819—1883）。布斯塔尼是基督教徒，笃信西方自由民主的思想，主张热爱祖国和叙利亚人团结，反对宗教狂热和宗教派别间的歧视，反对封建分立，反对贪赃枉法、营私舞弊、奴役妇女等。他以复兴阿拉伯文化来启蒙民众。他建立阿拉伯民族学校，出版阿拉伯语周刊《叙利亚号角》和杂志《小花园》，编撰《阿拉伯语详解大词典》和7卷本的《阿拉伯百科全书》，终生致力于阿拉伯语和文化复兴。纳希夫·雅济吉（1807—1871）是布斯塔尼最亲密的朋友，他也为推广阿拉伯标准语，研究阿拉伯文学做了大量的工作。他们将当时叙利亚最先进的知识分子团结在自己

---

① 转引自赛义德·菲亚滋·马茂德《伊斯兰教简史》，中国社会科学出版社1981年版，第601页。

的周围，1857年成立了阿拉伯科学社团"叙利亚科学协会"，将不同宗教信仰的阿拉伯知识分子联合在一起。19世纪后期，叙利亚、黎巴嫩文化复兴运动新一代的代表人物是法利斯·尼穆尔、乔治·宰丹（1861—1914）、阿卜杜·拉赫曼·卡瓦基比（1849—1903）、希布利·舒马伊尔（1850—1917）、法拉赫·安吨（1874—1922）、穆罕默德·兰西特·里达（1865—1935）等。他们都被迫离开叙利亚，定居埃及。法利斯·尼穆尔创办《文摘》月刊和《穆克塔木日报》。乔治·宰丹创办《新月》杂志，著有《伊斯兰教文化史》、《伊斯兰教以前的阿拉伯》等历史著作，还创作了23部想象力丰富、风格朴实的历史小说。第二代启蒙思想家们的主要贡献，是把阿拉伯民族觉醒从一个文化运动转变成政治运动。

伊朗的启蒙运动是为西方列强入侵和巴布教徒起义的内外矛盾交织所催发的。统治集团中的开明人士意识到社会变革的必然，19世纪中后期阿米尔·卡比尔和哈吉·米尔扎·侯赛因两位首相先后进行改革，为启蒙运动奠定了基础。伊朗启蒙运动的主力是一批从欧洲留学归来的知识分子，代表人物是米尔扎·马尔库姆汗（1833—1908）。马尔库姆汗留学法国，1852年学成归国，任教于德黑兰技术学校，曾负责铺设伊朗的第一条电话线，撰写文章宣传君主立宪和民主平等思想，组织了一个类似于共济会的秘密团体"遗忘屋"。他由于启蒙思想和活动，于1861年被国王驱逐，流亡土耳其，后因人力荐，成为驻英公使。在伦敦，他出版波斯文报纸《法律报》，继续宣传自由民主的启蒙思想，要求制定宪法、设立国会，抨击现政府的专制与腐败。还有旅居国外的一些知识分子创办了《星报》、《团结报》，与《法律报》的启蒙思想相呼应，发动民众，在舆论上推进宪政进程。80年代哲鲁马丁·阿富汗尼两次旅居伊朗，传播他的反英、改革的启蒙思想和泛伊斯兰主义，为伊朗的启蒙运动推波助澜。伊朗启蒙运动的深入和结果是20世纪初期的"立宪革命"（1905—1911），"这次革命成为伊朗历史上第一次深刻的文化思想解放运动……是二十世纪初亚洲革命浪潮的组成部分，标志着亚洲开始觉醒，走向争取民主自觉的政治斗争时代"[①]。

---

① 王新中、冀开运：《中东国家通史·伊朗卷》，商务印书馆2002年版，第264页。

第二节　东方现代启蒙文学

文学以社会现实为主要表现对象。启蒙运动的社会思潮必然在文学领域中有所表现，欧洲启蒙运动中形成了 18 世纪的启蒙主义文学思潮。东方现代启蒙思想家也借助于文学的社会功能，通过文学创作表现启蒙、改革或改良思想，形成具有特定时代内涵的"启蒙文学"。

一　日本启蒙文学的演进

日本启蒙文学思潮是日本启蒙运动在文学领域的表现，也是日本启蒙运动的重要组成部分。无疑，启蒙运动决定着启蒙文学的本质和色彩，但作为文学思潮，它又是日本文学传统中的一个发展阶段，按照文学自身的规律发展演变。

日本启蒙文学诞生于明治初年福泽谕吉、西周等"明六社"成员的创作中，以明治 10 年代的翻译文学和政治小说达到高潮，明治 20 年前后的文学改良运动开始向真正意义的现代文学发展，它是启蒙文学思潮的余波，也是启蒙文学发展的结果。

（一）滥觞："明六社"成员的文学活动

从整体上说，"明六社"成员对文学关注不多，处于社会大变革期间的思想家，首要关注的是社会政治、军事、法律、科技等适应时代变化的"实学"。但他们也从功利的角度承认文学的地位，虽然不是主要地位。在他们传播西方新文化、启迪民众意识的过程中，文学也成为他们的武器。尤其是福泽和西周二人，他们的一些作品成为启蒙文学的嚆矢。

福泽谕吉被称为"日本的伏尔泰"，在日本作为见识卓越的杰出启蒙思想家受到推崇。从文学角度看，他开创了明治时代最初的评论和随笔，在平民性的新文体方面，他同样具有首事之功。日本学者论道："福泽写作评论之前，我国没有严格意义上可以称为评论或批评的文章。固然有过少数政论、史论、文论等，但都在固有的概念的束缚下缺乏文化的批判，听任主观的好恶和爱憎感情，而非科学推理的东西。但福泽打破了过去的模式,以欧美文化为基调,从思想意识方面,努力在推理性、合理性、实证性层次上揭示近代生活。从此才开始有了严格意义上的评论。"[①] 他的文体平实晓畅,时常插入警句,不致流于单调,巧妙运用俗语,一般知识程度不高的人也能阅读。福泽以他这种具有启蒙意义的文体风格,写作了《西洋事情》、《穷理图解》、《启蒙学习之文》、《劝学篇》、《文明概略论》等介绍、普及西方合理精神和社会知识的著作数十种。

《畸形姑娘》是福泽的一部寓言体小说集。集中各篇以新的眼光审视日本生活习俗中的封建与落后,通过具体事件和题材的表现与分析,让读者懂得生活的真理。《世界国尽》是福泽为普及世界各国历史、地理知识而创作的歌谣体作品,以七、五调长歌形式表现内容,开创了启蒙诗歌。其简明通俗的诗风,为后来的民权歌谣所继承。

西周在文学的启蒙方面做了大量的工作。他是一个百科全书型的学者,从明治3年开始,他在其私塾"育英社"讲学,以《百学连环》的讲义,把西方的学术加以系统的组织和分类,其中也讲到文学。他最早将"Literature"译为"文学"。他理解的文学已具有近代的文学意义。西周还著有《美妙学说》,是一部美学启蒙著作。

福泽和西周主要是哲学家和思想家,致力于明治社会变革。但他们的创作和思想影响到明治初年的文学作家。明治初年的文学总体上还停留在江户末期的旧式戏作水平上,只有少数作家以其敏锐的才能,感受到社会生活的变化,在旧式的形式中显露出某些新的气息,有意无意地受到"明六社"启蒙思想家的影响。假名垣鲁文是其代表。

鲁文擅长滑稽文学,模仿一九、三马的创作风格。但他具有适应时代发展的才能。对明治初年社会的各种矛盾现象加以嘲讽。《西洋徒步旅行记》是其代表作。小说以福泽的《西洋事情》为基础,采用当时从巴黎博览会回来的人讲述的一些素材,加上作者的想象而写成,描述日本人赴西洋所到之处闹出的各种笑话。鲁文的另一作品《黄瓜使者》,模仿福泽的《穷理图解》,讽刺当时人们模仿欧美文化皮毛的狂热。鲁文的游戏之作虽然受到启蒙思想影响,但其主导倾向还属于旧文学,对文明开化的表现和社会陋习的嘲讽流于表象,尤其是对"文学"的理解,与江户时期

---

① [日]高须芳次郎:《日本现代文学十二讲》,新潮社1929年版,第66页。

一脉相承,他的游戏小说还不能代表新时代的文学精神。

(二) 高潮:政治小说的翻译与创作

真正把福泽等人开创的启蒙文学加以发展、推向高潮的是随着自由民权运动的发展而出现的政治小说。

自由民权运动的领导者要将"明六社"引进的西方自由、平等、人权思想引入日本社会,要把这些观念普及于日本民众。他们在运动的进展中发现,借用普通民众喜闻乐见的小说形式来表达他们的政治思想是一个有效途径,加上他们从西方找到了"政治小说"的蓝本。据说自由党领袖板垣退助出访西欧,拜见法国文坛泰斗雨果,请教向国民普及自由民权思想的方法,雨果建议他创作政治小说。板垣从欧洲带回多种政治小说,组织部下翻译。还有报纸、杂志等传播媒体的发展,尤其是面向庶民阶层的"小新闻",成为刊行政治小说的重要阵地。

这样,政治小说以启蒙文学的新形式,在明治10年代形成大势。政治小说以表达政治思想为出发点,客观上把假名垣鲁文等人已有所变化的戏作加以发展。在日本文学史上,政治小说成为连接江户戏作和近代小说的桥梁。作为启蒙文学思潮,政治小说达到高潮。

政治小说是从翻译借鉴开始的。在1877年前后,日本文坛出现"翻译热"。而且这种"政治性的翻译,都出自对政治感兴趣或与政治直接相关的文学外行之手,这不是由译者进行认真的文学评价,加以严格选择的,只是满足于政治趣味乃至幻想的诱发和刺激"[①]。第一部翻译政治小说出版于1878年,即织田纯一郎翻译的《花柳春话》。原作是英国政治家、作家李顿的《阿勒斯特·马特纳巴斯》,这是一部"政治加爱情"的小说。青年阿勒斯特梦想成为大政治家和文学家,后经历种种努力和人生的磨炼,终于达到目的。从前失去的恋人也回到身边,遂成洞房花烛、功成名就的喜剧结局。译者也是热心政治和文学的青年,留学英国时得到原作,在学成回国途中的船上阅读消遣并着手翻译。在译《序》中谈到他译书的目的在于向国人"介绍欧洲近世之风俗人情,政治家之内秘,党

---

① [日]高须芳次郎:《现代日本文学十二讲》,新潮社1929年版,第85页。

派之密情，贵贱之别，贫富之差"①。随后李顿的其他小说被译成《击思谈》、《绮想春史》、《慨世士传》、《白浪艳话》相继出版。英国前首相迪斯纳里的政治小说也由关直彦译为《春莺啭》出版。被称为"东洋雨果"的樱田百卫翻译了《西洋血潮小风暴》。被誉为"革命文学旗手"的宫崎梦柳翻译了《自由凯歌》和《民粹党实传：鬼啾啾》等。

以两位英国政治活动家为代表的政治小说的翻译出版，一方面以它们完全不同于江户游戏小说的内容为日本政治小说创作提供了借鉴；另一方面在小说观念上形成冲击波，以前一直把小说创作看作是没知识的人所为，把小说当作妇女儿童消遣的玩意儿。像李顿、迪斯纳里，这样身份和地位很高的人也把小说创作当成他们事业的一部分，这无疑使得人们重新来认识小说的价值和功能，也激起了自由民权运动中一些向往文学的知识分子的创作欲望。

一般认为，户田钦堂的《情海波澜》（1880）揭开了日本政治小说创作的第一页。这部小说从情节到形式基本上是江户游戏小说的旧俗套。描写艺妓魁屋阿权迷恋游客和国屋民次，民次在内心里也喜欢阿权，但又割不断与昔日情人比久津屋奴的关系。而另一富豪国府正文也属意阿权，却被阿权拒绝。正文从中破坏民次和阿权的关系。这倒促使民次下决心结束与奴的旧情。结局是民次与阿权成婚，被他们真挚爱情感动折服的国府正文与和国屋民次和解，前来祝贺，同坐一席。小说的这种两个男人为一个女人而展开的争斗，在游戏文学中俗而又俗。但作者赋予小说中人物以寓意：魁屋阿权与和国屋民次是"民权"、"国民"的暗喻；国府正文、比久津屋奴是"政府"、"奴性"的指代。小说结局表达了"国民与民权在国会结合"，即设立国会的政治思想。所以《情海波澜》在本质上是表现自由民权、设立国会的政治见解。

真正以全新的面貌出现，受到广大读者欢迎的政治小说是矢野龙溪的《经国美谈》和柴四郎的《佳人奇遇》。前者借用公元前3世纪希腊的历史题材，表现确立民权、振兴国家的主题，给当代日本人以政治性启示。后者在广阔的世界政治舞台背景下，广泛展示弱小国家遭受西方列强掠夺、压迫的悲惨际遇及其呼吁改革和民族独立斗争，以"救亡"的眼光

---

① 转引自王晓平《近代中日文学交流史稿》，湖南文艺出版社1987年版，第158页。

探寻日本出路,审视日本的现实,已经表现出以"国权"代替"民权"的趋势。两部作品都以表现作者的政治理想为基本内容,视野宏阔,洋溢着热衷政治理想的热情。

西方政治小说的翻译,龙溪和四郎创作政治小说获得成功刺激了一大批知识分子纷纷执笔政治小说。据统计,从1880年《情海波澜》面世,到1890年民权运动结束的10年里,共刊行了大约250多部政治小说。

在众多的政治小说中,民权运动左派思想家的作品不能忽视,尤其是中江兆民和植木枝盛两人,他们不仅写作了大量的政论著作,也运用政治小说的形式来表达他们的政治观点。而且以其鲜明的特点在启蒙文学中占有突出地位。他们的政治小说以他们在民权运动中的切身体验,表现了运动的曲折,他们的苦闷与彷徨。中江兆民的对话体小说《三醉人经纶回答》是这方面的代表作。

以《民权自由论》著称的植木枝盛是位颇有文采的思想家。他为民权思想的普及做出了巨大的贡献。"枝盛的文章写得热情洋溢,但并没有歇斯底里的冲动。他的文章总是充满着幽默,显出绰绰有余的气度。"[①]他的政治小说《国会组织国民大会议》(1888)虽然标题不像小说,但却是以空想小说的形式,在国会开设前巧妙地表达他普选国会和实现国约宪法的政见。

后期(指19世纪80年代后半期)政治小说的代表作家是须藤南翠和末广铁肠。南翠创作了《新妆佳人》和《绿蓑谈》。铁肠的《雪中梅》是后期政治小说中声望最高的作品。作者在《序》中说他"怀抱对当时世态的深深感愤,借托爱情故事描写政治上的情形"。小说基本情节是国野基和阿春的爱情与婚姻。"国野基"即"国家的基础",他的另一名字"深谷梅次郎"即"雪中梅",意指熬过漫长冬天的梅花,傲立迎春,这正是国野基和阿春结合的情节寓意。作家的政治思想隐寓在小说情节中,表达比较流畅,注入更多的写实因素,因而小说取得极大的成功。有论者甚至认为《雪中梅》"开创了日本小说的新时代"[②]。

从整体上看,政治小说是自由民权运动的思想家,为了宣传、普及民

---

① [日] 家永三郎:《植木枝盛的生平及其思想》,商务印书馆1958年版,第40页。
② [美] 德纳尔特·金:《日本文学史·近现代篇》,中央公论社1958年版,第141页。

权思想而创作的。用近代文学的标准衡量，它还显得幼稚、粗糙。政治小说并没有完成向近代文学的转变。稍后一点的文学改良运动，才为这种"转变"做出了实质性的突破。

在自由民权运动中，作为启蒙文学的实绩，还有民权歌谣和众多的演说文稿。"自由民权运动在运用铅字媒体的同时，也充分利用口头交流的形式。甚至可以说，民权运动在全国广泛展开，热浪阵阵，是得力于口头传媒。"① 演说这种新的传播方式，由福泽从西方引进、倡导而确立。当时各地、各阶层知识分子经常聚集在一起举行演说会、辩论会，论述各自的政治见解，争取民众的理解和支持。为达到目的，作者必须探讨如何感染、吸引听众和读者，运用浅显易懂的语言等。演说文作为新的形式，构不成文学种类，但在表现上、在追求感动人的魅力方面给新的文学以深刻影响。

民权歌谣是以传统的俗谣、流行诗的形式表现启蒙思想的结果。它既有运动领导人指导性的创作，也有出自普通民众之手而流行的歌谣。这些歌谣在全国各地口口传诵，推动了民权运动的发展。其中植木枝盛创作的《民权乡村歌》影响最广。

> 自由之人之躯体，心足齐备，心之灵妙超万物，心与身俱，便堪称一个天地。自身人当一人屹立！……君不见，笼中鸟，徒有羽翼难飞举；人纵有才也有力，若无自由权利时，无用长物终无益；故而此生称为人，自由生存方快意，没有自由如同死。君不见，盐之为盐在味咸，如盐不咸即砂砾；糖之为糖在甘饴，如糖不甜即土粒；人之为人要自由，人无自由即玩偶。②

这样以日常生活事理来阐述抽象的人权自由理论，浅显易懂又富于感染力。明治20年代，民权歌谣与受到翻译诗歌冲击的诗歌改良运动一起，迅速流传开来。

---

① ［日］畑有三、山田有策：《日本文艺史·五》，河出书房新社1990年版，第73页。
② 王晓平：《近代中日文学交流史稿》，湖南文艺出版社1987年版，第178页。

（三）自觉的文学变革：文学改良运动

从"明六社"成员的创作，到政治小说和民权歌谣，就其创作的主观意图而言，都不是以文学为出发点，是为了社会发展的政治需要而创作。只是客观上随着整个启蒙思潮的发展，促进了启蒙文学对传统文学的某些方面的变革。真正自觉的文学变革，是在西方文学冲击下的文学改良运动。

文学改良运动最早出现在诗歌领域。1882年出版的《新体诗抄》是改良的先声。这本百余页的诗集，收有14首欧诗译作和5首创作诗歌，由东京大学的外山正一、井上哲次郎、矢田部良吉三人共同编译。译诗中著名的有格雷的《墓畔哀歌》、丁尼生的《轻骑队进行曲》和莎士比亚《哈姆莱特》中的一幕。诗集序文中说，"生活于新日本大潮流中的国民，要做诗抒发情志，不能不用现在的国语，采取欧洲诗歌的形式"，非常明确地提出了反对旧汉诗、和歌吟花弄月的情趣，要求表现时代新的精神，革新诗歌形式。尽管诗作和译诗都显得平实甚至单调，但却冲击了明治诗坛。后来国木田独步说："这本不起眼的小册子，如草间溪水，不知不觉间普及到山村校舍。"[①] 以此为先导，一场新体诗运动在明治20年代展开，以模仿欧诗形式，宣扬近代精神为内容，经山田美妙的《新体词选》，到森鸥外的译作《于母影》，最后，以北村透谷的《楚囚之诗》和《蓬莱曲》为标志，新体诗在日本文坛得以确立。

戏剧改良出现在明治20年前后。在大量介绍西方戏剧的背景下，剧坛要求改革传统歌舞伎。在明治20年前，仅莎士比亚的《哈姆莱特》就有7个译本。1884年出版了永井彻的《各国戏剧史》，1887年出版了谷口政德的《演剧史》。这些译作和戏剧史著作展示了一个完全不同于刻板、程式化的传统歌舞伎的艺术世界。在福地樱知、末松谦澄的积极组织下于1886年成立"演剧改良会"，提出：①改造传统演剧陋习，创作优秀剧本；②视戏剧创作为神圣事业；③兴建西式剧场等三条纲领。谦澄著文演说，呼吁戏剧改良：建立现代化剧场，允许夜场演出，提高剧作家地位，废止旦角、培养女演员，演出权、剧作权应受到政府保护。"改良

[①] 转引自吕元明《日本文学史》，吉林人民出版社1987年版，第190页。

会"于1887年组织了包括天皇、皇后、皇太后和国内外高级官员分别观看的"天览剧",戏剧作为一项事业得到国家的支持和保护。1889年成立的"日本演艺协会"进一步将戏剧改良推向深入。在改良运动的推动下,戏剧创作由河竹默阿弥的"活历史剧"和"散切狂言"的改革,经过以宣传自由民权思想、演述当代现实生活为目的的角藤定宪和川上音二郎创作的"新派剧",到依田学海、福地樱知的戏剧创作,最后以坪内逍遥的《论我国的历史剧》和新历史的《一叶梧桐》为标志,基本上确立了日本现代戏剧的发展方向。

小说改良主要得力于坪内逍遥的《小说神髓》(1885)。逍遥以他对西方文学理论的理解和日本传统小说的深厚素养,分析小说在文学系统中的独特地位和对人生、社会的价值与意义。他针对传统小说"劝善惩恶"的目的论,提出"小说的眼目是写人情,其次是写世态风俗"。客观上也批评了当时流行的政治小说把小说当作政治思想载体的"政治实用"小说观。逍遥强调的"写人情",即指写人的情欲,要求从心理层面上刻画人物性格,并且强调写实,要求小说作家掌握描写"真实"的技巧。这样,逍遥从传统小说的"道德性"和政治小说的"政治性"中超脱出来,立足于文学本身的"艺术性",从小说的"真"去求得艺术的"美"。《小说神髓》出版后,首先导致了后期政治小说风格向写实性发展,更给日本文坛一个全新的"小说"概念。后来日本学者论道:"在不是汉文就不认为是文学的时代,所有的戏作者作品一概受到贬斥。而当时的社会对西方的所谓文学又几乎一无所知。针对这种情况,阐明西方文学为何物,对世人进行启蒙的,就是坪内君的《小说神髓》。"[①] 逍遥实践自己的理论,写作了《当代书生气质》这部小说,在当时产生了巨大反响。"坪内逍遥是日本近代文学改良运动的先觉者,是日本近代第一个移入西方文学理论以与封建文学意识相对抗的启蒙主义者。"[②] 逍遥之后的二叶亭四迷借鉴俄国现实主义美学理论,在《小说总论》中进一步补充、完善逍遥的小说理论。他创作的《浮云》

---

① [日]市岛春雄:《明治初期文学回忆》,转引自《小说神髓·译本序》,人民文学出版社1991年版,第9页。

② 刘振瀛:《日本文学论集》,北京大学出版社1991年版,第63页。

(1887) 开创了真正的日本近代小说。

总之，日本启蒙文学思潮在欧洲近代文学的深刻影响下产生发展，它是明治启蒙思潮的重要部分，伴随着明治维新后日本社会的各种"开化"和"改良"，由对封建文学传统的否定，到突出文学的现实效用，逐渐认识到文学作为艺术门类的独特价值。在短短的 20 余年里，日本启蒙文学基本上完成了传统古典文学向近代文学的过渡。

二 印度启蒙文学的成就

启蒙文学是印度近代启蒙运动的重要组成部分。启蒙思想家通过文学的形式来表达他们的改革主张和政治思想。运动中，新兴的民族报刊为文学创作提供了园地，一些启蒙团体就是文学团体，文学活动成为启蒙活动的重要内容。因而印度近代启蒙文学既以启蒙运动作为社会背景，同时又和宗教改革、政治改良等思潮一起汇流成启蒙运动的社会思潮。

正像启蒙运动最早出现在孟加拉一样，启蒙文学也最早产生于孟加拉。罗易既是启蒙运动的先驱，也被称为"孟加拉散文的鼻祖"。出于宣传启蒙思想的需要，罗易以通俗的孟加拉语写作了大量倡导宗教改革、道德、风习改良方面的小册子。这些小册子常以对话体、描述加议论的形式进行写作，富有文采和论辩性，从而确立了孟加拉语散文这一新文体。大诗人泰戈尔充分肯定了罗易的文学贡献："在他以前，我们的文学只限于诗歌。但罗姆·摩罕·罗易为了实现自己的目的，诗歌是不够用的。他不仅必须有感情的语言、而且必须有辩论的语言，阐述事物的语言和全体人民的语言。"[①]

"青年孟加拉派"既是一群要求政治改良的青年，也是一群富有民族激情的文学青年。他们当中的大多数人从事文学创作。作为导师的狄洛吉奥在印度学院讲授英国文学和历史，也写作诗歌表达振兴民族的强烈愿望，《献给印度——我的祖国》（1827）是其代表作。迈克尔·默图苏登·德特（1824—1873）是"青年孟加拉派"的杰出诗人和剧作家。他早年用英语创作，但最后他成为现代孟加拉语文学的第一位伟大诗人，实

---

① ［印］泰戈尔：《孟加拉文学》，引自安东洛娃等《印度近代史》，三联书店 1972 年版，第 1176 页。

际上也就是现代孟加拉语文学的创始者。他的作品以对传统题材的现代处理和辛辣讽刺见长。叙事诗《因陀罗耆的伏诛》、《蒂罗玛德仙女》和剧本《难道这叫文明》、《黑公主》是他的主要作品。迪纳本图·米特拉（1830—1873）也毕业于印度学院，他是孟加拉现实主义戏剧的奠基人。他的剧作以反映下层人民苦难为其特点，《蓝靛园之镜》（1860）是其代表作。

孟加拉语启蒙文学的杰出代表是般吉姆·钱德拉·查特吉（1838—1894）。他主编的杂志《孟加拉之镜》和创作的十二部长篇小说，开创了孟加拉语小说的新时代，是印度启蒙文学的重要成果。

印地语启蒙文学的中心在贝拿勒斯。以帕勒登杜（1850—1885）为领袖的一群作家和诗人创办刊物，结成团体，展开各种文学活动和社会改良活动，致力于近代印地语文学语言的探索和改革，讨论包括文学、政治、宗教、历史的各种问题。帕勒登杜原名赫利谢金德尔，因他对近代印地语文学的开拓之功和爱国热情，人们誉称他为"帕勒登杜"，意即"印度之月"。他在60年代先后创办的文学杂志《赫利谢金德尔杂志》和《诗之甘霖》，吸引和聚集了一批立志文学和社会改革的知识青年。他更以其戏剧和散文的创作实绩，成为印地语启蒙文学的领袖。他创作了九部剧本，《按〈吠陀〉杀生不算杀生》（1873）是近代印地语文学诞生的标志。《印度惨状》（1876）是他的代表作。他的剧作中洋溢着民族主义热情和民族危机意识，把过去的光荣与现在的衰落进行强烈对比，意在唤醒民众振兴民族。帕勒登杜还写作了大量具有改革意识、批判社会劣行陋习、富于讽刺意味的散文，这些散文作品对启发民众和推动近代印地语文学发展都有促进作用。

巴尔格利生·帕德（1844—1914）是印地语启蒙文学中地位仅次于帕勒登杜的作家，他创作有剧本、小说，但主要以散文闻名于世。他的近千篇散文作品涉及社会生活的各个方面，而且风格多样、表现灵活，讽刺、抒情、析理熔于一炉，富有文采。他编辑的刊物《印地语之灯》也因他的散文而受到普遍的欢迎。谢利特尔·巴特格（1859—1928）被认为是近代印地语的第一位诗人，也是印地语启蒙文学中有才华的诗人。他早期翻译西方诗人哥尔德斯密、朗费罗等人和古典梵语诗人迦梨陀娑的诗作，并深受他们的人道精神和清新诗风影响，开创了印地语诗歌如实描写自然景物和社会生活场景的新诗风。《云来了》(1884)和《冬季》(1887)是他的代表作。

随着阿赫默德汗领导的"赛义德运动"的展开,乌尔都语启蒙文学获得发展。也由于文学变革是"赛义德运动"的重要内容,乌尔都语文学史家把这场运动称之为"文学运动"。阿·西迪基在《今日乌尔都语文学》中说:"这场被称为赛义德运动的文学运动,是一场非常全面的运动……在乌尔都语文学史上,这场运动是古代和近代的分界线,它的结果是使乌尔都的诗人和作家们得到了一种新的文学观点,并看到了新文学的曙光。"[①] 运动的中坚赛义德·阿赫默德·汗(1817—1898)、穆罕默德·侯赛因·阿扎德(1836—1910)、纳齐尔·阿赫默德(1836—1912)、阿尔达夫·侯赛因·哈利(1837—1914)、希伯利·努马尼(1857—1914)五人被称为"乌尔都五贤"。

阿赫默德汗是穆斯林启蒙运动的领袖,也是乌尔都启蒙文学的核心。他学习英国18世纪作家爱迪生和斯梯尔创办《观察者》、《泰德勒尔》杂志的做法,也创办期刊《道德修养》,并且效法两位英国前辈的办刊宗旨和文章风格,刊发了亲自撰写的大量通俗易懂、犀利深刻的社会性散文,旨在传播近代文明,反对旧习,提高人们的社会责任感和道德意识。他的散文开创了乌尔都近代散文新体式,也奠定了乌尔都散文的写实基础。他散文创作的逻辑性、社会性和通俗性风格,影响了乌尔都启蒙文学的一代文风。

阿扎德是近代乌尔都诗歌的奠基人,他曾主持文学团体"旁遮普诗会"的活动,倡导传统诗歌的改革,主张学习西方文学形式,并翻译和创作了一些新诗,其中《盖得尔之夜》和《爱国者》是他的诗歌代表作。而代表他文学成就的是文学理论著作《生命之水》和散文集《思想的魅力》。纳齐尔是近代乌尔都语长篇小说的开拓者,他开创了小说的现实主义风格,以生动的人物刻画和完整的故事情节表现日常现实生活。他的小说的现实意义还表现在,小说总是对具有社会现实意义的问题进行思考。《真诚的忏悔》涉及后代教育问题,《真实的梦》表现伊斯兰的理性本质,

---

① [巴基斯坦] 阿·西迪基:《乌尔都语文学史》,山蕴译,中国社会科学出版社1993年版,第145页。

《埃雅玛》描写寡妇的命运,《伊本努·瓦格德》叙述盲目崇拜西方的恶果。哈利是近代乌尔都文学批评的开创者和杰出诗人,他的理论著作《诗歌导言》借鉴西方文学理论,融合东方传统文学思想,提出了具有近代意义的系统完整的文学观念。他强调文学的目的性和道德感化力,实质上是阿赫默德汗改革思想在文学领域中的运用。他的诗歌代表作《伊斯兰的兴衰》被认为是"时代的杰作"。希伯利才华横溢,学识渊博,他的著作涉及哲学、宗教、历史、教育、文学众多领域,他的创作有人物传记、游记、乌尔都语诗歌和波斯语诗歌。他的诗作感情丰富、洋溢着民族独立和追求真理的激情。叙事诗《希望的早晨》、《民族六行诗》是其代表作。

印度其他地区的民族语言近代文学在19世纪中期以来也有所发展,但有的地区沦为殖民地、受到西方文化撞击较晚,直到20世纪初才出现具有启蒙性质的文学创作;有的地区语言文学在19世纪后期出现了新文学的开拓者,如奥里萨语的弗基尔莫汉·赛纳伯蒂(1843—1918)、泰卢固语的维雷夏林格姆·甘杜古利(1848—1889)、泰米尔语的魏达纳雅格姆·比莱(1826—1889)、马提拉语的巴巴·伯德姆纳吉(1831—1906)、巴拉雅拉姆语的盖拉尔·沃尔马(1845—1915)、古吉特拉语的纳尔默德·翼格尔(1833—1886)、阿萨姆语的阿南德拉姆·代基雅尔·普根(1829—1859)等,他们的创作不仅奠定了各自语言近代文学的基础,也具有启蒙文学的特质。

三 西亚、北非地区的启蒙文学

从文化传统、与西方文化的关系和启蒙运动展开的情况这三大要素来看,西亚、北非的启蒙文学可以分成四个点来把握:第一,奥斯曼土耳其统治西亚、北非大部分国家已近300年,是一个正在衰落中的老大帝国,它既面临西方文化的剧烈冲击,又与它统治下的国家有着民族矛盾,它的精神包袱比这一地区的其他国家更重,其启蒙运动开展得比较早,但启蒙文学成就不太突出。第二,埃及是阿拉伯帝国后期的文化中心,奥斯曼统治西亚、北非后,它事实上一直是阿拉伯国家反抗奥斯曼的重镇,19世纪初穆罕默德·阿里政权的建立,标志着埃及脱离奥斯曼获得独立,为阿拉伯国家反抗奥斯曼统治树立了榜样,阿里的改革也是阿拉伯国家应对西方挑战的率先反应。埃及事实上是阿拉伯启蒙运动的中心,对其他阿拉伯国家的反帝反封启蒙运动产生指导性影响。埃及的启蒙文学取得辉煌的成就。第三,大叙利亚地区。19世纪中后期的叙利亚包括现在的叙利亚、黎巴嫩、巴勒斯坦和约旦,为了区别,学界常称之为大叙利亚。这一地区濒临地中海,很早就与西方文化有联系,十字军东征后不久,这一地区就有基督教传教中心。美国学者希提在论述黎巴嫩的历史文化时认为:"近海、基督徒占优势、对外关系方面倾向西方的传统,这三者使人民特别容易接受新的刺激。"① 这一地区是阿拉伯民族意识最早觉醒的地区,阿拉伯文化复兴运动起源于这一地区。但它在奥斯曼直接控制之下,自由思想难以成长,启蒙思想家大都侨居埃及或者美洲。第四,伊朗(波斯)虽然曾被阿拉伯帝国征服,但它有自己悠久的文化传统,在与土耳其的较量中,伊朗保持了独立,19世纪的恺加王朝在英、俄争相蚕食的夹缝中维持着摇摇欲坠的统治。它的启蒙文学主要是表达在西方文化冲击下的社会改革要求。

下面对各自启蒙文学的主要成就分别叙述。

(一) 奥斯曼土耳其的启蒙文学

奥斯曼土耳其的启蒙文学主要表现为"青年奥斯曼党人"的创作。青年奥斯曼党人是一群受到西方教育,有感于奥斯曼专制统治的弊端和民族危机,倡导君主立宪的记者、作家和诗人。他们以启蒙运动的方式来推动君主立宪的社会改革,"这个新的宪政改革阶段,不是以颁布帝国政府的法令,而是以发表文艺性宣言作为开始的……大约从19世纪中叶开始,由于从形式到内容都同古典奥斯曼作品迥然不同的新奥斯曼文学的兴起,大大加速了西方各种政治思潮的传播,使得奥斯曼人开始态度上有了同西方社会与政治态度相适应的转变,成为奥斯曼人社会变革的灵感源泉和模仿对象"。② 代表作家是锡纳西、齐亚·帕夏和纳米克·凯马尔(1840—1888)等。

锡纳西(1826—1871)曾留学法国,在法国参加了1848年巴黎的革

---

① Philip K. Hitti: *A Short of Lebanon*, New York: ST. Martory's Press, 1965, p.211.
② 黄维民:《奥斯曼帝国》,三秦出版社2000年版,第344页。

命，深深感受到了欧洲革命的时代氛围。回国后，对奥斯曼的专制统治和沉闷僵化的世风不满，逐从事新闻工作和文学创作。他主办《舆论解说时报》，抨击时政，倡导改革，发表诗作和剧本。1865年因其启蒙思想触怒了统治者而遭受迫害，流亡国外数年。他的独幕喜剧《诗人的婚礼》是土耳其的第一个话剧剧本，以个性化的语言讽刺旧式婚姻，具有莫里哀喜剧的风格。

齐亚·帕夏（1825—1880）博学多才，曾任苏丹的秘书。但因他的进步倾向遭到保守官僚的贬抑和打击，他与一批青年奥斯曼党人流亡欧洲，写诗作文，批判奥斯曼帝国的封建专制。他的诗作依然采用传统的形式，但内容却不同于"迪万文学"的宗教神秘体验、爱情或享乐，而是抗议专制腐败、呼唤民族精神、向往民主政治的澎湃激情。他在一首嘎扎勒体诗作中，将封建专制的世界比喻为刑场，把政府称为棺材铺，可见其创作中的反封建意识。

纳米克·凯马尔（1840—1888）是奥斯曼党人的核心，也是成就和影响最大的启蒙作家。他早年从事翻译，将法国的文学、政治名著译成突厥语。其中对他影响最深的是孟德斯鸠的《法的精神》，他于1863年翻译该书，并研究、论证孟氏的思想与伊斯兰法典的内在一致。他在锡纳西的影响下开始关注社会的现实问题，他们一起创办《舆论解说报》，以一个政治评论家的敏锐观察，分析世界局势，批评时政，呼吁改革。由于他的思想和参与反政府的活动，纳米克1867年被流放，与一些新奥斯曼党人流亡国外。1871年纳米克回到祖国，以更大的精力从事文学创作，诗歌、小说、戏剧同时并举。"他写的诗歌虽然在形式上尚未摆脱迪万诗歌的格律，但内容却焕然一新。他在诗中发出要求改造社会的怒吼，故被称为'祖国的诗人'、'自由的诗人'。他写的小说和剧本则深受浪漫主义的影响，有明确的改造和教育社会的目的。"[①] 他的剧本《祖国》（1873）演出，引起强烈的社会反响，剧作以克里米亚战争为背景，揭露苏丹统治的腐败，歌颂献身祖国的英雄，观众为剧情所感染，演出结束后举行了大规模的游行，高呼要求苏丹下台的口号。纳米克也因此被捕入狱，他在狱中坚持创作富于激情、向往自由的诗歌。他的作品长期为人们争相传阅，

---

① 季羡林主编：《东方文学辞典》，吉林教育出版社1992年版，第663页。

影响了土耳其的数代青年。

(二) 埃及的启蒙文学

埃及的启蒙文学是在启蒙运动中，随着报刊杂志的兴起、西方文学的译介而发展。先驱人物是从法国留学归国，担任政府要职的雷法阿·塔哈塔维（1801—1873）和阿里·穆巴拉克（1823—1893）。塔哈塔维先后担任外语学校校长、翻译局局长，主编《学校园地》、《埃及时事报》，他曾组织人员翻译大量的西方文学、科技名著，试图以此传播西方的价值观念，达到振兴埃及的目的。他自己翻译了《法国诗选》和小说《特勒马科斯历险记》。后者是法国作家费奈隆的同名作品的编译，这部经他删改翻译的小说含有讽谏当政者的意味。他的文学翻译和创作还沿袭传统，讲究音韵和骈俪，注重雕琢词句。《巴黎纪行》是塔哈塔维留学巴黎期间创作的一部记游性的散文作品，描述法国的名胜、社会和政治情况，记录了留法的见闻感受，目的是向国人传播科学民主思想。阿里·穆巴拉克留学归国后，成为政府的教育大臣，他重视教育，积极推进改革，创办了阿拉伯语言学校，为传统文化的复兴奠定了基础。他创作的 4 卷本小说《伊勒姆丁》（1879）以一位伊斯兰宗教学者游历欧洲、被欧洲文明所震撼为情节框架，包括 125 段夜谈故事，广泛涉及历史、地理、宗教、语言、航海等知识，知识性胜过文学性，具有明显的传播现代思想和科学的目的，作品在结构和语言上借鉴《一千零一夜》，但它是埃及现代的第一部创作小说。

爱资哈尔维新派的代表穆罕默德·阿布杜（1845—1905）领导了现代埃及的宗教改革，但这场改革不只局限于宗教的范围，还涉及社会生活领域。他在《金字塔报》、《埃及时事报》、《坚固的纽带》等报刊发表的政论、时评，开创了埃及现代杂文的新领域。埃及学者邵武基·戴伊夫认为："正如他是一位宗教改革家一样，他也是一位文学和语言的改革家，他使我们的新闻文章挣脱了韵文和各种修辞的陈腐破烂框框的束缚，而成为完整的自然的语言，他磨练了这种语言，使它能表达出各种新鲜的政治和社会的内容。他尽量使语言通俗化，以便广大群众能够理解。他创造了种种表达方法，抛弃了那些繁琐的矫揉造作的语言。这就是说，他从形式到内容上发展了我们的散文。"①

经过几位先驱的努力，19世纪80、90年代，随着埃及民众民族意识的觉醒和印刷出版、新闻事业的发展，启蒙文学达到高潮，主要体现为两次成立的"祖国党"成员的创作。

第一次"祖国党"成立于1878年，以阿拉比为领袖。阿拉比领导的"阿拉比运动"开展了反对英、法列强的侵略，改革内政，兵谏立宪，武装抗英等活动，而在文学方面的代表是诗人迈哈穆德·萨米·巴鲁迪。第二次"祖国党"成立于1907年，但其成员的启蒙活动主要在19世纪末，其领袖穆斯塔法·卡米勒不仅是社会改革的推动者、民族运动的领导人，还是重要的启蒙作家。

迈哈穆德·萨米·巴鲁迪（1838—1904）出身于马木鲁克王朝后裔之家。恢复祖先荣耀的远大抱负，加上对文学的爱好和天赋，使他早年潜心研究阿拉伯阿拔斯时期的诗歌，他是埃及现代第一个研究、注解、诠释古典文学的人，并且吸收消化古典诗歌精神，内化为自己的诗歌风格。他的雄心和多灾多难的时代，使他关注现实并积极投身现实政治，军校毕业后，他到奥斯曼作外交官员，参加过克里特岛战争和俄土战争，因其勇敢而荣立战功，之后担任过东方省省长、开罗市市长、宗教基金部部长。他不满列强侵略，热心民族振兴大业，1878年参加"祖国党"，成为党的核心领导成员。兵谏立宪成功，巴鲁迪一度作为首相组阁，主持内政改革。1882年同阿拉比将军一起领导武装起义抗英，失利后被流放锡兰岛（今斯里兰卡）17年。他一生对时代的观察与荣辱起伏的情感体验，成为他诗作的题材来源。他在诗中描绘他所处的时代："埃及早已不似当年，/全国都在动荡不安。/农民因暴虐疏于耕田，/商人怕破产拼命赚钱。/到处都令人心惊胆战，/即使夜里都无法安眠……"② 这样的社会必须变革，因而他呼吁人们起来，为自己的自由和幸福做出应有的抗争：

　　　　同胞们，起来！生命就是时机，

---

① ［埃及］邵武基·戴伊夫：《阿拉伯埃及近代文学史》，李振中译，人民文学出版社1980年版，第224页。

② 引自仲跻昆《阿拉伯现代文学史》，昆仑出版社2004年版，第113页。

世上有千条道路，万种利益。
我真想问真主：你们如此众多，
却为什么要忍辱受屈？
真主的恩德在大地如此广布，
你们却为何要在屈辱中苟活下去？
我看一颗颗脑袋好像熟透了的瓜，
却不知锋利的刀剑操在谁的手里。
你们要么俯首帖耳任人宰割，
要么起来斗争，不受人欺！①

他的诗歌充满着深厚的民族主义和爱国主义的思想感情，在阿拉伯诗歌史上具有承前启后的意义。他是埃及现代伟大的爱国诗人。

穆斯塔法·卡米勒（1874—1908）是世纪之交影响最大的启蒙思想家。他的启蒙思想与民族主义相结合，在他看来，帝国主义之所以能侵占埃及，是因为埃及广大民众还没有意识到自己的处境，还在浑浑噩噩当中没有醒悟。他就是以唤醒民众为己任，拨开迷雾，显示真理。他在一篇演说稿中说："……你们要随时想到祖国的患难！并且要努力想出拯救祖国的途径！你们怀念祖国，应当如孝顺的孩子怀念他可怜的、睡在床上呻吟的母亲一样！你们应当想到祖国的痛苦，虽然他国的人民是在想着他们国家的光荣和伟大！只要你们知道祖国的病根，那末，祖国的病症就有完全好转的希望。你们想念祖国吧！一个有理智的人，如果看见自己家中起火，看见自己的母亲卧病，哪有坐视火灾，坐视病人不管的道理呢？……有些埃及人对祖国虽然忠诚，但是我不赞成他们对祖国随时表示失望的看法；他们借口对祖国失望而不肯出来做一些有益的事情。他们认为祖国的前途是没有希望的，未来的日子是暗淡的。啊！一个医生焉能不诊断病情、不设法医疗而随便判断一个病人不能痊愈呢？……有自尊心的人怎能愿意过着没有希望的生活呢？生与死如何能够集在一个人的身上？因为失

---

① 引自仲跻昆《阿拉伯现代文学史》，昆仑出版社 2004 年版，第 116—117 页。

望就是死亡!……"① 他富于激情的报刊政论文章和演说稿子,将阿布杜开创的散文精神向前推进,使之进一步与民众的现实生活靠近。埃及学者认为:"毫无疑问,我们反对英国占领最有力的武器就是姆斯塔法·卡米尔在《旗帜报》上发表的文章,这些文章增强了我们反对外国占领的决心,他的确是我们当时民族主义运动无与伦比的领袖。他是一把燃得正旺的爱国主义火炬,是一个能言善辩的演说家和政论文作家。他激起了我们的爱国主义觉悟,向埃及和欧洲大声疾呼,积极争取自由、独立和珍贵的生活。"②

埃及其他著名的启蒙作家还有阿卜杜拉·奈迪姆(1843—1896)、卡西姆·艾敏(1865—1908)。前者创办《冷嘲热讽报》,发表了不少针砭时弊、主张变革、风格辛辣明快的杂文;后者著有《妇女解放》(1899)、《新女性》(1900)两部散文集,提倡妇女解放,把女性当作美的化身,从妇女问题延伸到传统陋习的审视,提出在现代科学基础上完成阿拉伯社会的变革。

(三) 大叙利亚的启蒙文学

大叙利亚地区(包括叙利亚、黎巴嫩、约旦、巴勒斯坦)的启蒙文学是在西方文学和埃及启蒙文学的影响下产生发展,有两代作家做出了自己的努力。第一代作家出生于19世纪初期,主要创作在19世纪中期;第二代作家出生于19世纪中期,主要创作在19世纪末和20世纪初。

第一代作家著名的有纳绥夫·雅齐吉(1800—1871)、艾哈迈德·伐利斯·希德雅格(1804—1888)、布特鲁斯·布斯塔尼(1819—1883)、弗朗西斯·麦拉什(1835—1873)、马龙·奈卡什(1817—1855)、杰卜拉伊勒·德拉勒(1836—1892)等。纳绥夫·雅齐吉著有三卷诗作和玛

---

① [埃及] 泰浩·侯赛因:《阿拉伯文学选集》第2卷,开罗,1933年版。转引自纳忠《埃及近现代简史》,三联书店1963年版,第147页。

② [埃及] 邵武基·戴伊夫:《阿拉伯埃及近代文学史》,李振中译,人民文学出版社1980年版,第204页。

卡梅体①韵文故事《两海集》(1856),他的创作在传统的文学形式中注入新的时代内容。艾哈迈德·伐利斯·希德雅格长期侨居国外,视野开阔,其代表作《希德雅格谈天录》(1855),也是传统的玛卡梅体,但以自身经历的有趣故事,抨击封建统治和宗教迫害的残酷。布特鲁斯·布斯塔尼不仅编著了阿拉伯语的语法著作和《百科全书》(前6卷),在文学上的贡献是他开创了"说明散文"这样的新文体,以通俗晓畅的语言表达思想,打破古板僵化的旧语法和习惯用语的束缚,为新的民族文学发展奠定了基础。弗朗西斯·麦拉什的政论小说《真理的丛林》,表达了追求自由、解放,建设新世界的要求。马龙·奈卡什将《一千零一夜》中的故事改编为剧本,被认为是近代阿拉伯第一个剧作家。杰卜拉伊勒·德拉勒在长诗《王位与寺庙》中,号召叙利亚人民推翻土耳其的统治:"啊,沉睡的人们,你们岂能长眠?/快起来,把那些野兽教训一番!/切莫再听任他们随意宰割,/切莫再害怕他们狰狞的嘴脸。/快起来,努力赶走他们!/国家已被他们糟蹋得破烂不堪。"②

第二代启蒙作家大都不堪忍受压迫而流亡埃及。主要作家有艾布·赫利勒·格巴尼(1833—1903)、塞利姆·布斯塔尼(1847—1884)、易卜拉欣·雅齐吉(1847—1906)、阿卜杜·拉赫曼·凯瓦基比(1854—1902)、艾迪布·伊斯哈格(1856—1885)、乔治·宰丹(1861—1914)等。艾布·赫利勒·格巴尼是最早在叙利亚组建剧团的剧作家,但他的演出活动遭到守旧势力的阻挠,1884年带领剧团到埃及,创作、演出17年,写作取材历史传说和民间题材的剧本60多部。塞利姆·布斯塔尼是布特鲁斯·布斯塔尼的儿子,早年协助父亲编刊办学,续编《百科全书》(后2卷),70、80年代创作了大量取材历史或现实生活的小说。易卜拉欣·雅齐吉是纳绥夫·雅齐吉的儿子,他在埃及创办《宣言》和《光明》杂志,其诗作具有古典阿拉伯诗歌的雄健豪迈之风,如他的一首《醒来,阿拉伯人》:"让我听宝剑铮铮,在战尘中闪烁,/听到它铿锵奏鸣,我会感到快乐。/你们已经没有什么可吝惜的了,/除了那些灵魂——在屈辱中

---

① "玛卡梅"是阿拉伯传统的文学形式,盛行于10—11世纪,原意为聚会的场所,引申为在一定场合讲述故事。内容多为回忆或转述主人公的遭遇,形式上韵散结合,注重排比、对偶的修辞手段。

② 引自仲跻昆《阿拉伯现代文学史》,昆仑出版社2004年版,第267页。

苟活。/拼死斗争！死也死得痛快，/强似半死不活，受尽折磨！"① 阿卜杜·拉赫曼·凯瓦基比早年在叙利亚创办报刊，宣传反专制的启蒙思想，因受到统治者的迫害而侨居埃及，撰写了《专制的本性》和《诸镇之母》等著作，抨击奥斯曼暴政，宣传民主政治和宗教改革，被认为是"阿拉伯民族主义初步形成的思想总汇"②。艾迪布·伊斯哈格青年时代在贝鲁特编辑《进步报》和《艺术成果》杂志，后移居埃及，与阿富汗尼一起创办《埃及》周报和《商务报》，因报刊的民主意识和改革思想而被当局查封，1880年他流亡巴黎，继续办报宣传启蒙思想。伊斯哈格在主编报刊、撰写报刊文章的同时，经常创作诗歌，留下诗文集《珍珠集》，还有拉辛的剧作和梅里美的小说译文行世。乔治·宰丹也是侨居埃及的黎巴嫩著名学者和作家，通过他的系列历史著作和20多部历史小说，唤醒阿拉伯民众对过去辉煌岁月的追忆，以激发现实的民族激情。

（四）伊朗（波斯）的启蒙文学

伊朗的启蒙文学的主要作家有密尔扎·法塔赫·阿里·阿洪德扎德（1812—1878）、密尔扎·玛利库姆·汗（1833—1908）、密尔扎·阿加汗·克尔曼尼（1853—1896）、泽因尔·阿别金·莫拉基（1837—1910）等。阿洪德扎德最早提出对传统文学革新的主张，认为《蔷薇园》的时代已经过去，新时代要求创作人民需要的新文学，他用阿塞拜疆文创作了系列报刊时论和揭露社会弊端的《炼金术士毛拉·易卜拉欣·哈里尔》等剧本。密尔扎·玛利库姆·汗在《法律》等报刊发表的政论散文热情洋溢，富于鼓动性，对伊朗反对封建专制和民主宪政的舆论影响深远。阿加汗·克尔曼尼也写过许多反对封建主义的政论文章，不满宫廷文学、宗教文学的陈词滥调，模仿萨迪的《蔷薇园》创作的故事集《天国》，嘲讽骄奢淫逸的高官显贵和贪婪的宗教人士。泽因尔·阿别金·莫拉基有着深厚的民族文化功底，长期旅居在埃及、土耳其和俄国，却热切关注祖国的现实和前景，以赤诚的爱国热情创作了游记体小说《易卜拉欣·贝克游记》。小说是一部三卷长篇，第一卷写侨居埃及的富商之子易卜拉欣·贝

---

① 引自仲跻昆《阿拉伯现代文学史》，昆仑出版社2004年版，第265页。
② 张秉民主编：《近代伊斯兰思潮》，宁夏人民出版社1998年版，第227页。

克与叔叔尤素夫回国旅行的经历,所见所闻是一片黑暗:宫廷腐败、官员昏庸、民不聊生,异族统治者却骄横无忌;第二卷写易卜拉欣回到埃及,对祖国前途忧心如焚,以至含恨而终;第三卷写易卜拉欣在冥府与尤素福相聚,两人抱头痛哭,为祖国叹息,祈祷祖国能有美好的未来。小说通俗生动,其爱国热忱异常感人。作品"通过主人公的观察,如实地描绘了伊朗1905年至1911年立宪运动以前社会的真实状况。以其特有的深沉而辛辣的笔触激发读者对这一腐烂透顶的社会的强烈愤慨和憎恶,唤起他们拯救祖国,改革现状的愿望"①。这些作家的创作从不同角度表达了社会改革的愿望,为"立宪革命"作了舆论的准备。

1905—1911年伊朗爆发的"立宪革命"是一场反帝反封的民主革命,其目标是实行君主立宪,进行民主改革。随着革命形势的高涨,一批诗人、作家创作出具有启蒙性质的作品,他们是穆罕默德·塔吉·巴哈尔(1886—1951)、阿卜杜勒·卡赛姆·拉胡蒂(1887—1957)、阿里·阿克巴尔·德胡达(1879—1956)、赛义德·阿什拉夫尔丁·喀兹文尼(1871—1934)、阿布杜拉希姆·塔莱布弗(1834—1911)等。巴哈尔早有诗名,18岁继承了父亲的"诗王"称号。立宪运动中他非常活跃,一方面主持出版民主党刊物《新春》(后更名为《早春》),一方面创作了大量充满了爱国主义激情和反帝反封建的战斗精神的政治抒情诗,被称为"表现革命思想的时代歌手"②。他的《民族之歌》、《啊,祖国》、《攻占德黑兰》、《致英国外交大臣的信》、《我的祖国》、《祖国面临危险》都是立宪革命中广为传诵的名篇。他的诗作情感激越,基调深沉,如:"啊,伊朗人!伊朗现在大难临头!/大流士的疆土落入沙皇尼古拉之手。/邪恶的巨龙吞噬了凯扬后裔的国度,/穆斯林尊严何在?民族复兴待何时?/勇敢的兄弟啊,为什么这般受人欺侮?/伊朗是属于你们的,伊朗为你们所有!"③拉胡蒂是一位激进的民主主义诗人,立宪革命中,他参与武装起义,创作了激情万丈的战壕诗篇,如著名诗作《践约》,描写大不里士起义军历经艰难击退政府军、浴血奋战的情景,刻画了为自由事业献身的民

---

① 张鸿年:《波斯文学史》,昆仑出版社2003年版,第313页。
② 同上书,第319页。
③ 引自高慧勤、栾文华主编《东方现代文学史》,海峡文艺出版社1994年版,第1076页。

主战士的形象。德胡达主笔立宪革命中影响巨大的期刊《天使号角》，为《随笔》专栏撰写了大量的散文，他的散文语言通俗易懂，形式短小精悍，风格辛辣活泼，以揭露专制制度的腐朽黑暗、宣扬民主思想、鼓动宪政革命为基本内容。他为伊朗现代散文的确立奠定了基础，被西方学者称为"东方杂文和讽刺小品的大师"。[1] 阿什拉夫尔丁主编了受读者普遍欢迎的诗刊《北风》。他曾用诗行谈到自己的工作，"一千三百二十四年[2]，/本城[3]开始了立宪运动。/我也吹起这徐徐清风，/使人们的头脑渐渐清醒"[4]。的确，他在该刊发表了两万多行鞭挞现实罪恶的政治讽刺诗，这些诗作通俗流畅、风趣幽默却又立场鲜明，宛如"徐徐清风"，使人们认清现实，坚定立宪立场。往往刊物一出版，即被抢购一空，人们争相传阅，从一个方面推动立宪革命的发展。阿布杜拉希姆·塔莱布弗是立宪运动中著名的通俗散文作家，他发表的政论小册子《行善者的原则》（1905）、《自由释》（1906）、《塔莱布弗的政见》（1911）等是当时产生了很大影响的通俗读物，为普及民主、自由思想起到了推进作用。

总之，东方现代的启蒙文学作家，以变革社会、拯救民族危亡的历史使命感，将文学作为表达启蒙思想的工具，赋予文学鲜明的政治色彩，往往对文学的审美品格注重不够。但启蒙文学在反映人民的生活与斗争、谴责帝国主义和封建统治者等方面，其深度和广度是空前的，同时，文学语言也更加接近人民大众的口头语，文学形式方面在由民族文学的传统形式向新的民族文学过渡，西方文学提供了新形式借鉴的资源。从文学自身的审美角度看，东方现代启蒙文学有些稚拙，甚至粗糙，但它大大拓展了东方文学的表现领域，是东方文学从传统迈向现代的序章，新的因素在蓬勃生长，因而富于生气与活力。而从民族意识的觉醒和表达看，东方的启蒙文学思潮，又是东方现代民族主义文学思潮的早期形态。

---

[1] 高慧勤、栾文华主编：《东方现代文学史》，海峡文艺出版社1994年版，第1069页。
[2] 1324年是伊斯兰历，即公元1906年。
[3] 本城，指阿什拉夫尔丁居住和《北风》出版的伊朗北部城市勒斯特。
[4] 张鸿年：《波斯文学史》，昆仑出版社2003年版，第330页。

第三节　东方现代民族主义文学的早期形态

综观东方现代的启蒙思潮，无论是作为社会改良运动及宗教改革运动，还是启蒙文学创作，都与东方现代民族主义思潮有着内在而广泛的联系。

启蒙主义和民族主义是东方现代早期的两大社会文化思潮。在人们的一般理解中，启蒙主义和民族主义是两种在本质上不同，甚至是截然对立的思想体系。前者是指引进西方文艺复兴以来的自由主义传统，向东方固有的"封建文化"宣战，以科学民主为思想武器，反对宗教迷信和封建专制主义，其目标是个性解放和社会进步，建立起西方式的现代型社会；后者则是与入侵东方的帝国列强抗争，保卫东方民族日趋逼仄的生存空间，在爱国主义的旗帜下，反对帝国主义的入侵和殖民主义的压迫，其目标是民族解放和国家富强。在20世纪80年代，中国学界盛行"救亡压倒启蒙"的观点，将"启蒙"和"救亡"作二元对立的理解。[①]

这种理解是用西方的"启蒙运动"来套用东方的"启蒙运动"得出的结论。实际上西方的"启蒙"和东方的"启蒙"是在两种不同的社会情势和时代呼唤中产生发展的社会文化思潮。

西欧近代的文化蜕变，经过文艺复兴、宗教改革，历时几百年，到17、18世纪发生启蒙运动，是自发而平缓的往前推进，是以蓬勃发展的新兴市民阶层作为社会基础，是社会内部因素的自然变革。可以说，欧洲的启蒙运动是自由主义式的市民社会的思想变革，市民社会的启蒙运动表达的是个性解放、自由平等的价值诉求，强调的是"人与人"关系中的个人主体的平等与自由。

以西方启蒙运动为参照，东方启蒙运动有以下几点很突出：

[①] 参见李泽厚《中国现代思想史论》，东方出版社1987年版。当然也有学者提出不同的观点，如金冲及在《人民日报》（1988年12月5日）上发表的文章《救亡唤起启蒙》，以戊戌维新运动中崛起的一代启蒙先驱梁启超等人思想变化为例，阐述了"中国近代历史一种带规律性的现象"，即每一次群众性救亡的运动的兴起，总是能有力地唤起或促进一次伟大的启蒙运动的到来。但当时绝大部分学者界赞同"救亡压倒启蒙"的观点。

第一，东方启蒙运动是外源性的。东方启蒙运动肇端于西方文明的冲击，东方启蒙运动的先驱大都是接受了西方教育，对西方的社会、文化有比较深入研究的学者，他们以西方文化反观自己的本土传统，深感其僵化与落后，缺乏参与世界竞争的活力与能力，因而以西方的启蒙思想为资源，对传统做出批判与反思。也有论者认为东方的启蒙运动具有内在的因素，是"内发性与外发性相结合……19世纪发生的东方启蒙运动都有其更早的先驱者或传统渊源。中国在维新派之前有魏源、龚自珍，有明清之际的王夫之、黄宗羲，之前又有晚明的徐光启、李贽等。这种启蒙精神在中国有自己的社会土壤和文化传统，因而后一代启蒙思想家都有对前一代启蒙思想家的学说和精神认同。日本发生于明治维新之后的启蒙运动虽然西化色彩更浓，有人提出了'脱亚入欧'的思想，但他们所提倡的个人独立、个性自由以及殖产兴业等思想，在日本不仅有长期的町人文化基础，而且也有思想先驱，如石田梅岩、安藤昌益、三浦梅园、佐藤信渊等。印度启蒙运动是以宗教改革的形式进行的，是与印度16世纪的宗教改革血脉相通的"[①]。但仔细审察，引文中提到的东方启蒙"传统渊源"的"先驱"，本身都是在东西文化早期交流中，在西方某些价值观念启发下反思自身传统的先觉者。与西方相比，东方启蒙不仅缺乏市民社会的根基和动力，而且没有西方式的孕育现代性的传统资源可资利用。这样，当东方启蒙思想家移植西方现代性价值并用来批判本土传统时，又导致本土传统与西方文化的冲突。这种外源性的启蒙，其传统的抗拒和文明的冲突，是西方内源性启蒙所没有的。

第二，列强环伺、殖民入侵是东方启蒙运动面临的现实环境。这种惨痛的被压迫现实促使东方国家的有识之士发起了志在挽救危亡、振兴和解放国家民族的启蒙运动。即启蒙是为了救国。在启蒙运动中，各国启蒙思想家普遍认为，救国须先"醒民"，即唤醒和教育人民，使之摆脱不识不知不争不强的落后与愚昧，在人格精神上觉悟强大起来。这样就决定了东方各国启蒙思想家的思维方式，是以救国为本的"精神救国论"、"精神启蒙论"。在一些历史著述中，东方的启蒙运动常常被冠以"爱国启蒙运动"、"救亡启蒙运动"、"民族主义启蒙运动"之类。可以说，东方的启

[①] 侯传文：《论东方启蒙运动》，《东方丛刊》1998年第3期。

蒙是将西方启蒙中"人与人"之间的自由、平等原则应用于"国与国"的关系上。启蒙与救亡的关系成为现代东方各国错综复杂的矛盾中的一对。二者本质上是相辅相成的，启蒙为了救亡，救亡必须启蒙，民族意识的增强与自我个性意识的觉醒是相互伴随、互相促进的。但在近现代东方各国都不同程度地存在着启蒙与救亡的矛盾。一方面，作为启蒙思想武器的西方文化是伴随着殖民入侵进入东方的，因而与民族意识发生矛盾；另一方面，启蒙与救亡之间存在着孰先孰后、孰轻孰重的问题。对当时的大多数国家来说，救亡图存、民族独立更是当务之急，从而把救亡放在第一位，影响了启蒙运动的深入，使东方启蒙运动未能得到从容而彻底的发展。

第三，19世纪后半期的东方启蒙运动与欧洲启蒙时代相距一百多年，东方启蒙随现代化运动在世界范围传播而兴起时，西方早已步入现代社会。这期间西方各种新的思想和学说不断涌现：民族主义、社会主义、现代主义、非理性主义、悲观主义等等，这些理论、思潮伴随着启蒙主义一起传入东方，东方启蒙时代的几十年里浓缩了一百多年的西方近代思想史，洛克、卢梭、尼采、马克思、易卜生、托尔斯泰、克鲁泡特金等欧洲不同时代思想家的理论汇聚东方，这些欧美哲人的启蒙、反启蒙、批判启蒙的思想学说，共同构成了东方启蒙运动的外域思想资源。当这些相互冲突的历时态的西方现代思想转化为共时态的东方启蒙资源时，导致东方启蒙思潮自始即与各种思潮彼此缠绕、相互交叉渗透。其中与民族主义的交错纠葛是最突出的。

在西方，启蒙主义和民族主义是前后相继、有着因果关系的两个社会文化思潮。有论者论及西方近代民族主义的产生："追根溯源，这种近代民族主义是在反封建的斗争中形成的。由文艺复兴和宗教改革开始的'人的解放'，拉开了近代民族主义诞生的序幕。文艺复兴和宗教改革使人发现了自己，认识到了自身的价值，这样，他们的忠诚由神圣的天国转移到世俗的人间，开始认识发现生存于其中的民族共同体，民族情感更为增长……随着资产阶级的兴起和壮大，他们无法再和封建国王携手合作，于是便转移了对国王的忠诚，以'全民族'的代表自居，掀起反封建的资产阶级革命。在革命中，他们打倒了王权，推翻了专制统治，获得了自由、平等和人权，从前的臣民变成了公民，国家利益取代了王朝利益。所以，在通过妄想对立的批判封建王朝国家的斗争中，人们产生了民族国家即'祖国'的意识。"① 1789年的法国大革命是欧洲启蒙运动的直接结果，又是欧洲民族主义产生的标志。但在东方，19世纪后半期同时接受启蒙主义和民族主义两大思潮，而且反帝反殖的现实需求使得东方的思想精英首先感受到的是"救亡"（民族主义），是民族主义进一步推动着启蒙运动。

总之，东方启蒙运动源于寻求国家富强的民族主义目标，因而启蒙始终与民族主义相生相伴。所谓"救亡压倒启蒙"之说，显然忽略了东、西方启蒙的历史文化语境差异以及东方启蒙的民族主义关怀。实际上，东方启蒙的深层动力正是"救亡"，与西方人文主义式启蒙相比，东方启蒙毋宁说是一种落后民族寻求富强之道的"救亡型启蒙"。在东方现代化运动中，西方一直以强盗兼导师的矛盾形象出现。它一方面代表了自由民主的现代文明，另一方面又是欺凌掠夺东方民族的帝国主义者。因而，民族主义对于东方启蒙是一把双刃剑，它既可成为驱策启蒙的精神动力，又可成为抗拒启蒙和现代性的保守因素。

文学是文化的缩影。东方启蒙主义思潮与民族主义思潮错综交织的文化景观在启蒙文学中有着生动的表现，以致我们认为：东方现代启蒙文学就是东方现代民族主义文学的早期形态。

首先，从创作主体看，许多启蒙文学作家、诗人，就是活跃的民族主义者或思想家。

从前文对东方启蒙运动和启蒙文学的叙述中可以看到，日本的福泽谕吉、矢野龙溪、柴四郎，印度的亨利·狄洛吉奥、赛义德·阿赫默德汗，土耳其的纳米克·凯马尔，埃及的雷法阿·塔哈塔维、迈哈穆德·萨米·巴鲁迪、穆斯塔法·卡米勒，叙利亚的布特鲁斯·布斯塔尼，伊朗的密尔扎·玛利库姆·汗等，他们创办报刊、组织政党、做诗撰文，积极宣传他们抗议列强侵略、民族救亡的思想，甚至投笔从戎、参加武装起义。下面我们从民族主义的视角对其中几位略作评议。

柴四郎（1852—1922）是日本明治年代的政治活动家和新闻记者。1879年留学美国，1885年初学成回国。回国后他一方面以东海散士的笔

---

① 李宏图：《西欧近代民族主义思潮研究》，上海社会科学院出版社1997年版，第9页。

名创作出版政治小说《佳人奇遇》，一方面积极投身政治活动。1886年应农商务大臣谷干城之邀，再次游历海外，经埃及、土耳其到达欧洲，途中与埃及抗英爱国志士阿拉比会谈。次年回国后提出批判欧化主义、维护民族利益的意见书。之后为自由民权派各政党的联合和团结而四处奔波。1889年积极筹建以谷干城为首的新政党，1894年组建主张责任内阁制和对外强硬政策的"立宪革新党"。1895年对日清和议后西方列强的干涉感到愤怒，尔后以进步党、宪政党和大同俱乐部成员的身份活跃于政界。柴四郎的文学创作主要有《佳人奇遇》（1885—1897）、《东洋美人》（1888）、《埃及近世演义》（1889）和《日俄战争·羽川六郎》（1903）等政治小说。代表作《佳人奇遇》是柴四郎倾注十余年心血，把自己的政治理想和对社会、人生的体验尽纳其中的一部政治小说，也是一部具有民族主义色彩的日本启蒙主义文学的代表性作品。他两次长时间游历国外，视野开阔，小说系统地展示了各国遭受西方列强掠夺、压迫的悲剧及其改革和民族独立斗争的历史，爱尔兰的民族解放运动，埃及反对英国统治的亚历山大起义，西班牙顿加罗斯派的改革，还有波兰、墨西哥、中国、印度、缅甸直到朝鲜的东学党起义等都在作品中得到表现。但作者对弱小民族惨史的描述只是作为一种背景，作为日本的前车之鉴，以此探讨日本在这样的世界局势下应该采取的国策和民族发展道路。

狄洛吉奥是印度早期民族主义组织"青年孟加拉派"的领袖，因其印葡混血的出身而受到英国人的歧视，但他自认印度是他的祖国。他曾在加尔各答创办报纸，发表文章，创作诗歌，宣传他的爱国思想。1828年他受聘为印度学院的英国文学教师，他的民族主义思想吸引了一批青年学生，形成了"青年孟加拉派"。他的诗作充满了民族主义激情，在一首题为《献给印度——我的祖国》的诗中写道：

> 啊！我的祖国，
> 在您光荣的往昔，
> 华美的荣光萦绕您的额头，
> 您受人尊崇，俨如神祇。
> 如今，光荣何在，
> 尊崇又在哪里？

> 您的鹰翅最终被锁住,
> 您此刻是伏在尘埃里。
> 诗人为您没有花环可织,
> 唯有诉说哀伤的经历。
> 啊,让我潜入时间的深底,
> 从流失的岁月,
> 收回人们不能看到的
> 那失去的伟大的残片,
> 让我的劳动成为您——
> 我沦落的祖国的美好祝愿。①

巴鲁迪是埃及祖国党(第一次)的主要领导人,曾任立宪政府首相,1882年和阿拉比将军一起领导武装起义反对英国侵略,起义失败后被流放到锡兰岛。"在反对英国的武装斗争中,在长期被放逐到国外的流浪生活中,他深厚的民族主义思想有了很大的发展,他成为埃及近代伟大的爱国诗人之一,遗下了四厚册诗集。"② 诗歌是他表达民族主义情感的手段,他在一首长诗中写道:

> 在豺狼当道的时代,
> 贤人成了打击的目标。
> 一群恶棍耀武扬威,
> 阴险奸诈令人心痛欲碎。
> 倔强的文明古国,
> 我们至高无上的祖国,
> 今日却屈膝外夷,备受蹂躏。
> 赶快行动起来!
> 不要坐失良机,

---

① [印]狄洛吉奥:《亨利·狄洛吉奥诗文集》,英文版,牛津,1923年版,第2—3页。转引自林承节《印度近现代史》,北京大学出版社1995年版,第148页。

② 纳忠:《埃及近现代简史》,三联书店1963年版,第152页。

光阴不待人……①

诗中为祖国衰落的现实心情异常沉痛，期待人民起来，赶走侵略者。

我们再看菲律宾启蒙运动及其领袖何塞·黎萨尔（1861—1896）。19世纪80、90年代，菲律宾出现称之为"宣传运动"（1880—1895）的启蒙运动。一批受过西方教育的菲律宾青年知识分子，他们建立组织、创办刊物、出版书籍、创作文学作品、集会演讲，宣传具有民族主义色彩的启蒙思想。这场思想解放运动"不是借流血革命来推翻西班牙统治的一种过激的骚动。这是借笔、画笔和唇舌，有力地进行的一次和平运动，要求西班牙母国进行改革，以改善西班牙殖民政府和谋被压迫的菲律宾人的福利"。其目的是："1. 菲律宾人和西班牙人在法律上平等。2. 吸收菲律宾为西班牙正规的一省。3. 在西班牙议会恢复菲律宾代表。4. 菲律宾教区的菲律宾化。5. 菲律宾人的个人自由，如言论自由、出版自由、集会自由和申请纠正冤屈的自由。"② 运动中出现了一批杰出的思想家、文学家、艺术家。他们多才多艺，走在时代的前列，似璀璨的群星，出现在西班牙统治下黑暗的菲律宾的上空。他们在政治思想文化艺术等方面的作品，不仅充满了热爱菲律宾的爱国主义感情，而且闪耀着人文主义的光芒。他们包括律师兼新闻记者马尔塞洛·H. 德尔皮拉尔，演说家兼讽刺作家格拉西阿诺·洛佩斯·哈埃纳，医生兼历史学者马里阿诺·庞塞，药剂师兼争论作者安东尼奥·卢纳，画家胡安·卢纳和菲利斯·雷苏尔雷克西昂·伊达尔戈，语言学家何塞·马·庞加尼邦等，而黎萨尔是他们的杰出代表和运动的主要领导者。"黎萨尔是一个坚定地的民族主义者和爱国主义者，为实现他的理想——菲律宾的繁荣、自由进行了不懈的努力。"③ 他组织"菲律宾联盟"，明确地把整个菲律宾群岛"统一成一个强大的民族共同体"作为宗旨。黎萨尔用西班牙文写的两部长篇小说《不许犯我》（1887年在柏林出版）和《起义者》（1891年在比利时根特出版），揭露了西班

---

① 引自邵武基·戴伊夫《阿拉伯埃及近代文学史》，李振中译，人民文学出版社1980年版，第79页。

② ［菲律宾］格雷戈里奥·F. 赛义德：《菲律宾共和国：历史、政府与文明》，温锡增译，商务印书馆1979年版，第339—340页。

③ 金应熙主编：《菲律宾史》，河南大学出版社1990年版，第352页。

牙殖民统治的野蛮和残暴,描绘了菲律宾人民的深重灾难,塑造了菲律宾爱国者的形象,表达了作者强烈的爱国主义思想,在当时就引起了极大的反响。他还是一位杰出的诗人,诗作虽然不多,但大多情深意切,感人至深,表达了深厚的爱国主义精神,其中的名作如《献给菲律宾青年》、《流浪者之歌》和《我最后的告别》。正是由于他的民族主义思想和他对菲律宾人民的影响力、号召力,西班牙殖民当局残忍的将年仅35岁的黎萨尔杀害。

其次,从文学主题看,爱国主义是启蒙文学的核心主题。

正由于东方启蒙思潮展开的特定历史处境,爱国主义成为东方启蒙运动的精神动力,也是东方启蒙文学的重要主题。东方启蒙运动是面对积贫积弱的民族,危机四伏甚至已经沦亡的国家,先进的知识分子上下求索,寻找救国救民之道,从而开出的启发民智、改革社会的药方。这种救国救民的出发点与民族主义是相通的。爱国,成为连接启蒙主义文学和民族主义文学的纽带——爱国需要独立清醒的自我人格,需要健全坚毅的国民性格;爱国也正是民族主义的情意旨归。

启蒙文学的爱国主题是从不同的侧面加以表达的。

(1) 对殖民统治和封建专制的黑暗现实异常痛心,关注民族的命运和前途。如伊朗立宪诗人巴哈尔的一首诗:

> 祖国啊!谁曾想象会变成一片废墟,
> 你的土地成了外国军旅的营地,
> 你本是我们聚会厅堂的明烛,
> 如今因何成了他人烛火中的飞蛾?
> 你是我的骨肉,我园中的鲜花,
> 如今怎么就得如此破落?我的祖国![①]

再如印度作家、诗人拉塔杰仑·戈斯瓦米(1857—1923)的一首诗:

> 我哀叹,东奔西跑的呼唤,

---

① 引自季羡林主编《东方文学史》,吉林教育出版社1995年版,第1028页。

有谁啊！来拯救印度这艘沉船？
牢固的《吠陀》大帆已被卷走，
掌舵的修道士仙人们已经长眠。
船上那神宝石一样的珍珠，
甘露般的妙药灵丹，
唉！都一古脑儿流向欧洲海岸。
有谁啊！来拯救印度这艘沉船？①

无论是巴哈尔的感叹，还是戈斯瓦米的呼唤，诗行中都渗透着诗人对祖国的赤子情怀，沉郁伤感的情愫中，跃动着一颗滚烫的爱国心。

（2）赞颂祖国的大好山河，为民族的光荣传统而自豪。印度乌尔都语诗人杰格伯斯特的长诗《印度的大地》具体描述了这块土地上的无数为印度文明做出贡献的"英雄"，其中有两节：

佛祖使这座古老寺院变得更加辉煌，
萨尔默德为了这片大地而背井离乡。
阿克巴尔给联欢会斟上友爱之酒，
拉那用自己的鲜血浇灌了这座花园，
所有的英雄都埋葬在这块土地上，
这里有古代的废墟和英雄的忠骨。

废墟的门墙上留下他们不可磨灭的印记，
他们和我们血脉相承源远流长。
当年的号角声至今还在这里回响，
晨礼的召唤声至今仍是那样嘹亮，
克什米尔至今美丽得像天堂一样，
长流不息的恒河至今仍发出耀眼的光芒。②

---

① 引自刘安武《印度印地语文学史》，人民文学出版社1987年版，第230页。
② 引自阿·西迪基《乌尔都语文学史》，山蕴译，中国社会科学出版社1993年版，第195页。

古老的大地、古老的文明，先辈们以他们的智慧和辛勤，创建了无数的人间奇迹。这是令后人无比自豪的文化遗产。再看埃及巴鲁迪的一首描写金字塔的诗作：

> 问一问吉萨的金字塔，
> 你会获得新的知识。
> 雄伟建筑经历了多少岁月，
> 他战胜了时光的侵袭，
> 不愧为人间的奇迹。
> 人世间，千变万化，
> 来而复去，沧海桑田。
> 他却永远傲然挺立。
> 建造者荣誉的丰碑，
> 灿烂文化的见证人。
> 人面狮身傲居其中，
> 昂首雄姿气贯长虹。
> 丰富多彩的古代科学，
> 证明人类的智慧无穷。①

埃及是人类文明的摇篮之一，悠久辉煌的古代文明虽然随着希腊化、罗马统治和阿拉伯帝国的扩张而断裂，但雄伟气派的金字塔、狮身人面的斯芬克斯还在向人们诉说尼罗河谷悠远的繁荣和埃及祖先的科学与智慧。

（3）对比描述民族现实的悲惨与过去的繁荣，以唤起民众的民族情感和爱国热忱。这样的主题在印度帕勒登杜剧作的《印度惨状》和哈利的长诗《伊斯兰的兴衰》中得到充分的展示。

《印度惨状》以拟人化手法，让"印度"、"恶神"、"印度命运"、"毁灭"、"疾病"、"黑暗"等角色上场表演。剧作追述"印度"光荣的过去，"恶神"派"毁灭"为首的各路人马围攻"印度"，"印度"惨不

---

① 引自邵武基·戴伊夫《阿拉伯埃及近代文学史》，李振中译，人民文学出版社1980年版，第78页。

忍睹,"命运"努力唤醒垂死昏睡的"印度",以它荣耀的历史来启示它,但"印度"依然在沉睡。作家以大众乐于接受的戏剧形式,表达抽象的启蒙思想,效果强烈,激动人心,既揭示出现实的可悲,也表现出复兴古代荣华的愿望。

长诗《伊斯兰的兴衰》从伊斯兰教之前阿拉伯的混乱写起,穆罕默德创立伊斯兰教开始了光荣的历史,但现在衰落了,因为穆斯林沉湎于过去的辉煌,抱守残缺,不思进取,整个社会为失望所笼罩。这里,诗人喊出了"改革"的呼声。诗人说写作这首诗,"不是为了取悦人们,而是为了激发人们的自尊心和廉耻心"①。但顽固的穆斯林长老将他逐出教门,而阿赫默德汗却称"这首六行诗可以使哈利在世界末日来到的时候升入天堂"②。

伊朗诗人巴哈尔在一篇诗作中将祖国的过去和现在对比,表达了深沉的忧愤:

你也曾有过快乐欢畅的时光,
　　啊,祖国,
你也曾打断敌人的牙齿与手掌,
　　啊,祖国。
你也曾高昂着头耀武扬威,
　　啊,祖国,
可是如今你变得如此羸弱凄凉,
　　啊,祖国。
何处去寻求公道、公道、公道,
到处是不公、不公与不公,
你如此满目疮痍是由于敌人欺凌,
亲爱的祖国,亲爱的祖国,

---

① [巴基斯坦]阿·西迪基:《乌尔都语文学史》,山蕴译,中国社会科学出版社1993年版,第166页。
② [巴基斯坦]阿·西迪基:《乌尔都语文学史》,山蕴译,中国社会科学出版社1993年版,第164页。

亲爱的祖国。①

诗作在对比中强化了祖国现实中"满目疮痍"而引发诗人的忧伤,对"啊,祖国"的声声呼唤,忧愤中激荡的是诗人的爱国情怀。

(4)呼吁抗议殖民统治,展望祖国的独立解放。印度诗人杰格伯斯德用饱含深情的诗句,描绘了印度人民要求民族解放、独立自治的愿望,把"自治"当作宗教信仰:

> 犹如带雨的浓云从喜马拉雅山升腾。
> 那奔流的热血如同高速的电流,
> 被黄土掩埋的躯体又获得了新生。
> 要求自治的呼声摇撼天地,
> 要求自治的民族重新焕发出青春。
>
> 同胞们,向你们祝贺这崇高的集会,
> 这里面充满了新的希望和新的曙光。
> 在世界所有的宗教中,它大放异彩,
> 它照耀下的清真寺和庙宇同样辉煌。
> 如说我们有什么心愿,那就是争取自治,
> 这就是我们的宗教,这就是我们的信仰。②

再如突尼斯的阿拉伯文化复兴先驱和启蒙学者迈哈穆德·盖巴杜(1814—1871)的一首诗:

> 告诉毗连我们国土的法国佬,
> 在你们之前,从未有羊将狮子牴顶,
> 但是和平的梦已经逝去了,

---

① 引自张鸿年《波斯文学史》,北京大学出版社1993年版,第224页。
② 引自阿·西迪基《乌尔都语文学史》,山蕴译,中国社会科学出版社1993年版,第196页。

你们看到如何圆梦的将是风暴！①

这里将锋芒直指法国殖民主义者，表明了维护民族独立的决心：即使法国佬是狮子，突尼斯民众是温顺的绵羊，为了民族尊严，"羊"也会将"狮子牴顶"；为了和平的理想，只能以"风暴"来迎接入侵者。

再次，从文学题材看，具有民族特色的题材受到启蒙作家的充分重视。

民族主义珍视民族的传统，往往从民族传统中寻求思想资源。东方现代启蒙作家的民族主义思想也表现在重视民族特色的题材，赋予传统题材新的时代内涵。

这一点在印度启蒙文学中非常突出，这与印度社会的宗教色彩和历史观念有关。印度把古代的两大史诗视为宗教经典，把作品中的某些人物当作神来膜拜。印度人往往把传说当作真实的历史来认识，而且印度是一个对光荣历史满怀崇敬与依恋的民族。因而出于对宗教的虔诚和对历史的怀念，后代作家总是不断地重复史诗和古代神话传说中的题材。印度启蒙保持了这一传统。默图苏登创作的叙事诗《因陀罗耆的伏诛》、《蒂罗德玛仙女》和剧本《多福公主》、《莲花公主》等，采用的是史诗和神话题材，但作品表达的是充分肯定人类自由的现代思想。印地语诗人阿·乌·赫利奥特创作了系列以黑天传说为题材的诗作。被称为"大诗"的《情人远行》取材《薄伽梵往世书》中的有关内容，但诗人"用这个旧瓶装上了新酒"②。诗作中的黑天已完全成了一个凡人的形象，他离开牧区，投身为民众谋幸福的工作，不能回到他所热爱的地方和亲爱的人身边。这里表现的是个人幸福与大众利益的矛盾，这也是当时印度社会的一个时代问题。印度学者西·辛·觉杭分析道："为了推动民族解放运动向前发展和促进国家进步，有知识的人们也许需要抛开自己的家庭到国内各个角落去反复唤醒还不觉悟的人们，可是，对自己亲人的留恋难道不会使这种行动归于失败？亲人能够忍受这种分离？难道妻子和情人也能参加到这种事业里面来？这就是我们民族觉醒

---

① 引自季羡林主编《东方文学史》，吉林教育出版社1995年版，第1066页。
② 刘安武：《印度印地语文学史》，人民文学出版社1987年版，第246页。

和民族斗争中的问题。"① 诗作中黑天的恋人拉塔眷恋黑天,盼望他回来。当她得知黑天远离的价值和意义,她理解黑天,并决心投身服务民众的行列。传统文学中这对带有神性的情侣以及他们之间神秘的爱,在赫利奥特笔下赋予了时代的内涵,黑天简直成了当时献身民族解放和进步的启蒙领袖。

阿拉伯国家的启蒙文学也有一批作家诗人取材民族文学的传统题材。如黎巴嫩剧作家马龙·奈卡什取材《一千零一夜》创作的《傻瓜艾布·哈桑》(1849),叙利亚剧作家艾布·赫利勒·格巴尼取材阿拉伯的民间故事和传说,创作了《哈伦·赖世德》、《婉拉黛》、《安塔拉》、《莱伊拉的情痴》等剧作。

不仅民族传统文学题材受到启蒙作家的关注,民族历史题材也是启蒙作家热衷的题材。启蒙作家往往从历史题材中发掘现实意义,以此表达民族主义思想。叙利亚作家塞里姆·布斯塔尼创作了历史小说《齐诺比亚》(1871)、《白杜尔》(1872)、《沙姆正章中的热恋》(1874),法尔哈·安东创作有历史小说《新耶路撒冷》和历史剧作《萨拉丁王》。阿拉伯国家历史小说的代表作家是黎巴嫩的乔治·宰丹,他博学多才,通晓伊斯兰教义、历史、文学和语言学。曾创办《时光报》。后移居埃及开罗,从事新闻和出版工作,并致力文学创作和伊斯兰文化研究。1892年创办科学与文学的综合性月刊《新月》杂志。他著有《阿拉伯文学史》(4卷)和《伊斯兰文明史》(5卷),他创作了不少取材于伊斯兰教历史及故事的长篇小说,以《伽萨尼姑娘》、《古莱什少女》、《埃及女郎艾尔玛努赛》、《斋月十七》、《萨拉丁》等最为著名。

印度历史上屡经外族入侵,波斯人、希腊人、大夏、安息塞种人、匈奴人、突厥人、蒙古人、阿拉伯人、莫卧儿人等都来到次大陆骚扰掠夺,或建立起各自的统治王朝。历史上的印度人民对外族入侵者进行过英勇的抗击,或以印度本地较高的文明同化外来者。处在英国殖民统治下的印度启蒙文学,承担着唤起民族意识的任务。尤其是1857年民族大起义后,一方面整个社会民族对立强化,爱国热情高涨,另一方面起义失败,殖民

---

① [印]西·辛·觉杭:《印地语文学八十年》,《印度现代文学研究》,中国社会科学出版社1980年版,第64页。

统治当局加紧镇压和压迫。启蒙文学作家的爱国激情不能直接表现，只能以间接的方式，从反抗异族入侵的历史题材中借古寓今，因而具有现实意义的历史题材作品大量出现。乌尔都语启蒙文学作家阿·赫·希利勒谈到历史小说的目的："历史小说的目的是我们应该使子孙们不断地回忆起祖先们的伟大功绩，从而使他们产生一种新的行动力量，产生一种热烈的激情。"① 孟加拉剧作家吉里希金尔德·考什的《阿育王》、迪真德罗拉尔·拉伊的《奴杰罕》、《沙贾汗》都是著名的历史剧。希勒尔是乌尔都语历史小说的奠基人，他受到司各特历史小说的影响，创作了数量众多的历史小说。《默尔古·阿齐兹和拉吉娜》、《征服安达卢斯》、《哈桑与安吉丽娜》、《曼殊儿与莫罕娜》、《阿拉伯时代》、《天国乐园》都是在当时穆斯林读者中产生广泛影响的历史小说。其中一组以穆斯林抗击西方十字军东征题材的作品尤其受到读者喜爱。

　　印度启蒙作家般吉姆创作的历史小说，在历史事实的基础上予以艺术虚构，在浪漫的传奇色彩中展现历史场面，其表现的重点是武装抗击外族入侵。他写作了《要塞统帅的女儿》、《莱莉纳莉妮》、《阿难陀寺院》、《黛雅·乔特拉妮》、《悉达拉姆》、《拉吉辛赫》等长篇历史小说，分别表现印度人反对阿富汗、突厥、莫卧儿、穆斯林和英国人的入侵。这些作品旨在激发民众的爱国热情。代表作《阿难陀寺院》第一版直接表现18世纪印度教徒反对英国人，为避免殖民当局找麻烦，以后各版改成反对穆斯林统治者，但真实指向依然明确。小说的政治启蒙思想披上宗教外衣，以迦梨女神作为印度的象征，以她的形象揭示印度现实："迦梨女神是印度苦难的象征，她是黑色的，因为国家蒙受巨大的不幸。她是赤裸的，因为印度被剥夺了所有的财富。她戴的花环是由人的骸骨编成，因为整个国家已经变成了墓地。"小说中义军高唱的《母亲，向你致敬》，长时间作为国歌流行，其中明确表达了武装斗争的思想：

　　　　当七千万张喉咙发出怒吼，
　　　　七千万双手中宝剑飞舞，

------

① ［巴基斯坦］阿·西迪基：《乌尔都文学史》，山蕴译，中国社会科学出版社1993年版，第219页。

你握有各种力量，
　啊，祖国，
谁还能说你软弱可侮！

泰戈尔在早期创作了历史小说《王后市场》和《贤哲王》，还创作了大都取材古代典籍或历史的《故事诗集》，"《故事诗集》里的许多诗通过民间传说，歌颂民族英雄反抗外族的业绩，宣扬爱国主义和英雄主义。"[①]

第四节　黎萨尔：启蒙与救亡的困惑

1896年12月30日，西班牙殖民当局在马尼拉枪杀了菲律宾民族解放运动的领导人黎萨尔。黎萨尔为菲律宾的独立解放东奔西走、著书立说，直到献出年仅35岁的生命。黎萨尔是民族英雄，同时也是近代东方文学史上的杰出作家，他创作了大量诗作和《社会毒瘤》、《起义者》两部长篇小说。两部长篇小说艺术地记录了黎萨尔选择民族解放道路的思索和困惑，从中可以看到一个东方近代民族英雄决择的艰难。

一　英雄的选择

黎萨尔死于殖民者的枪杀，成为民族英雄，独立后的菲律宾人民尊称他为"国父"。这种人生际遇，是他的一种选择。

何塞·黎萨尔（1861—1896）出生于菲律宾吕宋岛内湖省卡兰巴镇的一个富裕家庭。从小体弱多病，但受到比较好的照顾和教育，而且聪颖过人。3岁跟母亲识字，8岁开始用民族语言写作诗歌和短剧。11岁进当地一所耶稣教会学校读书，16岁进马尼拉的圣托马斯大学学习医学。21岁留学西班牙，就学马德里大学，3年后以优异的学业成绩获哲学、文学博士和医学学士学位。以后还游学西方主要国家，博览群书，多才多艺。他通晓英、法、德、俄、西班牙、意大利等西方主要语言和汉、日、阿拉伯、希伯来等东方语言，是一位思想家、文学家、教育家、艺术家、医学

[①] 高慧勤、栾文华主编：《东方现代文学史》，海峡文艺出版社1994年版，第861页。

家和社会活动家。

以黎萨尔的才干和身份,他可以有美好的前程和幸福的生活。但使他不安的是在西班牙殖民统治下的祖国人民的痛苦。他选择的是一条争取民族解放,充满荆棘甚至死亡的道路。

人生道路的选择,既是自己的一种主动行为,也由多种因素促成。在他的个体经验中,有两件事是很重要的。一是黎萨尔10岁时,他母亲拒绝给西班牙军官喂马,这个军官与他家曾有过矛盾,便诬陷她企图谋害军官,黎萨尔非常敬爱的母亲被捕,在监牢里关了整整两年。二是1888年,他故乡卡兰巴镇300多户佃农,也包括像他父亲这样的富户,受到西班牙多明戈教会和军警的迫害,房屋被焚,耕畜农具被没收,全被流放外地。至于他在就学期间接受的陈腐学院教育,目睹周围人们遭受的多种迫害,都无不刺激着他敏感的灵魂。而西方的教育使他接受了自由、民主等现代观念。这些都对他的人生道路的选择产生影响。

早在中学时期,黎萨尔就积极参加民族解放社会活动。他组织菲律宾学生联谊会,以抵御西班牙学生的欺凌。1879年写作著名长诗《致菲律宾青年》,以激越的情怀鼓动青年树立民族自豪感。留学欧洲期间,积极投身"宣传运动",成为运动的领袖,1887年出版长篇小说《社会毒瘤》表达民族要解放、要求西班牙实行改革的愿望。但小说中对殖民统治罪恶的揭露触怒了当局,在菲律宾被查禁。从欧洲回国的他也遭驱逐,再度流亡欧洲。在西班牙和同道创办宣传运动的喉舌《团结报》,以此为阵地,黎萨尔写作系列政论,呼吁菲律宾的改革,要求菲律宾人和西班牙人拥有法律上的平等,谴责殖民统治和教士们的种种暴行。《百年后的菲律宾》、《论菲律宾人的怠懒》、《菲律宾民族的情况》、《菲律宾语言比较语法》等政论和学术论文,都发表于这一时期。在这些文章中论证西班牙入侵前菲律宾的文明,也预言殖民统治的必然没落,希图唤起国民的民族意识。1891年发表了第二部长篇小说《起义者》,对民族解放和改革作了进一步的探索。

宣传运动因在国外缺乏群众基础而逐渐衰落。1892年黎萨尔返回马尼拉,很快组建了一个政党"菲律宾联盟",政党宗旨是:一、把菲律宾群岛统一成为一个紧密的、坚强的、同质的团体;二、在任何困难情况下必要时,相互照顾;三、抵御一切暴力和不公正行为;四、鼓励发展教育、农业和商业;五、研究和实行改革。① 但"菲律宾联盟"成立仅四天,黎萨尔就被当局逮捕,流放棉兰老的达比丹。

流放期间,黎萨尔在当地创办学校,致力民族教育和百姓生存环境的改善,在教育、卫生、供水、农技诸方面做出努力。也是在这里,遇上淳朴美丽的爱尔兰姑娘约瑟芬。1896 年波尼法西奥准备举行推翻西班牙统治的武装起义。派人与黎萨尔秘密联络,请求他批准起义计划并出面领导起义。但黎萨尔拒绝了,并准备赴古巴从事医疗救助工作。黎萨尔尚在途中,起义爆发,当局以"组织非法团体","以写作煽动人民造反"的罪名再次逮捕他,并判处死刑。他创作的绝命诗《我最后的告别》由约瑟芬藏于酒精灯中带出来。

起义军获悉当局判处黎萨尔死刑的消息,曾由阿吉纳尔多将军主持会议讨论营救计划,当时群情激奋,人们高举玻罗刀宣誓:"为了营救黎萨尔,甘愿牺牲",并异口同声高喊"菲律宾万岁!""黎萨尔万岁!"只是由于黎萨尔的哥哥帕息诺加以劝阻:不能冒白白牺牲的危险,才放弃了营救计划。据说,西班牙的一位自由主义者色威罗,听到黎萨尔被处死后愤怒难平,带着手枪潜入首相府,当场枪杀了首相。临刑前他气贯如虹,视死如归,高呼"黎萨尔万岁!"而倒下。②

二 迷茫与矛盾

黎萨尔的活动推动了菲律宾的民族解放运动,他为民族解放事业英勇就义,无疑表现了他崇高的人格,是当之无愧的"民族英雄",是东方民族解放运动史上值得大书特书的一章。

然而历史往往只看到最终的结果,而舍弃了过程中的许多生动细节。实际上黎萨尔在他的选择过程中充满着迷茫和矛盾,是一个痛苦和艰难的选择过程。他的这一选择过程固然从他的政论著述当中可以看到。而在他的两部长篇小说中,其选择的艰难通过形象体系得到艺术的表现。

《社会毒瘤》(1887)和《起义者》(1891)两部小说以主人公伊瓦腊两次从西方回到菲律宾的活动与遭遇,主要以菲律宾政治、经济、文化

---

① 金应熙主编:《菲律宾史》,河南大学出版社 1990 年版,第 355 页。
② 上述材料请参见伊静轩《菲岛风光》,中国文化服务社 1947 年版,第 51—53 页。

中心的马尼拉及其郊区的圣地亚哥镇为背景，真实地描绘了西班牙殖民政府治理下菲律宾人民的痛苦和灾难；突出地表现了天主教会的修士作为"社会毒瘤"犯下的种种恶行；艺术地展示了黎萨尔对民族解放道路所作的探索。其中往往可以同时发现两种相互抵触的思想倾向和精神情绪，甚至难以确定什么是他的基本思想。认真研读小说，至少可以看到作者在下面几个方面存在着矛盾和困惑。

第一，对待民族灾难的态度。黎萨尔在两部小说中以真实、生动的描述，揭示了殖民统治下菲律宾人民的深重灾难。小说中描写了茜沙、埃利亚斯、老巴勃罗和塔勒斯四家家破人亡的悲惨经历，其悲惨程度令人发指。老巴勃罗是一个勤劳、本分的农民，对上低声下气，事事委曲求全，只求平安无事，但他的女儿被一个神甫糟蹋，神甫担心他两个儿子报复，以莫须有的罪名诬陷他们，动用酷刑迫害致死。无家可归的老巴勃罗被逼得只好上山成为绿林头目。但他也在一次报仇行动中被国民警卫打死。一个勤劳幸福的家庭就这样从人间消失了。茜沙是一个苦命的女人，丈夫忍受不了生活的痛苦而成为浪荡的赌徒，两个儿子失学被送到教会学做圣器管理员，小儿子克里斯宾被诬陷偷了金币而被神甫活活打死，大儿子巴西奥逃走远方，茜沙受不了种种折磨而发疯，死得非常凄惨。

黎萨尔用大量笔墨描写这些"苦难的灵魂"，其意在于揭示政教合一的殖民统治的罪恶，对处于残酷压迫剥削下的民众寄予深切的同情。然而，在作品中他又通过人物的口，把残酷的殖民统治称之为"必要的恶"：

> 我十分了解，这些组织（指菲律宾殖民政府机构）固然有它们的弊病，但是目前这个时候还是非有不可的，它们就是所谓"必要的恶"……它就和必须用猛药治病一样，现在这个国家好比是一个患慢性病的机体，政府看出，如果要治好它的病，就必须采取这种手段，你可以说它严酷，说它猛烈，但却是有效的必需的。[①]

在分析民众灾难的原因时，他一方面看到是殖民统治的结果，殖民政府的昏庸腐朽，官吏军警的贪赃枉法，教会修士的荒淫无耻等等；但另一

---

① [菲律宾] 黎萨尔：《社会毒瘤》，人民文学出版社1989年版，第388页。

方面,他又认为是菲律宾人的咎由自取,是他们的麻木、怯弱、守旧的结果。

第二,对待祖国和人民的情感。黎萨尔的爱国热情是不可怀疑的,他最后的英勇就义是集中的也是最后的体现。在绝命诗的开头一节就写道:

> 永别了,敬爱的祖国,阳光爱抚的土地,
> 您是东海的明珠,我们失去的乐园。
> 我忧愤的生命,将为您而愉快地献出,
> 即使它们将更加辉煌壮丽和生气盎然,
> 为了您的幸福,我乐意向您献出。①

早在留学德国时期,他写了一首著名的抒情诗《致海德堡的花朵》(1886),以花朵寄托、抒发对祖国家园的挚爱、眷恋和衷心的祈望:

> 去吧,异国的花朵,去到我的故乡,
> 让旅人把你们撒播在他的路上。
> ……
> 就说当一阵微风
> 悄悄窃走了你们的馨香,
> 又轻轻对你们把爱情歌唱,
> 他也在用祖国的语言
> 低声倾诉着思乡的衷肠;
> ……
> 异国的花朵啊!请你们带去吧,
> 把爱带给所有我心爱的人,
> 把和平带给土壤肥沃的家乡,
> 把贞洁带给女人,把忠诚带给男子,
> 让可爱、善良的人们都得到健康,
> 让健康守护着我神圣的父母之邦……

---

① 季羡林主编:《东方文学作品选》(上),湖南人民出版社1986年版,第648页。

其真诚、热烈的爱国之情溢于言表，在两部长篇小说中也不乏爱国主义的议论。作品中对埃利亚斯的塑造，刻画了一个为了祖国和民族的解放事业，不计个人恩怨和私仇，为营救伊瓦腊而英勇献身的爱国主义者形象。从作者对他的英雄豪气、坚忍不拔、机智勇敢的表现中，不难看出作者对他的赞美甚至敬佩之情。

然而小说中也不乏对祖国和民众的贬斥和愤懑的表现。两部小说开篇，都有一个富于象征性的场面的描写。《社会毒瘤》写的是"一次盛会"，菲律宾土著富翁蒂亚格举行一个晚宴，作者以不无讥讽的笔调描绘了他家的排场和赴宴的客人，开始有一段："谁都知道，他的家正像他的祖国，除了商业贸易、新的思想和大胆的主张之外，其他的一切都是来者不拒。"① 这里我们看到的"祖国"是落后、胆怯的祖国。

《起义者》开篇描写一艘轮船在河中航行，描写了其形状、特点之后有一段议论：

> 它在这个地区还是相当受欢迎的。这可能是由于它有一个他加禄船名，也可能由于它具有这个国家一切事物所具有的特征，一种无视进步的态度：它是一艘不大像轮船的轮船，它永远不变，有缺点但又无法指摘，当它想表示一下进步时，它就在船身上涂上一层漆，得意洋洋地以为这就足够了。真的，这是一艘地地道道的菲律宾轮船！②

这里我们看到的是一个同样落后、浮华的菲律宾。

当然，我们可以理解作者赞美热爱的"祖国"和作者讥讽贬损的菲律宾是两个概念，前者是作家心目中的祖国，后者是西班牙殖民统治下的国家。但小说中对当时菲律宾民众仍处于昏睡和麻木之中是感到非常痛心的。伊瓦腊从欧洲回到菲律宾，力图革除弊端，凭自己的经济实力，兴办教育，四方奔走，努力为民众办点实事和好事。因此他触怒了殖民统治者。最后被诬陷组织叛乱，军警将他逮捕押往马尼拉，围观的菲律宾民众

---

① ［菲律宾］黎萨尔：《社会毒瘤》，人民文学出版社1989年版，第1页。
② ［菲律宾］黎萨尔：《起义者》，人民文学出版社1977年版，第1页。

一个个"义愤填膺",都认为是他闹事,破坏了他们的安宁,骂他"胆小鬼",诅咒他"该死":

> "但愿他们把你吊死,异教徒!"阿尔维诺的一个亲戚喊道。他怒不可遏,从地上拣起一块石头,向青年扔去。
>
> 大家马上学起样来,泥块和石头象雨点般地落到这个可怜的青年身上……这就是他热爱的人民对他的告别,对他的送行了。①

这样的描写真让人揪心。由此不难看到作家对愚昧的民众一种难抑的怨懑。小说中通过老哲人塔席奥的口说:"我们的青年想的只是谈情说爱,纸醉金迷。他们花费大量的时间和精力去欺骗姑娘,破坏人家的贞操,却不愿在国家的安危上动一动脑子。我们的妇女呢,又只顾照料教堂,关心教士,却忽略了自己的家庭。我们的男人专心作恶,只是在下流无耻的勾当中才是英雄。我们的儿童成长在愚昧无知之中,养育在陈规俗套之内,我们的青年毫无理想,虚度年华。"② 这段议论是对两部小说中许多场面和情节的一种概括和说明。

第三,在探索民族解放的道路方面。使菲律宾人民从苦难中解脱出来,获得真正的自由和解放,是黎萨尔终生为之奋斗的信念和事业,他的活动、著述和创作都是为达到这一目的。但通过什么途径来达到目的?却不是豁然明朗,不难看到他的困惑和矛盾。

在两部长篇小说中,黎萨尔对民族解放道路作了种种探索。至少可以归纳为6种方式:第一,寄希望于西班牙的改革,表现在刚回国的伊瓦腊的愿望之中,但遭到学识渊博、深入了解殖民统治实质的塔席奥老人的辩驳。第二,教育救国,表现在伊瓦腊回国后兴建学校的实际行动和《起义者》中一群大学生争取开办西班牙语学院的活动中,但事实上这两者都归于失败。不过通过人物之口并没有完全否定教育的意义。塔席奥老人肯定伊瓦腊的建校之举:"你总算奠下了第一块基石,总算播下了种子。在狂风暴雨使尽威风之后,总会有一些谷子躲过灾祸,残留下来,它们生

---

① [菲律宾]黎萨尔:《社会毒瘤》,人民文学出版社1989年版,第459页。
② 同上书,第421页。

长了，使品种免于绝灭，以后又给故去的播种者的儿孙们当种子之用。"①联系黎萨尔的整个思想看，教育启蒙是他认为很重要的一种手段。第三，发展科学技术。主要通过医科大学生巴西里奥不闻不问当时的社会现实，试图以医术来减轻同胞们肉体上的痛苦来表达。他的选择遭到化名为席蒙的伊瓦腊的否定，而且后来在"传单"事件中他被以莫须有的罪名关押起来，不得不卷入现实斗争中，科学救国的幻想破灭。第四，助纣为虐，加速其腐败，促使其新生。这是遭受迫害的伊瓦腊在埃利亚斯的掩护下逃到国外，在北美发了财，化名为席蒙回到菲律宾后所选择的道路。他凭金钱打开门路，把总督掌握在手心，看到殖民统治者的残酷掠夺，好像兀鹰在啄食尸体，"我不能恢复尸体的生命，让它起来反抗它的敌人，它腐烂得又这样缓慢，于是我就煽动和鼓励贪婪……我又针对他们最敏感的地方加以小打击，我驱使这只兀鹰吃了尸体，又倍加蹂躏，借此加速它的腐烂"。②但黎萨尔不能接受这种手段，小说安排席蒙最终失败，自杀，以此否定他的选择，因为这种方式"助长了社会的腐烂，却没有播下理想……政府的罪恶的确可以毁灭自己，罪恶使它毁灭，但也戕害了孕育它的社会"③。第五，主动的、有组织的、有理有节的和平改革。第六，以暴力革命推翻殖民统治。

如果说在小说中黎萨尔对前四种方式基本上予以否定，对后两种方式如何抉择则常常表现了作者的矛盾。

"和平改革"在黎萨尔的思想中无疑占有重要的地位，这从他创立"菲律宾联盟"的宗旨中可以看出。在小说《社会毒瘤》中，通过埃利亚斯和塔席奥（这两个人物的思想能体现黎萨尔的思想）的口，表明了改革的内容和方式：

内容是"更多地尊重个人的尊严，更好地保障人身安全，减少军队的权利，削减那些易于滥用职权来胡作非为的团体的特权"（第49章）。

方式像"满载鲜花的纤弱花秆"一样，狂风劲吹时，"就低下头去，好像是在保护顶在它头上的那些珍宝"，而狂风过后，它又昂扬地直立起

---

① ［菲律宾］黎萨尔：《社会毒瘤》，人民文学出版社1989年版，第205页。
② ［菲律宾］黎萨尔：《起义者》，人民文学出版社1977年版，第68页。
③ 同上书，第417页。

来(第35章)。意即不要以硬碰硬,而讲究策略,有理有节,如改革必需,还应该卑躬屈膝,俯首听命。

暴力革命一般而言黎萨尔是不太主张的,但有时他流露出对和平改革的失望情绪,不时产生暴力革命的向往。1887年他在一封信中写道:"和平斗争终将成为梦想,因为西班牙决不会从它在南美的前殖民地吸取教训……我不愿意参加阴谋活动,但如果政府逼迫我们这样,我也会成为暴力的拥护者。"[1] 在《社会毒瘤》中,预示了一场暴力革命势在必发。他写道:"一旦白昼的光辉照出了黑夜鬼怪的原形,反应就会非常强烈。强压下去的叹息是那么多,一点一滴聚集起来的毒液是那么多,几百年来受到镇压的力量是那么大,这些都要显露出来,一齐爆炸!那时候,那些由被压迫人民不时提出来要求清算的血债,那些历史为我们保存在血腥篇幅上的血债,将由谁来偿还呢?"(第25章)

压迫愈甚,反抗愈烈。黎萨尔以思想家的敏锐看到了这一点。然而"不能以暴力对抗暴力"的人道主义思想占据了思想上风,他相信"仇恨只能造成穷凶极恶和罪大恶极的犯人,只有爱才能创造奇迹,只有美德才能拯救世界"[2]。他最终选择的是和平改革。当波尼法西奥谋划起义,请他领导,他拒绝了。他的被害和两年后菲律宾武装起义导致西班牙殖民统治垮台的事实,证明了黎萨尔的选择并非正确选择,这里面包含着选择的艰难和历史的悲壮。

三 矛盾的文化机制

黎萨尔为什么会显出这样的迷茫和矛盾?

国内有论者从政治的角度,用"改良主义"的矛盾予以解释和分析。[3] 这当然有一定的道理,但往往停留于阶级分析的层面。我们从文化的角度,也许能更向前跨出一步来理解这一问题。

首先是文化启蒙和民族救亡双重压力下的选择,导致了选择的矛盾性。沦为殖民地的近代东方民族,既有一个从殖民统治下独立的问题,又

---

[1] 转引自周青等主编《当代东方政治思潮》,广东人民出版社1993年版,第978页。
[2] [菲律宾]黎萨尔:《起义者》,人民文学出版社1977年版,第416页。
[3] 参看周青等主编《当代东方政治思潮》,广东人民出版社1993年版,第41章。

有一个开启民智,提高民众觉悟,使之认识到人的尊严和价值的问题。而且这两者在殖民统治的条件下既相互依存又相互矛盾。要独立,有赖民众觉悟的提高;而在殖民统治下启蒙,又有统治当局的阻挠和镇压。如果在民众尚在蒙昧之中,没有认识到自己的力量的时候,煽动他们的独立欲望,只会是一场混乱。这是一种两难处境。作为爱国知识分子,黎萨尔看到殖民统治下菲律宾人民的深重灾难,真希望有一场风暴,结束那种残酷的统治;但当看到民众的麻木和愚昧,他又感到首先应该是进行文化的启蒙。他认为必须首先使人民具有一定的文化知识、民族意识、权利观念和高尚的品格,只有这样才能使他们从懦弱、屈从、涣散中站立起来。在正直受到侮辱(像伊瓦腊)、真知被称为"疯狂"(像塔席奥)的时候,革命是一个什么结果?在《起义者》中有一段议论:

> 我们受苦受难只能怪我们自己,不该怨天尤人。如果西班牙看到我们不再那么顺从那种残暴的统治,敢于起来斗争和不惜为自己的权利战斗而牺牲,那么西班牙就会第一个给我们自由,因为想把足月的胎儿憋死的产妇是会大难临头的!因此,当菲律宾人民还没有足够的力量昂头挺胸,起来宣布他们的社会权利并不惜以自己的鲜血和牺牲来维持这种权利的时候;当我们看到自己的同胞在个人生活中,内心感到羞愧,听到自己的良心在发出反抗和抗议的吼声,可是在公共生活中却保持缄默,甚至还跟着侮辱他们的人嘲笑被侮辱者的时候;当我们看到他们利欲熏心,装出一副笑脸来赞扬那些罪恶勾当,摇尾乞怜地希望分到赃物的时候,为什么要给他们自由呢?有西班牙也好,没西班牙也好,他们反正都是那样一种人,也许,也许还要更坏!假如今天的奴隶就是明日的暴君,那还要独立干什么?因为他们准会成为暴君,这是用不着怀疑的,因为屈服于暴政的人就一定喜欢暴政。(第39章)

因而黎萨尔最后选择的是启蒙而拒绝暴力革命,宁愿以死来唤醒民众。他不仅看到"眼前",更考虑"将来"。在他看来,人的灵魂才是根本,社会制度只是一种外在的形式。只要有了追求自由的人民,就会有自由的民族。

第三章　第一阶段(19世纪后半期至20世纪初):与启蒙思潮同根并发

其次是对西方文化和民族原本文化的比较,认同了西方文化的时代先进性,从而形成理智和情感的矛盾,导致选择的迷茫。黎萨尔接受西方教育,但并不是民族虚无主义者。当一些西方传教士撰文宣称菲律宾人懒惰,是劣等民族时,他站出来为民族辩护。他于1888年在伦敦英国博物馆钻研莫尔加的《菲律宾群岛法》(当时一本比较客观地论述菲律宾历史的西方著作),并加注刊行,以此来弘扬民族土著文化。他在该书题词中说:"如果这本书能在读者心中带来对我们那已被遗忘的过去的鲜明印象,纠正谬论和污蔑,那么我们的工作就不会白费;以此为基础,我们就能致力于研究那些与我们前途大有关系的问题。"① 他还写了系列政论,论述菲律宾的古代文明。

然而,黎萨尔不是盲目的排外主义者,以他的渊博学识和对历史的真诚态度,他看到西方文化在文明进化的程度上是高出于菲律宾的原本文化。西班牙人来到菲律宾之前,菲律宾尚处于原始社会末期,没有统一的国家组织形式,以烧荒耕作的农业为主要经济形式,辅以手工业,崇信精灵,巫术盛行。这当然落后于具有近代科技、发达的商业贸易和追求自由、民主、平等的西方文化。在《社会毒瘤》中,主人公伊瓦腊从欧洲回到菲律宾,得知父亲被迫害致死的真相,感受到一种郁闷压抑的气氛。他来到大海边——

> 他看到了大海,他的视线随着海水消失在缥缈的远方!"对岸就是欧洲",青年人想道,"是的,欧洲;那里住着可爱的人民。他们不断地努力寻求幸福……是呀,在那无边无际的大海的对岸,有一些具有真正精神文明的国家,即使他们并不反对物质文明,也仍旧比那些只崇拜精神文明并以此为夸耀的国家更具有精神文明!"(第8章)

西班牙人到菲律宾是为财富而来。但客观上带来了先进的西方文化,将原始社会末期的菲律宾推进到资本主义社会。从情感上对西班牙殖民者的残暴剥削和掠夺充满仇恨,对民族文化满怀亲切和热爱;然而在理智上又不得不对西方文化表示欢迎甚至感激。《社会毒瘤》中,埃利亚斯对刚从欧

---

① 转引自金应熙主编《菲律宾史·导言》,河南大学出版社1990年版,第3页。

洲回来的伊瓦腊提出反对教会，伊瓦腊回答："难道菲律宾人民忘记了教会为他们作过多少好事吗？难道他们忘记了应当万分感激的那些人吗？那些人把他们从异端邪说中拯救出来，给了他们真正的信仰，保护他们，免得他们遭到暴政的伤害。这都是对我们祖国的历史缺乏了解的结果。"（第49章）虽然小说是以揭露修士们的罪恶为主要内容，但这段话表现了黎萨尔矛盾思想的另一面。

经过几百年的殖民统治，到19世纪黎萨尔时期，从国家制度到文化教育，西方文化在菲律宾已经形成了规模。尽管这个过程伴随着殖民者的强制和残酷，也摧残了菲律宾土著文化的某些东西（如文艺创作等）。黎萨尔面对的文化难题是：再回到殖民统治前已不可能，而将现在的西方文化模式破坏又无法建立起一套新的东西。因而他的最后选择是对现有模式的局部改革。

最后，黎萨尔选择的矛盾，根源于文化价值本身的矛盾性。文化是一个众多子系统的综合体，各个文化子系统的价值、功能存在着矛盾和对立的一面。例如文化赋予了人自主性及价值意识，但种种文化规范如伦理、道德、宗教、风俗、礼仪、制度、政治、法律等，又给人以多方面的限制，泯灭其价值的自主意识。这样相互冲突的文化价值很难使人们形成完全一致的统一意志，给自我选择造成矛盾性，难以抉择。

作为政治文化价值取向，要求改变菲律宾人民的现实处境，结束西班牙在菲律宾的殖民统治；而作为精神文化价值取向，要求将西方文化的自由、民主、平等理念普及于民，进一步完善西方模式的各种制度。黎萨尔就是在这两种矛盾的价值取向中进行着艰难的选择。

从个人气质来说，黎萨尔既有思想家的理性，又有诗人的激情；他既着眼于现实的政治斗争，又考虑未来的文化建设。这些都对他的选择产生了影响，导致他选择的矛盾和迷茫。

我们把握他选择的矛盾，再来看他最后就义时的心情，他是否真的没有丝毫的伤感和遗憾？我们读读他就义前的"绝命诗"中的两节：

　　　　当黑夜笼罩着墓地周围，
　　　　只能见到死者彻夜不眠；
　　　　不要打破幽深的神秘，不要打断我的安睡，

或许你会听到忧伤的颂歌余响纡回，
　　祖国啊，那是我将一支歌向你奉献。
……
我崇敬的祖国啊，你使我悲上添愁，
　　心爱的菲律宾人，听我最后向你们告辞：
我向你奉献了一切：父母、亲戚和朋友；
因为在我所去的地方，没有奴隶向压迫者低头，
　　教义不杀害无辜，上帝永远在上苍统治。①

这里我们看到的是一个在墓穴中辗转反侧，幽深的暗夜里唱着一支"忧伤的颂歌"，为祖国"悲上添愁"的痛苦不安的亡灵。这与我们开篇描述的镇定沉着、凛然正气的黎萨尔还是一样的吗？是一样的，还是那个黎萨尔！

死，为菲律宾人民的自由和幸福而死，他毫不畏惧，是他自觉的选择。只是死于事业尚未成功的时候，而他的死对他的事业能否有积极意义？对此他不太乐观，是笼罩他心头的一片阴影。我们要知道：枪杀黎萨尔的是一队全副武装的菲律宾士兵，他是倒在同胞的枪口之下。我们不妨细细品赏一下他向菲律宾人的"最后告辞"（"绝命诗"中的"最后告辞"）："我向你奉献了一切：父母、亲戚和朋友；/因为在我所去的地方，没有奴隶向压迫者低头，/教义不杀害无辜，上帝永远在上苍统治。"这是拿彼岸世界和现实世界对比，暗示菲律宾人不要再向殖民统治者卑躬屈膝，要让正义代替残暴的统治，不能再让无辜的生命死于非命。启蒙，这是黎萨尔以鲜活的生命来启示麻木的民众，以涌动的鲜血来唤醒沉睡的人民。

四　矛盾的艺术表现

我们分析黎萨尔在创作中的思想矛盾，意在探索东、西文化冲突背景下东方近代作家选择的艰难。也正是这些矛盾，才使黎萨尔的人格显得丰富多彩，使他的创作显出凝重和力度。

---

① 转引自曹靖华《厘沙路和他的〈绝命诗〉》，《天津师院学报》1977 年第 2 期。

从艺术表现的角度看，黎萨尔的小说创作是东方近代文学史上必须大书特书的一章。在 19 世纪后期，像他的小说那样具有近代小说的品貌和风格，在东方文学中并不多见。注重人物性格的刻画，生活场面的真实描绘，情景与人物心境的高度融合，如实的叙述中夹带着轻微夸张的调侃与讥讽，凝重沉郁的总体风格等特点形成较强的艺术感染力。

当然，由于黎萨尔思想的矛盾，更由于他让小说直接承担起文化启蒙的任务与小说作为独立的审美体裁之间的矛盾，在艺术表现上也可以看到其矛盾之处。主要表现在表达方式上的客观叙述与主观抒情和情节结构上的集中封闭与发散扩张这两个方面。

小说作为叙事文体，在 19 世纪的审美理念中，要求尽可能客观，避免叙事主体作者的介入。黎萨尔曾在欧洲研究西方近代文学，他清楚这一审美原则。他在小说中力求客观，努力追求一种客观的效果。比如《起义者》的"胡丽"一章，写美丽的姑娘胡丽因恋人巴西里奥无故被捕入狱，日夜寝食不安，多方帮助也无法营救。后来清楚：只有请卡莫拉神甫出面，巴西里奥才能得救。但胡丽很害怕见卡莫拉神甫，他那双贼溜溜的眼睛表明他早就垂涎胡丽的美色。胡丽经过剧烈的内心搏斗，在一位修女的陪伴下走进了修道院，下面的叙述是：

> 就在这天晚上，人们神秘地、悄悄议论着当天下午发生的一些事情。一个姑娘从修道院的窗子里跳下来，跌在石头上摔死了。差不多在同一个时候，有一女人从修道院里冲了出来，飞跑到街上疯了似的狂喊大叫。胆小怕事的镇上的人谁也不敢提名道姓，不少作母亲的，因为女儿不管会不会惹祸，说了几句不该说的话，就把她们掐了掐。（第 30 章）

这里没有接下来叙述胡丽和修女进修道院后怎样和神甫交涉，神父做出怎样的反应等。而是变换叙述视角，写镇里人们的"议论"。这样就获得了一种客观的效果。似乎其结果并非作者的安排，而是人们看到的"事实"。

然而这种客观叙述难以表达黎萨尔启发民众、改革现实的观念，尤其是一些复杂矛盾的思想，因而不得不做出一些主观的议论和抒情。这种议论和抒情有两种形式：一是作品中人物对一些问题的讨论。两部小说中有八章是整章的讨论，讨论涉及到菲律宾民族解放诸多方面的问题。这些讨论大多与小说情节进展结合紧密，有助于人物性格的刻画或情节的发展。但也有一些讨论显得冗长、外在。另一种是有时作者情不自禁地中断情节，在作品中抒发主观情感，如《起义者》第十章叙述塔勒斯百户长不堪忍受残酷压迫，杀死了抢夺他土地的修会总管后上山入伙绿林之后的一大段抒情。

20世纪以前的小说情节结构都强调严谨、集中、完整。黎萨尔的两部小说基本上符合这一标准。两部小说都是先安排一个大场面，将主要人物都集拢于一个空间，并让他们各自亮相。然后是一明一暗两条线索，时分时合向前推进，以主人公的命运由高而低跌到最低点而结束，形成一个完整的封闭性结构模式。《社会毒瘤》以蒂亚格家的晚宴，将小说主要人物集中在他的宴席前，接下来以玛丽·克拉腊的婚事为明线，伊瓦腊回国后的活动为暗线，矛盾冲突逐渐展开。最后以克拉腊拒绝达马索神甫为她安排的婚姻，宁愿进修道院以及伊瓦腊被捕又越狱结束。《起义者》由钵泰号轮船开往内湖省开始，将主要人物集中在轮船上。然后以一群热血青年争取开设西班牙语学院作为明线，以席蒙秘密组织的三次起义为暗线，交织发展情节。最后以"传单事件"热血青年被捕和席蒙起义失败自杀结束小说。这样每部小说讲述了两个完整的故事。

这样的一、二个完整故事和一、二个人物的命运难以全面展示殖民统治下菲律宾人民的灾难和麻木。为了拓展社会面，扩大思想容量，达到唤醒广大民众的目的，黎萨尔在严谨完整的情节主线之外，又常常插入与主线无关的人物和情节。如茜沙一家、塔勒斯一家、一群修女等的描写都属于这样的内容。使得小说结构严谨中又显灵活，封闭又含散发力。

黎萨尔的小说受西方文学的影响非常明显。他游学欧洲，精通西方语言，有很高的西方文学修养。从他的小说中，明显可以看到西方18世纪启蒙主义文学的影响。他曾翻译席勒的《威廉·退尔》。小说中蕴含的激情就有席勒创作的影子。《社会毒瘤》的风格和一些形式因素与菲尔丁的《汤姆·琼斯》相似。以人物经历为线索展开，女主人公的两次恋情，讽刺、议论的笔调等如出一辙，美国小说《汤姆叔叔的小屋》在内容上给黎萨尔的启示和《基督山伯爵》对《起义者》的影响更是无须多言的事实。

无论思想还是艺术，无论是东、西文学交流还是东方民族启蒙，黎萨尔在东方近代文学史上是一个具有代表性的作家。

第五节 伸张国权：东海散士与《佳人奇遇》

东海散士（1852—1922）原名柴四郎，日本明治年代的政治活动家和新闻记者。出生于安房国的会津的一个武士家庭。少时在大藩校日新馆学习汉学。1868年鸟羽伏见之战，他作为会津藩军的士兵参战，战败后从大阪乘船回会津。之后随沼间慎守一学习法语。明治元年9月，官军征伐会津，柴氏全家参战，父亲受伤，次兄战死，母亲和妹妹也丧身战火。柴四郎被俘关押在东京。这种亡国之痛的体验，成为柴四郎文学创作的基础，在《佳人奇遇》中有突出的表现。

会津废藩后，柴四郎被赦免。他辗转日本各地，学习英语和各科知识，直到明治7年（1874），作为横滨税关长柳谷谦太郎的寄食学生，才得以专注于学习。1877年西南战争爆发，柴四郎得到同乡山川浩中佐的帮助，以临时军官身份从军，在战场上撰写战况报道，寄给《东京曙新闻》、《东京日日新闻》等报纸，开始显露其才华。

1879年柴四郎得人资助留学美国，从横滨出发，进圣弗兰西斯科的商法学校学习，以后就学宾夕法尼亚大学，专攻经济学，曾作论文《论贸易保护》寄给《东海经济新报》。1885年初学成回国。

回国后他一方面以东海散士的笔名创作出版政治小说《佳人奇遇》，一方面积极投身政治活动。其政治观点带有国粹主义色彩，在朝鲜问题上持强硬态度；组成"日本经济会"，倡导保护贸易政策。但他的国粹观点没有被当时积极推进西化的政府所采纳。

1886年应农商务大臣谷干城之邀，再次游历海外，经埃及、土耳其到达欧洲，途中与埃及、土耳其元首及爱国志士会谈。次年回国后提出批判欧化主义政策的意见书。

明治20年代是东海散士政治上特别活跃的时期。这一时期的政治活动具有强烈的反政府倾向。首先是与后藤象二郎一起,为自由民权派各政党的联合和团结而四处奔波,曾视察虐待矿工的高岛煤矿。1889年积极筹建以谷干城为首的新政党,参加反对外务大臣大隈重信强行修改条约的运动。1890年辞去第一届众议院选举当选的候补议员,一度离开政界,致力完成《佳人奇遇》的创作。但他关注亚洲民族问题的热情一直没有减退,1891年支持成立"东邦协会"。1892年参加同盟俱乐部,1894年组建主张责任内阁制和对外强硬政策的"立宪革新党"。1895年对日清和议后西方列强的干涉感到愤怒,也攻击政府的软弱外交,来到韩国支持亲日派的活动,结果以聚集凶徒谋杀罪被捕。出狱后他以进步党、宪政党和大同俱乐部成员的身份活跃于政界。

明治30年代以至于晚年的东海散士,是以成功者的姿态出现在政坛。1898年和1915年分别就任农商务次官和外务参政官。"他晚年的照片,大礼服上挂着勋章绶带,显示了一个成功者的归宿。"①

东海散士的文学创作,除代表作《佳人奇遇》外,还有《东洋美人》(1888)、《埃及近世演义》(1889)和《日俄战争·羽川六郎》(1903)等作品。

总之,要想理解东海散士的思想和政治小说,有两点值得特别注意:一是作为藩士后代,经历了亡国之恨的悲痛,对明治新政府,很长时期抱着一种情感上的对抗;二是两次长时间的国外游历,视野比较开阔,在当代世界局势的大背景下思考日本的出路,主张亚洲民族联合,对抗西方列强,取得世界大势的均衡。

《佳人奇遇》(1885—1897)是东海散士倾注十余年心血,把自己的政治理想和对社会、人生的体验尽括其中的一部政治小说,也是日本启蒙主义文学的代表性作品。

小说以东海散士两次游历海外的见闻、感受为基本素材。19世纪后期,西方列强对弱小民族和国家的掠夺、凌辱,激起他们的觉醒和反抗,要求政治变革和民族独立的运动风起云涌。爱尔兰的民族解放运动,埃及反对英国统治的亚历山大暴动,西班牙顿加罗斯派的改革,还有波兰、墨

---

① [美]德纳尔特·金:《日本文学史·近现代篇》,中央公论社1984年版,第142页。

西哥、中国、印度、缅甸直到朝鲜的东学党起义等都是这类改革和斗争。这些是留学美国时东海散士从书刊、报纸各种传媒获得的信息，后来随谷干城的海外之行更是亲眼看到了各国的情形，直接接触了一些爱国志士和革命家。然而，东海散士写作《佳人奇遇》的根本出发点，不是表现这些民族和国家的改革和现实，而是探索在这样的大背景下，日本应该怎么办？

为把上述素材罗织在一部作品中，作者以自己为主人公，虚构了东海散士与两位西方姑娘的"奇遇"和恋情。情节开始，写留美日本青年东海散士在费府独立阁，偶然遇上西班牙贵族女子幽兰和爱尔兰姑娘红莲。之后泛舟蹄水河上又遇两位佳人。第三次他们相遇在佳人寄寓之所——一个有如仙庄桃源的地方。他们各自谈自身的经历，幽兰是顿加罗斯党领袖的女儿，全家遭受迫害，来到美国避难；红莲是爱尔兰独立运动志士，来美寻找力量促进民族独立；在寓所的还有一位亡命来美的明朝遗民范鼎卿。他们互诉苦难，为民族、为国家、为自己的人生而忧戚悲伤，也决心为民族新生而奋斗。在这过程中，幽兰和东海散士产生恋情。但恋情没有继续发展。为拯救将被处死的父亲，幽兰带红莲、范鼎卿赴西班牙，救出了名震于世的老将军，辗转海上，却遭大风浪，船只覆没，但他们都侥幸活了下来，只是各自流落一方。红莲经法国，回到美国与散士相见。幽兰父女被人救起随船来到埃及，正遇上亚历山大抗英起义，应义军元首亚剌飞之邀，幽兰将军任义军顾问，却屡遭不测。范鼎卿则辗转到了香港。散士留学结束回国，第二次出游海外，又与他们一一相见。

作品就是在这一情节线索之下，通过散士自身的见闻和人物的转述，广泛地展示了各国遭受西方列强掠夺、压迫的悲剧及其改革和民族独立斗争运动，对弱小民族寄予一定程度的同情。然而，从作者表达的思想来说，弱小民族悲惨史的描述只是一种背景，或者说是一种说明问题或正或反的例证。作者要表达的是，日本在这种世界性潮流下，是沦落到和那些弱小民族一样？还是以自己的独立品格跻身于世界列强之林？

散士的政治思想在小说中表现得非常明显：反对明治政府的欧化政策，不要陷于欧洲的物质文明，欧洲列强别有用心，只有伸张国权，才能免遭众多弱小民族经历的悲惨命运。小说中分析当时的形势：

第三章　第一阶段(19世纪后半期至20世纪初)：与启蒙思潮同根并发

徐察东西之形势，知欧洲诸强国平和对峙之利，竞争侵掠之非。列强汲汲维持平和，唯将其余威泄之于东、南远洋，欲恣蚕食鲸吞之欲。乘日、清两国之未大振，欲扩张版图。即英国者，其手自埃及延于南洋；法国则自马岛及东京；德国自南美至南洋；俄国由己之北境，迫清之西域，窥朝鲜之北界。了然若观火。然则今日之东洋形势，真如坐积薪之上，不知火机已阴伏其下。而顾东洋诸国之所为，忘唇齿相依之利，互相猜忌，互相妒忌，将诒假道自伐之拙谋。

基于这样的世界局势，散士提出的政治理想是"东洋列国连衡，助印度之独立，使埃及、马岛绝英、法之干涉，保护朝鲜之独立，与清国联合，远退俄人。使亚细亚洲无纳欧人之鼻息，屹然三分宇内，亚、欧、美鼎立，偃武仗道，建人生安乐、四海平和之基"。(第九卷)

然而，当时日本的情形，令东海散士担忧。他结束在美留学，回国途中与墨西哥一名士谈到日本的情形："我国之内忧，小党分裂而相轧，人民无确乎不拔之志操，流于轻佻，徒醉心于外物，失保存国粹之特性，遂消磨独立自重之风。如是祸延子孙，已不可究诘矣。"(第九卷)当时日本围绕"修改条约"，举国上下议论纷纷。当时的外相井上馨想采取"唯有把我帝国人民化为欧洲国家那样和欧洲人民那样"的欧化主义政策，制定"泰西主义"的法律，以此取得欧美各国信任，逐渐实现撤销治外法权。"为此，政府连日在高官、华族同欧美人进行交际的场所鹿鸣馆里，举办西式的宴会和舞会，奖励和夸耀上层社会生活方式的欧化。传统的演剧、音乐、美术也迎合这种风气，出现了改良运动，甚至还出现了日文的拉丁化和通过与外国人结婚的人种改良论"[①]。对于这种以"修改条约"为集中体现的欧化政策和风气，小说中通过法国首相严鳌陀之口，予以尖锐的指责：

举国梦梦，不闻其人有愤条约之不能改正而慷慨以迫政府之发议者。政府课苛税，敛重租，以汲汲于无用之军舟监兵备，徒思镇压内乱，不闻广增炮垒于海疆，作攘外计也。无故干涉外事，损破邻交，

[①] [日]远山茂树：《日本近现代史》第1卷，商务印书馆1983年版，第78页。

使人疑有蔑视弱邦之志。未闻上下一致，出全力企恢复国权，断然保持独立之国体……如此伤国家独立之实力，失己国自治之大权，遗安内攘外之大计，徒仰外人之鼻息，受他邦之虚喝，三千余万之众，恬然不知所愧。犹且互相语曰：为自由毙耳！不扩张国权，死且不已耳！呜呼，世称小蛙跃井底，不知天日之高大，非此类乎？（第六卷）

以欧洲人的口来批评日本，"伤国家独立之实力，失己国自治之大权"，其效果更为强烈。在小说中，散士提出了与当时政府政策相异的政略，"条陈三大要"："第一为神圣帝室，永保其威严，使人民敬之如神，怀之如亲……第二为名与器，不可以假人……第三为变软弱依赖之外交政略，而定强硬自主之方针。"（第十五卷）

东海散士这种强调国家自身的独立和传统，反对依附欧洲和模仿西方文明的立场是一贯的。早在留学美国之前的1876年，他曾写过一篇寓言体短篇小说《东洋美人叹》。写一位名叫蜻和的东洋美女，为西方一贵公子诱惑，献身于他，沉迷于贵公子的高堂大厦，美服佳食，终于染上梅毒。乳母忠言相劝，反遭斥责。她却越陷越深：

> 由是身体益虚弱，精气愈衰，梅毒显于皮肤，形容枯槁，似海棠带雨，秋叶染霜……而蜻和迷惑之甚，日妆红粉以隐皮肤之梅毒，着美服以饰胸围之瘦骨嶙峋，呈媚送爱，殊不知彼少年辈游冶郎如谚所谓："衣羊裘而心如豺狼"，外表假作爱怜，内恣贪戾情欲，是蜻和所以陷于如斯之苦境。[1]

小说中的蜻和（蜻蜓大和）即日本之喻，贵公子是西方列强的指代。日本轻易委身于"衣羊裘而心如豺狼"的西方列强，其结果只会是被毒害、被蚕食。小说最后还引导人们分析原因，"苦令蜻和无容色，岂患此惨状！噫，噫，容色之胜人，果蜻和毁身灭家之原因哉！时余涕泪涟涟，悲痛不已"。因而，东海散士对于高喊西化的"自由"、"民权"口号颇为反

---

[1] 引自王晓平《近代中日文学交流史稿》，湖南文艺出版社1987年版，第192页。

感，在《佳人奇遇》中明确提出：

> 方今急务，与其伸十尺之自由于内，不如畅一尺之国权于外。

由此观之，散士是在西方企图鲸吞东方的局势下，以"救亡"的眼光来看待日本的出路，审视日本现实。其中不难看到和"启蒙"的矛盾之处。比之"民权"，他更重"国权"；比之个人自由，他更要君主威严；比之西方文明，他更要传统国粹。从这个意义上说，《佳人奇遇》是一部"反启蒙"的启蒙主义作品。这里既有对维新以来过分欧化的合理批评，也有作为一个封建潘士经历的亡国丧亲之痛，在心灵深处对新文化的不满和对传统价值的怀念。

不管怎样，《佳人奇遇》的国权思想与日本当时民权运动消退，国权主义抬头的社会思潮相一致，因而受到读者的普遍欢迎，小说一版再版，一时洛阳纸贵。"显示民权运动变质的危险的国家主义的昂扬，是《佳人奇遇》成为一大畅销书最主要的原因。"[①]

当然，小说阔大的背景和现实的题材也是受到读者欢迎的重要原因。小说中东、西世界的冲突，各国的民族解放运动和政治改革，都以极大的说服力唤起日本读者的民族危机意识，产生强大的震撼力。与《经国美谈》相比，虽然都是描写国外的题材，但《佳人奇遇》写的是当前的现实，并且始终以探讨目前日本的现实问题为出发点；《经国美谈》借用古代历史题材，虽然本质上是表现当时自由民权运动的改良思想，但显得更为曲折隐晦，《佳人奇遇》更为直接，政论色彩更浓。

在艺术表现上，《佳人奇遇》最突出的特点是华丽高雅的汉文体和诗化倾向。小说中大量引用或者套用中国古代文学作品、汉文句式，昭明《文选》中的诗文典故随处可见。如第三卷中幽兰得知其父被捕，前往西班牙营救，给散士留下一封信：

> 今单身赴于虎狼之秦，将与老父共生死。欲一见郎君，以叙其怀抱，而时不我延，郎君其怜察焉？哀哀鸿雁，垂翼北行。嗟余命薄，

---

① ［日］畑有三、山田有策：《日本文艺史》第5卷，河出书房新社1990年版，第78页。

事与愿违。怅良会之永绝,伤素怀之难通。欧云美水,万里异乡;萍踪无定,彼参此商。离梦踯躅,别魂飞扬,风流雨散……

身为西班牙贵族女子的幽兰,却懂得荆轲赴秦、鸿雁传书、参商星宫等汉籍典故,难怪几乎不懂日语的梁启超在赴日的轮船上,就能翻译《佳人奇遇》。

小说中大量插入的汉诗,其中不少是汉魏古诗的引用或仿作。如小说中幽兰和红莲分别为散士弹唱的《我所思兮》,各为四首,长达80句,形式上是张衡《四怨诗》的模仿并加以扩展。这些诗作,抒发了人物情感,烘托情景气氛,增强小说的诗化色彩。小说中东海散士评论这些汉诗:"佳作妙不可言,状如屠长鲸,险似排峥嵘,高攀天根,深照牛渚。抒其妙意则可通鬼神,绘其佳景则可夺江山。"

小说中的写景状物,场面描写都追求诗意效果。第三卷叙述东海散士与幽兰、红莲在蹄水河畔的寓所相遇,别后半月,再次来到她们寓所:

已而舟达前岸,乃至幽兰之居。门户萧条,百花零落;而兔麦燕葵,丛丛满目;门径青草,乱无人除,复无应门者。呜呼,昨夕之游迹,果成梦幻?伤后会之莫续,怅前事之难追;锁杨柳春风之院,闭梨花夜雨之门;音容杳而靡接,心绪乱而纷纭。

这种人去室空、梨花春风的境界,不仅使得叙述简洁、凝练,更能把人物心境突现出来。

大概正是这种诗意的描写,以及小说中洋溢着亡国之痛和伸张国权的激越情感,日本学界把《佳人奇佳》称之为"叙事诗"。[①]

小说的汉文体和诗化倾向,作为以政治启蒙为目的的政治小说,很难说是优点。至于小说情节缺乏完整性,人物性格缺乏统一性,插入大量的议论等,更是当时政治小说的通病。

---

① [日] 红野敏郎等编:《明治的文学》,有斐阁1972年版,第21页。

第四章

第二阶段(20世纪初至60年代)：成熟与高潮

进入20世纪，东方民族主义文学思潮随着民族解放运动的深入而逐渐成熟，达到高潮。东方各国的民族主义思想家形成了各自的民族主义思想体系，同时，东方主要国家的文学都完成了民族传统文学向现代文学的转型。蕴含着各自民族文化精神的民族主义文学成为主流思潮，它以东方民族解放运动的现实生活作为肥沃土壤，表达了东方人民的思想、情感和愿望。

第一节 民族解放运动持续高涨与民族主义思潮

在19世纪中后期具有民族主义色彩的启蒙运动之后，东方各地的民族意识逐步觉醒。20世纪世界政治、经济、文化的演变，进一步推动着东方的民族解放运动的深入和现代化进程。民族主义思潮在东方由隐而显，成为东方社会运行的主轴性思潮。东方现代民族主义以各种不同的形态呈现：政治运动、社会改革、武装斗争、宗教变革、文艺创作、心理情绪……一起汇聚成滚滚洪流。"第一次世界大战期间以及之后，民族主义的思想开始使欧洲海外殖民地诸从属民族的亿万人民觉醒并行动起来……20世纪以前，殖民地诸民族一直保持着西欧人在18世纪以前所具有的宗教和地区方面的忠诚。只是20世纪时，他们才开始具有民族意识，这一方面是对西方统治的一种反应，另一方面是由于欧洲民族主义思想意识的传播，再一方面是因为特别易受这种思想意识影响的土著中产阶级的兴起。无论如何，民族主义相继地出现在中东、南亚、远东和非洲。这种传播中的思想意识具有不可抵挡的力量，它反映在以下事实中：在第二次世界大战以后的20年中，有50多个国家赢得独立。正如一位历史学家所断言的，'20世纪是有史以来整个人类接受同一政治观念即民族主义观念的第一个时期'。"[①] 20世纪60年代前东方的民族主义思潮与民族解放运动的发展经历了三个时期。

一　第一时期（20世纪初至第一次世界大战前夕）

一战前东方的民族解放运动主要在亚洲展开，被列宁称为"亚洲觉醒"。这是东方现代第一次民族民主革命浪潮，具体包括菲律宾民族独立战争（1896—1901）、伊朗的立宪革命（1905—1911）、土耳其的青年土耳其党革命（1908—1909）、中国的辛亥革命（1911）、印度的司瓦拉吉运动（1905—1908）、越南"光复会"领导的抗法斗争（1905—1911）、印尼的抗荷革命（1912—1913）、朝鲜的反日义兵战争（1905—1911）等。

菲律宾世纪之交的民族独立战争是"亚洲觉醒"的序幕。以波尼法西奥为领袖的"卡迪普南"提出了"菲律宾独立"的口号，通过武装斗争争取民族独立。经过数年的艰苦战争，终于在1898年9月通过菲律宾共和国宪法，宣告成立菲律宾共和国，结束了西班牙的殖民统治。但美国在"解放菲律宾"的幌子下占领菲律宾，共和国的军队为自由独立与美军展开战争。美国凭借先进的武器，战胜了菲律宾共和国武装。菲律宾的民族独立战争虽然失败，但赶走了西班牙殖民统治者，一度建立了自己的民族独立政府。虽然第一个菲律宾共和国存在时间不长，但它是亚洲的第一个由亚洲人自己建立的自由政府，在亚洲民族解放运动中具有重要意义。

---

① ［美］斯塔夫理阿诺斯：《全球通史：1500年以后的世界》，吴象婴、梁赤民译，上海社会科学院出版社1992年版，第358页。

伊朗的立宪革命、土耳其的青年土耳其党革命和中国的辛亥革命是"亚洲觉醒"的标志性事件。三场革命都是有各自的资产阶级政党组织领导的反封建革命，以反对专制王权、建立新的社会制度为目标，推翻长期以来的封建统治或将腐败的统治者赶下台。但三场革命在反封建的背后，都有鲜明的民族主义内容。腐败或软弱的封建统治者对西方的殖民扩张表现得软弱无能，在列强的侵略、控制中丧失民族尊严与气节，甚至出卖民族利益，与帝国主义勾结，镇压国内革命力量，封建统治者难以领导民族走向强大和保证民族的独立发展。正是在这样的民族危机中进行的革命，其根本目的是摆脱民族危机，寻求民族发展道路。因而，这三场革命是东方民族解放运动的重要组成部分。如伊朗的立宪革命就是在英、俄瓜分的背景中爆发的革命，革命中护宪军和国王军队的战斗中，就有俄国和英国军队的参与。

印度的司瓦拉吉运动是典型的民族解放运动。这是以印度总督寇松颁布分割孟加拉法令为导火索的反对英国殖民统治的运动。1905年10月18日法令公布的当天，国大党号召全国哀悼，加尔各答市的商人罢市，学生罢课，市民拥向街头游行示威，高呼"祖国万岁"的口号，高唱泰戈尔的《向祖国致敬》歌，抵制英货、使用国货的倡导得到民众的普遍响应。国大党的激进派提出"司瓦拉吉（自治）、司瓦德西（国货）、抵制和民族教育"四点纲领，并以"司瓦拉吉"为目标，后三者为手段。"四点纲领"在1906年国大党的年会上得以通过，形成大会决议。年会主席、国大党元老、已80高龄的瑙罗吉在大会上说："我不知道在我有生之年还有什么好运在等待着我。如果我能留下一句善意和虔诚的话给我的国家和同胞，那就是团结、坚持和实现自治，以便使我的被贫穷、灾荒和瘟疫折磨得奄奄待毙的数百万同胞，以及在挨冻受饿的数千万同胞能得到拯救，印度能再一次在世界最伟大文明的民族行列中占据昔日的骄傲地位。"[①] 激进派领袖伯尔·根加德尔·提拉克、奥若宾多·高士、比·帕尔等人把"司瓦拉吉"理解为印度从英国殖民统治下的完全独立，将这一思想广泛宣传，深入到普通工农民众当中，发动群众展开消极抵抗运动，甚至发展秘密组织，准备武装斗争。由于殖民当局的残酷镇压，国大党内温和派与

---

① 转引自林承节《印度近现代史》，北京大学出版社1995年版，第357页。

激进派的分裂以及缺乏实际斗争的磨炼,经过几年的司瓦拉吉运动随着几位领袖的被捕而失败。但这场运动的意义巨大,正如有学者所论:"1905—1908 年运动是一场民族革命运动。和此前的资产阶级运动相比有质的不同:斗争目标已经不是争取局部改良,而是要摆脱英国殖民统治;参加运动已不再局限于少数人,而是千百万人民群众;在斗争方式上,虽然是以抵制为主,但它是群众性的大规模的政治运动,抵制已被看作是'战争的代替物';激进派提出了消极抵抗道路并开始以之指导运动,秘密组织则把准备武装斗争作为事件任务。由此可见,这场运动已不再是以往改良运动的继续,而是面目一新的民族革命运动了。"①

印度尼西亚、越南在 20 世纪初,也开始有了现代民族解放运动或其萌芽。印度尼西亚在第一次世界大战爆发前几年出现了早期的民族主义团体——奋力会、国民党和伊斯兰教联盟,这些团体都以城市中产阶级知识分子为发起者和骨干力量,都希望印度尼西亚诸岛人民凝聚为统一的现代民族,都要求改革甚或最终取消荷兰殖民统治。在越南,潘佩珠 1905 年组织"越南光复会",1912 年改组为"国民革命党",以"驱逐法国殖民者,争取越南独立,成立越南共和国"为党的纲领,还组建抗法武装——光复军,计划兵分三路,收复国土。

这一阶段的东方民族解放运动以亚洲为主体,运动的领导力量是一批具有西方教育背景的开明精英,其骨干和社会基础主要是城市的部分中小有产者和知识分子,运动的目标明确提出建立具有独立主权的民族国家,与 19 世纪民族启蒙运动有了质的改变:不再满足于精神领域的启迪和生活境遇的改变,而是有民族政治精英组织的政党、有计划、有纲领、有组织展开的反帝反殖的爱国民族运动。

二 第二时期(第一次世界大战至第二次世界大战)

第一次世界大战后的 20 世纪的 20—40 年代,东方的民族解放运动此起彼伏,民族主义运动出现第二次浪潮。一方面一战加深了帝国主义和被压迫民族之间的矛盾;另一方面,一战又为被压迫民族的独立解放斗争创造了客观上的有利条件;加上 1917 年俄国十月革命的影响,在第一次世

---

① 林承节:《印度近现代史》,北京大学出版社 1995 年版,第 373 页。

界大战和十月革命后，亚非人民再度掀起了民族主义运动的汹涌浪潮。各国民族主义领导者试图将城乡大众动员起来，以各种方式谋求最终实现民族独立。有了深度和广度上的发展，给欧洲殖民体系以沉重打击，动摇了欧洲殖民统治。主要有土耳其的凯末尔革命（1919—1923）、伊朗反帝运动与礼萨汗改革（1920—1941）、印度甘地领导的非暴力不合作运动（1919—1943）、阿富汗第三次抗英独立战争（1919）、印尼反荷武装起义（1926—1927）、叙利亚—黎巴嫩反法大起义（1927）、埃及柴鲁尔领导的华夫脱运动（1918—1927）、摩洛哥里夫人抗西抗法战争（1921—1926）、埃塞俄比亚的第二次抗意战争（1935—1941）、撒哈拉以南非洲的各种反帝反殖活动、东亚和东南亚各国的抗日战争等。①

在东方民族解放运动中，出现一批民族精英，他们借鉴西方的民族主义理论，结合本民族的文化传统，形成具有各自特色的民族主义理论体系，既是两次世界大战之间东方民族解放运动的旗帜和纲领，又一起汇流成为这一阶段东方的民族主义思潮。其中影响巨大又独具特色的是西亚的凯末尔主义、南亚的甘地主义、阿拉伯地区的阿拉伯民族主义、撒哈拉以南非洲的泛非主义等。

（一）凯末尔主义

凯末尔主义是土耳其凯末尔革命中凯末尔创建的思想体系。凯末尔（1881—1938，另译"基马尔"）土耳其共和国创建者，有"现代土耳其之父（Ataturk）"的称号。凯末尔从小酷爱军事，从12岁开始，有12年的军校学习经历，青年时期积极参加反帝反封建活动，创建秘密组织"祖国自由协会"。曾参加意土战争和巴尔干战争。第一次世界大战中率部参加达尼尔海峡战役，打退了装备精良的英法联军的进攻，以其军事才能受到土耳其人崇拜，晋升为将军。一战结束，奥斯曼作为战败国，面临被协约国瓜分的处境，凯末尔挺身而出，组织护权协会，成立土耳其民族代表委员会，召开大国民议会，组建国民军，浴血奋战，领导民族解放

---

① 关于这些国家和地区的民族主义运动和民族解放战争的情况，请参阅梁守德等《民族解放运动史》，北京大学出版社1985年版；彭树智《现代民族主义运动史》，西北大学出版社1987年版。

运动。1921年6月，指挥萨卡里亚河战役，战胜了希腊国王亲自率领的近十万入侵军队。1922年8月指挥土军向由英国支持的希腊侵略军发起总攻，一举将希军全部赶出国境，取得了民族独立战争的完全胜利。1922年11月，主持大国民会议通过法案，结束奥斯曼王朝600多年的封建统治。1923年10月29日成立土耳其共和国，凯末尔被选为共和国第一任总统。随后组织领导土耳其走向现代化的政治、经济、文化、社会各方面的系列革命性的变革。在民族独立战争和现代化革命中形成并丰富了"凯末尔主义"，其主要内容是在1931年土耳其人民共和党第三次代表大会上概括并进入党纲的"六项原则"，再经过归纳和升华成为1937年新宪法中的"六大主义"：即共和主义、民族主义、平民主义、革命主义、世俗主义和国家主义。

这六大主义的根本目的是在西方列强对土耳其虎视眈眈的背景下，摆脱民族危机，建立拥有独立主权的民族国家，以自由、民主、富庶的现代化强国立于世界民族之林。可以说，"凯末尔主义"的基础和核心是民族主义。彭树智教授认为："这六条原则首先体现了凯末尔主义的一个重要特点：它是土耳其民族资产阶级反对帝国主义、坚持民族独立的进步思想体系。这种民族主义以坚持武装斗争为基础，并且强调依靠自己的力量，联合被压迫民族和苏俄，反对帝国主义。"[①]

凯末尔的民族主义内涵非常丰富。

第一，反对帝国主义的侵略与干涉，要求全面的民族独立。凯末尔在其人生经历中深深意识到民族独立、主权、自由意味着什么，他说："对土耳其来说，自由就是生命。"[②] "要么独立，要么死亡"[③]。对独立含义的深刻理解使凯末尔把完全独立作为民族解放的目标。凯末尔认为，独立与自由是民族应当享有的不容争辩的权利，这些权利是天赋的、合法合理的，"为使我们民族兴盛与经济繁荣……必须赋予我们以能够享有与任何国家一样的完全独立与自由的机会，以保证我们的发展"[④]。"我们需要这

---

① 彭树智：《现代民族主义运动史》，西北大学出版社1987年版，第79页。
② 周青、晨风、陈友文主编：《当代东方政治思潮》，广东人民出版社1993年版，第673页。
③ 同上书，第673页。
④ 梁守德、李景荫：《民族解放运动史》（1775—1945），北京大学出版社1985年版，第374页。

些权利，我们永远也不会放弃它们。"① 他还说："当我们说充分的独立时，自然是指全面的政治、财政、经济、司法、军事、文化等的独立，如果去掉我所列举的任何一个方面，那么从严格意义上说就意味着，这一民族和这一国家没有充分的独立。"② 因此，土耳其"对于在政治方面、在司法方面、在财政方面，以及其他一切足以阻碍土耳其发展的任何限制，一律断然反对之"③。独立对于凯末尔没有讨价还价的余地，它是土耳其全面的、完全的独立。

第二，在争取民族独立的方式上，坚持武装斗争的道路。凯末尔认为暴力是孕育新社会的助产婆，只有以暴力对付敌人才能取得胜利，"主权建立在实力之上"④。"实力"就意味着统一组织，建立民族军队。他坚信，"主权不是被赐予的，而是要夺取"。⑤ 要捍卫民族的独立和主权，就必须进行不懈的斗争，要建立军队，用暴力对付暴力。在民族独立斗争中，没有妥协，凯末尔在1919年5月16日就指出"面对这种情况（指国家即将被瓜分的危机）存在的唯一决策：那也只有基于维护国家主权，无条件地独立和建立一个新土耳其"。"土耳其人的本质与荣誉和能力是极其高尚和伟大的。这样一个民族，如果当俘虏，我国的子孙就要毁灭。因此，或是独立或是死亡！"⑥ 为了独立和主权，必然坚决反对帝国主义的侵略和占领，并采取一切方式，甚至武装斗争。

第三，挖掘、重建土耳其民族文化，弘扬土耳其民族精神。有论者认为："现代土耳其的缔造，体现了通过断绝与奥斯曼过去的联系和削弱外部力量的影响来净化其历史和文化的广泛努力，其中之一就在于开始赋予土耳其民族主义以活力并为此进行文化寻根。"⑦ 凯末尔力图通过民族文化的复兴为土耳其民族主义寻找坚实的文化价值支撑，他强调土耳其民族

---

① 周青、晨风、陈友文主编：《当代东方政治思潮》，广东人民出版社1993年版，第673页。
② 同上书，第673—674页。
③ 林举岱、陈崇武、艾周昌：《世界近代史》，上海人民出版社1982年版，第619页。
④ 彭树智：《现代民族主义运动史》，西北大学出版社1987年版，第83页。
⑤ 周青、晨风、陈友文主编：《当代东方政治思潮》，广东人民出版社1993年版，第674页。
⑥ ［土］卡密尔·苏：《土耳其共和国史》，杨兆钧译，云南大学1978年版，第9页。
⑦ John L. Esposito, *Islam and Politics*, p. 97.

具有聪明才智和创造能力,在世界古代文明中起过重要作用,做出过重大贡献;倡导学习、研究和宣传土耳其的历史,并循着清除外来语和纯洁本族文字的道路进行土耳其文字改革,千方百计的增强土耳其民族意识和创造力,用民族文化浇铸新的民族认同。

第四,反对奥斯曼帝国的泛突厥主义和泛伊斯兰主义,建立现代的、世俗的土耳其民族国家。1921年12月1日,凯末尔声明:"土耳其大国民议会决定建立以土耳其民族为基础的地域性民族国家……正是为了保全生命和独立……我们没有为大伊斯兰主义而效劳……我们没有为大都兰主义效劳……"① 凯末尔"主张抛弃奥斯曼多元民族大帝国的扩张观念,认为以前奥斯曼帝国所征服而合并的民族总是要分离的。因此要用土耳其民族主义来代替以前的奥斯曼主义,以提高土耳其民族的觉悟,加强土耳其民族的团结"②。凯末尔的目标就是建立一个以在土耳其的土耳其民族为基础的地域性民族国家,并主张忠于土耳其,而不是忠于宗教和王朝。因此,他也支持奥斯曼帝国各民族争取自决权的斗争,在1919年他曾指出:"我们在叙利亚、伊拉克、也门以及整个东方的兄弟们正在为维护其生存,为获得其在边界内的独立而斗争,在穆斯林世界来说,这些部分的穆斯林取得独立是多么高兴啊!"③ 1920年,凯末尔对其主张的民族主义的性质作出明确表示,他说:"我们的民族主义是我们尊重一切同我们合作的民族的民族主义。我们承认他们的民族要求,无论如何,我们的民族主义肯定不是利己主义或骄傲自大的民族主义。"④

(二) 甘地主义

甘地主义是甘地在民族解放运动的实践和对印度未来社会的构想中形成的思想体系。彭树智教授认为甘地主义的主要内容包括哲学思想、政治思想、经济思想、社会思想四个方面,即"宗教与政治相结合的真理观"、"印度自治的思想,尤其是他独特的国家观"、"经济自主、经济争

---

① [英]伯纳德·刘易斯:《现代土耳其的兴起》,商务印书馆1982年版,第372页。
② 彭树智:《东方民族主义思潮》,西北大学出版社1992年版,第269页。
③ [土]卡密尔·苏:《土耳其共和国史》,杨兆钧译,云南大学1978年版,第208页。
④ 周青、晨风、陈友文主编:《当代东方政治思潮》,广东人民出版社1993年版,第676页。

议的经济观"和"平等、团结的和谐社会观",并总结说"在甘地的思想体系中,哲学思想是指导部分,政治思想是主体部分,经济思想和社会思想从属于哲学政治思想,并且是对二者的补充和发挥。这四者互相交叉,各以其特点组成了甘地主义的复杂而矛盾的整体结构"①。究其实,甘地主义的核心是真理和非暴力,即通过非暴力的手段,来追求真理、坚持真理、实现真理。而当他运用这种学说来解决殖民统治下的印度现实问题时,"就是以真理和非暴力原则解决印度民族革命任务和建设未来独立国家的学说。在甘地主义中,真理和非暴力既是宗教信仰,又是最高理想,又是实现这一理想的道路。信条、纲领、策略路线三位一体,这正是甘地主义最突出的特色"。②

甘地民族主义思想有其鲜明的特点:

第一,反对殖民统治的手段:坚持宗教化的真理。用甘地的话说,真理是神,非暴力则是追求真理、即认识神的手段,甘地认为这是强者的武器。这种抽象而富有神秘色彩的学说看起来令人费解,难以让人信服,但它却包含着重要的政治内容,具有实际的应用价值。因为在印度这样一个种族混杂、宗教信仰多样、种姓隔离和英国实行分而治之政策的殖民地国家,"真理是神"实际上是把印度各种各样的宗教信仰"众神归一",把宗教的神与现实中的理想糅合在一起,用人民大众熟悉、了解的语言和形式,唤起人们在真理的旗帜下不分种族、宗教、教派、种姓团结起来,勇敢无畏地追求真理。

第二,独特的民族解放道路:非暴力。甘地倡导非暴力,出发点是爱。爱一切人,不以任何人为敌,相信一切人都有内在的人性,坚持以爱制恶,以德报怨,以自苦感化别人,以精神力量反对物质力量,这就是他的非暴力学说的基本内涵。他认为,英国统治印度是受资本主义商业自私观念的支配,这种统治使印度精神退化,经济衰败,政治屈辱,人民贫困,因而是不道德的。但是,错误在于英国的现代资本主义制度,而不在于实行这种制度的人。英国统治者作为人同样有人性,并非敌人,可以通过非暴力斗争方式,通过以自苦表现出对他们真诚的爱,促其改正错误。

---

① 彭树智:《现代民族主义运动史》,西北大学出版社1987年版,第30页。
② 林承节:《甘地主义的形成和甘地领导权的确立》,《南亚研究》1985年第1期。

甘地也赞同"司瓦拉吉",但他理解的"司瓦拉吉"不是单纯的结束英国统治,而是印度人实现自身完善、精神自主。当印度人能够作为强者站立起来时,就会有政治上的自由,这种主张就是以追求自身精神完善来感化统治者的道路,这正是甘地非暴力斗争,获取民族解放道路的实质。追求精神完善的途径是培养自助、自洁、自苦精神,加强纪律性,实行宗教团结,取消贱民制等。

第三,美化印度传统的农村精神文明,否定近代的城市工业物质文明。甘地之前的印度民族主义知识分子都强调印度文明的精神性,肯定印度家庭和印度乡村的价值观念,认为体现了印度精神文明的乡村代表着印度文化的本质特征。当西方学者和殖民统治者从印度村社制社会中看到的是停滞落后的时候,而甘地和印度民族知识分子却从传统的村社制社会中找到了超越时空的永恒精神和理想家园。"印度是精神文明、西方是物质文明"成为印度民族主义知识分子的普遍认同,这种认识当然包含了面对西方文化冲击作出的民族主义反应,使印度和英国处于对等的文化地位,甚至使印度在精神和文化心理上高出了英国和西方。甘地将非暴力和坚持真理的哲学思想与印度淳朴的乡村生活联系在一起,认为印度文明的精髓就是农民耕地的犁、手工业者纺织的手纺车和宗教哲学;乡村代表着印度的真理和尊严。而城市则是殖民主义的产物,是城市破坏了印度社会的基础,因此,城市是印度社会的毒瘤和罪恶的渊薮。甘地的《印度自治》一书的出发点和目标,与其说是反对英国殖民统治者,不如说是反对西方近代文明。在他看来,西方近代文明狂热地追求物质享受从而使精神堕落到了极点,它是世界动乱、侵略压迫和战争的温床。他以最严厉的词句谴责大工业、机器、铁路、近代科学发明以及律师、医院,说近代文明是一种建立在物质主义基础上的罪恶的"反宗教的文明……凡在这种文明之下的人,已变成一种半疯狂状态",只知追求物质享受而精神堕落,这是"魔鬼的文明",是"黑暗时代"[①];而印度古代文明则是在神引导下的精神文明,它向世界传播的是爱与真理。

---

① [印]甘地:《印度自治》,商务印书馆1959年版,第28页。

（三）阿拉伯民族主义

阿拉伯两次世界大战期间的民族主义思潮比较复杂。历史上阿拉伯帝国的辉煌成为阿拉伯民族主义的思想文化资源。"阿拉伯民族主义思想是阿拉伯人意识长期发展的结果，它迸发于1400年前，在阿拉伯历史的进程中，伴随伊斯兰教的兴起、传播，最后在政治和宗教上统一了阿拉伯半岛及其以后的对外扩张和征服过程中逐渐得到澄清和阐明。尽管这一民族意识在其自身的发展过程中由于当时特定的历史阶段（如'阿拔斯时期'）而经历了消涨的变化，但有一点是可以确定的，即当其他民族侵犯阿拉伯人时，这一意识又重新被唤醒而变得强烈起来。进入现代，西方殖民者的统治使得阿拉伯人的自我意识自然恢复，这种自我意识表现于谋求重新振兴阿拉伯民族并建立自己的国家，以此成为现代阿拉伯民族主义意识的主要内涵"[①]。

土耳其对阿拉伯的统治，还借助伊斯兰教，因而一战前阿拉伯的民族主义主要是以对伊斯兰教的改革来唤起民族意识。第一次世界大战中土耳其政府加入德奥一方作战，英国便鼓动、支持阿拉伯世界反对奥斯曼帝国，建立一个独立的阿拉伯国家。在1916年6月，侯赛因率领他的三个儿子阿里、阿卜杜拉和费萨尔以及1万多名贝都因人举行了起义，从奥斯曼手中夺取了麦加和亚喀巴，其三子费萨尔的部队攻进了大马士革，解放了叙利亚和巴勒斯坦，结束了奥斯曼帝国的统治。但战后英、法却在中东重新划分了势力范围，英国取得了对巴勒斯坦、伊拉克和外约旦的委任统治权，法国取得了对叙利亚、黎巴嫩的委任统治权。民族主义者的迷梦被严酷的现实击得粉碎。因而，要求英法撤走，要求独立、统一的反殖反帝斗争在阿拉伯地区从20年代到40年代一直持续不断。这种爱国热情和要求独立统一的愿望形成被称之为"泛阿拉伯主义"的思潮，这股思潮在20、30年代先以巴格达为中心，40年代，尤其是二战后以大马士革为中心。一批阿拉伯民族主义政治家，借鉴欧洲近代民族理论，结合阿拉伯人的处境和民族统一、自强的愿望，将它发展为一种完整的思想体系。阿拉伯民族主义思潮的主要代表人物有赛阿德德·柴鲁尔、拉希德·里达、阿

[①] 刘一虹：《当代阿拉伯哲学思潮》，当代中国出版社2001年版，第88页。

卜杜拉·阿拉伊利、萨提·胡斯里等。

赛阿德德·柴鲁尔（1860—1927）被称为"现代埃及之父"，曾任埃及内政大臣助理、教育大臣、司法大臣和埃及议会副会长，1918年率代表团参加"巴黎和会"要求取消英国对埃及的保护制，以此为基础组建民族主义政党"华夫脱党"（Waft），领导埃及20年代的"华夫脱运动"。他主张埃及在政治上"完全独立"，华夫脱党"肩负着民族的责任"，提出"通过合法途径毫不迟缓地履行这种义务，而不管要付出何种代价"①。终于在1920年英国承认埃及独立。柴鲁尔领导的华夫脱党继续为取消英国保留的四项特权而努力，在他担任首相和议会议长期间致力于埃及的完全独立的建设与发展，他清醒地认识到发展民族经济的重要性，"没有经济支撑的法律，社会改革就不能导致政治进步"，而要打破外国人对埃及经济的控制，只有实现国家的独立才有可能。②

拉希德·里达（1865—1935）出生于黎巴嫩，是曾旅居埃及、叙利亚、印度、欧洲，最后定居埃及的阿拉伯民族主义学者和思想家。他认为：现代民族主义意味着同一国土居民的团结一致，也许他们有不同的宗教信仰，但为了保卫共同的祖国，实现民族独立，必须进行合作。而阿拉伯祖国应该注重的是以伊斯兰教和阿拉伯语为基础的阿拉伯团结，因为阿拉伯人大都是穆斯林，作为穆斯林，他们只有宗教的民族性意识。里达的民族主义思想从泛伊斯兰主义向现代民族主义迈出了一步，但还有明显的泛伊斯兰主义色彩。③

阿卜杜拉·阿拉伊利（1914—?）是黎巴嫩的历史学家和民族主义思想家。他借鉴欧洲近代民族的形成，从理论上强调阿拉伯民族的存在。1941年阿拉伊利出版了《阿拉伯人的民族构成》，论述了阿拉伯民族主义形成的几种因素，他把语言作为建立稳固民族大厦的支柱；认为地理环境和气候造就了阿拉伯民族的气质；而世代相传的血缘纽带是强大的内聚力；历史是聚集民族感情的基石；习俗是阿拉伯民族的

---

① 潘光、朱威烈主编：《阿拉伯非洲历史文选》，华东师范大学出版社1992年版，第159页。
② 彭树智主编：《二十世纪中东史》，高等教育出版社1991年版，第83页。
③ 参见彭树智《东方民族主义思潮》，西北大学出版社1992年版，第319—322页。

共同标志。① 同时，他还把利益关系看作民族团结和社会团体形成的原因，"利益，当它被理想和希望溶化时，它是社会集团团结一致的决定力量。它总是团结局面和社会团体形成的原因之一，因为它建立在自然利己的、唤起人们为之奋斗的基础之上"。②

萨提·胡斯里（1881—1968）被称为"阿拉伯民族主义的精神之父"，③ 出生于也门，早年留学奥斯曼和欧洲，学成后在奥斯曼、叙利亚、伊拉克、埃及从事教学、研究和民族主义活动，出版的主要著作有：《关于爱国主义和民族主义的评论和讲演》（1944）、《著作集》（1948）、《关于阿拉伯民族主义的评论和讲话》（1951）、《何为民族主义》（1951）、《论民族主义的起源》（1951）、《阿拉伯主义第一》（1955）、《保卫阿拉伯主义》（1956）、《阿拉伯主义及其主角与对手之间》（1957）等，成为阿拉伯民族主义最具体系性的理论家。"胡斯里的阿拉伯民族主义理论，主要由互相联系的三个部分组成：民族利益至上论、阿拉伯人先于伊斯兰教论、语言和历史同一论。"④ 胡斯里强调阿拉伯民族的团结和统一，认为埃及是阿拉伯民族的一部分。在他看来，离开了阿拉伯民族整体，个人无自由可言。他指出："统一意味着政治上的统一。"⑤

（四）撒哈拉以南非洲的泛非主义

"泛非主义"是20世纪非洲和散居在世界各地的黑种人反对殖民主义和种族歧视的民族主义思潮和运动。但"泛非主义"并不是首先出现在非洲大陆。美洲黑奴的后裔，身处异乡，以自己的亲身体验，真切地感受到"寄人篱下"、"无家可归"的漂泊感，更深刻地体验到遭受歧视的屈辱，因而他们当中的先觉者对不很清晰的非洲充满着憧憬与期待。早期的泛非主义领袖是美国黑人作家、学者 W. E. B. 杜波依斯（1868—

---

① 阿卜杜拉·阿拉伊利：《阿拉伯民族的构成》，S. G. Haim（ed）Arab Nationalism: an Anthology, Calif. and Los Angeles, 1976. p. 120.
② S. G. 哈伊姆：《阿拉伯民族主义文选》，转引自彭树智《东方民族主义思潮》，西北大学出版社1992年版，第350页。
③ 彭树智：《东方民族主义思潮》，西北大学出版社1992年版，第370页。
④ 蔡德贵、仲跻昆主编：《阿拉伯近现代哲学》，山东人民出版社1996年版，167页。
⑤ S. G. Haim（ed）: Arab Nationalism: an Anthology, Calif and Los Angeles, 1976. p. 149.

1963），他是美国有色人种协进会的创始人，主编会刊《危机》，创作了不少诗歌、小说和政论著作，他领导了泛非大会运动，从1919—1927年先后在巴黎、伦敦、里斯本和纽约召开了四次泛非大会。在历次大会上，代表们都强调非洲人在政治上应享有自治的权利。同时，牙买加黑人领袖M. M. 加尔维（1887—1940）领导了"回到非洲去"运动，他以自己是黑人而自豪，到处集会演说，提出"非洲是非洲人的非洲"的口号，募集了一大笔款项筹建"黑星航线"，专门运送黑人返回非洲。在对于黑人前途的问题上，杜波依斯和加尔维有分歧，杜波依斯认为黑人应在流落的异乡争取应有的权利；加尔维认为黑人的希望在非洲那块土地上，两人为此展开激烈辩论。他们的论争对非洲的民族觉醒起了积极作用，使黑人，尤其是一批在世纪初留学西方的知识分子开始严肃地思考民族的命运和前途，推进了泛非主义的深入和发展。留学回国的一大批黑人民族主义者成为后来非洲国家的领导人。

"泛非主义"思想家们的政治主张虽然有些差异，但都坚决认同非洲的历史传统与文化个性。他们认为非洲的历史文化不仅不比西方的低劣，而且它还有着独具的形态和价值。他们把这些共同的非洲文化价值，称为"非洲个性"（African Personality），即一种在以往历史年代里由非洲人自己创造并且为全体非洲人共有的历史遗产、民族精神、文化个性。这一非洲个性，可以从文化上把整个非洲大陆及分布在世界上的所有非洲人联合在一起，为非洲的解放自由而共同奋斗。

与英语世界的"泛非主义"运动平行对应的是法语世界黑人民族主义者推动的"黑人性"运动。法语的"黑人性"（Negritude）与英语的"非洲个性"（African Personality）内涵相似，都是对非洲文化传统与精神价值的个体阐释或界定。"黑人性"运动的倡导者是塞内加尔的列奥波德·桑戈尔（1906—2001），马提尼克（法国海外省）的艾梅·塞泽尔（1913—   ）和圭亚那的莱昂·达马（1912—   ）。他们于1934年在巴黎创办刊物《黑人大学生》，"黑人性"首先出现在塞泽尔1939年发表的长诗《回乡札记》中。其后桑戈尔进一步明确了其内涵。随后阿·狄奥普等人创办了宣传黑人权利的期刊《非洲存在》（1947）。在30、40年代创办了许多种以诸如《黑人世界》、《黑人种族》、《黑人呼声》命名的黑人文化复兴运动的刊物。"黑人性"运动是从文化精神的层面，追寻黑非洲的统一性。

事实上，20世纪上半期，非洲许多民族主义者、知识分子和政治领袖，都试图回答和证明这样的问题：非洲有没有自己的历史和文化？存不存在一种为非洲人或黑人创造并拥有的文化？如果有，它的内容和特征如何？它有价值吗？有与欧洲白人文化和世界其他民族的文化一样平等的地位和权利吗？他们试图通过对这一系列问题的回答，从文化上确认黑人的个性，说明非洲人是什么，进而向世界，也向非洲人自己证明非洲文化的存在及权利，证明非洲人不是从属于或依附于白人世界，而是不同于白人但有着与白人一样平等地位与权利的种族。他们希望通过非洲文化复兴和文化认同运动，唤起非洲人自我意识的觉醒和对于自身文化价值、文化权利的自尊与自信，进而使其投入到非洲大陆的独立解放事业中来。

列奥波德·桑戈尔认为，"黑人性"即"黑人世界的文化价值的总和，正如这些价值在黑人的作品、制度、生活中表现的那样"[1]。它包括与西方的理性、个人主义和商业传统相异的黑人文化特性，如黑人心灵与意识中对宇宙大自然及人之间统一的神秘直觉把握及象征直觉思维方式，黑人与大自然真实紧密接近的生存方式和对大自然的依存情感，精灵世界与祖先神的真实存在及其无时不在的影响，生命中强烈的热情、冲动与节奏以及个人对于血缘共同体和村社互助传统的持久心理认同与归属感。在那些宣扬黑人个性和文化传统价值的黑人民族主义知识分子看来，非洲的黑人是一个"精神的种族"，而不是一个"物质的种族"，非洲人有着自己不同于西方文化的价值观念和精神思维特征。这种价值观念与精神特征，构成了黑人存在于世界的独特方式，是黑人对世界，对自己与世界相互关系的独特把握方式。[2] M. M. 加尔维曾说："我们是一个受苦受难的民族的后代。我们又是一个决心不再受苦受难的民族的后代……其他民族都有了自己的国家，现在该轮到4亿黑人来宣称非洲是他们自己的了。"[3]

---

[1] [尼日利亚] 鲍约·拉瓦尔：《非洲政治思想汇编》，转引自刘鸿武《"非洲个性"或"黑人性"——20世纪非洲复兴统一的神话与现实》，《思想战线》2002年第4期。

[2] [尼日利亚] O. U. 卡鲁主编：《非洲文化的发展》，转引自刘鸿武《"非洲个性"或"黑人性"——20世纪非洲复兴统一的神话与现实》，《思想战线》2002年第4期。

[3] [美] 阿杜·博亨主编：《非洲同时：殖民统治下的非洲1880—1935》，中国对外翻译出版公司1991年版，第624页。

泛非主义在其发展过程中内容不断充实,主要为:①倡导非洲各国联合起来,摆脱殖民主义和帝国主义的控制,争取民族独立,以达到非洲由非洲人统治的目的;②非洲国家在结束殖民统治后,应当在政治、经济和社会等方面实施改革,建立一个"泛非联邦"或"非洲合众国";③努力发掘、恢复和发展非洲的语言和文化。

当然,撒哈拉以南非洲的民族主义是复杂的,泛非主义之外还有部族主义、地方民族主义等倾向,但在两次世界大战期间,泛非主义是主导性思潮。有学者认为,"强调泛非主义的种族性和大陆性是非洲民族主义思想"的重要特点,"种族性是指民族主义在表达过程中总是伴随着对整个黑人种族的认同;大陆性表现在主张整个非洲大陆的统一。泛非主义可以说是非洲民族主义思想史上贯穿始终的一条主线"[①]。

总之,两次世界大战之间的世界局势有利于东方民族主义的发展,东方的民族解放运动和民族主义思潮互相作用,彼此促进,推进殖民体系的解体,也增强了东方人民的民族自信心。

三 第三时期(二战后至60年代)

第二次世界大战后,在世界反法西斯战争胜利的鼓舞下,东方民族解放运动和民族主义思潮蓬勃高涨,而这又与当时世界的政治格局密切相关。在二战结束前夕的1945年2月,反法西斯同盟的主要国家美、英、苏三国首脑,在雅尔塔举行会议,形成所谓"雅尔塔体制",为战后美、苏两极对峙的世界格局奠定了基础。二战的直接结果是由欧洲列强主宰世界的局面被打破,美国成为世界的头号强国。美国依仗其经济军事实力独霸世界。美国称霸世界的障碍主要来自日益发展壮大的社会主义国家,于是美国采取"冷战"政策,以遏制社会主义国家的发展。1947年美国先后实施"杜鲁门主义"和"马歇尔计划",1949年建立了"北大西洋公约组织"。同时,美国单独占领了日本,在中国支持蒋介石发动内战,并提出"第四点计划",加强对不发达国家的渗透。之后,美国又与日本签订了"日美安全保障条约"等,形成了美国控制下的对社会主义国家的包围圈。以苏联为首的社会主义阵营为了维护自身的安全、主权、国家利

---

① 李安山:《非洲民族主义研究》,中国国际广播出版社2004年版,第44页。

益，面对以美国为首的帝国主义阵营的威胁，苏联和欧亚人民民主国家从经济、政治和军事等方面加强联系，签订了双边、多边的共同协定、条约。1955年建立了华沙条约组织。

这样，形成了以美国为首的西方资本主义国家和以苏联为首的东方社会主义国家两大阵营的全面对峙与对抗。其具体表现在以下几个方面：第一，政治上表现为两种制度——社会主义制度与资本主义制度的对抗；第二，经济上表现为两种体制——计划经济和市场经济的角逐；第三，军事上表现为两个集团——华约和北约的较量；第四，在意识形态上两种主义——社会主义和资本主义的斗争。两大阵营形成后，在政治、经济、军事、意识形态等方面展开了激烈的斗争，进入冷战对峙格局。所谓"冷战"，是指战后帝国主义对社会主义国家进行的除了直接武装进攻以外的各种敌对政策和行动。英国首相丘吉尔在1946年的著名的"富尔顿演说"拉开了冷战的序幕，随后在土耳其、伊朗、希腊问题上正式展开冷战。"冷战"表现为美、苏两大国拼凑各自的军事集团，军备竞赛，破坏国家之间的正常经济外交关系，粗暴干涉他国内政，践踏国家间外交关系准则等，具体体现在柏林危机和德国分裂、朝鲜战争、北约与华约对抗等历史事件。

冷战对峙既是美、苏两个超级大国的对抗，也是东方殖民地与西方殖民统治的较量，还是世界范围的资本主义和社会主义意识形态的冲突。在两极冷战格局的大框架下，东方殖民地民族独立运动的发展和第三世界的崛起是战后世界的大事件。东方的民族资本主义经济有了一定积累，第二次世界大战，列强之间相互内耗，削弱了对殖民地的控制，而且在参战中东方民众得到锻炼。这样在二战后的20余年里，东方民族纷纷摆脱帝国主义的殖民统治而独立，世界范围内的殖民体系彻底瓦解。民族独立运动首先在亚洲取得胜利。叙利亚和黎巴嫩在战争中于1944年摆脱法国殖民独立，随后菲律宾、缅甸、印度、巴基斯坦、朝鲜、印尼、印度支那等国家都在40年代末50年代初独立。60、70年代，非洲地区的民族也陆续摆脱殖民统治，仅1960年就有17个非洲国家独立，被称为"非洲独立年"。到80年代，除个别地区外，世界殖民地几乎全部获得解放，不仅赶走了原殖民主义者，也结束二战后的托管制，改变半自治和自治地位，建立了新的主权国家。有西方学者描述："正如欧洲在19世纪最后的20

年中迅速地获得其大部分殖民地那样,欧洲在第二次世界大战后同样短的时期内又失去了大部分殖民地。1944 年至 1970 年间,总共有 63 个国家获得了独立。……欧洲人在海外取得那么多非凡的胜利和成就之后,到 20 世纪中叶似乎又退回到 500 年前他们曾从那里向外扩张的小小的欧亚半岛上去了。"[1] 东方民族解放运动彻底摧毁了帝国主义殖民体系,结束了两百多年的殖民统治。40 至 60 年代东方殖民地国家独立情况见下表:

东方殖民地国家独立情况简表

序号	独立国家	宗主国	时间	序号	独立国家	宗主国	时间
1	叙利亚	法国	1944	33	象牙海岸	法国	1960
2	黎巴嫩	法国	1944	34	上沃尔特	法国	1960
3	约旦	英国	1946	35	尼日尔	法国	1960
4	菲律宾	美国	1946	36	达荷美	法国	1960
5	印度	英国	1947	37	刚果民主共和国	法国	1960
6	巴基斯坦	英国	1947	38	乍得	法国	1960
7	缅甸	英国	1948	39	加蓬	法国	1960
8	北朝鲜	日本	1948	40	毛里塔尼亚	法国	1960
9	南朝鲜	日本	1948	41	南非共和国	英国	1961
10	以色列	英国	1948	42	塞拉利昂	英国	1961
11	锡兰	英国	1948	43	坦噶尼喀	英国	1961
12	印度尼西亚	荷兰	1949	44	阿尔及利亚	法国	1962
13	利比亚	意大利	1952	45	布隆迪	比利时	1962
14	柬埔寨	法国	1954	46	卢旺达	比利时	1962
15	老挝	法国	1954	47	乌干达	英国	1963
16	北越	法国	1954	48	肯尼亚	英国	1963

---

[1] [美] 斯塔夫里阿诺斯:《全球通史 1500 年后的世界》,上海社会科学院出版社 1992 年版,第 812 页。

续表

序号	独立国家	宗主国	时间	序号	独立国家	宗主国	时间
17	南越	法国	1954	49	桑给巴尔	英国	1964
18	苏丹	英国	1956	50	马耳他	英国	1964
19	摩洛哥	法国	1956	51	马拉维	英国	1964
20	突尼斯	法国	1956	52	赞比亚	英国	1965
21	加纳	英国	1957	53	冈比亚	英国	1965
22	马来亚	英国	1957	54	马尔代夫群岛	英国	1965
23	几内亚	法国	1958	55	新加坡	英国	1966
24	刚果共和国	比利时	1960	56	圭亚那	英国	1966
25	索马里	意大利	1960	57	博茨瓦纳	英国	1966
26	尼日利亚	英国	1960	58	莱索托	英国	1966
27	喀麦隆	法国	1960	59	巴巴多斯	英国	1967
28	马里	法国	1960	60	南也门	英国	1968
29	塞内加尔	法国	1960	61	毛里求斯	英国	1968
30	马达加斯加	法国	1960	62	斯威士兰	英国	1968
31	多哥	法国	1960	63	赤道几内亚	西班牙	1968
32	塞浦路斯	英国	1960				

殖民体系的崩溃，民族独立国家的普遍出现，是东方民族一百余年反帝反殖艰苦奋斗的结果，是东方民族主义的胜利。

东方新生的独立国家在战后谋求发展的过程中，明确意识到团结合作的重要性，在反帝反殖争取民族独立的斗争中，东方国家深深感到：殖民主义、帝国主义是一种强大的国际力量，要巩固民族地位、发展民族经济和文化，必须联合起来，形成一个有组织的国际力量。第三世界国家战后的团结合作有不同层次。首先是区域性合作组织。如"阿拉伯国家组织"（1945年创建）、"东南亚国家联盟"（1961年创建）、"非洲统一组织"（1963年创建）等。其次是世界性规模的合作。1955年在印尼的万隆召开"第一次亚非会议",29个东方国家和地区的政府代表团与会,会议讨论了东方新兴独立国家面临的形势和反抗帝国主义的新殖民统治要略,提出了影响深远的和平共处十项原则。随后在美、苏两霸冷战对峙的格局下,东方国家联合欧美的发展中国家,将亚非会议精神发扬光大为"不结盟运动"(1961年开始到1996年"不结盟运动"成员国已达132个)进而发展为"七十七国集团"(1964年开始),提出经济发展的"南北对话"和"建立国际经济新秩序"。

大批民族独立国家的建立,造成了欧洲殖民帝国的土崩瓦解。东方民族主义取得的决定性胜利,为整个第三世界的崛起和发展准备了前提条件。这一时期,东方民族主义从争取政治独立和国家主权变为争取发展民族经济、维护本国正当经济权益,加速实现国家现代化。20世纪60年代77国集团的建立便是发展中国家力图维护合法经济权益的集中体现。亚非拉民族国家的发展和斗争给战后世界格局造成巨大冲击波,以万隆会议和不结盟运动为标志,发展中国家作为一股新兴的政治力量登上国际舞台,在反帝、反殖、反霸斗争,争取建立新型国际政治经济新秩序中发挥了极大的作用。

第二次世界大战后,泛非主义和泛非运动发展迅速。1945年10月由非洲人发起组织并领导召开了第五次泛非大会,大会通过的《告殖民地人民书》中提出:所有殖民地人民都享有掌握自己命运的权利,要从外国帝国主义的政治和经济控制下解放出来,有权选举自己的政府,为取得政权而斗争;并提出了"全世界一切殖民地和被压迫的人民联合起来"的口号。万隆会议之后,非洲的民族独立运动从北非经西非扩及全非。1958年在加纳首都阿克拉召开了第一次非洲独立国家会议和第一次全非人民大会,标志着泛非主义同现实政治斗争密切结合,成为非洲人民争取非洲独立和统一的运动。随着非洲独立国家的增多,泛非主义在非洲独立国家中的传播越来越广,逐步形成了卡萨布兰卡集团和蒙罗维亚集团,并最终联合起来。1963年非洲国家统一组织成立,促进了非洲人民的民族觉醒和团结反帝事业的发展。

在这样的现实政治背景下,东方民族主义思潮在新的历史条件下又有发展。主要代表性理论是印度尼赫鲁的"世俗、民主、社会主义和不结盟"理论,印度尼西亚苏加诺的"建国五基"理论,纳赛尔的"不结盟主义"理论，加纳恩克努玛的"新殖民主义"理论等。①

第二节　民族主义文学的主要成就

在东方 20 世纪民族主义运动和思潮不断深入展开的社会文化背景下，东方的民族主义文学在前一阶段的基础上有了进一步的发展，不再满足于对西方文学的借鉴，而是挖掘民族传统文学资源、弘扬民族精神、努力建构具有民族特色的新的民族文学。从东方 20 世纪文学的整体看，在 20 至 40 年代，东方各国新的民族文学的建构基本完成，其中民族主义文学是主流倾向，成为民族新文学的主体。当然，东方 20 世纪的民族主义文学不是一种模式，下面分地区梳理这一阶段东方民族主义文学的主要成就。

一　东亚地区

在东方现代民族主义文学思潮中，日本的民族主义文学具有独特性。日本与东方其他国家一样，是在西方势力扩张、民族危亡的背景下，激发起民族主义思潮。以"尊王攘夷"为开端的"明治维新"实质上就是一场拯救民族危亡、图谋民族发展的民族运动。但日本是东方最早改革开放，走西方发展道路并取得成功的国家，其民族主义很快发展成扩张型、侵略型民族主义。这样的史实鲜明地表现在明治维新以来的日本文学中。在启蒙文学中的福泽谕吉、中江兆民、柴四郎的创作中可以看到具有民权向国权发展的倾向。19、20 世纪之交的世界局势和甲午战争、日俄战争的胜利，进一步刺激了日本的扩张型民族主义，在 20 世纪选择了侵略邻邦，企图称霸亚洲的民族发展道路。这从三宅雪岭的"国粹主义"、志贺重昂的"国粹保存论"、高山樗牛的"国家主义"、德富苏峰的"皇室中心主义"、北一辉和大川周明的"法西斯主义"等可以看到日本民族主义发展演变的脉络。20 世纪 30、40 年代中日战争中，出现了以保田与重郎

---

① 尼赫鲁、苏加诺、纳赛尔、恩克努玛的民族主义思想和理论的具体内容，请参阅彭树智的《东方民族主义思潮》（西北大学出版社 1993 年版）和周青、晨风、陈友文主编的《当代东方政治思潮》（广东人民出版社 1993 年版）的相关章节。

为首的"日本浪漫派"文学风潮,倡导复兴古典传统美;藤田德太郎等人发起"新国学"运动,鼓吹"神州不灭"、"日本必须创造日本的历史"[①];还有高村光太郎的"爱国诗"、火野苇平的"士兵三部曲"、林房雄的"国民文学论"和"笔杆子部队"的"报国文学"等,这些都是"日本特色"的民族主义文学,他们从不同侧面服务于日本的对外侵略,是一种在本质上不同于东方现代民族主义文学的另类民族主义文学。

中国20世纪的民族主义文学肇始于梁启超在《少年中国说》、《新民说》和《新中国未来记》等一系列著作中的倡导。之后在文学领域,"20年代则有'醒狮派'、'大江社'等带有强烈的民族国家主义情绪的抒情和呐喊;三十年代则有老舍的寓言体小说《猫城记》和带有某种国民党官方背景的'民族主义派'的文学等;四十年代则有'战国策派'林同济等人的文化主张和创作。这种民族国家主义文学都是诉诸一种强烈的国家、民族情感,力图唤起人们的救亡意识,增强民族的凝聚力,消弭内争、一致对外。他们对其时代的个人主义、家族主义、部落主义、阶级主义的思潮和影响都持否定态度。他们的思想、主张带有浓厚的功利主义色彩"[②]。其中影响甚大的是30年代的"民族主义文艺运动"。限于学科范围,我们这里不作议论。[③]

朝鲜(韩国)现代民族主义文学与朝鲜文学的现代转型同步。1910年日本吞并朝鲜,更加强化了朝鲜作家的民族意识。20世纪初,崔南善(1890—1957,号六堂)创办了《少年》、《新星》、《青春》等杂志,致力于新文化和新文学运动。他的好友李光洙,号春圆(1892—?)也创作新诗和现代小说,为新文学大发展做出了贡献。他们的作品充满着爱国精神和强烈的民族意识,试图以文学来振兴民族精神。崔南善在《少年》等期刊发表了大量歌词(一种基于民族传统的时调而改革的诗歌类型)和新诗,如他的《汉阳歌》中的两节:

---

① 转引自叶渭渠、唐月梅《日本文学简史》,上海外语教育出版社2006年版,第224页。
② 耿传明:《近现代文学中的民族国家叙事与文化认同》,《齐鲁学刊》2002年第3期。
③ 关于中国20世纪30年代"民族主义文艺运动"的研究是近年的热点之一,具体可以参阅倪伟的《"民族想象"与国家体制》,上海教育出版社2003年版;周云鹏的博士论文《"民族主义文学"论(1930—1937)》和耿传明的系列论文。

君不曾见，独立门，高大且威严，
几度春秋，放异彩，光照人世间。
不意如今，失颜色，暂蒙辱劫难，
浮云蔽日，总须去，重光岂能远？

南山坡下，屹立着，巍巍奖忠坛，
为国捐躯，诸英魂，香火慰长眠。
义理为大，轻生死，虽死亦光荣，
海枯石烂，英名在，青史悲壮篇。①

他的《少年大韩》、《京釜铁道歌》、《三面环海歌》、《大韩少年行》、《檀君节》、《海致少年》、《新大韩少年》、《你可知道？》等都是这种弘扬民族气节，鼓荡民族士气，宣扬独立自主精神的作品。李光洙也写作这类新诗（如《我们的英雄》），但代表其成就的是新小说。李光洙的代表作《无情》是一部在爱情的情节框架中灌注民族主义情感的长篇小说，作品描写李亨植、朴英彩、金善馨、金瓶郁几个青年男女在情感波折与自我成长的过程中，认识到民族危机的现实处境，决心投身民族振兴的大业当中。韩国学者评价："《无情》在呐喊。民族主义的理想就是这部小说的主题。"②

1919年"三·一运动"被日本殖民当局镇压，民族主义文学受到摧残。崔南善因起草《朝鲜独立宣言书》而被捕入狱。民族主义作家转向艺术的或过去的传统，隐晦的表达民族意识，并由此与当时兴起的无产阶级文学展开论争。以"新倾向派"为代表的无产阶级作家的阶级意识和民族主义作家的超越阶级的民族情感冲突，但在反对日本殖民统治方面具有共同点。作家廉想涉写道："从文化精神上看，民族主义是企图建立以本民族个性为核心的文化国民文学，而社会运动则普遍是以无产阶级文化及阶级文学为旗帜，极力扬弃和改造传统观念。在被压

---

① ［韩］赵润济：《韩国文学史》，社会科学文献出版社1998年版，第448页。
② 同上书，第441页。

迫民族的实际行动中，这两种倾向是协调一致的，它们强化了各自运动的权威性。"①

1926年是朝鲜文字"训民正音"颁布八周年，一些学者和民族派作家把阴历九月廿九日定为"韩字日"加以纪念，以此为契机，"借此掀起了一个寻找自己、回到民族精神那里去的强大运动。在文学界，他们掀起国民文学运动，宣传朝鲜心、朝鲜魂，一方面对日本统治进行精神反抗，另一方面对抗当时的阶级文学"。②

在二三十年代，一批有才华的现实主义作家、诗人对日本统治下的民族灾难作了真实的写照。如罗稻香（1903—1927）、金素月（1903—1935）、尹东柱（1917—1945）等，在他们的作品中揭露与批判了日本帝国主义统治下社会的罪恶，对朝鲜人民的无权地位与悲惨生活寄予了深切的同情。

"新倾向派"和后来的"卡普"进步作家虽然遭到日本帝国主义者严酷的镇压，但他们没有屈服。控诉日本帝国主义的暴行、歌颂民族英雄、向往民族独立的自由是无产阶级文学的主题。如李箕永的长篇小说《人间课堂》、朴世永的《山燕》（1937）和《沉香江》（1935）等诗篇，对日本帝国主义进行了深刻的揭露。现代朝鲜民族主义文学还应包括30年代金日成领导的抗日游击队创作的抗日歌谣和剧本。金日成曾亲自创作了饱含民族激情的《朝鲜之歌》和《反日战歌》③（1934），其他流行的歌谣如《勇进歌》、《决战歌》、《总动员歌》和《民族解放歌》等，号召人民起来进行抗日，歌颂武装革命，表达了民族独立的愿望和决心。金日成参加和指导创作的《血海》、《卖花姑娘》、《一个自卫队员的遭遇》、《城隍庙》、《庆祝大会》等剧本，揭露了日本帝国主义的残暴，反映了人民的苦难和民族意识的觉醒。

1945年朝鲜摆脱日本统治获得独立。独立后朝鲜文学的民族意识表现在几个方面：①祖国解放后激发的民族自豪感和对祖国未来美好前

---

① ［韩］廉想涉：《民族社会运动之唯心考察》，转引自赵润济《韩国文学史》，社会科学文献出版社1998年版，第572页。

② ［韩］赵润济：《韩国文学史》，社会科学文献出版社1998年版，第569页。

③ ［朝］金日成：《朝鲜之歌》、《反日战歌》，见《东方文学专集》（一），中国社会科学出版社1979年版，第50—51页。

景的畅想。主要是体现在一批左翼诗人的诗歌创作中。如金朝奎的《牡丹峰》、赵基天的《豆满江》、《坐在白岩之上》、朴世永的《爱国歌》等。②回顾日本殖民统治下的现实，歌颂抗日斗争中的英雄。如赵基天的长篇叙事诗《白头山》、李箕永的长篇三部曲《图们江》、宋影的长篇特写《白头山从哪里也看得见》等。③审视反思日占时期的经历与生活。这是一批在日本殖民统治后期自觉不自觉地顺从或与殖民当局合作的作家的创作，他们对那段扭曲的人生加以清算和净化，以此来确认自己的民族身份。如金东仁的《叛徒》、《亡国日记》，蔡万植的《民族罪人》、《续民族罪人》，李泰俊的《解放前后》等。④表现民族南北分裂的忧伤和对民族统一的期待。朝鲜的独立解放，并非民族自身主体力量斗争的结果，而是美、苏盟国的进驻，导致半岛分裂成南、北两部分，这是有着统一文化传统的民族的悲剧。金东里的《兄弟》，廉想涉的《初期》、《离合》、《再会》，田荣泽的《牛》，金松的《故乡的故事》等是该时期的代表作。

二　南亚地区

20世纪初的民族革命运动大大促进了印度民族主义文学的发展，很多作家都把自己的创作与社会活动联系起来。孟加拉诗人、作家罗宾德拉纳特·泰戈尔（1861—1941）积极参加反英的政治活动，支持民族自治运动。他的短篇小说表达了反对殖民主义和封建主义的主题，尤其是对封建礼教、种姓制度和陋习进行了强有力的批判。代表作《戈拉》（1910）以19世纪70—80年代孟加拉的社会生活为背景，描写了当时印度民族意识的觉醒和民族解放运动的开展，反映了在民族独立问题上新印度教教徒和梵教教徒存在的不同观点：前者强调民族传统，恢复民族自信心，反对崇洋媚外；后者主张改革印度教，吸收欧洲文化。前者是固守古老的传统；后者是轻视本土文化。作者通过进步青年戈拉由完全信奉印度教，到彻底抛弃宗教偏见和种姓的束缚，决心为全印度人谋福利的转变，表达了印度人民应该不分教派，不分种姓，团结一致，为祖国的独立自由和民族解放而奋斗的思想。戈拉的形象是对印度民族主义者的艺术概括，他寄托了泰戈尔反帝反封建的双重理想。

这时期重要的民族主义作家还有用英语创作的奥罗宾多·高斯

(1872—1950) 和萨罗季妮·奈都 (1879—1949)。奥罗宾多·高斯是"司瓦拉吉"运动的领袖之一,他的创作主要运用传统题材来表达自己的民族意识。他的主要作品有叙事诗《优哩婆湿》、《爱情与死亡》、诗剧《救星佩尔修斯》等;倾其毕生心力写成的《莎维德丽》是一部长达24000行的长篇叙事诗。萨罗季妮·奈都是一位充满爱国主义激情的女诗人,她的诗集有《金色的门槛》(1905)、《时间之鸟》(1912)和《折断了的翅膀》(1917)。她参加印度民族解放运动的领导工作,曾多次被捕入狱。奈都的诗作中充满民族主义情怀,如她有一首《献给印度》:

  呵,从远古的时代起你就一直年轻!
  起来吧,母亲,起来,从你的幽暗中再生,
  而且,像一个新娘似的上配诸天
  从你永远年轻的腹中产生新的光荣。

  在枷锁的黑暗中各民族正在哭泣
  恳求你引领他们走向伟大的晨光……
  母亲,呵,母亲,你为什么沉睡?
  为你儿女的缘故起来答应他们吧!

  你的"未来"用各种的声音召唤你
  奔向新月般的荣耀,光辉和巨大的胜利;
  醒来吧,昏沉的母亲,戴上王冠,
  你在"过去"的王朝里曾经是一位女皇。[①]

  印度在第一次世界大战期间与英国统治者的矛盾日益加深,各阶层人民反帝、反殖的斗争日益高涨。从1919年开始,印度的民族解放运动掀起了第二次高潮。甘地领导的三次声势浩大的非暴力不合作运动,促进了民族独立的进程。这时期印度民族主义文学受到甘地主义和马克思主义的影响,更加具有现实性和进步性。尤其是甘地的"坚持真理"、"非暴

---

① [印]萨洛季妮·奈都:《萨·奈都诗选》,《译文》1957年8月号。

力"、"不合作"、"消极反抗"等原则不仅在政治上作为反对英国殖民主义的武器,而且在思想文化领域也成为作家的指导思想。"甘地认为英国的殖民者不仅在经济上,而且在精神和道德上毁了印度,因此,他不仅以'纺车'抗拒'机器',而且更重要的是以仁爱、牺牲、良心等非暴力手段来抗拒野蛮、仇恨和死亡。"[①] 他的司瓦拉吉观和未来理想社会[②]、印穆团结和消除贱民制、主张文学为民族独立运动服务等思想,都对作家产生了一定的影响。

随着民族意识的觉醒和民族运动的不断高涨,民族主义渗透在绝大多数作家的创作之中。不管是民族主义诗歌,还是现实主义小说和进步主义文学,都先后唱出了这一主旋律。

这时期的民族主义诗歌创作达到了高峰。泰戈尔后期的政治抒情诗把世界人民的反帝斗争与印度人民反抗殖民统治的斗争紧密的联系在一起,在《边沿集》(1938)第18首中,诗人向每一个家庭呼吁:"准备战斗吧,反抗那披着人皮的野兽!"表达了对帝国主义和法西斯的强烈愤怒。这些诗歌没有神秘主义气息,也少温和的改良主义情调,而代之以昂扬的战斗激情。

乌尔都语诗人穆罕默德·伊克巴尔(1877—1938)的诗歌洋溢着爱国主义激情和反帝国主义、反殖民主义的斗争精神,对民族独立充满信心。在世纪初伊克巴尔创作了大量的爱国主义诗歌,如一首《喜马拉雅山》,借喜马拉雅山的雄伟峥嵘,歌颂祖国荣耀的过去,期待光明的未来:

  啊,喜马拉雅山!
  啊,印度斯坦的干城!
  苍天俯首在你额上亲吻。
  岁月何曾给你留下暮年的印记,

[①] 石海峻:《20世纪印度文学史·前言》,青岛出版社1998年版,第7页。
[②] 司瓦拉吉:在甘地看来不仅指政治自主或独立,而且指人的精神完善,两者紧密联系在一起,互为条件。未来理想社会:甘地在设想未来时,他的出发点和目标是反对近代文明,建立一个与近代文明针锋相对的、以印度文明的真谛——精神为基础的社会,后来他称之为真理和非暴力社会。

在朝夕交替循环中你永葆青春。
　　对于西奈山的摩西你曾是灿烂的光辉，
　　对于明察秋毫的锐目你是夺目的光芒。

《痛苦的画卷》、《印度人之歌》、《新湿婆庙》等都是民族主义诗作的名篇。他的后期诗作思想更为深邃，进行"自我"与"无我"的哲理探讨，但爱国主义和民族主义依然贯注其中。1924出版的诗集《驼队的铃声》有不少诗作体现了他的爱国主义思想，面对宗教教派的冲突对祖国解放事业造成的危害，一再强调民族团结的重要性，号召印度教徒和穆斯林以民族利益为重，摒弃分歧，把祖国的存亡置于最高位置。《蜡烛与诗人》表示自己要像火炬那样燃烧，为爱国者照亮前进的道路。因而"他的思想为伊斯兰教的改革和印度穆斯林民众在特定历史时期和特定历史环境中争取民族独立斗争起到了不可估量的影响"[1]。

被称为印度现代四大民族主义诗人的印地语诗人古伯德、孟加拉语诗人伊斯拉姆、泰米尔语诗人巴拉蒂和马拉雅拉姆语诗人瓦拉托尔的创作为民族主义文学注入了新的活力。

迈提里谢嵛·古伯德（1886—1964）的诗集《祖国之歌》（1925）、《印度教徒》（1927）继续了爱国主义的主题，在为祖国的多灾多难而悲伤的同时，发出了自由解放的呼声。他在一首《自思》中提出了许多问题，开头一节写道：

　　印度，为什么这样悲伤？
　　富饶的国土，为什么这么荒凉？
　　勤劳的民族，为什么多灾多难？
　　你奋斗的目标应该是自由和解放！[2]

纳兹鲁尔·伊斯拉姆（1899—1976）积极投身于反对殖民统治、争取民族独立的斗争，创办反帝报刊，创作了充满战斗精神的诗作，因此被

---

[1] 刘曙雄：《伊克巴尔诗歌的"自我哲学"的构建》，《国外文学》1997年第1期。
[2] 刘安武：《印度印地语文学史》，人民文学出版社1987年版，第254页。

捕入狱，但他刚强不屈，在长诗《叛逆者》(1921)中塑造了以破坏旧世界为己任的"叛逆者"形象，表现了英勇无畏的革命精神。他的诗集《燃烧的琵琶》(1922)、《毒笛》(1924)和《毁灭之歌》(1924)在表达对黑暗世界的诅咒时，强调了对光明世界的向往。在诗作《农民之歌》中有一节："觉醒，农民们，觉醒！/我们已经丧失一切，/我们还有什么恐惧？/我们要用饥饿的力量，/去赢得甘露的天堂。/面对掠夺成性的剥削者，/我们不能当驯顺的绵羊，/我们要挺起胸膛反抗。/让'文明世界'睁开眼，/看一看农民的伟大雄壮！"①

苏比拉马尼亚·巴拉蒂（1882—1921）积极参加民族主义革命运动，先后主编《印度报》和《祖国之友》，发表诗文抨击时政，宣传爱国主义，鼓吹民族革命。创作出版了《祖国之歌》等很多抨击英国殖民政府和爱国主义的诗篇，充分表达了反抗殖民统治、争取民族独立和要求社会变革的进步思想。他在《自由的渴望》一诗中写道："何时才能满足/我们对自由的渴望/何时才能铲除/甘当奴隶的思想/何时才能砸烂/母亲身上的枷锁/何时才能解除/我们的困苦和忧伤……"②

瓦拉托尔·纳拉扬·梅农（1878—1957）的抒情诗集《文学花束》中包括了大量的爱国主义诗篇，其中许多诗歌直接反映了民族斗争的现实。他的《母亲颂》、《纺车颂》、《我的导师》等诗篇，集中反映了反对外国殖民统治，渴望祖国独立的民族主义精神。叙事诗《父亲与女儿》(1936)取材于印度古老传说，对沙恭达罗先遭父母遗弃，后又被豆扇陀遗弃的悲剧命运深表同情。在这里，沙恭达罗的形象已成为印度民族苦难的象征。作品流露出诗人对造成民族苦难的统治者的抗议，对印度民族的命运和出路问题进行了积极的探讨。

这时期的现实主义小说更加关注社会现实问题，起到了干预生活的社会作用。孟加拉语作家萨拉特·钱德拉·查特吉（1876—1938）的小说政治倾向明显，以反对印度社会的不平等和陈腐的封建传统为主题的作品，真实地描写了孟加拉下层人民的贫困与无权，揭露了地主、婆罗门的阴险狡诈和专横跋扈。以反殖民主义为主题的长篇小说《秘密组织——

---

① 黄宝生、石真：《伊斯拉姆诗选·前言》，人民文学出版社1977年版，第4页。
② 季羡林主编：《东方文学史》，吉林教育出版社1995年版，第1013页。

道路社》（1929），描写了侨居缅甸的一群革命青年反对殖民统治，为争取祖国的独立解放，积极探索救亡图存的道路：职业革命家医生是印度的民族主义者、爱国英雄，他主张通过暴力斗争实现民族自治；阿布尔沃缺乏坚定的斗争信念，希望采取温和的办法达到救国的目的；帕拉蒂是受西方近代文明影响的知识分子，她热爱祖国，信仰自由、平等、博爱，希望通过东西方文明的"融合"达到民族自立。小说反映了20世纪初印度民族解放运动中激进派与温和派的斗争，以及他们对民族独立方式和途径的探索。

被称为印度小说之王的普列姆昌德（1880—1936）的文学活动与印度人民反帝反封建的斗争紧密结合，他主张在复兴印度古代文化优秀传统基础上的社会改革，表现了积极的社会探索精神。他的短篇小说集《热爱祖国》（1908）关注现实生活中的问题，揭露了殖民制度的罪恶，号召印度人民为祖国的独立而斗争。他的小说可以说是"甘地主义的文学写照，他一方面生动地刻画现实，揭示印度农民的悲惨命运，另一方面以甘地主义的理想来维护印度传统的农业文明"[①]。《仁爱道院》（1922）、《妮摩拉》（1923）、《舞台》（1925）、《戈丹》（1936）等作品，直接描写了印度古老的农村经济在受到新兴资本主义势力侵入后所出现的社会矛盾，对英国殖民主义者与封建势力相勾结对农民的剥削和压迫进行了谴责，反映了印度人民的斗争历史和对民族解放的渴望。

这时期的具有民族主义色彩的现实主义小说家还有印地语作家高西格（1891—1946）、苏德尔辛（1896—1967）、孟加拉语的毗菩蒂·菩山·班纳吉（1894—1950）、泰米尔语的卡尔基（1899—1954）等，他们的创作都为反帝、反殖斗争做出了贡献。

20世纪30、40年代，印度出现了进步主义文学运动，这一文学运动的主流思想是民族主义。"30年代中，一批青年知识分子在印度北方发起了一场随后波及全国的进步文学运动，形成了现代文学中的一种新思潮，称为进步主义……在印度民族解放斗争中，广大进步作家自觉地组织起来，建立进步作家协会，开展进步文学运动，运用手中的笔，鼓舞人民进

[①] 石海峻：《20世纪印度文学史·前言》，青岛出版社1998年版，第7页。

行反对殖民主义和封建主义的正义斗争,他们的贡献是巨大的。"[①] 1936年,以普列姆昌德为首的"全印进步作家协会"成立,随后许多地区成立了进步作家协会分会,很多作家加入了进步作家的行列。如英语作家安纳德、孟加拉语作家马尼克·班纳吉、乌尔都语作家钱达尔、印地语作家耶谢巴尔和乌尔都语诗人费兹·艾哈默德·费兹(1911—1984)等。他们的创作与现实斗争紧密结合,具有高度的现实性和丰富的人民性。

穆克吉·安纳德(1905—)的小说以清醒的现实主义的创作方法,表达了人民群众反帝反封建的愤怒心声。《不可接触的贱民》(1935)揭露了种姓制度的罪恶,号召人民向封建势力作斗争。《苦力》(1936)、和《两叶一芽》(1937)分别描写了纺织工人和种植园农业工人的日益觉醒和反抗。《村庄三部曲》(1938—1942)揭露了帝国主义和封建势力对农民的残酷压迫,反映了广大人民群众的反抗情绪,引导人民为争取民族独立和民主自由而斗争,他的作品形象生动地表现了印度人民的觉醒与反抗,可以视为印度现代的"民族寓言"。

马尼克·班纳吉(1908—1976)的《帕德玛河上的船夫》(1936)等小说,大都以印度劳动人民的生活为题材,同情下层人民的悲惨命运,揭露英国殖民者的统治和剥削。在长篇《镜子》和《标志》中,刻画了为祖国独立自由不惜自我牺牲的知识分子形象。克里山·钱达尔(1914—1977)的小说《我不能死》(1944)以1943年孟加拉大饥荒为题材,真实地描写了饿殍遍地的现实,深刻揭露了帝国主义者和"高等印度人"的丑恶嘴脸,表现了现实主义的批判精神。耶谢巴尔(1903—1976)早期从事革命活动,他的《大哥同志》(1941)、《叛国者》(1943)、《党员同志》(1946)等作品,配合现实斗争,探索革命道路。费兹在拉合尔积极筹建了旁遮普进步作协分会,他的诗从注重个人情感转向关注祖国和民族的命运,对社会问题的严肃思考取代了他的浪漫情调。

印度独立前,民族解放运动进一步高涨,许多进步作家对帝国主义制造国家分裂的阴谋进行揭露和批判。如孟加拉诗人苏庚达·巴达查里亚(1929—1946)等。有的作家写了一些历史小说,以唤起人民对历史事件的回忆,鼓舞人民坚定地向帝国主义进行斗争。如印地语作家沃林达文拉

---

① 刘曙雄:《印度进步文学运动中的乌尔都语文学》,《国外文学》1991年第3期。

尔·沃尔马（1889—1969）在反帝高潮时写了长篇历史小说《章西女皇》（1946）和不少历史剧本。在帝国主义制造印度教和伊斯兰教教徒之间流血冲突时，不少作家拿着写好的剧本到街头、农村进行演出，宣传共同的敌人是帝国主义和国内反动势力，号召人民团结起来对抗共同的敌人。

1947年印度独立。独立后的印度文学从总体上看发生了本质性的变化，由独立前的民族社会集体命运的思考和表达向个人生存价值的探讨转变，文学的中心主题由民族冲突向阶级矛盾移位。但民族主义还是独立后到60年代文学的重要内容。这一时期印度的民族主义文学主要有三种情况：第一，对印、巴分治的民族灾难的描写和反思。印巴分治形成了印度和巴基斯坦两个国家，这是印度民族独立付出的惨重代价，这既有殖民统治的干预，也有民族内历史形成的宗教、文化冲突。第二，一批作家继续保持独立前的民族精神和政治热情，对英国殖民统治带来的民族灾难进行控诉，他们往往选取独立前的社会生活、历史实践作为创作题材。第三，还有一些作家立足于独立后的现实，更多从文化层面反思殖民统治带来的后果，积极探索民族未来的发展道路。这部分作家的创作具有鲜明的后殖民文学特色，是东方现代民族主义文学的新形态，此将放在下一章节中论述。

印巴分治是民族的悲剧。印度和巴基斯坦都有一批作家们以此为题材进行创作。印度作家库什文德·辛赫（1915— ）在小说《开往巴基斯坦的列车》（1956）中描写印度一个偏僻的小村庄在印巴分治时印度教徒、穆斯林和锡克教徒之间的残酷厮杀，反映了印度民族悲剧性的历史事件。马诺赫尔·马尔贡迦尔（1913— ）的小说以重大的历史题材反映印度的宗教和文化冲突。《恒河弯弯》（1964）写甘地在民族独立运动中以非暴力的方式抗拒英国统治者，而印度的独立却伴随着印度民族的自相残杀。巴基斯坦作家贾菲利的《圣战者》、希贾兹的《土与血》、凯西的《血》、西迪基的《真主的大地》、侯赛因的《悲哀的世代》、玛斯杜尔的《庭院》等都是以分治为题材的长篇小说。在短篇小说领域也一样，"印度和巴基斯坦两国的短篇小说作家们都把这些内容作为自己创作的题材。那个时期发生的灭绝人性的暴行，给这类以分治为内容的短篇小说涂上了一层十分悲惨的色彩。除了烧杀抢劫之外，还有人如同禽兽一般地杀死天真无邪的儿童和奸污纯洁无瑕的少女，这一切都可以在短篇中找到。人们被赶出自己的家园，滚滚的麦浪一片枯萎，村庄变得满目荒凉，往日充满欢笑声的房舍，变成了可怕的废墟，笼罩着死一般的沉寂，成千上万的人不得不离乡背井，逃往另一个国家"。①

自印度沦为英国的殖民地后，不丹、斯里兰卡、尼泊尔等国也先后被英国殖民。受印度的影响，这些国家的民族意识不断高涨，民族主义文学思潮也随之兴起。尼泊尔的勒克纳特·鲍德雅尔（1884—1965）和特尔尼特尔·戈伊拉腊提出文学应反映现实生活，他们的创作对尼泊尔诗歌的健康发展起了很大作用。30年代，作家们把创作题材转向下层社会，民歌体裁的诗歌大量出现，诗体上不再用梵文和格律，自由体诗有了新的发展。勒·伯·德沃戈达（1908—1959）的诗集《木那马丹》就是用民歌体写成的，《苏罗珍那》、《乞丐》等作品描写了真实的社会生活。40年代后，尼泊尔的小说和戏剧得到了新的发展。斯里兰卡文学受西方文学的影响，民族文学也呈现新的状况。这时小说占据主导地位。S. 西尔瓦（1876—1920）的小说《米娜》被认为是斯里兰卡第一部真正的小说，作品揭露了现实生活中的罪恶。比亚达萨·西利生那（1875—1946）的《贾亚提沙和罗萨林》（1909）和《一个姑娘的爱情》（1910）等作品，揭露了殖民主义者的统治和罪行，表达了反殖民主义的思想。爱国诗人艾斯·马亨德长老（1901—1951）的《自由颂》（1937）、《兰卡母亲》（1935）表达了人民的心声。著名作家马丁·魏克拉玛辛诃（1891—1976）的作品顺应时代的要求，具有进步思想和深刻的现实意义。历史小说《罗黑妮》（1929）通过描写公元前2世纪杜主盖姆奴大帝时的阿杜拉特勇士与贵族小姐罗黑妮的爱情故事，宣扬了自由与个性解放的进步思想。《蛇岛的秘密》（1947）以20世纪40年代斯里兰卡农村生活为背景，通过对乌帕里成长过程的描写，表达了对劳动的赞美和对平等、和睦的田园生活的向往，揭露了不合理的社会制度对农民的剥削和压迫，鼓励人们发扬冒险精神和开拓精神，冲破限制和束缚，改变贫困和落后的面貌。完成于1957年的三部曲《家乡巨变》、《争斗时代》、《时代之末》通过两个家庭、四代人的生活经历，展示了资本主义侵袭、冲击下斯里兰卡社会所

---

① ［巴基斯坦］阿布赖司·西迪基：《乌尔都语文学史》，中国社会科学出版社1993年版，第331页。

发生的深刻变化：随着地主阶级的没落，资产阶级势力开始增长，新兴的政治力量逐渐壮大，民主思想越来越深入人心。作品对提高人民的思想认识起了积极的作用。

三 东南亚地区

东南亚地区民族众多，文化、宗教复杂，20世纪前期分别成为法国、英国、荷兰、美国的殖民地，又都遭到日本帝国主义的蹂躏。东南亚地区的民族主义文学主要产生于菲律宾、越南、印度尼西亚、马来西亚和缅甸等国家。

菲律宾的民族主义文学在黎萨尔的民族启蒙之后得到发展。1896年"卡迪普南"起义中，领袖安德烈斯·博尼法秀（1863—1897）创作了他加禄语抒情诗《对祖国的爱》、《菲律宾的最后申诉》、《再会》和政论散文《民族儿女的职责》，表达了强烈的爱国激情。随后的抗美独立战争中，产生了创作民族主义诗作的"诗中三杰"：菲律宾国歌歌词《菲律宾》的作者何塞·帕玛尔（1876—1903），以《我的祖国》而闻名的费尔南多·玛·格雷罗（1873—1929），创作传世名作《致民族英雄》的杰塞西略·阿波斯托尔（1877—1938）。被称为他加禄语爱国诗人的何塞·科拉松·赫苏斯（1896—1932）创作了抒情长诗《东海之滨》（1928），歌颂人民抗击殖民入侵者的正义斗争，赞美祖国河山的秀丽，讽刺美国取代西班牙的殖民统治。

美国统治后，菲律宾的英语文学经过一段时期的模仿，20年代后获得发展。其中一批生活在国内或侨居美国的作家虽用英语创作，但表现了强烈的民族意识。如到美国做劳工的卡洛斯·布罗山（1914—1956）创作了不少取材菲律宾民间故事，具有鲜明民族色彩的短篇小说。他的长篇自传体小说《美国在心中》（1946）描写菲侨劳工在美国的苦难经历，表现了维护民族尊严的斗争和自由平等的民族意识。剧作家华奎因（1917— ）创作了珍视民族文化传统，表现民族气节的《菲律宾艺术家的自画像》（1952）。

越南19世纪末抗法勤王运动失败后，以潘佩珠为代表的民族主义者组织了"维新会"（1904）、"东京义塾"（1907）、"越南光复会"（1912）等团体，传播民族主义思想，掀起留学日本的"东游运动"（1906）。在

第四章 第二阶段(20世纪初至60年代):成熟与高潮

此过程中,越南的现代民族主义文学得到发展。越南早期民族主义文学的代表性作家、诗人是潘佩珠、潘周桢、黄叔沆、阮尚贤等人。潘佩珠(1867—1940)是越南著名的民族主义领袖、诗人和作家。他一生坚持反抗法国殖民统治,积极参加民族解放活动。早年写作汉文作品有《琉球血泪新史》(1903)、《越南亡国史》(1906)、《海外血史》(1906)、《狱中书》(1913)等,还有越文作品《巢南文集》(1935)和《国音诗集》。他的作品深沉激昂,无论叙事还是抒情,都渗透着激越的民族情感。看看他的两首汉诗:

> 痛哭江山与国民,愚衷无计拯沉沦。
> 此生为了身先了,羞向泉台面故人。　　——《绝命诗》[1]

> 玄黄龙战日中如,慷慨临风恨有余。
> 身不英雄生亦累,事关家国死非虚。
> 牢笼欲尽飞兼走,刀俎何分肉与鱼?
> 抚剑愿生千万臂,人间魔障一时除。　　——《感怀》[2]

潘周桢(1872—1926)是与潘佩珠并称的思想家和诗人。他的汉文诗和越语诗都很出色,常用诗歌宣传其爱国主义思想,诗作笔力雄健,富于感染力。1908年他被流放昆仑岛,当时作《赴昆仑狱口占》:

> 累累枷锁出都门,慷慨悲歌舌尚存。
> 国土沉沦民族瘁,男儿何事怕昆仑。[3]

他的一首《哭杨长亭早殁》,表达了"国土沉沦"的深沉悲愤:

> 青山碧水拥孤愤,风雨天涯泣故人。

---

[1] 转引自贺圣达《东南亚文化发展史》,云南人民出版社1996年版,第367页。
[2] 季羡林主编:《东方文学作品选》(上),湖南文艺出版社1992年版,第455页。
[3] 转引自黄轶球《越南汉诗的渊源、发展与成就》,《学术研究》1962年第2期。

未敢尽信鹃血泪，回头国土正沉沦。①

黄叔沆（1876—1947）也是爱国志士和著名诗人，诗文集于《诗囚丛话》和《铭园诗文集》中。诗作大都抒写爱国情怀，高亢沉郁，感人至深。1908年黄叔沆被捕押往昆仑岛，行前即席赋诗："鸡虫浩劫不堪论，硕果无多不复存。此去何年重见面，人生有别最销魂！山河破碎身犹健，髀肉蹉跎气未吞。若向天涯问前路，雪痕随在有泥痕。"②

阮尚贤（1868—1925）20世纪初游学日本，参加抗法革命活动，1918年出家修行，但仍难忘祖国的苦难。传世的600余篇诗文中，以简练而通俗的语言，表达对祖国的一片赤诚。

20世纪20年代越语拉丁化和法国文学影响的深入，越南文坛出现了新的变化，西方新的文学形式被引进，内容也没有了汉诗汉文所具有的政治热情，正如邓台梅所说："文学被抽取了民族的与政治的内容，一般的只是走向风俗道德的描绘，与心理分析的道路。"③ 直到1935年，法国民族阵线成立，对越南的文化控制有些宽松，越南文坛的民族意识有所高涨，出现了一批具有强烈民族意识的现实主义作品。如：陈辉燎1935年底发表的《昆仑纪事》就是一部揭露法国殖民主义残酷统治的作品。阮公欢（1901—1977）的中篇小说《最后的道路》描绘了殖民统治下越南农民的悲惨生活，深刻揭示了殖民统治者支持封建地主欺压农民的现实，作品以巨大的艺术感染力引起强烈反响，殖民当局将《最后的道路》列为禁书，作者也因此受到监视。吴必素（1894—1954）的报刊杂文深刻地揭露殖民统治的本质，殖民主义的"复兴经济"，就是经济侵略；殖民主义的"文化建设"，就是文化渗透。

1945年的"八月革命"，迎来了越南民主共和国的诞生。但很快又是抗法和抗美的民族救国战争，直到1975年才建立了统一的民族国家。几十年的抗战文学中，不乏以高昂的民族情绪鼓舞民心士气的豪迈之作。1946年全国抗战爆发，民族主义作家积极投入抗战，著名诗人秀肥

---

① 转引自贺圣达《东南亚文化发展史》，云南人民出版社1996年版，第367页。
② 同上书，第368页。
③ ［越］邓台梅：《越南文学发展概述》，《东南亚研究资料》1964年第3期。

（1900—1976）的《自述》表达了当时许多作家的心声：

　　抗战爆发别首都，挎包启程迈疾步。
　　胸中藏有越人志，宁死不当亡国奴。

　　越南抗战文学的民族主义精神表现在几个方面：直接表现抗战题材，歌颂军民的英勇，谴责入侵者的暴行；歌颂北方的社会主义建设事业，充满着对民族未来的信心；反对奴役文化和"忘本主义"，对敌伪统治下的南方的思念，渴望民族统一。代表性的作品有反映抗战题材的小说，如阮辉想的《与首都共存》、友梅的《最后的高地》、符升的《突围》、英德的《一篇在医院里写下的故事》、元玉的《祖国站起来了》、黎钦的《开火之前》等。在诗歌创作方面，主要有素友反映抗法胜利后北方社会主义建设的诗集《急风》、辉瑾歌颂祖国的诗集《人越来越亮》、制兰圆对祖国无限向往的《阳光与淤沙》、济亨反映北方对南方无限思念的《南方心》、春勉反映南北分裂现实的《南方土》等。

　　印度尼西亚是亚洲被殖民时间最长的国家，17世纪荷兰入侵印尼，之后以强制种植和武力征服统治印尼。20世纪初，印尼民族意识觉醒，1908年瓦希丁博士在爪哇建立了第一个民族主义组织"至善社"，该社以发展民族文化、促进民族统一为宗旨。1912年建立"伊斯兰联盟"，在宗教的旗帜下推动民族主义运动。1926年，印尼共产党发动大规模的反荷起义，但遭到殖民统治者的残酷镇压而失败。1927年在苏加诺的倡议和领导下，成立民族主义政党"印度尼西亚民族党"，组织领导印尼的民族解放运动。1928年印尼第二次全国青年代表大会通过了《青年誓言》，誓词宣称："我们，印度尼西亚的儿女，承认我们是属于一个民族，即印度尼西亚民族。我们，印度尼西亚的儿女，承认我们只有一个祖国，即印度尼西亚。我们，印度尼西亚的儿女，承认我们只有一种共同语言，即印度尼西亚语。"[1] 印尼的民族主义文学就是在这样的社会文化背景中产生发展的。

　　印尼民族主义文学的开拓者是迪尔托·阿迪·苏里约（1880—

---

[1] 梁立基：《印度尼西亚文学史》（下），昆仑出版社2003年版，第392页。

1918）。迪尔托是早期的民族解放运动的活动家，参加"至善社"和"伊斯兰联盟"的创建工作，主要投身民族新闻工作，以新闻媒体为阵地，展开反殖民斗争，有"印度尼西亚新闻事业之父"的美誉。从1902年开始，迪尔托在自己主编的《巴打威新闻》、《绅士论坛》、《东印度妇女》、《正义之光》等报纸上连载小说。他先后创作了《争夺一位姑娘》、《列车情缘》、《失败的姻缘》、《拉特纳姨娘》、《金钱夺妻》和《布梭诺》等作品，基本主题是荷兰殖民统治给印尼人民带来的灾难，尤其是描写"娘姨"们的悲惨命运。代表作是具有自传色彩的《布梭诺》，小说刻画了一个坚持民族立场，艰苦从事民族发展事业的新闻工作者形象。

20世纪20年代前后，在印尼民族解放运动高涨的情势下，出现了一批民族主义作家，在诗歌和小说领域都取得了丰硕成果。这批作家主要是耶明、鲁斯丹·埃芬迪、萨努西·巴奈、阿卜杜尔·慕伊斯等。

耶明（1903—1962）是20年代著名的学生运动的领袖，很早就参加民族运动，对语言与民族文化的关系有着自觉的认识，他第一个用高级马来语创作新诗的人。他将西方的十四行诗形式和民族传统的板顿、沙依尔韵律相结合，创作了大量想象丰富，富于激情的抒情诗。1920年发表歌颂故乡的《祖国》，借景抒情，表达民族主义情怀。代表作是长诗《印度尼西亚，我的祖国》，该诗为1928年全国青年代表大会而作，全诗616行，以澎湃的激情讴歌印度尼西亚的旖旎风光和民族的辉煌历史，一气呵成，扣人心扉。其中一节写道：

  我的祖国啊，岛岛相望
  日夜漂浮在汪洋大海之上
  宛若湖里碧绿的浮萍
  黑夜里熠熠生辉
  月光下灿烂辉煌
  寰宇啊浩浩，四海啊茫茫
  我的民族在这里繁衍生长[①]

[①] 梁立基：《印度尼西亚文学史》（下），昆仑出版社2003年版，第440页。

此外，耶明还创作了三幕历史剧《庚·阿洛与庚·德德斯》(1928) 和历史人物传记《卡查·玛达》(1946)、《迪波尼可罗亲王》，借历史题材表达民族统一的民族主义思想。

鲁斯丹·埃芬迪 (1903—1979) 是 20 年代激进的民族主义诗人。1926 年鲁斯丹出版诗集《沉思集》，对祖国沦为荷兰殖民地的现实和命运表示深深的忧虑，情真意切、伤时忧国，沉郁和忧愤之情溢于言表。但诗人并不是由此而伤感悲观，而是对祖国的解放、民族的独立充满着热烈的向往。他的诗剧《贝巴沙丽》以象征隐喻的方式，艺术地描述已经觉醒的青年一代，将战胜种种困难，从邪恶的强盗——殖民统治者手中拯救备受凌辱的祖国。

萨努西·巴奈 (1905—1968) 创作于 16 岁的第一首诗就是《我的祖国》。但他的民族主义精神在诗作中比耶明和鲁斯丹表现得要委婉含蓄。他的主要精力沉浸于以印度古典文化为代表的东方文化的研究，以此对抗西方殖民主义文化。他于 1929 年至 1930 年到印度作文化考察与研究，折服于梵我一如的境界。30 年代，萨努西投入民族历史和传统文化的研究，在"东、西文化论争"中，他是坚定的东方文化论者。他的民族主义思想在创作中表现为描绘祖国山水自然，缅怀民族的光荣历史，以此激发民众的民族自豪感和自信心。如他的一首《怀古》：

  在麻喏巴歇的遗迹上
  我单独一人在徜徉
  我进入了梦乡，回忆往昔岁月
  而今又回到现代的时光

  啊，大神，究竟要到何年
  昔日的荣耀才能回来
  恢复我祖国美丽的容颜？[①]

萨努西在 30 年代主要从事历史剧创作，借古喻今，从历史题材中挖掘民

---

① 梁立基：《印度尼西亚文学史》（下），昆仑出版社 2003 年版，第 461 页。

族意识的资源，号召民族团结，提倡奉献民族大业的自我牺牲精神。主要剧作有《克达查雅》（1932）和《麻喏巴歇的黄昏》（1933）等。

阿卜杜尔·慕依斯（1890—1959）是20年代伊斯兰联盟的领导人之一，也是伊斯兰民族主义的代表作家。他对荷兰殖民统治者推行的种族歧视政策和殖民奴化教育深感不满，幻想用东方伊斯兰精神去加以抵制，因而推崇印尼伊斯兰民族传统。慕依斯20年代直接以现实的民族矛盾为题材，创作了长篇小说《错误的教育》（1928）。小说通过描写一个向往西方文化的土著青年和一个印欧混血姑娘的爱情故事和家庭悲剧，深刻地揭露了荷兰殖民统治者的种族歧视和民族矛盾。他的这种伊斯兰民族主义思想贯穿在《错误的教育》整部小说当中，小说把悲剧的发生完全归咎于"错误的教育"，有失偏颇，甚至出于反对西方殖民的现实需要，无视民族传统中的落后因素（详见本章第四节）。慕依斯在50年代创作了历史小说《苏拉巴蒂》（1959）和《苏拉巴蒂之子罗伯特》（1953），通过古代民族英雄的刻画表达民族精神。

20年代印尼的民族主义文学成就，还有来自两位无产阶级作家的贡献。他们是马斯·马尔戈和司马温。马斯·马尔戈（1878—1930）是印尼最早的共产党员，他把反帝反殖、谋求民族独立作为终生的事业，先后在《绅士论坛报》、《沙拉多摩报》、《新闻纪事报》等民族报刊做编辑，坚持民族立场，发表激烈的反殖言论，同时创作小说和诗歌，揭露殖民主义的罪行，鼓舞民族士气，因此多次被捕入狱，但他矢志不渝，没有屈服。他的主要作品有小说《疯狂》（1914）、《大学生佐基》（1919）、《自由与激情》（1924），诗集《香料诗篇》（1918）等。《疯狂》揭露了荷兰殖民统治者对印尼人民的疯狂压榨。《大学生佐基》通过主人公的见闻，展示"白人优越论"的荒谬。《自由的激情》是马尔戈的代表作，以引人入胜的情节和生动的人物形象，揭露殖民统治下的社会现实，表现了印尼人民的觉醒过程。《香料诗篇》包括8篇长诗，或抒情、或叙事、或描写现实、或追述历史，都可以看成是反帝反殖、追求独立、自由、平等的战歌。在《独立自由》中有一节表明他的心迹。

司马温（生卒年不详）曾任印尼共产党主席，他唯一的长篇小说《卡迪伦传》（1919）以印尼知识分子走向革命的经历为线索，广泛展现殖民统治下印尼社会的现实：有殖民官吏的耀武扬威，有土著官员的奴颜媚骨，有殖民剥削下印尼农村经济的破产，有印尼共产党为民族解放组织民众进行的斗争等。所有这些都让人感觉到：一场推翻殖民统治的民族革命势在必然。作品可以看成是印尼共产党组织领导1926年反荷民族大起义的宣传和准备，甚至把印尼共产党的政治纲领直接搬进小说，在一定程度上影响作品的艺术感染力，但摆脱殖民统治、争取民族独立的主旨非常明确。

1933年苏丹·达梯尔·阿里夏巴纳、尔敏·巴奈和阿米尔·哈姆扎发起创办《新作家》月刊。《新作家》将印尼各岛、各族和不同倾向的作家聚拢到一起，形成"新作家时期"，即30年代。《新作家》创刊不久，即卷入民族文化建设的"东方派"与"西方派"之争。这是20年代民族主义思想在文坛的继续。"新作家时期"具有民族主义倾向的作家有努尔·苏丹·伊斯坎达、阿米尔·哈姆扎、阿斯玛拉·哈迪等。

努尔·苏丹·伊斯坎达（1893—1975）是当时图书编译局的主要作家，从20年代开始发表作品，但主要表现反封建的主题。主要作品有《无奈我是女人》（1922）、《为爱情而牺牲》（1924）、《死亡爱情》（1926）、《错误选择》（1928）等。30年代伊斯坎达创作了两部具有民族主义精神的作品：《国王的武将》（1934）和《蛤蟆想充当黄牛》（1935）。《国王的武将》取材历史事件，17世纪中期，荷兰殖民者利用米南加保地区两个王朝之间的矛盾，达到扩大殖民区域的险恶目的。作者描写这个历史题材，意在警醒现实中的人们：在民族解放运动中加强团结，警惕被殖民主义者利用。《蛤蟆想充当黄牛》叙述了一个殖民政府的小官员盲目迷信西方生活方式，讲排场、求奢侈、借贷挥霍、沉迷幻想，最后落得个妻离子散的结局。

阿米尔·哈姆扎（1911—1946）早年参加民族主义的学生运动，有"新作家诗歌之王"的美誉，他的诗作风格沉郁，韵律优美，诗歌艺术达到当时印尼诗坛的最高水平。他创作的诗集有《相思果》（收录1932—1937年的诗作，1941年出版）和《寂寞之歌》（1937），还有译诗集《薄伽梵歌》（1933）和《东方安息香》（1939）。他的诗作大都表达个人的恋情相思之苦、远游思乡之悲和人生宿命、生不逢时的伤感情怀。但民族解放的时代精神也有表现，《杭·杜亚》是民族英雄杭·杜亚抗击葡萄牙入侵者英勇事迹的一篇颂歌。诗人的民族精神鲜明突出，他的一些赞颂祖国山水的诗作,也蕴涵着超越个人情感的民族情怀。

阿斯玛拉·哈迪(1914—1976)是"新作家"中反帝立场坚定、旗帜鲜明的民族主义诗人。他中学时期参加民族主义政党印度尼西亚党,成为苏加诺的忠实追随者,后从事报刊编辑工作,积极参与民族独立活动,奔走呼号、写诗作文、被捕入狱,为民族解放事业不懈奋斗。他的诗豪迈奔放,充满战斗激情。在1932年发表的《文化冲突》中他表白了作为诗人的志向和理想:

> 让你的诗充满革命的精神,
> 　唤起全印度尼西亚人民;
> 让你的诗充满时代的精神,
> 　印度尼西亚独立的精神,
> 　燃烧起独立的火焰。
> 熊熊的火海啊!
> 　吞掉帝国主义的制度。
> 就在帝国主义的废墟上,
> 　建立我们人民幸福的大厦。①

这种鲜明的反帝反殖、民族独立的愿望是贯穿他诗作的基调。他的《同胞们,团结起来》(1932)、《什么时候》(1932)、《鲁苏娜·莎依特》(1933)、《你能……吗?》(1933)、《致迪波尼哥罗》(1933—1934)都是宣传反帝爱国的民族战歌。1965年他将自己的诗作结集出版,书名是《阿斯玛拉·哈迪,高举民族主义火炬的诗人》。

日本占领时期(1942—1945)的印尼文坛出现了一种特殊的民族主义文学:"双刃文学。"日本打着"大东亚共荣"和"反对西方帝国主义"的幌子,以"解放者"的姿态占领印尼,造成推翻了300余年荷兰殖民统治的幻象,因而印尼的民族主义者与日本在一定程度上合作,又以此推进爱国民族运动。在文学领域出现一面与日本占领者合作,一面为民族运动推波助澜的"双刃文学",这种"双刃文学"是"大东亚精神"

---

① 原载1932年11月《人民思潮》报,引自《世界文学》1964年第4期,第121页。

与"民族主义精神"的交织融合。但"'双刃文学'的两个'刃'并非自始至终都一样锋利的。为日本效劳的一'刃',更多的是出自一时受骗或形势所逼,而为民族服务的一'刃'则是出自真心实意的民族感情。因此,从'双刃文学'的发展,我们可以看到为日本效劳的一'刃'随着日军在战场上的节节失利而越来越迟钝,而为民族服务的一'刃'则随着民族主义情绪的高涨而越来越锋利"①。伊斯坎达的《热爱祖国》(1945)、《巴厘舞女》(1946),凯里尔·安瓦尔、乌斯马尔·伊斯玛依、罗西汗·安瓦尔的诗歌,伊德鲁斯的短篇小说,埃尔·哈金、尔敏·班奈的戏剧都体现了"双刃文学"的特点,而且他们的民族精神日益加强。

1945年8月,日本战败投降,印尼宣布独立,随后迎来"八月革命",直到"主权移交"(1949)获得完全独立。"八月革命"是印尼民族独立运动的高潮,作家们在"一旦独立,永远独立"口号的鼓舞下,民族意识高涨,或从戎参加独立战争,或创作高扬民族主义旗帜的作品。从宣布独立到60年代,著名的民族主义作家主要有凯里尔·安瓦尔、利法伊·阿宾、普拉姆德亚和宋达尼等。

凯里尔·安瓦尔(1922—1949)是对独立后印尼文坛影响巨大的诗人。诗作具有现代主义色彩,他主张具有创造性、富于激情和反传统的"活力论",他的"活力论"与民族解放的时代精神相结合,创作出富于民族激情的诗作,如《给迪恩·丹麦拉的故事》、《格拉旺—勿加锡》、《与苏加洛的约定》、《值夜的战士》等作品。其实他在日占时期就创作了歌颂民族英雄的《蒂博·尼哥罗》,表达了印尼人民即使牺牲,也要争取独立的呼声:

为了你呀,祖国
我们将燃起燎原烈火

宁可牺牲,不愿做牛马
宁愿毁灭,不可受欺压

---

① 高慧勤、栾文华主编:《东方现代文学史》,海峡文艺出版社1994年版,第775页。

即使胜利在死前赢得

也要分享这幸福和欢乐①

利法伊·阿宾（1927— ）是"四五年派"的代表性诗人，他站在坚定的民族主义立场上，诗作激昂高亢，有着强烈的忧国忧民意识。他的诗文集《祖国的回声》（1948）、《三人向命运怒吼》（1950）等是他的民族主义创作的代表。

普拉姆德亚·阿南达·杜尔（1925— ）是一位经历坎坷，富于才情的作家。他参加了"八月革命"的民族独立战争，同时开始文学创作。1947年，他被荷兰军逮捕，关押监牢，却成就了他的第一次创作丰收，写作了三部短篇小说集和三部长篇小说。这些作品大都取材自身经历的战争岁月，以真实的艺术笔调，再现战乱年代人们的悲欢离合，但贯穿始终的是坚定的民族立场和强烈的民族感情，控诉殖民者的罪行，歌颂英勇抗敌的民族战士，鞭挞懦弱、出卖民族利益的败类。《追捕》以日本投降前夕一支乡土保卫军起义的情节，表现独立前夜印尼民族情绪的高涨。《被摧残的人们》描写普拉姆迪亚被捕后狱中的经历和体验。《游击队之家》叙述一个参加民族独立战争的游击队家庭的毁灭，表明战争的残酷和民族独立付出的惨重代价，从根本上来说，是对殖民入侵的控诉。普拉姆德亚50年代以后的创作，主要是对独立后民族的建设和发展的艺术思考，属于东方现代民族主义文学的下一阶段——后殖民文学创作的范畴。

乌杜依·达当·宋达尼（1920— ）是"八月革命"时期登上文坛的作家，创作了三部当时产生较大影响，具有民族主义色彩的作品：剧本《饭馆之花》（1947）通过青年男女的婚姻，含蓄表达自由、独立盖过一切的思想。诗剧《笛子》（1948）以丰富优美的想象，象征地表现印尼民族历史的演变和民族独立的强烈愿望。《丹贝拉》是以17世纪荷兰东印度公司侵占班达岛为背景的历史小说，通过虚构的土著青年丹贝拉对西方文明由迷惑到觉醒的过程，缩影式地表现了印尼的民族觉醒。

总之，在东南亚，印度尼西亚现代的民族主义文学成就最突出，也最具有代表性。

---

① 季羡林主编：《东方文学作品选》（上），湖南文艺出版社1992年版，第723页。

缅甸在1885年全境沦为英国殖民地，缅甸人民也随之展开反帝反殖的民族运动。1908年缅甸佛教青年协会成立，标志着民族意识新的觉醒。1919年成立"缅甸各团体总会"，1920年仰光大学生举行反帝罢课运动，1930年爆发塞耶山领导的农民大起义，民族解放运动逐步深入。"我缅人协会"（德钦党，1930）成立后，提出了"缅甸是我们的国家、缅文是我们的文字、缅语是我们的语言；热爱我们的国家、提高我们的文字、尊重我们的语言"等口号，并在1936年组织领导了争取民族独立的大规模反帝运动。1942年日军占领缅甸，1945年全国总起义获得光复。战后英国重新控制缅甸，经过几年的斗争，终于在1948年1月4日缅甸宣布独立。在这样的社会文化背景中，缅甸现代文学中民族主义文学贯穿始终。

20世纪初期，缅甸表现民族主义文学倾向的先驱是吴腊（1866—1921），他的小说被缅甸学者称之为"时代的一面镜子"。[①] 他的作品虽然偏重于传统佛教的说教，没有正面表现缅甸人民的抗英反殖斗争，但却可以使人敏锐地感受到民族传统文化受到殖民文化的剧烈冲击，体现了深挚的民族情感。代表作《瑞卑梭》（1910）刻画了一个留学英国而完全洋化、丢弃祖先传统的缅甸青年，揭露了西方文化对缅甸社会的不良影响，表达了缅甸人民维护民族传统文化的爱国情感。

德钦哥都迈（1872—1964）是缅甸现代民族主义文学的一面大旗。他是反帝反殖的社会活动家和杰出的爱国诗人。从1911年他进入民族报刊《太阳报》任编辑开始，直到去世的50余年里，创作了大量反映民族斗争，歌颂祖国和民族英雄，鼓舞民族士气的作品，与当时风起云涌的缅甸民族独立运动紧密地结合，为缅甸的民族解放做出了巨大的贡献。他的主要作品有《洋大人注》（1914）、小说《嘱咐》（三卷，1916、1919、1921）、《孔雀注》（1919）、《猴子注》（1922）、《猴子注详释》（1923）、《狗注》（1925）、《罢课注》（1927）、《鲲鹏注》（1930）、《孔雀注详释》（1931）、《猴注详释》（1935—1936）、《德钦注》（1934）、《烈士陵园》（1948）、《梦幻注》（1950）、《和平呼吁书》（1950）、《访华长诗》（1952）和一些单篇的诗歌、文章。他的代表作是十余部取名为"注"或

---

① ［缅］吴翁佩：《现代缅甸文学》，转引自姚秉彦、李谋、蔡祝生《缅甸文学史》，北京大学出版社1993年版，第194页。

"注详释"的长篇作品,这些作品借鉴注释佛典的传统形式,叙事抒情,表现具有深刻时代内涵的民族主义精神。如叹惋民族衰落、渴望民族振兴的《洋大人注》,讽刺英国帝国主义者、歌颂缅甸人民爱国精神的《孔雀注》,讽喻卑鄙无耻出卖民族利益的政客的《狗注》,论述缅甸民族的光荣历史号召人们起来斗争的《德钦注》等。描述殖民统治给缅甸人民带来的灾难,激励人们争取民族自由独立的斗志是德钦哥都迈创作的中心内容。德钦哥都迈的创作得到缅甸学者的高度评价:"吴龙是位文学巨匠。他的灵感和才华都贡献给了为争取独立而斗争的事业。吴龙的四节长诗都是政论诗。他用诗歌歌颂古代缅甸人民的聪明才智,激励自己的民族为挣脱外国人的统治桎梏而斗争。如果我们要研究独立斗争所经历的艰苦历程,就必须研究吴龙的四节长诗。可以说,吴龙的四节长诗就是缅甸独立斗争的月志。"①

缅甸20、30年代的民族主义作家还有:列蒂班蒂达吴貌基、比莫宁、摩诃瑞、德钦丁等人。他们的作品也是体现人们要求反帝、反封建,要求自由、民主、独立的愿望的现实主义作品。列蒂班蒂达吴貌基(1878—1939)以缅甸的历史事件为题材写了一些历史小说。如《那信囊》(1919)、《达彬瑞蒂》(1925)等。作家借历史人物来激发人们的民族自豪感。比莫宁(1883—1940)的作品饱含强烈的爱国主义精神。他凭借自己的丰富阅历和文学创作的厚实功底,捕捉生活中最富典型意义的人物和事件,进行文学的创造加工,揭露殖民统治的腐朽和黑暗,谴责那些目无民族利益、崇英媚英的民族败类,以此来激发人民的爱国主义感情。那些在殖民统治机构中任职的丧失民族气节和自尊的镇长、道德败坏的劣绅、欺压凌辱农民的恶棍,都在他的作品中受到无情的揭露和鞭挞。他的代表作是长篇小说《奈意意》(1920)和《缅甸人的节日》(1920)。摩诃瑞(1900—1963)一生创作了60余部长篇和500多篇短篇小说,他的主要创作主题是唤醒人民投入民族独立斗争和进行社会改革,如《咱们的母亲》(1935)、《叛逆者》(1936)、《出征人》(1938)、《叛逆者之家》(1939)等都是这类作品。德钦丁的《我缅人歌》(1930)以激昂高

---

① [缅]吴翁佩:《现代缅甸文学》,转引自姚秉彦、李谋、蔡祝生《缅甸文学史》,北京大学出版社1993年版,第203页。

亢的语调回顾了缅甸的光辉历史，鼓舞人民为独立自由而斗争，很快成了全缅流行的歌曲。

30年代，以仰光大学为中心，缅甸文坛出现历时十年之久的"实验文学"运动。主要代表作家有：德班貌瓦、德格多貌丹新、佐基、敏杜温、固达等人。他们的创作特点是简明、清新、朴实，关注现实社会问题，大都以弘扬民族传统、唤起民族觉醒为创作宗旨。德班貌瓦（1899—1942）主要表现在理论的建树上，发表了不少文学评论，批判当时殖民统治当局轻视缅甸民族文学的政策，提倡发扬缅甸文学的优良传统。他还创立一种介于小说与特写之间的文体，运用生动的口语和简短的句式，表现鲜明的民族意识。揭露英国组织投票表决印缅分治与否这一骗局的《投票之前》，暴露殖民主义教育实质的《失业者》是他创作的代表作。诗人佐基（1908—1990）的诗作音调铿锵，富于幻想，爱国情感浓厚。其中如：《古代蒲甘》、《泼水节》、《我们的国家》和《当你死去的时候》等都是有代表性的作品。敏杜温（1909—？）的诗用词讲究，善用婉转的手法表达爱国情感。《亲爱的姑娘》和《胜利花》是其代表作。

1942年日本法西斯占领了缅甸。残酷的战争使蓬勃发展的反帝爱国文学遭到了严重的破坏，几乎被迫暂时中断。但缅甸作家同人民群众一起经历了战火的洗礼和生与死的考验，丰富的生活体验和高涨的民族意识，为他们战后的民族主义创作提供了有利条件。战后初期，缅甸作家们的创作纷纷以反法西斯为主题，控诉日本法西斯的残暴统治，揭露民族叛徒狗仗人势欺压百姓的狰狞面目，同时也反映人民的苦难和抗争，歌颂反法西斯战士的英雄业绩。貌廷的长篇小说《鄂巴》（1946）是最突出的代表作。此外，耶吞林的《真正的革命战士》、瑞洞比昂的《九号游击队员》、蓬觉的《游击队员》、妙当纽的《独立后再祝福》、敏瑞的《爱情与国家》等也都是以反法西斯革命斗争为背景创作的小说。蓄积已久的反法西斯文学之潮以喷薄之势汇成战后缅甸文学复苏的主流，将缅甸文学推向了一个新的发展阶段，并且一直延续到60年代，缅甸反法西斯文学再次掀起了一个高潮。以1942年日军大举入侵和1950年国民党残部败退为背景，反映缅甸独立军战斗的军旅生涯和情感世界的《我们的故乡》（钦瑞，1961）、歌颂反法西斯战争中人民成功开展游击战及战争年代民族团结的《破晓》（梭乌，1962）、反映战争和爱情主题的《冬》（央尼，

1962)、以缅泰"死亡铁路"为背景悲愤控诉日本法西斯血腥罪行的《血流成河》（妙瓦梓，1964）、热情讴歌缅甸热血青年为国家、为民族独立而英勇参战的《战斗的呼唤》（泰貌，1965）等，相继出版。作家们以饱含战争年代情感体验的笔，再次唤起人们对战争、对民族命运的回忆和反思。①

战后缅甸重要的民族主义作家是貌廷（1910—?）和吴登佩敏（1914—1978）。他们都在30年代走上文坛，经历了民族运动如荼如火的岁月和日本法西斯的残酷统治，战后取得突出成绩。貌廷早期的短篇小说集《哥当》（1937）通过哥当这个形象反映了缅甸农村的畸形怪状，发出了反封建的呼声，也控诉了英国殖民主义者的愚民政策。独幕剧《英雄的母亲》（1943）以1930年塞耶山农民起义为背景，刻画了一个支持、鼓励儿子为民族解放事业献身的母亲形象。长篇小说《鄂巴》（1946）是貌廷的代表作，作者以无限的深情描述了淳朴的缅甸农民鄂巴及其一家的悲惨遭遇，愤怒地谴责了日本法西斯的残暴统治和民族叛徒的丑恶嘴脸，也表现了人民群众可歌可泣的抗日斗争。"鄂巴"成为缅甸文学史上不朽的艺术典型。

吴登佩敏是政治活动家和著名作家，1934年开始发表作品，主要作品有：《摩登和尚》（1937）、《罢课学生》（1937）、《新时代的恶魔》（1940）、《道路已经出现》（1949）、《爱情的召唤》（1952）、《旭日冉冉》（1958）等长篇小说和几十篇短篇小说，还有传记《吴龙传》（1937）、《戏剧表演家吴波盛》（1952）、回忆录《战争中的旅客》（1953）、《同盟国和缅甸使者》（1962）、话剧《吴苏去英国》等。他的创作大都以缅甸民族独立运动为题材，从不同侧面描写现代缅甸民族意识觉醒的过程。其中的代表作是30年代的《罢课学生》和50年代的《旭日冉冉》。前者以仰光大学学生反英罢课运动为题材，展示缅甸青年知识分子的民族精神和历史使命感，揭露殖民主义奴化教育的用心。《旭日冉冉》以宏大的篇章描写1936至1942年间缅甸的民族解放斗争，通过普通大学生丁吞的成长经历艺术地展现了缅甸现代民族运动史上的一段时代风云，画面阔大，写

---

① 参见尹湘玲《从缅甸反法西斯文学看缅甸民族意识》，《解放军外国语学院学报》2001年第2期。

实而生动，被称之为"是一部活生生的缅甸现代史教科书，是一部缅甸民俗小百科全书"①。

50、60年代缅甸具有民族主义倾向的重要著作还有：维护民族传统文化的《不是恨》（加尼觉玛玛礼，1955），描写1930年反英农民运动的《鄂奥》（八莫丁昂的，1961），描述民族独立斗争时期缅甸北部人民的革命斗争的历史小说《缅甸北部》（纳内，1966—1967），歌颂各族的团结与反英斗争《誓死保卫伊洛瓦底》（南达，1969）等。

四 阿拉伯地区

现在的阿拉伯地区包括西亚大叙利亚地区和海湾地区、北非的马格里布地区和尼罗河流域的20多个国家。它们是中古阿拉伯帝国的主体部分，虽然16世纪后成为奥斯曼帝国的属地，20世纪都沦为西方列强的殖民地，但阿拉伯语是通用语言，民众主要信仰伊斯兰教。阿拉伯各国在反对奥斯曼统治和西方殖民的民族运动、伊斯兰教改革的呼声中民族主义文学获得发展。

阿拉伯地区这一阶段的民族主义文学最初是以复兴阿拉伯传统文学的形式在埃及、黎巴嫩和伊拉克的诗歌领域开始的。文学史上把这批以复兴阿拉伯文学传统诗歌风格为己任的诗人称为"复兴派"，主要诗人有埃及的邵基、哈菲兹，黎巴嫩的穆特朗，伊拉克的宰哈维和鲁萨菲等。他们虽然提出复兴阿拉伯古典诗歌的韵律和形式，但都表达了反帝反殖的时代内容。

邵基（1868—1932）是一位在宫廷中长大的诗人，早期诗作对宫廷王室的忠诚与对阿拉伯民族的热爱重叠，1919年流放归来，其反对外国占领的民族主义倾向更加明显，祖国的危难在他心中激起波浪，他的许多诗作抚今追昔，抒发对祖国的强烈忧思。1894年他代表埃及出席在日内瓦召开的国际东方学会议，在大会上发表了290联的著名长诗《尼罗河谷的巨大事件》，描绘埃及的巨幅历史画卷，表达他对祖先光荣业绩的崇敬和祖国不幸现实的沉痛心情。20年代的诗作《我的琴师》、《辉煌者》、《尼罗河哟！》、《狮身人面像》、《图坦埃赫·阿蒙》、《金字塔下》等，都

---

① 高慧勤、栾文华主编：《东方现代文学史》，海峡文艺出版社1994年版，第543页。

是充满着民族激情的作品,叙史抒情、想象丰富、韵律优美。《狮身人面像》的结尾有几节:

  今天我们主宰荒寂的旷野
  我们追回逝去的美好岁月
  用双手树立起光荣豪杰
  祖国,我们为她献身,她为我们呕心沥血

  祖国,我们以正义将她维护
  在真主恩泽下我们进行建筑
  用我们的业绩和辛苦
  为她装扮,使它光闪熠熠
  ……
  诸时代,各国家注视着你们,
  卡尔纳克和金字塔凝望着你们
  祖国的儿孙啊,难道你们没有热忱
  像先辈一样去建树伟业

  向前、向前、永远向前
  为了显赫的光荣,至高的尊严
  让我们把埃及作为全部江山
  让我们把埃及当作信念和一切①

邵基还创作了《克里奥佩特拉》、《冈比西斯》、《大阿里贝克》等几部历史题材的诗剧,同样贯穿着浓烈的民族激情。

  哈菲兹·伊卜拉辛(1871—1932)被称为"尼罗河诗人",他的诗作站在埃及普通民众的立场上,以沉痛和尖利的语言抗议英国的殖民统治,洋溢着强烈的民族主义和爱国主义精神。他有一首《致英国佬》(1932):

---

① [埃及]邵基:《狮身人面像》,郭黎译,载《阿拉伯现代诗选》,湖南文艺出版社2000年版,第27—29页。

你们可以让尼罗河改道，
可以挡住阳光，一手遮天；
可以抹掉星光灿烂，
可以禁止春风送暖；
可以在大海布满军舰，
可以在天空撒满炸弹；
可以在每一寸土地上都派一个宪兵，
用皮鞭把人们打得皮开肉绽；
可我们对埃及的忠诚不会改变，
即使我们的尸骨在泥土中腐烂……①

他就是以这种豪迈有力、富于鼓动性的笔触，写作了《丹沙微事件》、《1919年埃及妇女大游行》、《埃及自述》、《阿语自述》等现实针对性很强的诗作。同时，哈菲兹也像邵基一样，创作了借古喻今的历史题材的长诗，《欧默尔颂》（1918）以187联句的篇幅，赞颂伊斯兰第二任哈里发，以历史人物的丰功伟绩激发现实中人们的民族热情及鼓舞反帝反殖的斗志。

哈利勒·穆特朗（1872—1948）出生于黎巴嫩，但一生主要在埃及生活与创作，故有"两国诗人"之称。他的诗作突破传统格律有所创新，其民族主义情怀主要寄寓在反对外国殖民和对自由的向往，而且视野开阔，常从阿拉伯世界之外选取诗作题材，但落脚点在现实的阿拉伯，《尼禄》、《雅典长老》、《巴兹尔加姆海尔之死》、《中国长城》就是这样的作品。如《中国长城》叙写中国皇帝认为百姓软弱，因而修筑高大城墙以作护卫，但在诗人看来：

人们家园四周的围墙又有何益，
当他们的心灵软弱、战战兢兢，

----
① 引自仲跻昆《阿拉伯现代文学史》，昆仑出版社2004年版，第127页。

比禁锢他们的天地更好的
是大大开拓他们的天地

苟安杀死了他们的英气
国家存亡在于他们严密的警惕

任凭什么也保护不了衰弱的民族
除去经历过劫难考验的勇气

它才是抵御敌寇的坚壁
它才是不可抗拒的威力①

很明显,诗人的意旨是强调民族精神的强大,以惊醒沉睡的民族奋发有为,这才是取得民族独立的根本保障。穆特朗还有一百多首悼诗,其中痛悼民族领袖和英雄的诗作富于民族主义激情。

朱麦勒·希德基·宰哈维(1863—1936)是一位追求真理,具有强烈叛逆精神的诗人,他自述说:"我在少年时代,由于一些不寻常的行动,被视为'疯子';青年时代,由于喜欢热闹,被人讥为'轻浮';中年时代,由于反对专制,被称为'大胆';老年时代,由于我公开宣布自己的哲学见解,被称为'伪信者'。"②他的这种叛逆当然也包含着对殖民统治的强烈不满和对民族独立、自由的追求。他对爱国志士被残杀感到极大的愤恨,对殖民统治下的民众痛苦极为同情。他的代表作《地狱的革命》(1929)以死后灵魂的地狱天堂之游,描写天堂享乐的人都是愚昧昏庸之辈,在地狱受苦的却是仁人志士,地狱的灵魂以一场革命占领了天堂。诗作通过寓意象征的手法,影射现实,鼓动推翻压迫势力的革命。

马鲁夫·鲁萨菲(1875—1945)也是一位不懈追求自由和真理的诗人,他以诗写史,真实地表现了伊拉克民众的思想和生活,对殖民主义者的残暴统治作出深刻的揭露,表达对民族前途的忧虑。他的政治讽刺诗用

---

① 郭黎译:《阿拉伯现代诗选》,湖南文艺出版社 2000 年版,第 82—83 页。
② 仲跻昆:《阿拉伯现代文学史》,昆仑出版社 2004 年版,第 525 页。

词尖锐，入木三分。《委任政府》、《委任的画皮》、《罪恶的尾巴内阁》、《在委任与独立之间》、《英国佬的殖民政策》、《写在条约发表时》、《殖民者的政治自由》等都是这样的力作。《殖民者的政治自由》中开头一节：

> 喂，大家要闭紧嘴巴！
> 须知言者有罪，
> 睡吧，切莫醒来！
> 惟有沉睡者才会胜利。
> 凡是需要你们向前的事，
> 你们就请往后退，退……①

殖民统治就是对殖民地人民自由和尊严的践踏，但诗人并没有灰心绝望，在他的《东方的觉醒》（1931）中兴奋地描述了埃及、土耳其、印度、中国、波斯、伊拉克反帝反殖民族运动的兴起，"我看到——在长睡后——东方已苏醒，振兴，雄心勃勃地向光荣行进……黎明的前兆在灾难之后闪烁，昭示着我们期待的吉祥前景"。②

继复兴派之后，活跃于阿拉伯诗坛的是一批具有浪漫主义风格的诗人，他们虽然对古典主义的遵从古典格律形式颇为不满，更强调形式的自由和创造，但其中一些诗人以澎湃的激情表现民族情怀，同样具有鲜明的民族主义色彩。他们主要是埃及的阿布·夏迪、突尼斯的沙比、叙利亚的阿布·利沙、苏丹的白希尔等人。

艾哈迈德·扎基·阿布·夏迪（1892—1955）是埃及 30 年代著名的浪漫主义文学团体"阿波罗诗社"的创建者，他兴趣广泛，精力充沛，诗作题材和形式也是多种多样，但他最有意义的诗作是 20、30 年代在"埃及主义"思潮影响下，歌颂古埃及法老文化光荣的作品，诗作透出浓郁的"文化寻根"意识和民族情感，《法老的祖国》、《埃及颂》、《咏怀》（1925）、《哭泣的晚霞》（1927）、《光与影》（1931）、《火焰》（1932）、

---

① 仲跻昆：《阿拉伯现代文学史》，昆仑出版社 2004 年版，第 523 页。
② 郭黎译：《阿拉伯现代诗选》，湖南文艺出版社 2000 年版，第 63—65 页。

《艾布·夏迪之歌》（1933）等诗集中不乏民族主义的诗篇。

欧麦尔·阿布·利沙（1910—1990）是叙利亚浪漫主义的代表诗人，曾留学英法，但一生主要精力投入民族解放事业，青年时期因参加民族运动而数次入狱。他的诗作有韵律优美、明丽清新的爱情诗和景物诗，因而有"爱与美的诗人"的美誉，但他具有社会意义的作品是奔涌民族主义激情的史诗式的长篇叙事诗和取材历史事件的诗剧。诗剧《沙米拉米斯》、《济卡尔之战》、《洪水》、《齐葛尔》、《诗人法庭》是民族立场的艺术表达，四卷《诗》（1936、1947、1959、1971）中有不少以象征寓意手法表现爱国情感和民族忧思的篇什。传世之作《鹰》中有一节："鹰降落在山脚……在每个/被埋葬的目标上收拢翅膀/成群结队的鸟儿争先恐后/逃脱即将来临的灾难祸殃/别飞嘛，盘旋山麓的鸟儿，假如/它们了解那只鹰，就不会飞向远方/怯懦生下了它的双爪/力的风暴使它肩头鲜血流淌/它威严雄伟的气势/得益于遥远年代的遗传……"[①] 这里的"鹰"就是曾经辉煌、现在衰落的阿拉伯，诗作"以遒劲的笔触，寓意的手法吟咏强者衰变为弱者后的悲惨处境，表现一个渴望恢复往昔尊严的民族的气概"[②]。

提加尼·尤素福·白希尔（1912—1937）是苏丹浪漫派诗歌的代表，虽然只活了25岁，但在阿拉伯世界有广泛影响。他的诗作想象丰富，情感炽烈，深沉地表达了殖民统治下的苦闷和窒息，充满对理想的追求与追求的痛苦，或对故乡的自然风物予以深情的赞美，渗透着爱国热情。《喀土穆》、《大漠晨曦》、《受折磨的苏菲派教徒》、《村学一少年》是他的传世名篇。

阿布·卡赛姆·沙比（1909—1934）是突尼斯杰出的浪漫主义诗人，他的一次演讲《阿拉伯诗歌的想象力》（1926）被认为是"阿拉伯文学革命浪漫主义的宣言"。[③] 他在殖民统治、生计艰难、病魔缠身的条件下以顽强和叛逆的精神歌唱生命、自由和光明，颂扬祖国、民族和人民，以巨大的艺术震撼力表达民族觉醒过程中阿拉伯青年一代的心灵苏醒：

---

① 郭黎译：《阿拉伯现代诗选》，湖南文艺出版社2000年版，第204页。
② 同上书，第202页。
③ 邢旭东、解聘如：《生命如闪电诗句似雷霆——纪念突尼斯爱国诗人沙比》，《阿拉伯世界》1985年第3期。

人民一旦要生存，
命运岂敢不响应，
镣铐必将被粉碎，
长夜破晓见光明。①

这无疑是反帝民族运动中被压迫者从心底发出的时代强音。"作为浪漫主义诗人，沙比的悲哀和欢乐，都是和民族、和人民密切联系着的。民族忧患意识渗透到他的全部作品中，正因为如此，他被视作民族的代言人。"②他的诗歌总集《生命之歌》在阿拉伯世界广泛流传，其中的《致暴君》、《巨人之歌》、《生存意志》、《新生的黎明》等名篇成为激励阿拉伯人民争取自由独立的战斗号角。

在20、30年代的阿拉伯文学史上，还有一批活跃在海外的侨民作家，即在北美的"笔会"作家群体和南美"安达卢西亚文学团"的作家，文学史上统称"旅美派"或"叙美派"。这批作家身在异域，心系祖国，以宏阔的文化视野审视民族传统和民族性格，常为民族的衰落而忧伤，也为民族的独立和振兴而奔走呼号。他们主要是纪伯伦、努埃曼、阿布·马迪、哈雷尼、纳西布、阿雷达、胡利、费尔哈特等人。

纪伯伦·哈利勒·纪伯伦（1883—1931）是"笔会"会长，才具全面，是饮誉世界的阿拉伯作家，他的作品将人生的思索和民族忧思相结合，以海外漂泊的体验来探寻民族的未来出路，既有对祖国现实的关注，又有超越民族主义的思考，常被称为"爱与美的歌手"（详见本章第五节）。

米哈依勒·努埃曼（1889—1988）是北美"笔会"的中坚，在创作和评论两方面都有杰出建树，努埃曼的创作深深渗透着对祖国的赤诚之爱，有论者在分析他的创作关注现实的特征之后总结道："总之，无论理论阐述还是小说、戏剧、诗歌的创作实践，努埃曼都表现了一个爱国者的赤诚心胸，祖国、故乡、同胞、民族，时刻都是他的萦怀

---

① 季羡林主编：《东方文学作品选》（下），湖南文艺出版社1992年版，第700页。
② 高慧勤、栾文华主编：《东方现代文学史》，海峡文艺出版社1994年版，第1274页。

对象。"① 他在欧美生活了 20 多年，于 1932 年回到黎巴嫩，在故乡的山村中居住，焕发出极大的创作热情。他在西方的创作，其民族主义色彩非常明显。1918 年侨居美国的努埃曼应征入伍，上前线经过战火的洗礼，亲眼目睹这场与己无关的战争，而受害最深的是东方民族，战争结束后创作的诗歌《我的兄弟》发出了沉重的呐喊：

> 我的兄弟！我们是何人？没有祖国，没有至亲，没有芳邻
> 无论睡着，还是醒着，奇耻大辱屠杀着我们
> 人世已把我们清除，就像把我们的死者伙伴除去残痕
> 拿锹来，跟我去，再掘一条壕沟
> 　掩埋我们活着的人②

这里有对战争残酷的感叹，更饱含一个漂泊异乡的游子对民族衰落的无尽伤感。身处西方文明中的努埃曼，感受到这种文明的危机，对祖国故土满怀眷念。《杜鹃钟》（1925）将西方社会中的浮华、动荡、欲望与东方民族的朴实、恬静、善良相对照，对盲目崇拜西方文明而鄙弃民族传统的现象加以警醒。对于西方统治东方、改造东方、教育东方、拯救东方的面目，努埃曼非常愤怒，1922 年创作了诗歌《你是谁？你是干什么的？》：

> 你是谁？是什么人，竟敢统治人类，
> 掌心里仿佛攥着日月星辰。
> ……
> 你用刀剑和金钱，
> 残杀被你创造的生物。
> 看，你的剑已经砍钝折断，
> 是你用它把大地砸成四方碎块，

---

① 程静芬：《浅论努埃曼文学创作的风格特色》，《外国文学研究集刊》（四），中国社会科学出版社 1984 年版，第 324 页。
② 郭黎译：《阿拉伯现代诗选》，湖南文艺出版社 2000 年版，第 97 页。

地上地下的都难逃劫杀。①

伊利亚·阿布·马迪（1889—1957）是"笔会"中最有影响的诗人，与纪伯伦、努埃曼并称"笔会三巨头"。他的诗作以哲理探讨见长，但也有不少现实社会主题的作品，其中对祖国、民族的关注和热爱是贯穿他诗作始终的重要内容。早在1911年出版的第一部诗集《往昔》中就有一批民族主义的诗作因政治原因而被删去，后来收入第二部诗集《伊利亚·阿布·马迪诗集·第二卷》（1918）。在诗集《丛林》（1947）中有一首《天上的诗人》，叙述诗人在天堂沐浴上帝光辉，有各种享受，但却满面愁容，因为天堂里没有了祖国故园的"鸟儿、歌声、流水、阳光、空气、葡萄园"。将一个漂泊异域的游子对母国的眷念之情表达无余。1949年参加联合国教科文组织会议，回到阔别四十年的祖国，创作了一首《星之国》：

> 人们说我已将你遗忘……但愿他们
> 加罪于我的是一桩可能发生的事件
> 一个人也许会把歹徒、
> 小人、还有善者淡忘，
> 还有醇酒、美女
> 曼妙轻歌、急管繁弦
> 还有贫困和卑屈的苦涩
> 对了，还有富庶的甘甜
> 尽管他忘却了这一切，
> 也永远不会忘记故乡家园②

艾敏·雷哈尼（1876—1940）是旅美派中才华全面、创作勤奋的作家。他在诗歌、戏剧、小说、散文、文学评论各领域都有建树，被阿拉伯

---

① ［黎巴嫩］米哈伊尔·努欧曼：《七十述怀》，王复、陆孝修译，甘肃人民出版社1993年版，第320页。
② 郭黎译：《阿拉伯现代诗选》，湖南文艺出版社2000年版，第111—112页。

文史学家称为"文学家、批评家、思想家、诗人、历史学家、旅行家、演说家"①。他的主要作品有诗文集《雷哈尼亚特》(四卷,1910、1911、1923、1924),小说集《谷底百合》(1925)、《哈利德》(1911)、《闺阁外面》(1917),文学论著《你们——诗人们》(1923)、《文学与艺术》(1955),诗集《梦幻的道路》(1921)、《神秘主义者之歌》(1921)、《山谷的呼唤》(1955),游记《阿拉伯诸王》(1924)、《伊拉克腹地》(1935)、《黎巴嫩腹地》(1947),政论演说文集《民族主义文集》(二卷1956)等。贯穿其创作的中心主题是阿拉伯民族的政治独立与文化振兴。雷哈尼的民族主义思想不仅通过文学创作来表达,还奔波于阿拉伯世界和西方各地,接触各国政界和文化界领袖,致力于阿拉伯民族的团结与合作,促进阿拉伯民族的觉醒。"他的生活始终处于动态之中,有一种'行万里路'的冲动,许多作品都打上了'行动者'的烙印,故可称他的文学为行动的文学。"② 由于他的创作实绩和民族主义的活动,在阿拉伯和西方世界雷哈尼都有广泛影响,获得很高评价。伊拉克诗人鲁萨菲评论他:"雷哈尼在阿拉伯民族史上是它的百科全书,是它文学的诗集,是它复兴的史册,是思想的领袖……他有哲学家的智慧,诗人的柔情。他手中执有导师的教鞭,先驱的明灯,将领的宝剑。"③

拉希德·萨里姆·胡利(1887—1984)是安达卢西亚文学团的代表性诗人,笔名"乡村诗人",出版的诗歌全集也是《村夫诗集》(包括七部诗集,1952)。他的诗作在乡村淳朴、静穆的情境和赤子思乡之情的表现中,渗透着浓烈的民族主义情感。在《村夫诗集》的序言中,诗人谈到自己对祖国眷念的原因:"形形色色的强盗掠去了我的祖国的自由和权利,而这些是一个高尚的人所寻求的最崇高的事物。"④ 因而他的很多诗作对殖民统治表达了自己的鲜明的民族立场,号召阿拉伯民族不分宗教和国家,团结一致反帝反殖,争取民族独立,不能软弱,更不能卑屈驯顺,要抗争,不惜流血牺牲:

---

① 高慧勤、栾文华主编:《东方现代文学史》,海峡文艺出版社1994年版,第1301页。
② 同上书,第1300页。
③ 仲跻昆:《阿拉伯现代文学史》,昆仑出版社2004年版,第319页。
④ 高慧勤、栾文华主编:《东方现代文学史》,海峡文艺出版社1994年版,第1310页。

如果你们要想不受欺压，
就用穆罕默德的宝剑战斗，而把耶稣置一边！
"你们要彼此相爱！"我们这样劝诫狼，
羊群却无一幸免，全部遭了殃。
啊！驯顺的羔羊啊！
世上只留下我们还作驯顺的羔羊。
你干吗不降一部新的"福音书"，
教导我们不是顺从而是"反抗"，
如果能够，请帮助我们不是免受地狱之苦，
而是摆脱压迫，获得解放。①

伊里亚斯·费尔哈特（1893—1977）是安达卢西亚文学团的著名诗人，主要创作有《费尔哈特四行诗集》（1925）、《费尔哈特之集》（1932）、《牧人的梦》（创作于1933—1934，出版于1952）等。他的诗作充分表达了远离祖国的阿拉伯侨民的爱国热忱和思乡情怀：

虽然我们来自沙姆地区，
但整个阿拉伯都在我们心里。
我们热爱伊拉克和两河流域，
思念半岛那满是沙石的大地。
一旦你同我们谈起埃及，
会以为是尼罗河水将我们哺育。
我们纵然与同胞相隔千山万水，
但仍与他们同甘共苦，和衷共济。②

在诗人看来，阿拉伯民族是一个整体，阿拉伯世界都是故乡，阿拉伯人都是同呼吸共命运的同胞。

在阿拉伯本土的小说和戏剧领域，也有一批民族主义立场鲜明的作

---

① 仲跻昆：《阿拉伯现代文学史》，昆仑出版社2004年版，第324页。
② 同上书，第332页。

家。他们主要是塔哈·侯赛因、陶菲格·哈基姆、阿瓦德、阿尔纳伍特、巴绥尔、阿布西等人。

塔哈·侯赛因（1889—1973）是埃及著名的思想家、文学家、教育家和社会活动家，曾留学法国，用西方的理论和方法研究阿拉伯传统文学和文化，以此推动阿拉伯文化的变革和复兴，"成为埃及、阿拉伯文化复兴运动的旗手与领袖。"① 但由于他对阿拉伯传统文化的理性审视和反思，遭到传统派学者的反对和围攻。塔哈·侯赛因坚持对传统文化革新和振兴民族文化的立场。在文学创作方面，他出版了自传小说《日子》（三卷1926、1939、1962）、社会小说《鹬鸟声声》（1934）、《苦难树》（1944），心理分析小说《一个文人》（1935），神话小说《山鲁佐德之梦》（1943）和短篇小说集《大地的受难者》（1948）等。代表作《日子》以自身从童年到青年求学时代的经历为素材，将个人生活与社会时代联系起来，表现阿拉伯青年一代的民族意识觉醒，艺术地揭示埃及民族复兴道路的艰难，深刻地表达了作者对民族振兴的思索。《山鲁佐德之梦》借用《一千零一夜》的民族传统形式和故事框架，表现反对列强为各自私利发动战争、呼吁和平与民主的实现。

陶菲格·哈基姆（1898—1987）是埃及著名的思想家、文学家和剧作家。他的小说和戏剧大都表现东、西文化的冲突，推崇东方文化的精神价值，反对西方的重物质和侵略扩张，艺术地探寻民族的灵魂之所在。《灵魂归来》（1933）就是呼吁民族精神的回归；《来自东方的小鸟》进一步深化了这一思想，明确表明西方需要东方的拯救。作者借小说中人物之口感叹："啊，光明！——光明从太阳的国度升起，以便在西方国家沉落！""欧洲完了，从它内部是无可救药了！它只能从外部加以拯救，它的出路在天空，在那边，在东方。"② 哈基姆的戏剧以哲理剧成就最高，主要探讨人与时间、空间的关系。但结合殖民统治的现实来看，其民族主义的立场也蕴含其中，如《山鲁佐德》（1034）意在表明："埃及民族不可能脱离现实而独立生活，不可能游离于她在世界上被确定的位置之外，

---

① 仲跻昆：《阿拉伯现代文学史》，昆仑出版社 2004 年版，第 191 页。
② 转引自高慧勤、栾文华主编：《东方现代文学史》，海峡文艺出版社 1994 年版，第 1360 页。

而仅仅满足于反刍思想、缥缈的梦幻和不切实际的空想。否则，她将成为一个没有生命力的民族，一个走向死亡的民族。"① 关注现实和民族忧患意识非常明显。(详见本章第六节)

陶菲格·阿瓦德（1911—1989）被称为黎巴嫩现代小说的先驱，早年从事新闻工作，创办、主编周刊《新》，积极鼓动民族独立与解放，曾因此被捕。他的代表作长篇小说《面包》（1939）以第一次世界大战中土耳其入侵黎巴嫩，黎巴嫩人民奋起反抗为题材，表现反对异族专制统治，争取民族自由和幸福的思想，正面反映民族独立解放斗争及其英雄的业绩，在小说的艺术形象体系中，探讨了东、西方的关系，阿拉伯民族间的团结，宗教与民族振兴等现实的社会问题。

阿拉伯国家大都在40、50年代获得独立。独立后仍有一批诗人作家为民族的新生所激奋，追忆民族解放的战斗历程，展望民族未来的前景，体现出鲜明的民族主义倾向。加上由美、苏操控的"巴勒斯坦分治"问题引起的阿以冲突，也在新的情势下激发了阿拉伯国家的民族主义情感。这批作家和诗人主要有希贾兹、白雅帖、艾杜尼斯、法图里、卡赖米、格桑·卡纳法尼和埃及"三部爱国主义小说"的作者库杜斯、舍尔卡维、伊德里斯等。

艾哈迈德·希贾兹（1935—）是埃及著名自由体新诗诗人，自称为"愤怒的躁动的鼓动诗人"，始终以强烈的使命感和责任感，表达民族的忧患。诗集《只剩下自白》表现第三次中东战争的民族耻辱，《奥拉斯》在阿尔及利亚革命的背景中表达诗人的理想。希贾兹认为：诗人"应该一直是民族的良知，是世界的良知，是人类的良知"②。阿卜杜·沃哈布·白雅帖（1926—1999）是伊拉克的著名诗人，50、60年代因激进的观念而几度流亡国外，但他的诗作的主题是歌颂祖国的独立，谴责帝国主义的侵略。诗集《破罐》（1954）、《流亡之歌》（1957）、《寄自柏林的20首诗》（1959）和《不朽的话》（1960）都表达了诗人的民族情感。他的诗作意象丰富，大量取自民族传统文学而赋予新的时代意义。艾杜尼斯（1928—?）为叙利亚籍的黎巴嫩诗人，是阿拉伯先锋派诗歌运动的领导

---

① 蔡伟良、周顺贤：《阿拉伯文学史》，上海外语教育出版社1998年版，第297页。
② 仲跻昆：《阿拉伯现代文学史》，昆仑出版社2004年版，第141页。

者，强调突破传统，但关注现实，诗作与阿拉伯民族的命运连在一起，在象征寓意中隐含着民族命运的思考和探索。他有一首《故乡》：

> 为那在愁苦的面罩下干枯的脸庞，
> 我折腰；为我在那上面忘记了自己泪水的小径，
> 为那像云彩一样绿色地死去，
> 脸上还张着风帆的父亲，
> 我折腰；为被出卖，
> 在火中煎熬、擦皮鞋的孩子，
> （在故乡，我们都在火中煎熬，都擦皮鞋）
> 为那上面镂刻着我的饥馑的岩石，
> 它是我眼皮下滚动的雨、闪电，
> 为我把它的土紧揣在怀里的家园，
> 我折腰——所有这一切，才是我的故乡，而不是大马士革①。

诗中展现的是贫穷、落后的整个阿拉伯世界诗人的心灵故乡，深沉的民族忧患溢于言表。艾杜尼斯还是一位革命性的文论家，他的文学理论著作《阿拉伯文化的躁动与活力》、《阿拉伯诗歌入门》、《诗歌时代》、《稳定与变化》对阿拉伯传统文化和文学作出自己独特的理解，影响了整个阿拉伯世界。穆罕默德·法图里（1930—）是祖籍利比亚的苏丹著名诗人，他亲身经历黑色人种在现代社会所遭受的屈辱，因而他的目光把整个非洲纳入视野，充满着非洲独立解放的强烈愿望。"法图里的诗歌具有强烈的民族主义和爱国主义革命激情。反对殖民主义统治、反对民族压迫和种族歧视，号召非洲人民团结斗争、争取独立、自由、平等……常为其诗歌主题。其诗节奏明快，有力，似战鼓，震撼人们的心灵。"② 他有一首《致白色的面孔》：

> 就因为我的脸黑，就因为你的脸白，你称我为奴？

---

① 郭黎译：《阿拉伯现代诗选》，湖南文艺出版社 2000 年版，第 309 页。
② 仲跻昆：《阿拉伯现代文学史》，昆仑出版社 2004 年版，第 232 页。

你践踏我的人格，蔑视我的精神，给我制造桎梏，
你不义地痛饮我的葡萄酒，报复地贪吃我的菜蔬，
　　　给我留下的是愤怒
你身穿我纺锤上的丝线织出的布，给我披挂的是叹息和劳苦
你安居在我用双手凿开坚硬岩石而筑成的天堂乐土
而我……却多少次躺在黑暗的茅舍，身盖昏暗和寒冷的被褥
像一只羊……我把忧愁反刍，在我身边结起卑微的轻烟的串珠
直到天上的明灯熄灭，黎明的河蜿蜒悠长，水流如注
我唤醒我干瘦的牲畜，赶着它走向它的栏圈
牛羊肥了，你安享其肉，把肠子和皮给我吐出……①

1947年在美国操纵下联合国大会决议在巴勒斯坦建立以色列国和巴勒斯坦两个国家，随后开始长时期的阿拉伯与以色列的冲突，至1967年的20年间，爆发三次中东战争，使一百多万巴勒斯坦阿拉伯人沦为难民。阿以冲突实质上是西方列强与阿拉伯地区矛盾的延续。阿拉伯世界的许多作家都把巴勒斯坦问题看成是阿拉伯民族的耻辱。巴勒斯坦地区的民众更是为重返家园进行了艰苦斗争。巴勒斯坦被占领区形成"抵抗文学"，表达民族沦亡的苦难与英勇抗争的不屈精神，流亡异地的作家也创作丧失家园悲伤的作品。阿卜杜·凯里姆·卡赖米（1917—1980）是流亡叙利亚的巴勒斯坦诗人，他的诗集《流亡者》（1953）、《祖国颂》（1959）等表达了巴勒斯坦人民的民族情愫。哈伦·哈希姆·拉希德（1927—）是一位以诗为武器反抗侵略的诗人，他在《他们高唱和平》一诗的结尾写道：

我不相信你们的和平，
不相信高唱和平的人们。
我一天也不会放下武器
和手中的利剑，
直到返回家园，
和我们的旗帜在高空迎风飘荡。

---

① 郭黎译：《阿拉伯现代诗选》，湖南文艺出版社2000年版，第314页。

让所有游离失所的人
愉快地返回家园,
那一天和平才是美好的。①

诗作讽刺了纵容以色列发动侵略却高喊和平的美国,也表明了夺回家园的信念。迈哈穆德·达维西(1941—)60 年代三次被以色列占领当局囚禁,他写下了大量充满激情的民族主义诗作,评论者认为他是"一位天才诗人,他忠于祖国的事业,捍卫民族文明,以他的诗揭示了人类生存的统一性"②。他的《巴勒斯坦情人》(1966)以情人般的爱挚爱破碎的家园:

……
我看见你,在山洞口,在岩洞里
挂在晾衣绳上的,是你孤儿的衣裳
我看见你,在炉火里……在太阳的血里
我看见你,在孤苦伶仃、苦难重重的歌里!
我看见你,渗透了大海和沙滩的盐粒
你美得宛若大地……儿童……和茉莉……③

巴勒斯坦著名民族主义小说家斯格桑·卡纳法尼(1936—1972),分治时他被迫离开家园,但积极投身民族解放运动,曾主编"解放巴勒斯坦人民阵线"机关刊物《目标》,1972 年被犹太复国主义者暗杀。他的四部小说《阳光下的人们》(1963)、《还有什么剩给你们》(1966)、《乌姆·赛阿德》(1969)和《重返海法》(1969)都以巴勒斯坦的现实屈辱生活为题材。代表作《阳光下的人们》描写三位巴勒斯坦人(老、中、青)在边境买通一个运水司机,藏于空水桶中打算偷渡到科威特寻求幸福。过境时因事耽搁了行程,在烈日高温下三人窒息而死,临死也不敢敲响水桶。作者借司机之口发问:"你们为什么不敲水桶?为什么不喊?为什么?为

---

① 郭黎译:《阿拉伯现代诗选》,湖南文艺出版社 2000 年版,第 335 页。
② 同上书,第 342 页。
③ 潘定宇:《战斗的巴勒斯坦文学》,《阿拉伯世界》1984 年第 4 期。

什么?"小说以虚构的情节,对巴勒斯坦人对以色列人入侵屈身俯就,或逃离家园,不是积极反抗、大声呐喊提出鞭策,也表明逃避和忍受会导致更大的悲剧。

战后埃及有三部小说被称为"爱国主义杰作"。它们是库杜斯的《我家有个男子汉》、舍尔卡维的《后街》(1969)、伊德里斯的《爱情故事》(1969)。此外,荣获诺贝尔文学奖的纳吉布·马哈福兹(1911—2006)早期创作的历史小说和 50 年代的现实主义创作也体现了民族主义的创作倾向。他的代表作"开罗三部曲"(《宫间街》、《思宫街》、《甘露街》,1952—1957)在 20 世纪上半期埃及社会历史的背景下,描写一家三代的命运,将个人的遭遇与国家和民族的命运、前途联系起来,在宏大的场面和构架中贯注着作家对民族前途和命运的思考与探索。

五 撒哈拉以南非洲地区

阿尔及利亚思想家弗兰兹·法农在《全世界受苦的人》(1961)中将殖民地知识分子、作家的心路历程分成三个阶段:"在第一个阶段,被殖民的知识分子证明他吸收了占领者的文化。他的作品一点一点地附和宗主国中相对应的人的作品。受的影响是欧洲的,且能轻而易举地把这些作品归属于宗主国文学的一个确定的流派。这是全部吸收的时期。""在第二个时期,被殖民者动摇了并决定回忆。……由于被殖民者并不加入其人民之中,由于它同人民保持外部联系,它只限于回忆。一些童年时代的旧插曲重新又从他的记忆深处勾起,一些古老传说参照一种借来的美学和在他无意下发现的世界观加以重新诠释。""最后在第三个阶段,所谓战斗时期,被殖民者在试图消失于人民中,同人民一起消失之后,相反的即将震撼人民。他不是促使人民更加迟钝,而是转变成为人民的唤醒者。战斗文学、革命文学、民族文学。在这个阶段,此前从未想到搞文学作品的大批的男人和女人,现在既然处于特殊的环境,在监狱里,在游击队里,或是即将被处决,他们感到需要说说自己的民族,组成表达人民的句子,成为一个新的行动事实的代言人。"[1] 它的描述用来梳理撒哈拉以南黑非洲地

---

[1] [法]弗兰兹·法农:《全世界受苦的人》,万冰译,译林出版社 2005 年,第 151—152 页。

区民族主义文学的发展是非常确切的。因而我们顺着法农的思路,将这一地区的民族主义文学分三个时期叙述。

(一) 萌芽时期(20世纪初至20年代)

这一时期,黑非洲出现了第一批本土作家,由于没有本土的书面文学传统可资借鉴,最早期的黑非洲文学主要处在对欧洲文学的模仿阶段,在教会影响下,多是道德说教作品,比如莱索托的莫福洛就在他的小说《东方旅行者》(1907)、《皮特森林》(1910)中将基督教道德观念理想化,而非洲道德观念却被呈现为衰败状态。

刚刚掌握了语言的一些本土知识分子重视对黑非洲丰富的口头文学的搜集整理,出版了像《毛里求斯民间创作》、《在大小动物中间》、《一个非洲悲剧》、《非洲民间故事集》、《黑人文集》等神话故事集和传说故事集,这种对口头文学的整理显示了对民族文学的呼唤。刚刚形成的黑非洲文学中很快便出现了要摆脱附属地位的尝试,安哥拉文学的"精神之父"若阿金·狄亚斯·科尔德罗·达·马塔在19世纪末就提出"创造我们自己的文学"的口号,主张在安哥拉复兴非洲文化,提高非洲语言的地位。一些作家开始努力在作品中嵌入本地的背景,在借鉴、拿来、挪用宗主国文学话语和技术的同时,试图离开殖民界定,越过殖民话语的边界,寻找属于自己的叙述,黑非洲文学中超越和颠覆的意识出现了。最早的黑非洲作家的英语文学作品是加纳(当时叫黄金海岸)约·凯瑟利·海福德(1866~1930)的介于特写和小说之间的《解放的埃塞俄比亚》(1911)。作者是非洲民族运动的领导人,这部作品反映了他的宗教观、政治观和教育理想。

然而这时的作家面对的还主要是宗主国读者,刚刚出现的黑非洲文学还没有培养出自己的本土大众读者,所以此时期的本土作家就像法农所说,还没有养成"面对自己的人民说话的习惯",他们的文本往往通过种族或主观主义方式谴责宗主国读者。南非黑人作家、语言学家和史学家普拉杰创作的小说《姆胡蒂》是该时期黑非洲民族主义文学的代表之作。这部作品虽然在1930年才出版问世,但在1917年就完成了。综观该小说的叙述模式,可以发现这样几点:首先,这部小说的情节构架是对欧洲文学传统的模仿,正如普拉杰在1920年的一封信中所说,这部小说是一个模仿浪漫传奇的样式写的爱情故事,但有史实的根据。黑人女主人公姆胡蒂"大胆地穿越了猛狮出没的地带,这位独来独往的女性先驱在某些方面有点像探险的白人英雄主人公"①,这又明显的是继承了欧洲文学中的冒险小说传统。其次,该小说虽然是用英语写成的,但却融入了非洲口头文学的传统,里面有大量的宗教仪式活动的描写,这种杂交而成的文本冲破了殖民主义话语的界限。而普拉杰对欧洲文学传统的借鉴在进行形变之后,获得了某种颠覆性的价值:以《鲁滨逊漂流记》为代表的欧洲探险英雄的故事表达的是一种殖民者的征服欲望,而普拉杰笔下的黑人女主人公的探险则传达了被殖民者的不屈服的意志和英勇的抗争精神。虽然采用的结构模式相同,但二者获得的实际效果却是对抗性的。再次,《姆胡蒂》中还控诉了殖民者对黑人的剥夺,蕴含了黑人争取土地权的要求,具有明显的政治性。总之,以《姆胡蒂》为代表的早期黑非洲作家的创作,已经显示出了刚刚觉醒的民族意识,虽然反抗和呐喊的声音还不是那么清晰和响亮,但本土作家通过对法农所谓的"注重(与西方叙述)种种细微差异的求殊意志"的追求,显示了本土作家有权利和能力再现和表现属于自己的生活,掌握叙述和政治的主导权,从而为后来的民族主义文学思潮奠定了基础。

(二) 回忆时期(20世纪20年代至50年代)

这时期的"回忆",是民族的回忆,民族文化的回忆。在文学领域内产生了捍卫民族文化的运动,具体表现形式是黑人性文学。这股思潮文化以出现于19世纪末期的黑人文化复兴运动为思想基础。黑人文化复兴运动是被称作"非洲民族主义之父"的来自美洲西印度群岛的爱德华·威尔莫特·布莱登发动起来的。布莱登反对把非洲人看成是劣等民族和用欧洲文明来教化黑人的殖民主义文化侵略,致力于提高非洲黑人对自己历史文化的自尊与自豪感,他第一次提出了"非洲个性"的概念,即强调非洲黑人有不同于其他民族的同一性、价值观,有自己的历史和文化,与世界其他种族是平等的,黑人区别于其他人种的独特性在于非洲是"世界

---

① [英]埃勒克·博埃默:《殖民与后殖民文学》,盛宁译,辽宁教育出版社、牛津大学出版社1998年版,第118页。

精神温室",它的村社制度及村社成员之间的和谐团结,黑人与他们生存的大自然之间的和谐关系和依赖情感,黑人社会中万物同一、神人相通的宗教信仰可以纠正陷于功利主义、个人主义、物质主义泥潭的西方文明的偏差。

20世纪20年代,文学界开展了"黑人性"运动。运动以美国"黑人文艺复兴"为前导。杜波依斯(1868—1963)、克劳德·麦凯(1890—1948)、兰斯顿·休斯(1902—1967)等人的作品中表现了黑人的自豪感。他们对于法语黑人作家提出"黑人性"的概念具有深刻的影响。1921年圭亚那出生的黑人作家勒内·马朗(1887—1960)以他在非洲的经历写成《巴杜亚拉,真正的黑人小说》。作者谴责殖民占领者对非洲的掠夺,号召为反对黑奴贩子而斗争。这部小说获得法国龚古尔文学奖,并引起一场激烈的论战。结果小说被法国殖民当局查禁,作者受到迫害,但他的声音已深入到黑人作家的心中。1932年,马提尼克大学学生埃蒂安·莱罗等三人在巴黎创办杂志《正当防卫》,宣告一种黑人文学的诞生。1934年,又有三个黑人大学生在巴黎创办《黑人大学生》杂志。杂志的宗旨是倡导黑人的价值,恢复黑人种族的尊严,其理论核心是"黑人性"。创办者是塞内加尔的莱奥波尔德·塞达·桑戈尔(1906—)、圭亚那的莱昂·达马(1912—)和马提尼克的艾梅·塞泽尔(1913—)。达马于1937年发表诗集《色素》,揭示黑人处境的艰苦和西方的野蛮。塞泽尔在长诗《还乡札记》(1939)中歌颂黑色人种。桑戈尔热衷于非洲口头文学和语言,写作《阴影之歌》(1945)。塞内加尔作家乌斯曼·索塞(1911—)和比拉戈·狄奥普(1906—)扩大了《黑人大学生》的范围,前者写了两部小说《卡兰》(1935)和《巴黎的幻景》(1937),后者整理了几本民间故事集。"黑人性"这个概念正式出现是在塞泽尔1939年发表的长诗《回乡札记》中,黑人性运动的领军人物桑戈尔在他的文艺论集《自由一集:黑人性和人道主义》中对此概念进行了界定。在桑戈尔的阐释中,所谓"黑人性",就是指"它代表了一种与白人文明不同但却与之平等的黑人文明概念"。具体而言,它是"黑人世界的文化价值的总和,正如这些价值在黑人的作品、制度、生活中表现的那样"。为了实现"黑人性",就要"追本溯源",在精神上、美学上和政治上将非洲丰富的文化遗产发扬光大,进而找回"迷失的自我"。"在发起人的脑海里,'黑人性'运动乃是对法国殖民地同化政策做出的对抗性反映,尤其是对老一代准备把同化作为努力争取的目标做出的对抗性反映。"① 1947年,阿辽纳·狄奥普(1910—   )筹办的新杂志《非洲存在》出版,以后又成立了"非洲存在出版社",随着非洲人民争取独立和解放运动的开展,黑非洲法语文学逐渐繁荣发展起来。

虽然"黑人性"这个术语被经常地运用于一些黑非洲作家身上,但自始至终并不存在一个有统一纲领的黑人性文学流派,只是当时有一大批作家自发地在自己的创作中体现泛非主义和"黑人性"思想。这种创作的创作者和针对的对象是民族精英,成长起来的新一代民族知识分子们希望通过建立和唤起民族文化自豪感来摆脱束缚,恢复尊严。"黑人性"文学的成就主要集中在诗歌领域:塞内加尔的大卫·狄奥普在长诗《非洲我的母亲》中写下了"非洲/我的非洲,你美丽的黑色血液在田野上流淌"这样广为传颂的诗句。利比里亚诗人罗兰·德普斯特尔在《这就是非洲?》中将非洲称作"母亲","骄傲的,美丽的,充满了智慧的",呼吁备受苦难的非洲母亲终将获得自由。象牙海岸的达蒂耶在《我皮肤的颜色》中大声宣称"不,我皮肤的黑色——/这不是灾难的标志"。他的《擦去眼泪》一诗告慰非洲母亲,她的孩子们在"经历了一无所获的流浪"之后,"穿过惊雷暴雨"即将归来,他们的心灵向着美丽的非洲母亲敞开。加纳的马依克尔·德依-亚纳克在《非洲,你向哪里去?》中称非洲为"我的祖国",在对黑非洲的传统与西方的文明进行了一番对比后,诗人呼吁回归黑非洲的传统才是黑非洲的出路。尼日利亚的加布里埃尔·奥卡拉的《钢琴与羊皮鼓》也显示了同样的思想:他以钢琴象征西方现代文化,以羊皮鼓象征黑非洲传统文化,虽然诗人表现了某种徘徊,但他笔下的羊皮鼓敲响的"神秘节奏,短促,纯净/恰似流血的肉体,诉说骚动的青春和生命的起源",使"我的热血沸腾",而钢琴则发出的"啜泣声"则弹奏出"泪痕斑斑的协奏曲",让人陷入"复杂的迷宫",两相对比,黑非洲传统文化的优越性明显可见。

"黑人性"文学的主要代表人物是后来成了独立后塞内加尔第一任总

---

① [美]伦纳德·S.克莱因:《20世纪非洲文学》,李永彩译,北京语言学院出版社1991年版,第153页。

统的桑戈尔。作为"黑人性"运动的倡导者和身体力行者，桑戈尔将诗歌当作了体现"黑人性"思想的媒介。桑戈尔的诗集《阴影之歌》和《黑色的祭品》（1948），把欧洲文明和非洲风俗作了对比，表现出他对祖国的热爱。他非常注重非洲的历史传统，他的戏剧长诗《沙卡》，赞美了19世纪上半叶祖鲁人的著名领袖沙卡统一了分散的部族。他编辑的《黑人和马尔加什法语新诗选》（1948）标志着"黑人性"诗歌创作的高潮。桑戈尔在诗歌中热情地讴歌黑非洲的山川大地和独具特色的文化传统：

> 我应该把图腾珍藏在我的血管的深处
> 它是我的祖先，皮肤上交织着风雨雷电
> 它是我的护身符，我应该把它深藏
>
> ——《图腾》

他将黑非洲比作美丽的黑肤色女人，"赤裸的女人，黑肤色的女人，你生命的肤色，你美丽的体态是你的衣着"，"黑色"的皮肤正是美丽的来源，也正是这"黑肤的女人"给予"我"心灵的滋养，"饱满的果子，醉人的黑葡萄酒，激发我抒情的嘴唇"，"在你头发的庇护下，我的忧愁消散，在你毗邻的太阳般的眼睛照耀下"（《黑女人》）。在桑戈尔看来，美丽的黑非洲是一片生机盎然的和谐的大地，那里有"麦苗绿色的轻风"、"舞蹈者赤裸的双脚耕耘过的"和"笼罩在白色蜜酒和黑色牛奶的溪流中"的人行道、"长矛一般的乳房"、"百合与神话面具的假面的芭蕾"、"爱情的芒果"和"达姆鼓的血液"，与此相反，作为欧洲文明象征的城市纽约则到处是"蓝色金属的眼睛"、"冰冻的微笑"、"硫黄的光亮"、"青灰的楼身"、"光秃秃的人行道"，"这是符号和计算的时代"，对照之下，作者不由得大声宣告，陷入工具理性的死气沉沉的欧洲文明将通过生机勃勃的黑非洲文明来获得拯救，"纽约！我对纽约说，让黑人的血液流进你的脉管/像生命的油一般清除你钢筋铁骨上的锈迹/赋予你的桥梁以山冈的曲线和藤蔓的弹性"（《纽约》）。

桑戈尔的诗歌主题根植于他的要在殖民主义面前证明黑非洲文化的合法存在以反对种族歧视的基本信念，但在这样做的时候，很明显又陷入了欧洲中心论的二元对立话语，将黑非洲文明与欧洲文明截然对立起来，不同的只是颠倒了一下位置，因而在反对种族主义的同时又走向了另一个极端，即鼓吹黑人血统优越的"反种族主义的种族主义"。桑戈尔很快认识到了这种偏差，他后来改变了对西方文明一味排斥和贬低的做法，转而主张文化的互补、融合。在他看来，"文化的融合即文化的开放、混合和合并"。后期的黑人性运动比前期无疑多了一份理性，这在一些作家的创作中也能体现出这种变化：塞拉里昂的英语诗人加斯顿·巴特-威廉姆斯在他的《琴键》中，将黑人和白人比作钢琴上的黑白键，二者共同演奏出和谐的声音："你的皮肤是骄傲的白色，我的皮肤是黑色；伸出手来，请与我同行。音乐响起，洪亮。我们被融进同一个和音，汇合成同一首歌。"象牙海岸的达蒂耶在"我们手上的纹路"中也表达了相似的愿望，"我们手上的纹路——/黄色的，黑色的与白色的——/这不是疆域的界线"，而是"生命的纹路，友谊和美丽的命运之路，心灵与幸福之路"。黑人、白人、黄种人联起手来，就可以"将我们的理想联结成/一个巨大的花冠"。

"黑人性"诗人们极力歌颂非洲的历史和传统文化，从传统的生活、风俗、神话和祭仪中汲取灵感和题材，"以年轻的非洲对抗老迈的欧洲，以轻快的抒情对抗沉闷的推理，以高视阔步的自然对抗沉闷压抑的逻辑"[1]，显示了与欧洲文化的整体对抗。应该说，黑人性运动在30—50年代对于激发黑人内部的民族意识，改变外部对黑非洲的黑人的态度方面起了很大的积极作用。但是，50、60年代以后，"黑人性"运动越来越受到黑人理论家和作家的批判，人们认为"黑人性"忽视社会的发展，将人们的目光引向过去，无助于现实和未来，法农在《论民族文化》中指出："依附于传统或复活失去的传统不仅意味着与当前的历史相对抗，而且意味着对抗自己的人民。"[2] 索因卡也对"黑人性"文学的狭隘提出批评，他指出"黑人文化自豪感使自己陷入被动，虽然它的口音是刺耳的，句法是夸张的，战略是富于进攻性的——黑人文化自豪感仍然处在对于人及其社会分析的欧洲中心论设定的机构之中，并试图用这些外化了的概念重

---

[1] ［法］弗朗兹·法农：《论民族文化》，罗刚、刘象愚主编《后殖民主义文化理论》，中国社会科学出版社1999年版，第280页。

[2] 同上书，第284页。

新定义非洲及其社会"①。

(三) 战斗时期 (20 世纪 50—60 年代)

这一时期黑非洲民族独立运动风起云涌,1952 年肯尼亚发生了农民争取土地和自由的暴动,即"矛矛运动",这一运动首先把黑非洲反殖民的斗争推到了武装斗争的阶段,标志着黑非洲非殖民化进程中一个新的斗争阶段的开始。此后,争取民族独立和自治的斗争在黑非洲各地陆续展开,1960 年达到了高峰,这一年先后有 17 个国家先后宣布独立,这一年也因而被称为"非洲年"。在这种民族主义运动展开的形势下,众多黑非洲的作家们充分认识到了自己的历史使命,自觉地将文学当作鼓舞民族解放斗争的一种精神力量。这时的民族主义作家们已经养成了面向大众言说的习惯,他们在作品中严厉控诉殖民主义、种族主义者的暴行,讴歌独立,忠实地记录黑非洲人民的现实斗争,积极探索黑非洲的出路。这是一个"文学爆炸"的时代,黑非洲的民族主义文学出现了前所未有的繁荣局面。在体裁方面,这一时期黑非洲民族主义文学的成就以小说最为突出,诗歌和戏剧也取得了一定成就。

这时期,有大量作品表现了黑非洲人民遭受的苦难、他们的现实斗争以及对独立和自由的渴望。作家卡斯特罗·索罗梅尼奥 (1910—1968) 有"真正的安哥拉小说的开创者"之称。他的作品大多取材于部落社会的生活,带有神话和传奇色彩,如《死亡的土地》(1949)、《转折》(1957) 以及在他逝世后出版的《创伤》(1970),描述了安哥拉人民所受到的剥削,揭露了殖民统治的残暴。罗安迪尼奥·维埃拉 (1936—) 的小说集《罗安达》(1964) 揭露了葡萄牙殖民主义统治,曾获得安哥拉文学奖和葡萄牙作家协会的文学奖,葡萄牙作家协会为此曾一度被当局勒令停止活动。曼努埃尔·多斯·桑托斯·利马 (1935—) 的小说《自由的种子》(1965) 直言不讳地揭露殖民主义统治。

恩古吉的小说《孩子,你别哭》(1962) 用尽可能忠实的记录历史的真实的语言叙述了主人公恩约罗格一家在动荡时期的命运。他的爸爸是一

---

① [美] 爱德华·W. 赛义德:《文化与帝国主义》,生活、读书、新知三联书店 2003 年版,第 326 页。

个出色的农民,但却因白人的到来失去土地,沦为白人农场主的雇农,后来又因参加罢工而失掉了遮身避雨的房屋,他的两个哥哥后来都参加了争取土地的矛矛运动,一个被杀害,一个被投入监狱,一家人陷入风雨飘摇的境地,恩约罗格通过教育改变命运的梦想也破灭了。剧作家库尔迪普·桑迪则在《遭遇战》中直接描写"矛矛"运动的一位"将军"与殖民者的镇压部队的一次遭遇。通过"将军"之口,一针见血地指出了殖民地人民斗争的正义性,"当你们带着你们的新文明来时,我们是欢迎你们的。我们希望最后得到每一种宗教都答应过的那种伟大的和平和幸福。但是相反的,你们却破坏了我们的部族,粉碎了我们的传统。你们让我们看到,你们是更加依恃暴力的"。此外,莫桑比克的路易斯·贝尔纳多·洪瓦纳的《我们打死癞皮狗》(1964)、尼日利亚的西普里安·埃克文西的《自由之夜》、喀麦隆的班雅曼·马蒂普的《非洲,我们不了解你》(1956)等作品都是表现这一题材的杰作。

塑造觉醒者形象是这一时期黑非洲民族主义文学的一个重要主题,该类题材通过描写被压迫的非洲人如何摆脱殖民者向他们灌输的种种观念走向觉醒之路的过程对殖民者进行尖锐的批判。喀麦隆作家费丁南·奥约诺1956年发表的第一篇小说《童仆的一生》的主人公杜弟当初怀着感恩的思想,崇拜收留了自己的白人神甫,白人神甫死去后,他当上了白人司令官的仆人,他曾经一度引以为自豪,但后来他发现了司令的老婆与人通奸,为了遮掩丑事,司令及其夫人诬陷他偷窃,将他投入监狱,遭受毒打和苦役,他最终觉醒了,逃了出来,但很快因伤重而死。奥约诺紧接着发表的第二部小说《老黑人与奖章》(1956)也表现了相同的主题,老黑人麦卡以两个儿子为法国殖民者卖命,死于前线的代价获得殖民当局授予的一枚勋章,麦卡以此为荣,但就在受勋当夜,麦卡因误入白人居住区而被捕入狱,遭受毒打,他至此方才醒悟,开始拒绝欧洲文明,重新寻求获得原来的非洲人人格。杜弟和麦卡的觉醒标志着黑非洲人民对殖民者的幻想的破灭。表现这一主题的作品还有乌斯曼的小说《神的儿女》(1960)、达迪耶的《克兰比埃》(1956)等。

黑非洲虽然有古老而丰厚的文化遗产,但却无法以自己的质朴抵御欧洲现代化武器的侵袭,在欧洲资本主义生产方式和价值观念的侵袭下,传统的黑非洲社会的抵抗软弱无力,痛苦地迅速崩塌。尼日利亚作家阿契贝的"尼日利亚四部曲"中的前三部《瓦解》（1958）、《动荡》（1960）、《上帝之箭》（1964），以现实主义的笔触对这一过程进行了生动逼真的描述。尤其是第一部，它的提名就直接表现了作品的主旨，坚决捍卫氏族社会秩序的主人公奥供喀沃愤怒、绝望之下的自杀则象征着旧时代秩序的终结。索因卡的剧本《沼泽地居民》（1958）中的主人公青年农民伊格韦祖为生活所迫，来到城市，却被他的亲生兄弟骗去了钱财和年轻的妻子，他怀着对土地的信仰回到家乡，但等待他的却是被洪水和泥浆吞没了的庄稼，根基已经不再存在，他只好再次离开家乡，投向金钱万能、骨肉相残的城市。伊格韦祖的无奈象征了黑非洲传统生活方式面临欧洲资本主义冲击的无奈。

　　黑非洲的传统社会解体了，对白人的幻想破灭了，在黑非洲社会的转型期和文化的十字路口，黑非洲应该何去何从，成为此时的民族主义作家们思考的一个主要问题。表现两种文化之间的冲突及对新时代民族道路的探索成为此一时期黑非洲民族主义文学最为突出的一个主题。象牙海岸的达迪耶的《黑人在巴黎》（1959）和《纽约的老板》（1964）、贝宁的奥林普·贝利-凯南的小说《诗之歌》等作品都是表现文化差异的长篇小说。文化差异是自然存在的，各种民族文化自有其存在的根基和理由，但独立前后的黑非洲地区出现了盲目崇洋和盲目排外的两种对立倾向。面对黑非洲传统与西方现代文化的冲突，一些作家像早期的"黑人性"作家一样，选择了传统：喀麦隆的贝蒂的四部表现传统价值观念同欧洲价值观念之间的冲突的长篇小说《残忍的城市》（1954）、《蓬巴的穷基督》（1956）、《完成的使命》（1957）、《痊愈的国王》（1960）都表现出了这样的取向。尼日利亚的索因卡在这一时期创作的一些剧本中，也采用了向传统归航的对抗策略，《狮子与宝石》（1963）中的美丽少女有两个求婚者，一个是作为西方现代文化的代表的青年教师，一个是作为民族传统文化的代表的妻妾成群的老酋长，在二者之间，少女最终选择了后者，《森林之舞》（1960）则采用魔幻的手法让历史与现实共现，通过幽灵之口发出"300年啦，什么变化也没有，一切照旧"，"我已经活了三世，但第一个世界仍旧是我向往的"的感慨。索因卡虽然对"黑人性"的狭隘进行了批判，但他本人实质上也没能逃脱出"文化本质主义"的束缚，在他的一系列剧作中都表现出要重返传统文化以寻求民族的精神资源的思想。

然而与此同时，索因卡在很多时候又流露出对出路的迷惘和对未来的悲观，表现出他对重返传统文化的道路也不是那么坚信：他的剧本《路》（1965）中连接着历史又通向未来的路扑朔迷离、吉凶难料，小说《痴心与浊水》（1965）则充满迷失者的困惑。与索因卡等人相反，以恩古吉为代表的一些作家在探索民族出路时，与用非洲的传统文化对抗欧洲资本主义文化相比，宁愿面向未来，他们以更为理性的吸收和融合的姿态来对待传统与现代之间的冲突：恩古吉在小说《大河两岸》中将两种文化比作大河两岸相对而卧的山梁，相互对峙。白人的到来使和谐的山村分裂成信奉部族传统、追求部族纯洁性的部落保守主义和信奉基督教的欧化主义两派，两派之间的斗争集中在对于传统习俗"割礼"仪式的态度上，这种冲突最终导致了暴力的出现。作者塑造的理想人物瓦伊亚吉则主张两派之间的调和，他的努力最终虽以失败而告终，但他的以白人的文化知识来武装本族人民，以互相妥协的精神号召民族团结以对抗白人的思想似乎让人们看到了民族的希望。塞内加尔作家桑贝内·乌斯曼的第二部小说《祖国，我可爱的人民》（1957）中的主人公乌尔马已经摆脱了狭隘的民族主义和部落保守主义的禁锢，他娶了一个法国妻子，并不顾族里人的反对，坚定地与她生活在一起，他向青年人宣传新的思想观念，教给他们先进的生产方式，乌尔马找到和尝试的道路明显由激烈的暴力对立转向用现代的观念和知识发展民族经济。南非作家彼得·亚伯拉罕的《献给乌多莫的花环》中也塑造了类似的探索者形象，表现了具有开明思想的知识分子与保守主义之间的斗争。这些探索民族出路问题的作品大多最终以悲剧而告终，表明了在文化转型的十字路口，黑非洲选择的艰难。

象牙海岸贝尔纳·达迪耶的自传体小说《克兰比埃》（1956）触及种族歧视的问题。他的另外两部小说《一个黑人在巴黎》（1959）和《纽约的老板》（1964）用黑人的眼光看待西方资本主义世界，文体幽默，后一部作品有较强的批判性。

喀麦隆作家费丁南·奥约诺（1929—）于1956年发表两部反殖民主义的小说《童仆的一生》与《老黑人与奖章》，揭露欧洲殖民者的虚伪和暴虐，反映出黑人觉悟的提高。另一位喀麦隆作家班雅曼·马蒂普于1956年发表了《非洲，我们不了解你！》，这部中篇小说描写第二次世界大战前夕非洲青年一代对殖民政策强烈的愤恨。塞内加尔作家桑贝内·乌斯曼（1923—　）的小说《祖国，我可爱的人民》（1957）写一个非洲青年知识分子为建立"合作农场"所作的英勇斗争。《神的儿女》（1960）描绘 1947—1948 年达喀尔铁路大罢工事件。

1948 年，成立了"安哥拉新知识分子运动"的组织。他们的口号是"让我们来发现安哥拉"。1950 年在罗安达出版了《安哥拉新诗人诗集》。1951 年，这个组织创办《信使——安哥拉人之声》杂志，传播爱国主义和民族情感。它的创刊被认为是"安哥拉新文化的转折点"。这个运动和杂志的创始人有维里亚托·达·克鲁兹（1928—1973），他的诗洋溢着爱国主义的激情，发出了要求解放的呼声。政治家、诗人阿戈什蒂纽·内图（1922—1979）的作品有《阿戈什蒂纽·内图诗四首》（1957）、《诗集》（1961）。他的诗富有战斗性，号召人们反抗殖民统治。象牙海岸作家贝尔纳·达迪耶（1916—　）著有诗集《昂然挺立的非洲》（1950）、《时日的交替》（1956）和《五洲的人们》（1967），他的诗号召非洲人民团结起来，主宰自己的命运。扎伊尔诗人马尔蒂亚尔·辛达（1930—　）的诗集《第一首出发的歌》（1955）表达了非洲青年愤怒的声音，其中《锄头之歌》用民谣的形式写成，非洲的锄头成了苦难深重的农民的象征。扎伊尔政治家卢蒙巴（1925—1961）也是一位爱国主义的诗人。马里作家马马杜·戈洛戈（1924—　）的《我的心是个火山》、《非洲的风暴》等都是战斗性较强的诗篇。喀麦隆诗人埃邦雅·永多（1930—　）的诗集《喀麦隆！喀麦隆！》（1960）充满着爱国的激情和民族自豪感。几内亚的歌手凯塔·福代巴（1921—　），著有《非洲诗集》（1950），其中《深夜》、《非洲的黎明》等叙事诗都具有非洲舞蹈的元素。1962 年，中非诗人皮埃尔·邦博泰（1932—　）发表长诗《给一位非洲英雄的挽歌》，献给卢蒙巴。马达加斯加诗人雅克·拉贝马南雅拉（1913—　）在1948 年就发表了长诗《祖国》，这是对他的岛国热情的颂歌。他还有长诗《朗巴》（1956）和《解毒剂》（1961）。他的作品反映了马达加斯加人民争取自由的史诗般的斗争。另一位马达加斯加诗人弗拉维安·拉奈沃（1914—　）在他的诗集《影和风》（1947）、《我一贯的歌曲》（1955）和《返回老家》（1962）中力图用法文表达出古老的口头诗歌的节奏、形象和结构，其中有些诗篇充满俗语和幽默感，显然是从民间创作发展而成。这时期的诗人沙阿达尼·卡多罗以写政治诗而闻名，《我们何处去？

非洲人的卫士站出来》(1949)针对殖民者分而治之的阴谋,强烈地呼吁民族团结。斯瓦希里语诗人阿·贾马尔迪尼的长诗《马及马及之战》(1946)以1905—1907年坦噶尼喀人民的抗德武装起义为题材,描写了人民的深重苦难和反抗精神。东非诗人阿姆里·阿贝德在《阿姆里诗选》(1954)中深沉地唱出了殖民时代人民遭受的苦难,有力地控诉了殖民主义者的罪行。他的名诗《自由就是正义》和《团结》给读者留下了深刻的印象。他还著有《诗歌格律》(1954),总结了斯瓦希里语诗歌的各种形式和韵律。马蒂亚斯·姆尼亚姆帕拉的诗篇《三块石头之梦》(1957),抨击殖民者的种族歧视政策,他把当时社会上的三个阶层白人、印度人和非洲人喻为"三块石头",呼吁这"三块石头"凝结在一起,冲破种族隔离的障碍,为建立新的社会而奋斗。这首诗寄托着诗人对平等社会的向往。

非洲揭露殖民主义的戏剧,主要是历史剧,较重要的有马里作家塞杜·巴迪昂(1928—)的五幕剧《沙卡之死》(1961)。作者以19世纪祖鲁族的领袖沙卡作为战斗的非洲的象征。这是第一部黑非洲法语悲剧。塞内加尔阿马杜·西塞·狄亚的《拉特·狄奥尔的末日》(1965),写塞内加尔国王拉特·狄奥尔趁法国人着手建造一条通过他的王国的铁路时袭击他们,但遭到失败。塞内加尔作家谢克·恩达奥(1940—)的《阿尔布里的流亡》(1967),写国王阿尔布里在法国人入侵时流亡国外,以便联合其他苏丹,共同抗击侵略者。象牙海岸贝尔纳·达迪耶的《刚果的贝雅特里齐》(1970)以欧洲人初次侵犯非洲的历史为背景,描写女主人公贝雅特里齐宣传反抗,被活活烧死的故事,象牙海岸作家夏尔·诺康(1936—)也写出了悲壮的历史剧《阿布拉哈·波库,或一个伟大的非洲女人》(1970)。几内亚尼亚奈的《西卡索》(1971)写国王巴·奔巴在他的城堡西卡索沦陷时自杀的悲剧。剧作者号召非洲人团结起来抵御侵略者。尼亚奈还发表了剧本《沙卡》。贝宁作家让·普利雅(1935—)的《凶狠的孔多》(1966)也是一部重要的历史剧,曾获黑非洲文学大奖。

第三节　东方现代民族主义文学的典型形态

20世纪初到60年代，东方各民族在完成传统文学向新的民族文学转型的过程中，民族主义文学思潮达到了自觉性、普遍性、实践性和统一性的程度，各国文学都产生了一批在文学史上占据显著地位的民族主义作家和理论家，他们的创作和理论活动，充分展现了东方现代民族主义文学思潮的共同原则和特征。

一　反对殖民统治，高扬民族意识，要求民族独立的主题思想

西方的殖民统治给东方民族带来深重的灾难，这成为东方民族要求政治独立、自由平等的逻辑起点。这一阶段的民族主义文学全面展示了殖民统治带给东方的动荡、战乱、屈辱和贫困。

印度尼西亚诗人鲁斯丹·埃芬迪在题为《祖国》的诗中写道：

> 啊，我的祖国，苦难无比
> 哀叹和呼喊着命运的悲凄
> 低头弯腰双手擎着耻辱
> 任人践踏让苦难折磨自己
> 汗水洒满地，鲜血流成河

印度英语作家安纳德的小说《两叶一芽》（1937）以阿萨密一个茶叶种植园为英国殖民统治的缩影，以契约劳工甘鼓一家的遭遇表现印度农民的悲惨命运。小说真实生动地描述了英国殖民统治对印度民众的残酷压迫和剥削。甘鼓，这个勤劳淳朴，笃信宗教、忍辱负重、宽以待人的印度农民，就是象征意义上的殖民统治下的印度。

喀麦隆的著名作家费丁南·奥约诺（1929—　）的作品，描写了黑人遭受的专横残暴统治。长篇小说《童仆的一生》（1956），用自传体和日记的形式，叙述主人公敦吉的经历和体验，从一个黑人奴仆的视角，揭开殖民者文明、道德、善良的面纱，表现非洲人民的苦难与民族意识的

觉醒。

阿尔及利亚法语诗人狄奥普的诗作，以愤怒的笔触反映了残酷的殖民主义剥削下黑人的痛苦生活。他在《岁月难熬呀，穷苦的黑人》中如泣如诉地吟唱：

> 岁月难熬呀，穷苦的黑人！
> 漫长的白天没有个完。
> 日复一日，年复一年，
> 都得为你的白色老爷，
> 去扛白色的象牙。

扎伊尔民族英雄帕特利斯·埃默利·卢蒙巴（1926—1961）1959年发表在《独立报》上的诗《让我们的人民赢得胜利》，充满义愤地描述了黑人的苦难，"我心爱的黑兄弟，你在几千年来/过着非人生活的黑夜里哭泣！/你的骨灰在大地上，/被热风和飓风刮得四处飞扬。/为了一切强暴的压迫者，/你曾经把那金字塔建立。/你被赶进了猪圈，在从事武力征服的/一切战役中，你被折磨得精疲力竭"。

东方现代民族主义作家对殖民统治者带给民族的种种灾难和痛苦有着生动具体的表现。伊克巴尔的长诗《痛苦的画卷》（1904）以悲愤的笔触，真实地展示了他耳闻目睹殖民主义对印度人民的残酷剥削和压迫，描写了当时社会满目疮痍、农村凋敝、手工业破产、灾荒不断的悲惨境地。《印度之声》（1912）是印度诗人迈提里谢耑·古伯德的早期代表作，全诗共2500行，分为"往事篇"、"现代篇"和"未来篇"。在"现代篇"中，诗人写出了印度的贫困与落后，特别描绘了农民的悲惨境况。他的早期长篇叙事诗《农民》（1916），主要描写现实社会的残酷，农民受到的种种压迫和剥削，揭露了英国警察、英国人贩子相互勾结、为非作歹的情形。

从整体看，东方现代作家对殖民统治罪恶的揭露，主要不是在生活事象的描写上，而更多的是从政治独立和精神自由方面加以表达。阿尔达夫·侯赛因·哈利有一首《英国人的自由和印度的被奴役》："据说只要呼吸一下英国的空气，奴隶们就可以获得自由，/这就是英国的奇迹。/只要一跨上英国的国土,/奴隶们的脚镣就会自动断裂脱离。/如果说英国是个奇妙的炼金术士,/那印度也毫不逊色不比它低。/自由的人到了这里马上变得不自由,/一接触这里的空气,就会立刻变成奴隶。"诗作将英国与印度鲜明对比,突出了英国殖民主义对印度奴役的事实。伊克巴尔在《奴隶之歌》中,就把殖民主义称之为"奴隶制度":"殖民主义奴隶制度窒息人们的心灵,/灵魂一旦被奴役就成为躯体的重负。/奴隶制使人未老先衰,/把一头雄狮变成孱弱动物。"

莫桑比克著名诗人马尔塞林诺·多斯·桑托斯(1929—)深刻地表现了东方人民在西方带来的"文明"中感受到的窒息和孤独:

> 我孤零零
> 生活在文明的大街上,
> 它以残酷的仇恨
> 压得我透不过气来。

(《我在哪里》)

印尼作家马尔戈的《放牛娃》运用象征手法,从放牛娃的视角表达反抗荷兰殖民统治的决心,放牛娃祖辈相传的牧场被一"女神"率领的一群猛兽占领,放牛娃准备夺回牧场,"女神"施以小恩小惠从中阻挠,放牛娃清楚殖民主义的本质:"你的承诺全是谎言/把我们的全体民族/推进了苦难的深渊/你们却有无尽财源。"

在现代东方诗人看来,殖民统治真正的危害,还不是殖民地人们生活的贫困和战争的创伤之类,而是对殖民地人们的精神奴役,使其丧失斗志和反抗的能力,成为"笼中鸟"郁闷而死。乌尔都语诗人杰格伯斯德写道:

> 周围弥漫着一种不满的气氛,
> 只听到整个花园如诉如泣。
> 窝里的鸟儿如今被关在笼中,
> 独立变成了一股香气消失在花园里。
> 在这样的环境中花儿怎能开放?

花儿笑不出声，充满了忧郁。

对殖民统治精神奴役的表现，都是对外来者侵略本性的揭露，都是站在民族主义立场上看待西方列强的东渐，以"同仇敌忾"的书写，唤起同胞的民族意识。

怎样才能获得民族的独立？现代东方的民族主义诗人和作家在文学世界中做出民族解放道路的种种探讨，在他们看来，团结奋斗、保持尊严、自我牺牲是民族独立的基本保障。

1. 团结奋斗

"'民族'是一个历史性的概念。在不同的历史时期，'民族'的内涵和外延都不相同。"[①] 从早期的血缘宗族，到基于血缘的部落联盟，再到一定地理单元的利益共同体，发展到具有共同文化传统的社会群体，"民族"的范围和规模不断扩大。随着社会历史的演变，进入现代，东方民族的构成非常复杂。不同的种族来源、不同的宗教信仰、不同的社会阶层、不同的利益群体，文化民族与政治民族等等，彼此联系，又彼此冲突。面对西方殖民统治，这些矛盾和冲突，是民族国家发展过程中的内部矛盾和冲突。

东方现代的民族主义作家和诗人，敏锐地意识到：大敌当前，只有放弃内部冲突，大家团结一致，齐心协力，才能赶走侵略者；只有建立起独立的统一民族国家，才能寻求建设和发展，才有与西方平等对话的资本。

伊克巴尔早期的爱国主义诗作中认为印度各民族之间的团结，是国家统一和振兴的重要条件。他早期的诗深刻表达了在殖民统治下人民的心声，充满了印度穆斯林传统的印度情感和自豪感，以及对伊斯兰过去的历史功绩的颂扬。《喜马拉雅山》这首祖国颂诗，体现了诗人的这种情感。他的早期诗作主张建立统一的印度民族国家，把"印度斯坦"当作印度人的祖国，这在他的长诗《印度之歌》中得到体现。他创作于1905年的《新湿婆庙》也有鲜明的表现："啊，婆罗门！倘若你不介意请容我直言，/你寺庙里的偶像早已陈旧不堪。/从神像那里你学会了自相残杀，/真主也默示他的教长明争暗斗，/我深感厌恶，终于把神庙和清真寺全抛

---

① 黎跃进：《文化批评与比较文学》，东方出版社2002年版，第48页。

弃，教长放弃布道，你舍弃讲经。/你把每座石雕塑像视若神明，/你把每撮泥土供作神祇。//来吧！把猜疑的帷幕再次揭去，/让被隔离的人重新团聚，抹去分歧的裂纹。/心灵的深处已被长久废置荒芜，/来，在这国度里重修一座湿婆庙。/让我们的神庙超越世界上一切神庙，/让新神庙的尖塔高接云天。/每天清晨神庙传出甜蜜的圣歌，/给全体信徒都斟上爱的美酒。/信徒的赞美诗蕴含和平与力量，/世间居民在爱中可以重获新生。"诗作抨击印度教和伊斯兰教极端分子的宗教分裂，"号召印度教徒和伊斯兰教徒以民族利益为重，视祖国的存亡高于一切，消除民族隔阂和宗教纠纷，把印度变成一座新湿婆庙，在'爱'的基础上团结救国"。这里的"新湿婆庙"的描绘，就是新的民族国家——独立统一的印度的艺术表达。遗憾的是，后来的历史证明：这只是伊克巴尔的早期理想，独立后的印度最终分治。

缅甸作家佐基在诗作《我们的国家》中写道："起来吧！/缅甸人，/莫泄气，/别灰心。/大家团结一致，/聪明无限，/力量无比。/让咱们奋斗到底！/这是谁的田野？/这是谁的稻米？/负起责任，/做好工作，用咱们的智慧齐心协力！"

埃及诗人邵基在1927年的一首诗中号召整个阿拉伯世界联合团结起来：

>真主使我们同病相怜，
>同样的遭遇，同样的悲惨。
>每当伊拉克受伤发出呻吟，
>东边的阿曼也同样会有痛感。
>我们与你们都身戴锁链，
>如同雄狮挣扎在铁笼间。
>我们在这样的世界上同样贫困，
>又同样地热爱自己的家园……

直到1962年亚非作家会议召开，大会形成的《总决议》中有这样的表述："人民的觉醒和警惕加强了我们的团结——两大洲的人民正在重新团结起来。殖民地成为独立国家这个本质的变化，民族解放运动的加强，社会主义阵营在各方面的扩大和巩固,这一切都是力量对比有利于反对帝国主义的斗争。"①

2. 保持尊严

尊严,是人之为人的根本,也是民族之为民族的根本。面对外辱,只有民族成员都以民族尊严为首务,为民族尊严而奋斗,才有独立解放的希望。相反,如果民族成员都甘心屈辱,苟且偷安,何来独立与解放?

伊克巴尔看到在国家面临生死攸关的严峻时刻,人们仍愚昧、疏忽和不觉悟而忧心忡忡。他疾呼:"关心国家吧,无知的人!灾难终将降临/在天上正策划着毁灭你的计划/你再不醒悟就必将被毁灭。啊,印度人/在民族史中甚至不容收进你的故事。"

摩洛哥诗人阿卜杜拉·卡嫩(1908—?)也表达了伊克巴尔同样的忧虑:

异乡人不是远离故土,
而是在自己的祖国却受虐待。
异乡人会有消愁解闷时,
我这样的人却无法忘掉悲哀。
我忧心忡忡,却得不到帮助,
于是终生都是忧伤满怀。
我为这个国家哭泣,这里愚昧横行,
一伙笨蛋驱赶着人民,任意胡来……

利比亚诗人艾哈迈德·马哈达维(1898—1961)在叙事诗《孤儿艾斯》中刻画了一个为虎作伥、丧失民族尊严的宗教法官形象:"一位宗教法官,岁月注定国家因他而不幸/——由于他玩忽职守和裁决不公正。/不管老百姓如何义愤填膺,/只要能讨总督欢心他就高兴。/他战战兢兢,几乎要给统治者跪下,/一半是欢迎,一半是尊敬。/即使他们让他应允许糟践我们的妻女,/他也会俯首听命,马上答应。/他们通过他,玩弄我们的

---

① 亚非作家会议中国联络委员会编:《第二次亚非作家会议文件汇编》,作家出版社1962年版,第56页。

宗教，/桩桩罪行，他都是他们的帮凶。/他千方百计为卖国贼、杀人凶手开脱，/为了金钱，他早已出卖了宗教，出卖了祖宗。"这样的宗教法官是民族败类。

印度尼西亚诗人马尔戈在《独立自由》中就是将"人格尊严"与独立自由相提并论：

我等追求的独立自由
是我民族的人格尊严
让我的民族也能拥有
与其他民族同样体面①

为了民族尊严，即使面对敌人的屠刀与监禁，也能从容镇定，慷慨高歌。也门诗人、民族主义政治家祖白里（1910—1965）有一首《出狱》："我们昂首挺胸走出牢门，/如同一群雄狮冲出莽林。/我们在枪间刀锋上走过，/穿过鬼门关，面对过死神。/我们不愿苟且偷生，受人蹂躏，/暴君的威吓、压迫岂能容忍?!/天塌地陷，我们不怕，/千难万险难不住我们。/我们要让我们的民族知道，/我们愿赴汤蹈火为他献身。/我们若是取得了胜利，/说明困难吓不倒勇敢的人；/我们若是牺牲了，/则会面不改色，笑傲死神……"

3. 自我牺牲

民族解放是血与火的洗礼，难免牺牲。但这是以小我的牺牲换取整个民族的新生，这是虽死犹生的大业。焦希·莫利哈巴迪被称为"争取印巴次大陆解放的旗手"②，他在诗集《火焰与露珠》中有一首诗："欢笑吧！亚洲，金光闪闪的大地，/印度觉醒的时刻已经来到。/欢乐吧！印度，这人间的乐园，/流血在眼前，敌人剑出鞘。/铁石心肠的疯子准备血染你的旗帜，/印度教徒穆斯林要保卫你的每一寸土地。/祖国人民的希望之花含苞欲放，/两大民族的鲜血将合流于祖国大地。"诗作洋溢着为祖

---

① 梁立基：《印度尼西亚文学史》，昆仑出版社 2003 年版，第 410 页。
② ［巴基斯坦］阿布赖斯·西迪基：《乌尔都语文学史》，山蕴译，中国社会科学出版社 1993 年版，第 219 页。

国不惜流血牺牲的豪情。

缅甸作家貌廷的长篇小说《鄂巴》(1946)在抗日战争的背景中刻画了德钦缪纽这样的爱国民族英雄,面对敌人的屠杀,满怀"为祖国而献身"的气概,视死如归,昂首挺胸,在响彻山谷的"缅甸万岁!"[①]的呼喊中英勇就义。

马格里布地区复兴运动先驱、突尼斯民族主义诗人塔希尔·哈达德(1899—1935)一首题为《祖国》的诗作:

> 祖国,我为你愿将生命、财产献上,
> 使我们一起摆脱凌辱,获得解放。
> 我愿为你牺牲,我的祖国,我的故乡,
> 你是我的骄傲,你是我的希望。
> 对你的爱,使我把灾难看作考验,
> 让我建功立业,不容别人说长道短。
> 我不会有理想的生活——
> 如果我的祖国不繁荣富强。
> 我要为我的祖国服务,
> 维护我的人民和我崇高的荣光。

印度诗人瓦拉托尔在《我的回答》中表现了为摆脱英国殖民统治而捐躯的决心:"在婆罗多诞生了里希,/即是我们高贵的祖先——/农民和工匠,英雄和圣贤。我也是诞生在婆罗多,/为了让我歌颂争取幸福的战斗,/为了让我同我的人民/完成祖国的解放,/这就是我的生活目标,/我必须在斗争中实现它,/否则也应当像一位战士,/让死亡夺去生命,在战场倒下。"

这些民族主义诗人和作家之所以能为民族、为祖国不怕流血牺牲,是因为他们满怀对祖国自由独立的信念和理想。在祖国自由独立的信念和理想中展开想象的翅膀,描绘未来前景,激励人民的斗志。

乌尔都语诗人恰克伯斯特(1882—1926)的诗集《祖国的黎明》呼

[①] 季羡林主编:《东方文学作品选》(上),湖南文艺出版社1992年版,第564页。

唤祖国独立自由，抒发为祖国捐躯的激情。奥利萨语的高伯本图·达斯（1877—1928）在狱中写了《狱中诗抄》、《囚徒的独白》和《印度母亲》等诗集，表现了强烈的民族情感和反抗外国侵略者的情怀和为国献身的激情。

巴拉蒂有《向祖国致敬》、《祖国》、《我的母亲》、《婆罗多国之歌》、《自由的渴望》和《歌唱自由之伟大》等。在《向祖国致敬》中，巴拉蒂把祖国比作母亲，他说："不管我们是胜利、失败或者死亡，/我们始终团结一致，/发出一个声音：/向母亲致敬！"巴拉蒂在《自由的渴望》一诗中写道：

> 何时才能满足
> 我们对自由的渴望
> 何时才能铲除
> 甘当奴隶的思想
> 何时才能砸烂
> 母亲身上的枷锁
> 何时才能解除
> 我们的困苦和忧伤……①

这些感情激愤、直抒胸臆的诗句，是诗人忧国忧民思想的表露和追求自由解放的呐喊。他的《自由之歌》、《自由女神赞歌》、《歌唱自由之伟大》、《解放》等诗，都是对自由民主和民族独立事业的热情讴歌。

被称为"阿尔及利亚诗王"的穆罕默德·伊德（1904—1979）也以极大的热情抒写阿尔及利亚人民的反帝爱国斗争。他在题为《解放军之歌》的诗中写道："我们解放大军是战斗的力量，/南征北战，好像猛虎雄狮一样。/战鼓咚咚，军号吹响，/我们分歧，使祖国大地震荡。/我们将高山当作堡垒，/我们的赞歌在山中回响。/广播把我们胜利的消息告诉人们，/捷报频传。喜讯飞向四方。/我们勇敢，我们顽强，我们曾树立起多少光辉的榜样。/我们像熊熊烈火奔赴战场，/千难万险都不放在心

---

① 季羡林主编：《东方文学史》，吉林教育出版社1995年版，第1013页。

上。/我们转动战磨，取得胜利，/严惩敌人，让他们把苦头尝。/我们要把殖民主义彻底埋葬，/让我们的人民挣脱枷锁，求得解放。"诗作洋溢着必胜的豪情。

缅甸作家德钦哥都迈在《一九三五年我缅人协会全国大会》的诗中写道：

> 佛涅槃已近两千五百载，
> 缅甸人民却还遭奴役迫害。
> 如今出现了吉祥之兆，
> 浩然正气将获得发扬。
> ……
> 今天我高高站在千山万壑之上，
> 忧心忡忡向远处眺望。
> 祖宗先辈，
> 我们可以自豪地说，
> 胜利曙光正降临在祖国大地。
> 后生弟子们，奋力前进！[①]

东方现代民族主义作家、诗人以极大的热情憧憬着民族独立的未来，以一个崭新的自我，出现在世界。苏丹诗人法图里有一首《非洲之歌》："啊，我在东方各地的兄弟，/啊，我在世界各地的兄弟，/是我在呼唤你，你可认识我？/啊，我的兄弟，我的患难知己！/我已经扯破了黑暗的尸衣，/我已经摧毁了软弱的墙壁；/我不再是讲述腐朽的基地，/我不再是哭泣垃圾的小溪；/我不再是自己锁链的奴隶，/我不再崇拜偶像和衰老的过去；/不怕死亡，我将永远长存，/不受时间所限，我将永远是自由之躯……"[②]

总之，这一阶段东方的民族主义文学从各个层面表达着反帝反殖民、追求民族独立自由的主题。

[①] 季羡林主编：《东方文学作品选》（上），湖南文艺出版社1992年版，第527—529页。
[②] 仲跻昆：《阿拉伯现代文学史》，昆仑出版社2004年版，第233页。

二　功用性、现实性的审美追求

文学思潮是特定时代精神在文学领域的群体性反映。但一个时代的作家、文学理论家对时代精神是否具有自觉的意识，是文学思潮是否形成的标志。在民族解放运动此起彼伏的20世纪前60年，东方民族主义作家自觉地追求文学的功用性和现实性，具有明确的目的意识，反对"为艺术而艺术"，主张真实地表现现实中普通人民的情感和生活。

（一）服务于民族独立的文学目的论

在民族解放运动轰轰烈烈展开的岁月里，不少作家以各种方式积极参与运动，文学成为他们手中的武器，因而他们的创作倾向明显。缅甸作家、文学批评家吴登佩敏在《吴龙传》的序言中说："当沦为奴隶的缅甸人民产生民族意识，要求独立的时候，当贫苦的农民要求生存权利的时候，一个不倾向于任何一方的人，会全力以赴支持沦为奴隶的缅甸人民吗？会积极支持贫苦农民吗？"作为一个"进步作家"，就应该为"民族的独立，贫苦人的幸福"而写作。[①] 1948年，吴登佩敏在《加尼觉》杂志上发表题为《使历史倒退的作家们》的文章，强调文学的教育作用和认识作用。他深刻地指出："包括文学在内的艺术，不仅应像照相一样反映人的社会、人的生活，而且应该引导人们去求得生活的变化和进步。"埃及作家阿卜杜·拉赫曼·哈米西（1920—1987）在一篇《文学为人民》的文章中写道："人民所要读的作家是逃脱出隐居禅房，探求人生经历的人；是描绘民族斗争维护人民及其自由的人；是随时准备为大家的生存牺牲自己的生命而不是为了达到个人的目的而损害公众利益的人。人民要读的文学是与人们密切相关的。它启迪人们为幸福的未来而斗争，它反对人剥削人，它知道憎恶那些压迫者，并能煽动起被压迫者的仇恨。人民要读的文学是时代的画卷，是反对暴虐斗争的镜子，并激励人们反对帝国主义与剥削制度的斗志。"[②] 反帝反殖，维护民族和人民的独立自由是民族主

[①] 姚秉彦、李谋、蔡祝生：《缅甸文学史》，北京大学出版社1993年版，第256页。
[②] 《埃及人报》1953年2月28日第8版。引自仲跻昆：《阿拉伯现代文学史》，昆仑出版社2004年版，第164—165页。

义文学追求的目标。

印度现代文坛巨擘普列姆昌德也主张目的明确的文学论。1930年他在《大印度》刊载文章表明:"我的意愿是非常有限的,现在我最大的愿望就是我们在独立斗争中取得胜利。我不追求金钱,也不追求名誉,有吃的就行,我不渴望小轿车和别墅。无疑,我一定想留下几部第一流的作品,但是其目的还是为了独立。"① 普列姆昌德的意思很明确,希望创作几部传世之作,但根本目的,"还是为了独立"。当然,这种独立的含义是多方面的,苏丹诗人穆罕默德·艾哈迈德·迈哈朱布(1910—1976)曾说:"这是我们的理想:维护我们的伊斯兰教,掌握我们阿拉伯的遗产,同时对广阔的思想天地采取完全宽容的态度,要有宏图大志去研究、学习别人的文化。这一切都是为了我们民族文学的复兴,激发我们的爱国意识,直至形成一个政治运动,实现我们政治、社会、思想的独立。"②

正是将文学当作反帝反殖的武器,民族主义作家要求创作出催人奋发,昂扬向上、坚强有力的文学,而不是伤感绝望、软弱无力、哀愁呻吟的文学。旅美派作家、文学批评家雷哈尼倡导"行动文学"和"强力文学",反对"哭泣的文学"和"软弱的文学"。他说:"我们,说真的,是世界上所有的民族中最爱哭泣和号啕的民族,我们好像是用泪水和悲哀造成的,好像是痛苦的气息吹成的。……这是一种比我们身上的任何病都普遍的疾病,对我们民族的完全幸福具有最大的危险。它是最丑恶的流行病,因为他对思想和心灵起着黑暗统治和专制法律所起不了的作用。"③ 他甚至认为,"哭泣文学"是殖民主义的一个方面军,是为统治者服务的。他号召把祖国、民族从哭泣文学中拯救出来,把哭泣文学变换为民族主义需要的"强力文学"。印度的乌尔都语文学批评家阿扎德也认为:诗人可以改变民族和国家的命运。他尤其谈到战争题材的诗作、战斗中的鼓动诗和战斗歌曲,它们使得战士心中产生一种新的激情和热情,从而增强

---

① [印]亨斯拉杰·勒赫伯尔:《普列姆昌德:生活与创作》,转引自刘安武编《印度现代文学研究》,中国社会科学出版社1980年版,第282页。
② 仲跻昆:《阿拉伯现代文学史》,昆仑出版社2004年版,第228页。
③ 高慧勤、栾文华主编:《东方现代文学史》,海峡文艺出版社1994年版,第1300页。

了他们的决心和勇气，这样就可以改变战场的形势。① 这样对文学功用的强调，也许有些夸张或偏颇，但却体现了东方现代民族主义作家的文学观念。

（二）文学必须表达时代的脉搏和民众的现实愿望

东方现代民族主义文学，是在民族解放的时代要求中动员民众，鼓动民众的文学，以普通民众为读者对象。埃及现代著名的文学评论家萨拉迈·穆萨（1888—1958）创办《未来》（1914）杂志，参与十多种报刊杂志编辑的工作，积极参加文学论争，在20年代写下了《萨拉迈·穆萨文选》（1926）、《今天与明天》（1927）、《论生活与文学》（1930）等文论著作。在论著中就埃及文学的现代转型提出了许多见解和看法，他强调文学与社会现实的联系，认为阿拉伯古代文学多为"国王的文学"和"消遣的文学"，现代文学则应是千百万人的文学，人民的文学，斗争的文学。应该建立反对殖民主义压迫、用人民语言书写的、人民的、社会主义的文学。他指出："人民是一切，人民是始与终。"文学家对此是负有责任的，在他们所写的一切作品中都应体现这一责任。他提出埃及文学应建立在"意义和目标"之上，而不是像阿拉伯人过去那样，建立在"辞藻"之上。② 他还认为："文学的目标是人道主义，而不是艺术美。人道主义比美更具有永恒性。文学是从整体上，而不是从局部去观照人类的艺术。"③ 他的一些观点和主张，在20世纪上半叶，曾引起埃及乃至阿拉伯思想文化界的激烈争论，但也颇具影响。

叙利亚诗人舍菲格·杰卜里说："诗人必须同大众的情感一致，这种情感就是民族主义情感。"他还说："无疑，我专门写爱国主义、民族主义的诗篇，使我未能涉足其他的天地。但我是适应环境，服从最大的题旨的。我觉得我必须照顾全国的感情。如果说诗人是民族的代言人，那我就是试图用一切机会表达这个民族的感情。"④

---

① [巴基斯坦] 阿布赖斯·西迪基：《乌尔都语文学史》，山蕴译，中国社会科学出版社1993年版，第363页。
② 高慧勤、栾文华主编：《东方现代文学史》，海峡文艺出版社1994年版，第1325页。
③ 乐黛云等主编：《世界诗学大词典》，春风文艺出版社1993年，第414—415页。
④ 仲跻昆：《阿拉伯现代文学史》，昆仑出版社2004年版，第342页。

巴勒斯坦诗人迈哈穆德·德尔维什强调诗作与人民的关系：

如果我们的诗歌，
　　不能像明灯高照，
不能传遍千家万户，
　　让人人知晓，
那它就不是诗，只是无声无息，
　　既没有颜色，也没有味道。

如果我们的诗歌
　　普通百姓根本不懂，
那就应当把它撕碎
　　让风吹得干干净净，
然后闭紧嘴巴，
　　别再作声！①

在民族运动高涨的时期，印度的民族主义作家都强调创作与时代和人民大众的联系。泰戈尔号召作家"不要与周围世界隔绝"。乌尔都语作家伊克巴尔认为，"文学的意义和价值，就在于必须反映生活"，号召作家"熟悉民族的脉搏"。孟加拉语作家伊斯拉姆认为，文学应成为"打动亿万人民之心的人民文学"，文学应为祖国独立事业服务，发出"世上受压迫灵魂的痛苦呐喊"。泰米尔语作家巴拉蒂（1882—1921）主张，文学应给"被压迫人民以新生活的信息"。在文学是工具、是呐喊、是号角的艺术主张之下，许多文学家自觉地以文学服务于当时的民族解放斗争，掀起了空前未有的民族主义文学运动。②

（三）投身现实，反对"为艺术而艺术"

参加第二次亚非作家会议的一位喀麦隆的代表说："今天，殖民制度

---

① 仲跻昆：《阿拉伯现代文学史》，昆仑出版社2004年版，第389页。
② 高慧勤、栾文华主编：《东方现代文学史》，海峡文艺出版社1994年版，第819页。

在人民武装的痛击下,正在倾塌之中,帝国主义的恶魔正在血泊里挣扎颤抖,哪一个亚非作家能够接受'为艺术而艺术',或是'文学应该和政治分家'的理论?尤其是在今天,任何一个接受'为艺术而艺术'的作家,事实上就是出卖自己的才能,做了杀害我们的人民和文化的同谋罪犯!"①现在看来,这样的表述有些太浓的火药味,但却是真实地说出了当时东方民族主义作家的心声。

不仅民族解放的现实要求作家、诗人关注现实,积极投身民族运动的实际斗争,有些文学批评家还结合文学史上的事例来论证文学与现实的密切联系。乌尔都语文学评论家毛拉那·希伯利·努玛尼在《波斯诗歌》中认为:"写出来的诗歌如果只是为了欣赏,那么可以运用夸张的手段。但是作为一种可以对民族的命运产生影响的有力量的诗,可以使国家发生巨变、可以唤起阿拉伯民族觉醒的诗,如果不是正确地反映了客观现实的话,那他将发挥不了任何作用。在伊斯兰教产生以前的蒙昧时期,一个普普通通的人写了一首诗,就可以在整个阿拉伯世界扬名。与此相反,伊朗的许多诗人写了无数颂扬帝王将相的颂诗,他们仍然名不见经传,原因在于伊斯兰教产生以前的蒙昧时期,诗歌是真实的,所以它具有影响力,伊朗诗人只追求文字的华丽,这种诗只能有一丝的娱乐效果。至于其他,那就根本不值得一谈。"② 换句话说,只有真实地表现现实,诗人的情感与民众的情感有着内在的一致,诗作才能拥有其生命力。远离现实的歌功颂德之作,即使有艳丽华美的文字,也价值不大。而唤起民族觉醒、促进国家变革的民族主义文学,必须是真实的、现实的创作,而不是"为艺术而艺术"的文字游戏。

摩洛哥诗人阿卜杜拉·卡嫩在《我们有文学吗?》一诗中批评了讲究形式,却远离现实,对民族解放斗争没有任何实际意义,一味显示自己的"文坛群星":

  群星在文学的天空中闪现,

---

① 冰心:《亚非作家的战斗友谊》,《文汇报》1962年4月8日第4版。
② [巴基斯坦]阿布赖斯·西迪基:《乌尔都语文学史》,山蕴译,中国社会科学出版社1993年版,第370页。

它们要体现摩洛哥人的情感。
但它们却失去了光彩，
被遮掩成一片黑暗。
所吟诗歌韵律虽然正确，
情调内容却腐朽不堪。
作家们虽在舞文弄墨，
但愿他们从未写出只字片言。
文坛群星都在竭力炫耀、卖弄，
实际却为阿拉伯文学丢尽了脸。①

在卡嫩看来——

诗歌是为人指路的明灯，
是号召人们建功立业的呼唤……②

曾任突尼斯作家协会主席的当代批评家穆罕默德·姆扎利（1925—）在1969年发表的文论著作《思想启示录》中，集中表达了他对文化和文学的见解。其主要观点是：“建立真正的民族文化和突尼斯文学，此文学应从民族自身深处产生。文学是影响和被影响，是给与取，是和时代、环境、现实的对话、交流和辩论。文学具有崇高使命，关心人类事务，不应怕政治参与，但应区分文学与政治，反对奴隶主义和空洞虚伪。”"对文学的总的要求：体验的真确，观点的新颖，表达的地道，目的的真诚。"③

在东方现代民族主义作家中，有些作家并不简单地否定文学的艺术性。印度的泰戈尔、埃及的陶菲格·哈基姆都是例子。陶菲格·哈基姆是埃及乃至整个阿拉伯世界现代文坛最著名的作家和思想家。他的文论著作主要有《在思想的阳光下》（1938）、《来自象牙之塔》（1941）、《文学艺术》（1952）、《均衡论》（1955）、《我们的戏剧模式》（1967）等。陶菲格·哈基姆从思想家的立场探讨了文艺的美学本质问题。在《文学艺术》

---

① 仲跻昆：《阿拉伯现代文学史》，昆仑出版社2004年版，第429—430页。
② 同上书，第430页。
③ 乐黛云等主编：《世界诗学大辞典》，春风文艺出版社1993年版，第348页。

的开篇他就指出:"只有文学才会发现和保存人类和民族永恒的价值,只有文学才会带有并传承民族性和人性觉悟的钥匙……而艺术则是驮着文学在时间与空间驰骋的活跃而有力的骏马。"① 他甚至提出了"象牙之塔"论。在《来自象牙之塔》一书中说:"我不要求作家把自己囚禁起来,与世无交,以成为一个思想家,或离群索居,生活在思考的禅房里,而是要求他们与那些他欲与之交流的各色人等进行交往。""作家经常生活在人们中间,但他又置身于高耸的'象牙之塔'中,这象牙之塔不是别的什么,只是那颗超越践踏的纯洁的心。他和人们在一起,在泥土中,是以他的身体,而不是他的心。他和他们分享一切,但不分享他们的道德虚弱,思想贫乏。他和人们在一起,为的是了解他们,爱护他们,描摹他们,之后却要引导他们,以使他们有一个榜样。"② 陶菲格·哈基姆从作家的角度,指出文学与生活的本质关系问题。这里的"象牙之塔",实际是指文学源于生活,又指导生活;文学源于现实,又引导现实的辩证关系。

三 民族传统的弘扬与民族灵魂的呼唤

民族主义文学在东方现代民族运动中承担的一个重要任务,就是以情动人,唤起民族成员的民族认同意识。民族认同意识必须以经验世界为依托,以民族语言和文化为认同媒介。若没有认同媒介,民族认同意识就无从表达,无以寄存。因而,民族的历史、传说、神话,真实的或臆想的民族始祖以及各种民族习俗,祖国的名山大川,都可作为民族认同媒介而发挥重要作用。这一阶段的民族主义作家,以各种方式从已有的民族资源中发掘文学意象,弘扬民族传统,呼唤民族灵魂。

埃及诗人邵基290联的著名长诗《尼罗河谷的巨大事件》,描绘埃及的巨幅历史画卷和祖先的光荣业绩,追溯伟大的法老时代和古老埃及的历史文化,为民族久远辉煌的历史传统而自豪。马哈福兹早期创作历史小说的热情很高,花大力气研究民族历史,意在从民族文化中发掘出显示民族解放需要的能量。他曾计划写40部历史小说,都拟定了创作的题目。虽然后来没有按计划写作,但他谈到目的时说已经达到:"通过历史,我已

---

① 季羡林主编:《东方文学史》,吉林教育出版社1995年版,第1481页。
② 乐黛云等主编:《世界诗学大辞典》,春风文艺出版社1993年,第603页。

经说出了我要说的主题：废黜国王，梦想一场人民革命，实现独立。"①埃及最典型的呼唤民族灵魂的作品是哈基姆·陶菲格的长篇小说《灵魂归来》（详见本章第七节）。

印度不仅有雄伟的山脉、浩瀚的海洋和奔腾的江河，更有久远的历史和丰富的人文遗产。印度的民族主义诗人、作家当然引以为豪。伊克巴尔在他的著名诗作《印度人之歌》中将古老的印度文明与其他文明比较："希腊、埃及、罗马都已从大地上消逝，／但我们的名字和标志依然留存至今。／我们的标识不灭自有其原因，／尽管时代变迁，我们多少次抵御过入侵的敌人。"谢利特尔·巴特格的代表诗作是歌颂印度的光荣历史《印度之歌》。迈提里谢崙·古伯德的《印度之声》2500行，其中的《往事篇》以极大的热情"歌颂了印度古代文明和文化，她讴歌古代的高亢调子很能激励起青年人的热情"②。古伯德在《自思》中把祖国说成是"升起太阳的地方"，她可以发出"哈奴曼一样的力量"。巴拉蒂的诗作《向祖国致敬》、《我们的祖国》、《我们的母亲》、《婆罗多国之歌》等都是对祖国印度的赞美诗篇，缅怀古老印度的悠久历史，颂扬民族文化的优秀传统，是其基本主题。巴拉蒂是南印度的诗人，虽远离雪山与恒河，但他同样为它们而骄傲："这宏伟的雪山是我们的，／世界上有什么能和它相比？／这慈祥的恒河是我们的，／有哪条河这样富有魅力？"③瓦拉托尔在《母亲的颂歌》中说："母亲的语言是具体的吠陀，／为她服务是我们神圣的职责，／我们的生命为母亲奉献，／兄弟们，比母亲伟大的神还有哪个？"④诗中对吠陀的推崇、对祖国母亲的评价是很虔诚的。伊斯拉姆是位穆斯林诗人，但他深受印度传统文化的影响，在《叛逆者》这首著名长诗中，说自己"是因陀罗的儿子"，"是'青颈'""吞下了从苦海里搅出的毒药"等。⑤

---

① 仲跻昆：《阿拉伯现代文学史》，昆仑出版社2004年版，第213页。
② 刘安武：《印度印地语文学史》，人民文学出版社1987年版，第251页。
③ [印] 普列玛·南德古马尔：《巴拉蒂》，转引自高慧勤、栾文华主编《东方现代文学史》，海峡文艺出版社1994年版，第831页。
④ [印] B.赫里德耶·古马莉：《瓦拉托尔》，转引自高慧勤、栾文华主编《东方现代文学史》，海峡文艺出版社1994年版，第831页。
⑤ 同上书，第831页。

印度尼西亚民族主义诗人耶明非常重视民族语言的民族认同功能,他第一个运用"高级马来语"写诗,在1921年写作了诗作《语言与民族》:

> 生于自己的民族,是用自己的语言
> 左邻右舍都是一家的成员
> 马来土地把我们抚养成高尚的人
> 在欢乐的时刻,还是在悲痛之中
> 手足之情把我们紧密相连
> 从语言中听到了情谊绵绵
> ……
> 亲爱的安达拉斯,生我养我的土地
> 从孩提时代和青年时期
> 只待死后埋入黄土里
> 自己的语言从不忘记
> 青年们要牢记,苦难的苏门答腊啊
> 没有了语言,民主也就绝迹①

民族认同有不同方式,古老民族以血源、语言、宗教、文化传统和习俗认同的。这里就伊朗作家赫达亚特的长篇游记《伊斯法罕半天下》稍作展开。游记描述作者在一次假期中四天远游伊斯法罕的见闻和感受。文中详细叙述他启程赴伊斯法罕途中的经历,在伊斯法罕游览恰哈尔巴格林荫道、肖塞却什米大桥、契赫尔苏通宫殿、梅达尼沙赫广场、阿里—卡波宫、甲米清真寺、伊玛姆-扎杰-伊斯曼尔陵墓、摆晃塔、袄教徒之山等15处名胜的情景,交织穿插历史传说、现实场景和自然风光的描绘,叙述、描写、抒情熔于一炉,展示了伊斯法罕这座文化名城的历史厚重与沧桑,渗透着作者的民族自豪感。

"伊斯法罕是伊朗一座越千年历史的古城,'伊斯法罕半天下'是伊朗人在16—17世纪对这座古老城市光辉历史地描绘。"② 这座古城依山傍

---

① 梁立基:《印度尼西亚文学史》,昆仑出版社2003年版,第438—439页。
② 邢秉顺:《伊朗文化》,文化艺术出版社2003年版,第107页。

水、自然风光秀丽，又有浓厚的民族文化内涵。在萨珊王朝（224—651）就已是著名城市，之后历经战火浩劫，先后被阿拉伯人、突厥人、蒙古人、阿富汗人占领，到萨法维王朝（1502—1736）时期作为都城，修建宫殿、清真寺和许多公共设施，不仅恢复昔日风采，且更加壮美。赫达亚特在游记开篇谈到游历伊斯法罕的原因时，满怀深情地写道："伊斯法罕的清真寺、大桥、圆屋顶、高塔、瓷砖、卡拉姆卡尔布，直到今日还没有失去他们的雄姿和光彩。这座工艺大师辈出的城市，在赛菲维特王朝时期，曾是世界是最大的城市，如今依然享有历史上的盛名。"①

赫达亚特在观赏古迹名胜的过程中，经常情不自禁的对几百年前民族祖先的创造力表示由衷地赞叹。参观契赫尔苏通宫殿，看到精美的壁画，"它的壁画具有世间罕有的美丽，精巧雅致与丰富多彩的特色。……虽然已经过去了三百年，但艺术家笔下描绘的作品，至今依然给我们表达出陶醉在柔情甜梦里的画家的情愫。这说明了那个时代文化的伟大气魄"。②伊朗文明有几千年的历史，阿齐美尼德王朝时期的波斯帝国作为东方文明的代表与强大的希腊抗衡。萨珊王朝是伊朗古代文明的顶峰，随后阿拉伯人、突厥人、蒙古人入侵，但事实上在伊朗本土，是高度发达的伊朗文化同化了入侵者的文化，伊朗文明的民族之根一直源源相续，在萨法维王朝再次获得繁荣，伊斯法罕的文化名胜是最好的见证。近代以来西方文明的冲击，其势汹涌，传统伊朗民族文化面临空前的危机，赫达雅特为此焦急，看到这种模仿拼凑的畸形文化物象，更为民族精神的异变忧伤。

综观《伊斯法罕半天下》全文，作家是在对民族艺术传统的赞美中，对现实社会的鞭挞和批判中，追寻民族文化之根。

民族独有的特征，往往成为民族精神和民族灵魂的象征。在民族主义诗人、作家笔下，这些特征被赋予了许多的文化内含而受到赞美与呼唤。桑戈尔的《黑女人》很有代表性：

---

① ［伊朗］赫达亚特：《伊斯法罕——半个世界》，《赫达亚特小说选》，潘庆舲译，人民文学出版社1962年版，第108页。

② 同上书，第124—125页。

赤裸的女人，黑肤色的女人
你的穿着、是你的肤色，它是生命；是你的体态，它是美！
我在你的保护下长大成人；你温柔的双手蒙过我的眼睛。
现在，在这仲夏时节，在这正午时分，我从高高的灼热的
　　山口上发现了你，我的希望之乡
你的美犹如雄鹰的闪光，击中了我的心窝。

赤裸的女人，黝黑的女人
肉质厚实的熟果，醉人心田的黑色美酒，使我出口成章的嘴
地平线上明净的草原，东风劲吹下颤动的草原
精雕细刻的达姆鼓，战胜者擂响的紧绷绷的达姆鼓
你那深沉的女中音就是恋人的心灵之歌。

赤裸的女人，黝黑的女人
微风吹不皱的油，涂在竞技者两肋、马里君王们两肋上的
　　安静的油
矫健行空的羚羊，象明星一样缀在你黑夜般的皮肤上的珍
　　珠智力游戏的乐趣，在你那发出云纹般光泽的皮肤上
　　的赤金之光
在你头发的庇护下，在你那象比邻的太阳一样的眼睛的照
　　耀下，我苦闷的脸上露出了微笑。

赤裸的女人；黑肤色的女人
我歌唱你的消逝的美，你的被我揉成上帝的体态
赶在妒忌的命运把你化为灰烬，滋养生命之树以前。①

这里的"黑女人"，不是性别意义上的黑肤色的女人，而是诗人心灵中的非洲、非洲精神、非洲灵魂。

---

① 桑戈尔：《桑戈尔诗选》，曹松豪、吴奈译，外国文学出版社1983年版，第78—79页。

第四节　高潮:亚非作家会议

"亚非作家会议",是指1958年10月在乌兹别克的塔什干举行的"第一次亚非作家会议"和1962年2月在埃及的开罗举行的"第二次亚非作家会议"。在第二次亚非作家会议的前后,还在日本的东京和中国的北京举行过两次"亚非作家紧急会议"。这几次亚非作家会议的召开,是世界殖民体系瓦解,东方民族解放运动进程大大推进的历史条件所促成,也是现代东方民族主义文学思潮发展到高潮的标志。

一　亚非作家会议的基本情况

第二次世界大战结束后,东方新生的民族独立国家和正在争取民族独立的殖民地的各国,充分意识到东方各国团结协作的意义。1955年"万隆会议"的召开就是明证。它是历史上第一次没有帝国主义参加而由东方国家自己组织召开的国际会议。这次会议表明,亚非人民决心团结起来,砸碎帝国主义和新老殖民主义的一切枷锁,争取独立和自由,把命运掌握在自己手里。这次会议对于推动亚洲、非洲民族解放运动在新的历史条件下的深入发展起了巨大的作用。会议之后,东方各国反帝、反殖、争取民族独立,保卫世界和平,增进各国人民的团结和友谊,促进文化交流的活动日益高涨。

就是在这样的情势下,1956年12月在印度首都新德里召开了一次亚洲作家会议,15个亚洲国家的作家代表相聚一堂,畅谈形势和文学,增进相互了解和友谊。在会议中,乌兹别克女诗人茹尔菲亚提出建议,希望下次会议在塔什干举行,这个建议受到与会者的热烈欢迎。后来,在开罗召开的亚非团结大会上,通过了一项决议,号召亚非各国作家参加在乌兹别克首府塔什干举行的会议。这就成为1958年10月举行的第一次亚非作家会议的肇始。1958年6月初,苏联、中国、印度、阿拉伯联合共和国和日本五个国家的作家代表,在莫斯科举行预备会议,发表了召开亚非作家会议的公报和告亚非作家书,并决定8月间召开亚非作家会议筹备委员会。8月下旬,苏联、中国、缅甸、印度、印度尼西亚、喀麦隆、蒙古、泰国、锡兰、日本10个国家的作家代表，在塔什干开始亚非作家会议筹备委员会的工作，进行大会筹备事宜。

第一次亚非作家会议于1958年10月7日在塔什干的纳沃伊歌舞剧院隆重开幕。参加会议的有亚洲的阿富汗、缅甸、柬埔寨、锡兰、中国、塞浦路斯、印度、印度尼西亚、伊拉克、日本、约旦、朝鲜、蒙古、尼泊尔、巴基斯坦、菲津宾、泰国、土耳其、越南等国的作家代表；来自非洲的有阿尔及利亚、安哥拉、喀麦隆、达荷美、加纳、尼日利亚、塞内加尔、索马里兰、苏丹、阿拉伯联合共和国、乌干达等国的作家代表。苏联部分加盟共和国和自治共和国的作家代表与会。此外，会议还邀请了欧洲、美洲12个国家的作家作为来宾参加。中国派遣了由团长茅盾、副团长周扬和巴金等21位作家组成的代表团出席这次会议。40多个亚非国家的200多个作家代表聚集一堂。在大会上，亚非各国作家就"亚非各国文学与文化的发展及其在为人类进步、民族独立的斗争中，在反对殖民主义、保卫自由和世界和平的斗争中的作用"；"亚非各国人民文化的相互关系及其与西方文化的联系"两项议程进行了发言。会议还分成5个专题小组，就①儿童文学及其教育意义；②妇女对文学的贡献；③亚非国家戏剧文学的发展；④广播、电影、剧院与文学的联系；⑤发展亚非作家之间的友好接触等五个专题进行了交流。会议于10月18日闭幕，会议一致通过了《亚非作家会议告世界作家书》，并决定在锡兰成立常设机构——亚非作家常设事务局，这次会议还决定下一次亚非作家会议于1960年在开罗举行。①

由于多方面的原因，第二次亚非作家会议并没有在1960年如期举行。塔什干会议决议的成立"亚非作家常设事务局"也到1961年1月才落实，各成员国代表在科隆坡集会，正式建立了常设局。常设局的主要任务是实施亚非作家会议所通过的决议。常设局在科隆坡会议决定：1961年3月在日本召开"亚非作家东京紧急会议"。

亚非作家东京紧急会议有8个非洲国家和12个亚洲国家的代表团与会。中国派出了以巴金为团长的代表团参加会议。会议之所以称作"紧

---

① 世界文学社编：《塔什干精神万岁——中国作家论亚非作家会议·编者的话》，作家出版社1959年版，第1—3页。

急会议",是因为自从1958年亚非作家塔什干会议以来,亚非地区的形势发生了巨大变化。一系列非洲国家获得独立,日本人民在反对日美"安全条约"的斗争中沉重地打击了美帝国主义,刚果、老挝、阿尔及利亚的人民正在进行艰苦斗争。新的形势提出了新的任务。为此,会议的中心议题是"在反对帝国主义、殖民主义斗争中作家的责任"。大会主席、日本作家石川达三在开幕词中说:"二十亿亚、非人民正以暴风骤雨、排山倒海之势,踏着雷鸣般的步伐,向着共同的目标昂首迈进。任何有理智的人,都不能无视这幅壮丽的图景。"[①] 东京会议特别强调作家在人民争取民族独立的斗争中的作用。会议对日本人民和日本作家反对外国军事基地、反对所谓日美"安全条约"、争取彻底独立的斗争,表示热烈的拥护和支持。会议公报还呼吁作家们注意安哥拉、喀麦隆、怯尼亚、罗得西亚、尼亚萨兰、南朝鲜、桑给巴尔的人民的斗争,以及在其他地方进行的相同的斗争。公报强烈要求将被帝国主义武力分割的领土归还给它们的祖国,例如将台湾、果阿、西伊里安、冲绳分别归还中华人民共和国、印度、印度尼西亚和日本。公报号召所有亚非作家为开罗会议做好准备,保证会议获得成功。

经过精心的筹备,第二次亚非作家会议于1962年2月12日至15日在开罗召开。45个亚非国家和地区的200多名作家,以及来自古巴、德意志民主共和国等十多个国家的观察员参加了会议。中国派出了以茅盾为团长、夏衍为副团长的16人代表团。[②] 会议的两个议题是:①当前的形势与作家在反对帝国主义、新老殖民主义斗争中的责任;②翻译工作在加强亚非人民团结和文化交流中的作用;对亚非人民历史和民族文化的重新估价。大会由阿联文化和国家指导部长萨瓦特·奥卡沙致开幕词,听取了亚非作家会议常设局的工作报告(由日本作家堀田善卫宣读)和会议筹备委员会主席、埃及作家优素福·西巴依的报告。各代表团的代表在大会发言,阐明各自的立场和观点。会议还分成四个小组进行讨论:第一小组

---

① 丁世中:《吹响了战斗的号角——亚非作家会议东京紧急会议散记》,《世界知识》1961年第9期。

② 参加"第二次亚非作家会议"的中国作家代表团成员:茅盾(团长)、夏衍(副团长)、严文井(秘书长)、谢冰心、田间、安波、叶君健、杨朔、朱子奇、杜宣、韩北屏、王汶石、孙绳武以及3名工作人员。

的议题是"反帝反殖、民族解放与世界和平";第二小组的议题是"文艺、科学和文化作品的相互翻译";第三小组的议题是"弘扬民族文化传统,抵制帝国主义文化,建设民族新文学";第四组的议题是"亚非作家会议的组织建设问题"。经过大会和小组会议的发言与讨论,作家们达成共识:亚非作家必须在反帝斗争中起积极作用;他们认为只有消灭帝国主义和殖民主义,亚非民族文化才能获得发展。大会形成了《总决议》、《致全世界作家呼吁书》、《致世界各国工会以及各专业协会书》、《致亚非学生书》和四个小组的决议等系列文件。《总决议》中写道:"这次会议是认识了自己的问题,并且强有力地掌握着自己的命运的亚非人民总的斗争的成果。……它反映出千百万亚非人民要求自由与独立的意识已经大大觉醒,它是大多数人民对殖民者、帝国主义的胜利和革命斗争的果实,它也表现了人民要建设光辉而繁荣的新生活的热烈愿望。……我们的会议召开的时刻,正当亚非世界在经历着一个决定性的阶段,这个阶段必然要给今天转变中的世界留下印记。亚非作家正在体验一种无可比拟的历史经验。使他们置身于这种巨大运动之中的亚洲和非洲的形势,给了他们一种权利和一个艰巨的任务,要他们既是这些变化的见证人,同时又是积极的参加者。"① 会议期间还举行了"亚非书籍展览"、"民族服装展览"、"现代艺术展览"等活动,展示了东方文学艺术的风采和亚非各国之间文化交流的情况。

第二次亚非作家会议的前后,国际形势发生了很大变化。其中中共和苏共两党的大论战、关系恶化使情况复杂化了,也影响到亚非作家的团结。在中苏决裂的背景下,一批亲苏的作家,于1966年6月在开罗召开了一次"亚非作家会议"。会议做出决议:第一,要求阿联推荐一人,担任亚非作家常设局秘书长职务,同时,要"开除"合法的常设局秘书长森纳那雅克的职务;第二,他们要把亚非作家常设局从锡兰迁到阿联首都开罗;第三,定于1966年8月在苏联的巴库召开第三次亚非作家会议。这些决议被中国和一些与中国友好国家的作家认为是"分裂的决议"。②

---

① 亚非作家会议中国联络委员会编:《第二次亚非作家会议文件汇编》,作家出版社1962年版,第55—56页。

② 林绍纲:《亚非作家会议始末》,《红岩春秋》2006年第5期。

因此，于 1966 年 6 月 28 日在北京举行亚非作家紧急会议。有 53 个国家和地区、5 个国际组织的代表、观察员，共 152 人出席会议。会议历时 13 天。当时中国的《人民日报》报道："在紧急会议前夕和会议期间，帝国主义者和苏联修正主义者曾经进行了种种阻挠和破坏，可是，53 个亚非国家和地区的代表仍冲破障碍前来北京，他们以团结回答了分裂，以战斗回答了破坏，彻底粉碎了帝国主义及其帮凶宣扬的'亚非团结概念已经灭亡'的谰言。"[①] 会议形成了亚非作家紧急会议《公报》，以及《关于支持越南人民和亚非各国人民反对以美国为首的帝国主义，争取和维护民族独立斗争》等 37 个决议。会议主席、中国代表团[②]团长郭沫若在闭幕式上宣布会议决定：第三次亚非作家大会将于 1967 年在中国召开。

由于中国"轰轰烈烈"的"文化大革命"的冲击，第三次亚非作家会议未能如期在中国举行；也由于中、苏两党结恶，整体规模的"亚非作家会议"也就此定格成历史。

二 三大中心命题

名为"两次亚非作家会议"，实际上包括塔什干会议、东京会议、开罗会议和北京会议。如果从 1956 年新德里的亚洲作家会议提议和酝酿塔什干会议算起，亚非作家会议前后经历十余年时间；范围直接涉及两大洲，实际上波及全世界。作为跨越洲际的文学活动，其规模之大、人数之众、影响之深，都是历史空前的现象。这毫无疑问是东方现代文学史上的大事件，是有待深入探究分析的学术课题。当时特定的国际政治氛围，使得亚非国家都寻求区域性的共性，目的是借助于弱势群体的整体力量，对抗强大的敌人。但亚非各国的文化传统、历史经验和现实需求具有差异，因而亚非作家会议也有各种不同的声音，不乏争议。但从整体看，民族独立和发展的"当务之急"，令亚非国家着眼大局，求同存异。

---

① 《亚非人民团结反帝的新胜利　亚非作家运动的新里程　亚非作家紧急会议宣告胜利闭幕》，《人民日报》1966 年 7 月 10 日。

② 中国作家代表团成员有：郭沫若（团长）、许广平、巴金、刘白羽（副团长），团员有（按姓氏笔画）于雁军、王光、王杏元、丛深、朱子奇、冯至、严文井、李季、李储文、杜宣、杨朔、杨沫、金敬迈、林雨、林元、郑森禹、陈光媺、胡奇、胡万春、胡可、徐怀中、高缨、郝金禄、曹禺、黄钢、张永枚、雷加、虞棘、钱李仁、韩北屏等 34 人。

梳理相关材料，可以看到亚非作家会议的三个中心命题：第一，反帝反殖，要求民族独立与发展；第二，亚非民族、作家之间的团结与合作；第三，建设民族新的文学与文化。就其本质而言，表达的是民族主义的诉求。

(一) 反帝反殖，要求民族独立与发展

二战之后的50、60年代，帝国主义殖民主义体系瓦解，东方民族解放运动一浪高过一浪，东方新的民族独立国家体系的建立已成必然的历史趋势。但帝国主义、殖民主义者出于自身利益的追求，不情愿退出历史舞台，以各种不同的方式试图维护统治，从亚非各国各民族获取最大利益。一些亚非国家即使政治上获得独立，但在经济、文化上依然遭受帝国主义的侵略。因而亚非反帝、反殖的任务依然艰巨，但胜利的前景已经明朗。在这样的背景下，"反帝反殖，要求民族独立与发展"成为亚非作家每次会议的重要议程。亚非作家在会议发言中声讨殖民主义、帝国主义的侵略暴行和野蛮行径，阐明反帝反殖的严正立场，声援亚非各地反帝反殖、争取民族独立的正义斗争，充分认识到亚非作家在民族解放与发展中的责任与作用。

参加了第一次和第二次亚非作家会议的中国作家杨朔，从塔什干回国后写道："一面极其鲜亮的旗子从塔什干亚非作家会议上扬起来，这就是反殖民主义的大旗。虽然站在这面旗子下的作家来自亚非不同的国土，经历着不同的生活道路，彼此事前也大都互不相识，但在短短的几天接触中，大家的心是那样贴近，思想意志是那样一致，结果竟使这次会议变得像是亚非作家的誓师大会：决心一齐向殖民主义者发动正义的十字军，扑灭殖民主义，建设人类的自由独立幸福的生活。"[①]

在塔什干会议上，不少亚非作家满怀激情地控诉帝国主义、殖民主义对亚非人民的压迫与剥削。乌干达的作家阿尔·俄马尔·森诺加说："非洲送给西方财富，西方所回敬的是战火和监狱；非洲要求教化，但它所得到的是军事基地；非洲要求自由，但帝国主义带来的是压迫和奴役。"尼日利亚的作家阿卜杜尔·哈非兹·阿布认为："帝国主义带来的毒害不仅

[①] 杨朔：《祭旗誓师》，《塔什干精神万岁——中国作家论亚非作家会议》，作家出版社1959年版，第123页。

表现在政治和经济方面，也表现在文化方面。这特别在非洲可以看得出来——在这里，民族的文学和文化正在被外国的文学和文化所摧毁着。"喀麦隆作家马蒂普发言："帝国主义者正在使用新的口号和花招来设法把他用在非洲的统治永久化起来。殖民主义在亚洲被赶出以后，又正在非洲的国土上想尽一切办法来维持它的无耻的秩序，这使得作家的事业具有更大的意义。经济、政治和社会的现实使得他不得不为人民从殖民主义羁绊下获得精神解放而斗争。"约旦作家阿卜杜尔·加林·塞得·加林表示："约旦是被资本主义的心腹所统治着的，英国的军队正在践踏着它的土地。真理与欺骗，光明与黑暗的战斗正在进行着。约旦的作家决不会放下他们的武器，直到真理和光明战胜欺骗和黑暗为止。"[1]

在开罗会议上，亚非作家从世界和平的高度理解反帝反殖的斗争。喀麦隆作家穆米埃夫人认为："我们的反帝斗争形成了为世界和平而斗争的基本部分。"印度尼西亚作家阿尤普说："每一个反帝的斗争，实质上就是争取和平的积极措施，亚非作家对和平的贡献，首先在于展开他们的反对帝国主义和新老殖民主义的斗争。"阿联代表团团长哈迪特说得更精彩："能够独立思考的人们不能不看到今天威胁着一切人民生活的最大祸根，就是帝国主义的贪婪无厌的掠夺征服的本性。谁要和平，谁就得先消除帝国主义。然而帝国主义从统治殖民地和剥削人民而得来的力量是不稳固的。帝国主义用不名誉的食物喂胖了自己。因此它就像一只喂得太饱的野兽似的看起来虽然庞大而实际上是患着致命的病症的。这病症就是由于侵略、好战、争夺势力范围，妄想统治世界等而引起的战争。帝国主义就是这样成为它们自己伙伴中互相猜忌的根源，成为它们本国人民的恐怖的地雷，成为威胁全世界人民的致命的祸根。如果这个世界当真要和平，唯一的方法是彻底干净消灭帝国主义的一切毒素。"[2] 会议为支持、声援亚非反帝反殖的民族解放运动，以决议的形式对"阿尔及利亚问题"、"安哥拉和其他葡萄牙殖民地问题"等15个"特殊问题"表明了态度和

---

[1] 上述材料均见叶君健《记亚非作家会议》，《塔什干精神万岁——中国作家论亚非作家会议》，作家出版社1959年版，第132页。

[2] 上述材料均见茅盾《在中国作家协会书记处和亚非作家会议中国联络委员会联席会议上所作关于第二届亚非作家会议的报告》，《第二次亚非作家会议文件汇编》，作家出版社1962年版，第92—93页。

立场。

在亚非作家会议反帝反殖的呼声中,其中最突出的是针对美帝国主义的控诉。据参加塔什干会议的中国作家冰心记述:"在第三小组——就是讨论发展亚非国家的民族文化和重新估价亚非人民的历史小组里,当讨论到反对形形色色的帝国主义的时候,一位非洲的女代表大声疾呼地说:我们必须明白地写出'以美帝国主义为首'的字样。请问在亚洲、在非洲,哪一个帝国主义者对亚非人民的侵略压迫,不受到美帝国主义者的支持?哪一个老殖民主义者勉强退出的地区,不是由比狼更狡猾的狐狸——美国,这个新殖民主义者来填补位置?美帝国主义者,无论他作尽多少虚伪欺骗的宣传,放出多少伪装的'和平队'、'传教士'和'教授';亚非人民从自身痛苦的经验里,是把这个首恶元凶一眼看到底的!"① 开罗会议上,《亚非作家会议常设局的报告》中也说的非常清楚:"非洲、亚洲和拉丁美洲今天是反对帝国主义、殖民主义和新殖民主义,争取民族独立、和平和繁荣的一条前线,这是再清楚不过的了。还应该注意的是,同人民这些愿望对立的是帝国主义,而帝国主义的头子是美国。它是全世界人民的头号敌人。"②

经过两次世界大战,西方老牌帝国主义由于两败俱伤的内耗而呈颓势,美国的实力却直线上升,在经济、军事、政治等各方面都成为最具实力的大国。军事上无疑是头号军事强国。美国已拥有世界上最强大的海军和空军力量。1941年12月至1945年8月,美国生产作战飞机192000架,重型轰炸机由战前的22架猛增至11065架。二战结束时航空母舰由战前的7艘增至30艘,英国"海上霸主"地位完全被美国取代。随着反法西斯战争的胜利,美国将其军事力量部署到了非洲、欧洲、亚洲、大洋洲等地,在全球范围建立了近500个军事基地。美国还拥有核武器方面的绝对优势。这些都是战后美国称霸世界的资本。其实美国在战前就已考虑了战后的世界安排问题。1939年12月罗斯福下令成立"和平与改造问题委员会",负责研究战后美国"为建立一个理想的世界秩序"需要什么"基本

---

① 冰心:《亚非作家的战斗友谊》,《文汇报》1962年4月8日第4版。
② 亚非作家会议中国联络委员会编:《第二次亚非作家会议文件汇编》,作家出版社1962年版,第14页。

原理"。1943年4月，罗斯福授意福雷斯特·戴维斯在《星期六晚邮报》上发表《罗斯福的世界蓝图》，透露了罗斯福对战后世界安排的设想。他的"蓝图"是建立一个由美国领导的、符合美国利益的世界政治与经济秩序。具体措施有二：一是组建一个美国在其中起主导作用的普遍性的国际组织——联合国；二是建立以美国为核心的世界经济体系。罗斯福相信，由于战争中英、苏、中等国都仰仗美国的经济、军事援助，凭着美国的实力，他可以利用战时的"大国合作"来实现其"蓝图"。罗斯福逝世后，杜鲁门继续实现罗斯福的"世界蓝图"。他1945年宣布："胜利已使美国人民有经常而迫切的必要来领导世界了。"[1] 美国的"领导世界"，实质是代替老牌帝国主义对世界弱小国家和民族进行新的殖民统治。因而美国也就成为了亚非各国的"头号敌人"。

在亚非人民反帝反殖，要求民族完全独立的现实面前，作为人类良心的作家，当然不能置身事外。人民的实际生活，是作家们写作的源泉，人民的痛苦与快乐，信仰与希望，都应该在与他们同呼吸共命运的作家们的笔下，得到描述和表现。塔什干会议通过的《亚非国家作家会议告世界作家书》明确写道："塔什干会议，着重指出了文学创作同各民族斗争的深刻关系。作为作家，我们充分认识到，只有在自由的条件下，才能从事伟大的、令人愉快的文学创作和文化创造。我们也认识到，我们的生活同我们人民的生活有着不可分割的关系，他们的目标就是我们的目标，他们的斗争就是我们的斗争，我们同他们一道坚决反对殖民主义统治的毒害、反对核武器战争的威胁，争取和平和我们各族人民之间的团结和友谊。"[2] 开罗会议通过的《总决议》中也写道："对我们亚非作家来说，争取和保卫民族独立、支持这种斗争，以及支持反对帝国主义的斗争，是我们对和平事业最好的贡献。……人民用牺牲和斗争表达了对真理和自由的渴望，亚非作家必须把它真实地表现出来，这样他们才不愧为人民的代言人，才无负于历史所托付的重任。无论什么都不应该把作家的斗争同人民的政治斗争或革命斗争隔离开来，亚非作家必须投身于恢复民族文化和民族独立

---

[1] 上述材料参见吴于廑、齐世荣主编《世界史·现代史编》（下卷），高等教育出版社1994年版的相关内容。

[2] 世界文学社编：《塔什干精神万岁——中国作家论亚非作家会议》，作家出版社1959年版，第3页。

以及社会解放的工作中。"①

(二) 亚非民族、作家之间的团结与合作

20世纪50、60年代,亚非人民的反殖民主义斗争有了新的发展,许多国家已经取得民族独立,一些国家正在为争取民族独立而进行英勇斗争。但即使是新兴的民族国家,虽然获得政治上的独立,但在经济、文化的许多方面还是受制于帝国主义,殖民主义在这个地区的统治并没有结束,而且新的殖民主义者正在谋取旧的殖民主义者的地位而代之。亚非人民需要团结起来,相互支持,友好合作,才能战胜殖民主义和帝国主义的统治,真正维护地区和人类的和平。正是出于这样的共同愿望,1955年4月在印度尼西亚的万隆市举行了第一次亚非会议,印度尼西亚总统苏加诺作了题为《让新亚洲和新非洲诞生吧》的长篇开幕词。他呼吁:"亚洲和非洲只有团结起来才能得到繁荣,如果没有一个团结的亚洲和非洲,甚至全世界的安全也不能得到保证。"他强调彼此谅解,"从谅解中将产生彼此间更大的尊重,从尊重中将产生集体的行动"。②"万隆会议"为亚非各民族国家之间的团结与合作奠定了坚实的基础。亚非作家会议可以说是万隆会议精神在亚非文学领域的具体落实,团结、合作自然成为会议的主旋律之一。

塔什干会议闭幕之后,苏联政府在莫斯科克里姆林宫举行了盛大的酒会,招待亚非各国作家代表。苏共中央第一书记、苏联部长会议主席赫鲁晓夫致辞,对"塔什干精神"做出解释:"大家告诉我,你们的会议的进程当中,在许多发言人的讲括当中产生了一个新的名词——塔什干精神。你们所理解的这个名词的含义,就是各族人民的文化巨匠们,在为了人类的伟大目标所进行的斗争中要能相互友好了解与合作;就是作家要和自己的人民的生活紧密联系;就是文学要积极参加你们的国家争取自由与独立的斗争,而在那些已经获得自由与独立的地方则是积极

---

① 亚非作家会议中国联络委员会编:《第二次亚非作家会议文件汇编》,作家出版社1962年版,第57—58页。
② 引自吴于廑、齐世荣主编《世界史·现代史编》(下卷),高等教育出版社1994年版,第144页。

参加新生活的建设。"① 中国作家代表团副团长周扬说得更加概括："会议的参加者力求促进亚非各民族之间、以及东方和西方民族之间的互相了解,加强各民族人民的团结。这就是以反对帝国主义和反对殖民主义为共同基础的塔什干会议的精神。"②

亚非作家的团结合作,有着他们共同的基础。开罗会议上阿尔及利亚的代表发言："所谓团结一致的意义,就是各国对反对帝国主义斗争互相支援而不是各人自扫门前雪。换言之,不应当忘记帝国主义还是很活跃,既爪牙四布又彼此串连。"印度尼西亚作家阿尤普说："亚非作家的团结应以反对帝国主义,雅集万隆精神诸原则为基础。"③ 这一点在塔什干会议通过的《亚非国家作家会议告世界作家书》中早有阐述："我们亚非国家的作家愿意同世界各国,也包括西方国家在内,加强文化联系,我们反对把文化分为高等文化和低等文化,分为东方文化和西方文化,因此我们要加强一切文化的联系,以保护世界文化宝库。我们反对帝国主义者和殖民主义者在我们中间挑拨是非和破坏我们的队伍的企图,我们重申我们的团结、我们的共同理想和共同愿望。全世界的作家们,我们向你们呼吁,起来反对危害个人、危害整个民族的一切恶势力,反对非正义、殖民主义和剥削;我们要求你们歌颂崇高的人格、自由以及亚非各国人民和其他各国人民对美好前途的希望。"④

1966年亚非作家北京紧急会议是在中共、苏共两党关系破裂的背景下召开,亚非作家面临着分裂的考验,团结问题尤显突出。大会主席郭沫若在闭幕式上强调："亚非人民的历史使命就是要巩固和扩大反对美帝国主义及其走狗的国际统一战线。……这次会议本着互谅互让的精神,达成了一致的协议,进一步加强了亚非作家和亚非人民的团结,标志着亚非作

---

① 世界文学社编:《塔什干精神万岁——中国作家论亚非作家会议·前言》,作家出版社1959年版,第4页。
② 周扬:《共同的目标》,《塔什干精神万岁——中国作家论亚非作家会议》,作家出版社1959年版,第99页。
③ 见茅盾《在中国作家协会书记处和亚非作家会议中国联络委员会联席会议上所作关于第二届亚非作家会议的报告》,《第二次亚非作家会议文件汇编》,作家出版社1962年版,第90页。
④ 世界文学社编:《塔什干精神万岁——中国作家论亚非作家会议》,作家出版社1959年版,第3—4页。

家和亚非人民的解放运动是在更宽阔的道路上更加健康地向前发展。"①

那么，这种基于反帝反殖和民族解放的亚非作家之间的具体合作怎样展开？亚非作家会议对此进行了比较深入的讨论。如中国作家萧三在塔什干会议上，提出过两个非常具体的建议：第一，"亚非国家作家之间需要作经常性的互相访问，最好每年至少有这国的一个作家和那国的一个作家互相访问，时间不定，从一个星期到一个月都可以。这种访问可以由作家的组织邀请；也可以由个别作家邀请，作为他的客人"。第二，"我们亚非国家需要大量地、有系统有计划地彼此翻译我们各国的文学作品：古典的、现代的，大（长）的、小（短）的……都要尽量翻译出来，并推广到各个国家的读者中去。可以组织对某个作家或某部作品的读者会议，由专人作报告，由读者发表意见，然后写成文章或通讯，向作家本人、作家团体和刊物、报道会议的经过、文章的内容等。亚非国家的作家组织或个人，每年最好开出一份名单，把自己认为需要翻译成亚非各国文字的书名开列出来，分寄给亚非各国，并且把原文书本或其他译本都寄去。这样，我们各个国家就可以根据来件从事翻译，这样就不至于想要翻译而没有书可译，或者没有选择地乱译了"。②

1961年亚非作家会议设常设局机构，常设局的具体工作是：创办一所亚非出版社，定期出版通报，颁发亚非地区优秀文学作品的国际奖金，设立基金帮助亚非作家，以及采取其他推动亚非地区文学运动的必要措施。这些工作都是围绕亚非作家之间的交流与合作来展开。

在开罗会议上，亚非作家之间的交流与合作作为专门的议程进行讨论，并将讨论的意见整理成小组决议。在第二、第三小组的决议中，就亚非作家和文化的合作交流有了非常深入和具体的意见。这些意见大体上包括：①建立专门组织，编写包括亚非各国的历史、文化、传说、古代风俗制度、著名人物和宝贵知识等详细内容的亚非百科全书；②组织文学评奖并颁发奖金；③加强出版、发行和书籍交换手段，以动员和传播真正觉醒的思想；④定期召开会议或举行座谈，讨论各种问题，交流意见，巩固关

---

① 《亚非人民团结反帝的新胜利　亚非作家运动的新里程　亚非作家紧急会议宣告胜利闭幕》，《人民日报》1966年7月10日。
② 萧三：《发展亚非作家之间的友好接触》，世界文学社编《塔什干精神万岁——中国作家论亚非作家会议》，作家出版社1959年版，第79—81页。

系；⑤在学校教育中，开设足够课时的亚非语言、文学、历史课程；⑥帮助还没有民族文字的亚非民族创建文字、文法，发展为记录历史、创作文学的语文；⑦开展大规模的翻译运动，鼓励将亚非作品（文学和非文学）翻译成亚非各民族的语言，也鼓励将亚非作品翻译成非亚非民族语言，以便亚非文学在世界范围传播，还希望翻译亚非地区以外的国家出版的文学名著和杰作以及有利于和平、启发思想和社会正义的书籍；⑧亚非作家之间开展互访，熟悉并了解彼此创作的作品，定期举办亚非文学、文化展览会，经常在各国首都和城市举办展览会，在各大使馆、公使馆和领事馆建立永久性展览，展出各国的作品；⑨在亚非各国增设宣传机构，以便介绍亚非的书籍和亚非作家，经常关注他们的文学创作，并通过一定的方式介绍这些作品的范本；⑩每年统一出版一套包括诗歌、小说、戏剧、民间文学和其他形式的文学选集，将其译成各种亚非文字和亚非地区之外的主要文字，广泛传播亚非思想；⑪保护作家版权，亚非国家间签订一项协议，保护与会各国文学作品的所有权和作家的版权、翻译权以及各种有关的权利；⑫取消亚非国家间生产书籍所需的材料、设备的关税，相关的运输（陆运、海运、空运）费用降低到最低限度，促进彼此间的相关商品交易；⑬独立国家的作家协会应当采取一切可能的方式帮助殖民地国家的作家传播他们的作品；⑭建立亚非国家的国际银行，该银行要有自己的流通券，类似联合国教育、科学及文化组织的通用券，用来支付按照各国货币比值支付书价，保证书籍流通不受金融投机的影响；⑮各国的亚非作家会议联络机构和驻各国首都的文化参赞应在文学和文化合作与交流方面发挥积极作用等。

应该说，这十几个方面对亚非文化、文学的交流与合作做出了详尽细致、比较系统，也具有操作可行性的设想。遗憾的是随着60年代中后期国际形势的变化和亚非国家内部的政治风云与纠葛，这些很好的意见和措施并没有得到具体的落实，只是以书面文件的形式见证着当年亚非作家的美好愿望。

（三）建设民族新的文学与文化

文化是民族的灵魂。作家是民族文化的承继者和创造者，他们深知：没有体现民族精神的民族文化，民族的真正独立是不可能的，即使一时摆脱了帝国主义政治上的殖民统治，在帝国主义的文化侵略之下，仍有可能沦陷于帝国主义的精神奴役。因而，亚非作家会议重视民族新文学和文化的建设，鼓动"东方文艺复兴运动"。

参加塔什干会议的中国代表团副团长周扬于会议结束后在苏联《真理报》发表题为《共同的目标》的文章，其中写道："会议对进一步发展亚非国家的民族文化将起极大的作用。大家知道，中国、印度、阿拉伯及其他东方各民族的文化有着丰富的、悠久的传统。可是这些文化的发展因帝国主义侵略而在一个相当长的时期内陷于停顿。随着东方国家争取民族独立运动的高涨，和社会主义在一些亚洲国家的胜利，出现了一种新的民族文化，这种文化和民族解放斗争密切地联系着，把人类最先进的思想同本民族过去的优秀传统结合起来。西方的许多资产阶级学者和作家一向瞧不起东方文化，如果他们有时也赞美一两句东方文化，那也只是颂扬这个文化的落后方面和满足他们追求异国情调的趣味罢了。现在东方正面临着一个新的文艺复兴的时代，在这个文艺复兴前面，欧洲的文艺复兴也将为之黯然失色，因为这是一种真正全民的文化。"① 这不是周扬个人的看法，他传达的是亚非作家会议的精神和氛围。

亚非大地的大河流域是人类文明的摇篮，尼罗河、印度河、幼发拉底河和底格里斯河、长江、黄河两岸孕育着世界上最古老的文明。它们的优秀儿女，早在几千年前，就在这曲折艰险的山河之间，开辟了一条条文化交流的大道，车马络绎地传递着亚非两洲的科技发明和优秀的创作，车上马上，也负载着教徒、学者和技术工人，他们互相观摩、学习，相互促进。但是自从殖民主义侵入后，亚非大多数人民都被奴役，他们的文化遭到破坏，语言遭到摧残，甚至灭亡。不仅创造文学和艺术的条件被摧毁了，连保存自己民族文化的权利也被剥夺了。亚非作家对这些有着深切的体会。安哥拉的作家马利欧·得·安得拉代在塔什干会议上发言说："非洲的语言，在安哥拉所有的文化机构和学校里都被禁止使用，其结果是非洲的传统文化和我们的文化宝藏，一直到现在还无法在文学中获得表现的机会。殖民主义阻止了安哥拉的文化发展。为了发展我们的民族文学，我

---

① 周扬：《共同的目标》，原载 1958 年 10 月 17 日苏联《真理报》。见世界文学社编《塔什干精神万岁——中国作家论亚非作家会议》，作家出版社 1959 年版，第 99—100 页。

们得先从殖民主义的羁绊中把我们的人民解放出来。"①

开罗会议上亚非作家会议常设局的报告也说得非常清楚："对于人类的幸福,亚洲和非洲提供了具有无限价值的文化传统和文明。但是,帝国主义及其文化侵略使亚非文化凋萎达数百年之久。帝国主义和殖民主义一直千方百计地企图消灭亚非人民的各种不同形式的文化。进行剥削和使亚非人民贫困是用来破坏亚非人民文化的两种重要方式方法。其他方法是镇压人民的民主权利,剥夺人民表达意见和思想的基本权利。帝国主义企图以这些方法来瘫痪人民的才智和创造力。帝国主义尽力设法解除和摧毁亚非人民的斗争武器,这就是人民的文化、语言和文学。殖民主义者在大部分亚非国家统治的结果,绝大多数人民被剥夺了受教育的权利,成为文盲。民族的方言及语言被禁止使用,在非洲某些地区现在甚至连文字和字母都没有。"②

因此,弘扬民族文化传统,发展新的民族文学和文化,是反对帝国主义侵略和殖民主义统治的重要环节。长期的殖民统治和经济的剥削,使亚非地区的经济和文化处于落后的状态,民族传统遭到摧残,教育水平低。因此,新兴的亚非国家的人民,必须以强烈的民族自尊心和自豪感,在巩固政治独立、发展民族经济的同时,努力发展和丰富自己的民族文化,清除殖民主义、帝国主义的影响。还在殖民统治下争取民族独立的亚非国家和地区,也要像保卫民族尊严与独立一样来保卫民族的文化和文学,创作新的民族文学为民族独立和发展发挥积极作用,用优秀的民族文化资源来凝聚民心,激励斗志。

同时,不能忽视新崛起的美帝国主义的文化侵略。开罗会议上亚非作家会议常设局的报告中特别强调:"帝国主义者,特别是美帝国主义者不仅在继续破坏亚非人民的民族独立和民族经济,镇压人民运动和民主权利,并且对亚非人民发动了帝国主义文化侵略。帝国主义的,特别是美帝国主义者的文化侵略,是通过大量的宣传工具,诸如不道德的色情的及恐怖的文学、腐化堕落的电影和音乐来进行的。帝国主义者利用这种文化表

---

① 见叶君健《记亚非作家会议》,《塔什干精神万岁——中国作家论亚非作家会议》,作家出版社1959年版,第131页。
② 亚非作家会议中国联络委员会编:《第二次亚非作家会议文件汇编》,作家出版社1962年版,第15页。

现形式作武器，来麻醉和打消亚非人民的斗争意志，破坏亚非人民的自尊心、爱国心、信心和团结。帝国主义利用许多方法在宗教、种姓、部族的基础上分裂我们的人民。'为艺术而艺术'是他们爱唱的口号之一，他们企图使作家脱离人民，脱离政治、社会和思想解放的斗争，从而为散布他们的有害、危险和反动的思想打开大门。帝国主义进行意识形态宣传的目的，是想要在进步的、反帝的文化运动中制造混乱。他们利用了从贿赂到毁谤和讹诈的各种方法，并通过'文化自由大会'、'道德重整运动'、'和平队'及其他组织，来达到这一目的。"[1]

概而言之，亚非作家意识到必须有一场"东方的文艺复兴"运动，来推动亚非各国的文化建设和发展。这场运动的开展是基于三个现实的前提：第一，将殖民统治中断了的民族传统接续起来；第二，清算殖民统治带来的文化后果；第三，抵制新形势下帝国主义的文化侵略。

正是基于这样的前提，亚非作家会议所理解的"民族新的文学和文化"至少包括三个重要方面：

（1）以民族传统为精神基础。亚非各民族都有其自己的悠久的文化传统，它们在人类社会历史开端的最初阶段，就已经表现出东方人民的卓越的创造才能，而且在他们各自的历史发展中，都出现过给本民族带来光荣的伟大的思想家、科学家、诗人、作家和艺术家，留下了不朽的文学和文化遗产。这些遗产本来都应当成为世界文化宝库中的奇珍异宝，应成为全人类共享的精神财富，一点也不逊于西方文化。这些文化传统与亚非民族特定的生存环境相适应，体现了特定的民族文化心理和民族精神。但殖民主义者来到东方后，出于精神奴役和巩固统治的需要，歪曲东方的历史和文化，否定东方传统的价值，贬称东方文化是低级的、落后的、野蛮的文化。采用各种手段对东方文化横加摧残，人为地造成东方文化传统的断层。同时，帝国主义者在殖民地内部培植民族败类，在亚非人民中间造成一种媚外的、鄙视自己民族和民族文化的自卑心理。因此，新的民族文化必须继承弘扬民族优秀的文化传统，正本清源，恢复历史的本来面目，以正视听，树立民族自豪感和自信心；从源头上追寻民族精神的纵向传承，

---

[1] 亚非作家会议中国联络委员会编：《第二次亚非作家会议文件汇编》，作家出版社 1962 年版，第 16 页。

在深厚的民族文化积累中发展新的民族文学和文化。

（2）展现现实中人民的情感、需求和愿望。塔什干会议的《亚非国家作家会议告世界作家书》中写道："我们认识到，我们的生活同我们人民的生活有着不可分割的关系，他们的目标就是我们的目标，他们的斗争就是我们的斗争，我们同他们一道坚决反对殖民主义统治的毒害、反对核武器战争的威胁，争取和平和我们各族人民之间的团结和友谊。"① 桑给巴尔作家马立克在亚非作家东京紧急会议说："在我们争取民族解放和重建祖国的斗争中，把我们的时间和精力花费在创造抽象派或只有装饰价值的艺术品上，那就几乎无异于自杀。过去用来描写个人痛苦、失恋悲哀的诗篇的时间，应当用来写民族的痛苦，应当用来推动民族斗争。"② 亚非作家认为，自由、独立、和平与进步是当时亚非人民心底的呼声，新的文学和文化必须奏响时代的主旋律。几年后开罗会议的《致世界作家呼吁书》呼吁："全世界的作家们，人是文学的题材，文学的目的是要赋予人类以自由、文化、安全和进步。只要人们处于给他们的生活、自由和国土带来灾难的殖民主义威胁之下，他就不可能实现上述的任何一个目标。由此可见，作家为反对殖民主义而斗争就是完成文学艺术的使命，因为这是导致自由、文化、和平和社会进步的道路。"③

（3）借鉴人类优秀的文化遗产，丰富民族的文学和文化。经过现代化洗礼的世界各民族，都处在异质文化的冲击和对话当中，亚非民族新的文学和文化大发展，必须在发扬各民族的优秀文化传统的同时，广泛借鉴人类的优秀文化遗产。亚非作家会议的目的之一，正是在于加强亚非各国人民文化的相互关系及其与西方各国优秀的民族文化的联系。真正平等的文化交流和彼此借鉴，不仅可以加强各国人民之间的相互了解，而且能丰富各民族的文化。中国文艺理论家周扬在塔什干会议的报告中说："我们亚非的人民要保卫和发展我们自己的民族文化，同时也

---

① 世界文学社编：《塔什干精神万岁——中国作家论亚非作家会议》，作家出版社1959年版，第4—5页。

② 丁世中：《吹响了战斗的号角——亚非作家会议东京紧急会议散记》，《世界知识》1961年第9期。

③ 亚非作家会议中国联络委员会编：《第二次亚非作家会议文件汇编》，作家出版社1962年版，第60—61页。

要和其他民族的文化进行交流。解放了的中国人民已成为自己国家的主人，同时也成了自己民族的一切文化宝藏的主人，他们珍惜自己民族的文化、同时重视各国人民所创造的文化。民族文化是一个民族精神劳动的成果，也是人类共同的财富。它趋向于和别的民族文化交流，从交流中得到更进一步的丰富。"①

总之，亚非作家会议的三大中心命题相互依存，"反帝反殖，要求民族独立与发展"是当时亚非各民族现实的政治目标；"亚非民族、作家之间的团结与合作"是实现目标的途径和手段；"建设民族新的文学与文化"是政治目标在文学领域的具体化。这三个方面是现代东方民族主义文学思潮从19世纪中期开始一脉相承的发展，在20世纪50、60年代特定历史文化语境中达到了区域化、自觉化、体系化的程度。

三 民族主义的审视

长达十余年的"亚非作家会议"，是在东方民族解放运动达于鼎盛的时代背景下产生，是区域联盟形式的民族主义文学运动。其中涉及东方现代文学史上的一些重要问题，也能引发人们的深思。

（一）民族主义与区域联盟

在一般的情况下，民族主义和区域联盟是矛盾的。民族主义强调的是本民族利益的至高原则，区域联盟是区域内国家利益的协调，协调过程中可能导致某些国家民族利益的削弱或损伤。但二战之后到60年代中期的20余年里，亚非的区域联盟是一种历史潮流，在政治、经济、文化各个领域全面展开。亚非会议1955年在万隆召开，随后举行了三次亚非人民团结大会②，还举行了亚非作家会议、亚非学生会议、亚非电影会议等。而亚非的区域联盟是东方现代民族主义思潮发展的标志。

20世纪50、60年代的亚非区域联盟政治上可以称之为"亚非团结运

---

① 世界文学社编：《塔什干精神万岁——中国作家论亚非作家会议》，作家出版社1959年版，第60—61页。

② 第一届亚非人民团结大会于1957年12月在埃及首都开罗召开。第二届亚非人民团结大会于1960年4月在几内亚科纳克里举行；第三届亚非人民团结大会于1963年2月在坦噶尼喀举行。

动",文化和文学上称之为"东方文艺复兴运动"。但无论是政治上还是文化上,这场运动的主旨是反帝反殖,要求民族独立与发展,是世界殖民体系瓦解的趋势下涌动的要求民族自决权利的运动,是获得民族独立的新兴的国家,要求彻底摆脱殖民统治,寻求民族自身的独立发展,在国际舞台上行使独立主权与平等地位。亚非国家共同的历史遭遇、共同的现实社会需求和面对的共同敌人使得他们具有实现区域联盟的基础。而这种联盟对于实现东方国家的民族主义目标有利无害,一个多语言和多种族的联盟体在现实世界中比一个易受损害的、弱小的民族单位提供更大的心理支持,在面对西方统治和新形式的各种侵略时具有更大的威力。

民族主义本身是个复杂的多面体,处于不同社会进程的国家的民族主义有不同的表现。经济落后、寻求发展、在国际社会地位有待提高的国家的民族主义会促进区域联盟。因为这些国家要把所有的精力和注意力放在国内建设上,在国际政治舞台上,主要的任务是创造一个和平的环境服务于内政建设,要求和平,首先不能使外界感觉到自己对他国的威胁,国家可能会通过建立区域联盟来追求一个和平的国际环境,利益方面的低姿态及和平的愿望是创造区域联盟的条件。当时亚非地区的新兴民族国家和正在努力争取民族独立的国家处于百废待兴的时期,区域联盟能推进他们民族独立和民族发展目标的实现。相反,富裕豪强国家的民族主义不利于区域联盟。富裕豪强是要把国家的力量投射到国际政治舞台上,是为实现自己的最大利益而去驱使奴役其他国家和地区,这只有在殖民时代才能达到。在殖民体系瓦解,全球民族意识觉醒的时代,富裕豪强国家的民族主义自然遭到其他国家和地区的反对。

亚非区域联盟的兴起并不意味着东方世界在向世界共同体迈进。其实质是亚非国家对西方帝国主义国家称霸世界企图的一种防御性反应,可以说,亚非区域联盟是一种"扩大的民族主义"[①]。对西方采取强硬态度的集体姿态这种压倒一切的愿望,掩盖了亚非国家内部的许多分歧。当然,这种以民族主义为实质的区域联盟难以长时期维持。因为:①亚非国家的

[①] [美]塞利格·哈里逊:《扩大中的鸿沟:亚洲民族主义和美国政策》,徐孝骞等译,中国社会科学出版社1984年版,第206页。书中第六章"区域主义的意义"对亚洲区域主义的论述,基本上可以使用20世纪50、60年代的亚非区域联盟。

民族传统和社会形态有不同差异，其利益追求也会有不同侧重，在复杂的国际关系中立场也有分歧；②西方帝国主义利用亚非国家的内部矛盾，离间分化，利诱笼络，加剧亚非国家和民族的分歧；③随着亚非国家的发展和建设，已有的基础和不同的建设方略，各国的发展速度不同，亚非国家原有的结构会发生很大改变，也势必引发新的纠葛和矛盾。万隆会议之后的第二次亚非会议，本来确定 1964 年在阿尔及利亚召开，由于种种矛盾，一推推了 40 年。① 第一次亚非作家会议决定的第二次亚非作家会议也没有如期举行，后推了两年时间。第二次亚非作家会议议决的许多事情也没有得到具体的落实。会议中间出现种种纷争等。这些都说明基于民族主义的区域联盟难以长久。

（二）民族主义与意识形态营垒

从民族主义的视角审视亚非作家会议，我们必须看到当时复杂的国际政治局势的深刻影响。"无论亚洲作家会议，还是亚非作家会议，其实都不是一般意义的文学家的跨国联谊，都与世界政治格局的变化密切相关，都应放在当时的国际政治状况中分析和解读。"② 其中，意识形态两大阵营的对垒与亚非作家的民族主义意识之间就有着非常复杂的关系。

二战以后，以美国、苏联为首的两大阵营，各自坚守资本主义、社会主义意识形态，形成了两极世界对峙的冷战格局。"其特点主要是：（1）在两极世界里，美、苏及其盟国互相对抗和争夺，阵线比较分明和稳定。虽然每一方的内部也有分歧和矛盾，但最终仍要服从于美、苏战略利益的大局；（2）在两极世界中，美、苏两个超级大国作为对立双方的盟主，在国际事务中起主要作用；（3）美、苏'冷战'是斗争的主要方式，由此而表现为政治上的对抗，军事上的对峙，意识形态上的对立和经济上的割据。"③ 亚洲、非洲获得独立的国家在社会制度的选择上，也是在资本主义和社会主义中选择其一，自然也在不同程度上卷入两大阵营。但这些新兴的独立国家，在国家、民族利益上，又与美、苏两个大国存在

---

① 2004 年在印尼雅加达举行亚非国家首脑峰会，学界认为是第二次亚非会议。
② 王中忱：《亚非作家会议与中国作家的世界认识》，《中国现代文学研究丛刊》2003 年第 2 期。
③ 彭树智主编：《世界史·现代史编》（下卷），高等教育出版社 1994 年版，第 25 页。

矛盾。其中一些具有一定实力和民族经济基础的国家，从自身民族利益出发，既不归属也不认同两大阵营的某一方，而是立足于两大阵营之间的"中间地带"。后来成为"第三世界"国家的主体。

在这样的现实背景下，亚非作家会议一方面具有两大阵营对峙的痕迹，尤其在新德里的亚洲作家会议和塔什干会议上，情况比较明显。"社会主义一家人"① 的感觉在来自社会主义国家的作家当中比较普遍，实行资本主义制度的国家的作家对"红色"国家也有戒备。会议中的一些论争就有意识形态对峙的意味。如中国作家习惯于按意识形态的差异把作家分为左、中、右三类②，会议中遇到情况，社会主义国家的代表团会晤协商，研究应对措施。

按意识形态站队的思维方式，要求超越民族、国家的立场而俯就意识形态的需要，在50、60年代的现实中，阵营内部的国家并非平等，美、苏两霸颐指气使，其他国家只能听命、从属于他们。亚非新兴的独立国家和正在为民族独立奋斗的国家对殖民统治的不平等地位记忆犹新，伸张民族自我正是他们努力的目标。亚非会议和亚非作家会议的召开，就是亚非国家寻求平等合作，确立民族自我的方式。在会议上，亚非作家感受到作为独立、平等民族，相互支持、彼此合作，没有被人欺辱、被人操纵，在共同的目标中实现民族的独立与繁荣。亚非作家会议的民族主义目的与意识形态对峙的格局不太协调。尽管有着意识形态和民族意识的交错，但民

---

① 1958年8月郭小川前往莫斯科参与亚非作家会议筹备工作，踏上苏联土地的时候，一往情深地写道："我们跟兄弟之邦连成一片，/再好的眼力也看不清国境线。//看不见国境线要什么紧！/反正是社会主义一家人。"郭小川：《兄弟之邦》，《诗刊》1958年第9期。

② 郭小川1957年1月的笔记上曾有这样的记载："亚洲作家会议：安纳德、库马尔还[有]一个右派三作家发起，参加筹备的五个国家：苏、中、日、印、缅，每国一个作家，印度有9个（2左，2中，5右），四个人拿美国的钱，右派欲把会议按他们的意图开，否则就破坏，会开了五天。"（《郭小川全集》第11卷，广西师范大学出版社2000年版，第323页。）参加亚洲作家会议的中国代表团成员叶圣陶也曾写道："印度为原发起者，而发起之三作家即不团结。此外印度作家甚多，大致分为三派，一派为进步分子，一派为中间分子而右倾者，又一派为较恶劣者。中间分子以参加者多社会主义国家之人，心怀疑惧，甚或不欲是会开得好。较恶劣者则且设法捣乱。我团之意，则务欲开诚布公，表明无他。来参加此会，无非以文会友，加强团结，交流文化，巩固和平之意。定于今日下午由雁冰、周扬、老舍与印度发起人之两位分别接谈。于兄弟国家之代表，另由人告以我之态度，请审度其可否。"（叶圣陶：《旅印日记》，载《旅途日记五种》，三联书店2002年版，第188页。）

族主义是亚非作家会议的主旋律。正如有论者所说："强调亚非两大洲共同历史、共同命运和共同使命的会议，结果反倒促成了与会各国作家民族意识的觉醒和对民族国家的认同，这也决定了会议本身不能不强烈受到国家之间错综复杂而又诡谲多变的关系的制约和影响。"①

对此体验最深刻的是日本作家。日本在现代东方扮演了一个独特的角色，明治维新后日本大规模学习西方，甚至倡导"脱亚入欧"，走上资本主义道路，很快发展成侵略扩张的帝国主义。二战后为美国占领，日本也体会到被殖民的苦痛。亚非作家会议给日本作家提供了和亚非其他国家作家接触的机会，带来了突破以美国为首的西方阵营意识形态限制、反省日本西洋"一边倒"问题。日本作家堀田善卫从新德里、塔什干到开罗会议，一直承担组织联络等重要职责，他在参加会议的同时，不断思考日本、日本文学的问题，在报刊发表了不少感想似的文字。"他在实际感受到亚洲国家对日本的隔膜时，意识到这与日本自身在教育方面'一边倒'向西洋有密切关系，首先是日本在文化意识上遗忘了亚洲，自身才被亚洲遗忘。……对第三世界国家道义的肯定，对欧美所谓先进国家的野蛮性的批判，使堀田及其他日本作家与中国作家、与第三世界国家的作家在反对新殖民主义的旗帜下获得共识。但无可选择地背负着的日本对亚洲的侵略历史，日本国家从属于美国为首的西方阵营的现实，又使日本作家在加入亚非第三世界作家行列的时候，处于很微妙的位置。"② 日本作家在会议期间更多地感受到回归亚洲的欢欣。冰心记述了开罗会议住在同一房间的两位日本女作家秀子与和子的体验，秀子说："我们日本的知识分子，从明治维新起，一直眼望着西方，倾倒于西方文明，不用说非洲人，连亚洲人也看不上眼。我们从来也不懂得知识分子应该和人民站在一起。没想到当我们全国的人民——包括知识分子在内，受到美帝国主义分子欺凌的时候，向我们伸出热情支持之手的，却是我们一向所没有想起的亚洲和非洲的人民！"和子说："亚非作家会议，的确把日本作家围抱在反帝反殖民主义的、团结温暖的大家庭里。"③

---

① 王中忱：《亚非作家会议与中国作家的世界认识》，《中国现代文学研究丛刊》2003 年第 2 期。
② 王中忱：《亚非作家会议与战后中日作家的世界认识》，《日本学论坛》2002 年第 3 期。
③ 冰心：《尼罗河上的春天》，《人民文学》1962 年 4 月号。

（三）文学性的缺失

特定的时代有特定的文学。用当代的眼光来看，作家会议当然是探讨文学自身的问题。亚非作家会议当然也有不同的声音，有作家提出"多谈文学，少谈政治"，但这样的声音非常微弱。会议的主旋律是前文所述的三大中心命题，主要是政治问题。这是当时亚非绝大多数作家对文学与现实关系、文学所承担的历史使命的自觉认识。塔什干会议通过的《亚非国家作家会议告世界作家书》中写道："作为作家，我们充分认识到，只有在自由的条件下，才能从事伟大的、令人愉快的文学创作和文化创造。我们也认识到，我们的生活同我们人民的生活有着不可分割的关系，他们的目标就是我们的目标，他们的斗争就是我们的斗争，我们同他们一道坚决反对殖民主义统治的毒害、反对核武器战争的威胁，争取和平和我们各族人民之间的团结和友谊。……我们作家是人民的良心。我们不仅对我们同时代人的命运，而且也对后代的命运负有责任。"①

在大会和小组的发言中，许多亚非作家都慷慨地阐述文学与当时民族独立与发展的内在联系，文学与人民愿望的深刻关系。亚非作家东京紧急会议上，阿尔及利亚代表团团长哈达德发言："我们对于艺术，对于我们作家的职业，有着崇高的认识。我们所进行的斗争，正是我们自己的人民所进行的斗争。没有任何东西，可以把我们和人民的斗争区分开来，没有任何东西，可以证明这种斗争高一等，那种斗争便低一等。战斗，一如生活，它所建立的，只不过是一种分工。在一个有情感、有才能的人的手里，一支钢笔可以和一挺机关枪或犁的一个把柄一样地有用。"开罗会议的开幕式上，会议国际筹备委员会主席、埃及作家优素福·西巴依在报告中说："我们面临的问题有许多和别的作家，例如欧洲作家所面临的问题有所不同。我们的根本问题和道路和那些为帝国主义服务的作家是背道而驰的。当我们集会时，我们不光是讨论美学和文学批评的问题，我们尤其要讨论我们的生活和生存的问题。作为作家，我们不但要讨论文学上有关形式、内容及表达方式的问题，同时还要讨论当前生活、民族独立以及和

---

① 世界文学社编：《塔什干精神万岁——中国作家论亚非作家会议》，作家出版社1959年版，第3—4页。

平的问题。我们的问题和我们的历史以及人民目前和将来所进行的斗争有着根深蒂固的关系。……当一个人的祖国被占领的时候,你不能希望作家们描写初升的月亮或者夕阳的美丽。我们也热爱花朵和幸福,但不能有为美的狂想曲来代替对自由的热爱。"①

在亚非作家会议的发言和大会文件中,有两个出现频率很高的词——"人民"和"人民文学"。这里的"人民",就是指具有清醒民族意识和责任感、使命感的民族成员,作家首先是其中的一员,"人民文学"就是体现这样的时代内涵的文学。有作家在发言中将这种"人民"的立场提到很高的高度。塔什干会议上阿尔及利亚代表说:"作家对人民斗争采取漠不关心的态度就是帮助敌人摧残自己民族。"②开罗会议中喀麦隆的代表说得好,"今天,殖民制度在人民武装的痛击下,正在倾塌之中,帝国主义的恶魔正在血泊里挣扎颤抖,哪一个亚非作家能够接受'为艺术而艺术'、或是'文学应该和政治分家'的理论?尤其是在今天,任何一个接受'为艺术而艺术'的作家,事实上就是出卖自己的才能,做了杀害我们的人民和文化的同谋罪犯"③!

强调文学的社会功用是东方现代民族主义文学的一个根本性特质。这是东方社会和历史进程向文学和作家提出的要求,它是人类文学的一种形态,这里边包含着亚非作家们对文学价值和批评标准的一种理解。开罗会议上日本作家堀田善卫代表亚非作家会议常设局所作的报告中说得非常明确:"客观地说,世界上没有不与社会发生关系的作家,问题在于他们和社会的哪一部分发生关系,他们是站在压迫者的一边还是人民的一边?在战争贩子的一边还是和平力量的一边?……我们恳切地希望我们本着这种精神来考虑问题:作家不能脱离人民和社会,把自己孤立起来。作家总是应当永远从人民中来并到人民中去。这样的创作才是人民的创作。只有这

---

① 亚非作家会议中国联络委员会编:《第二次亚非作家会议文件汇编》,作家出版社1962年版,第21—22页。
② 引自袁水拍《塔什干的火炬永放光明》,世界文学社编《塔什干精神万岁——中国作家论亚非作家会议》,作家出版社1959年版,第146页。
③ 引自冰心《亚非作家的战斗友谊》,《文汇报》1962年4月8日。

样，他的创作才是不朽的！"①

总之，亚非作家会议在东方文学史乃至世界文学史上都具有重大的历史意义。参加塔什干会议回国后的中国作家杨朔写道："那次会议确实可以称作人类文学史上的一场大丰收。那么多具有代表性的亚非作家，有许多来自曾经是人类幼年期的文化摇篮地带，互相交谈，互相报告着本国的文学情况，汇集一起，仿佛是一本光彩照人的亚非文学史，而这也就形成世界文学极其重要的一部分。当然也播下使亚非文学更加肥壮茂盛的种籽，那是在这个会议上播种的反殖民主义的共同意志。作家们深信：如果不从地球上彻底消灭危害人类文化的殖民主义和帝国主义，亚非和世界文学便不可能蓬蓬勃勃地发展到应有的高度。于是一面极其鲜亮的反殖民主义的大旗从会场上扬起来，成千的作家站在这面大旗下面，一时使会议变得像是亚非作家的誓师大会：决心一齐向殖民主义者发动正义的十字军，扑灭殖民主义，建设人类的自由、独立、幸福的生活。这就使那次会议在人类文学史上具有崭新的意义。"② 而且，亚非作家会议作为一场长达十余年的文学运动，是在东方民族意识高涨的文化语境下的民族主义文学高潮，从会议的中心议程、会议中大会或小组的发言、会议形成的决议、会议对文学价值功能的认识、会议对"东方文艺复兴"的目标追求等都充分体现了这场文学运动的民族主义实质。

第五节 慕依斯：民族激情与文化抗拒

1959年6月17日，印度尼西亚的民族独立斗士，著名作家慕依斯在万隆逝世，印尼政府举行隆重的悼念活动，文教部长普里约诺代表共和国政府宣布：追认慕依斯为"民族英雄"，按高级军葬仪式将其遗体安放在烈士公墓。告别仪式的当天，成千上万的群众走进送葬队伍，缓缓地行进在大街上，与他们的英雄作最后的告别……

---

① 亚非作家会议中国联络委员会编：《第二次亚非作家会议文件汇编》，作家出版社1962年版，第16—20页。

② 杨朔：《寿亚非作家会议》，《杨朔文集》，山东文艺出版社1999年版，第514页。

慕依斯战斗的一生令人敬仰，他创作中的民族激情曾激励过一代民众。

一　独立战士与业余作家

阿卜杜尔·慕依斯（1886—1959）活动的年代，正是印尼民族解放运动高涨的年代。早在16世纪末，荷兰第一支先遣殖民队首次进入印尼，殖民者的势力逐渐扩大，东印度群岛沦为荷兰殖民地。历史上也有过印尼土著对殖民者的反抗，但真正的觉醒是在20世纪，尤其是1920年至1926年的第一次民族大起义，真正唤起了印尼的民族意识。虽然起义失败，但给荷兰殖民当局以沉重打击。30年代虽然转入民族运动的低潮，但爱国民族运动一直没有停止，印尼人民以各种形式进行着公开或暗中的斗争。1942年荷印政府垮台，日本代替荷兰统治印尼，但很快有1945年的"八月革命"，终于取得民族的独立。

在民族运动中，慕依斯坚定地站在反对殖民统治的立场上，积极参加各项政治活动，为争取民族独立做了大量的工作。他出生于苏门答腊岛武吉丁宜城一个富有家庭，少年时在家乡的荷兰学校上学，接受了西方文化教育，1905年前后到巴达维亚（现在的雅加达）荷印医学专科学校学习，因病中途辍学，康复后一度在殖民政府的教育部任文牍。后离职到万隆的一个新闻机关做记者。

20年代初期，慕依斯参加了具有强烈民族意识的"伊斯兰教联盟"，出任"联盟"中央理事会理事。该政党的前身是"伊斯兰教商业联盟"，其最初的宗旨是"唤起商业精神，救济一切遭遇困难的盟员；促进印度尼西亚民族的智慧和支持旨在提高其地位的各种事业，消除关于伊斯兰教的一切错误见解；竭力促进不违反国家法律和旧风俗习惯的伊斯兰生活方式"[①]。"联盟"代表的是民族资产者的利益。随着民族解放运动的高涨，"联盟"也把视线转向独立运动。盟内当时有"激进"和"温和"两派，慕依斯属于后者，虽然反对暴力的形式，主张与殖民政府合作，通过议会

[①] 转引自周南京《略论二十世纪初印度尼西亚民族独立运动的兴起》，《东方研究论文集》，北京大学出版社1983年版，第125页。

等合法途径与殖民当局抗争,但反对殖民统治和西方资本侵入,争取民族独立自治和民族经济发展的态度非常明确,并为此而四处奔走、辛勤工作,曾作为议员参加印尼首届"人民议会"工作,曾以"捍卫东印度委员会"代表团成员身份访问荷兰。这一时期里,慕依斯对荷兰殖民统治当局寄予希望,希望能以合作的态度及合法的方式从殖民政府获得更多的民族自治权,因而曾被反对派讥为"乞丐"。他于1923年退出"联盟"中央理事会,在巴东从事新闻工作,主编《马来由使者》和《改革》等报刊。

新闻工作使他进一步贴近社会,经过民族运动的洗礼,他逐渐成为一个强烈的民族主义者,利用他主编的报刊宣传民族独立的思想,并积极参与民族解放的社会活动。曾经几次被殖民当局逮捕关押。但出狱后他继续从事民族独立活动,同时创作文学作品表达自己的民族独立思想,以唤起国民的民族意识。1930他又加入苏加诺领导的"印尼民族党",虽然处于第一次民族起义失败,大批民族起义领袖被捕的低潮时期,但慕依斯仍以更加积极的姿态投身运动。翌年他也被捕,流放到西爪哇的一个孤岛服苦役,直到1942年荷印政府垮台才获得自由。

慕依斯把他一生的主要精力贡献给民族解放事业,文学创作只是他从属于民族解放事业的一项工作。他并不是以文学为事业的作家,创作是为独立服务,是为民族解放的需要而创作。因而他的创作数量不是太多。他主要的文学作品只有早期的一个剧本《恋人》(1924)和4部小说:《错误的教育》(1928)、《美满姻缘》(1933)、《苏巴拉蒂》(1950)、《苏巴拉蒂的儿子罗伯特》(1953)。同时,表现在创作内容上,往往有着非常明确的目的性。这种"民族解放"的目的,加上强烈的民族激情,成为慕依斯文学创作构思的原动力和归宿。因而他数量不多的作品顺应了时代的要求,激动了当时一代人的情绪,也确立了他在一个从殖民统治下解放出来的民族的文学史上的地位,同时也能获得具有相同历史遭遇的中国学界的认同与赞赏。

二 民族激情与艺术规律

1929年12月,印尼民族解放运动领袖苏加诺被捕。在审判他的法庭上，他作了长达两天的辩护，其中有这样一段：

> 没有一个民族可以不要民族独立而成为伟大的民族，如果不独立，就没有一个国家能够巩固和强大有力。另一方面，就没有一个殖民地国家能够成为一个崇高伟大的国家。因此，所有殖民地人民都要求取得这种独立，要求成为伟大的民族。①

的确，在长期沦为殖民地的社会背景下，摆脱殖民统治，争取民族独立成为社会活动的中心，每个有着清醒的思想和民族自尊心的人，都会自觉地把自己摆到整个民族的命运中来思考问题，选择行为方式。其中的敏觉者更是受到民族激情的鼓动，难以冷静地思考，为之不顾一切，甚至生命。慕依斯作为一个民族解放运动的积极参与者，在社会活动之余或者在监牢中创作的文学作品，当然是洋溢着强烈的民族激情，以鲜明的政治色彩为其特征。从民族解放这一政治层面来看慕依斯的创作，当然要充分肯定其价值和意义。

然而，文学研究是多角度多层面的，政治学的批评是文学研究的一个视角，但政治学的研究不能代替文学研究，文学批评和研究还有其特定的对象。尤其是对时过境迁的文学现象的研究，更应该以一种冷静的科学态度，从文学自身的规律和要求出发，来剖析评价对象，以此来丰富和发展文学学科自身。

从文学的艺术表现规律来看慕依斯的小说创作，固然可以感受到他的激情所产生的感染力，但至少在下面三个方面不能不说是缺陷。

首先是情节发展的偶然性，或者说过于巧合。《美满姻缘》写有情人终成眷属的恋爱喜剧，男主人公苏巴达是个出生贵族的医科学生，偶遇平民姑娘拉娜，产生热烈的爱情，姑娘认为门第不当而不敢高攀，竭力回避内心向往的爱。后因家境贫寒，给一位荷兰太太当女仆，她勤劳能干却被诬偷窃。押解途中她投河自杀，却被人搭救送到医院，抢救和护理她的正是苏巴达。在苏巴达的努力帮助下几经申辩，拉娜的冤情得以澄清。本抱"门户之见"的苏巴达父母也接受了这个贫穷的媳妇。有情人过上了美满

---

① ［印尼］苏加诺：《苏加诺讲演集》，世界知识出版社1956年版，第385页。

幸福的生活。这里姑娘命运的改变，看不出内在的必然性，其关键性情节只是因为碰巧再遇苏巴达。难怪有人认为这是一部："平庸无奇的应时之作。"①

即使艺术成就比较高的《错误的教育》也依靠巧合来推动情节。为了让汉纳菲和柯丽结婚，安排正好是柯丽父亲死后又面临毕业离校、异常苦闷的时候，一只疯狗咬伤了汉纳菲的手，打发他到巴达维亚治疗，得以再遇柯丽的机会，而他们的重逢又正好是柯丽被自行车撞倒，汉纳菲拦住肇事欲逃的小伙子。这种"正好"的安排，显得人为的痕迹过于突出，有损作品的真实力量。

其次是大段的议论。慕依斯清楚议论有损小说形象性和感染力的艺术规则，在《错误的教育》中，对民族歧视的分析和批判，他尽量不直接出面议论，有意安排作品中人物来表示意见。小说中有三个人物三段较长的谈话，一是德·标塞先生以自己混婚的切身感受来劝说女儿柯丽，要她不能对汉纳菲的感情掉以轻心；二是索洛驻扎官夫人对汉纳菲不尊重土著妻子拉比阿哈的愤怒指责；三是好朋友比特对汉纳菲与柯丽结婚后产生的烦恼的分析。这三段篇幅不短的谈话都是分析性的议论，这样的议论结合情景的描绘还不显得令人难以忍受。但即使在《错误的教育》中，作者强烈的民族激情使他难以控制自己，不时站出来说教，像下面这段文字比较典型：

> 汉纳菲原以为，要把自己当作欧洲人，有了欧洲的教育和知识就绰绰有余了，但是他忘了，和母亲的奶汁一起被他吸入血液和肉体的东方人的特征，一辈子留在他身上，任何教育也不可能使它消失。例如，欧洲人和东方人对待家庭的关系大有区别。如果说欧洲人结婚后马上急于独立生活，和自己的亲属分居，那么东方人的新婚夫妇尽自己的一切努力和自己的整个民族保持密切关系，过大家庭的生活。②

---

① 张志荣：《略论阿卜杜尔·穆伊斯及其作品》，《外国文学研究集刊》第六辑，中国社会科学出版社1983年版，第310页。
② [印尼]慕依斯：《错误的教育》，白云译，花山文艺出版社1984年版，第207页。小说引文均出于该译本，不一一作注。

至于《苏拉巴蒂》中议论的成分更多，也更为直接。一部译成汉字不到 15 万字的作品，叙述了印尼 18 世纪民族起义领袖温东的一生，还交织穿插了荷兰入侵印尼初期的历史以及印尼土著王公贵族之间的矛盾，可以想象其中真正展开场面的艺术描写和生动细腻的人物刻画会有多少笔墨。小说就像一部历史概述，缺乏感人的细节描写，许多可以深入表现人物、充分揭示其精神价值的场面都是匆匆带过，如对三次战争的描写。小说第一章对荷兰入侵雅加达的历史追述，第五章中东印度公司和万丹王朝之间的矛盾的叙述，都是包含着议论的夹叙夹议。

再次是从观念出发刻画人物。人物形象是作家的创造，但不是臆造。人物形象一旦活跃起来，他有自身的性格发展逻辑，他只能按其逻辑轨迹去行动，作家不能任凭主观意念去驱动人物。慕依斯创作中的民族意识对人物起着绝对主宰的作用，有时有损人物的艺术完整性和真实性。

《苏拉巴蒂》中的同名主人公，作家把他当作抗击荷兰殖民统治的英雄来表现。小说开始，叙述他 7 岁时作为奴隶被荷兰人慕尔买下，自他来到慕尔家后，慕尔"官运亨通，生意兴隆"，因此慕尔给他起名"温东"（原文意为"幸运"），把他当作义子，不让他干重活脏活，和荷兰孩子受同样的教育，整天陪伴小姐素茶妮。但到 16 岁那一年，小说笔锋一转："他很熟悉雅加达城里奴隶们的处境。一听到他们受到主人的虐待，他就无比愤怒。……可是怎样才能挽救他们呢？他们没有自由，不可能公开团结起来改变自己的命运。"[①] 一个 16 岁的孩子，在主人家一直生活得很好，他怎么会产生上述的想法？他的性格发展的内在依据是什么？这里是作家要把他往"英雄"的位置上推，而把自己的想法加给了作品中的人物。

《错误的教育》的艺术性比《苏拉巴蒂》强，应该说是比较注重人物刻画的。但主观地塑造人物的痕迹同样存在。例如柯丽性格的表现，她婚前对汉纳菲有着深沉的爱，并且已经知道混婚的结果，经过反复的考虑后和汉纳菲结婚，按照她比较开朗的坚强的性格，婚后是能在一定程度上顶住社会的压力的。但小说中写婚后与结婚时的柯丽简直判若两人：显得那么萎靡、消沉和悲伤。导致这种变化的依据难以从小说中求得。这里无非

---

① ［印尼］慕依斯：《苏拉巴蒂》，倪志渔等译，作家出版社 1962 年版，第 7 页。

是作者的观念在起作用：混婚不可能幸福。最后安排柯丽死于霍乱，这一偶然性情节，还是为了惩罚汉纳菲，渲染这个追求西化，民族"叛道者"的可悲。

上述三个方面的表现，从根本上说来自作家创作的"主观性"，而这种主观性是他强烈民族激情的衍化。我们不能否认慕依斯的创作才能，他的记者生活锻炼了他敏锐的观察能力和化繁为简的能力，他擅长于情景气氛的烘托，这些方面可以看出他作为大家的手笔。只是时代的需要和作为一个民族解放运动战士的创作，"民族独立"的信念在支配着他的笔。他后来谈到了《苏拉巴蒂》的创作时说："当时的印度尼西亚正在进行觉醒运动，他们需要的是力量，是鼓舞，我没有做很多事情，我不过是通过对一个历史人物的再现，来表达这种愿望……"[1]

我们不必苛求慕依斯。在对慕依斯及其小说创作做总体评价时，还有两点要特别注意。一是要把他摆在20年代印尼文坛上看。慕依斯是印尼"20年代"的代表作家，正处于印尼文学由旧文学向新文学的过渡时期。必须历史地理解慕依斯。二是不要仅从政治角度评价他。文学是主"情"的，从"情"的角度分析其创作，也许能拓展新的境界。汉纳菲和柯丽的爱情的描写，苏拉巴蒂和罗伯特父子之情的描写是很动人的。

三 汉纳菲：先行者的悲剧

《错误的教育》是慕依斯的代表作，代表了慕依斯最高的艺术成就，表现的思想和情感也是典型的。把这部作品摆在印尼文学史上看，也被认为"是奠定现代印度尼西亚文学基础的光辉创作，散文典范"，"要了解现代的印度尼西亚文学，就必须先了解、研究《错误的教育》"。[2] 不仅如此，把它摆到现代东方文学史上，在东、西文化冲突的背景下来看这部作品，它代表了东方作家的一种文化选择类型。因而把它当作文化标本、作为个案研究，也具有特殊的意义。

小说描述的是一个爱情悲剧。美丽、纯洁、开朗的荷兰籍混血姑娘柯

---

[1] 转引自司马文森《和阿布都尔·慕依斯的会见》，《世界文学》1964年第4期。
[2] ［印尼］耶戈：《读慕依斯的〈错误的教育〉和〈苏拉巴蒂〉》，《世界文学》1963年第1期，第114页。

丽与印尼土著青年汉纳菲的爱是深沉的。他们从小一直是同学，像兄妹一样互相关照，长大后他们能互相理解也相互倾慕。小说中描写了他们的爱情波折。当汉纳菲向柯丽表白对她的爱，第一次亲吻之后，柯丽冷静地分析了欧印混婚的后果，主动离开了汉纳菲并写信要放弃与他成婚的打算。汉纳菲为此大病一场，在伤心绝望之下，以无所谓的态度，按印尼风俗，在母亲和族人安排下与表妹结婚。这种没有爱情的婚姻使他更加思念柯丽。两年后汉纳菲与柯丽在巴达维亚再度重逢，出自灵魂深处的爱使他们再也不愿分开。他们克服困难和阻力，汉纳菲与表妹离婚，和柯丽生活在一起。但混婚产生的社会压力太大，他们失去了各自的朋友和一切社交活动，终于导致家庭口角。柯丽一气之下离家出走，因霍乱住进医院，汉纳菲赶到医院看望处于弥留之际的爱妻——

> 汉纳菲直挺挺地站立着，不知道该怎么办。就在这一瞬间，仿佛施了魔法似的，柯丽突然睁开眼睛。她看见汉纳菲，微微一笑，向他伸出手来。
> 汉纳菲拉住她，在她的床边跪下去，艰难地发着音，轻声说：
> "柯丽、柯丽，我的亲爱的！我们又见面了……"
> 柯丽用手抚摸着丈夫的头发，隐约可辨地说："汉尼，亲爱的，我早已原谅你了。我知道你会来的，我在等待。等待着……临别时祝愿你幸福。"
> "柯丽，柯丽！你不能离开我。不要又把我一个人丢下。明天我们就回家去。我叫了救护车。柯丽啊，亲爱的，我们开始新的生活！"

然而柯丽终究"走"了。汉纳菲陪伴着柯丽的坟头度过了一个晚上，包上一撮坟头泥土，茫然地回到故乡，吞下四片氯化汞，追随柯丽的足迹而去。

当然，慕依斯的本义，不在叙述一个缠绵悱恻的爱情故事。这部创作于印尼民族起义时期的作品，自然渗透了作家的民族情感，正如中文译者说的："1926—1927年爆发了声势浩大的全国各地武装起义……起义失败了。民族独立问题成为每个爱国者面临的严重问题。慕依斯的优秀长篇小说《错误的教育》就是在这一背景下写成的,于1928年出版。"① 作家以民族主义的眼光来审视汉纳菲的爱情悲剧,认定是"错误的教育"导致的结果,是汉纳菲从小接受了荷兰的教育,因而走上了歧途,看不起自己民族的风俗习惯,拼命追求欧化,是"奴化教育"导致了汉纳菲的畸形。这一点,从小说标题已经表明得非常清楚,小说中也有不少类似的议论。评论家也是这样看的,印尼评论家阿纳达吉纳认为"《错误的教育》一书的目的性比较明确……主人公哈那菲的生活反映了奴化教育的结果,被作者生动地予以无情的揭露"②。慕依斯为了表达"错误的教育"这一观念,赋予汉纳菲许多"洋奴"特点。有论者认为汉纳菲是"一个洋溢着西方奴化思想毒气的洋奴形象"③。

是不是"教育"的错误我们暂且放下不说。假如我们从印尼民族解放运动的背景下跳出来,作一点"远距离"的观照,我们可以看到汉纳菲的行为是在东、西文化冲突下的文化选择的问题。

从小说的描写中可以看到,汉纳菲并不是一个丧失民族尊严、出卖民族利益的"败类"。尽管他在民族内部表现出看不起民族风俗习惯,但当西方人侮辱马来民族时,他是非常愤怒的,哪怕是他的好朋友和心爱的人。当柯丽在信中写了一些有损马来民族的话,他感到很气恼,小说中写道:"他完全不希望其他民族的人们,以如此轻蔑的态度对待马来西亚人,特别使他痛心的是,柯丽也属于这些人之列。"另一次是他的好朋友比特认为他蔑视自己的民族时,他回答:"唔,比特,这你就错了。我完全不蔑视马来西亚人,我只不过不能适应他们的风俗习惯。"

注意!他只是"不能适应他们的风俗习惯"。的确,汉纳菲通过西方教育,知道了民族的风习之外,还有另外的生活方式,在两相比照下,他选择了西方的生活方式而反对民族传统的风习。我们可以进一步分析他反对的具体内容。第一,他反对包办婚姻。他舅舅和母亲主宰他的命运,在他自己不知道的情况下为他和表妹订了婚,对此他不能接受;第二,他反对束缚人的个性的各种清规戒律,不能忍受总为别人而活着、为各种义务

---

① 白云:《错误的教育·译后记》,花山文艺出版社1984年版,第222页。
② 阿纳达吉纳:《十月革命对印度尼西亚小说的影响》,《文艺报》1957年第32期。
③ 吴兆汉:《略论印度廿年代小说创作的成就》,《暨南大学学报》1981年第2期。

而活着；第三，他反对婚礼中的各种形式化的繁文缛节；第四，他反对不讲卫生的生活习惯，看不惯口嚼西里赫、涎水直流、乱吐唾沫的情形和坐在地板上的姿势。

客观地讲，这样的"传统"应该革新，汉纳菲追求真诚的爱和个性的解放，追求与西方人同样的平等权利，追求真正的幸福，这有什么错？当母亲要他遵守传统的"规矩"，一切服从舅舅，娶表妹为妻的时候，有他的一段话集中体现了他的反抗和追求："这里人人都对我发号施令，我们欠着人人的债不是钱，就是恩惠。人人认为自己有责任监视别人，谁靠什么生活、想些什么、感觉如何。叫青年娶妻子，叫姑娘嫁丈夫，也不管他们愿意不愿意……我要自由恋爱结婚，因为只有这样，家庭里才会有正常的相互关系。没有爱情的婚姻，在荷兰人看来是无原则的，对于有学问的人来说，这简直是不可思议的事。把一个少女好像玩物一样，连同金钱放在一个盘里，送给一个男人。你要知道，就是因为她的双亲和那些被称为风俗习惯的卫道士的人喜欢这个人。这样的做法不合我的规则。"

同是在1928年，印尼作家努尔·苏丹·伊斯坎达尔出版了《错误的选择》，描写母亲不顾儿子与养女的纯真爱情，错误地为他选择了一个门当户对，但脾气暴躁的贵族小姐。婚后家庭难得安宁，母子懊悔不已。后来妻子不幸死于车祸，有情人喜结良缘。作品表现的正是抨击包办婚姻，歌颂真诚爱情的主题，与《错误的教育》恰成对比。

强烈的民族意识使慕依斯思考的是怎样揭露荷兰殖民者的罪恶，而不是民族文化的进化和发展。甚至把拉比阿哈的怯弱，一切唯丈夫是从的品性当作民族生活中的"优秀事物"，称之为"没有擦亮的珍珠"。对慕依斯的这种观念，摆在当时的历史条件下，可以理解，但现在评价这部作品，却不能过分地肯定。

也正是民族意识的作用，使慕依斯片面地把汉纳菲的悲剧归结为"错误的教育"。西化教育是否一定培育出"洋奴"，其实作家自身的经历就是一个回答。他接受的荷兰化教育比汉纳菲更多，但他却是一个民族独立的战士！

细读小说不难理解，导致汉纳菲和柯丽爱情悲剧的直接因素是种族歧视。这点已有论者论及。① 但还有一个更为深层的隐而不显的原因，即文化选择的时机性问题。文化选择不是绝对自由的，它受到众多因素的制约。当两种异质文化碰撞起来，当然面临着一种选择。但两种文化还没有做好沟通的准备时，却要放弃自身原有的传统而选择新的文化，必然会遇到来自双方的压力，注定会是悲剧。而问题是，文化的选择和融通总要有先行者的努力，才能逐渐达到文化的革新和发展。先行者的悲剧是一种注定了文化悲壮。汉纳菲的悲剧就是这样的一种先行者的悲剧。当民族传统习惯势力还很强大、社会还盛行种族歧视的时候，他偏要去反对传统习惯，偏要去追求种族平等，因而双方都不能接纳他，注定了他的选择是一种悲剧性的选择。

其实认真去把握作者的思路，我们会发现：作者何尝没有看到本民族传统习俗的落后面呢？要不他不会把汉纳菲的争辩写得如此理直气壮，不会把他和柯丽的爱情描绘得如此生动感人。但作者觉得在民族独立运动时期，不是丢弃这些传统的时候。既然如此，那就还是维护旧的秩序：种族歧视会造成不幸，就不必去要求印欧混婚；大家都按传统习俗生活，你又何必急于去改变它呢？小说中引了吉卜林的诗句：

　　西方是西方，
　　东方是东方，
　　它们走不到一方。

那西方何必来统治东方，东方又何必模仿西方？

慕依斯这种复杂的心态，既有着强烈的民族意识，又包含着某种出于无奈的矛盾。

第六节　陶菲格·哈基姆：民族灵魂的呼唤

在 20 世纪文学中，有一种重要倾向：原始主义。它以各民族文化的

---

① 参看张志荣《略论阿卜杜尔·穆伊斯及其作品》，《外国文学研究集刊》第六辑；谭绍凯《慕依斯的〈错误的教育〉》，《东方文学 50 讲》，贵州人民出版社 1987 年版。

原初形态作为理想,以否定现代文明、追怀往古,返璞归真为基本内容,或者努力重新再现民族初民时期的生活情景和人物心态,或者在现代生活的描写中,隐寓着远古神话的内在结构,从而在比较审察中表现崇古还原的题旨。这一倾向在西方的乔依斯、艾略特、福克纳、康拉德、劳伦斯等代表作家的创作中得到鲜明的体现。在东方,印度的帕勒登杜、般吉姆、迈提里谢崙·古伯德,日本的川端康成、谷崎润一郎,中国的沈从文和80年代"寻根文学"创作群体的作品中也体现了原始主义倾向。

当然,20世纪西方文学的原始主义和东方文学的原始主义有着不同的背景和内涵。西方文学的原始主义在"上帝死了",整个价值信仰体系瓦解之后,着力表现现代人的困惑,物质文明和科学理性对心灵、人性的压抑和束缚;东方文学的原始主义是在西方对东方殖民统治,西方现代文明撞击东方文明的背景下,以民族情感为出发点,排斥异族文化,在自己民族古老文明中寻求"避难所"。因而,西方文学的原始主义是在人类发展的纵线上,从现代阶段往后回顾,在顾盼和怀古当中试图对人性本质作出定位,显现出浓郁的哲理意味;东方文学的原始主义不仅是一种纵向回溯,首先是来自两个空间的异质文化碰撞的结果,它的怀古还原,是对民族文化的定位,表现出强烈的民族主义色彩,是东方现代民族主义文学的一种形态。

埃及现代作家陶菲格·哈基姆的长篇小说《灵魂归来》(1933)体现了东方原始主义文学的特点。小说中质朴诚挚的人格情操、远古神话的象征结构和对西方物质文明的否定,可以把这部小说当作东方原始主义文学的代表性作品来理解。

一 陶菲格·哈基姆:勤奋、深邃的作家

陶菲格·哈基姆(1898—1987)出生在亚历山大港的一个律师家庭。他1905年上小学,毕业后到开罗上中学。中学期间,陶菲格喜好音乐和戏剧,经常观赏各剧团的演出。中学毕业后,在开罗学习法律,同时尝试文学创作,写作了《新女性》、《讨厌的客人》、《阿里巴巴》等早期剧作。1924年,陶菲格留学法国,继续学习法律。但他却热衷于文学和音乐,四年留学生涯中,阅读了大量的希腊戏剧、欧洲小说和西方文学书籍,经常出入于歌剧院和音乐厅,为后来的创作奠定了坚实基础。

哈基姆1928年归国后,担任乡村检察官助理,1934年调任教育部调查

主任，1939年出任社会事务部社会指导局局长，1951年任埃及国家图书馆馆长。埃及独立后，历任文学艺术社会科学最高委员会戏剧委员会主任、埃及常驻联合国教科文组织代表以及作家协会主席等职。陶菲格在繁忙的社会工作的同时，积极从事文学创作，以繁荣埃及的文学艺术和文化事业为己任，探讨民族文学、文化的发展道路。他创作了戏剧（包括哲理剧、社会剧、荒诞剧等）、小说以及文论、文艺散文、学术随笔63部。每一部作品都闪烁着智慧的光芒。陶菲格因此获得很多荣誉，曾荣获埃及共和国勋章（1958）、国家文学荣誉奖（1960）、埃及艺术科学院名誉博士学位（1975）、共和国最高荣誉尼罗河勋章（1979），也曾多次荣获诺贝尔文学奖提名，获地中海国际文化中心颁发的"最佳文学家、思想家"奖。

他的主要作品有哲理剧《洞中人》（1933）、《山鲁佐德》（1934）、《贤明的苏莱曼》（1943），三部著名长篇《灵魂归来》（1933）、《乡村检察官手记》（1937）、《东方来的小鸟》（1941），短篇小说集《魔鬼的承诺》（1938）、《神殿舞姬》（1939）、《智者之驴》（1940）、《陶菲格·哈基姆的小说》（1949）等。此外，他还写了不少杂文集、随笔、评论、诗集、讽刺小品文集。

三部哲理剧都取材于阿拉伯神话故事或圣经、古兰经故事，经过加工和创造，用来表达人生经历的困惑与危机：人与时间的冲突、理性和感性的矛盾以及能力与智慧的失衡。《洞中人》是受《圣经》"七眠子"的故事和《古兰经》"山洞章"的启发，主要依据古兰经故事改编而成，以一群在山洞中幽眠300多年的人复活后不能适应新环境的情节，表明时间对于人的意义：它不是一种空洞的存在，它包含着人的关系和价值。《山鲁佐德》以《一千零一夜》中被山鲁佐德用故事改变了的国王为主人公，他由残暴而沉溺于肉欲走向了纯理智的极端，追求知识、探究事物的本原，远离生活实际，最终成为一无所获的失败者。《贤明的苏莱曼》通过苏莱曼（即《旧约》中的所罗门）与赛邑伯女王的情感纠葛，表现人类能力与智慧发展失衡导致的失败，说明"不论现在还是一切时代的人类危机，都是力量手段的发展速度快于智慧手段的发展速度"[①]。

----

① ［埃及］陶菲格：《贤明的苏莱曼·第二版后记》，转引自李琛《阿拉伯现代文学与神秘主义》，社会科学文献出版社2000年版，第122页。

《乡村检察官手记》以一个乡村检察官 13 天日记的形式,将陶菲格自己担任乡村检察官的见闻加以提炼和典型化,用幽默、讽刺的笔调,记述了遍布埃及农村的贫困、愚昧和压迫等现象,揭露统治者的残暴、行政司法制度的陈旧腐败,意在唤起人们改变现实的愿望和行动。"它是哈基姆作品中最优秀最成熟的杰出作品。由于它而形成了一种新的文学形式,这种形式包含了作家个人的自我表述、对客观世界的描绘、富于针对性的社会批评、优美的艺术表现、幽默讽刺的手法和轻快的文学风格"[①]。

《东方来的小鸟》在作者留学法国的经历、感受的基础上加以艺术构思,叙述留法青年穆哈辛的学习、爱情、交往和思考,以一个东方青年淳朴的眼光观察、对比东西方文明,艺术地表现:注重精神的东方文明胜过注重物质的西方文明;东方文明带给人的是心灵的平静、幸福与和乐,而西方文明的功利性、实用性带来的是争斗、贪婪和非人道主义的战争;因而东方不要一味仿效西方,而要维护自己的传统和崇高的价值。

哈基姆还创作了大量的短篇小说。他的短篇小说独辟蹊径,依靠寓言故事和象征手法来处理抽象的思维问题,作一些思想上、艺术上的探索,表述作者对生活、艺术的观点和哲学。如《魔鬼的承诺》描写一个青年学者阅读《浮士德》,他读到浮士德厌倦知识、在魔鬼也能帮助下返老还童的情节时,希望魔鬼帮助他获得知识,他愿意付出青春的代价。但当他如愿得到知识却成为苍老憔悴的老头时,他又感叹:代价过于昂贵。这里探索的是人生与知识的关系。再如《酒馆里的生活》把爱、魔鬼、死亡人格化,他们是同一酒馆的侍者,酒客都喜欢"爱",经常被"魔鬼"诱惑,讨厌"死亡"。这里的"酒馆里的生活",喻示着普遍的人生。

总之,哈基姆是位爱国的民族作家,也是一位热爱人类的人道主义作家。他最关心的,一是国家与民族的前途,二是人类的命运。他非常关心社会,关心政治。他的许多作品都直接或间接表达他对现实的看法,但他习惯使用象征主义、非理性主义的手法,往往使人不能开门见山地领会他的真正意图。他的作品以生动灵活的对话见长,各种思想在对话中得到透

---

① [埃及] 艾哈迈德·海卡尔:《埃及小说和戏剧文学》,上海译文出版社 1993 年版,第 205 页。

彻的分析和提炼；在人物描写方面，具有凝练的特色；在结构上，故事情节曲折，悬念迭起，结尾往往出人意料。

二 以"爱"为核心的农业文明

《灵魂归来》描写的是1919年埃及民族起义前后，居住在开罗宰奈卜区的一家人及其邻居相互之间的爱恨情感纠葛。这是一个从农村来到城市不久，与农村保持各种深刻联系的家庭。家庭成员包括中学教师哈纳菲，他的兄弟工程系学生阿卜杜胡，他们俩的妹妹泽努芭，他们的堂兄弟、警察上尉赛利姆，还有正在读高中的侄儿穆哈辛，服侍他们的仆人迈卜鲁克。他们的生活习性还保留着大量的农村特点，五个男人挤在一间屋里睡在紧挨着的五张床上，他们一起吃，一起睡，一起生同一种病，一起治疗，一起痊愈。小说的情节中心是他们一起相爱，都爱着邻居一个退役军医的漂亮女儿苏妮娅。他们为她的美而折服，都以能接近她而自豪，以能为她做点什么而兴奋。为了苏妮娅，他们互相嫉妒，互相提防。但苏妮娅爱的却是住在楼下的青年穆斯塔法，也就是泽努芭暗中眷恋的人。失恋的一家伤心不已，也有过愤激的行为。但他们经过这番爱的"洗礼"，终于从对苏妮娅的具体的性爱追求中超脱出来，升华为一种信仰般的爱。随后爆发民族大起义，他们都积极投入，一起被捕，一起坐牢，挤在一间牢房里一排紧挨着的床上。

小说在恋爱、失恋、爱的升华这个表层情节结构的背后，表现的是作家对民族原始精神的呼唤。小说标题"灵魂归来"是小说题旨的高度概括，这里的"灵魂"，就是古代埃及农业文明时期的民族精神。

作品中描绘了这样一个场面：热恋苏妮娅的穆哈辛离开喧闹的开罗，来到乡村度假。清晨，晨鸟啼鸣、旭日东升，乡村的一切显得那么宁静、平和而富于生机，蓝天绿野、柔光清溪，使他感受到一种浓郁的生活气息。农民正在收割庄稼，微风送来劳动者的歌声

> 太阳已经从地平线上冉冉升起，旭日诞生时的朝霞血红血红的。这是什么样的歌声，什么样的曲调？难道他们像自己的祖先过去在庙宇里那样，用吟唱晨歌来庆祝太阳的诞生吗？抑或他们因收获的喜悦而歌唱？农产品是他们今天的神灵，他们整年为它贡献辛勤的劳作，

受冻挨饿的献祭！是的，他们为这位神灵牺牲了自己所能牺牲的一切！……他们每个人抱着自己收割的庄稼，把它们堆在一起，他们饶有兴趣地、深情地注视着庄稼，似乎在对它说："神灵啊，为了你我们吃苦受累在所不惜！"①

这就是哈基姆追寻的埃及原初文明。这种文明不是后来阿拉伯人带来的农业文明，而是阿拉伯文明之前，在尼罗河肥沃土地上生长的、当年建造了金字塔的古埃及原始文明。小说中写道："埃及当代农民就是古代埃及农民的子孙，他们的祖先在游牧民出现以前就在这块土地上耕种、生息。他们经历了时代的变迁，朝代的兴衰。但由于他们囿于乡村故土，远离城镇文明，那种一般被入侵民族所盘踞的、种族混杂的通衢大都里发生的政治和社会风暴刮不到他们这里，因此，漫长的岁月、突变的风云丝毫没改变他们淳朴的心灵"。

从《灵魂归来》的整个形象体系可以看到，哈基姆追寻的民族原始文明，是一种以爱为核心，包括淳朴、团结、诚挚、坚韧等价值概念的农业文明。生活其间的人们生于斯、长于斯，虽不懂高深的道理，但凭他们的心灵和感觉生存；虽没有富裕的物质，却有充实的内心世界；他们都有坚定执著的信仰，为了自己的信仰和理想，可以吃苦，甚至牺牲。

淳朴是古代埃及农民的性格。他们在尼罗河岸耕作生活，每年6—10月河水上涨，溢出河堤，全面灌溉周围的田地，并带来一层肥沃而湿润的淤泥。尼罗河给他们带来农业生产必需的水和沃土，给他们带来维持生存的粮食。尼罗河抚育了他们，他们没有想过去征服它、改造它，向尼罗河索取更多的好处，而是满足于尼罗河的恩惠与宁静。他们在这块肥沃的土地上日出而作、日落而息，完全和自然融为一体。并进而将这种人和自然的关系推及人与人之间的关系。穆哈辛在乡村充分体验了这种淳朴而富于生机的生活。他亲眼看到一个乳儿和一头小牛争相吸吮母牛的乳头，母牛"既不拒绝小牛，也不拒绝乳儿，仿佛小牛和乳儿都是它的孩子"。哈基姆呼唤的正是这种与自然和谐统一的纯洁无邪。小说中把这种原始人性与

---

① [埃]陶菲格·哈基姆：《灵魂归来》，陈中耀译，上海译文出版社1986年版，第86页。

现代文明比较，颇带几分伤感地写道："令人遗憾的是，当乳儿日后长大时，人性也随之增长，天使般的本性逐渐减缩，他与宇宙其他生物之间的这种相辅相成的感觉会被贪得无厌、利欲熏心的感觉所取代……体现在纯洁无邪、协调一致和集体精神里的天使般的光辉从他身上黯然消逝，代之以表现在贪婪、纵欲、自私和个人主义方面的人的迷惘。"

团结协作也是古代埃及农民的本性。尼罗河的潮起潮落，既给他们带来沃土和灌溉，也给他们带来洪水泛滥的灾难，狂虐的波涛卷走一切，沃土的覆盖使大地成为一片废墟。灾难后的重建不是单个人的力量能办得到的，必须依靠群体力量，大家团结一致，每个人贡献一份自己的力量，共同渡过艰难困苦。哈纳菲一家，不管主人仆人，同住一室，"他们万事与共，吃同样的饭，吃同样的药，他们有着共同的遭遇和命运"，最后一同参加起义，一同关在同一间牢房。正是在这一点上，这个身居开罗闹市的家庭，与埃及古老农业文明有着内在的联系。穆哈辛在乡村看到一个农民家死了一头水牛，全村的农民都为之悲痛，每人都自觉自愿，毫不讨价还价地购买一份牛肉，以这种方式为牛的主人募集重新购牛的款项，以尽快恢复生产耕作能力。哈基姆在小说中不无感动地写道："这些农民是一群多么令人敬佩的人啊！在这个尘世上，还有什么比这种休戚与共更美好的团结精神，比这种同舟共济更广泛的一致的感情吗？"

古代埃及农民的诚挚和坚韧，从金字塔的建造能得到最好的说明。巍峨高大的金字塔，稳固地耸立在大地上，三面直角锥体直指天空，每座由几十万块甚至几百万块、数吨或数十吨的巨石垒成，巨石都从远处开采运来，这需要多大的人力、智慧和对信仰的虔诚。小说中通过法国考古学家的口说："我深信，建成金字塔的成千上万的人，他们被驱役并非出于无奈……他们当时吟唱着神灵之歌，成群结队去工作，就像他们的子孙收割庄稼的日子里那样。不错，他们的身躯淌着鲜血，但这却使他们隐隐感到一种乐趣……这种感情是一种以集体受苦为乐的感情，一种为了一个共同的目的，刚毅地忍爱，微笑地经历千难万苦的感情，一种信仰神灵、甘愿牺牲、毫无怨言和呻吟、一致受苦的感情，这就是他们的力量所在！"

淳朴、团结、诚挚等都是爱的具体体现。淳朴是以平等友爱的眼光来看待宇宙万物，没有以"我"为主体的支配欲；团结必须以人与人之间的爱为前提；诚挚不仅是人与人之间的伦理准则，更是对信仰的执著和忠诚，其中少不了理想的追求和深深的爱。因而，哈基姆笔下的埃及原始农业文明是以爱为其本质。这种爱，不是现代文明所追求的外在的、形式的、非本质的爱，而是一种心灵之爱、一种经过痛苦的考验与磨难，内化为人的精神需求和自觉行为，甘愿为之去牺牲的爱。

小说中穆哈辛和叔叔们对苏妮娅的爱是作品的基本情节，情节进展的"恋爱失恋的痛苦爱的升华"的结构，正是为了表现出这样的爱。作品中代表哈基姆爱的理想，是穆哈辛的爱。他是一个15岁的中学生，从心灵深处挚爱着苏妮娅。他珍藏着苏妮娅的一块丝手帕，第一次和苏妮娅交谈后，他感到整个生活都充满了爱，在作文时，他以"爱"为题作文。回乡度假前与苏妮娅告别，苏妮娅吻了他，整个假期苏妮娅占据了他的内心世界。假期结束回到开罗，情况发生了变化，苏妮娅爱上了穆斯塔法，全家为此而痛苦，大家都郁郁不乐。穆哈辛也异常痛苦，但他无法从对苏妮娅的爱中摆脱出来，内心中的爱反而更见增长。一次他的心灵实在承受不了爱的重压，终于当着叔伯们的面，兴奋地讲述起他的爱，掏出了珍藏的苏妮娅的丝手帕（而在这之前，叔伯们从来没有想到他对苏妮娅的爱，阿卜杜胡和赛利姆多少次为这块丝手帕互相嘲笑）。全家都为穆哈辛纯洁而深挚的爱所感动。大家都兴奋不已，沉闷的家庭生活活跃起来了。"她的手帕在我们这里"成了大家一致的喊声。"手帕"在这里成了爱的象征。在穆哈辛纯洁之爱的感召下，大家都从爱的具体对象中超越出来，升华为一种精神的信仰般的爱。大家一致决定要穆哈辛去见见苏妮娅：

> 穆哈辛微笑地目睹着眼前发生的一切，对"我们这儿有她的手帕"，"她对我们说'来吧'"等词语暗暗高兴。对"我们"这个词代替了"我"这个词尤为感动。他满意地发现自己的私事成为大家所有，他给他们全体带来了希望和快乐！从那时那刻起，他感到自己得对"室民们"的幸福安乐负责；为了他们，他现在敢于做任何事情；他从今以后决不将属于自己的任何事情瞒着他们……

穆哈辛的爱，由个体的爱升华为集体的爱。在这个集体中他找到了自我，他不再孤单，从失恋的痛苦中摆脱出来。他失去了苏妮娅的爱，但他获得了新的爱，一种从小我走向大我，有着更深的内涵的爱。因而他能毅然投身 1919 年的民族起义。正是这种爱，才使哈基姆笔下的这个 20 世纪的爱情故事，与远古埃及的农业文明具有了深刻的内在联系。

三 神话象征结构与民族意识

原始主义文学以民族的原始文明和原始价值的追求为基本内容，但它是以现实为出发点。它虽然具有古朴的原始面目，却是现实性很强的文学。它的根本目的是在现实文明和原始文明的比较中批判现实文明，从而促使现实的变革。

创作《灵魂归来》的 20 世纪 30 年代初，埃及的现实情景怎样？1919 年民族起义以后，埃及民族意识进一步觉醒，柴鲁尔为首的民族主义者为民族独立做了不少努力。英国殖民统治者于 1922 年允许埃及"独立"，但"事实上，在埃及'独立'后，英国司令部仍然占据着开罗撒拉丁堡垒，英国军队仍然统治着苏伊士运河及全国险要，英国的顾问官员仍然分布在埃及政府的各个部门；英国的高级专员依然是埃及政府特别是埃及王室的太上皇。所谓允许'独立的声明'实质上是宣布英国继续保留对埃及的保护权"[①]。虽然实行君主立宪政体，但历届政府难以摆脱英国的控制。也就是说，当时埃及的现实情形就是英国的殖民统治。

哈基姆创作《灵魂归来》，否定的就是英国殖民统治及其殖民者带来的西方文化。他是以埃及原始农业文明来对抗西方现代文明，呼唤埃及民族灵魂的回归，促其复活、新生。作家后来谈到他创作这部小说的目的："我当时并不是要写一部小说，而是说服自己，让自己相信，我是属于一个有既定独立实体，有漫长历史，而我们从中生长起来的那个国家的。对我们来说，是到了清醒的时候了，是到了让那隐没于尘埃之下，对我们和别人都踪迹渺茫的灵魂回到我们身上的时候了。"[②] 在小说中，哈基姆通过穆哈辛的口说："我们今后的职责是表达整个民族的心灵。"

为了达到创作目的，小说在情节的表层结构下，还有一个更为内在的神话象征结构。在现实与神话的同构中，在现代理性思维与远古神话思维的交织中，使作品获得一种深厚的历史感，也有效地表达了具有现实意义

---

① 纳忠：《埃及近代史简编》，三联书店 1963 年版，第 187 页。
② 伊宏：《陶菲格·哈基姆社会哲学观初探》，《阿拉伯世界》1988 年第 4 期。

的民族主义主题。

埃及学者艾哈迈德·海卡尔论及《灵魂归来》时说："哈基姆这部小说的基本构思取材于法老时代的一个神话故事《埃西丝和俄赛里斯》。"[①]准确地说,哈基姆的这部作品是从这个古老神话中吸取灵感,借用其神话形象,赋予它象征意义,神话框架作为小说的隐性结构,服务于作家思想的表达。

《埃西丝和俄赛里斯》是埃及家喻户晓的古代神话。埃西丝和俄赛里斯是大地和天空之神的长女长子,既是兄妹,又是夫妻。俄赛里斯英武正义,是埃及保护神,后来成为掌管最后审判的冥府之王。埃西丝美丽温柔,曾以智慧迫使众神之王太阳神说出永生的秘诀。他们来到埃及,以他们的善良和正直赢得民众爱戴,俄赛里斯成为埃及国王。在他的治理下,埃及国富民安,欣欣向荣。但他们的弟弟、从沙漠而来的塞特,却是一个阴险凶残的家伙,他在埃及常干坏事,嫉妒俄赛里斯夫妇在民众中的威望。觊觎王位和埃西丝的美貌。他将俄赛里斯骗入木箱中,推入尼罗河顺流而漂。埃西丝经历各种苦难终于找到了丈夫,以她的法力使其复活。塞特却再次加害俄赛里斯,残酷地将其肢解,抛撒在四面八方。埃西丝这时已生下儿子荷拉斯,她带着儿子走遍各地,一块一块寻回俄赛里斯的尸块,将其拼合,再次使其复活。荷拉斯长成英武的战士,他战胜了邪恶的塞特,为父母报了仇,恢复了父亲开创的对埃及的正义统治。

原苏联东方学家阿甫基耶夫在《古代东方史》中写道:"埃及人自古以来就认为肥沃的尼罗河之国的保护神就是土地、水与植物的善神奥西里斯(即上文中的俄赛里斯——引者注),而对他进行永恒斗争的是他那奸诈狡猾和残酷的兄弟,沙漠、死亡和外国之神赛特。"[②]这则神话包含众多的意象和思想:善良与邪恶、本土之神与外来之神、爱的执著与痛苦的流浪、肢体分解与聚集复活等,可以说,哈基姆追寻的埃及原始文明和要表达的现实主题的基本要素,尽集于这个神话之中。善于从神话传说中吸取创作灵感的哈基姆,当然不会错过这个古老神话中现代意义的开掘。

---

① [埃]艾哈迈德·海卡尔:《埃及小说和戏剧》,上海译文出版社1993年版,第159页。

② [俄]阿甫基耶夫:《古代东方史》,三联书店1957年版,第181页。

首先，俄赛里斯的象征意义。俄赛里斯在小说中的象征意义是多重的，他本来是埃及的保护神、土地、水和植物之神，是尼罗河岸农业文明的象征，他的正直、善良体现的是埃及民族精神；他遭到外来之神塞特的残害，他又是现代遭受英国殖民统治的埃及人民的象征。还有论者认为："从小说的字里行间可以明白，作者以俄赛里斯象征领袖萨阿德·柴鲁尔，他被放逐，他的努力被瓦解，他卓有成效的活动被消灭，聚集的过程和起义就是使被放逐的人回来，聚集他的努力，恢复像 1919 年起义时那样的人民精神。"① 联系 1919 年前后柴鲁尔的活动和起义的情况看，此说也有道理。

其次，埃西丝的象征意义。小说中把苏妮娅直接比作埃西丝。小说从穆哈辛的眼中去看苏妮娅的美：时髦的发式，洁白的脖子，蓬松乌黑的头发，圆圆的脸蛋等，接下来写道：

> 穆哈辛突然想起自己在今年古埃及史教科书上常看到的一幅画……这是一位妇女的画像；她也剪了发，她的头发也乌黑闪亮，她的圆圆脑袋也和黑檀木的月亮一样，这就是埃西丝的头像。

这是从苏妮娅的美和埃西丝的美来强调两者的相同，以苏妮娅暗喻埃西丝。小说更在整体结构上，从苏妮娅在小说形象体系中所起的起用来暗示埃西丝。她把哈纳菲一家（从象征意义来理解，这个涉及各种行业、具有不同性格的家庭，就是埃及人民的象征）的心系在一起，将他们处于分散状态的个人力量，由"爱"的升华而引导他们凝聚在一起，为埃及民族解放事业进行有益的集体斗争，从而导致埃及民族的复活，就像埃西丝把俄赛里斯被肢解的各部分拼合集拢，从而使他苏醒复活一样。

如果说小说中苏妮娅对哈纳菲一家精神转变中的作用写得不太具体，那小说第二部中苏妮娅在穆斯塔法性格转变过程中的作用却是这方面的补充。穆斯塔法是一个富有商人的后裔，继承了巨额遗产，却因懒惰和气馁而消沉，离开需要他的事业而置身于开罗一隅，耽于幻想，庸庸度日。正

---

① ［埃］艾哈迈德·海卡尔：《埃及小说和戏剧》，上海译文出版社 1993 年版，第 160 页。

是在苏妮娅爱的感召和引导下，激活了他慵懒的神经，振作起来，投身他的事业。

再次，塞特的象征意义。塞特作为从沙漠中来的外国神，在小说中的隐喻义当然十分清楚，指的是西方殖民统治者。与塞特对应的殖民势力在小说中没有展开正面描写，但从神话中塞特的残忍、凶狠、狡诈等特性，作家有意把这个神话作为小说的象征结构，自然清楚哈基姆对殖民统治者所作的价值评价。《灵魂归来》对殖民统治者没有作直接描写，但对他们带来的文化，尤其是西方文化中的物质主义和个人主义及其对埃及产生的不良影响，作家做了充分的表现。哈纳菲一家的每个男子都想单独得到苏妮娅的爱，一度陷入分裂状态。这就是西方个人主义、实用主义对埃及产生的影响。正像神话中塞特把俄赛里斯肢解成碎块。好在这不是埃及的本质，很快能从痛苦中超脱，升华为精神之爱，他们重新团结在一起。

最后，荷拉斯的象征意义。在小说中对应神话中的荷拉斯，是指正在和殖民统治者斗争的埃及人民。埃及人民作为有过灿烂文化的埃及子孙，祖国正遭受异族统治，当然要像荷拉斯为父报仇那样，来获得民族的独立和新生。小说第二部的题词是引自《亡灵书》中的一节：

> 起来，起来，俄赛里斯！
> 我是你的儿子荷拉斯。
> 我来使你得以复生，
> 你仍有那颗真正的心
> 就是你那过去的心。

小说以1919年民族大起义的壮阔场面结局。殖民当局把华夫脱党领袖柴鲁尔逮捕，流放到马耳他岛，埃及人民表示抗议，"整个开罗天翻地覆地闹腾起来了，店铺、咖啡馆、住家大门紧闭，交通断绝；到处在示威游行，同样的激愤在其他城市和乡村的各个角落迸发！……农民比城里人更强烈地表达出自己的抗议和义愤，他们阻断铁路，不让武装列车行驶，他们烧毁了警察局"！

荷拉斯在行动，塞特的邪恶统治即将结束，俄塞里斯将仍然持有那颗正义之心而复活。

"一个在人类黎明时期创造了金字塔奇迹的民族,有能力再创造其他的奇迹!"哈基姆在小说中预言。

四 社会价值与文化审视

陶菲格·哈基姆是埃及现代新文学的主要代表作家之一。他一生创作剧作76部、中、长篇小说11部和数百篇短篇小说,还有大量的文论、政论、散文、随笔等。他的主要作品被译成十余种文字在国外出版,产生了国际性影响。他曾两次被提名为诺贝尔文学奖候选人,1978年由地中海国家文化中心授予"最佳思想家、文学家"称号。他的创作以深刻的哲理、浓郁的神话色彩和强烈的民族意识为基本特征。《灵魂归来》是哈基姆的成名作,也是他的小说代表作,体现了他一生的创作特色和艺术追求。

在东方现代民族主义和原始主义文学的层面来审视《灵魂归来》,在哈基姆一生创作的整体中把握这部小说,可以看到作品在民族解放斗争中的现实意义和社会价值,同时也有一些值得进一步深思和探讨的问题。

原始主义主张回到初民状态,民族主义解决现实的民族独立问题,这是历史纵线的两极。但在哈基姆笔下,这两者是统一的。他追寻的埃及原始农业文明,是从过去的辉煌中吸取现实需要的力量,他对原始情操的重塑,是根据民族解放的现实需要而有所侧重,注入主观的理解和选择。他特别强调的是精神之爱、集体主义、刚毅吃苦等,这无疑是民族解放的现实所需要的。在民族精神的旗帜下,再现古代的正义和伟大,无疑会激起民众的民族激情。正是在这样的意义上,《灵魂归来》作为一部民族主义作品,对当时埃及反殖民主义运动具有积极意义。20世纪30年代埃及反英独立运动高涨,民族意识进一步觉醒,一股寻求"埃及个性"、"埃及精神"的思潮出现。《灵魂归来》的出版,推动和深化了这一思潮,给埃及知识分子以启示和鼓舞。尤其是小说中提出埃及民族需要"一个代表他们全部感情和希望,可以作为他们理想标志的人物"的思想,给领导1952年革命的纳赛尔以深刻的启发。[①]

东方现代原始主义,实质上是文化民族主义。由哈基姆《灵魂归来》

---

① 参阅伊宏《阿拉伯文学简史》,海南出版社1993年版,第124页。

的原始主义倾向，自然令人想到印度的甘地和中国的梁漱溟。他们都是在东西文化剧烈撞击的背景下感受到民族文化的危机，因而以民族古老文化的复兴和倡导为己任。无论甘地的"印度宗教哲学、手纺车和农民的犁"，还是梁漱溟的"乡村自治社会"，或是哈基姆的"民族灵魂"，都是向民族传统回归，以此抵抗西方工业文明。但在20世纪，西方工业文明领导世界潮流，成为一种历史趋势。东方文化民族主义者在历史与价值冲突中，选择的是本土文化价值。在他们看来，保全文明即保全了民族的灵魂，最后也就保全了民族本身。他们看西方文明，看到的是其非人性的负面价值。比如对西方现代文明的核心科学，《灵魂归来》中通过人物之口有一段议论："不错，欧洲今天是超过了埃及，但是凭的是什么？凭的是后天的科学。古老民族把这种后天的科学看做是一种非本质的偶然性，它从表面上指明了埋藏的珍宝，但它本身并不是一切。"在稍后的另一部小说《来自东方的小鸟》（1938）中说得更为直接明了：

  科学给我们创造了什么？我们从科学中得到了什么好处？机器给了我们速度，我们从速度中又得到了什么好处？工人遭到失业，我们多余的时间也白白浪费掉。①

哈基姆和东方的文化民族主义者一样，他们看到了东、西文化的不同特质：东方文化重精神，西方文化重物质；东方文化重群体，西方文化重个体。东、西文化都是人类文化的遗产，各有侧重。两者互为补充，在对话的基础上融合形成新的文化形态，这是人类文化发展的重大课题。但处在民族矛盾的历史条件下，哈基姆没有作出超越历史的思考，而是把东、西文化完全对立起来，弘扬民族本土文化，否定西方现代文明。

  一个真正具有社会良知和思想深刻的作家，对待传统文化绝不会满足于"回头看"，因为文化的本质在于创造。哈基姆在逝世前不久的1986年写过一段这样的话："我们用空洞无物的言词对自己的落后作'哲学'的解释，我们反复唠叨'遗产'呀，'我们的个性'呀，别人'文化侵

---

① 转引自邵武基·戴伊夫《阿拉伯埃及近代文学史》，人民文学出版社1980年版，第291页。

略'呀,等等,想以此来保持我们的停滞和静止……我们只擅长于大声宣扬往昔的光荣,用动听的演说、漂亮的言词,重复过去的成就,我们把过去当成一个炫耀的题目。我们谈论'我们的纯洁性','我们的遗产'太多了,而不是去行动……"① 依然是对祖国和民族的满腔激情,依然是"我们……"的论述语调,但这里看到的却是不同于独立前的传统文化观:《灵魂归来》中强调的是"回归",这里强调的是"创造"。这是一个清醒而真诚的老人的文化选择。的确,过去创造了金字塔奇迹的民族,应该创造出今天的金字塔。

第七节 《失败》:钱达尔对印度民族传统文化的反思

《失败》(1939)是印度现代著名乌尔都语作家克里山·钱达尔(1914—1977)的早期代表作。小说以两对青年男女的爱情悲剧为情节主线,渗透着对民族传统文化的深沉思考;以山区乡村湖光山色的明媚旖旎对比社会现实的残酷无情,在哀婉伤感的抒情风格中,凸显对新生的民族文化的期待。

一 爱情悲剧:美与真的毁灭

《失败》以青年大学生希雅姆暑期来到父母住地度假的见闻经历为情节框架。父亲调任一个偏僻山区做地方官员,这里自然风光秀美,丛林翠绿、山泉淙淙、稻田飘香、河水畅流。但就在这美好的自然怀抱中却上演了一幕幕人间的悲剧。

作品中浓墨重彩描述的悲剧是美貌而勇敢的姑娘旃德拉和拉其普特青年摩亨·辛赫的爱情悲剧。旃德拉美丽、坚强,却是一个不可接触者。她母亲出身婆罗门,却逆婚嫁给了一个低种姓的鞋匠,因而成为让人瞧不起的不可接触者,被人逐出村子,流落他乡。鞋匠去世后,旃德拉和寡母过着贫穷屈辱的生活。但她们为维护自己的人格尊严而抗争,睥睨世人鄙视

---

① 伊宏:《陶菲格·哈基姆社会哲学观初探(续)》,《阿拉伯世界》1989年第1期。

的目光,勇敢地追求自己的人生。

对于旃德拉的美,作品中有两次集中的描写,都是以希雅姆的眼睛和感受来表现。第一次是希雅姆回家途中,口渴难耐,准备捧饮路边的山泉,却听到一位姑娘大声吆喝:"这泉水里有水蛭,客人!"希雅姆抬头看去:

>密密的树丛,使夜色变得格外深沉,他委实没有看清那个说话的姑娘的面庞。那姑娘的身材修长,像弓弦一样绷得直直的,胸脯高高隆起,眼睛熠熠流光,宛如巨石间泛光的泉水。①

第二次希雅姆和旃德拉面对面,他看得非常清楚:

>她的嘴唇微张着,额上一束刘海,随风飘荡。一双大大的黝黑眼睛闪出动人的光彩和晶莹的泪花。希雅姆喉咙里,像有东西哽咽似的。漂亮的姑娘,也许不晓得自己有多大的魅力。……旃德拉的美是以太之波浪,是灿烂的阳光,是金色的晚霞。②

这位美丽的姑娘真诚、深挚地爱着摩亨·辛赫。

摩亨·辛赫英俊壮实,是拉其普特青年。拉其普特(Rajputes)是中世纪初期在印度中、西部兴起的部族,是移民印度的塞族、匈奴、贵霜、安息、希腊人与印度土著混婚融合而成,他们身材高大英俊,在历史上以勇武善战、抗击侵略与压迫、维护部族独立而著称。摩亨·辛赫身上流淌着祖先的血脉,不顾社会习俗,与不可接触的旃德拉相恋。面对旃德拉的爱,他向她表白:"我摩亨·辛赫是个拉其普特硬汉子,言必有信,我爱你之情断乎不是一扯就断的线。……我怕过谁?我是拉其普特人,恪守自己的诺言。"③

最能体现旃德拉和摩亨·辛赫深挚之爱的情节,是摩亨·辛赫打猎被

---

① [印度]克里山·钱达尔:《失败》,如珍译,湖南人民出版社1986年版,第5页。
② 同上书,第49—50页。
③ 同上书,第34—35页。

野猪拱伤住院,旃德拉冲破重重阻力,坚持在医院护理摩亨·辛赫。这是向世人公开他们的恋情和挑战社会习俗。在旃德拉爱的精神抚慰和精心护理下,摩亨·辛赫的伤口很快愈合。但他在伤势没有痊愈的情况下,刺杀调戏旃德拉的乡村恶霸,导致伤口崩裂,再次被送进医院。他作为杀人犯,被警察监控。旃德拉再也不能护理,只能在病室外面的走廊徘徊。摩亨·辛赫伤势恶化,高烧不退,弥留之际,盼望的是旃德拉的抚慰,想象的是他们将来的幸福:

> 他想翻一个身。他想旃德拉结实而柔软的双手来抱住他的胸膛。啊,他的伤口感到有些凉。这是她的手吗?这是她那双大大的眼睛吗?一双满含深情凝视着他的眼睛,一双泪水盈盈欲滴的眼睛。我的小宝贝,可爱的旃德拉,你为什么笑?我会好的;我们会从这敞开着的门逃出去的;我们会逃到一个没有人来干扰我们的地方去的。旃德拉,你将成为我的新娘。①

摩亨·辛赫在"旃德拉"的呼唤声中死去。但旃德拉没有来到他身边。作家满怀深情地写道:

> 病房门大敞着,但是新娘没有来。她披着线毯就坐在这病房的墙外,两者只有一墙之隔,而且门又开着,但她始终没有过来。她坐得那么近,却没有听到他的声音。她披着的不是红披巾,而是一条破破烂烂的线毯。她一点也不知道在墙的另一边,她的情人在呼唤她,用自己身心和灵魂的全部力量在呼唤她——门又是开着的。②

是的,门是开着的,但在他们之间,有着一道人为的高墙:制度、习俗、偏见等。即使勇敢无畏的旃德拉和摩亨·辛赫,也无法逾越,只能以生命为代价。就在摩亨·辛赫死去的当天晚上,旃德拉失踪了,有人说她自杀了,有人说她疯了。

---

① [印度]克里山·钱达尔:《失败》,如珍译,湖南人民出版社1986年版,第189页。
② 同上书,第189页。

小说情节展开的另一线索是希雅姆与文蒂的爱情悲剧。希雅姆既是小说的视点人物，又是情节人物。他受到现代教育，有自由民主思想，有改变现实的愿望，对现实中的许多问题都加以审察思索。但他面对强大的守旧势力和几千年形成的传统，他无法与之抗衡。他与温柔美丽的姑娘文蒂一见倾心，有一种发自灵魂深处的挚爱；文蒂对希雅姆也有一种生命律动般的向往。几次见面后，两人心心相印；一个流盼的眼波，会拨动彼此的心弦；一句轻声问候，会激起对方的心潮翻滚。那是一个晨光熹微的早晨，他们和家人骑马去赶邻村的庙会。他们有意让过家人，落在后边：

> 两匹马并辔，徐徐而行。希雅姆情不自禁地，伸过手，轻轻握住文蒂的手——太阳冉冉升起。希雅姆见到她满脸绯红，恰似旭日东升时，东方天际的金色阳光，渐渐布满整个天空，一片殷红。……两只手握得那么紧，仿佛现今世上没有什么力量，可以分开他们。两只手心里，泛起同一种浪花，充溢着两人的身心。①

但这对青年男女纯真美好的爱最终为社会所毁。希雅姆的父母不同意他娶文蒂，在忙着给他订一桩门当户对的婚事；村中婆罗门头人相中了文蒂，利用手中权势，胁迫她嫁给他奇丑无比的儿子。

希雅姆试图抗争，也做出了一些努力。但最终是圣洁的爱情被现实撞得粉碎：文蒂与婆罗门头人儿子的婚礼如期举行；希雅姆定亲的吉日已经确定。就在希雅姆定亲仪式的当天，文蒂在参加仪式的路途自杀了。

希雅姆不仅失去了朋友和恋人，更失去了对未来的希望与信念，他行尸走肉般地离开山村。希雅姆离开山村时与来到山村时相比，简直判若两人，"那时，他是一个富于激情、满怀希望的攻读硕士学位的大学生，习惯于透过乐观的眼睛去观察生活。今天，他生命的每一个细胞里，身体的每一个毛孔里充塞着极度失望的岩浆，使他的容颜变得苦涩，眼神变得混浊"。②

希雅姆们"失败"了，青年人的抗争和追求"失败"了。然而，一

---

① [印度]克里山·钱达尔：《失败》，如珍译，湖南人民出版社1986年版，第113页。
② 同上书，第191页。

个社会，一个民族，青年代表着未来。希雅姆们的"失败"，是否寓意着民族的"失败"？

二　文化思考：揭示民族传统无意识

对于钱达尔小说创作的评价，南亚学界有分歧。巴基斯坦学者西迪基就认为他的多产，影响其创作质量，缺乏思想深度和艺术上的推敲。但他却认为："在他众多的小说创作中，《失败》是一部不错的作品。"[1]

《失败》之所以"不错"，我们认为其中的一个重要方面，就在于它不只是停留于对爱情悲剧的描写，不是迎合读者趣味，赚取廉价的眼泪，而是在爱情悲剧的展示中，渗透着对民族传统的反思，以现代的人性意识烛照民族文化的不同层面，体现出深厚的思想内涵。

一个民族的文化，经过长期积淀，凝聚成民族传统。传统作为一种先在的东西，影响、制约人们的行为实践。有论者提出"传统无意识"的概念："所谓传统无意识，是指经由历史凝聚而延传下来的某种潜在的文化心理指向，它是主体在生活、实践中非自觉、非理性的精神现象或行为过程和状态。传统无意识是传统更为内在的、深层的内容。……传统无意识是任何一个传统所具有的现象。尽管各民族、各地区的传统无意识延续了根本不同的内涵，但归根结底，传统无意识产生于某一民族、地区长期生产、生活的实践中，它就必然沉积了该民族的历史，又对该民族的未来进程起着制约作用。"[2]

那么，沉积了印度民族历史，又对印度民族的未来进程起着制约作用的"印度传统无意识"是怎么的情形？当然，不同的人在不同的时代对此会有不同的理解。钱达尔在《失败》中对这一问题做出了自己的思考和回答。

《失败》中，钱达尔通过两种途径来反思民族传统无意识：一是在小说情节进展中，艺术地分析导致爱情悲剧的成因；二是通过希雅姆的思索，调动其知识积累展开联想，对周边的人和事加以理性的分析，予以评

---

[1]　[巴基斯坦] 阿布赖司·西迪基：《乌尔都语文学史》，山蕴译，中国社会科学出版社1993年版，第310页。

[2]　张立文：《传统学引论》，中国人民大学出版社1989年版，第283—286页。

说。综合把握小说的形象体系和艺术画面，可以看到钱达尔揭示的印度传统无意识：守旧、盲目、自大。

钱达尔有意选择一个偏僻山区作为情节展开的舞台，意在给小说保守势力的强大一个现实基础。相对于城市、偏僻山区的发展变革要落后，传统无意识的力量更强大。小说中守旧势力的代表，有两个不同类型的形象：婆罗门头人萨鲁巴基辛和副税务官阿里祖。

萨鲁巴基辛出生高贵，家境富裕，住在村子的最高处，集宗教和世俗权力于一身，主宰着当地人们的命运。他威严而残酷，容不得新事物出现，以种姓传统的捍卫者自居。他召集村中婆罗门和商人代表，阻止摩亨·辛赫和旃德拉的恋情；他以手中权势，强娶文蒂为儿媳。小说中的两对青年男女的爱情悲剧都是他以传统的名义一手造成。小说中写道："他是希雅姆在自己的生涯里从未见过的顽固不化的道学家。萨鲁巴基辛在任何场合、任何方面都不会同现代文明妥协的。或者说，他是一个冷酷无情、嗜血成性的动物，以折磨、虐杀同类生灵为乐事。"①

副税务官阿里祖不像萨鲁巴基辛那样凶残，而是有着虔诚的宗教信仰，幽默风趣，文明而有教养；但他和萨鲁巴基辛一样守旧。他声称自己"是一个旧思想的人"②，他对现实社会中的变化极为不满，总是抱怨"一代不如一代"，反对自由恋爱的婚姻，不满"当今人们不听话，不把自己看做臣民"；怀念领主时代的专制统治，向往人类原始时代的混融性思维。

钱达尔对萨鲁巴基辛和阿里祖守旧落后的描写，并不是作为个体行为来描述的，而是把他们作为印度传统的一个方面来表现。小说写到阿里祖有一段文字："世界现今仍由阿里祖这类人统治着。他们是正人君子，文明而富有教养，又是个文学家，一天做五次祈祷，谈话风趣诙谐，受到朋友们的爱戴，然而……"③ 联系小说的上下文，补充这里省略号的内容应是：然而正是这类人以过去的传统来统治当今的社会，阻止着社会的变革和前进，导致印度社会的"失败"。小说中对萨鲁巴基辛作为传统文明的

---

① ［印度］克里山·钱达尔：《失败》，如珍译，湖南人民出版社1986年版，第79页。
② 同上书，第22页。
③ 同上书，第25页。

象征，表现得更为明显：

> 他想充当在滚滚生活激流之中的一块礁石，妄图以此警告世人；古老的文明至今依然屹立，就像几千年前一样虎虎有生气，像阿旃陀壁画一般……然而，决不能用阿旃陀的壁画来塑造生活。新生活不能建立在阿旃陀石窟里日益模糊不清的神话故事和轮回转世的壁画的基础上。①

作品中有五次将萨鲁巴基辛与阿旃陀的壁画相比，由其仪表堂堂的外貌、精心考究的衣饰装扮与壁画的相似，到古老、传统、散发腐朽气息的本质相似，最后干脆把萨鲁巴基辛直接称为"阿旃陀壁画"。小说尾声，两对真心相爱的情侣被拆散，一切按萨鲁巴基辛的意愿发展，他非常得意，"阿旃陀的壁画自负地微微一笑。他活着。他胜利了。他的文明、文化、艺术和文学一切都活着"。②

就是这样，萨鲁巴基辛和阿里祖从两个不同方面显示出印度民族传统的守旧：萨鲁巴基辛的守旧表现得凶狠、直露、显在、着重于现实生活的层面；阿里祖的守旧表现得温和、间接、隐在、着重于精神生活的层面。但他们都以反对变革，维护过去为本质特征。

盲目与守旧密切相关。正因为盲目，没有追求真理的热情与勇气，才会唯古是从。在《失败》中，钱达尔主要从普通民众的角度来表现传统无意识中的盲目：他们盲从权威，盲从古代传说，盲从教规戒律，缺乏主体思考，不求是非真相。人们膜拜那些毫无生气的陵寝坟墓，向拙劣匠人粗制滥造的神像，吐信蟒蛇巨石献花祈福；对不知所云的古老经文赞不绝口；对荒诞无稽的古代传说确信无疑。面对这一切，钱达尔感叹："遗憾的是，愚昧无知的农民中竟无一人想到要重新印证这些传说。他们由于相信这些传说中夸大渲染的说法，而误入歧途，对生活的真谛一无所知。"③正是有了这样盲目崇信的民众，萨鲁巴基辛、阿里祖的守旧势力才得以在

---

① ［印度］克里山·钱达尔：《失败》，如珍译，湖南人民出版社1986年版，第79页。
② 同上书，第200页。
③ 同上书，第128页。

山区乡村横行，才有真与美被毁灭的爱情悲剧。

一个民族的文化与异质文化发生冲突时，盲目的传统无意识往往表现为民族自大，自视甚高，以鄙夷和傲慢回应异质文化的挑战。这样的夜郎自大，自我中心主义在近代以来东、西文化碰撞中，东方民族有过沉痛的教训。钱达尔深切地看到了这一点。小说中有个场面淋漓尽致地表达了钱达尔对这一问题的思考。村子里一家有地位的人娶儿媳举行婚礼，邀请了当地官员和有身份的人参加，他们从城里买回汽灯，把院子照得如同白昼。客人看着白炽刺目的汽灯，议论纷纷，其中一人感叹"英国人创造了奇迹"，马上有婆罗门加以反驳：这有什么了不起，我们古代的仙人圣贤早就创造了更亮的汽灯，并且引经据典加以说明。当时在场的希雅姆"顿时觉得周身如烈焰燃烧一般"——

> 人们的这类议论，希雅姆不止听过千百遍……最令人不解的是，连一些有名的大学者居然也洋洋自得地重复这类说法。令希雅姆感到悲愤的是，这些人为了掩饰自己的保守，竟然沉湎于虚假的优越感之中。他们不敢正视现实，以此来欺骗安慰自己。①

而这种自欺欺人的自大，不是个别人的作为，钱达尔将其视为民族传统无意识的表现，他不无愤懑地写道："其实，他们的精神境界极其低下，他们是剽窃思想的罪人，像一个落后挨打的民族一样，指着自己伟大的过去、湮灭的文明和毫无生气的文学——其中连生命的一丝微弱光线都没有——声称'我们有过这一切'，而'这一切'里面包括西方科学家经过几个世纪的艰苦劳动，才创造出来的火车、无线电、机关枪、电灯、飞机和世界上的一切其他发明创造。还能有比这更为拙劣的例子说明一个民族的低下的思想境界吗？"②

在20世纪的人类文化格局中，这种守旧、盲目、自大的民族文化，注定没有竞争力；在与异族文化的较量中，注定会"失败"。《失败》表现的不止是两对青年男女恋情的"失败"，而是印度传统文化与西方文化

---

① ［印度］克里山·钱达尔：《失败》，如珍译，湖南人民出版社1986年版，第139页。
② 同上书，第140页。

冲突结果的一种隐喻。

三 象征意象：森林、僵尸与灰烬

钱达尔的小说创作具有鲜明独特的个性。"克里山·钱达尔具有诗人的气质和画家的匠心。他擅长以浪漫的笔锋，细腻地描绘大自然的风光，绮丽的山川和田园景色。他通过写景衬托出时代的辛酸和社会的丑恶，并用来处置故事情节，健康的生活画面和闪烁的前景，以体现作者的思想政治意象。他的笔调秀丽幽雅，比喻生动贴切、幽默、风趣并带有抒情色彩，给人以美的享受。"[①] 钱达尔的这些创作特点，在早期代表作《失败》中已有比较充分的体现。

钱达尔小说的魅力来自小说中的诗情画意。而这种诗情画意的主要构成因素有三：渗透着主观情感的自然景物；抒情性的笔致；富于象征意味的意象。限于篇幅，这里对前两点略去不说，只就"象征意象"略作展开。

意象是作家内在情感与外在物象高度契合，内涵深刻意蕴的艺术形象。一般认为它是"诗意的集中表现形式……使外界刺激经过诗性直觉酝酿之后的意识产物"[②]。《失败》中不乏这类意象，而且将这种情物融会的意象与社会现实、民族文化联系起来，构成一种象征关系，拓展意象的社会意义与文化内涵，有效表达反思民族传统的主题。

《失败》中有三个突出的象征意象。

第一，森林的意象。刚到山区几天的希雅姆随副税务官阿里祖一行人来到森林中打猎，他们在林中扎下帐篷，晚上燃起篝火。闲聊中希雅姆和阿里祖就社会是否进步展开论争，阿里祖赞美过去的专制制度，对老百姓自我意识的觉醒非常愤怒。希雅姆陷入沉思当中：暴力、压迫成为人们的枷锁，失去自由的人哪有幸福可言？若能有一种不倚仗暴力的统治，人们可以自由自在地真诚合作该有多好。但暴力的传统还在延续。接下来有一段对森林的描写：

---

① 季羡林主编：《东方文学史》（下），吉林教育出版社1995年版，第1301页。
② 陈圣生：《现代诗学》，社会科学文献出版社1998年版，第134页。

> 篝火亮光之外，黑黝黝的森林，神秘莫测，悄无声息，令人毛骨悚然，像一堵严密的黑墙，一点缝隙也见不到，一丝亮光也透不进去。这座森林已存在几百年，吞掉了许多这类篝火。火灭之后，地上便又长出绿油油的草木。绿荫和荆棘的后面，会突然闪出豹子的绿幽幽的可怕的眼睛。①

这里的"森林"意象，就是专制、充满暴力与黑暗的印度传统社会的象征；其间被吞掉的"篝火"是历史上偶尔出现的反专制、反压迫而又被镇压的群众运动的象征；有着"绿幽幽的可怕眼睛"的豹子是历史上残暴专制统治者的象征。

森林，在印度传统文化中有着特殊的含义。印度传统是农业文明，人与森林息息相关。森林是仙人净修之所，是圣贤冥思默想、隐修著述的地方，人生四阶段中有重要的林栖期。因而有人称印度古老文化为"森林文化"。但现代的钱达尔抛却传统文化中森林的静穆可亲、智慧之源和生息之所的含义，而取其黑暗、恐怖、荆棘丛生、虎豹出没的一面，与专制暴政联系在一起。这自然令人联想到但丁《神曲》"序诗"中那座黑暗幽深的森林。

第二，僵尸意象。印度古代文学有《僵尸鬼的故事》，僵尸鬼附着在死尸上，给搬运尸体的人出难题。也许这一古代文学的原型启示了钱达尔，在《失败》中把顽固守旧、阻止青年人自由恋爱的萨鲁巴基辛之流比作"僵尸"。希雅姆得知萨鲁巴基辛召集村中婆罗门商议拆散旃德拉与摩亨·辛赫的恋情，心中愤愤不平。晚上躺在床上，思绪翻滚：他们为什么要把社会和时代往后拉？"时代前进的步伐，犹如洪流正在人民心灵中呼啸奔腾，犹如风暴一般正在把古老的传统、风俗、咒语，扫荡殆尽。……生活早已大踏步前进，旧的生活已经完全泯灭，萨鲁巴基辛早已就寝入木。它的艺术消亡了，它的文明泯灭了。而村中祭司徒劳的努力，正像一个僵尸要使另一个僵尸复活一般地徒劳努力——僵尸——僵尸……"②希雅姆异常激动，翻身下床，来到屋外的花园：

---

① ［印度］克里山·钱达尔：《失败》，如珍译，湖南人民出版社 1986 年版，第 26 页。
② 同上书，第 80 页。

第四章　第二阶段(20世纪初至60年代)：成熟与高潮

　　……月光依然是那么黯然，惨淡——死气沉沉的月光！树木毫无生气。希雅姆暗自叹道，这不是花园，而是坟地；这不是树木，而是埋在土里的尸体，钻出地面。这些苹果树恍若龇牙咧嘴，在对他狞笑。①

这里的惨淡而毫无生气的月光、坟地般的花园、钻出地面的尸体、龇牙咧嘴的苹果树等，已经构成一种恐怖、幽暗的意境，强化了前面的"僵尸"意象。"僵尸"意象取其死而发僵，却又危害人类，甚至借尸还魂的含义，象征保守落后的印度民族传统。

　　第三，灰烬意象。灰烬扬起，又纷纷落下，一切都在灰烬的覆盖之下，整个世界显得空濛、虚无、飘逸。这是一种什么样的景象？只有在极度失望与伤感中才会体验到这种灰色的感受。希雅姆在小说尾声就是这样的感受。亲眼目睹真挚的爱被破坏，自己珍爱的姑娘被迫嫁给别人，这时的希雅姆"恍若某一非常的事件把生活的全部欢乐都燃成了灰烬，这灰烬不仅落在他的舌头上，还落在他的眼睛里。现在，他看到的每一样东西都是变化了的、扭曲了的。他看到山谷的清亮月光，疑是有人在山谷的赤裸身子上扬了一层灰，听鸟儿的啼啭啁啾，疑是灰烬下落的声音。这是一种奇特的感觉。每样东西都使他感到一种灰烬的滋味：苦涩、麻辣、稀松、酸溜溜，仿佛有人在他的嘴里、眼睛里、耳朵里、血液里、心脏里、灵魂里都撒满了这种灰烬"②。不仅是一种感觉，他还看到这样的意象：

　　月亮成了一堆灰烬。星星像白色的灰末撒满在夜空里。天地混沌，好像一个落满灰烬的院子。③

这里"天地混沌"的意象，表现的是希雅姆经历真、爱、美被毁灭后心境的极度悲伤和绝望。

---

① ［印度］克里山·钱达尔：《失败》，如珍译，湖南人民出版社1986年版，第80页。
② 同上书，第193页。
③ 同上书，第197页。

从上述突出象征意象的简单分析中,我们可以看到钱达尔在《失败》中意象描写的几个鲜明特点:①意象的描写紧随在人物心理活动之后,是人物情感外溢、透射到外在的物象之中,从而赋予客观物象以感情色彩,使物象获得超越自身的更多的内涵;②小说中描写的意象,既有客观物象的实写,又不全是实写,往往实中有虚,虚实相生;③意象的外在物象形态与内在的意蕴形成一种象征关系,而这种象征关系在上下文中能获得清晰的理解。

正是这些象征意象的运用,增强了小说的诗意色彩。以渗透着饱满情感和深刻意蕴的具体物象或场景的描写来表达思想,减少抽象的说教和议论,形成艺术形象的感染力和冲击力。

第 五 章

第三阶段(20世纪60年代至世纪末):后殖民文学

20世纪60年代到世纪末,世界局势发生了很大的变化,东方国家的民族主义从内涵到形态都不同于前一阶段。总的趋势是由东西世界意识形态的强硬对抗向文化领域迁移,在冲突中有融合,东方民族在实质性的"现代化"道路上努力寻求新的民族自我,后殖民思潮成为东方民族主义在新的历史文化语境中的变异形态。

第一节 东方民族主义的新发展与后殖民思潮兴起

东方社会经过战后初期的民族主义运动兴奋期,20世纪60年代以后,逐渐转向各自民族经济发展道路的探寻。到80年代,随着"冷战"世界格局的解体和"全球化"的世界发展趋势,东方各国的民族主义出现的新的变化,以关注当前民族文化的建设、反思现代民族文化发展路径、清算文化帝国主义后果、确立新的民族自我为核心内容的后殖民主义思潮成为东方民族主义思潮的主体。

一 20世纪60年代以后东方民族主义的特点

（一）独立国家建立后，从政治民族主义转向经济民族主义和文化民族主义

第二次世界大战后，东方殖民地纷纷独立，帝国主义殖民体系全面瓦解。东方各民族为之奋斗一百余年的民族解放大业基本达成。20世纪60年代以后独立的民族国家也有十几个（见下表），但争取从殖民统治下获得民族独立已不是东方民族主义的主流。

20世纪60年代后东方独立国家[①]

洲名	国 名	独立时间	首都	人口（千人）
亚洲	孟加拉国	1971.3.26	达卡	107000
	巴林	1971.8.15	麦纳麦	481
	卡塔尔	1971.9.3	多哈	371
	阿拉伯联合酋长国	1971.12.2	阿布扎比	1501
	文莱	1984.1.1	斯里巴加湾市	241
	塔吉克斯坦	1991.9.9	杜尚别	5900
	吉尔吉斯斯坦	1991.8.31	比什凯克	4670
	哈萨克斯坦	1991.12.16	阿斯塔纳	17470
	乌兹别克	1991.8.31	塔什干	22840
	土库曼斯坦	1991.10.27	阿什哈巴德	4560
	阿塞拜疆	1991.10.18	巴库	7145
	格鲁吉亚	1991.4.9	第比利斯	5460
	亚美尼亚	1991.9.21	埃里温	3760
	东帝汶	1999.10	帝力	740

---

① 表格中材料主要来自彭树智、黄倩云：《第三世界的历史进程》，中国青年出版社1999年版，第450—452页。

续表

洲名	国　名	独立时间	首都	人口（千人）
非洲	几内亚比绍	1973.9.24	比绍	945
	莫桑比克	1975.6.25	马普托	14932
	佛得角	1975.7.5	普腊亚	358
	科摩罗	1975.7.6	莫罗尼	487
	圣多美和普林西比	1975.7.12	圣多美	117
	安哥拉	1975.11.11	罗安达	9481
	塞舌尔	1976.6.29	维多利亚	67
	吉布提	1977.6.27	吉布提	388
	津巴布韦	1980.4.18	哈拉雷	8878
	纳米比亚	1989.6.1	温得和克	1111
	厄立特里亚	1993.5.24	阿斯马拉	3530

这一时期东方民族主义的主流由建立民族国家的政治民族主义转向了经济民族主义和文化民族主义。

"最简单地说，经济民族主义是指国家的这样一种愿望：在世界经济范围内掌握本国的经济命运，以及在本国领土范围内行使主权，决定谁可以开发自然资源，谁可以参与各经济部门的活动。"它是"某一政治制度对其地理疆界范围内经济资源的开发，实行国家或私人控制的过程。它是国内资源由本国经济控制取代外国和多国控制的过程"[1]。经济民族主义是各个国家取得政治独立后必然产生的结果。一个民族在完成独立的历史任务后，必须进一步发展经济才能使自己真正地站起来。经济民族主义的中心思想就是经济活动要为——而且应该为国家建设的大目标（或国家的整体利益）服务，它认为民族国家是个人和团体（公司、利益集团）最大的现实福利单元。因此，经济民族主义把掌握本国经济命脉、自主行使经济主权看得至关重要，认为只有这样才能使民族国家勃兴。迄今为

---

[1] James patras, *latin American dependence to revolution*, new york：1973，p.107.

止，从宏观上看，现代民族国家仍是各种资源和财富分配的基本单位，在资源有限并且紧缺的世界体系中，全球竞争主要还是国与国之间的经济竞争，个人生活水平的提高和企业的收益主要来自民族国家，国家实力和国家安全则取决于国民经济和民族产业的竞争力，所以个人和团体（公司、利益集团）最大的现实福利单元，起码在相当时期内仍然是民族国家而不是全球。基于这样的认识，经济民族主义主张每个国家都应该把追求更多的超额利润以满足本民族国家的需求当做最重要的政治目标之一。

东方这一阶段的经济民族主义主要表现为发展中国家摆脱依附与控制，实现自主发展，建立世界经济新秩序的努力。东方国家的经济民族主义的兴起是与世界经济生成方式和国际经济旧秩序的存在密切相关的。世界经济体系是通过资本主义生产方式的国际化而形成的，资本原始积累和殖民扩张使世界划分为"中心国家"和"边缘国家"，并构建了以不平等的国际分工、国际贸易和国际金融为内容的国际经济旧秩序，它在今天仍继续操纵和控制着世界经济格局和国际经济关系。冷战结束后，"第三世界成为民族主义浪潮泛起的多发地带，与其近代以来所遭受的最为深重的经济剥削和经济控制及其由此导致的经济贫穷密切相关，民族经济独立的目标性追求仍是刺激民族主义发展的深刻动力"。[①]

我们以经济民族主义突出的中东地区为例略作说明。中东经济民族主义带有外生型和防御型的特点。大多数中东国家在强权的刺激下发生政治变迁和经济变迁。正是因为西方文明的入侵与强烈刺激，正是为了反对西方，中东各国才启动了其现代化进程。由于无任何经验可以借鉴，中东各国最初主要是在东、西方发展模式和各类思潮的影响下效仿别国的发展经验，不同程度地照搬资本主义或社会主义的经济发展策略，最终导致20世纪70年代以来在经济上严重依赖发达国家，并出现失业率增高、贫富两极分化严重、社会秩序混乱等一系列问题。20世纪80年代中期以后，伊朗宗教领袖霍梅尼提出"不要东方，不要西方，只要伊斯兰"的口号，意味着一些伊斯兰国家已经深刻认识到必须开创一条属于自己的发展道路，于是经济民族主义的倾向在强化宗教与民族属性的呼声中显现。中东经济民族主义具体体现在几个方面：第一，收回本国经济活动的控制权，

[①] 刘中民：《关于冷战后全球民族主义的多维思考》，《世界民族》1995年第2期。

推行国有化运动。70年代，伊朗、伊拉克、科威特等从外国公司手中全部收回石油生产权，石油国有化运动取得胜利。这次胜利表明中东人民第一次意识到了自己的力量，敢于掌握资源主权，向旧的国际经济秩序挑战；同时使经济斗争与政治斗争有机地融为一体。第二，伊斯兰化运动。由于伊斯兰教在中东的特殊地位，中东经济民族主义往往和宗教民族主义交织在一起，伊斯兰复兴运动成为推进中东经济民族主义的重要手段。随着资源的国有化，中东个别国家打着伊斯兰复兴的旗号，在金融领域掀起了带有宗教主义性质的伊斯兰化运动。第三，积极推行地区经济一体化。1971年，在阿拉伯金融组织的基础上组建了地区性多国货币金融组织——阿拉伯经济与社会发展基金会。80年代随着各国经济的转型与变革，中东经济一体化也进入新的发展阶段，成立了两个地区经济集团的雏形——海湾合作委员会和阿拉伯马格里布联盟。90年代自由贸易区在中东崛起，在塞得港、亚历山大、阿里山、贝特鲁和本扎尔特建成5个自由贸易区；另外，还筹建了亚丁湾、苏伊士等8个自由贸易区。第四，日趋激烈的资源之争。资源问题被视为中东各国、各民族权益之争和武装冲突的诱发因素。[①]

这种强调在经济发展中追求民族利益的经济民族主义包含了东方国家对现存国际秩序无奈与抗争的双重心态。在遭遇1997年夏季以来不断蔓延的全球金融危机的打击之后，东方发展中国家更加深刻地认识到，只有采取自我保护的经济政策，避免过快和过于被动地卷入不公平的国际竞争环境和不均衡的全球化进程，才能免遭灭顶之灾。经济民族主义因此被越来越多的东方发展中国家所接受和实践。

文化民族主义贯穿东方民族主义思潮的全过程。但在前两个阶段，文化民族主义是服务于民族解放、建立独立民族国家的政治目标。这一阶段的文化民族主义成为东方民族主义的重要形态。

文化民族主义的主要任务是要保持和发展本民族特有的文化传统，主张以民族的文化个性和文化传统为纽带，强化族民对政治共同体的认同。

面对西方文化的冲击，面对全球化进程中日益强大的文化同化力量，如何保持民族个性，避免被文化霸权吞噬，已经是一个关系到国家生存的

[①] 上述材料参见冯璐璐《中东经济民族主义的缘起与表现》，《世界民族》2005年第1期。

重大问题。对于许多东方国家而言，赶超发达国家，实现现代化是不得不做的必然选择，但在具体的道路上却常常面临或者放弃民族传统文化以跟随潮流，或者固守传统对抗西化的两难处境，文化民族主义正是在这种背景下复兴，并且表达着东西方文化冲突与抗拒这一经久不衰的主题。东方国家的政治精英和思想家们试图通过挖掘传统文化的资源，培植起本民族的文化与精神禀赋，来挑战日益嚣张的西方文化扩张和文化霸权（诸如"好莱坞化"和"可口可乐化"），以保持或恢复民族自尊心，获取政治号召力。与经济民族主义反对经济侵略相似，文化民族主义者反对的是"文化殖民"。

（二）冷战结束，两极格局解体，政治意识形态衰微，多元化中的民族自我寻求

两极格局终结后，世界形成了以美国、欧盟、日本、俄罗斯、中国及发展中国家为主要力量的多极化趋势。

20世纪的两次热战结束后，在少数大国的主导下先后建立了"凡尔赛体制"和"雅尔塔体制"，这些体制从实质上讲都是帝国强权体制，是压抑多样化发展的体制。冷战结束后，美国试图建立一统天下的"单极世界"霸权体制，但是所有从冷战霸权束缚中解放出来的国家都走上了开放发展和积极参与国际事务的道路，这使得整个国际关系的发展趋势走向缓和，缓和的基础是平等相待、相互尊重主权独立和领土完整，体现了和平主题的要求。同时，平等才能保持多样。在经济一体化所影响的现代化生活水准趋同的形势下，实现现代化的道路也表现出多样化，越来越多的国家认识到现代化只是一种社会发展程度和人民生活水准而不是一种既定的现成模式，对于发展中国家来说，现代化并不意味着"西方化"，对于很多发达国家来说，现代化也不意味着"美国化"，对于社会主义国家来说，现代化也绝不意味着资本主义现代化。这种多样性观念的确立和发展道路的多样性选择，也决定了世界政治格局的多极化走向。对于国际社会而言，政治多极化就意味着国际层面的民主权利扩大，就意味着对霸权主义的遏制。同时，也意味着不同的政治理念和社会制度在平等基础上的竞争而不是在对抗条件下的争霸。资本主义和社会主义究竟哪一种主义具有社会制度的优势和能够实现人类社会充分的平等、自由和民主，要通过

发展的实践来证明。发展权作为人权最基本的权利之一，不仅包括了发展的要求和实践必须得到尊重，而且也包括了发展道路的选择需要得到尊重。这一点在国际社会日益密切的交往中已经形成了理论上的共识，这是实现发展的题中之意，并且已经在发展的实践中开始体现。

人类社会是一个建立在多样性共存共容基础上的社会，生物的多样性是奠定生态平衡的自然基础，动植物物种的消失在中断大自然生物链的同时造成了生态环境的恶化，并直接危及人类的生存和发展。生物多样性所维护的生态平衡，对人类社会的启示是深刻的。人类在生物学意义上是统一的，但是在文化上是多样的，这种多样性是保证人类社会创造性和发展活力的基础，同时这种多样性也理应成为维护各民族共存共容和平机制的基础。但是，从历史上看，所有的帝国统治都是建立在对人类多样性的否定的基础上的，这从阶级社会解决民族问题的主导政策和基本取向中是不难看出的，从文化上消除社会的异质性就必然实行民族压迫等强制性的措施，因为文化的多样性是以民族为依托的。所以，帝国霸权、专制统治都是对人类社会多样性的反动，它们也必然遭到人类社会多样性的反抗。

多样性是自然生态平衡的基础，多样性也是人类社会和平与发展的基础。人类的文明是世界各种族、各民族共同创造的。世界上各民族遇到的生存困难不同，他们克服困难的方法也不同。正是这种不同创造了人类社会五彩缤纷的文化，正是这些绚丽多彩的文化之间的交流、借鉴和吸收促进了各个民族乃至整个人类社会的发展。不同或相异是自然界和人类社会普遍的现象，处理、协调或解决这种现象产生的矛盾不是建立在消除多样性的基础上，而是建立在求同存异、和而不同基础上的。多样性是创造力和发展活力的源泉，多样性的汇聚和融通会形成人类文明的整合，同时会在更高层次上升华为新的多样性。

世界格局多极化的基础在于世界多样性。人类社会的多样性有利于人类社会的发展。多样性是世界存在的本质特征，也是人类社会赖以延续和发展的根本动力。没有多样性就不成其为一个世界。多样性意味着差异，差异需要交流，交流促进发展。世界各国在历史文化传统、社会政治制度以及经济发展阶段上存在着差异。每个民族和每个国家都有自己独特的文明传统，每种文明都有自己的特点和长处。各种文明在平等对话相互交流中、和谐相处、互识互补、互证互鉴，不断丰富和发展。

在多极化格局下,文化因素在当代社会发挥着越来越重要的影响。它主要表现在:一方面随着经济全球化的加速发展,各国间的文化交流和人员往来增多,以及信息技术广泛应用,导致全球文化融合的发展趋势明显加快;另一方面,文化因素,取代以往的意识形态成为影响现代国际关系的重要因素。20世纪90年代以来,世界上的许多冲突往往带有宗教、文化和民族的色彩。发展中国家的弱势文化对西方强势文化的反弹,出现民族主义情绪上升和原教旨主义复兴。

正是在这种多极共存、民族文化平等交流对话的大背景中,东方各民族都重视自己民族文化的建设和发展,既不盲目跟随西方潮流,也不是简单地回归民族传统,而是探讨新时代的民族自我——扎根于民族传统、又焕发出生命活力的民族自我。

(三) 全球化趋势与民族文化整合

在冷战格局被打破的多极化情势下,由于不断发展的科技革命和生产国际化的推动,生产的社会化、国际化水平不断提高,各国经济相互依赖、相互渗透日益加深,所有国家、地区和国家集团的所有经济部门和经济环节都成为一个有机整体中的不可分割、不可或缺的组成部分。同时,人类文化交往的范围更大、领域更多、频度更快,各种文化信息在世界范围自由流动,文化时空边界模糊。这样,一个政治上互相求同存异、经济上互相联系依赖、文化上互相渗透融合的"全球化"时代已到来。

"全球化"(Globalization)的概念1985年由西方学者T.莱维特提出,20世纪90年代盛行全世界,至今成为使用频率最高的词汇。资本全球化、科技全球化、媒体全球化、资讯全球化、生产全球化、贸易全球化、政治全球化、思想全球化、文化全球化、生态全球化……不断涌现。

"全球化可区分为广义和狭义两层。狭义的'全球化'是指从孤立的地域国家走向国际社会的进程,而广义的'全球化'是指在全球经济、文化交流日益发展的情况下,世界各国之间的影响、合作、互动愈益加强,使得具有共性的文化样式逐渐普及推广成为全球通行标准的状态或趋势。"[①] 全球化的具体表现在许多方面:在生产资本方面,国际投资增长,

---

① 尹继佐主编:《当代文化论稿》,上海社会科学院出版社2006年版,第67页。

带来了资本国际化；在商品资本方面，贸易国际化，贸易成为国际交往中最活跃的环节和各国经济发展中不可缺少的组成部分；在货币资本方面，金融国际化，国际金融交易大大超过世界生产和商品交易；在经济主体方面，跨国公司日益成为世界经济的重要力量；在文化生产与传播方面，信息和图像的数字化、卫星传播和远程电话、新电缆和光纤技术以及全球互联网、使文化生产和传播跨越民族文化和民族国家的界限，实现及时的传递和接受；在文化形态方面，商业性、娱乐性的大众文化流行，电影、唱片音乐、新闻、电视节目和网上视频等，伴随着跨国文化生产公司和跨国电信公司形成全球性文化市场；在生态环境方面，共居于地球的人都意识到：环境的破坏和自然资源的过度耗损，已不是哪一个国家、哪一个区域的问题，人类只有一个地球。

一方面是世界格局的多极化，一方面又趋向"全球化"，该势必导致世界各文明之间的冲突。怎样正确认识全球化条件下不同文明之间的关系？在民族国家还是作为一个主权实体独立存在的条件下，各民族文化都存在一个在新的历史语境中加以整合的问题。

全球化的影响固然使现有的各种文明增添了一些共同性的成分，带来诸如全球性文化市场和文化产业那样的新事物，但是并不能从根本上消除了各种文明之间的差异。相反，在经济全球化的进程中我们看到强劲有力的文化多元化发展的趋势，文明的多样性并不会因为全球化而消失。因为：①在目前的全球化进程中，旧的国际经济秩序和文明秩序依然存在，使得现实的文明交流具有极大的不平等性。当今全球化的实质，是西方强势文化的输出，通过文化霸权扩张，输出自己的价值观念、思维方式和生活方式。而广大发展中国家的民族文化仍然处于劣势地位，出于反对文化霸权主义、维护民族精神和保存民族文化传统的需要，民族情结和民族意识被强化，加之文化所具有的不同社会制度和意识形态的差异，以及不同国别民族精神和民族特征的差异，使得不同文明之间的交流呈现出极大的不平等性。②人类文明史表明：不同类型的文明总是在走向世界和相互交流、碰撞、整合、创新的过程中保持着自己的民族特色，显示出自己的价值和生命。文化首先是民族的、区域的，然后才是世界的、人类的；世界的、人类的文化必须转化为民族的、区域的文化，才能被人们所传播和接受，才能显示出生命力。因此，越是具有民族性特点的文化，往往越具有文化的价值和生命力，也就越能走向世界。民族文化在走向世界的进程中，其民族性不仅不会丧失，反而会在与其他民族文化的交流和融通中得到强化和锤炼。学习、引进外来先进文化，并不是要消灭或代替民族文化，而是要扎根于民族的土壤，使之本土化、民族化，使异域的东西取得民族的形式和风格，打上民族的烙印。这是人类文明发展过程中无数事实所证实了的普遍规律。③从文化对社会、经济的促进作用看，每一种文明类型或文化资源对其经济发展和社会进步的作用都是独特的、不可替代的。每种文明都是与自己的生存环境相适应并经过长时期的积累形成独特的承传道统。由于世界政治、经济、文化发展具有不平衡性，所以，并不是所有先进的文化或文明成果都集中在一种社会形态或一个国家或民族之中。每个民族要想民族经济发展、政治稳定，就必须有与之相应的民族文化作支撑，只有立足民族文化之根，又适应新的时代要求，吸纳外来文化中的先进成分，加以有机整合，才能积极有效地推进社会的进步与繁荣。

东方各国出于国家和民族的实际利益与未来发展的考虑，都对"全球化"趋势作出积极的回应，在战略上为民族文化的整合采取积极有效的措施，参与全球化的进程，展开不同层次的学术研讨，作出国家政策的战略调整。

东方民族的思想家和政治精英们大都充分认识到：每个民族在接受外来文化影响的同时，必然要对自己文化进行筛选、扬弃，使民族文化发生转型。通过借鉴、学习和吸收外来文化，使之本土化、民族化，通过分析、筛选和扬弃民族文化，使之转型。民族文化正是在通过这两条途径实现整合创新的过程中保持着自己的民族特色，显示出自己的价值和生命。

（四）由民族统一向民族分离演变

经过民族解放运动而获得独立的东方国家，大都是多民族国家。在争取建立独立民族国家、挽救民族危亡的时候，众多民族能团结一致，共同抵抗入侵的外敌。新的国家建立后，随着社会进程中的一系列问题的出现，许多东方国家都面临着民族分裂的现实：一些多民族国家内部非主体民族争取主体地位或平等权利的抗争，引起民族纠纷、政局动荡，甚至暴力冲突，导致多民族国家从内部裂解。

这样的民族分离活动在20世纪60年以后比较普遍，重要的有：菲律宾政府与南部穆斯林分离主义者的武装冲突，印度尼西亚东帝汶革命阵线谋求该地区脱离印尼，缅甸政府与北部地区少数民族长期的武装冲突，斯里兰卡僧伽罗人与泰米尔人的冲突，巴基斯坦以建立"信德国"为目标的"信德运动"，伊拉克和土耳其边境的库尔德人试图建立库尔德斯坦而与各自政府的冲突，中亚8国在90年代脱离苏联而独立，苏丹南方的黑人与北方的阿拉伯人的冲突导致内战，厄立特里亚地区从埃塞俄比亚分离出来于1993年独立，索马里各部族之间的冲突矛盾引起大规模流血冲突，非洲大湖地区出现以布隆迪、卢旺达为代表的部族仇杀并向毗邻国家和地区的蔓延，塞浦路斯土耳其族和希腊族的分裂形势更加严重，印度的教族冲突激化，印度与巴基斯坦之间的克什米尔冲突尖锐，摩洛哥解放军同政府的对抗，苏门答腊等地普遍发生的教族冲突和分离运动，斐济国内对印度移民的排斥。

综观这些民族分离活动，表现出几种不同类型，主要有三种：

1. 独立型分离活动

有些民族历史上就曾经拥有过以本民族为主体的独立国家，但在后来的发展过程中被直接或间接吞并而成为现有母国的一部分，这种分离主义运动以恢复历史上原有的民族国家为目标，以反对现有母国的民族压迫为口号，在"恢复历史"的旗帜下积极从事反对现有母国的斗争。一般来讲，这种分离主义运动都有它较为完整的思想理论体系和斗争组织形式。它其实是历史上该民族反抗异族侵略的继续。这种分离主义运动的性质决定了它与现有母国之间的矛盾是不可调和的阶级矛盾，因而在实践中往往伴随着暴力和流血冲突。原苏联境内的波罗的海三国、印尼的东帝汶、中东的库尔德人的分离主义运动等，都是这种类型的典型代表。

2. 宗教型分离活动

是指生活在同一国家的民族之间，由于宗教信仰、风俗习惯等的巨大差异而导致其中的一个或几个民族谋求从现有母国分离出去而建立自己独立的国家或并入与自己拥有相同信仰的其他国家。比如斯里兰卡的泰米尔分离运动、印度锡克教与伊斯兰教之间的冲突、伊拉克什叶派穆斯林与逊尼派穆斯林之间的冲突等。这种分离主义运动带有强烈的宗教色彩。

3. 部族型分离活动

主要表现在非洲，非洲大多数"民族国家"不是生长出来的，而是殖民主义的产物，其疆界的划定完全是按殖民者的利益来决定的一个个"制图学单位"①。在几何线条的边界版图上，纵横交错着跨部族的国家和跨国家的部族。非洲的悲剧在于人们对部族的忠诚远超过对国家的忠诚，没有一种足以把各个部族凝聚起来的民族文化。非洲中部的一些国家（如乌干达、卢旺达、布隆迪、安哥拉、利比里亚、索马里）不断发生各种族之间的大规模血腥屠杀，就是这种"人造国家"的后遗症的显现。在国家独立以前，只靠对压迫者的仇恨就足以动员起民众解放的热望，但以此来管理一个独立的国家却显得远远不够。

导致东方20世纪后期民族统一向民族分离演变的原因是多方面的，主要有下列几个方面：

第一，东方国家民族结构的多样复杂。除少数国家（如日本、朝鲜、蒙古、埃及、突尼斯）被认为是单一民族国家外，绝大多数是多民族国家，有的多达几百个。如尼日利亚有250多个，扎伊尔有254个，苏丹有570多个；而有些民族的成员则分布在几个甚至几十个国家，如阿拉伯民族到现代有多个主权国家，马来族分布在东南亚的菲律宾、印度尼西亚、文莱、马来西亚、新加坡等国家，非洲的豪萨人分布在7个国家，沃洛夫人分布在5个国家。这样复杂的内部民族结构，为民族分离活动留下了巨大空间，一旦具备一定条件，就会出现民族间的矛盾纠纷。

第二，殖民统治遗留的后果。西方对东方的殖民统治期间，殖民者关心的是最大限度地获取当地的原材料和劳动力资源，并不真正关心当地的民族自身建设。出于稳固统治的需要，殖民主义者往往对殖民地采用分而治之的统治手段，在各民族之间留下许多隔阂和积怨。殖民主义者当年为瓜分殖民范围，人为地划分边界，将统一的民族划入不同的政治疆域，或一个政治疆域包括众多被分割的民族。"例如非洲国家的疆界有44%是按经纬线划定的，30%为几何图形，只有26%以山脉、河流为界，这些边

---

① ［日］三好将夫：《没有边界的世界？从殖民主义到跨国主义及民族国家的衰落》，载汪晖、陈燕谷主编《文化与公共性》，生活·读书·新知三联书店1998年版，第487页。

界绝大多数是19世纪欧洲列强在非洲争夺和瓜分的结果。"①

第三，当代国际政治风云的影响。20世纪后期，世界是一个整体，世界的政治风波会产生联动效应。东方国家的民族分离活动往往有着相应的国际背景。非洲安哥拉的部族冲突，就有美国和苏联两霸对峙、各自支持一方相关。最典型的是20世纪80年代末冷战结束、苏联解体为肇始的第三次民族主义浪潮，中亚各民族国家独立，受此冲击，掀起新一轮世界性的民族分离潮流，一些东方民族也深受其影响。

第四，究其实，最本质的原因是东方国家现代化进程起步较晚，资本主义发展明显不足，严重阻碍着这些国家形成统一的社会体系和社会意识，缺乏强有力的黏合剂将国内各族体凝聚在一起，使民族国家构建与族体发展之间产生尖锐矛盾。② 这些矛盾尖锐到国家无法调解的地步时，就会产生破坏性很强的民族分离运动。在经济发展尚未达到相应水平，操之过急地推行民族同化，往往会适得其反地促发民族分离。借用沃勒斯坦的世界体系理论的说法：在一个较大的地区共同体内，某些地区先发展起来，形成"中心"，后发展地带就成为"边缘"。中心与边缘常常发生改变其从属和受剥夺地位的努力。如果"边缘"的处境长期得不到改善，其谋求独立、建立新的"民族国家"的愿望就会不断增强，而在这个过程中，当"边缘"的不满和破坏性力量超过体系的承受力时，就表现出民族或国家的分离。如非洲国家大都对社会与民族的整合能力非常有限，起主导作用的是强大的部族。

总之，不管是哪种类型也不管是出于何种原因，民族分离活动的倡导者都提出"本民族第一"的口号，利用民众对本民族或本地区历史语言、文化传统的眷恋情结以及对美好生活的向往和渴求，煽动本民族对中央政府、对母国主体民族或是对其他反对者的仇恨心理，有时甚至发展为暴力冲突或武装对抗，从而对本国、本地区的和平与稳定都构成了巨大的威胁。③ 20世纪后期，东方民族国家的统一与分离成为社会进程的辩证对立

---

① 畅征、陈君峰：《第三世界的变革》，中国人民大学出版社1997年版，第107—108页。
② 宁骚先生把这些矛盾归纳为五个方面，即国族语言与民族语言、国民文化与民族文化、权力垄断与权力分享、国土开发与利益分配、国家的经济现代化与族体发展要求。参见宁骚《论民族冲突的根源》，载《中国社会科学辑刊》1995年夏季卷。
③ 方华平：《试论冷战后的民族分裂主义》，《国际政治研究》1995年第3期。

运动,也是民族主义"双刃剑"历史价值的具体体现。

(五) 文化帝国主义与殖民统治文化后果的清算

在世界殖民体系瓦解之后,西方发达国家再也不能以合法手段在政治上和经济上统治东方国家了。但出于利益追求的需要,又不甘心放弃处于发达地位所能带来的好处。因而,以美国为首的欧美发达国家利用其高度发达的信息传播手段对殖民地国家和地区进行大量文化渗透活动,包括意识形态的宣传和文化产品的倾销,力图保持其在世界文化发展中的霸主地位,并通过这些手段获得大量的政治资本和商业利润。这就是人们常说的"文化帝国主义"。"'文化帝国主义'作为批评话语,产生于20世纪60年代。当时,美国学者赫伯特·席勒在研究了当代西方与第三世界之间文化交流问题后,提出了文化帝国主义论。席勒认为文化帝国主义的实质是西方国家(特别是美国)运用其先发展的优势,强制性地向非西方国家输出自己的政治文化、商业规范、文化习俗、价值观念及生活方式,就是说,文化帝国主义存在于文化的三个层次,即器物、制度、观念上。"[①]

文化帝国主义与全球化相生相伴。"全球化既是一个经济上不断扩张的实践过程,又是一个在文化层面上不同文化相互激荡的过程,还是一个矛盾不断展开的过程。全球化过程中所蕴含的诸如经济摩擦、政治冲突等矛盾,其产生和发展均与不同民族之间存在着的文化价值观念方面的差异密切相关。正是从这一认识出发,人们将全球化视为一种社会实践过程和文化的扩张性运动,认为其自身包含着经济与文化的双重权力意志。这说明,我们在通常意义上所理解的全球化,说到底不过是由西方跨国资本运作需求和自由贸易准则所规划组织的各种'世界贸易组织'来主导和推动的,这种全球化的结果所带来的不仅是一种秩序化了的世界经济市场及其活动方式,而且必然产生出一种内在于整个全球市场活动中的无法抗拒的文化强制性。"[②]

在全球化背景下试图确立文化霸权的文化帝国主义,自然引起对殖民统治遭遇记忆犹新的东方民族主义者的注意。在他们看来,文化帝国主义

---

① 黄力之:《文化帝国主义与价值冲突》,《哲学研究》2004年第9期。
② 贾英健:《文化帝国主义与"意识形态的终结"批判》,《求是》2003年第3期。

是在新的历史文化语境中帝国主义发展的新阶段，是以价值观念的一体化为目标、实现无需武力征服的殖民统治的帝国主义新形态，因而必须警惕和抵制。首先是一批离开母体文化、在西方文化中生存的东方学者，敏锐地感受到文化帝国主义的氛围，认识其本质。一些东方本土的思想家和理论家也紧随其后，兴起了时下还在发展中的"后殖民主义"思潮。

按照后殖民主义的观点，西方的思想和文化以及文学的价值与传统，都拥有强烈的民族优越感。只有西方先进国家和民族文化才是世界文化的中心和楷模，而非西方的"落后"民族的文化则被贬为边缘文化、愚昧文化。任何一个民族都具有一种本能的"后殖民意识"，都试图对其他民族实施文化渗透，以求跻身于中心文化的地位。然而，"后殖民能力"是由一个国家和民族的科学技术发展水平、经济实力所决定的。西方发达国家以其强大的科技、经济优势占有了这种"后殖民特权"，他们可以毫不费力地将自己的价值观念和意识形态通过各种先进的传播媒介强行"编序"于世界文化的运行机制之中，灌输给"落后"的民族。由此可见，以欧洲中心主义为基础的主人叙事主义已经是一种文化帝国主义。

后殖民主义谴责文化帝国主义，强调民族文化的特色性和自主性；认为在国际交往中，不仅应当尊重其他国家的政治主权，也应当尊重其文化主体性；不仅应当在经济领域中坚持平等、自由原则，而且应当在文化领域中遵循平等、自由原则；坚决反对在文化领域中的以强凌弱行为。

后殖民主义从对文化帝国主义的审视出发，进而前溯渊源，对当年殖民统治给殖民地带来的文化后果一并加以清算。

当下东方民族国家在发展的主题下，面临种种矛盾和矛盾中的抉择。一方面要抵制西方国家利用经济强势侵犯本国的经济主权和文化主权，另一方面还得积极参与全球化进程，在与发达国家交流的过程中发展民族自我。东方民族在实践中应坚持"对话"而不是"孤立"的原则。东方民族发展的根本任务是在与世界先进文化的对话中探索适合民族发展的道路，实现自身现代化，而不是向西方挑战。东方有东方的发展道路，在经济增长中，差异性文化之间既有冲突又有融合，既有裂变又有对话。如果过分强调文化冲突，就有可能使一些局部的小的矛盾转化为激烈的全面抗争，导致自身发展进程的衰减。而且，将东、西方看做是不可能获得对话共识的绝对对立的二元，则可能因文化的差异而引发更大的意识形态冲突。这对东方社会的发展非常不利。

二 后殖民思潮相关的概念

后殖民主义作为一个文化思潮,近年成为热门话题。从西方到东方,各国的一批学术精英都涉足这一领域,都在萨伊德、斯皮瓦克、霍米·巴巴等人的原创理论的基础上加以阐释和发挥,围绕着东方/西方、传统/现代、边缘/中心、本土/他者、民族化/世界化等范畴展开论说,众说纷纭、歧见并存。但对后殖民主义重要组成部分的后殖民文学创作却很少关注。

与后殖民主义思潮相关的有一组概念:后殖民主义、后殖民理论、后殖民文学。这组相关概念的关系可用下图表示:

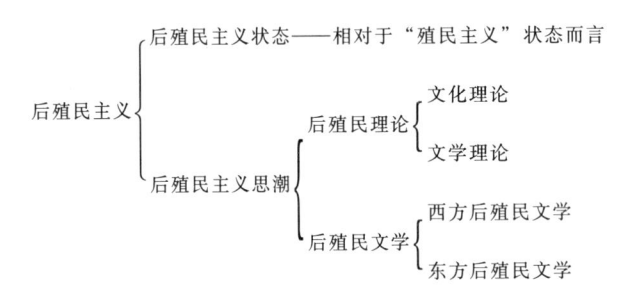

```
            ┌ 后殖民主义状态——相对于"殖民主义"状态而言
            │
后殖民主义 ┤                    ┌ 后殖民理论 ┌ 文化理论
            │                    │            └ 文学理论
            └ 后殖民主义思潮 ┤
                                 │            ┌ 西方后殖民文学
                                 └ 后殖民文学 ┤
                                              └ 东方后殖民文学
```

(一)"后殖民主义"作为一种状态和作为一个思潮是两个不同的概念

"后殖民主义状态"是殖民主义状态的延伸,指西方发达国家在殖民体系崩溃后,依然试图对原殖民地国家加以控制的努力和策略,体现为欧美发达国家对第三世界国家的文化渗透和文化侵略。而"后殖民主义思潮"则是原殖民地的知识分子和欧美的部分知识分子解构、批判西方对第三世界国家的文化渗透与文化霸权,颠覆"西方中心"的后殖民主义状态,探索原殖民地民族文化建设和发展道路的思想潮流。前者以原殖民者为主体,以原殖民地为对象;后者以原殖民地为主体,以原殖民者为对象。这样两个主体和对象完全相反的概念,有论者在论述中往往混用,导致人们理解的混乱。

（二）后殖民主义思潮包括两个部分：后殖民理论和后殖民文学

国内介绍后殖民主义用力最勤的当属王宁先生，他多次谈道：

> 后殖民主义这个含混的概念包括两层意思：其一是指一种理论思潮；其二则指一种不同于殖民地宗主国正统文学的写作。也就是说，作为一种理论思潮的后殖民主义专指当今一些西方理论家对殖民地写作/话语的研究，他的理论基石主要是后现代主义/后结构主义的一些概念，实际上是批评家通常使用的一种理论学术话语；而作为一种长期受压抑并被"边缘化"后的后殖民地文学则指原先的欧洲（主要英法帝国）殖民地诸国的文学，以区别其与"主流文学"的不同。①

王宁先生提出了后殖民主义思潮包括理论和创作两大部分。但他是着眼于英语世界来界定其内涵。若放眼世界，在20世纪后期的世界整体格局中考察后殖民主义思潮，我们有些不同于王宁先生的看法。

第一，把后殖民主义理论思潮说成是"当今一些西方理论家"的作为是不确切的。且不说20世纪80、90年代后殖民主义理论中坚的萨伊德、斯皮瓦克、霍米·巴巴等东方血统学者的文化身份的确定是个复杂的问题，还必须考虑到一大批东方本土学者的批评理论。事实上，英国学者巴特·穆尔-吉尔伯特等编撰的《后殖民批评》中就包括原殖民地本土的理论家、作家的论文，如马提尼克岛的艾梅·赛萨尔的《关于殖民主义的话语》，尼日利亚的齐努瓦·阿切比的《非洲的一种形象：论康拉德〈黑暗的心灵〉中的种族主义》，阿尔及利亚的弗朗兹·法农的《论民族文化》等，吉尔伯特在《导言》中认为："黑人文化传统认同运动（negritude movement）是后殖民批评领域最早的起程处之一。"② 而且多次提到塞内加尔总统桑戈尔的贡献。

我们若把视野越出西方世界，在东方许多民族国家政治独立后，其思

---

① 王宁：《后殖民理论与后殖民文学》，《中外文化与文论》，四川大学出版社1996年版，第12页。
② [英]巴特·穆尔-吉尔伯特等编撰：《后殖民批评》，北京大学出版社2001年版，第56页。

想家、政治家们出于国家和民族发展的考虑提出许多清算殖民统治的文化后果,反对西方文化霸权,以与西方世界平等、对话的方式探索新的民族文化建设的思想和方略。如印度的尼赫鲁谋求巩固政治独立,实现"印度人化",改革发展印度传统文化的思想;埃及的纳赛尔维护民族独立,实行社会全面改革、寻求阿拉伯世界的团结统一和不结盟思想;印度尼西亚苏加诺的"建国五原则"理论;加纳恩克鲁玛的新殖民主义理论;利比亚卡扎菲的"世界第三理论";南非曼德拉的"种族平等"理论等,它们都是后殖民主义的组成部分。

当然,后殖民注意理论思潮有一个发展过程,由不自觉到自觉,由零散到体系化。20世纪80、90年代,以萨伊德、斯皮瓦克、霍米·巴巴、阿里夫·得里克、艾贾兹·阿赫默德的理论是后殖民理论的自觉形态,产生了"后殖民主义"、"东方主义"、"文化帝国主义"等一套核心概念。但我们不能因此而忽略了原殖民地本土理论家的思考和探索。

第二,将后殖民文学创作思潮界定为"原先欧洲殖民地诸国的文学"也不太确切。其一,不是原殖民地文学创作的全部都是后殖民文学,它只是其中的一部分,即原殖民地文学中表现后殖民文学精神主旨的文学。其二,后殖民文学创作不止限于原殖民地诸国,西方原殖民国也有后殖民文学创作。这是西方部分具有人类良知的作家,对殖民地获得独立后的文化极为关注,创作出以原殖民地与原宗主国文化关系为题旨,不满西方文化霸权的作品。这样的创作不是西方文学的主流,但确实存在。如法国作家马尔罗(1902—1976)、诗人圣-琼·佩斯(1887—1975)、亨利·米肖尔(1899—1986),英国诗人奥顿(1907—1973)、燕卜荪(1906—1984)、作家罗素(1872—1970,获1950年诺贝尔文学奖),德国作家弗西施(1901—1991)、卡萨尔(1896—1966)等。他们都曾游历或旅居东方,对东方传统文化和独立后的东方民族前途极为关注,以平等对话的立场看待中西文化,创作了一批以东方为题材的作品。他们的创作与康拉德、吉卜林、福斯特、威尔第等人的殖民主义立场的东方题材创作完全不一样。

赛义德在《文化与帝国主义》一书中,以"叶芝与非殖民化"为题加以论述,认为"尽管叶芝明显存在于爱尔兰,存在于英国文化与文学和欧洲现代主义之中,他的确还代表着另一个引人入胜的方面:他是一个无可争辩的伟大民族诗人。他在反帝抵抗运动期间阐述了遭受海外统治的人民的经历、愿望和恢复历史的瞻望"①。

因此，我们认为：后殖民文学应包括西方后殖民文学和东方后殖民文学两大部分。

（三）后殖民理论与后殖民文学的关系

关于后殖民理论的思想渊源，许多论者都谈到后殖民理论与葛兰西的霸权理论、福柯的话语理论、后结构主义理论的渊源关系。这些没有错，但不够全面。我们认为后殖民理论的思想渊源至少还要考虑以下几个方面：

第一，西方对东方殖民统治的社会现实经验和殖民主义文学文本。后殖民理论是对殖民主义的一种反拨，殖民统治的现实和文学往往为其提供批判的靶子，从反面启迪后殖民理论家的思考。东方的后殖民理论家自不必说，他们的理论是以殖民统治的现实作为出发点。萨伊德、斯皮瓦克、霍米·巴巴这批生活在西方世界的后殖民理论家，他们的著述中大量谈到康拉德、福斯特、吉卜林等人充满殖民意识的文学创作。

第二，殖民地人民反帝反殖和独立后民族文化建设的历史与现实经验。正是殖民地人民反帝反殖、要求民族独立解放的政治诉求，使得后殖民理论家意识到帝国霸权带给人类的负面影响。殖民地独立后，殖民统治给殖民地遗留的种种问题阻碍着民族的建设和发展。这些经验与问题，就是后殖民理论探索和思考的问题。

第三，关注殖民地摆脱殖民统治后，殖民地文化建设的东、西方文学创作。后殖民理论是一种文化批评理论，文学批评理论是其重要组成部分。文学作为文化的全面投影，文化的各个方面都在文学世界得到艺术的表现。后殖民理论家当然会充分利用这一资源，以文学创作中的艺术画面、形象体系来展开自己的理论。如萨伊德在《文化与帝国主义》中对塔易布·萨利赫的《移居北方的时期》（1970）、萨尔曼·拉什迪的《午夜的孩子》（1981）、奈保尔的《河湾》（1979）、法农的《被毁灭的大地》（1961）等作品的分析；阿里夫·德里克在《跨国资本主义时代的后

---

① ［美］赛义德：《文化与帝国主义》，三联书店 2003 年版，第 313 页。

殖民批评》中对汤亭亭的《女勇士》（1976）、赵健秀的《唐纳德·达克》（1991）、莱·玛·希尔柯的《仪式》（1977）等作品的批评；艾·博埃默在《殖民与后殖民文学》中对恩古吉、索因卡、拉贾·拉奥、阿契贝、纳拉扬等后殖民作家作品的研究。

这里补充的第三点，对论题特别有意义。后殖民理论很重要的思想资源来自后殖民文学创作。文学理论是对文学创作实践的总结和归纳；反过来，后殖民理论也可以启示和指导我们去把握、分析、理解后殖民文学。应该说，这是后殖民主义思潮研究和东方现、当代文学研究大有可为的一个领域。

第二节　后殖民主义思潮的成熟形态：后殖民理论

后殖民主义是20世纪70年代以来流行全球的文化思潮。它兴起的时间不长，但内涵丰富复杂，它以话语批判和文化政治批评为特征，与后现代主义有着千丝万缕的联系，又是20世纪80、90年代社会和文化精神的折射。它是东方民族文化在全球化语境中的产物，其典型的理论形态是东、西文化的综合而力图超越东、西文化二元对立。

一　后殖民主义理论的产生与发展

从字面上看，"后殖民"首先包含着时间的意义，即指西方帝国主义对东方直接殖民统治结束之"后"。第二次世界大战之后，全球殖民体系瓦解，被殖民统治的亚、非国家纷纷摆脱西方列强的统治，获得政治上的独立，开始民族独立后的建设和发展。政治上摆脱了殖民统治，但在观念上、文化上殖民统治的影响留下了许多"后遗症"，给东方民族的文化建设和发展带来许多障碍。最初是一批旅居西欧的非洲知识分子对殖民主义给殖民地遗留的文化问题进行思考，其中最突出的是艾梅·塞泽尔、弗朗兹·法农、希努亚·阿契贝等人。

塞泽尔是马提尼克的法语作家和诗人，早在20世纪30年代与桑戈尔一起在巴黎倡导"黑人性"运动。他的理论文章《殖民主义话语》被认为是"后殖民批评的奠基之作"①，文章中以挑战欧洲文明的勇气揭示黑人世界被西方殖民化的真实情景。法农是旅居法国的心理分析专家，他的论著《黑皮肤、白面具》和《地球上不幸的人们》对深受殖民统治的非洲文化进行分析，运用精神分析的结构描述殖民地人民的他者位置。他分析殖民统治者所做的工作："殖民主义不会仅仅满足于把一个民族藏于手掌心并掏空该民族大脑里所有的形式和内容，相反，它以一种乖张的逻辑转向并歪曲、诋毁和破坏被压迫民族的过去。……殖民统治寻求的全部结果就是要让土著人相信殖民主义带来光明，驱走黑暗。殖民主义自觉追求的效果就是让土著人这样想：假如殖民者离开这里，土著人立刻就会跌回到野蛮、堕落和兽性的境地。"② 因而他提出：作为被殖民统治的东方民族，不仅要追求政治上的独立，更要摆脱心灵上的殖民状态。

阿契贝是用英语创作的尼日利亚作家和评论家。他不仅创作了以表现非洲传统文化和欧洲文化冲突为主题的小说四部曲（《瓦解》、《再也不得安宁》、《神箭》、《人民公仆》），还写作了大量理论文章，分析欧洲殖民主义对非洲的虚构和扭曲。在论文《非洲的一种形象——谈康拉德〈黑暗的心〉中的种族主义》中，批判了以《黑暗的心》为代表的西方经典作品中表现的强烈的殖民主义情绪。他的著名论文《殖民主义批评》以自己的创作在西方的反响和在西方的见闻经历为据，深入剖析殖民主义观念影响下的西方知识界50、60年代对非洲的成见。文中描述西方殖民主义批评家的傲慢："在他们眼中，非洲作家有点像不成熟的欧洲人，经过耐心引导，终有一天将真正成熟，像所有欧洲人那样写作。但同时，他们必须保持谦卑，必须利用一切条件和时机向欧洲人学习，必须赋予他们的老师应得的荣誉——直接赞扬他们，或者当夸赞变得不太妥当或者令人尴尬时，通过自我贬抑突出对方的尊荣。"③

这些非洲作家、批评家的论述和思想，与20世纪50、60年代非洲的民族独立运动相生相随。他们的理论和观念表现出从殖民主义向后殖民主

---

① ［英］B. M. 吉尔特：《后殖民批评》，郎文出版公司1997年版，第73页。
② ［法］法农：《论民族文化》，刘象愚、罗钢主编《后殖民主义文化理论》，中国社会科学出版社1999版，第278—279页。
③ ［尼日利亚］阿契贝：《殖民主义批评》，罗钢、刘象愚主编《后殖民主义文化理论》，中国社会科学出版社1999年版，第295—296页。

义过渡的性质。作为先驱，他们已经提出了许多20世纪80年代后殖民主义理论家探讨的问题，但他们的观念体系中，非洲和欧洲、东方和西方是两个对立的二元世界。而且当时世界学术的中心话语是后现代主义，后殖民主义自然被压抑而处于边缘地带。

1978年美国的阿拉伯后裔学者赛义德的专著《东方主义》出版，震动了西方学术界，后殖民主义开始由边缘向中心移动。到20世纪80年代中期，一些来自解构主义、心理分析学、女权主义、新马克思主义领域的理论家加盟其中，召开国际会议，展开讨论，出版文集杂志，进入大学研究生课程，形成一股势不可当的思潮，是在后现代主义衰落后的又一学术高潮。进入20世纪90年代，后殖民主义思潮越出欧美而流行全世界，"目前，在后现代主义大潮衰落的情况下，这股后殖民主义思潮在北美、澳大利亚、印度、斯里兰卡，以及一些亚洲、非洲和拉丁美洲国家更为风行，并且曾一度有过取代后现代主义的主导地位之趋势"。[①]

后殖民主义在20世纪80—90年代异军突起，风靡全球，有多方面的原因：第一，20世纪60年代以来西方知识界的"文化反思"。随着社会的发展和文化的动荡，自20世纪60年代开始，西方知识界进行了一场"文化反思"，对传统的价值、正统的经典做了一番考问，反思的核心问题就是"现代性"的问题：现代性作为"现代化"的后果，对人类的发展究竟起到什么作用，而殖民地、帝国主义的问题，西方与非西方的关系问题是"现代性"问题的关键之一。这场具有左翼色彩，对资本主义现代化持批判态度的"文化反思"，是后现代主义思潮的重要组成部分，它起到解构西方"中心话语"的作用，也成为"后殖民主义"盛行的文化语境。第二，全球经济一体化的趋势。欧洲和日本恢复第二次世界大战后的经济状况的同时，建立起跨国资本主义的经济秩序。这种以跨国公司、跨国银行为主要标志的新经济秩序的主要特征，就是经济利益的考虑超越国家本身的政治信念的考虑，国家经济的发展和命运不完全由国家自身所控制。这样的世界经济背景，使得学术界有打破传统意识形态的控制而作出新的思考的可能。第三，冷战政治格局的瓦解。尤其是20世纪80年代末90年代初东欧剧变，苏联解体，东、西德统一，亚太地区的崛起，世

---

① 王宁：《后现代主义之后》，中国文学出版社1998年版，第50页。

界各地民族主义冲突升级。原先世界东、西二元对立的格局被打破,世界文化的多元化趋势明朗。在这些政治、文化、经济诸多原因综合作用下,后殖民主义成为当今前沿的学术话语,为世界各国的知识精英所关注。

二 后殖民主义的原创性理论

一些学者认为,后殖民主义包括(后殖民理论思潮和后殖民地文学)两个方面,"前者指当今一些西方理论家对殖民地写作/话语的研究,它与后现代主义/后结构主义有着某种重合之处,是批评家通常使用的理论学术话语;后者则指原先的欧洲(主要是大英帝国和法兰西帝国)殖民地诸国的写作,以区别其与'主流文学'的不同"。[①] 但在实际操作的层面上,后殖民主义主要指后殖民批评理论,后殖民地文学因其涉及面太广而无法顾及,倒是西方正统文学中描写殖民地的作品常被后殖民批评家作为评论对象,如福楼拜、康拉德、吉卜林等人的创作。

西方的后殖民理论批评家都有各自不同的学术理论背景,各自采用的批评策略和武器都不一样,西方学者认为:"后殖民理论(postcoloninial theory)是诸种理论及批评策略的集合性术语,旨在考察昔日欧洲帝国殖民地的文化(文学、政治、历史等)以及这些地区与世界其他各地的关系。"[②] 因而,后殖民主义这个有着一致性文化追求的思潮内部,又有不同的流派。大体上可以区分为三种流派:一是以赛义德、斯皮瓦克、霍米·巴巴为代表的后结构主义流派,他们是后殖民理论中影响最大的一派;二是以莫汉迪为代表的女性主义流派;三是以阿赫默德为代表的马克思主义流派。[③] 但作为后殖民主义原创性的批评家,是赛义德、斯皮瓦克和霍米·巴巴,而且他们的理论也有各自的侧重点和独特个性。

赛义德在巴勒斯坦和埃及接受基础教育后,在美国完成高等教育,获哈佛大学的博士学位。20世纪60年代初开始从事学术研究,现为哥伦比亚大学的英文和比较文学教授。他的生活经历影响了他的学术视角,用他

---

① 王宁:《后现代主义之后》,中国文学出版社1998年版,第49页。
② [美] I. R. 马卡瑞克主编:《当代文论百科全书后殖民理论》,《中外文化与文论》(二),四川大学出版社1996年版,第237页。
③ 罗钢、刘象愚主编:《后殖民主义文化理论·前言》,中国社会科学出版社1999年版,第2页。

自己的话说:"我从小到大都是一个接受西方教育的阿拉伯人。自从我有记忆起,我就觉得我同属于两个世界,不完全属于任何一方。"① 因而他总是从东方的立场看西方,或从西方的立场看东方。

赛义德后殖民理论的核心概念是"文化霸权"。"霸权"作为一个传统的政治概念,是指国家与国家之间的政治统治和垄断关系。西方新马克思主义的创始人葛兰西在20世纪20、30年代赋予"霸权"以文化色彩,淡化其中强制、暴力的内涵。赛义德将"文化霸权"概念运用于后殖民时期西方对东方的文化态度与立场。他的专著《东方主义》(又译《东方学》,书名英文为"Orientalism",这是中世纪末期欧洲教会指称研究和搜集非西方文化资料的学问,后世沿用指"东方学"或"东方研究"。词尾不用后缀 Logy,而用 Lism,突出"东方学"意识形态色彩,故也可译为"东方主义"),将"文化霸权"理论用来分析研究西方的"东方研究"中的霸权话语,从而对"东方主义"这一术语作出新的阐释:首先,"东方主义"是一种思维方式,是基于东、西方在本体论和认识论意义上相互对立的一种思维方式。"有大量的作家,其中包括诗人、小说家、哲学家、政治理论家、经济学家以及帝国的行政官员,接受了这一东方/西方的区分,并将其作为建构与东方、东方的人民、习俗、心性和命运等有关的理论、诗歌、小说、社会分析和政治论说的出发点。"② 其次,"东方主义"是一种话语方式,即:"通过作出与东方有关的陈述,对有关东方的观点进行权威裁断,对东方进行描述、教授、殖民、统治等方式来处理东方的一种机制;简言之,将东方学(东方主义)视为西方用以控制、重建和君临东方的一种方式。"③ 通俗地说,东方主义就是处于强势地位的西方对处于弱势的东方加以长期主宰、重构和话语权威压迫的方式。因而,"东方主义"并不是描述、研究真正的东方,而是西方文化霸权出于自身利益的需要所虚构、制造的东方。"它是地域政治意识向美学、经济学、社会学、历史学和哲学文本的一种分配;它不仅是对基本的地域划分,而且是以整个利益体系的一种精心谋划——它通过学术发现、语言重

---

① [美]赛义德:《文化与帝国主义·导言》,《赛义德自选集》,中国社会科学出版社1999年版,第181页。

② [美]赛义德:《东方学》,生活·读书·新知三联书店1999年版,第4页。

③ 同上。

构、心理分析、自然描述或社会描述将这些利益体系创造出来，并且使其得以维持下去"，所以，东方主义"与其说它与东方有关，还不如说'与我们'的世界有关"①。

1993年赛义德出版了另一部巨著《文化与帝国主义》，书中延伸拓展了《东方主义》中的思想，他的"文化霸权理论"趋于体系化。在书中他首先阐明他的"文化"观，认为"文化"包括两层含义：其一，"文化涵盖一切实践，诸如描绘、交流和再现等艺术，它们具有独立于经济、社会和政治领域的相对自律性，常常寓于审美形式中，愉悦乃其主要目的之一"。② 而其中赛义德尤其注重"叙事"，认为"叙事"在文化中至关重要，"叙事产生权利，叙事还可以杜绝其他叙事的形成和出现"。③ 因而关键是谁拥有叙事权。其二，文化是一个社会的知识和思想精华的储存库。文化也就是一个民族的凝聚力，因而"文化是民族同一性的根源，而且是导致刀光剑影的那一种根源"④，当文化与民族连在一起，它会成为一种与异质文化较量的舞台。

在这种"文化"观的基础上，赛义德进一步探讨西方帝国主义的霸权扩张与其整体民族文化之间的必然联系，而这正是西方文化、文学批评理论一直回避的问题，尤其是在精英文化、高雅文化的审视中往往对此视而不见。赛义德却通过对英法19、20世纪的小说经典的阐释，证明欧洲高雅文化在本质上与帝国主义霸权态度是一种"共谋"的关系。在操作方法上，赛义德采用"对位解读法"和"年代错位法"，揭示被霸权话语压制下的另一种声音。对西方19、20世纪经典小说的解读，构成《文化与帝国主义》的主要内容，狄更斯、福楼拜、巴尔扎克、康拉德、福斯特、吉卜林、加缪、纪德等人的创作都进入赛义德的视野。透过这些作品，赛义德看到其中的"文化霸权"，"他们仍然坚持认为这个世界的重大行动和生活都发源于西方，而西方代表们则肆意将他们的想入非非和慈善举动强加于头脑麻木的第三世界。在他们看来，没有西方人的支持和领

---

① ［美］赛义德：《东方学》，生活·读书·新知三联书店1999年版，第16页。
② ［美］赛义德：《文化与帝国主义·导言》，《赛义德自选集》，中国社会科学出版社1999年版，第163页。
③ 同上书，第164页。
④ 同上。

导,这个世界的偏远领域简直就没有生命、历史、文化可言,没有独立或完整可言"。① 更令赛义德难以释怀的是,第二次世界大战后殖民体系瓦解,第三世界文学崛起之后,"那些代表西方的当代作家们仍然大放厥词地坚持帝国主义"。②

当然,赛义德的"文化霸权"理论并不是用东方文化来反对西方,他更强调东方与西方的相互依存和多元共存。他说明《文化与帝国主义》一书的宗旨:"本书的要旨在于,由现代帝国主义发动的全球化过程,使得这些移民人口的声音早已成为事实,无视或低估西方人和东方人之间的共同经历,无视或低估不同文化源流之间的相互依存,就等于忽视19世纪世界历史的核心。殖民者和被殖民者正是在这种相互依存中,通过谋划或对抗性的地理学、叙事和历史叙述而形成同舟共济又彼此排斥的关系。"③ 当学界误读他的《东方主义》是反西方的,把他视为东、西冲突中代表东方利益的斗士时,他加以辩解,在《东方主义》1995年再版时写了一个长篇后记,对多种误读加以辨析,表明他反对形而上学的本质主义和超越东、西方对抗的立场,他描述、解构文化霸权,不是用一个话语霸权来取代另一个话语霸权,而是消除霸权本身。

加亚特里·查·斯皮瓦克是一位印度后裔学者,在母国受到高等教育后留学美国,后在美国任教和从事学术研究。她最初以对德里达解构主义的翻译阐释而著称,之后对女权主义、马克思主义和精神分析学都有比较深入的研究,而奠定其学术地位的还是她的后殖民批评理论。她的学术积累和素养,决定了她的后殖民理论的丰富厚实,可以说她将当代西方前沿性的批评理论融注于她的后殖民理论之中。解构主义对她的影响表现在对当代社会现实的强烈参与意识和对权威话语的挑战精神,尤其是"对异质性的解构"技巧的运用,使她对殖民地文化的分析能入木三分;女权主义的文化立场和批评意识导致她对边缘话语的鼓吹和对第三世界文本的研究;马克思的价值理论,使她对帝国主义剥削有着深刻的理解。

斯皮瓦克的后殖民理论主要体现在她的两本著作中,即《在他者的

---

① [美]赛义德:《文化与帝国主义·导言》,《赛义德自选集》,中国社会科学出版社1999年版,第172页。
② 同上书,第173页。
③ 同上书,第173—174页。

世界：文化政治学论集》和《在教学机器之外》。在论著中，斯皮瓦克努力透过殖民话语的文本，探索再现殖民地人民的经验、感受和思想的方式或策略。首先，她强调第三世界知识分子所面临的后殖民状态。她认为："确实，人们这样理解的'后殖民性'的特殊性能有助于我们认识到，没有任何历史上或哲学上都颇为适当的要求能在任何空间为了政治的、军事的、经济的和意识形态的解放和压迫被产生出来。你采取不同的立场并非是通过对历史或哲学基点的发现之方式实现的，而是通过颠覆、替代和抓住价值代码的地位之方式实现的。……在那个意义上说来，'后殖民性'就远非边缘性的，它倒可以表明处于中心地带的那个不可能征服的边缘：我们始终在追求理性的帝国，因而我们对之的要求也是缺乏适当性。"[①] 正是由于殖民时期宗主国帝国霸权的政治压迫和剥削，造成了殖民地的边缘性地位，但这种"边缘性"不是静固的，它会抓住一切适当的机会向中心运动，从而消解中心与边缘的人为对抗。其次，斯皮瓦克关注的不是个别学者的论说，而针对的是西方整个知识体系，进而批判西方近代知识分子的意识形态。她认为西方知识分子在知识生产与权力构架上均不断有意无意地压迫那个"相对于欧洲的无名异己"，并把异己作为同质性空间处理。这不是个人的意识活动，而是整个西方社会的意识形态，意识形态是积累、建构知识的武器。这种意识形态当然也渗透进文学研究领域。在一篇论文中斯皮瓦克写道："在关于帝国主义鼎盛时期欧洲殖民文化的文学研究中，我们都可以在文学史上创造一种叙述，即关于今天被称之为'第三世界'的'世界性'的叙述。将第三世界视作一种边远的、虽然受到剥削但仍是拥有丰富的而且保存完整的、因而有待于重新发现、阐释并提上英语释译日程的文学遗产的文化，促进了'第三世界'作为一个能指的出现，但这一能指怂恿我们忘却它的'世界性'，尽管它同时也扩大了文学学科的领域。"[②]

霍米·巴巴是一位从小生活在印度的波斯人，但他毕业于英国牛津大学。他的后殖民理论的核心是对殖民话语的深层心理分析。他不赞成把东

[①] [美] 斯皮瓦克：《在教学机器之外》，转引自王宁《后现代主义之后》，中国文学出版社1998年版，第128页。

[②] [美] 斯皮瓦克：《三个女性的文本与帝国主义批判》，《后殖民理论与文化批评》，北京大学出版社1999年版，第108页。

方/西方，殖民/被殖民当做清晰可辨的对立两极，而是"含混矛盾的杂糅"。因而当有人批评后殖民主义依赖西方理论话语来反对西方文化霸权时，他加以辩驳："应该把批评理论的制度史与批评理论概念中的潜在的变革和革新因素区别开来。"①

为说明殖民话语的"含混矛盾的杂糅"，霍米·巴巴提出了"模拟"的概念。用语言去指称对象时，人的潜意识在起作用，因而在表达的"模拟"过程中，对象和话语已不完全相符，形成"指鹿为马"的情况。但这种"指鹿为马"并非有意欺骗，而是语言行为中潜意识的作用。殖民话语和殖民地话语都具有典型的"模拟"特点，都在模拟对方时掺杂了异质成分，从而使原本的形象变得"含混矛盾"，成为"非鹿非马"的东西。他强调："文化永远不是自在一统之物，也不是自我和他者的简单二元关系。"②

当然，霍米·巴巴作为有着第三世界背景的后殖民理论家，他更突出殖民地话语"模拟"的社会功能。他曾对"模仿"和"模拟"加以区分：模仿是同源系统内的情况；模拟则产生出某种居于原体的相似和不似之间的"他体"。这种"他体"既具有"被殖民"的痕迹，又糅合进本土文化话语，因而无疑包含着弘扬本土文化的第三世界文化策略。③

在这样的基础上，霍米·巴巴提出了"文化差异性的发布"和"第三度空间"的概念。不同系统的文化都表现出质的差异，当两种异质文化相遇，"差异性"就表现为文化权威的争夺，这就是"文化差异性的发布"，而这种"发布"是两种文化撞击后的发布，已不是"本真"的发布，"文化差异的发布"使文化再现及其权威言说层面上的过去和现在、传统和现代的二元划分出现了问题。"这个问题就是，在表征现在时，如何以传统的名义和过去的伪装重复、重新定位和转译某些东西，因为过去不一定是表现历史记忆的一个忠实符号，只是借古代之重以显现时代权威

---

① [美]霍米·巴巴：《献身理论》，《后殖民主义文化理论》，中国社会科学出版社1999年版，第193页。
② 同上书，第198页。
③ 王宁：《后现代主义之后》，中国文学出版社1998年版，第109页。

的一种策略而已。"① 正是这种传统与现代融合，"我"与"他"渗透的"发布"，成为文化发展的"第三度空间"。"发布行为之第三度空间的介入使意义和指涉结构成为一个矛盾的过程，摧毁了习惯上把文化知识显示为统一的、开放的、扩展的符码的这面再现之镜。这样一种介入方式理所当然地使我们对文化的历史身份的看法受到挑战：我们曾经把文化看做一种进行同质化和统一的力量，开源创始的过去使它正确无疑，人民的民族传统使它万古长青"②。霍米·巴巴对殖民话语提出的"含混矛盾的杂糅"、"模拟"、"文化差异性的发布"、"第三度空间"等系列术语，可以看到他的理论强调的不是"反抗"，而是"融合"。

三 后殖民理论的价值把握

后殖民理论是由一批来自东方又在西方从事研究的理论家所倡导。这样的学术背景使得他们的视野比较开阔。从空间上看，他们超越西方而关注东方，以东方民族的体验、感受作为论述对象；从学术领域看，"它的视野已经不再仅仅局限于文学本文中的'文学性'，而是将目光扩展到国际政治和金融、跨国公司、超级大国与其他国家的关系，以及研究这些现象是如何经过文化和文学的转换而再现出来的"③。他们探讨研究的内容包括宗主国与殖民地的关系、后殖民时期帝国主义的文化侵略、东方知识分子的文化身份、殖民地传统与文化的边缘位置和相对于西方的"他者"角色等。总而言之，后殖民理论是对殖民体系崩溃后世界文学和文化现状与发展的深层思考。其核心是对"西方中心论"意识形态的批判。赛义德的"东方主义"、"文化霸权"，斯皮瓦克的"边缘中心化"，霍米·巴巴的"含混矛盾的杂糅"、"文化差异性的发布"，都指向"西方中心论"的世界政治、文化格局。

当然，这样的概括是对后殖民理论的高度抽象。实际上，后殖民理论是一个非常复杂的集合体，它涉及的论题范围很广，研究视角和批评方法也五花八门，不同的理论家有不同的概念体系和批评术语，甚至对"后

---

① ［美］霍米·巴巴：《献身理论》，《后殖民主义文化理论》，中国社会科学出版社1999年版，第198页。
② 同上书，第200页。
③ 张京媛：《后殖民理论与文化批评·前言》，北京大学出版社1999年版，第4页。

殖民主义"这一核心概念的理解也因各有侧重而显得含混不清。复杂性，是后殖民理论的形态特征。

后殖民理论的第二个重要特征是理论对抗性。从西方内部来说，后殖民理论是对主流话语的对抗；从全球范围来说，后殖民理论是第三世界对殖民主义意识形态的对抗。但这种对抗，不是社会政治变革的对抗，也不是东方传统民族主义运动的反帝反殖，而是一种"理论的对抗"。"它并不以党派、政策或国家权力为其活动领域，它关注的是历史、文学、哲学等等的意义解释，因为它相信，对这些意义的争夺和建构最终能导致人的意识和社会的变革。"①

后殖民理论的第三个重要特征是两重性。其两重性表现在两个层面。第一，就理论倡导主体而言，他们来自第三世界，却在第一世界从事学术研究，并取得成功，在西方他们自诩为第三世界批评家，声言与主流话语对抗；在第三世界，他们又难免以第一世界学术圈的成功者而得意。第二，就后殖民理论的宗旨和手段来看，存在一个两难的悖论：它对抗西方中心话语却又依赖西方中心话语。在后殖民理论家看来，西方的后现代时期本身呈现出非中心过程，但后现代理论以普遍真理的面目出现，就会在世界范围内形成新的中心化。因而，与后现代理论的对抗成为其宗旨之一。但后殖民理论又与后现代理论难解难分，德里达的解构主义、福柯的知识/权力理论和西方新马克思主义可以说是后殖民理论的三大基石，这样给后殖民理论带来一种理论的尴尬：在强调批判对象的虚构性的同时，又必须承认它的实在性。

学界对后殖民理论的论述策略、文化逻辑和社会功能都有不少批评性意见。美国密执安大学的教授安·麦克林托克就认为："'后殖民'理论在许多场合却是过早地自我庆贺。……由于其结构的中心是时间而不是权力，因而它在过早地庆祝殖民主义过时的同时却有可能抹消殖民和帝国权力的延续与断续。"②当今世界处于"后殖民"还是"殖民"时期，这是一个对当下世界秩序的认识问题。更多的学者认为后殖民理论的最大失

---

① 徐贲：《走向后现代与后殖民》，中国社会科学出版社，1996年版，第168页。
② [美] 安·麦克林托克：《进步之天使："后殖民主义"的迷误》，《文艺理论研究》，1995年，第5期。

误，还是在于其文化主义的思想方法，即把产生社会问题的决定因素归结为文化问题，因而它关注的是文化，是话语的解构与重建，把殖民问题当做文本来处理，满足于学院式的研究，即使对抗也只是"理论的对抗"，从而忽略或者回避了当代世界政治和社会实践中的真正的问题：诸如资本主义全球化渗透、资本主义市场体系对第三世界造成的社会和经济问题，殖民主体问题，殖民者与被殖民者的对立与冲突问题等。而是过分依赖于后现代的语言分析，"沉溺于话语之中，对那些起作用的社会经济和政治体制以及其他社会实践形式漠不关心"。① 因而，后殖民理论削弱"文化霸权"，解构"西方中心"话语的功效令人怀疑。甚至有论者认为，后殖民批评避而不谈资本主义全球化问题，实际上，这些理论为跨国资本所追求的区域化、分离化，提供了某种意识形态的合法性，与跨国资本主义的文化想象形成了某种共谋。② 尽管如此，后殖民主义作为一个具有较强对抗意识的理论思潮，其文化贡献和社会意义是明显的。

其一，后殖民理论是西方理论界第一次把西方之外的文化事实作为理论研究的主题并产生广泛而深刻的影响，使得长期居于主宰地位的西方中心话语在跨文化语境中受到前所未有的挑战。它一方面促使西方人改变长期以来对东方的偏见，另一方面也给长期反帝反殖，努力于民族的非殖民化事业的第三世界民众以有力的精神支持。

其二，后殖民理论以解构的方式，从边缘性、非主流的立场出发，剖析批判西方资本主义的现代化意识形态，揭示普遍性"真理"遮蔽的偏见。尤其是对种族主义、殖民主义和文化霸权的批判显得强而有力，而且它主要从殖民地本土经验选择素材。这不仅拓展了西方"后学"的理论空间，而且成为当今西方学术界"文化反思"潮流中最具威力的一支，它"对于近年来西方主流文化中逐渐强大起来的右翼新保守主义、新种族主义倾向，无疑是起到了十分积极的批判和制衡作用的"③。

其三，后殖民理论的探索和思考为第三世界面临全球化趋势，如何

---

① Benita Parry: "*Problems in Current Theories of Colonial Discourse*", The Oxford Lilerary Review, No. 9 (1987). p. 43.

② 刘康、金衡山：《后殖民主义批评：从西方到中国》，《中外文化与文论》（四），第14页。

③ 同上书，第14—15页。

从理论和实践上采取相应的对策，具有一定的启示意义。后殖民主义理论家处于跨国资本中心，难免有某些局限，但他们曾经有过的殖民地经验和民族情感，使他们能清醒地意识到经济全球化对意识形态的影响，第三世界应如何保持民族文化的独立，注意文化帝国的扩张，文化交流中的主体意识等问题。而且在理论的建构方面，为如何再现殖民地本土的历史、经验提出了一系列可操作的概念，完全可供第三世界文化建设和发展借鉴。

其四，后殖民理论客观上对深化民主观念，推进民主进程具有积极的意义。后殖民理论虽然忽视社会实践层面的政治活动，但它在学院式研究中从观念、意识的层面推进社会变革。后殖民理论从殖民压迫这一视角切入，在民族文化平等对话的旗帜下，对民主的思考突破以往单纯的国家社会框架，在更大的空间探讨民主的价值。同时，后殖民理论家把"殖民"概念泛化为一种文化身份，描述成被压迫经验的普遍范式。赛义德就认为殖民主义的历史给被殖民者带来了恒久的痛苦的身份，这种被压迫者的身份"从此扩展了，如今包括了妇女、被凌辱被压迫阶级、少数族裔，甚至包括那些在大学里教授边缘和被同化了的科目的人们"[①]。因而，后殖民理论的对抗意义并不局限于对西方殖民主义文化的批判，而是一种更基本、更具普遍性的民主倾向。斯皮瓦克作为后殖民理论的干将，同时也是女性主义批评家，正是在对抗压迫、追求民主的价值取向上，后殖民理论与女性主义有一种天然的亲和力。

总之，后殖民理论有其自身的致命弱点，也有不可替代的价值和意义，它作为一个复杂多向的理论集合体，必须对其作深入具体的分析。

第三节　东方后殖民文学

后殖民主义思潮包括后殖民理论和后殖民文学创作。后殖民理论作为后殖民主义思潮成熟的标志，以理论形态表达了东方知识阶层对现代东、西方文化关系的批判性思考。东方后殖民文学创作则以形象体系和艺术画

[①] 转引自徐贲《走向后现代与后殖民》，中国社会科学出版社1996年版，第191页。

面表现了东方诗人和作家对民族独立后的社会现实和民族发展的思考，其中对殖民统治和文化帝国主义的文化后果的清算是其核心内容。

一 "东方后殖民文学"的定义

英国学者埃勒克·博埃默有一个影响颇大的"后殖民文学"定义：

> "后殖民"文学，它并不是仅仅指帝国"之后才来到"的文学，而是指对殖民关系作批判性考察的文学。它是以这样的方式抵制殖民主义视角的文字。非殖民化过程不仅是政权的变更，也是一种象征的改制，对各种主宰意义的重铸。后殖民文学正是这一改制重铸过程中的一部分。①

东方后殖民文学，简言之，就是亚非地区对"殖民关系作批判性考察的文学"。但近代以来，东方绝大多数国家沦为西方发达国家的殖民地或半殖民地，在20世纪40、50年代，大多摆脱了殖民统治而获得政治独立。这样的历史事实，使我们在把握"东方后殖民文学"这一概念时，必须强调三点：

第一，在时限上，东方后殖民文学是指东方民族国家获得独立之后的一种文学现象。后殖民文学的"后"，当然不仅是一个时间上的概念，更因为殖民统治崩溃，东方国家的独立，文学所面临的问题有了本质性的变化，对殖民关系的理解，对西方列强的认识有了根本的不同。

第二，东方后殖民文学主要关注点是民族文化的建设。独立前东方国家的文学主旨是救亡，是要求国家独立和民族解放，可以称之为"反殖民主义文学"；独立后东方国家反殖民统治的政治愿望已经实现，面临的是西方文化霸权背景下的民族文化建设和发展。如何把民族传统的精华与当代人类优秀文化整合，以保障作为独立自主的民族国家立于世界，这才是东方后殖民文学的创作宗旨。

第三，东方后殖民文学与西方后殖民文学相比较，有明显的不同。虽

---

① ［英］埃勒克·博埃默：《殖民与后殖民文学》，盛宁、韩敏中译，辽宁教育出版社、牛津大学出版社1998年版，第3页。

然它们都以原殖民地为表现对象，但西方后殖民作家是以西方文化为母体，他们对殖民统治的批判是出于对自身文化的反思，对原殖民地文化的关注，也是以他者的眼光给予赞赏或者同情。但东方后殖民作家却是以一种民族独立后的主体意识审视殖民关系，以一种强烈的主人翁精神和民族使命关注国家和民族的文化发展与整合。

综上所述，我们对"东方后殖民文学"作出界定：东方后殖民文学是亚非地区摆脱西方殖民统治后，部分作家以历史主体地位的身份，审视殖民关系，在民族文化建设的层面，确立起真正的民族自我，这样的文学创作我们称为"东方后殖民文学"。

二　东方后殖民作家的类型

东方后殖民文学的范围很广，涉及不同国度、不同民族和不同身份的作家的创作。从整体上把握，东方后殖民作家有四种类型：

第一，东方土生土长的本土作家。这些作家在创作出主要作品之前一直没有离开本国，没有到西方留学的经历。虽然他们当中有人对西学也很了解，甚至能操用宗主国的语言，但只是在本土接受的西方教育。在他们的经验世界中，更多的是本土本民族的生活体验和感受。殖民统治前的民族文化深深扎根于他们的心灵世界，他们或他们的父辈亲历了反帝反殖、争取政治独立的民族解放运动，也体验到政治独立后的欣喜和国家建设中面临的种种困难，所以这些作家的创作大多运用民族语言，以现实主义的手法，清算殖民统治的后果，探寻以民族传统为基础的新的民族自我，力图在民族传统文化与现代西方文化的融合中找到民族发展的有效途径。这类作家如印度的达拉巽格尔（1898—1971）、耶谢巴尔（1903—1976）、介南德·古马尔（1905—1988）、波湿姆·萨赫尼（1915—?）、克里山·钱达尔（1914—1977）、阿基兰（1922—1988）；斯里兰卡的魏克拉玛辛珂（1891—1976）；缅甸的吴登佩敏（1914—1978）；马来西亚的哈伦·阿米努拉锡（1907—1986）；印尼普·阿·杜尔（1925—?）；埃及的马哈福兹（1911—?）、尤·西巴依（1917—1978）、阿·拉·哈米西（1920—1987）、尤·伊德里斯（1927—?）；黎巴嫩的陶菲格·阿瓦德（1911—1989）；叙利亚的哈纳·米纳（1924—?）等。

第二，侨居西方的移民作家。这批作家有着东方血统，东方传统作为他们的母体文化沉积在他们心灵深处,东方沦为西方殖民地的经验扎根于他们头脑中。他们(或他们的父辈、祖辈)移居西方,生活在曾是他们民族统治者的宗主国文化中,深刻地感受到两种或多种文化的激烈冲突,体验到两种文化冲突带来的痛苦。他们在多重文化的语境中思考和写作,视野开阔。但身处西方文化的边缘,使他们感到"无根"的焦虑。因而"流浪"与"寻根"往往是他们主题。他们大多以西方语言叙述东方民族的题材,形成"跨文化写作",他们当中甚至有人倡导"国际化写作",自称"世界公民",他们大多在世界文化发展的宏大背景下关注祖国独立后的文化新生,期望在与西方强势文化的交流对话中发展民族文化。这类作家如华裔作家韩素音(1917—)、赵健秀(1940—)汤亭亭(1940—)、谭恩美;日裔作家石黑一雄(1945—)、乔·可嘉娃(1935—);印度裔作家罗辛顿·米采斯(1952—)、阿妮塔·德赛(1937—)、芭拉蒂·穆克尔吉(1940—)、维苏·奈保尔(1932—)、萨·拉什迪(1947—);斯里兰卡裔作家迈克尔·翁达杰(1943—);非洲裔作家布里·埃默切塔(1944—)、本·奥克利(1959—)、尼·瓦·西昂戈(1938—)、穆·狄布(1920—?)、蒙·贝蒂(1932—?)等。

第三,留学或一段时期旅居西方,但长时期在本土生活、创作的作家。这类后殖民作家是前两类作家特点的综合。他们对民族传统和遭受殖民统治的屈辱岁月有着深刻的记忆,又对西方文化有着亲身的感受。既没有移民作家的精神"流浪"的漂泊感,又体验到土生土长作家体验不到的西方文化的另一面。他们在创作中,往往自觉地对东、西文化作出互为参照的比较,探寻多元文化融合的"民族自我"。这类作家如:印度作家拉贾·拉奥(1909—?)、尼日利亚作家钦·阿切比(1930—?)、加纳作家阿·克·阿尔马赫(1939—)、肯尼亚作家尼·瓦·西昂戈(1938—)、苏丹作家塔·萨利赫(1921—)等。

第四,母体文化属于西方,但长时期或几辈人都生活在东方,将自己的生命体验和命运前途都与东方民族紧密相连,以东方的文化立场看待事物的作家。这类作家是人种意义上的西方人,但是文化上的东方人,如南非的内丁·戈迪默(1923—)、约翰·马克斯韦尔·库切(1940—)等。

三 东方后殖民文学的基本特征

（一）对殖民主义和文化帝国主义文化后果的审察

从人类历史进程看，殖民主义是现代化全球扩散的结果，西方对东方的殖民统治带来的后果是双重的。马克思在19世纪中期就以英国在印度的殖民统治为例，提出了殖民主义历史作用的"双重使命理论"："英国在印度要完成双重使命：一是破坏性使命，即消灭旧的亚洲式的社会；另一个是建设性使命，即在亚洲为西方式的社会奠定物质基础。"① 马克思是从人类发展的高度，又是处于当时的具体文化语境中提出的命题。东方后殖民主义的理论家、作家是在马克思的论说一百多年之后，感受了殖民统治的腥风血雨，经过艰苦的抗争获得了民族独立，又面临全球化的挑战。他们从民族生存发展的角度着眼，回头审视现代东方的历史和现实，看到更多的是殖民主义对东方世界的"破坏性"的一面。

对于殖民主义对东方世界的"破坏性"，马克思是这样述说的："不列颠人给印度斯坦带来的灾难，与印度斯坦过去的一切灾难比起来，毫无疑问在本质上属于另外一种，在程度上不知要深多少倍……英国则破坏了印度社会的整个结构，而且至今还没有任何重新改造印度社会的意思。印度失去了它的旧世界而没有获得一个新世界，这使它的居民现在所遭受的灾难具有了一种特殊的悲惨的色彩，并且使不列颠统治下的印度斯坦同自己的全部古代传统，同自己的全部历史，断绝了联系。"② 这样割断东方民族的历史和传统，再对东方文化加以"他者化"的扭曲和改写，用西方的价值观念取代东方本土的观念，导致东方民族自我的迷失与困惑——这就是殖民统治的文化后果。

更糟糕的是殖民体系瓦解、东方新的民族国家建立后，并不意味殖民统治的结束。即便西方国家彻底地放弃直接的经济、政治和军事手段，不平等关系和西化的趋向也依然会强有力地进行下去。这不仅是因为西方发

---

① 马克思：《不列颠在印度统治的未来结果》，《马克思恩格斯选集》第2卷，人民出版社1972年版，第69—70页。

② 马克思：《不列颠在印度的统治》，《马克思恩格斯选集》第2卷，人民出版社1972年版，第63—64页。

达国家拥有强大的经济、政治和军事实力，更为深层的原因是，经过数百年的殖民统治，西方国家已经利用文化发展水平上的巨大位差，将西方的文化精神、价值观念、思维方式、话语方式等潜移默化地注入到殖民地、半殖民地国家，渐而形成了用西方的文化观念、话语方式和思维方式来考察、思考、评价第三世界民族历史与文化的习惯。

对殖民统治的文化恶果，一些处在殖民统治下的先觉之士早有警惕。后殖民主义先驱、阿尔及利亚思想家、诗人法农就认为殖民主义对殖民地的侵略本质上是一种文化侵略。殖民者并不仅仅满足于控制一个民族，掠夺它的财富，还要歪曲、诋毁、破坏它的文化和历史，同时强制推行它自己的文化。他曾说："殖民统治由于是整体行为，且有过分简化的倾向，因此很快就破坏了被征服民族的文化生活。占领者通过引入新的法律关系，把土著和他们的风俗民情驱逐到边远地区，剥夺他们的财产，系统地奴役他们，从而否定了民族的现实，造成了殖民地民族文化的沦丧。"[1]按照他的分析，在殖民统治下，民族文化的衰落是一个系统和渐进的过程。殖民者一方面大肆推行他们自己的文化，另一方面又竭力贬损民族文化，将它说成一种神秘落后、没有价值的东西，久而久之，民族传统和文化便被渐渐淡忘，传统和文化的衰亡必然导致民族精神和民族意识的消沉，最终导致一个民族的灭亡。[2]

法农在他的重要著作《黑皮肤，白面具》（1967）中认为，黑人具有自觉和半自觉的面对现代社会种族歧视的痛苦心理，因此，黑人男女切身地感受和体验到了种族歧视及其罪恶。殖民主义无疑助长了这种种族歧视，因为作为一种经济制度，殖民地由白人移民和一些贸易公司进行土地和资源的控制开发，它不断地从政治和精神方面对所属国加以霸权式的控制，并不断毁坏他们本土所存在的社会关系，使黑人灵魂深处产生一种无可排解的自卑情结和一种劣等民族的痛苦，从而使得被扭曲的黑人心灵之上再叠加上更大的灾难，即使其大量生育而保证奴隶资源永不枯竭，使黑人成为没有文化地位，没有心性陶冶，也没有自主的民族自尊的所谓

---

[1] Frantz Fanon, *The Wretched of the Earth*, Trans. by Constance Farringion, New York: Grove Press, 1963, p.187.

[2] 刘象愚:《法农与后殖民主义》，《外国文学》1999年第1期。

"原始野人"。这种殖民权力合理化,掩盖了黑人存在的合法性,加强了殖民制度的法规和结构。通过严格的社会分化制度,将黑人和白人分成了下等人和上等人,并将"宗主国"理想化。不仅奴役、买卖和控制黑人,还使黑人接受其所控制的文化教育,加以意识形态的灌输和心灵的置换术,使黑人从精神到肉体都服从于他者所希望的那种意识塑形,在心灵上烙上被殖民的痛苦的烙印,从而为其种族主义和民族歧视做了"文化殖民"的铺垫。①

在后殖民文化批判理论中,赛义德的理论最具鲜明的意识形态色彩与政治批判色彩,其批判锋芒直指西方对东方推行的文化霸权与强权政治。他指出,正是在这个所谓的全球化时代,西方的文化霸权代替了西方以往对第三世界经济、政治和军事的直接控制,因而与西方文化霸权的对抗就成了"后殖民时代长期政治冲突的内容"。因此,后殖民批判理论从一开始就是对西方文化统治和霸权的挑战。赛义德曾这样说过:"如果我用一个词永远同批评联系在一起(不是用做修饰语,而是用做对批评的强调),那么这个词就是'对抗'。"② 对抗的本质就是反对各种形式的话语霸权,消解"西方中心论",重铸全球化状态下西方与东方、第一世界与第三世界的关系。

赛义德在《东方主义》中进一步对"西方中心论"和文化霸权形成的原因进行了分析。其中一个重要因素是作为认识论基础的"唯历史主义"(historicism)。赛义德认为这种"唯历史主义"源自于欧洲理性主义传统的关于世界历史的宏大叙事,它将不同的历史看做"连贯的整体",并将他们以时间的方式排列起来,即把人类历史看成是一个总体性的、统一的、连续的、一元的发展过程,各个不同民族的历史和文化被理解为这个过程的不同阶段,从而使空间的差异变成了时间的差异,并使欧美成了历史进步的缩影。因此,"历史主义意味着同人类结合的人的历史要么以欧洲或西方的制高点而告终,要么从欧洲或西方的优越位置上加以考察"。③ 也就是说,在这种历史主义的观照下,西方文化(包括它的经济、

---

① 王岳川:《后殖民主义与新历史主义文论》,山东教育出版社 1999 年版,第 16 页。
② 徐贲:《走向后现代与后殖民》,中国社会科学出版社 1996 年版,第 164 页。
③ [美] 赛义德:《东方学》,王宇根译,三联书店 1999 年版,第 15 页。

政治与生活）意味着文明、进步、先进、现代和历史的制高点，而其他文化除了历史上曾经辉煌外，与西方文化相比则意味着落后、陈腐、愚昧，"东方的现实存在无法挽回地退缩为一种典型的化石作用"。后殖民文化批判的另一著名代表人物霍米·巴巴则把这种"唯历史主义"历史观视为近代哲学中的本质主义、理性主义的衍生物。他说："在唯物主义和唯心主义的问题框架里，往往断然认为作为研究对象的文化和一切被看做文化的分析活动，它们的价值在于能够产生一个交互指涉的、可以总体化的统一体，以表示时间之流中理念的一种进步或进化，这个统一体也是那些理念的前提或决定性因素的一种批评性的自我反映。"① 由此产生的一元论历史观把整个世界文明纳入到某种"决定性因素"的自我发展的过程中，从而事实上为确立欧洲中心主义奠定了理论基础。因为在这种一元论历史观的话语方式中，不同民族国家的差异被遮蔽了，而东方社会的文化作为已经过去的历史阶段在现代文化的建构中隐退了或被边缘化了。②

华人学者叶维廉以英国殖民统治下香港的文学为例，分析殖民主义的文化工业殖民策略，看到了殖民主义"文而化之"的文化霸权神话。在《殖民主义·文化工业与消费欲望》中，叶维廉认为殖民主义从香港的教育入手，采取利诱，以读皇家学院或到英国留学以及工资比其他身份高一倍以上的条件，从而使人安心为皇家服务。并日渐滋生出一种在文化、政治、经济甚至信仰方面的"仰赖情结"。在这个文化殖民和精神殖民过程中，现代文化工业起了重要作用。香港在殖民处境中，成为西方文化工业的延伸。香港商品化的生命情境，在殖民文化工业的助长下变本加厉地把香港人人性的真挚、文化的内涵、民族的意识压制、垄断、意志落入拜物情境中，可以说使人性双重的歪曲。叶维廉认为：香港政府将英语定为官方的语言，定为政府机构、法律、商业上主要用语，将中文看做次语言，而把原住民对文化意义、价值的敏感度削减至无。英语所代表的强势，除了实际上给予使用者一种社会上生存的优势之外，也造成了原住民对本源

---

① ［美］霍米·巴巴：《献身理论》，罗钢、刘象愚《后殖民主义文化理论》，中国社会科学出版社1999年版，第199页。

② 参见阎孟伟《后殖民文化批判及其对我们的启示》，《求是学刊》2003年第6期。

文化和语言的自卑,而知识分子在这种强势文化的感染下无意中与殖民者的文化认同,从而造成香港语言的混杂和文化的失真。在这种消费主义的商业化氛围中,产生出一种特殊的消费文学,即富有挑逗性的、煽情性的、抓痒似的文章,搞一种淡淡的轻佻,或耸人听闻的消息,使人得以精神麻醉。这是作者和读者的双重性自我蒙骗,丧失了真正的创造意识和民族精神文化内涵。殖民主义对落后的非洲美洲等地,征服和强权蒙上了一层温情脉脉的"文而化之"的面纱,对亚洲的征服则采用使之现代化,走向国际化的策略。"文而化之"成为一种掩盖暴行的所谓现代化美词,于是"现代化神话"就这样设立了起来。在殖民主义后期的国际关系上,第一世界(包括美国、西欧、日本)明白了武力侵略将会受到世界的谴责,开始在文化工业的渗透下,制造中产阶级经济理论的神话,如"自由市场经济"、"公平竞争"等,实际上,强势打倒弱势征服弱势,成为20世纪的公理。正是"文而化之"神话书写,把他们从经济、文化上对第三世界的宰制合理化。

东方后殖民文学不仅从理论层面对殖民统治的文化后果作出批判性审视,也在创作中加以表现。尼日利亚作家索因卡在独立日搬上舞台的剧作《森林之舞》并没有展现尼日利亚英雄历史的场面和黑人的民族自豪感,而是让一对三百年前的男女幽灵来到庆典现场,以他们的眼光和感受来揭示独立的现实。剧中的男幽灵感叹:"三百年啦,什么变化也没有,一切照旧。我太傻了,真不该来。他们想什么了,使空气这么臭?是死亡发出的臭气。我现在知道是什么味道了。"[①] 剧中的女幽灵怀胎三百年,在生产的剧痛中是一个并未成熟的"半孩"降临,以昭示现世从往昔超生。预示着新的生活的开始,然而孩子在剧中说:"感到这一切都太可怕,逃出娘胎却又进了耻辱之胎的我,现在大声呼叫,我生下来就会死的。"[②] 孩子似乎象征尼日利亚的独立是个早产儿,尚未具备健康发育的生存条件,在这里体现的是典型的后殖民的尴尬困境。如果说殖民主义是维持不平等的政治和经济权利的话,那么独立后仍然没有摆脱殖民主义,表现为

---

① [尼日利亚]渥雷·索因卡:《狮子和宝石》,邵殿生等译,漓江出版社1990年版,第159页。

② 同上书,第202页。

帝国主义对第三世界国家在经济上进行资本垄断、在社会和文化上进行"西化"的渗透，移植西方的生活模式和文化习俗，从而弱化和瓦解当地居民的民族意识。"逃出娘胎却又进了耻辱之胎"，这是索因卡以艺术家的敏锐之眼，在独立之初已透视到后殖民时代东方世界的处境。

苏丹作家塔伊布·萨利赫创作于独立后的小说《移居北方的时期》中刻画了一个西方文化殖民牺牲品的艺术典型。穆斯塔法聪明英俊、才华横溢，西方文化割断了他与自身民族传统的联系，造成他双重人格的精神苦闷，在矛盾无法自拔的情况下投身尼罗河。这里的穆斯塔法，就是法农论述的非洲民族的缩影，它的精神痛苦和悲剧命运就是"文化殖民"导致东方民族自我沦丧的艺术体现。

（二） 新的民族自我的建构

正由于殖民统治和文化帝国主义力图割断东方民族现实与传统的联系，将世界纳入西方的统一规范之中，东方的后殖民理论和文学则力图构建民族自我，在与民族传统的深层联系中获得民族的发展。

问题是什么是真正的"民族自我"？是按照自身规律运转了数千年的传统文化的真实的东方自我，还是指被迫走进统一世界史的现代性历程之后、被西方他者话语主宰的迷失了传统本真性的混杂体式的自我？这里涉及的基本理论是，文化的自我本质是静态的呢还是动态的。按静态自我立论，传统自我才是本质，才算自我，而进入现代性的自我，是自我的迷失，是受他者控制的自我，是非我。按动态自我立论，传统的自我是自我，进入现代性的自我，是自我的变化，自我的发展。

在后殖民文学中，不少东方作家在文学世界中探索"民族自我"，为此苦苦追寻。我们以印度裔英语作家罗辛顿·米斯垂的《费洛查·拜格的故事》为例来看。在当代印度题材的英语小说中，米斯垂是第一个把波斯人的宗教文化和生活习俗引入英语小说的作家，《费洛查·拜格的故事》由于聚焦于印度社会中的波斯后裔的生活和文化习俗而独辟蹊径，作品对这一古老民族及其文化的追溯与挽留，对凝固了的或行将逝去的古老文化的无可奈何，以及对经历了殖民时代以后在文化上的无所适从感的深刻剖析，使得这部作品在当代印度题材的英语小说中独树一帜。《费洛查·拜格的故事》中的人物主要是生活在印度或海外的波斯后裔。随着历史的进程走到今天的波斯后裔，在经过了殖民时代之后，再回望古老的宗教和习俗时，难免会感到一种挥不去赶不走的困窘。《费洛查·拜格的故事》把这种后殖民时代特有的对民族文化的窘迫心态剖析得淋漓尽致，从中可以感觉到古老的宗教与习俗在他笔下的人物心目中成为一种飘忽不定的又不得不依赖的民族文化母体。

真实的民族自我在哪里？这一问题反复萦绕在米斯垂的作品中。

民族文化就是辉煌的过去吗？回望自己的民族，对于后殖民小说家来说，似乎首先意味着从记忆深处追忆消失的往事。《费洛查·拜格的故事》正是这样把读者引入印度的波斯文化的。古老的辉煌的过去曾被殖民地人民为了对抗外来文化的冲击而作为武器，当自己的民族文化在强盛的西方文化的威逼下愈显微弱，并面临被西方文化吞没的危机时，那种与本民族最古老的、殖民时代之前的民族文化重新对接的渴望也就越强烈。

那么民族自我是世代相袭的生活习俗吗？在小说集的起首几篇我们可以读到生活在费洛查·拜格的波斯后裔们的生活细节，他们的起居饮食习惯、他们的宗教习俗等，充满了浓郁的民族色彩和异国情调。然而，从中不难感觉到正在发展着的民族文化与古老习俗之间的阻隔。在"把你的光亮借给我"中，主人公杰姆舍德，一向瞧不起落后的印度文化，而最终离开了印度飞往了梦寐以求的美国。然而，当他一旦漂流到海外，他又不可遏止地思念起自己的故乡，并且在生活中恪守原来的生活习俗。然而，难道自己的民族文化就是这一些陈规陋习？过去的陈规陋习尽管依然还保留着鲜明的特征，但在经历了历次外来文化的冲击后，毕竟已支离破碎，难以成为支撑一个民族的文化母体。当民族文化以一种古老的僵化的习俗形式表现出来时，便不再具有民族文化所应有的生命活力。

民族自我是古老的宗教信仰吗？在《费洛查·拜格的故事》中的许多篇幅里，我们都可以读到有关宗教的片段。袄教是古波斯人的宗教信仰，生活在印度的波斯后裔大多是袄教教徒，他们顽强地忠诚并守卫着自己的宗教信仰，然而，正如米斯垂所说，袄教是一门正在走向消亡的宗教，没有完整的教义流传保留下来，所存的只是一些公元5世纪留下来的记录碎片和人们世代相袭的宗教仪式和习俗。而宗教在日常生活中往往被演变成了可笑的游戏。

民族自我是民族语言吗？在《费洛查·拜格的故事》中，读者经常会遭遇一些非英国英语，或英语化了的印度语，如 masala 等。米斯垂很留意于利用这些有限的非英语词汇来创造出一种意象，使某一象征物的意义在转换和重复中变得更为凝重和鲜明。作者频繁使用 masala 这个词，显然不仅仅是因为英语里没有相应的词汇，其在文本中的用意也显然超出了词本身的意义，masala 几乎是一种文化的象征，这种文化就像这个词一样无可替代。

如果民族自我不在历史里，不在习俗中，不在宗教里，也不在语言中，那么民族自我究竟在哪儿？民族自我究竟意味着什么，当它那层被西方文化强加上去的鄙夷的面纱被撩去后，作为殖民文化的抗争，它象征着尊严与辉煌，当它被本民族的人站在文化的历史前沿回望的时候，它似乎又显得陈旧与苍老。如果说，文化永远是人类历史中运动着的、变化着的内在生命，那么，被苦苦留守的民族文化，或确切地说，语言、宗教与习俗，相映之下就成了一种惰性的被遗弃物的象征。这就是殖民地人民的文化困境，他们既不愿在殖民文化的冲击下丧失自己本民族的文化，但又难以传承自己本民族的文化，因为整个人类文明史的进步会使某一民族的古老文化成为凝固不变的僵化的习俗。《费洛查·拜格的故事》正是围绕着这个中心，表现了生活在后殖民地时代的印度波斯人那种既留恋过去，苦苦地想挽留住过去，但又不得不意识到陈旧的民族文化习俗的衰亡，意识到它正从发展着的民族性上脱钩下来。那么，发展中的民族自我又是什么？新的民族自我又应该定位在哪里？[①]

民族自我的具体内核是民族精神。民族精神是一个民族对其社会存在、社会生活的反映，是民族文化的深层内涵。对于一个民族来说，民族精神是其成员所认同的世界观、人生观和价值观，所遵循的思维方式和行为方式，所体现的心理素质、理想信念和性格特征的总和。相对于其他民族来说，民族精神是一个民族的自我意识与自我认同，是一个民族的集体人格的体现，一个民族区别于其他民族的精神特质的总和。民族精神是一个民族赖以生存和发展的精神支撑，它是一个民族得以维系和凝聚的精神纽带，对一个民族的生存和发展来说起着精神支柱、精神动力的作用。民

[①] 上述有关《费洛查·拜格的故事》的分析，参见任一鸣、瞿世镜《隐喻后殖民文学研究》，上海译文出版社 2003 年版，第 121—132 页。

族精神作为一个民族生存发展历程的观念化积淀，具有相对的稳定性，但也不是凝固不变的，它随着民族的历史发展而有所变化。因而，后殖民文学要求建构新的民族自我。

怎样构建新的民族自我？首先需要"他者"的参照。任何民族都不是单独生存在这个星球上，总是或多或少、或早或晚、或深或浅地卷入与其他周边民族或外来文化的接触、碰撞或冲突中。黑格尔在《精神现象学》中指出，人的自我意识起源于与另一个意识的接触。拉康的心理学理论，强调了"镜像阶段"在形成自我意识中的重要性，指出自我意识是在"他者"的观照下形成的。作为整体的民族的自我意识也是在与他者的交往、接触、碰撞或冲突的过程中逐渐形成并成熟的。一个从来没有与异文化打交道的经验的民族，正如一个从来没有与他人打交道经验的个人一样，其文化心理和自我意识必然是不完整、不健全的。一个民族的自我意识正是在一次又一次与外来民族、外来文化的接触、碰撞、冲突的过程中，逐渐凝聚起来并日益丰富成熟的。因此，每个民族的文化记忆中都存在着某种"他者性"，对应着与外来文化打交道时积淀下来的种种复杂的回忆与经验。如果民族意识真如本尼迪克特·安德森所说，是一种"想象的共同体"①，那么这种想象的共同体也需要他者性的作用才能显示出边界。

从文学层面来说，在当下的文化背景下，我们应该找到或确定新的、积极的民族自我。东方民族文化与西方文化存在巨大的差异，但不要自我"边缘化"。尤其是当代文学在世界文学格局中的自我发展，使文学民族个性、内在气质与外来文化构成既开放又"整合"的文化想象关系。具体地说，面对当代东方的社会历史、现实生活，重铸"民族精神"，从现实生活出发，而不是从观念出发，用自己的话语、自己的艺术形象去负载民族生活，以坚定的民族自尊书写真正的民族自我，直面现实的民族文学气度。

《虚假的事实》是印度作家耶谢巴尔的代表作，这部创作于独立后的长篇在印度独立前后的现实背景中，通过作品中人物的经历和命运，重铸

---

① ［英］埃里克·霍布斯鲍姆：《民族与民族主义》，李金梅译，上海人民出版社 2000 年版，第 4 页。

印度新的民族自我：勤勉、温雅、自主、宽容、正直、清廉、仁慈、理性、睿智，其中渗透着将印度传统文化的精华与人类优秀文化加以整合的努力（参看本章第四节）。

东方民族文化的振兴，首先必须恢复自身的生命活力，能在解决当前人类所面临的严峻冲突与文化困境中体现出自我的价值，只有这样，才能使东方文化有效地释放它的潜能，并成为全球文化的重要组成部分，否则，其悠久的传统文化恐怕只能被当做博物馆中的古董供人观赏。当然，在重铸"民族自我"的过程中，作为文化策略"既不以一种冷战式的二元对立思维去看这个走向多元的世界，也不以一种多元即无元的心态对一切价值加以解构，而走向绝对的个体欲望和个体差异性；而是在全球文化转型的语境中，重视民族文化中的差异性和特殊性的同时，又超越这一层面而透视到人类某方面所具有的普适性和共通性，使我们正确地重新阐释被歪曲了的民族寓言，重新确立曾经被改写的民族文学身份，为被践踏的二十世纪文学尊严恢复名誉"①。

（三）民族意识与世界意识的渗透与融合

东方后殖民文学是在东方大多数民族国家建立后经历一段时期的独立发展时期的文学，在全球化的背景下获得发展。不管是外在情势所迫，还是民族发展的自觉追求，对外开放、步入现代世界的进程，是当代东方各国文学、文化的发展趋势，民族意识与世界意识的渗透与融合成为东方后殖民文学的突出特征。

"杂交"是后殖民理论的重要命题。"赛义德和巴巴都非常强调文化的'杂交性'。赛义德首先立足于多元文化的立场，采用文化的'杂交性'策略来反对文化霸权主义。他强调坚持文化的多元性、杂交性立场，并且把这一立场视为摆脱文化霸权的有效途径。赛义德在分析后殖民化中的文化抵抗时，主张打通东西方民族文化间的藩篱，实现东西文化的共荣共生、平等对话。在他看来，多元文化既坚持各文化的独立与平等，又强调文化间的交流与合作；既反对任何形式的分裂主义，又反对对差异不加区分的笼统做法；既承认构成世界文化的各民族文化间的相互影响，又反

---

① 王岳川：《后殖民主义的历史语境与当代问题》，《钟山》1998年第5期。

对一切文化敌对与文化压制。……巴巴认为,通过'谈判','第三度空间'所表现出的'杂交性'不仅有反本质主义的功能,还具有反对文化霸权主义的作用。殖民话语强调二元对立,对世界进行中心与边缘、自我与他者、东方与西方一类的二元划分。在这种二元对立中,一方总是要控制、遏制另一方,对另一方行使权力。而杂交则是要竭力改变、取消或是篡改这种二元对立关系的设定,所以,杂交的过程既巩固又在摧毁着殖民者的地位,殖民者与被殖民者的身份在这一过程中奇特地发生着变异。"[1]后殖民理论的"杂交性",就是文化的互渗与共存。随着全球化进程的深入,几乎很难说还有什么自成一体、纯而又纯的民族文化。各个民族的文化在相互渗透中存在,在相互借鉴中发展,已成为文化发展的一条基本规律。

当然,渗透与融合的过程充满着矛盾,是一个艰难的过程。纳丁·戈迪默在小说《七月的人民》中塑造了一个叫竹奈的黑人,竹奈内心非常矛盾,他一方面留恋西方白人世界的现代化生活,另一方面又难舍与自己同胞的族裔情缘和血缘亲情。许多后殖民文学家除了拥有竹奈式的矛盾外,还有难以释怀的双重文化。西方文化在文学的思维语言、技巧观念与结构模式等方面拥有较大的优势,而本土文化则在神秘意象、想象世界与原始活力等方面具有独到之处。在对抗性文化书写与认同性文化书写陷入西方霸权的逻辑装置的情况下,将西方文学与本土文化结合起来的混合性书写不失为一条看起来较为光明的路:既承认西方文化的优势影响,又不放弃本土文化的特性。

《七月的人民》堪称文化共存与融合失败的经典范例而具有文化书写史的独特价值。戈迪默并没有简单地把白人与黑人不能和谐共处的原因归咎于两种文化价值的差异,而是寻找到了更具实质性的原因。斯迈尔斯由于战火的殃及而丧失了自己的经济基础与社会地位以及依靠二者而建立起来的现代化生活方式。竹奈所深深眷恋的是这种现代化的生活方式而不是"白色"所表征的文化品性。简单地说,竹奈难以释怀的乃是经济资本,而不是象征资本与文化资本,竹奈将斯迈尔斯一家安排到自己家乡的部落

---

[1] 张其学:《"杂交"中的权力和阶级——对后殖民主义"杂交"思想的一种评析》,《天津社会科学》2004年第5期。

以求避难，满心希望斯迈尔斯有朝一日能重返权威中心。斯迈尔斯一度受到黑人部落首领的青睐，却并不是因为他所代表的西方文化能与黑人和谐共处，而是有其利用价值，可以用来剪除其他部落。戈迪默在小说中直接地展现了文化共存与融合的困境。斯迈尔斯的妻子因无法与黑人部落共同生活，而毅然抛弃家人，搭上那架不知开往何处的直升机。东西方的裂缝、黑白间的界限依然是这样的分明。

在拉什迪的小说《午夜的孩童》中展现了同样的矛盾与困境，集中了三种不同的民族文化与宗教信仰的萨利姆未老先衰，丧失了召集各个身怀绝技的午夜孩子们的魔力，其向善崇真的理想也屡遭破坏，而湿婆的罪恶欲望却回应了印度教的"末世"宿命论："人类正面临着一个漫长的黑暗时代，人欲横流，罪恶遍地"[①]。《黑色的弥赛亚》通过韦亚基这个人物表达了两种宗教信仰并存且嫁接的愿望：将白人宗教里污秽的东西清理掉，留下永恒的真理，同本民族传统融合在一起。可是韦亚基通过教育活动来实现其理想的目的并未实现。恩古吉试图通过宗教和爱情来弥合差异并不现实，他在一系列小说及其人物塑造中充分表达了这种尴尬与失败。奈保尔苦苦追寻在各种不同文化面前相互妥协的道路，然而其作品表现出精神无根性、内心无归宿与异化漂泊感的主题思想，则证明他并没有找到有效途径。

杂陈、混血与异质原本是殖民地人民对自身的身份认同感到焦虑与不安的原因。他们在宗主国文化与本土传统文化的双重检视下，既不能完全认同殖民者文化，也不能完全认同受殖者文化，因为他们集两种或多种文化影响于一身，苦于找不到身份认同的一致之处。在后殖民理论家所倡导的"杂交性"文化书写理论的引导下，殖民地文学家开始了新一轮文化书写与话语表述实践。像后殖民理论家赛义德、斯皮瓦克等人一样，戈迪默、沃尔科斯、拉什迪、奈保尔等殖民地作家都在西方国家接受过高等教育。他们在自己的小说与文学评论中，都试图探索多种文化共存与合拍的各种可能因素，一些作家甚至力图结合多种文化体系，剥离原有文化体系的不良成分，吸取其中的精华，而创造出一种充满活力的新型文化。沃尔科斯曾比喻说，他的梦想就是"将单一身份的护照撕得粉碎，将家族的

[①] 任一鸣、瞿世镜：《英语后殖民文学研究》，上海译文出版社2003年版，第161页。

族谱扔进民族大联合的欢乐旋风之中"[1]。在澳大利亚的本地土著与西印度群岛的作家中,如凯文·吉尔伯特、维蒂·依西米拉、穆德鲁鲁等,他们强调杂交,用白人的文本形式来叙述本土的故事,将本土文化与侵略者文化创造性地编织在一起。

  后殖民文学民主意识和世界意识的渗透与融合体现在语言的运用上。作品文本是由语言构成的,故事也是由语言来叙述的。因此如何在两种或多种语言文化中进行选择与组合成为他们首先要考虑的问题。这些作家所受的西式教育,使他们熟谙西方文学的语言规范与叙述技巧,他们多数用英文进行写作,以便作品能够产生更大范围的影响,让更多的西方人了解本民族的文化传统与自己的创作技巧。然而一种文化孕育一种语言,一种语言也催生着一种文化,英语在深入描述本土文化时往往难以称心合意,而且用英文写作在本民族中难以产生广泛的效应。语言的矛盾与尴尬一直伴随着后殖民作家的文学创作,如穆德鲁鲁在《马莱边医生忍受世界末日的处方》中索性直接使用不加任何翻译与注释的文莱语汇和诗歌象征,并声称"自己是在'为征服了他们的人民的人'写作"[2]。他们明知不合适,却有意为之。真正使用纯粹的英文或本土语进行文本写作几乎是不可能的事实。与其被动地接受这一事实,生硬地夹杂一些除了本地人外,其他人都难以认识的词汇,还不如在创造性的转换与嫁接中进行自身的文化书写。塞尔封在《升天的摩西》中创造性地对"标准英语进行戏谑和变形摹写",巧妙地渗入了加勒比海的语言文化传统,使作品的"叙述节奏卡里普索小调化和语汇的克里奥尔化"[3]。塞尔封力图破坏西方语言的纯粹性,解构其中心地位,使标准化、规范化与制度化的英文出现裂缝,继而将富有生机的本土语言置放进去,以便作品能够灵活而有效地反映本土的民俗风情与文化品性。塞尔封利用语言与文化的差异,其目的却是弥合两者的差异与距离。

  民族意识与世界意识融合取得成功的后殖民作家很多。我们以尼日利亚英语文学为例稍作说明。尼日利亚不是一个很大的国家,经过几代作家

---

[1] 任一鸣、瞿世镜:《英语后殖民文学研究》,上海译文出版社2003年版,第4页。
[2] [英]博埃默:《殖民与后殖民文学》,盛宁、韩敏中译,辽宁教育出版社、牛津大学出版社1998年版,第207页。
[3] 任一鸣、瞿世镜:《英语后殖民文学研究》,上海译文出版社2003年版,第63页。

的辛勤笔耕，尼日利亚英语文学逐渐走向成熟，索因卡的戏剧获得了诺贝尔文学奖，奥克里的小说获得了布克奖。阿莫斯·图图奥拉、钦努阿·阿契贝、布奇·埃默切塔等也是具有世界性影响的作家。这些取得显著成就的作家有一些共同特点：他们都使用英语这种国际通用语言来写作，创造了一种国际性的文体和文本，同时由于本民族母语的影响，从而产生了独特的遣词造句、语调节奏和语言色彩，为英语增添了新的魅力；他们都熟悉英国文化传统和自己本民族文化传统，具有双边文化综合的优势；他们或者生活在非洲，或者生活在欧洲黑人移民社会，因此他们的作品中有一种独特的社会结构和文化秩序，故事情节和人物命运就在这种社会结构和文化秩序之中生动地展现；不论作为新独立的非洲国家公民还是作为欧洲的黑人移民，他们都要在严酷的生活环境之中经历一番极其艰苦的奋斗拼搏。因此，这些作家具有强烈的民族意识和不屈不挠、自强不息的心态，这就使得他们的作品具有一定的力度和深度。这些因素综合在一起，自然就增强了作品的艺术魅力。这几位尼日利亚作家都有极其强烈的民族意识，他们都在自己的作品中发扬本民族的文化传统，以本民族的文化价值观念来抗衡西方的文化价值观念，多元文化的摩擦冲突是他们作品的共同主题。另一方面，他们又不是把本民族文化置于绝对地位的文化排他主义者。在他们的作品中，也有一定程度的多元文化融合。例如，本·奥克利的小说就是英国语言、约鲁巴神话传说、尼日利亚社会现实生活、拉丁美洲魔幻现实主义艺术手法等多种文化因素有机结合的产物，因而显得特别绚丽多彩。如何恰当地处理好多元文化冲突和多元文化融合之间的辩证关系，显然是后殖民小说家们所面临的一个重大课题。[①]

至今活跃在后殖民文学理论和创作队伍当中的又一批"移民"。他们在两种或多种文化语境中活动，文化"渗透与融合"在他们的著述中是很自然的事情。他们大都用原来宗主国的语言创作，学界称他们为"换语之人"。他们并非有意识地掀起了一场"国际小说"的创作运动，成为20世纪世界文坛最后10年中一道引人注目的文学风景线。拉什迪这位在"殖民统治结束后"率先运用英语写作的异族作家与另一位异族人日裔作

[①] 关于尼日利亚英语后殖民文学的情况，参见瞿世镜《尼日利亚的"后殖民"小说》，《社会科学》1997年第8期。

家石黑一雄被视作这场运动的核心人物。尼日利亚声誉日隆的青年作家本·奥克利、毛利作家克里·休姆、孟加拉国女作家塔丝里玛·纳斯林、巴基斯坦作家哈尼夫·库雷希、斯里兰卡作家迈克尔·翁达日、华裔作家蒂莫西·莫等均堪称这一运动的中坚力量。这场后殖民时代的文学跨国运动还可以寻见来自北非、黑非洲和安的列斯岛的法语追随者,例如达尼埃尔·马克西曼、马里斯·孔代、爱德华·格利萨、拉斐尔·孔菲亚和帕德里克·萨莫佐等。他们创作的意义有论者概括:他们所创作的"国际小说"虽然采用英语语言写就,但其"思想和故事乃至词汇"均已深深刻上了作者本民族和其他非英、法语国家的烙印,他们以本民族的神话和传奇般的音乐重铸了殖民地母国乏味的语言。也许我们只要通过阅读《德克萨古》(*Texaco*,萨莫佐著)、《偶然的暴行》(*A Casual Brutality*,比达松著)、《市郊的佛陀》(*The Buddha of Suburbia*,库雷希著)、《新宵禁之星》(*Stars of the New Curfew*,本·奥克利著)、《英国病人》(*The English Patient*,翁达日著)、《奥梅罗斯》(*Omeros*,沃尔克特著)等几部作品,便会有所体会。正是这群大多来自前殖民地半殖民地或称文学边缘国家的作家,他们的创作日益构成对传统欧洲文学中心的巨大挑战和冲击。

第四节 耶谢巴尔与《虚假的事实》:本土作家的后殖民创作

耶谢巴尔(1903—1976)在印度被称为"当代最有造诣的印地语小说巨匠之一"。[①]他一生创作了14部中长篇小说、200余篇短篇小说和大量的政论、时评、回忆性散文,以他对文学的贡献曾获印度国内的多种文学大奖。他的小说创作以现实主义的描绘和风格,展现印度独立前后几十年间人们的生存环境及其抗争,渗透着明显的阶级意识和深厚的人道主义情怀,对祖国和民族的前途与命运寄予极大的关注。创作于印度独立后的50年代的长篇《虚假的事实》(1957—1960)是耶谢巴尔的代表作,集中体现了他的创作特点。同时,也可以把这部作品视为东方摆脱西方殖民

---

① 黄宝生等译编:《印度现代文学》,外国文学出版社1981年,第92页。

统治后,东方民族作家创作的后殖民文学的一部代表性作品,应在后殖民语境中理解作品的内涵和意义。

一 民族文化熏陶的一生与创作

耶谢巴尔(1903—1976)出生在印度北方邦费洛杰,家境清寒,靠母亲做教师的微薄收入维持家计。耶谢巴尔童年上过私塾,十多岁时到拉合尔上中学。中学期间,积极参加民族解放运动,1921年中学毕业,他成为激进的政治青年。他不愿接受殖民政府的奖学金,不上官办大学,到私立的民办学院学习。

大学时期,耶谢巴尔与革命志士辛哈等共同组织地下革命团体社会主义青年印度协会,从事反英地下武装活动。大学毕业后,他以教员身份为掩护,组织参与暴力斗争。辛哈1931年牺牲后,他成为印度社会主义共和军的领导人。英国殖民当局悬赏通缉,他于1932年被捕,判刑14年。他在狱中努力学习理论,积极从事文学创作。他在20世纪30年代末和40年代初出版的作品不少是在狱中创作的。1938年举行了地方选举,国大党成立了地方政府,他因此被提前释放。但是,英国殖民当局禁止他回到旁遮普邦和拉合尔。他在北方邦首府勒克瑙创办《起义》杂志,组建"起义"出版社,还筹办了《起义》杂志的乌尔都语版。他亲自撰稿和编辑,利用《起义》这个阵地宣传爱国主义和民族主义思想。

1940年,他主办的杂志和出版社被殖民当局查封,他再次被捕入狱,直到第二次世界大战结束,耶谢巴尔才被释放出狱。出狱后,他继续从事反殖活动,同时积极创作。1947年印度独立后,他除了从事一些进步文化活动外,最主要是定居于勒克瑙进行文学创作。50、60年代,他多次出国访问,到过世界许多国家和地区。1976年耶谢巴尔病逝。

耶谢巴尔的文学创作,大体上经历了三个阶段。

第一阶段(独立前的创作)。这一阶段里,耶谢巴尔发表了中、长篇小说4部,短篇小说集6部,政论杂文集4部。这一阶段是耶谢巴尔创作的早期,艺术上还不太成熟,但与自己参加民族解放实践活动紧密相连,富有激情,具有浓郁的政治色彩和阶级意识。

《大哥同志》(1941)是他的第一部长篇小说。小说主人公赫利希受到俄国革命和印度共产党的影响,在斗争的实践中由个人反抗逐渐深入工人群众，领导他们进行群众性的斗争，原先试图依靠少数知识青年推翻殖民统治的"大哥"也觉悟了，决定放弃个人反抗的道路。小说用大量篇幅描写了工人群众的悲惨处境，批判了资本家对工人的压迫和残酷剥削。《大哥同志》也可以说是耶谢巴尔对自己过去一个时期走过的道路的艺术总结。《叛国者》（1943）在第二次世界大战的复杂背景中，刻画了一个具有全局眼光、支持盟国反法西斯的共产党员形象康纳。他被当时只顾反抗英国殖民统治的国大党指责为"叛国"，其实他才是真正的爱国者。小说揭穿了国大党鼠目寸光的政策，对甘地主义也提出了批评。中篇小说《党员同志》（1946）以印度独立前孟买的水兵起义为背景，描写女青年共产党员吉达对一个花花公子的争取和转变。反映了当时的政治斗争形势以及人民群众的普遍觉醒。历史小说《蒂沃亚》（1945）主要描写妇女受压迫和束缚的从属地位。女主人公蒂沃亚饱尝辛酸，被情人抛弃，在怀孕的情况下落入人贩子之手，她走投无路，自杀未成，不得已卖身为娼。小说生动地再现了古代印度的社会面貌，是作者优秀的代表作之一。

耶谢巴尔这一时期的短篇小说题材广泛，不仅包括了反帝的内容，阶级矛盾的主题，而且涉及到了各种各样的社会问题。有反映英帝国主义屠杀印度独立志士的《莫萨尔莱》；有反映封建王公摧残民间妇女的《山区异景》；有描写天真无邪的少女被迫成为妓女的《命运的折磨》；有反对封建宗教对人性的束缚的《赐教》；有揭露了资产阶级上层的虚伪的《狗尾巴》；有反映穷人为生活所迫不能像有钱人家一样志哀的《悲哀的权利》；有表现贫富悬殊的《面饼的代价》等。

《甘地主义剖析》（1942）和《流动俱乐部》（1943）等几部政论和杂文集更加直接地表达了耶谢巴尔的社会、政治思想：分析甘地主义的历史作用和局限；指出等级社会的不合理；反对复古主义思潮；批判了非暴力原则；倡言改变妇女地位；谴责种姓制度和宗教有神论等，富于论辩性和说服力。

第二阶段（印度独立到50年代末）。这一阶段里，耶谢巴尔发表了2部长篇小说、6部短篇小说集、3部政论杂文集和3卷回忆录。印度独立后，民族获得解放，但社会问题很多，社会制度、阶级结构基本上原封未动，耶谢巴尔为之奋斗的理想社会没有出现。因而耶谢巴尔这一阶段的创作主要以现实主义的创作风格，表现独立后的社会问题，批判旧观念，追求社会的民主和平等。

长篇小说《人的面貌》(1949)通过一个年轻寡妇的经历,反映了社会的各种弊端,她多次与人同居和结婚,揭露了所谓爱情和婚姻在当时社会里只不过是金钱交易和买卖关系。另一部长篇是历史小说《阿米达》(1955)。

6 部短篇小说集是:《圣战》(1950)、《继承人》(1951)、《画题》(1951)、《你为什么说我长得美》(1954)、《乌德利的母亲》(1955)、《啊!女神》(1958)。这些短篇小说的题材涉及社会生活的众多方面。如《施舍毯子》描写一个资本家不择手段地牟取暴利,然而却要装出一副慈悲为怀的面孔。他从赚来的钱中买几条毯子施舍给穷人用来沽名钓誉。《黑市价格》描写奸商丧尽天良,抬高物价进行投机,把穷人害得只有死路一条。《一支香烟》反映了妇女的悲惨境遇,可以随便被公婆、丈夫、族人、官府遗弃或处置。《啊,天哪,这些孩子》,写不同宗教之间的仇恨情绪是如何毒化了儿童的心灵。

政论杂文集有《无所不谈》(1950)、《罗摩王朝的故事》(1950)、《耳闻目睹》(1951)等。三卷回忆录《回顾》(1951—1955),生动地记载了从耶谢巴尔早年参加政治斗争到第一次被捕后的狱中生活。它不仅记载了这 20 年前后所发生的政治的和社会的重大事件以及在他思想上的反响,而且细致地描绘了他个人的斗争经历和私人生活。

第三阶段(60、70 年代)。耶谢巴尔这一阶段主要创作了 3 部短篇小说集:《说真话的错误》(1963)、《骡子与人》(1965)、《饥饿的三天》(1968);6 部长篇小说:《虚假的事实》(1960)、《仙女的诅咒》(1967)、《为何陷入困境》(1968)、《面临绞索》(1969)、《十二小时》(1972)、《我你他的故事》(1975)。这些作品艺术上更为成熟,往往在传统与现代、民族文化与外来文化的多重矛盾中描写人物的命运;在历史与虚构的宏阔的背景下探索民族发展、繁荣的道路;依然以现实主义的描绘,力图把握社会和时代的本质;用人道情怀揭露现实问题,深切同情弱小者。《虚假的事实》和《我你他的故事》代表了他这一阶段的创作成就。

《虚假的事实》描述了印度独立前后 15 年的各种重大社会、历史事件,在社会激烈动荡、文化转型变革的复杂背景中,探讨国家经济建设和民族文化发展的未来道路。

《我你他的故事》是作者的最后一部长篇小说，也是一部优秀的作品。《我你他的故事》写城市中下层知识分子的生活和斗争，描写了新老两代人中进步与保守、旧的传统和民主意识之间的冲突，以及知识青年为争取实现个人自由、理想以及婚姻自由而进行的斗争。小说的女主人公乌霞争取婚姻自由，和自己心爱的人结了婚，但丈夫不幸亡故，留下了孩子。为了孩子的前途和生活以及其他种种考虑，她放弃了本来应该再度获得的爱情和家庭的幸福生活，拒绝了热恋着她而她也爱着的人的爱情，她的思想还未能彻底解放，旧的传统观念仍然束缚着她。乌霞在经历了各种各样的挫折之后，在懊丧的气氛中表示要为自己的孩子作出牺牲，故事到此结束。故事结局既令人失望而又令人同情，然而却是真实的。生活在文化转型中的人们，往往充满着矛盾和痛苦。小说通过老一代和新一代的矛盾和冲突，刻画了具有各种思想意识的人物形象。

耶谢巴尔被公认是继承了普列姆昌德现实主义传统的最重要的作家。他的创作紧密联系社会实际，表现社会现实问题；贯穿他创作始终的基本思想是强烈的爱国主义精神和深厚的人道主义关怀；作品中刻画的主要是普通的工人、农民、职员形象，尤其是刻画了一批思想进步、主张民族团结、具有历史使命感和责任感、富有自我牺牲精神的先进人物形象；艺术上历史真实性与文学虚构性有机结合，也是耶谢巴尔创作的突出特征。

二 《虚假的事实》的主旋律：寻求独立后的民族自我

1947年8月15日《印度独立法》生效，结束了英国在印度长达两个世纪的殖民统治。在独立前夕，印度国大党领导人尼赫鲁宣告："很多年以前，我们曾发誓要自己掌握自己的命运，今天，是到了我们实现诺言的时候了，虽不是完全实现，也是基本上实现。在夜半钟声敲响之际，当世界在酣睡之中，印度就将醒着迎接生活和自由。……一代不幸今日宣告结束，印度重新发现了自己。"[①] 民族独立了，新生的独立印度进入"后殖

---

① [印度] 尼赫鲁：《独立及其后 (1946—1949)》，转引自陈君峰主编《印度社会述论》，中国社会科学出版社1991年版，第36页。

民"时代,面临着与反殖民统治的民族解放运动完全不同的新局面。这个"重新发现了自己"的印度,应以怎样的"民族自我"展现在未来的国际舞台?富有社会使命感的耶谢巴尔,在长篇小说《虚假的事实》中,以其形象体系和艺术画面,做出了自己的探索。

《虚假的事实》上、下两卷、37章,是一部译为汉语32开本计有1346页的大长篇。小说的内容从1942年写起,止于1957年印度大选,时间跨度15年。这是印度历史上社会、文化转型变革的15年。

小说以中学教师拉姆卢帕亚和新印度出版社老板吉尔塔里拉尔两个家庭为中心。他们原来居住在拉合尔,印巴分治迁徙到德里和贾朗达尔,以两家成员在印巴分治前后的经历为基本情节线索,描绘宏阔的社会场面,其内容纷繁丰富:政治、经济、社会、宗教、教育、新闻、出版、法律、人性、爱情、友谊、道德、妇女命运、人生经验等,可以说无所不包,其场面大到中央政府决策、全民普选,小到商贩街头的叫卖、孩子童稚的游戏;既有教派冲突杀人纵火的残酷场景,也有情人幽会卿卿我我的轻松画面。小说仿佛是一部庞大博杂的时代交响乐,各种音响、各种曲调融会其中,统一于整体结构。而贯穿小说始终的主旋律是:好不容易获得政治独立的印度应该怎么办?在传统文化和西方文化、国内民族、宗教矛盾冲突的多重缠绕中,怎样确立起真正的民族自我?重要的是"国家的未来"。

英国后殖民文学理论家埃勒克·博埃默(Elleke Boehmer)在其论著《殖民与后殖民文学》中写道:"所谓民族,虽然在某些情况下可以宽泛地表示对种族的界定,或根据所受到的民族压迫而界定的某个社会集团,但一般地说,所谓独立的民族国家,则被看做是受压迫的各民族所能自我实现的一种最完全的形式。……它存在于建设这个国家的人民的心底,他们作为公民、士兵、报纸的读者、学生等对他的体验和感受。因此,任何一个新的独立实体,都需要这个民族国家在人们的集体想象中重新加以建构;或者说,让这种属性化作新的象征形式。文学虚构叙述具有重新构筑现实的潜能,所以它为达到这一目的提供了一种丰富的媒介。"[①]《虚假的事实》就是耶谢巴尔以"文学虚构叙述",来"重新建构"印度"民族

---

① [英]埃勒克·博埃默:《殖民与后殖民文学》,盛宁、韩敏中译,辽宁教育出版社、牛津大学出版社1998年版,第211页。

自我"的一次努力。

当然，耶谢巴尔的"文学虚构叙述"和"民族自我"的"建构"，是以印度的历史和现实为出发点的。细读小说，我们可以由表及里地把握耶谢巴尔探索"民族自我"的出发点和基本思路：

第一，小说以浓墨重彩，甚至以一种报道式的文体风格再现印巴分治、教族冲突的灾难。疯狂的杀戮、无尽的暴力与苦难，一亿一千二百万人流离失所、一百万人死于非命，十万妇女被掳掠强暴。这是印度历史上的大灾难，也是印度政治独立的代价。"印巴分治绝对不仅仅是一种政治划分，或财物、资产和债务的分割。它同时也是，用幸存者们反复使用的一句话说，是一种'心灵的分割'。它给在此之前凭借某种社会契约共同生活的教派们带来了折磨、灾难、创伤、痛苦和暴行。它用一条武断确定的，有时甚至是连夜划分的边界拆散了无数的家庭，使人们根本无法知道他们的父母、兄弟姐妹或孩子是生是死。"[1] 对于这场灾难，小说中既有整体场面的概述，也有具体人物遭遇的生动描写。但作者不是以再现这场灾难为目的，而是以艺术画面探索分析：印度的独立为什么要付出这样的代价？这样的代价给独立后的印度以什么样的启示？这里有殖民统治者分治政策的责任，也有印度传统中的狭隘教族意识、落后的等级观念和认识局限的遮蔽等多种因素的综合作用。

第二，在耶谢巴尔看来，灾难已经发生，它是印度人民心灵中常在滴血的伤疤，随着时间的推移，它成为人们痛苦的记忆。但更重要的不是沉浸于灾难的回忆和哀伤当中，而是正视现实，吸取教训，振作起来，投入到祖国未来的建设当中。耶谢巴尔甚至看到这场灾难客观上产生了冲击传统陋习和观念，促进社会变革的意义。动荡中的财富重新分配，原来趾高气扬的富人没有了傲气，大家似乎更平等了（如伯父拉姆杰瓦亚）。小说中写道："分治带来了极大的毁坏，然而那些把社会束缚得紧紧的陈习陋俗也就这样地被摧毁了，正如囚禁在某个监狱里的人在地震中虽然受了伤，但是监狱围墙的倒塌却使他们获得了自由。很多人死了，很多人因这

---

[1] Urvashi Butalia: *The Other Side of Silence*, Penguin Books India Led. 1988, p.7.

种伤害而无法复原，可是看来现在旁遮普人更勇敢地站起来了。"① 这种"破旧立新"的"革命"思想也许包含着耶谢巴尔政治观念的偏颇，但他的确由此看到了印度社会的进步和独立后的前途与希望。

第三，从1757年普拉西战役英国东印度公司控制孟加拉开始，英国对印度实行殖民统治。200年里，印度古老的传统文化与西方先进的工业文明剧烈冲撞。在两种文化的冲突与融合、对抗与妥协的过程中，形成了殖民统治下印度文化的杂糅；既非印度传统的也非西方现代文明的，出现一些文化"怪胎"。如畸形的政治意识，个体意识膨胀带来的投机钻营等。这些文化"怪胎"成为分治暴乱的潜在动因，也在独立后的民族发展中成为阻力。这种杂糅的殖民文化无论在殖民统治时期还是独立后，都使得一些民族知识分子感受到一种文化断裂和破碎记忆所造成的内在痛苦。这从吉尔塔里拉尔因女儿甘娜格的婚姻而产生的压抑和苦闷、布里独立前后的变化、性格中的矛盾（如诚实、妇女观等）都能清晰地看到这种"痛苦"。因而，耶谢巴尔以艺术画面表明：政治上独立的印度，应对这些文化"怪胎"加以剖析、清理，重新结构，整合成一种有利于印度进步繁荣的新的统一的文化。

第四，民族独立了，新的国家也宣告成立了，过去为民族独立而奋斗的精英成了新政权的主宰者。他们过去的业绩换来了今天的权势。但他们是否真正代表了人民的利益？过去作为被压迫者的反抗斗争意志和高尚品格能否转化为今天作为领导者服务民众的献身精神？小说中耶谢巴尔表达了他的疑问。从印巴分治导致暴乱过程中国大党和穆斯林联盟领导人的作为看，耶谢巴尔对他们失望多于希望。多年的奋斗有了结果，他们似乎都在忙于胜利果实的分享和抢夺。至于把这胜利果实作为种子，播撒在印度大地上，以辛勤的耕耘换来整个印度的满园春色和果实飘香，让印度的普通民众都品尝胜利果实的甘甜，——他们似乎无暇顾及。他们急切地希望当年的付出得到补偿，独立的胜利似乎只是他们的胜利。这一点在对旁遮普邦政府部长苏德这一形象的刻画中得到鲜明的表现。从纳罗德姆舅父村里的立法会议议员到政府总理都在耶谢巴尔的嘲讽揶揄之中。政府机关里

---

① ［印度］耶谢巴尔：《虚假的事实》（下卷），金鼎汉、沈家驹译，上海译文出版社2000年版，第673页。

逢迎拍马、虚伪欺诈、贪污受贿。民众感到独立后和独立前没有什么变化，甚至感到更糟。"人们觉得，外国统治时期的敲诈勒索、物价飞涨和家庭生活的问题，在国大党统治的七、八个月里显得更加突出。在外国统治时期，人们出于恐惧而默默无声地忍受着一切。而现在，人们不准备再那样忍受下去了。人们说话了。他们开始气愤地说：……英国统治时期比现在要强。"[①]

三 达拉与布兰：理想民族自我的"寓言"

当然，耶谢巴尔绝不是赞成英国殖民统治。它只是立足于独立后的社会现实基础上寻求"民族自我"。这个"民族自我"，不是传统的民族自我，不是殖民统治下杂糅的民族自我，也不是创作当时的印度社会现实的自我，而是耶谢巴尔理想中的"民族自我"。综合分析小说中形象体系的建构及其价值体现，这个新的民族自我包括的品性与内涵似乎是：苦难后的觉醒、团结、平等、理性、奉献、自力更生、民众本位。

这些品性在女主人公达拉身上得到集中的表现。达拉成为耶谢巴尔艺术构思中新的"民族自我"的化身。美国学者弗雷德里克·詹姆森在谈到后殖民时代"第三世界"文学时说："第三世界的文本，甚至那些看起来是关于个人和利比多趋力的本文，总是以民族寓言的形式来投射一种政治：关于个人命运的故事包含着第三世界大众文化和社会受到冲击的寓言。"[②] 他还结合我国鲁迅的《狂人日记》、《阿Q正传》进行具体的文本分析，他看到《狂人日记》中"那个病人从他的家庭和邻居的态度和举止中发现的吃人主义，也同时被鲁迅应用于整个中国社会：如果吃人主义是'寓意'的，那么，这种'寓意'比本文字面上意思更为有力和确切"[③]。而《阿Q正传》中的"阿Q成为关于某种中国式态度和行为的寓言"[④]。同样，《虚假的事实》中，达拉的经历和命运，也是印度民族的寓

---

① ［印度］耶谢巴尔：《虚假的事实》（下卷），金鼎汉、沈家驹译，上海译文出版社 2000 年版，第 386 页。
② ［美］弗雷德里克·詹姆森：《处于跨国资本主义时代的第三世界文学》，张京媛主编《新历史主义与文学批评》，北京大学出版社 1993 年版，第 235 页。
③ 同上书，第 236 页。
④ 同上书，第 239 页。

言,而且是寄寓着作者"理想民族自我"的寓言。

达拉是小说贯穿始终的主人公。小说从她15岁生活在拉合尔波拉邦泰胡同一个贫穷家庭写起,到她30岁居住德里,成为政府副部长,参与各种政治活动而结束。她的经历和命运,与印度社会这一时期的转型、动荡、变革、发展融为一体。作品中她15年的生活经历了三个阶段:

分治暴乱前,达拉以一个美丽、聪明、善良、有主见、有抱负的姑娘出现在读者面前。她以优异成绩考进大学,虽然家境贫寒,却满怀着对未来的憧憬,刻苦学习,准备学位考试。别的印度姑娘在这个年龄都在考虑订婚、嫁人,她却把精力用于学位考试,用于参加反对英国殖民统治与传统陋习的活动,她有自己的追求。在学校她积极参加学生会的进步活动,对社会现实有着清醒的认识,意识到:"我们的真正敌人是英国人,他们统治了我们国家。"[①] 但就是这样一个出类拔萃的姑娘,她生存于积淀几千年的封建传统文化氛围中,这种传统也成为她必须背负的精神重负。

小说写她这一阶段的生活,主要描叙她的一段不幸婚姻。印度传统的陪嫁制,使达拉贫穷的父母急于把女儿嫁给不要陪嫁的富家公子索姆拉杰。达拉自己倾慕的是大学同学、思想进步的穆斯林青年阿瑟德。她对父母安排的婚事,心中当然不满。开始她寄希望于哥哥出面反对;也曾与阿瑟德私议出走。但哥哥因自己的事业和恋爱受挫,无暇顾及她,阿瑟德又忙于反对教派冲突的大业而顾不上恋情。达拉面对强大的传统和习俗,她万般无奈,甚至想到过自杀。最终忍辱负重,被迫与她讨厌的索姆拉杰成婚。在新婚的当晚,她遭到残暴的索姆拉杰一顿暴打。

传统是一个复杂的整体。它既是一个民族的精神财富,也可能成为民族发展的包袱。在民族文化的转型过程中,背负着传统的民族新生,往往伴随着痛苦和无奈。达拉对于传统婚姻的忍辱和无奈,恰恰验证着印度民族独立前夕的情景。

分治暴乱中,达拉从肉体到心灵都受到令人难以忍受的惨烈痛苦。1947年的暴乱,时间虽然只有几个月,但给印度和巴基斯坦的人们心灵留下的创伤是难以言说的,这是独立的印度、巴基斯坦分娩的阵痛。达拉

---

① [印度]耶谢巴尔:《虚假的事实》(上卷),金鼎汉等译,上海译文出版社2000年版,第236页。

几个月里经历的痛苦,是祖国母亲痛苦的具体化。新婚的当晚她被穆斯林强奸；被人贩子囚禁,遭受非人的折磨；被营救人员救出后,从故乡（拉合尔）来到祖国（德里）,在难民营中遭人误解中伤。她失去了学业、失去了家、失去了爱、失去了生存的基本条件。但她极力维护自己的尊严,甚至以死抗争。

印度历史上悲惨又有几分悲壮的一页写在达拉的脸上和心上。

分治暴乱后,达拉以她的聪明能干和学识被人赏识,先在一家公馆做家庭教师,后被人推荐到难民营助和安置部担任主任助理,她工作勤奋踏实,为人亲和善良,坚持正义为难民办实事,在机关赢得人们的敬重。两年后,由于她的渊博学识和才能,被选拔进中央秘书处,被任命为副部长级的"妇女福利中心"主席。她身居高位,完全从灾难的阴影中摆脱出来,把主要精力用于国家的建设和发展。在贿赂成风、虚假浮夸、逢迎拍马的机关中,她沉稳谦逊、努力工作,以自己的精明才干、正直善良得到同僚的肯定和下属的赞许,她用平等的眼光看待部下和民众。工作和生活中屡有挫折,她都能以自己的坚强意志去面对,凭自己的智慧和努力去战胜困难。虽然她也有孤独、苦闷和忧伤的时候,但她从不狂躁怨愤,总是默默地勤奋服务社会和民众,以实绩来改善民众的生存条件,推动社会的进步和发展。因而,她被人们赞誉:"姑娘真像是下凡人间来的女神。她秉性温存,有一张笑容可掬的、令人喜爱的、淳朴的脸。"[1]

达拉任职政府部门所表现的种种品格,正是耶谢巴尔理想中的印度民族自我的体现。小说中,描写了大量与达拉相对的政府官员,他们贪污受贿,利用手中权力牟取私利,他们拉帮结派,排除异己；他们弄虚作假,欺压百姓……毫无疑问,他们只会把从灾难中过来的印度推向新的灾难。只有达拉所代表的才是印度独立后的发展之途。

总之,达拉的经历和命运是印度民族的"寓言"式缩微：对于传统婚姻的忍辱负重、分治暴乱中的残酷遭遇、在德里任职于政府部门表现出勤勉、温雅、自主、宽容、正直、清廉、仁慈。在这位当代"吉祥天女"

---

[1] ［印度］耶谢巴尔：《虚假的事实》（下卷）,金鼎汉等译,上海译文出版社 2000 年版,第 454 页。

的描绘中，寄寓着耶谢巴尔的社会理想。

达拉作为印度民族"寓言"式的形象加以塑造，这一点作者在作品中有过多次暗示。首先，小说中至少三次提到达拉是"女神"，这不是一般的赞美。在印度神话原型中，大母神乌摩（Uma）是宇宙之母，后来演变成不同面貌、不同功能的众多女神。19世纪后期印度教改革中有"新毗湿奴派"，其代表人物般吉姆"把女神作为印度历史发展不同阶段的象征，如迦里女神作为印度民族受难的象征和变革的力量源泉，把多尔迦视为未来建立在爱人类基础上的复兴民族的象征"[1]。耶谢巴尔反复把达拉称之为"女神"，包含着同样的象征内涵。其次，达拉经常对自己的经历和遭遇加以审察，在她的深思冥想中，作者总是让她将个人与民族、国家的命运交织在一起，彼此渗透：

……难道我的命运是早已注定的吗？国家是因为我的命运而分裂的吗？还是因为国家的命运使我遭受苦难呢？[2]

这样的联想，暗示出达拉与民族难分彼此的位相。再次，在达拉周围，经常有一批关注国家前途和命运的知识分子，对政府的决策、民族的未来展开不同观点的辩论，这时的达拉往往不参与辩驳，而是超脱出辩论双方，在一旁作全局性思考：

面临这样的时刻，达拉在思考一件事：人们为什么对未来没有信心？为什么会首先想到失败？[3]

此时的达拉，俨然就是超出个体的民族理性的代表。

在后殖民文学中，女性往往被多重边缘化。但耶谢巴尔却是把女性解放作为印度社会变革的焦点来看待，他的很多作品是对妇女问题的探讨。分治暴乱中妇女的命运在《虚假的事实》中描写得最为感人。把

---

[1] 林承节：《印度近现代史》，北京大学出版社1995年版，第141页。

[2] ［印度］耶谢巴尔：《虚假的事实》（下卷），金鼎汉等译，上海译文出版社2000年版，第504页。

[3] 同上书，第724页。

达拉作为民族理想的象征加以刻画，表明耶谢巴尔高出一般的后殖民文学作家。

小说中的另一个人物纳特·布兰也寄托着作者的理想。布兰博士留学英国，敏锐博学，被认为是经济"天才"；他视野开阔、洞察世界风云，把握时代脉搏；能从现象透视本质，无论是作为中央政府的经济顾问起草全国经济计划，还是家庭婚姻关系的处理，他都是理智而谦逊，清醒又不露锋芒。他的理性、睿智无疑是达拉所代表的"民族自我"的补充。他们最终的结合，也可以理解为新的"民族自我"的完善。

从这两个表达民族理想的形象的刻画，可以看到耶谢巴尔寻求新的"民族自我"，是把印度传统文化的精华与人类优秀文化加以整合的一种努力，虽然以艺术形象表达的"能指"意义有些模糊，但毕竟做出了可贵的探索。

四　创作构思：突现民族自我

东方的后殖民文学，作为殖民统治崩溃后关注民族前途和命运的文学创作，一方面有着民族独立后的欢欣，另一方面又有着民族发展的深层忧虑。毕竟，刚独立的民族面临着太多太多的问题。因而，富于民族使命感和责任感的作家，往往表现出急切甚至焦虑的心境。同时，与殖民统治时期相比，反对异族统治，要求民族独立解放的政治诉求已成过去。现在需要的是唤起国民的主人翁意识，清除殖民时期精神奴役遗留的负面影响，确立起民族发展的信心；以民族本土文化为根基，整合民族传统和外来文化的精华，确立新的民族文化坐标。这种种心境和愿望表现在文学创作的构思中，从而形成东方后殖民创作的一些鲜明特点。《虚假的事实》有四点很突出。

其一，在历史的框架中虚构情节。作品在印巴分治前后的系列历史事件中描绘虚构人物的遭遇和命运，展开各种现实问题的分析与讨论。作者在小说的前面有对书名加以解释的题词和说明，其中写道："我用虚构的方式写出事实，把它奉献给人民群众。他们虽然经常受到欺骗，但从未失去追求事实的信心与勇气。""书中描写了很多大大小小的历史事件。但是，全书的整个故事情节是虚构的，它是小说而不是历史。书中所有的人物也都是虚构的，如达拉、布里、甘娜格、吉尔、纳特博士、奈耶尔、苏德、索姆拉杰、拉瓦德、伊沙格、阿瑟德和总理等。"① 的确，小说中通过报纸社论、人们的议论或活动，直接或间接地描述了基杰尔内阁辞职、国大党与穆斯林联盟就分治问题的交涉、蒙巴顿方案、分治暴乱、甘地被刺、制订第二个五年计划、全国大选等一系列历史事件。而在这样的历史框架下，具体人物的行为方式、情感纠葛、遭遇命运却都是虚构的。

这种民族历史事件的框架容易唤起民族成员的集体意识，获得大众的认同。具体情节的虚构可以摆脱历史事实的束缚，把作家主体的理想愿望、思想观念加以强调或者突出。这是东方后殖民文学最常见的文学构思模式。印尼慕依斯的《苏巴拉蒂》、埃及西巴依的《回来吧，我的心》、马哈福兹的《三部曲》、缅甸吴登佩敏的《旭日冉冉》等都是这类作品。

其二，民族知识分子的聚会。民族知识分子是民族的精英，他们的见识和智慧是民族建设与发展的宝贵财富。作家的观点或困惑，往往通过他们的口来表述。《虚假的事实》中不论在拉合尔还是在德里，都有几个不同的知识分子群体。尽管这些知识分子的观点不一，精神境界也有不同层次，但他们以各种不同方式经常聚在一起，对现实中的问题展开争论、探讨。这使作品具有强烈的政论色彩，这也是耶谢巴尔创作现实关怀的表现。虽然有时有损小说的艺术魅力，但对引导大众的思想，促进现实变革具有积极作用。

其三，本土风习的描写。在描写重大历史事件和社会政治问题的同时，小说还注重渗透普通民众日常生活的本土风习的描写。合十触脚的日常礼节、念经斋戒的宗教习俗、哭丧祭奠的丧葬风习、婚嫁迎娶的风情场景等，作品中有大量的描写。还有一些极具民族风情的生活细节，如新婚姑娘染姜黄和桃金娘，用七只辣椒敲头以禳灾等。这些本土习俗风情的描写，一方面加强了作品的生活气息，产生真实的艺术感受；另一方面也给本民族的读者以文化的亲近感，有着弘扬民族文化的意图。

分析《虚假的事实》中的风习描写，可以看到一个突出特点：耶谢巴尔不像印度现代的许多作家那样——描绘种姓制度、寡妇殉焚、母牛崇

---

① ［印度］耶谢巴尔：《虚假的事实》（上卷），金鼎汉、沈家驹译，上海译文出版社2000年版，卷前附页。

拜等传统习俗，揭示这些习俗给印度社会带来的负面影响，而是与"寻求民族自我"的主旨一致，着重发掘本土风习资源中的正面因素，尤其突出"同甘共苦、团结互助"的内涵。一家来了客人，邻里街坊都送菜招待客人；一家有人去世，不同种姓的熟识妇女都在一起哭丧吊唁；一家有姑娘出嫁，邻家姑娘大嫂都来欢唱祝喜歌。小说中以较多的篇幅，描写了两场哭丧祭奠（小说开篇达拉的祖母去世的祭奠、本蒂等人为暴乱中死去的邻居瑟多的哭丧），两场婚嫁迎亲（达拉的婚嫁和西达的婚嫁），其中都透射出耶谢巴尔的良苦用心：用淳朴的民情风习，对比分治暴乱的宗教仇杀，呼唤团结奋斗、共同建设祖国未来的民族精神。

其四，坚信前程美好的结尾。东方后殖民文学的作家在民族独立的前提下探索民族的前景，虽然有着内在的焦灼，但对新的民族自我确立有着坚定的信念。他们的创作还往往自觉承担起振兴民族信心的责任。《虚假的事实》的结局，布兰和达拉历经坎坷，终成眷属，而且挫败了苏德和布里陷害他们的阴谋，专横自负的苏德在大选中败北。作者在这里显示了民众的力量："人民并不是死气沉沉的，人民也不是永远默不作声的。国家的未来并不掌握在领袖们和部长们的手里，而是掌握在全国人民的手里。"①

《虚假的事实》是耶谢巴尔的一次精神旅程：由殖民统治走向民族独立，由噩梦般的悲惨走向光明的幸福未来，由官僚统治走向民众自主——尽管现实与美好愿望还有距离，但文学创作应该有这样的向往。

第五节　库切与《耻》：后殖民世界种族关系的寓言

库切是南非当代著名作家。他善于以隐喻象征的手法，表现当代人的生存境遇，探索当代人类灵魂非常凄凉的状况，2003年，库切因"在对人的弱点与失败的探索中，抓住了人性的神圣之火"和"结构精致、对

---

① ［印度］耶谢巴尔：《虚假的事实》（下卷），金鼎汉等译，上海译文出版社2000年版，第792页。

话隽永、思辨深邃"①，荣获诺贝尔文学奖。《耻》是他的获奖作品之一。

库切从1972年开始创作。他的第一部长篇小说《幽暗之地》于1974年出版，显露了他的创作才华和潜力。之后一发而不可收，他总是不紧不慢，每隔几年创作一部作品。《内陆深处》（1977）、《等待野蛮人》（1980）、《迈克尔·K的生平和时代》（1983）、《敌手》（1986）、《冷铁时代》（1990）、《分裂的土地》（1992）、《彼得堡的大师》（1994）、《少年：乡村生活场景之一》（1997）、《耻》（1999）、《青春：乡村生活场景之二》（2001）、《伊丽莎白·科斯特洛：八堂课》（2003）等长篇小说陆续问世。

库切的小说一直受到文坛的关注和肯定，频频赢得大奖。《幽暗之地》获南非默夫洛—波洛墨奖，《内陆深处》获南非最高荣誉CAN奖，《等待野蛮人》摘取费柏纪念奖、布莱克纪念奖等荣誉，为库切赢得了国际声誉，英国企鹅出版社将此书选入"二十世纪经典"系列。《迈克尔·K的生活和时代》出版当年就赢得英语文学界最高荣誉——英国布克奖，并入选当年《纽约时报书评》编辑推荐书目。《耻》1999年再度获布克奖，使库切成为唯一两次荣获该奖项的作家。1994年出版的《彼得堡的大师》获得爱尔兰时报国际小说奖。他是英语文学中获奖最多的作家之一，除了以上提到的奖项，还获得过法国费米那奖、普利策奖、1987年以色列最高文学奖"耶路撒冷奖"、2000年英联邦作家奖等。

除小说外，他还著有《白色写作》（1988）、《加倍的观点》（1992）、《冒犯：论审查制度》（1996）、《动物生命》（1998）、《陌生海岸》（2001）等随笔和散文集。

他是一位以教师为职业的业余作家。获取博士学位后，他回到开普敦大学执教英语，前后20余载。其间，他曾担任美国纽约州立大学教授、哈佛大学客座教授。2001年库切辞去开普敦大学英语系主任一职，移居澳大利亚担任英语教授，经常在美国一些著名的大学做访问学者，还是美国芝加哥大学"社会思想委员会"成员，并在该校执教。

库切的创作成就在他的几部代表性作品中有集中的体现。

---

① 瑞典文学院：《2003年诺贝尔文学奖授奖词》，《等待野蛮人》，文敏译，浙江文艺出版社2004年版，第214页。

《等待野蛮人》是作家赢得国际声誉的作品。小说以一个虚构帝国的一段虚构历史，寓言式地提出一个"文明扩张"的问题。作家通过帝国的一位老年地方行政官员对一个蛮族女子的无比怜惜，以及他目睹帝国官员对野蛮人的残暴践踏，深刻地提出了对良心的、人性的控诉。在"文明"与"野蛮"的冲突中，在文明扩张的过程中，"文明"的价值怎样衡量？对灵魂的关照，对生命的关怀，应该是起码的尺度。作品通过主人公的经历和思考，表述的是"文明人"的自省。

《迈克尔·K的生活和时代》是一部具有写实风格的作品。小说主人公迈克尔在南非内战期间，用手推车载着病重的母亲步行到故乡避难；母亲死于途中，他抱着骨灰继续前进。故乡却已成一片废墟，他孤零零地混迹于充满了残暴军队的混乱世界。他被关入监狱，无法忍受监禁生活而越狱逃跑。他决心去寻找一种具有人的尊严的生活。小说继承了卡夫卡和贝克特的文学传统，描写一个小人物逃离现实的故事。但局势动荡，战争频仍的时代，小人物只能陷入命运的摆弄，生活在无言的痛苦之中。

《彼得堡的大师》是对陀思妥耶夫斯基的生活和小说世界的演绎。库切虚构陀思妥耶夫斯基1869年来到彼得堡调查继子巴维尔死因的情节，并且与当时俄国的历史事件联系起来，以此揭示陀思妥耶夫斯基及其创作中复杂矛盾的内在世界。在一种互文关系中，库切与他敬仰的前辈大师展开平等对话，共同思考人的命题与现实中的人文关怀。作家通过对陀思妥耶夫斯基的生活、陀思妥耶夫斯基作品中的人物、某些场景的剪接调整，"通过众声喧哗的对话和错综复杂的文本互涉，无论是库切还是陀思妥耶夫斯基，都有一个政治的隐喻，一种政治的哲学"。①

《青春：乡村生活场景之二》是一部自传体小说。以第三人称叙述的方式，主要记录了作家流浪到英国后的心情感受，表现了一个胸怀文学梦想的青年诗人的苦闷、彷徨和不甘失败的遗志，证实一个乡下的文学青年在大都会实现其野心的艰难。一段春梦无痕的人生就让他写得楚楚动人。库切把年轻时的自己作为他者来观照，再度审视青春的彷徨之途。作品几乎没有外在的动作冲突，读来却丝毫没有枯燥之感，除了简洁隽永的文笔，这里还有一种深邃而平易的东西，很理性却很容易诉诸感觉。

---

① 王晓乐：《彼得堡的大师·编辑手记》，浙江文艺出版社2004年版，第4页。

《伊丽莎白·科斯特洛：八堂课》是一部具有文本试验性质的小说。小说的主体是八篇演讲，演讲者是世界闻名的女作家伊丽莎白·科斯特洛，因为她的名声，她被动地出席各种研讨会和颁奖典礼，在不同场合讲演，其内容涉及到文学、动物保护、民族文化、理性、邪恶、爱欲、神学等，还穿插着演讲者（小说主人公）对过去的回忆，演讲前后的细节以及她与周围人物关系的来龙去脉。小说中思想观念的交锋、简洁生动的叙述、学术研究的严谨、自我心灵的解剖等熔为一炉。

综观库切的创作，可以看到几个突出的特点：

第一，直面现实，描述种族隔离制度造成的悲惨后果。作为一个南非人，他经历了愈演愈烈的种族隔离，这对库切造成了不可估量的影响。他目睹众多缘于种族制度的罪恶，对这种罪恶的描写，贯穿他整个创作。更重要的是，在某种程度上同情黑人的库切受的是白人教育，英语是他的母语，和非洲当地黑人之间有着难以冲破的隔膜，这种双重身份带给他尴尬。因而，他在对族隔离制度造成的悲惨后果的描述中，结合着深刻的"自我反省"和人道主义情怀。

第二，"反英雄"人物形象。库切绝大多数作品描写的都不是引领时代潮流的英雄人物，而恰恰是一些"反英雄"、"非英雄"，是一些社会主流之外的边缘人物。他关心的是他们的命运。而且有力量使读者也不得不关心他们的命运，并且能使读者从对这些人个人命运的关切中感受到了历史潮流的涌动，使读者对历史与个人命运的关系产生深远的联想。而且往往表现他们在逆境中获得精神的拯救。作品主人公往往遭受了沉重的打击，被剥夺了外在的尊严，但他们总是能从失败中获得力量。

第三，人类生存境遇的思考与隐喻的运用。库切在创作中透彻地剖析了人类当代的社会环境，他用自己智慧的光芒和慈悲心，描绘了死亡和暴力给这个世界带来的凄凉与冷漠，探索当代人类灵魂的凄凉状况。但在艺术表现上，他往往有意识地淡化时空背景，从而获得超越具体时空的隐喻效果。正因为如此，有人将他同卡夫卡连在了一起，"称他为卡夫卡的继承者。但与卡夫卡不同的是，他运用的都是些极似真实的隐喻，而非卡夫卡那种变形、荒诞的隐喻"。[①]

---

① 高兴：《库切，只用作品说话》，《环球时报》2003年10月8日。

第四，简洁、精致的表现风格。库切的创作深受法国"新小说"精简、纯净、拼贴的技法影响，故事流畅可读，构思精巧，对话隽永，分析透彻。他的长篇小说篇幅都不大，一般在20万字以内。库切小说的语言表面平实，实质犀利；简洁、细腻，但又准确、尖锐；冷隽中不乏温润，雄辩中又有嘲讽，字里行间留有许多耐人寻味的空白。有人认为：库切本质上是个诗人，节奏感强，富有诗意，虽然说他写的是散文体，但有一种韵味的存在。

《耻》是库切的代表作，比较集中地体现了库切的创作特点。小说情节简单，上半部写52岁的南非白人教授卢里在开普敦城里的生活，他和一位有丈夫和两个儿子的"妓女"索拉娅来往，每周四下午在一起待上90分钟，但他偶然发现了她的另一种体面的生活，便离开了她。此后他仍然充满欲望而缺乏激情，引诱了自己的一个年仅20岁的女学生，并在对方被动麻木状态下与之发生性关系。但是这件事被她的男朋友和她的父母发现了，于是引起一场轩然大波，一时之间，他在大学里斯文扫地。他失去了教授的职位。有人向他暗示：只要他能够当众作一番辞恳情切的忏悔，很快就能恢复教职。但是他拒绝这样做，因而失掉教职。小说的下半部写卢里离开开普敦，到女儿居住的一个很偏僻的农场，找到自己的女儿露茜（他和露茜的母亲早已经离婚，女儿是一个人生活在农村），不久以后的一天夜晚，三个流浪的黑人袭击了他女儿的小屋，把他痛打一顿，强奸了他的女儿，抢夺了他们的东西。卢里为女儿感到羞耻，希望女儿能够正视自己面临的危险，多次劝女儿离开农村回城去，或者移民欧洲。但是女儿想得更多的则是怎么把这件事情忘到脑后，想办法在农场里继续生活下去，并且将遭强暴而怀孕的胎儿保留。她接受了黑人邻居佩特鲁斯的求婚，以自己的农庄做嫁妆，做他的第三房妻子，换取佩特鲁斯的保护。在她看来，生活在这种危险之中，是如今白人想继续待在这片土地上所必须付出的代价。在乡村，卢里还认识了一个矮胖的小女人贝芙·肖（她的职业是给动物看病），他和她一起将无法救治的狗杀死，有时还提着死狗到焚化炉里去焚烧。出于生理需要，两个人还在"毛毯的包裹"里发生了性关系。卢里离开了女儿和农场，回到了开普敦。在开普敦他企图重新开始写作一部他很早就计划写的关于好色的拜伦的著作，他还试图向他过去的那个女学生和她的父亲道歉。但是后者希望他能够信教，向上帝悔过。而他对此毫无兴趣,并且也丧失了研究拜伦的心情。最后只得重新返回农村,认同女儿的态度和做法,在贝芙·肖的动物保护站帮忙,整日忙于照料一些动物,忙于给老死的狗安排体面的火葬。并且从中发现了某种"从未见过的美"。他认可了自己的命运,不再进行任何形式的怀疑与抗争。

小说的主人公是卢里父、女两人。戴维·卢里是一个经历过"过去"的人。他的专业是英语文学,酷爱华兹华斯。书中一直贯穿着一个细节:他想写一出关于拜伦的歌剧。他的两次婚姻均告失败。事业上,他也十分失意,最近刚被降为传媒学院副教授。他觉得《传媒手册》上有关语言的定义十分荒谬:"人类社会之所以创造出语言,是为了我们彼此能交流思想、感情和意愿。"他认为,言辞源于歌唱,而歌唱则源于用声响来填充人类空虚心灵的需要。望着自己即将消失的英俊容貌,想起生活的失意和事业的挫折,卢里竟在异常的痛苦和空虚中引诱起自己的女学生。他的不正当行为很快暴露。由于拒绝公开悔改,他被校方解聘。无奈之中,他来到了女儿露西的农场,当起了农场工人和动物保护者。他是一个人生失败者的形象,也是一个怀抱着殖民者的文明遗产,在后殖民现实中处处碰壁的寓意化的形象。

露茜却是"遗忘"过去、反叛传统、追求独立个性的人。她出自破碎家庭,自幼跟母亲在荷兰生活,对父亲本来就没有很深刻的感情纽带。露茜回南非后,很自然地走上了反叛道路。她在一个普遍信教的社会里公开自己的同性恋;她离开父亲居住的城市下乡务农,回归自然;她在同伴都离开后孤身坚持;她在一个种族隔离废除不久的国家,与黑人佩特鲁斯平等合股经营农庄;她对保守的白人农场主极度蔑视,听见他们称黑人为"小子"就要愤怒斥责。这些是露茜反叛而成的独特自我。露茜虽然和卢里难以沟通,却继承了卢里不肯认错的倔强脾气。遭到黑人强暴后,她留下来嫁给佩特鲁斯,虽然会被黑人当做下贱的白母狗,但"白母狗"是一个露茜在心理上已经抛弃的身份。如果露茜接受卢里的建议,卖掉农场回城或回荷兰,她今后交往的人,或许会认为她的遭遇是自讨苦吃,甚至是活该。这似乎是露茜最害怕的前景,她在给卢里的一封信里说:"如果我现在就离开农场,我就是吃了败仗,就会一辈子品尝这失败的滋味。"这是露茜独特自我的失败,否定了露茜之为露茜的心理依据。她既是一个追求独立自我的生命个体，又象征着后殖民社会里殖民者后裔为弥合父辈与土著的矛盾、重建新的社会所做的努力。

《耻》是一部内涵和寓意非常丰富的作品。有论者认为"《耻》典型地代表着现实主义的回归、多元文化的凸显、对人类情感的探索与反思这三大20世纪末世界文坛上最显著、最受重视的特征和潮流"[①]。我们可以从几个方面理解：

首先，从作品的表层叙述，可以看到南非种族隔离废除后的社会现实。小说的标题"耻"充满了对于南非现实的深刻"隐喻"：《耻》中之耻，有大学教授每周定时召妓以解决性需求之耻，有大学教授诱奸女学生进而丢掉教职之耻，有教授女儿"自甘堕落"地在偏僻农场里当农民之耻，有白人女子遭黑人强奸之耻，有昔日农场的白人女主人如今却要接受昔日黑人帮工的保护并做他的第三个老婆之耻。父亲之"耻"是因为自己的行为不检所致，女儿之"耻"又是为何呢？在小说中，父亲不明白女儿为何心甘情愿地忍受"耻辱"，女儿明白地告诉他，自己这样做是为白人曾经施加给黑人的不人道统治赎罪。透过字里行间，显然还有一种耻，那就是作者一直不愿直接触及但在他的所有作品中都得到了象征性表达的南非的国家之耻——种族隔离制度。书中之"耻"，不仅仅是一个家庭的个人之"耻"，同时更是南非白人的民族之"耻"。这也意味着，尽管《耻》只字未提种族隔离这个词，但它同库切前几部直接描写种族隔离的作品一样，仍然关注的是南非的种族隔离现实及后果。事实上，正是由于库切在他这些代表性的作品中，真实地再现与反思了南非的种族隔离现实及后果。

小说中的许多问题正是南非社会现状的真实写照，土改引起的土地所有权变更、居高不下的犯罪率、公民缺乏警力保护、新旧社会观念的碰撞与融合、国家的重建与种族的和解，以及社会变革时期的磨难与阵痛等。当殖民主义和种族主义在南非造成难以抹去的历史痕迹后，《耻》中表现的舍得抛弃、创造新生以及白人心灵中隐隐的赎罪感，似乎为社会的重组与重建提供了一种方式。

小说出版后，有人认为这部小说丑化了黑人，丑化了黑人政权下的南

[①] 王理性：《诺贝尔文学奖与文学的悲哀》，《中华读书报》2003年10月29日。

非社会，是一部向新制度泼脏水的小说。因而，甚至一些过去赞赏库切的人也认为库切是在政治上向右转。其实这部小说恰恰体现了库切小说艺术创作上一贯的本色和风格。在他的世界里，只有真诚和良知。库切之所以能够敢于在不同的时代里反潮流，就是因为他用真诚和良知的眼睛去看世界，并且如实地写出自己所看到的东西，这也就使他看到了某些近视的政治家看不到的东西。这部作品的分量和价值恰恰在于它对于南非社会当前日常生活的栩栩如生的如实描写和这种描写给人们带来的反思。"有评论者认为，这部小说通过书中人物的遭遇，以隐喻的手法展示了新南非的政治、经济和社会问题，凸显了人们社会价值观的变异与扭曲，进而深刻揭示了南非白人心灵深处最大的恐惧感"[①]。

其次，《耻》又具有超越南非社会现实的普遍意义，是一个后殖民世界中人类种族关系的寓言。殖民统治结束后，其危害却仍在继续。小说中没有直接描述昔日的殖民统治，但从黑人对眼下白人后代（被黑人视为殖民者）的仇恨中便可知道，当年黑人曾遭受白人殖民者何等残酷的蹂躏。三个黑人强奸露茜，既非为满足生理欲望，也非出于露茜个人的原因，而仅仅因为露茜是白人。黑人要向白人殖民者报仇，他们的仇恨发泄在了身为白人的露茜身上，而他们三人当中有一个是小孩，强奸过程是对黑人孩子如何对白人发泄仇恨的一种言传身教。如此自幼在心里埋下对白人仇恨的种子的孩子长大了会如何对待白人，是可想而知的！露茜如此的命运则表明，白人殖民统治在南非的受害者不仅仅是黑人，还有他们自己的后代。

小说中露茜被黑人强暴后，她选择"耻辱"地继续生活在乡村，表现的是库切对后殖民时代种族关系的一种认识：发生在她身上的一切只是一种异乎寻常的赔偿形式，这笔债务是她作为一名白人不得不偿还的，因为她与数十年压迫黑人的种族隔离制度之间有着一种被动的同谋关系，她要直面过去的罪恶，寻找新的生活模式和新的希望。

在《耻》的后三分之二，"狗"是一个中心意象。露茜在农场里设有一个寄狗所，让外出的家庭付费寄养看家狗，这是她生活来源的一部分。小镇上贝芙·肖开办了一个"动物保护站"，主要工作就是处理被抛弃的

[①] 李新烽：《新南非背景下阅读库切——他获本年度诺贝尔文学奖的背后》，《世界知识》2003年第22期。

狗。小说中"狗"的命运以及围绕狗所展开的人的活动，形成后殖民时代人类种族关系的隐喻。在南非，只有白人才养狗，因为狗闻到黑人气息就要叫唤，黑人对狗很讨厌。为什么弃狗处理工作会那么忙，有那么多狗要处死？库切不愿点明，但是原因不难想见：政权转到黑人手里之后，大量白人离开了南非。小说结尾，卢里为什么又回到贝芙·肖的动物保护站帮忙处理弃狗？工作是那样专注：轻轻地呼唤着狗，温柔地抚摸它的脊背，让狗放松下来，在爱怜中送它上路。他是在处理西方文明留在殖民地的孑遗。

最后，《耻》还有一种超越时代与社会的抽象哲理意义，即传达出作者无奈的人生观。作为一本有着多重象征的小说，说它是对南非现实的解剖也好，是后殖民时代人类种族关系的隐喻也好，但最终看来，这本小说还是传达出了作者无奈的人生观——人与动物的生存或许并无太大区别，当面对某种强大的势力和习俗时，个人的抗争是无效和无用的，只有屈服才是保住生命的唯一道路；生活中并无诗意和浪漫可言，那些只是覆盖在欲望之恶上面的假象，现实是无法理解的，别人是无法依赖和信任的，人与人之间缺乏、不愿、难以相互交流和理解，而是互相设防、互相封闭。卢里教授与前妻因无法相互交流和理解而离婚；他和一度似乎令他心满意足的妓女索拉娅之间只有性，而无思想情感上的理解、交流；他诱奸了学生梅拉妮后一度曾想认真对待，但她男友的出现、梅拉妮对他的控告，他受到的审判使之不可能；他想与女儿沟通与理解的种种努力都归于失败；他女儿所生活的社会里充满了新的复杂的种族状况，他想与之和睦相处的努力因三个黑人强奸她女儿而中止，他的所有信念都因此而动摇。一个人能够选择的道路就是尽可能地在耻辱和肮脏中活下去——哪怕最后像小说里的那条狗一样，在无人救助时死去。

正是在这样的意义上，瑞典文学院在"诺贝尔文学奖授奖词"中评述这部作品："在小说《耻》中，库切让我们领略了一个名誉扫地的大学教师的挣扎。当南非白人至上的传统崩溃后，这名教师在全新的环境中苦苦维护自己和女儿的尊严。这部小说探究了他所有作品的中心议题：人能否逃避历史？"[①]

---

① 瑞典文学院：《2003年诺贝尔文学奖授奖词》，《等待野蛮人》，文敏译，浙江文艺出版社2004年版，第216页。

在艺术表现上,《耻》很有特色。小说采用了"并非全知全能的第三人称"这一特殊视角,其特点是,表面上看,小说是第三人称,而就其本质来看,却像是第一人称,小说几乎全部是卢里教授一个人的心理在活动,他的抗拒、他的陌生、他的忍耐、他的屈辱和绝望。这让读者在读小说时,总感觉有些地方是模糊的、未知的,这也就开拓了故事的空间,增强了故事的象征效果。

库切的小说十分凝练、高度浓缩,篇幅一般都不超过三百页,《耻》也不例外。整部小说的语言表面平实,实质犀利,字里行间留有许多耐人寻味的空白。在作者描绘那些被人丢弃的动物时,读者显然又能感到一种令人心碎的抒情性。一切都是隐含的,一切都需读者慢慢体会。作者并没有描写露茜受到的攻击,但读者却清楚地知道发生了什么。小说中也没有一个字涉及南非种族主义问题,但只要读完这部小说,谁都能强烈地感觉到这一问题的存在。因此,小说所要揭示的不仅是个人的耻辱,更是整个国家、整个民族的耻辱。

小说的对话也富有特色,不管是教授卢里和他引诱的女学生梅拉妮的对白,还是他和女儿露茜关于被轮奸事件的真相的追索,小说里都写得气氛紧张,扣人心弦。

简短的结语

归纳全书的内容,实际上论述了两个问题:第一,在19世纪后半期和20世纪的150余年里,东方文学存在一个"民族主义文学思潮";第二,这个"文学思潮"随着东方社会历史文化的进程,在不断发展演变。

学界对东方文学的整体研究远逊于对西方文学的研究,而东方文学的研究,对古代东方文学研究又胜过对现代东方文学的研究。东方现代文学的宏观整体研究可以说是有待开拓的处女地。本文从文学思潮层面,将亚洲、非洲近150余年的文学纳入研究范围,是一种开拓性的尝试。

著作对核心概念"东方现代民族主义文学思潮"有明确的界定:

> 东方民族主义文学思潮是指19世纪后半期和整个20世纪150余年间在亚洲和非洲地区盛行,以民族国家的生存与发展为创作宗旨,以功利性、现实性和民族性为创作原则的文学思想、创作潮流。

"文学思潮研究是既涵盖又超越了理论批评、作家作品、社团流派、文艺运动等的综合性研究,它是在更高层面上探讨某个时期的文学活动(或文学现象)内在地遵循着的某些原则和美学纲领,并探讨这些思想原则和美学纲领是怎样以其自觉的普遍的、连贯的方式表现在创作和批评中,且在较大的范围内有力地影响和支配着该时期的文学活动"。[①]

全书围绕"东方现代民族主义文学思潮"这一核心概念展开论述,

---

① 王又平:《文学思潮史:对象与方法》,《新东方》2002年第4期。

从大量的材料中梳理出比较清晰的脉络，论证其"思想原则和美学纲领"在创作和批评中的统一性实现。这是之前没人做过的工作。应该说基本上达到了预期目的。

关于东方现代民族主义文学思潮的"发展演变"是本著的重点。首先是从源头上对古代东方文学中的民族意识做了粗疏的扫描。论文的主体（第三、四、五章）按照东方现代社会和文学演变的实际分三个阶段论述其发展：①19世纪后半期民族主义文学与启蒙文学的合流，既是东方面临现代化挑战、民族意识启蒙、觉醒的阶段，也是民族文学由传统向新文学的转型阶段；②20世纪前60年，是民族主义文学成熟的典型阶段，伴随着东方民族解放运动的深入展开，新的民族文学也确立完成；③20世纪后40年，民族主义文学变异为后殖民文学，东、西世界政治对立的淡漠和全球化的趋势，民族文化反弹，使得民族主义文学着眼于后殖民时代对民族文化的审思，以一种世界眼光来审视殖民文化给殖民地带来的后果。

梁启超曾谈到"思潮"的演变："始焉其势甚微，几莫之觉。侵假而涨——涨——涨，而达于满度，过时焉则落，以渐至于衰熄。"① 这样的"思潮"演变可以分为四个时间：启蒙、全盛、蜕分、衰落。而这正好应合了佛祖所说的：一切流转相，例分四期，曰生、住、异、灭。以此观照东方现代民族主义文学思潮，已进入第三时期的"蜕分"，即变异阶段。再往后，随着全球化的深入，民族意识淡薄，那是其"衰熄"的时候了。

"东方现代民族主义文学思潮"这一概念能否得到学界的认同，当然还有待学界同行的批评和进一步的深入探讨。"东方现代民族主义文学思潮"确实是一个有待开拓的领域。本文只是论述了"有"这样一个思潮，理清其发展脉络，有待进一步展开的问题还很多，比如：

（1）东方现代民族主义文学思潮与东方现代文学其他思潮（浪漫主义、现代主义、社会主义、现实主义等）的关系；

（2）东方现代民族主义文学思潮的内部结构（不同倾向）的研究；

（3）东方现代民族主义文学思潮的区域个性研究；

（4）东方现代民族主义文学思潮中的特殊类型研究（日本、以色列、

---

① 梁启超：《清代学术概论》，中华书局1958年版，第2页。

土耳其）；

（5）东方现代民族主义文学思潮的价值研究（文化的、美学的等）。

"东方现代民族主义文学思潮的研究"既是一个学术领域的开拓，有重要的学术意义，也有突出的现实意义。从学术层面说，以"思潮"研究将东方现代文学加以整合研究，无疑对以地区国别文学作相对封闭的研究单元的学科模式是一种突破，对把握东方文学的共性，获取宏阔的学术视野，与西方文学平等对话等都具有重要意义；从现实层面讲，这一课题是从文学角度对东方近150余年走向现代化的历史足迹的追踪，这无疑对处于东方文化语境中的中国现实具有某种启示意义。

主要参考书目

[1] 罗荣渠：《现代化新论》，北京大学出版社1995年版。

[2] 姜文振：《中国文学理论现代性问题研究》，人民文学出版社2005年版。

[3] 胡良桂：《世界文学与国别文学》，湖南人民出版社2004年版。

[4] 伍雄武：《中华民族的形成与凝聚新论》，云南人民出版社2000年版．

[5] 卢铁澎：《文学思潮论》，青岛出版社2000年版。

[6] 徐迅：《民族主义》，中国社会科学出版社1998年版（2005年修订版）。

[7] 余建华：《民族主义——历史遗产与时代风云的交汇》，学林出版社1999年版。

[8] 李世涛主编：《知识分子立场：民族主义与转型期中国的命运》，时代文艺出版社2000年版。

[9] ［英］埃里·凯杜里：《民族主义》，中央编译出版社2002年版。

[10] 程人乾等：《20世纪民族主义潮汐透视》，西苑出版社2000年版。

[11] 阿拉坦：《论民族问题》，中央民族学院出版社1989年版。

[12] ［英］厄内斯特·盖尔纳：《民族与民族主义》，中央编译出版社2002年版。

[13] 华辛芝：《列宁民族问题理论研究》，内蒙古人民出版社1987年版。

[14] 陈安：《列宁对民族殖民地革命学说的重大发展》，三联书店1981年版。

[15] [英] 安东尼·D. 史密斯：《全球化时代的民族与民族主义》，中央编译出版社 2002 年版。

[16] [英] 安东尼·D. 史密斯：《民族主义理论，意识形态，历史》，上海世纪出版集团 2006 年版。

[17] [英] 埃里克·霍布斯鲍姆：《民族与民族主义》，上海人民出版社 2000 年版。

[18] [美] 本尼迪克特·安德森：《想象的共同体——民族主义的起源与散布》，上海世纪出版集团 2003 年版。

[19] [美] 海斯：《现代民族主义演进史》，华东师大出版社 2005 年版。

[20] [法] 吉尔·德拉诺瓦：《民族与民族主义》，三联书店 2005 年版。

[21] [美] 李亚·格林菲尔德：《资本主义精神：民族主义与经济增长》，上海世纪出版集团 2004 年版。

[22] [加拿大] 威尔·金里卡：《少数的权利：民族主义、多元文化主义和公民》，上海世纪出版集团 2005 年版。

[23] John Hutchinson & Anthony D. Smith ed: *Nationalism*, Oxford: Oxford University Press, 1994.

[24] John Breuilly: *Nationalism and the State*, Manchester: Manchester University Press, 1985.

[25] Marc Williams: *International Relations in the Twentieth Century*, A Reader Mac Mill an Education Ltd, 1989.

[26] S. G. Haim (ed): *Arab Nationalism: an Anthology*, Calif and Los Angeles, 1976.

[27] 王联主编：《世界民族主义论》，北京大学出版社 2002 年版。

[28] 刘中民、左彩金、骆素青：《民族主义与当代国际政治》，世界知识出版社 2006 年版。

[29] 周平：《民族政治学导论》，中国社会科学出版社 2001 年版。

[30] 缪家福：《全球化与民族文化的多样性》，人民出版社 2005

年版。

[31] 许宝强、罗永生选编:《解殖与民族主义》,中央编译出版社2004年版。

[32] 中国社会科学杂志社编:《社会转型:多文化多民族社会》,社会科学文献出版社2000年版。

[33] 赵旭东:《反思本土文化建构》,北京大学出版社2003年版。

[34] [英] C.W.沃特森:《多元文化主义》,吉林人民出版社2005年版。

[35] [英] 齐亚乌丁·萨达尔:《东方主义》,吉林人民出版社2005年版。

[36] [德] 莱茵哈德·屈恩尔:《法西斯主义剖析》,军事科学出版社1992年版。

[37] [法] 皮埃尔-安德烈·塔吉耶夫:《种族主义源流》,三联书店2005年版。

[38] 张京媛主编:《后殖民理论与文化批评》,北京大学出版社1999年版。

[39] [英] 巴特·穆尔-吉尔伯特等:《后殖民批评》,北京大学出版社2001年版。

[40] [美] 阿里夫·德里克:《跨国资本主义时代的后殖民批评》,北京大学出版社2004年版。

[41] 罗岗、刘象愚主编:《后殖民主义文化理论》,中国社会科学出版社1999年版。

[42] 王宁、薛晓源主编:《全球化与后殖民批评》,中央编译出版社1998年版。

[43] 姜飞:《跨文化传播的后殖民语境》,人民大学出版社2005年版。

[44] 徐贲:《走向后现代与后殖民》,中国社会科学出版社1996年版。

[45] [英] 埃勒克·博埃默:《殖民与后殖民文学》,辽宁教育出版社1998年版。

[46] 任一鸣、瞿世镜:《英语后殖民文学研究》,上海译文出版社

2003年版。

[47] 王润华:《华文后殖民文学》,学林出版社2001年版。

[48] [英] 汤林森:《文化帝国主义》,上海人民出版社1999年版。

[49] [美] 爱德华·赛义德:《赛义德自选集》,中国社会科学出版社1999年版。

[50] [美] 爱德华·赛义德:《东方学》,三联书店1999年版。

[51] [美] 爱德华·赛义德:《文化帝国主义》,三联书店2003年版。

[52] [美] 爱德华·赛义德:《萨义德回忆录 格格不入》,三联书店2004年版。

[53] [法] 弗朗兹·法农:《全世界受苦的人》,译林出版社2005年版。

[54] [法] 弗朗兹·法农:《黑皮肤,白面具》,译林出版社2005年版。

[55] 周青、晨风、陈友文主编:《当代东方政治思潮》,广东人民出版社1993年版。

[56] 彭树智:《东方民族主义思潮》,西北大学出版社1992年版。

[57] 彭树智:《现代民族主义运动史》,西北大学出版社1987年版。

[58] 梁守德等:《民族解放运动史》(1775—1945),北京大学出版社1985年版。

[59] 梁守德等:《战后亚非拉民族民主运动》,北京大学出版社1989年版。

[60] [意] 翁贝托·梅洛蒂:《马克思与第三世界》,商务印书馆1981年版。

[61] 吴治青等:《亚非拉各种社会主义》,求实出版社1983年版。

[62] 畅征:《第三世政治与经济》,河南教育出版社1988年版。

[63] 畅征等:《第三世界的变革》,中国人民大学出版社1997年版。

[64] 戴世平:《东方的思想与历程》,云南人民出版社2000年版。

[65] 谢霖:《东方社会之路》,中国社会科学出版社1992年版。

[66] 朱坚劲:《东方社会往何处去——马克思的东方社会理论》,上海社会科学院出版社1996年版。

［67］俞良早：《东方视域中的列宁学说》，中共中央党校出版社 2001 年版。

［68］季羡林主编：《东方文学史》（上、下），吉林教育出版社 1995 年版。

［69］高慧勤、栾文华主编：《东方现代文学史》（上、下），海峡文艺出版社 1994 年版。

［70］林承节：《印度近现代史》，北京大学出版社 1995 年版。

［71］［苏］巴拉布舍维奇等主编：《印度现代史》（上、下），三联书店 1972 年版。

［72］林承节：《印度独立后的政治经济社会发展史》，昆仑出版社 2003 年版。

［73］林承节：《印度现代化的发展道路》，北京大学出版社 2001 年版。

［74］唐文权：《东方的觉醒——近代中印民族运动定位观照》，湖南出版社 1991 年版。

［75］金应熙主编：《菲律宾史》，河南大学出版社 1990 年版。

［76］［菲］格·F. 赛义德：《菲律宾共和国：历史、政府与文明》（上、下），商务印书馆 1979 年版。

［77］［印尼］萨努西·巴尼：《印度尼西亚史》（上、下），商务印书馆 1972 年版。

［78］［澳］J. D. 莱格：《苏加诺：政治传记》，上海人民出版社 1977 年版。

［79］［苏］尼·瓦·烈勃里科特：《泰国现代史纲》，商务印书馆 1973 年版。

［80］［英］戈·埃·哈威：《缅甸史》（上、下），商务印书馆 1973 年版。

［81］韩方明：《华人与马来西亚现代化进程》，商务印书馆 2002 年版。

［82］［越］陈辉燎：《越南人民抗法八十年史》（第一、二卷），三联书店 1973 年版。

［83］［印］泰戈尔：《民族主义》，商务印书馆 1982 年版。

[84] 陈衍德：《对抗、适应与融合——东南亚的民族主义与族际关系》，岳麓书社 2004 年版。

[85] 韦民：《民族主义与地区主义的互动——东盟研究新视角》，北京大学出版社 2005 年版。

[86] 姚秉彦等：《缅甸文学史》，北京大学出版社 1994 年版。

[87] 栾文华：《泰国文学史》，社会科学文献出版社 1998 年版。

[88] 梁立基：《印度尼西亚文学史》（上、下），昆仑出版社 2003 年版。

[89] 李晔：《中日韩新四国民族主义与现代化比较研究》，中国对外经济贸易出版社 2000 年版。

[90]［日］吉野耕作：《文化民族主义的社会学——现代日本自我认同意识的走向》，商务印书馆 2004 年版。

[91]［日］晓森阳一：《日本近代国语批判》，吉林人民出版社 2003 年版。

[92]［日］子安宣邦：《东亚论：日本现代思想批判》，吉林人民出版社 2004 年版。

[93] 王屏：《近代日本的亚细亚主义》，商务印书馆 2004 年版。

[94]［日］柄谷行人：《日本现代文学的起源》，三联书店 2003 年版。

[95]［日］丸山真男：《日本政治思想史研究》，三联书店 2000 年版。

[96]［日］竹内好：《近代的超克》，三联书店 2005 年版。

[97]［日］江口圭一：《日本帝国主义史研究》，世界知识出版社 2002 年版。

[98] 高增杰主编：《日本的社会思潮与国民情绪》，北京大学出版社 2001 年版。

[99] 王向远：《日本对中国的文化侵略——学者、文化人的侵华战争》，昆仑出版社 2005 年版。

[100] 王向远：《"笔部队"和侵华战争——对日本侵华文学的研究与批判》，昆仑出版社 2005 年版。

[101] 王向远：《日本右翼言论批判——"皇国史观"与免罪情结的

病理剖析》，昆仑出版社 2005 年版。

［102］刘炳范：《战后日本文化与战争认知研究》，中国社会科学出版社 2003 年版。

［103］叶渭渠、唐月梅著：《日本文学史》（近代卷、现代卷），经济日报出版社 1999 年版。

［104］［韩］金大中：《21 世纪的亚洲及其和平》，北京大学出版社 1994 年版。

［105］［韩］姜万吉：《韩国近代史》，东方出版社 1993 年版。

［106］金柄珉等：《朝鲜、韩国当代文学史》，昆仑出版社 2004 年版。

［107］［韩］赵润济：《韩国文学史》，社会科学文献出版社 1998 年版。

［108］［英］诺亚·卢卡斯：《以色列现代史》，商务印书馆 1997 年版。

［109］蔡德贵等：《阿拉伯近现代哲学》，山东人民出版社 1996 年版。

［110］张秉民主编：《近代伊斯兰思潮》，宁夏人民出版社 1998 年版。

［111］吴云贵等：《近现代伊斯兰教思潮与运动》，社会科学文献出版社 2000 年版。

［112］张　铭：《现代化视野中的伊斯兰复兴运动》，中国社会科学出版社 1999 年版。

［113］蔡德贵主编：《当代伊斯兰阿拉伯哲学研究》，人民出版社 2001 年版。

［114］吴云贵：《近代伊斯兰运动》，中国社会科学出版社 1994 年版。

［115］肖　宪：《当代伊斯兰复兴运动》，中国社会科学出版社 1994 年版。

［116］刘中民：《挑战与回应——中东民族主义与伊斯兰教关系评析》，世界知识出版社 2005 年版。

［117］蔡伟良等：《阿拉伯文学史》，上海外语教育出版社 1998

年版。

[118] 仲跻昆：《阿拉伯现代文学史》，昆仑出版社2004年版。

[119] 刘一虹：《当代阿拉伯哲学思潮》，当代中国出版社2001年版。

[120] [美] 凯马尔·H. 卡尔帕特：《当代中东的政治和社会思想》，中国社会科学出版社1992年版。

[121] 黄维民：《奥斯曼帝国》，三秦出版社2000年版。

[122] [苏] 安·菲·米列尔：《土耳其现代简明史》，三联书店1973年版。

[123] 伊兹科维：《帝国的剖析：奥托曼的制度与精神》，学林出版社1996年版。

[124] 戴维森：《从瓦解到新生——土耳其的现代化历程》，学林出版社1996年版。

[125] 王新刚：《中东国家通史：叙利亚和黎巴嫩》，商务印书馆2003年版。

[126] [美] 菲·克·希蒂：《黎巴嫩简史》，人民出版社1974年版。

[127] 赵伟明：《近代伊朗》，上海外语教育出版社2000年版。

[128] 张鸿年：《波斯文学史》，昆仑出版社2003年版。

[129] 穆宏燕：《凤凰再生：伊朗现代新诗研究》，北京大学出版社2004年版。

[130] 穆宏燕译：《伊朗现代新诗精选》，华艺出版社2005年版。

[131] 板垣雄三编：《中東パースペクティブ》，第三书馆1990年版。

[132] 堀川徹编：《世界に広がるイスラーム》，悠思社1995年版。

[133] 汤川武编：《イスラーム国家の理念と現実》，悠思社1995年版。

[134] 李安山：《非洲民族主义研究》，中国国际广播出版社2004年版。

[135] 阿杜·博亨主编：《非洲通史》（第7卷），中国对外翻译出版公司1991年版。

[136] 艾周昌主编：《非洲通史近代卷》，华东师大出版社1995年版。

[137] 宁骚主编：《非洲黑人文化》，浙江人民出版社 1993 年版。

[138] [英] 巴·戴维逊：《古老非洲的再发现》，三联书店 1973 年版。

[139] 李保平：《非洲传统文化与现代化》，北京大学出版社 1997 年版。

[140] 陆庭恩：《非洲与帝国主义 1914—1939》，北京大学出版社 1987 年版。

[141] [美] 理·吉布逊：《非洲解放运动》，上海人民出版社 1975 年版。

[142] 吴秉真等：《非洲民族独立简史》，世界知识出版社 1993 年版。

[143] 李永彩译：《20 世纪非洲文学》，北京语言学院出版社 1991 年版。

[144] [苏] 伊德·尼基福我娃等：《非洲现代文学》，外国文学出版社 1981 年版。

[145] 纳忠：《埃及近现代史》，三联书店 1963 年版。

[146] [埃] 穆·侯·海卡尔：《开罗文件——纳赛尔同世界领袖、叛逆者和政治家关系的内幕》，上海人民出版社 1974 年版。

[147] 邵武基·戴伊夫：《阿拉伯埃及近代文学史》，人民文学出版社 1980 年版。

[148] 艾哈迈德·海卡尔：《埃及小说和戏剧文学》，上海译文出版社 1993 年版。

[149] 罗福惠：《中国民族主义思想论稿》，华中师范大学出版社 1996 年版。

[150] 谭文权：《觉醒与迷误：中国近代民族主义思想研究》，上海人民出版社 1993 年版。

[151] 罗志田：《乱世潜流：民族主义与民国政治》，上海古籍出版社 2001 年版。

[152] 杨思信：《文化民族主义与近代中国》，人民出版社 2003 年版。

[153] 赵立彬：《民族立场与现代追求：20 世纪 20—40 年代全盘西

化思潮》，三联书店 2005 年版。

[154] 李存煜：《失去的地平线——帝国主义侵略与民族心理的演变》，国际文化出版公司 1988 年版。

[155] [英] 冯客：《近代中国之种族观念》，江苏人民出版社 1999 年版。

[156] [美] 杜赞奇：《从民族国家针灸历史：民族主义话语与中国现代史研究》，社会科学文献出版社 2003 年版。

[157] 李希光、刘康：《妖魔化中国的背后》，中国社会科学出版社 1996 年版。

[158] 李希光：《中国有多坏》，江苏人民出版社 1998 年版。

[159] 房宁、王小东等：《全球化阴影下的中国之路》，中国社会科学出版社 1999 年版。

[160] 房宁、王炳权等：《成长的中国——当代中国青年的国家民族意识研究》，人民出版社 2002 年版。

[161] 房宁：《新帝国主义时代与中国战略》，北京出版社 2003 年版。

[162] 乐山主编：《潜流：对狭隘民族主义的批判与反思》，华东师范大学出版社 2004 年版。

[163] 孙中山：《三民主义》，岳麓书社 2000 年版。

[164] 张忠正：《中山先生民族主义与世界新秩序之建立》，（台北）正中书局 1988 年版。

[165] 倪伟：《"民族"想象与国家统制：1920—1948 南京政府的文艺政策及文学运动》，上海教育出版社 2003 年版。

[166] 周岩：《百年梦幻——近代中国知识分子的心灵历程》，国际文化出版公司 1988 年版。

[167] 高瑞泉主编：《中国近代社会思潮》，华东师范大学出版社 1996 年版。

[168] [美] 斯塔夫里阿诺斯：《全球通史 1500 年以后的世界》，上海社会科学出版社 1992 年版。

[169] 吴于廑、齐世荣主编：《世界史·现代编》，高等教育出版社 1994 年版。

[170] 郑家馨、何方川：《世界历史·近代亚非部分》，北京大学出版社1990年版。

[171] ［美］理查德·W.布利特：《20世纪史》，江苏人民出版社2001年版。

[172] 王斯德、钱洪主编：《当代世界史》，高等教育出版社1989年版。

[173] 彭树智、黄倩云：《第三世界的历史进程》，中国青年出版社1999年版。

[174] 高岱、郑家馨：《殖民主义史·总论卷》，北京大学出版社2003年版。

[175] 梁志明：《殖民主义史·东南亚卷》，北京大学出版社1999年版。

[176] 郑家馨主编：《殖民主义史·非洲卷》，北京大学出版社2000年版。

[177] ［德］奥斯瓦尔德·斯宾格勒：《西方的没落》，商务印书馆1963年版。

[178] ［美］斯塔夫里阿诺斯：《全球分裂：第三世界的历史进程》，商务印书馆1995年版。

[179] ［美］塞缪尔·亨廷顿：《变化社会中的社会秩序》，三联书店1989年版。

[180] ［美］塞缪尔·亨廷顿：《文明的冲突与世界秩序的重建》，新华出版社1999年版。

[181] ［德］海因里希·贝壳等：《文明：从冲突走向和平》，中国社会科学出版社1998年版。

[182] ［德］迪特·森格哈斯：《文明内部的冲突与世界秩序》，新华出版社2004年版。

[183] ［日］大沼保昭：《人权、国家与文明》，三联书店2003年版。

[184] ［美］艾恺：《世界范围内的反现代化思潮与文化守成主义》，贵州人民出版社1991年版。

[185] ［法］埃德加·莫兰：《反思欧洲》，三联书店2005年版。

[186] ［德］赖纳·特茨拉夫：《全球化压力下的世界文化》，江西

人民出版社 2001 年版。

［187］［英］以塞亚·伯林：《现实感》，译林出版社 2004 年版。

［188］赵锦云：《欧洲民族主义发展新趋向》，中央民族大学出版社 1996 年版。

［189］钱乘旦主编：《欧洲文明：民族的融合与冲突》，贵州人民出版社 1999 年版。

［190］李宏图：《西欧近代民族主义思潮研究——从启蒙运动到拿破仑时代》，上海社会科学院出版社 1997 年版。

［191］王逸舟：《当代国际政治析论》，上海人民出版社 1995 年版。

［192］李智：《全球化时代的国际思潮》，新华出版社 2003 年版。

［193］许纪霖：《寻求意义：现代化变迁与文化批判》，上海三联书店 1997 年版。

［194］王岳川：《中国镜像：90 年代文化研究》，中央编译出版社 2001 年版。

后　记

"东方民族主义文学思潮"的研究，于我是一笔负重已久的"债务"。十多年前在北京大学师从刘安武先生做访问学者，就在阅读和思考中形成了这个题目，也着手一些个案研究和资料的收集。2002年作为国家社科基金项目申报，获得了专家们的认可，得到批准。但随后的几年里，工作调动、教学工作和其他插进来的科研任务，压得喘不过气来，总想"好好做做"，就一放再放。

2007年申请博士学位，要完成学位论文。课题也催着结项，只好"合二为一"，将课题中的"发展论"独立成篇。本书就是在博士论文的基础上修改而成。尽管一些问题思考已久，但真正下笔成文还是一个艰难的过程。课题涉及面太广，要理清的东西太多，要读的资料太多，加上这次由南而北的"大调动"，各方面都有一个适应过程，写作过程中经常是思路阻滞，颇觉痛苦。好在周边的人都是好人、善人。他们关心我、帮助我，让我感到生活的欢乐与人生的欣慰。我当然要衷心感谢他们。首先要感谢天津师大博士生导师群体，他们学识渊博，为人实在，学习的三年里都是在亦师亦友的氛围中直接间接得到他们学术上的指导和多方面的帮助。特别是导师孟昭毅先生，以他的宽容和信任，鼓励支持我的学术思考。感谢文学院的领导、行政办公人员、比较文学与世界文学教研室的老师。写作本论文时，刚到北方，是在他们的帮助和关心中让我尽快适应新的环境。

感谢论文答辩小组的刘曙雄、王立新、王晓平、曾艳兵、曾思艺几位教授，他们在论文评阅和答辩过程中提出指导性的意见，给我以肯定和鼓励，令我完成课题、修改书稿信心倍增。

感谢我的一些学生，他们知道我在"苦熬"，经常电话关心鼓励，或从远处寄来香茗毛尖，让我清心，令我暖意。

有苦、有累；有爱护、有关心，这就是真实的人生！

黎跃进

2010年6月